THEODOR KRÖGER

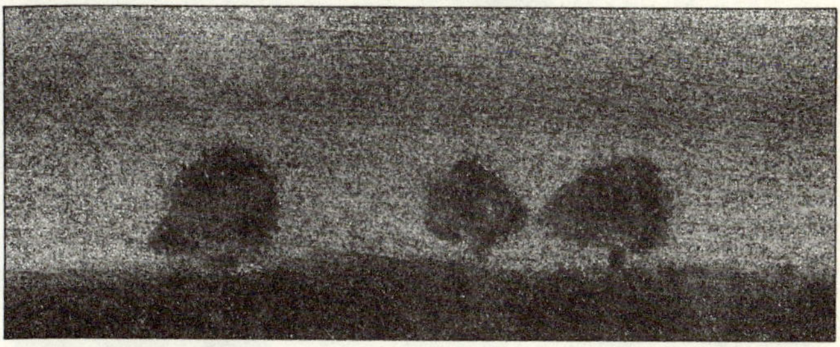

DAS VERGESSENE DORF

Weltbild Verlag

Genehmigte Lizenzausgabe für
Weltbild Verlag GmbH, Augsburg 1996

Umschlagentwurf: Peter Engel, München
Gesamtherstellung: Wiener Verlag, Himberg bei Wien
Printed in Austria
ISBN 3-89350-941-0

VORWORT

An der nördlichsten Grenze Rußlands schlug ein Fangeisen um mein Bein zusammen, und ein Kolbenschlag brach den Rest meiner Auflehnung.

Vier Jahre später sah ich meine Heimat dennoch wieder – wenn auch als anderer Mensch.

Diese Spanne von vier Jahren, die Freunde und Kameraden, mit denen ich als Gefangener in Tief-Sibirien das gleiche Los jahrelang teilte, habe ich so zu schildern versucht, wie diese Gefühle und Bilder in mir heute noch unverwischbar weiterleben.

Sibirien...

Es ist der Begriff einer kaum zu fassenden Schicksalsschwere, und in seiner gesamten Wucht und Fügung steht er heute aktueller denn je vor uns.

Es gibt kein Land, das noch weitere Höhen und abgründigere Tiefen der Menschenseele kennt. Das Ewige der unverständlichen Weisheit gestaltet dort auch die Natur uferlos, schrankenlos im Schenken wie im Morden, ob im verzauberten Licht der Glut „Weißer Nächte“ oder in der ausweglosen Finsternis reißender Schneestürme.

Die verflossenen dreißig Jahre haben zwar das Gesicht und den Pulsschlag der riesigen Städte verändert, jedoch das unhörbare Verwehen der Zeit und aller Menschen in der Melancholie der Landschaft unberührt gelassen.

Der Verfasser

Dieses Vorwort schrieb der Verfasser im Herbst 1949 zu der Neuherausgabe seines Werkes in unserem Verlag, also zu einer Zeit, als noch viele tausend deutsche Soldaten des Zweiten Weltkriegs das schwere Schicksal der Gefangenschaft in Sibirien zu ertragen und zu erleiden hatten. 1955 kehrten die letzten Überlebenden aufgrund einer Vereinbarung mit Bundeskanzler Adenauer in ihre Heimat zurück.

Der Roman fand auf dem Hintergrund dieser Schicksale quer durch alle Bevölkerungsschichten neue Aktualität und Leser.

Inzwischen ist „Das vergessene Dorf“ in 16 Sprachen übersetzt und zum Auflagenmillionär geworden. 1958 ist Theodor Kröger verstorben. Die von ihm im Roman packend geschilderten Schicksale und Erlebnisse in außergewöhnlichen Situationen, wie Verbannung, Flüchtlingselend, Gefangenschaft, aber auch Kameradschaft, Liebe und Leidenschaft, nehmen den Leser hinein in die Odyssee eines willenstarken Mannes, der für seine Freiheit kämpft und siegt.

So wünschen wir auch der Neuauflage eine interessierte und aufgeschlossene Leserschaft.

Stuttgart, im Juni 1985 Der Verlag

INHALTSVERZEICHNIS

ERSTER TEIL

In Ketten

Schlüsselburg

Der Gashebel des Sportwagens kann sich nicht mehr tiefer in den Leib des Motors bohren. Der Wagen rast mit der ganzen Wildheit, die ihm ein Mensch durch seine Willenskraft zu geben vermag. Der Kilometerzähler schwankt kaum merkbar, er zeigt die Höchstleistung des fiebernden Materials.

Aufbäumende Pferde, fluchende, schreiende Menschen, in rasender Eile huschende Telegraphenstangen, Bäume, Häuser, Wiesen und Wälder. Eine lange Staubwolke hinter sich, frißt der Wagen die Kilometer in sich hinein.

Nichts kann das mörderische Tempo des Wagens aufhalten, weder Kurven noch schlechtes Pflaster.

Der Leibhaftige fährt in die Hölle!

Zusammengeduckt, von Zeit zu Zeit mit einem prüfenden Blick auf die Zeiger der Uhren am Armaturenbrett, so will ich mit Gewalt meinem Schicksal entrinnen.

Die Hand am Steuer zittert nicht.

Da ... endlich ... ein Schlagbaum quer über der Straße .. die bekannten weiß-blau-roten Grenzfarben ... die finnisch-russische Grenze bei Bjeloostrow ...

Winkende, fluchende, schreiende, schießende Soldaten. Brutal fährt der Wagen zwischen die Menschen, gegen den Schlagbaum, zerschmettert ihn. Hastige Griffe am Steuer, aufwirbelnder dicker Staub ... bange Bruchteile von Sekunden ... vor mir liegt wieder die Landstraße.

Wie ein Schwarm summender Fliegen huschen Kugeln vorbei ... ein neuer Schwarm ... wieder einer ...

Der Motor rast!

Zusammengekauert kann ich die Straße kaum sehen, mein Blick huscht über den Wagen. Der Kühler ist an den Motorblock herangedrückt, die Laternen sind herausgerissen, die Kotflügel und ein Teil der Karosserie fehlen. Gespannt blicke ich nach der Benzinuhr: Der Zeiger! Er fällt . . . langsam . . . Der Tank ist getroffen! . . . Durchlöchert!

Aber noch fährt der Wagen. Ich kenne die Gegend genau, Wegkreuzungen machen mich nicht irre. Ich fahre durch die finnischen Wälder . . . Endlich tauchen einige Hütten auf. Roh stoppe ich den Wagen vor dem Bahnhof Uusikirkko. Drei gleichmäßige Klingelzeichen, begleitet von der Trillerpfeife des Zugführers, gedehntes Tuten der kleinen Lokomotive. Mit einem Satz springe ich aus dem Wagen, greife nach meinem kleinen Lederkoffer, laufe dem Zug nach und schwinge mich auf das Trittbrett des letzten Wagens.

Noch ein Blick auf mein Auto – und den rollenden Zug umgibt der düstere Wald Finnlands.

*

In Torneä-Haparanda, dem Grenzstädtchen zwischen Finnland und Schweden, verbringe ich den ganzen Tag unsichtbar in einem Hotelzimmer. Es ist der 10. August 1914.

Nach einem ausgiebigen Abendbrot lege ich mich hin. Ich versuche mich zu sammeln, aber eine nie gekannte Spannung hat sich meiner bemächtigt. Mit Unruhe stelle ich immer wieder fest, als wüßte ich es nicht schon lange, wie hell die Nächte im Norden sind, wie wenig geeignet zur Flucht. Alles im Zimmer beunruhigt mich. Ich lege Geld auf den Tisch, verlasse das kleine Hotel und erreiche endlich den langersehnten Wald; dort verkrieche ich mich im Gebüsch.

Immer und immer wieder sehe ich nach der Uhr, aber es scheint nicht mehr dunkler werden zu wollen. Ich kenne den Verlauf der Grenze genau. Mit allergrößter Vorsicht arbeitete ich mich jetzt durch den Wald nach der Grenze zu. Endlich bin ich am Waldrande angelangt.

Alles scheint ruhig zu sein, nichts bewegt sich. Einige Grillen zirpen im Grase. Dann und wann hört man ein verschlafenes Zwitschern kleiner Waldvögel; zart schwingen die Töne dahin. Über der Landschaft liegt ein hauchdünner Nebelstreifen. Weit in der Ferne, zwischen den kaum leuchtenden Birkenstämmen, glauben meine Augen die weißen Steine Schwedens – die Freiheit zu erspähen.

Es waren Trugbilder . . .

Noch einmal blicke ich nach allen Seiten. Richte mich auf, hole tief Atem, renne los!

Noch nie bin ich auf einem Sportplatz derart gelaufen.

Ich bin kaum hundert Meter weit gekommen, da höre ich hinter mir wüstes Gebrüll. „Halt . . . halt . . . halt!“ Es fallen einige unregelmäßige Schüsse, Kugeln summen an mir vorbei. Ich renne, renne mit allen Kräften weiter und frohlocke schon, den mit absoluter Sicherheit kann ich annehmen, daß die Posten keine so zähe Ausdauer im Laufen haben werden wie ich mit meinem jungen, durchtrainierten Körper.

Der Boden wird uneben, ich überspringe einige Löcher, stolpere, falle, raffe mich auf, laufe weiter . . .

Plötzlich ein wahnsinniger Schmerz und ich schlage zu Boden . . . Mein Fuß ist schwer wie ein ungeheures Bleigewicht . . . Ich bin in ein Fangeisen geraten!

Unter Anstrengungen versuche ich das verfluchte Eisen auseinanderzuspreizen, doch es gelingt mir nicht. Ich beiße die Zähne zusammen, raffe mich wieder auf, humple einige Schritte weiter. Schon laufen die ersten Posten auf mich zu. Jetzt sind sie da. Welch ein Glück – sie sind ohne Waffen! Kräftige Hiebe, Blut spritzt mir ins Gesicht, die Soldaten fallen zu Boden. Die Schmerzen vergessend, humple ich weiter, immer weiter. so schnell es geht, ich habe nicht mehr weit.

Schon kommt der Nachschub! Ausgeschwärmt kreisen sie mich ein. Wie junge, unbeholfene Bären stürzen sie sich auf mich. Meine ganze Boxkunst, langjähriges Training im Jiu-Jitsu versagten; die Männer hingen mir an Beinen und Armen. Fast einen ganzen Kopf größer als meine Feinde, spähe ich noch einmal zur Grenze, zur Freiheit hinüber. Ich schüttle noch einmal die Menschenleiber von mir, sie sind durch das ungewohnte Laufen sichtlich erschöpft, meine Fausthiebe und Abwehrgriffe bringen wieder einige zu Fall, ich sehe unbewaffnete, fuchtelnde Hände, dann . . . einen Gewehrkolben . . .

Dumpfer, lähmender Schmerz am Hinterkopf . . .

Ich verliere die Besinnung . . .

*

In einem kleinen, hell getünchten Zimmer erwachte ich auf einer Pritsche, an Armen und Beinen gefesselt. Mein Kopf war bleischwer, ich konnte keinen klaren Gedanken fassen; es schien mir, als sei ich immer noch vom Nebel umgeben, und in der Ferne glaubte ich irgendwo die weißen Grenzsteine zu sehen. Im Zimmer saßen auf einer Bank zwei schwerbewaffnete Posten, die abwechselnd versuchten, sich das Gähnen zu verbeißen. Die Luft roch nach frisch gebackenem Schwarzbrot.

Ich verlor wieder die Besinnung.

Als ich zum zweitenmal wach wurde, waren die gähnenden Posten durch zwei sehr wachsame abgelöst, denn kaum hatte ich die Augen geöffnet, als sie mich von den Stricken befreiten, Wasser zum Waschen brachten und eine unheimliche Portion Buchweizengrütze mit Butter. Mein Hemd hing in blutigen Fetzen, meine Hose war ebenfalls zerrissen, mein Gesicht geschwollen und der ganze Körper wie gemartert.

Mein erster klarer Gedanke war: jetzt bist du ein Todgeweihter! – Eine schwache Hoffnung setzte ich nur noch auf meine Beziehungen zu den höchsten russischen Instanzen, dort hatte ich viele Freunde.

Bajonette vor mir, Bajonette hinter mir, so trete ich in die Schreibstube ein. An der Seite steht ein großer Tisch, bedeckt mit Akten, dahinter zwei liederliche Schreiber, die mich anglotzen. Mit Grandezza betritt ein Oberst, gefolgt von einem halben Dutzend Offizieren, die Stube. Die Schreiber drücken wie auf Kommando ihre Nasen in die Akten, während jetzt die Offiziere mich neugierig mustern und miteinander flüstern. Wieder wird die Tür aufgerissen. Die Offiziere schweigen plötzlich.

Ein kleiner, breitschultriger Herr mit klugen Gesichtszügen und gepflegtem Anzug tritt ein und geht direkt auf mich zu, ohne die Anwesenden zu beachten. Er blickt mir tief und ernst in die Augen. Ich straffe mich vorschriftsmäßig und militärisch, doch er winkt ab.

„Ich weiß, wer Sie sind und wie Sie heißen."

Der Mann nennt mir in knappen Sätzen die Ereignisse und Etappen meiner Flucht. Ich bestätige die Richtigkeit seiner Angaben.

„Sind die Liebe zu ihrem deutschen Vaterland und Ihr Pflichtbewußtsein die einzigen Gründe zu Ihrer Flucht gewesen?"

„Ja."

Der Mann läßt sich meine zerrissenen Sachen vorlegen, untersucht alles genau, sogar die gelben Sommerhalbschuhe werden in kleinste Teile zerlegt.

Es wird nichts gefunden.

„Haben Sie in der deutschen Armee gedient?" fragt er weiter.

„Ja."

„Dienstgrad?"

„Leutnant der Reserve."

„Stehen Sie im deutschen Nachrichtendienst?"

„Nein."

„Unterhalten Sie Beziehungen zu deutschen Militärpersonen?"

„Ja, es sind meine Verwandten."

„Stehen diese Personen direkt oder indirekt ständig mit Ihnen in Verbindung? Erhalten Sie öfters von ihnen Nachricht?"

„Nein, ganz selten. Unsere Beziehungen sind rein familiär."

„Welche Sprachen beherrschen Sie?"

„Deutsch, Russisch, Englisch, Französisch."

„Warum wurden Sie kein russischer Staatsbürger? Sie haben gute Beziehungen bis nach Zarskoe Selo*, und sind doch in Petersburg geboren?"

„Ich hatte keinen Grund und keine Veranlassung, meine deutsche Staatsangehörigkeit aufzugeben."

„Wissen Sie, daß Sie unter Mordverdacht stehen?"

„Ich kämpfte um meine Freiheit und bin kein Mörder!"

„Ich habe Sie danach nicht gefragt! Sie haben sich der russischen Staatsgewalt widersetzt! Es ist Krieg, das sagt alles! Wir können mit Ihnen machen, was wir wollen! . . . Wissen Sie, wie man Sie hinrichten wird? . . . . Sie stehen unter Spionageverdacht!"

„— — — — — — — — —"

„Hinrichtung durch den Strang ist Ihnen sicher!"

Ich blickte dem Mann fest in die Augen.

„Haben Sie was von der Festung Schlüsselburg gehört? Von den unterirdischen Kasematten? Dort hat mancher sprechen gelernt. Wissen Sie, daß dort in den Dunkelzellen schon mancher wahnsinnig geworden oder durch das steigende Hochwasser ersoffen ist?"

Der Mann sieht mich lange schweigend an. Seine ruhigen Augen suchen in meinem Gesicht, bis sich eine tief Furche zwischen seine buschigen Augenbrauen legt.

„Sie haben nur eine einzige Chance, dem Tode zu entrinnen", die Stimme klingt jetzt gemessen, und doch höre ich einen blechernen Ton heraus. „Unsere Ochrana und unser Spionageabwehrdienst sind so gut durchorganisiert, daß uns nichts entgehen kann. Sie sind lange genug in Rußland gewesen, um es selbst sehr gut beurteilen zu können. Während ich Sie jetzt vernehme und diese unwichtigen Fragen an Sie stelle, wird die Villa Ihres Vaters auf dem Kamennij Ostrow vom Keller bis zum Dachstuhl durchsucht. Das Allerunwichtigste wird genauestens geprüft. Diese einzige Chance also liegt im Geständnis. Sagen Sie jetzt die Wahrheit, so sind Sie gerettet – sonst werden Sie hängen."

* Residenz des Zaren Nikolaus II.

„Ich habe Ihnen nichts zu gestehen."

„Ich gebe Ihnen eine halbe Stunde Zeit", sagt der Mann, als habe er meine Worte überhaupt nicht gehört. „Die Entscheidung liegt bei Ihnen selbst. Denken Sie an Ihre Jugend, Ihre Eltern und Ihre Heimat. Sie haben eine halbe Stunde Zeit! Gehen Sie!"

Ich werde in die Zelle zurückgeführt und bekomme gut und reichlich zu essen; ein paar alte Schuhe darf ich auch anziehen. Gewohnheitsmäßig blicke ich nach meinem Handgelenk, wo einst die Armbanduhr saß; nur der Riemen ist noch da. Ich schnalle ihn ab, lege ihn auf den Tisch. Neugierig, ohne jede Strenge und Würde, blicken mich die wachthabenden Soldaten an, sie scheinen ihre Gewehre ganz vergessen zu haben. So vergeht die Zeit.

Sie fahren zusammen, als die Tür aufgerissen wird. Man führt mich wieder in die Schreibstube. Als ich eintrete, herrscht unter allen Anwesenden vollkommene Stille.

„Die Zeit ist um, Dr.-Ing. Theodor Kröger!"

Die Worte scheinen in der Luft zu vibrieren, dann erstarren sie in der nüchternen Schreibstube, wie die Gestalten der Männer um mich.

Mein Blick gleitet über die Schuhe ohne Schnürsenkel, die zerrissenen Hosen, die unförmigen Hemdfetzen, die mit Blut beschmiert sind, über meinen sonnengebräunten, geschwollenen Körper, die vielen kleinen und großen Kratzer, aus denen langsam Blut hervorquillt.

„Heißen Sie so, führen Sie diesen Titel?"

„Ja."

„Ich habe bereits mit Petersburg telefoniert. Ihr Haus ist durchsucht, das Sie belastende Material ist vorhanden. Also?"

„Ich habe Ihnen nichts zu sagen."

„Ist das Ihr letztes Wort, Doktor Kröger?!"

„Ja."

Für kurze Augenblicke liegt die anhaltende Spannung noch über uns. Dann aber klingt abrupt und zornig das Wort des Mannes:

„Abführen!"

Erst im Weggehen höre ich gedämpfte, wie erwachende Stimmen, begleitet von Sporen- und Säbelklirren.

Auf dem Hofe muß ich kurze Zeit warten. Es kommt ein neuer Konvoi von vier Soldaten mit aufgepflanztem Bajonett und einem Unteroffizier. Es geht durch das kleine Städtchen, vorbei an dem Hotel, wo ich die letzten Stunden verbrachte, zum Bahnhof. Neugierige rennen zusammen, laufen uns nach. In einem am Zugende angekoppelten Viehwagen verbringen wir drei volle Tage. In langsamem Tempo geht es Petersburg entgegen.

„Finnischer Bahnhof." Es ist später Nachmittag. Wir warten die kommende Nacht ab, dann werde ich durch bekannte Straßen über eine Newa-Brücke nach der Peter-Paul-Festung gebracht. Eine kleine Tür im großen Tor öffnet sich, man wechselt einige Worte, und sie fällt hinter uns ins Schloß. Eine dunkle Zelle, ein karges Nachtmahl, ich werfe mich auf die hölzerne Pritsche und versinke in einen bleiernen Schlaf.

Jemand rüttelt mich an den nackten Schultern. Es ist ein Wärter mit einem gutmütigen Bauerngesicht, der mir einen Zettel in die Hände schiebt.

„Gestehe alles, es hat keinen Zweck, zu leugnen! Alles ist verloren! Dein Vater."

Ich blicke mit klopfendem Herzen um mich, doch die Zelle ist leer.

Das winzig kleine Guckloch in der Tür . . . Ich starre es scharf an . . . Ein Auge, kaum sichtbar, kaum wahrnehmbar, lauert dahinter . . .

Die Hände auf dem Rücken, gehe ich in der Zelle lange, sehr lange auf und ab. Draußen scheint die Sonne, und ein Hauch des nahen Wassers dringt zu mir herein. Ich gehe auf und ab, immer wieder von der einen Wand zur anderen, dann im Kreise, dann wieder kreuz und quer.

Durch das Guckloch starrt das Auge – es verfolgt alle meine Schritte.

Langsam öffnet sich die Zellentür. Ein hochgewachsener, ergrauter Herr mit vornehm scharfen und beherrschten Gesichtszügen tritt ein, in der Hand eine Aktentasche.

Er spricht lange, eindringlich, seine Stimme ist wohlklingend, überzeugend, die Ausdrücke sind geschickt gewählt und von fuchsiger Schläue. Er beschreibt mir meisterhaft den tiefbetrübten Vater, die plötzlich todkrank gewordene Mutter, spricht von der Fülle des belastenden Materials, verbürgt sich für ungehinderte Ausreise nach Deutschland, wenn ich ihm die Namen derer sage, die vermutlich ihr Vaterland verraten haben.

Nach einer Weile schweigt er und wartet, daß ich nun anfange zu sprechen, irgend etwas, eine Kleinigkeit, um dann auf ihr all das Gewaltige aufzubauen, um dessentwillen er zu mir gekommen ist. Seine Augen liegen prüfend auf meinen Zügen, sie gleiten an den Fetzen meiner Bekleidung entlang und kehren zu meinem Gesicht zurück. Sorgfältig mustert er seine gepflegten Hände, jeden Finger einzeln, seine Handflächen fahren über das gescheitelte Haar.

Unbeweglich sitze ich auf der Schlafpritsche, unbeweglich verharrt auch der Mann an meiner Seite; um ihn ist das Parfüm eines gepflegten Lebens. „Sehen Sie, Doktor Kröger, es gibt immer zwischen zwei Feinden einen großzügigen und einen niedrigen. Der erste hat alle Vorteile, denn er ist der geistige Sieger. Wollen Sie es nicht sein?“ beginnt der Mann wieder zu sprechen.

Langsam hebe ich den Kopf. Ich bin überrascht: er hat die Worte in akzentloser deutscher Sprache gesprochen. Er spricht von Edelmut, von der Pflicht eines Menschen, diejenigen Elemente zu brandmarken, die einen Krebsschaden für Land und Volk bedeuten, von Offizierspflicht, von Ehrenwort, von Kapitulation vor einem großmütigen Gegner, der seinesgleichen gefunden hat, vom Kampf für das Vaterland, einem Kampf, in dem alle Mittel gleich bewundernswert sind, ob man an der Front oder hinter der feindlichen Front für sein Land steht oder fällt. Der Aufbau seiner psychologischen Offensive ist derart überzeugend, derart richtig und lückenlos, daß ich nicht die geringste Möglichkeit habe, in eine noch so kleine Bresche hineinzuschlagen. „Ich gebe Ihnen sogar eine Möglichkeit, sich selbst zu überzeugen. Ich werde veranlassen, daß Ihr Diener in Ihrer Anwesenheit vernommen wird."

„Ich wäre Ihnen sehr zu Dank verpflichtet", antworte ich.

Der Mann erhebt sich, geht zur Zellentür, klopft und verschwindet genau so leise, wie er gekommen ist.

Den Zettel mit den Schriftzügen meines Vaters nehme ich nochmals vor. Jeden einzelnen Buchstaben prüfe ich aufs genaueste, jeden Schnörkel, die Punkte, den Ansatz der Lettern. Ich komme wieder zum gleichen Resultat – es ist eine geschickte Fälschung! Es ist eine Fälschung! Oder ist die Handschrift meines Vaters durch die letzten Ereignisse, Einschüchterungen, Zwangsmaßnahmen, Androhungen doch von ihrem gewohnten, ewig gleichbleibenden Bilde abgewichen? Ich habe meinen Vater nie schwach gesehen. Kann seine Hand auch zittern?

Ich erhalte ein gutes Mittagessen, eine Flasche Wein, meinen Lieblingstabak, mit dem ich erfreut meine Pfeife stopfe, eine zuvorkommende Behandlung, eine neue, saubere, sonnige Zelle . . .

Gegen Abend wird die Tür geöffnet. Der gutmütige Wärter erscheint, hinter ihm kommt mein Diener; er trägt ein Tablett mit dem Abendbrot herein, stellt es schweigend auf den Tisch vor mir. Auch der elegante Herr ist zugegen. Der Wächter geht aus der Zelle.

Vor mir steht Achmed, der tatarische Diener. Er hat das Aussehen eines exotischen Grande. Gepflegt wie immer, peinlich gescheiteltes und geschnittenes Haar, guter Zivilanzug, leichter, heller Sommermantel, weiße, makellose Handschuhe. Das runde, bräunliche Antlitz ist frisch rasiert, die schwarzen, etwas geschlitzten Augen scheinen genau so teilnahmslos zu sein wie seine Gesichtszüge.

„Ihr Diener wird Ihnen alles selbst berichten. Ich muß aber gleich ausdrücklich betonen, daß er von keinem beeinflußt worden ist, auch sagt er nicht unter Zwang oder unter Androhung irgendwelcher Gewaltmaßnahmen aus. Ist das wahr?"

„Ja, es ist wahr!" erwidert der Tatar betont dem Manne. Ich weiß, daß er lügt!

Achmed stand seit über zwanzig Jahren in unseren Diensten. Als ich, noch als Kind, mit meiner Amme einmal im Sommer in der Krim auf dem kleinen Landgute meines Vaters weilte, flüchtete Achmed zu uns, um Schutz vor seinem russischen Stiefvater zu suchen, der ihn für die kleinste Unart halbtot schlug.

Achmed wurde von seinem Stiefvater an meine Mutter für hundert Rubel quasi verkauft. Er wurde ausgebildet, besuchte eine höhere Schule und wurde dann mein ständiger Begleiter fast auf allen Reisen des In- und Auslandes. Ich kannte seine Ergebenheit und Treue, auf ihn konnte ich mich grenzenlos verlassen.

„Sagen Sie Herrn Kröger unbedingt die volle Wahrheit", wirft der Mann ein und macht eine einladende Handbewegung.

Meine Augen begegnen denen des Tataren. Sie sind unergründlich schwarz. Alle Geheimnisse seiner Rasse liegen darin.

„Barin (Herr) . . .", beginnt der Asiate mit fester, klarer Stimme, „ich schwöre Ihnen bei Gott, die Wahrheit zu sagen, von keinem beeinflußt zu sein..." Er spricht weiter. Dauernd wird er von dem Manne scharf beobachtet.

In den Schlitzaugen, in den äußersten Winkeln, in den winzigen Fältchen . . . dort liegt die Wahrheit, in den kaum wahrnehmbaren Funken, die zu mir in der bekannten, vertrauten Art überspringen.

Achmed ist Vollblutmongole, ein würdiger Nachfolger seines großen Ahnen Dschingis-Khan. Um seine Züge spielt das ewig gleichbleibende, verbindliche Lächeln Asiens – ich weiß Bescheid.

„. . . und diese Nachricht", unterbreche ich ihn, „stammt sie wahrhaftig von meinem Vater? Hat er das selbst geschrieben?“ Und ich reiche dem Tataren die wenigen Worte auf dem Papier.

„Herr Kommerzienrat haben es in meiner Anwesenheit selbst geschrieben, und ich habe es sofort nach der Festung bringen müssen“, kommt es ohne Bedenken, entschlossen und mit Nachdruck zurück.

Und wieder lächeln nur für mich die Augen des Asiaten...

Es kostet mich eine unglaubliche Überwindung, dem Tataren nicht um den Hals zu fallen.

„Herr Kröger, ich will nicht weiter in Sie dringen“, beginnt wieder der Russe. „Ich lasse Ihnen gern ein oder zwei Tage Zeit. Ich komme wieder. Die Entscheidung überlasse ich Ihnen. Kommen Sie“, wendet er sich an Achmed, „wir beide haben unsere Pflicht erfüllt. Sorgen Sie dafür, daß in der Villa des Herrn Kröger alles wieder in Ordnung kommt, denn er wird wahrscheinlich recht bald zurückkehren.“ Der Mann verbeugt sich, und ich blicke dem gleichgültigen, geschulten Gesicht des Tataren mit seinem indifferenten Ausdruck nach. An der Tür wendet er sich um, und unsere Blicke begegnen sich noch einmal.

„Barin, wir vergessen Sie nicht. Wir warten auf Sie. Alles wird bei Ihnen in Ordnung gebracht.“

Dann bin ich allein.

Ich esse lange, bedächtig, zu Abend. Die Flasche Wein ist bis zur Neige geleert. Ich schlafe unverschämt gut.

Zwei Tage später kommt der Russe wieder, auch dieses Mal distinguiert und ruhig.

„Ich möchte jetzt Ihre Entscheidung hören, Doktor Kröger!“

„Ich habe Ihnen nichts zu sagen.“

„Das heißt also: Sie wollen kein Geständnis ablegen?“

„Nein, weil ich nichts weiß.“

„Ist das Ihr letztes, allerletztes Wort?“

„Ja.“

„Schade, sehr schade, ich wollte Ihnen helfen . . .“ Und in seiner vornehmen Art, voller Beherrschung und Würde, verläßt er ganz langsam meine Zelle.

Gleich darauf werde ich mit dem Schiff nach der Festung Schlüsselburg gebracht.

Im Scheine der Abendsonne liegt vor mir das dunkle Massiv, der Schrecken des großen Landes – die Festung Schlüsselburg – die russische Bastille. Das weite, öde Land um die enormen Steinmassen betont die drückende Wucht dieses Gefüges.

Grauen umschleicht ständig diese Stätte. Flüche der hier zu Tode Gemarterten haben die finsteren, verwitterten Mauern in sich aufgenommen. Sie sahen, wie so manchem Unglücklichen in ihrer stummen Mitte das Blut in den Adern zu Eis erstarrte, und so wurden sie für ewig düster, furchterregend. Sie wurden von der Sonne gewitterhaft beschienen, aber nie erwärmt.

Die Festung Schlüsselburg war im vierzehnten Jahrhundert vom Großfürstentum Nowgorod erbaut worden. Man nannte sie damals „Orjeschek" (Übersetzt: ein „Nüßchen" – Nuß – hart und deshalb wohl schwer zum „Aufknakken" gewesen?) Als die Schweden sie im siebzehnten Jahrhundert erobert hatten, wurde sie in „Schlüsselburg" umbenannt. Etwa ums Jahr 1700 gelang es der russischen Armee unter dem Zaren Peter dem Großen, diese Festung nach blutigem Kampf zu erstürmen. Seit dieser Zeit verlor sie als bisheriger strategischer Punkt ihre Bedeutung. Zur gleichen Zeit aber begann ihr grauenhafter Ruf – sie wurde ein Staatsgefängnis für die gefährlichsten politischen Verbrecher. Das Grauen dieser Festung wuchs von Tag zu Tag, zwei Jahrhunderte hindurch. In ihren Mauern haben sich die bestialischsten Folterungen abgespielt, die nur ein Menschenhirn erfinden kann, und ihr unheimlicher Ruf war nicht nur über ganz Rußland, sondern auch im Auslande verbreitet. In der Festung sind in eigens dafür erbauten Kasematten Marterinstrumente vorhanden, Anschnallvorrichtungen, verschiedene Hämmer, Zangen, Reifen, um damit die Gliedmaßen, Zehen und Finger der Opfer auszukugeln, zu verstümmeln, abzubrechen, oder ihnen die Augen auszubrennen. Auch andere Instrumente, deren Verwendung man kaum erraten kann, befinden sich dort.

Man führt uns . . .

Die ersten der Festung vorgelagerten Hügel lassen wir zur Linken zurück. Plötzlich stehen wir vor enormen, klobig zusammengefügten Mauern, Bastionen und Türmen, unglaublich in ihrer Wucht und Höhe. In einem Turm eine Pforte – der einzige Eingang in die Festung. Darüber prangt in vergoldeten Lettern die Aufschrift:

„Der Zarenturm."

Ein Symbol des Absolutismus!

Diese Pforte unter dem erdrückenden Torbogen wird geöffnet.

Der letzte Schritt . . .

Unsere schweigende Kolonne mit blankgezogenen Pallaschen tritt ein. Das dämmerige Licht fällt auf kalte Bajonette, abweisende, finstere Gesichter der Wächter.

Wir stehen im Festungshof. Hohe, graue Mauern umgeben uns von allen Seiten in ihrer erdrückenden Wucht. Sie sind erhaben und indifferent gegen Jahrhunderte und Menschen. Schmale, ausgetretene Stufen, verwitterter Vorbau, kleine vergitterte Fenster – ein schauriges Bild aller Inquisitionsschrecken. Kleine Gänge, rechts und links schwere, beschlagene Türen, die Kammern, sechseckig, ohne Möglichkeit sich zu verbergen, hoch an der Decke ein schmales Fenster, kein Ausblick in die Freiheit. Eisernes, einzementiertes Bett, einzementierter, kleiner Tisch, ein unverrückbarer Schemel davor. Tritte der früheren Gefangenen haben den Fußboden stellenweise ausgehöhlt, und die, die man jetzt hineinführt, werden ihn noch mehr vertiefen.

Erschreckend ringsum die Stille! Von irgendwoher kommt Kettenklirren. Athletenhafte Wächter, ihre ewig gleichbleibende Zeichensprache: „Komm! Geh!"

Die Erinnerung an meine Jugend . . .

Bilder, die sich nie verwischen werden . . .

Der Gefängnishof ist groß. Er hat nur einen einzigen Ausgang, der in einen anderen Hof führt. Dort, auf einer

Insel, befindet sich das Massiv der eigentlichen Schlüsselburg – die Festung in der Festung. Ihre Mauern haben eine Höhe von etwa fünfzehn Meter. Sie sind zusammengefügt aus ausgesucht schweren Steinquadern. Aus dem Mauermassiv erheben sich einige Türme, unter ihnen der berüchtigte „Fürstenturm". In den historischen Berichten über Hinrichtungen wird er oft erwähnt.

Die Häftlinge dieses Turms rekrutieren sich zur Zeit Peter des Ersten und nach seinem Regime aus den Kreisen der höchsten Aristokratie. Unter ihnen befand sich während der Regierungszeit der Zarin Anna Joanowna auch der allmächtige Herrscher, der ungekrönte Zar – Byron. Ferner der bekannte Fürst Dolgorukij. Dort hat man sie alle gemartert, dort hat man sie grauenhaft hingerichtet. Ihnen folgte dann der gestürzte Zar Joann. Er hat im Turm acht Jahre zugebracht und wurde bei einem Befreiungsversuch von der Wache erschossen. Es kamen aber auch Leute niedrigen Standes in den „Fürstenturm", die man ebenso gequält hat.

Menschen hat man dort eingemauert!

Es fällt kein Wort, nicht ein einziges, denn jeder kennt hier seinen Weg, die Wächter wie die Gefangenen, und darum schweigen auch alle. Nur harte, schwere Schritte, neben ihnen ängstliche und zaghafte, und diese Schritte werden die Gefangenen nie, nie im Leben wieder zurückschreiten, denn sie führen in den Tod.

Stufen gehen hinunter.

Grauen und Schrecken erfüllen diese Erde, ihr Atem greift roh nach mir. Es riecht nach Feuchtigkeit und Moder. Ratten huschen vorüber. Die Füße treten in Pfützen. Irgendwo tropft eintönig das Wasser.

Wenn nach Jahrzehnten, Jahrhunderten oder Jahrtausenden diese Mauern zerfallen und nicht mehr sein werden, so wird doch um diesen Fleck Erde bis in die Ewigkeit das Grauen schleichen, und die Schatten der Toten werden sich hier treffen und Gott lästernd fluchen.

Ein schwarzer Gang im flackernden Licht vor mir; er

endet im Nichts, dort, wo es nie Licht gibt. An den Seiten kleine, verrostete Türen mit kaum noch leserlichen Nummern.

Eine dieser Türen wird geöffnet, sie krächzt in den verrosteten Angeln. In die starrende Nacht, in ein weites, aufgerissenes Maul werde ich hineingeführt. Die Tür krächzt, ein schwerer Riegel fällt.

Um mich ist schwarzes, uferloses, endloses Nichts.

Irgendwo tropft es. Ein Tropfen nach dem andern fällt. Sie messen hier die Zeit bis zum Tode – bis zur Erlösung.

Lauernd sitzt überall die Stille, die ich mit allen Nerven spüre. Sie umgibt, umschleicht mich von allen Seiten, vorsichtig und dennoch sicher, sie greift erst schüchtern, dann plötzlich roh nach meinem Körper, nach meinem Kopf. Ich glaube sie jetzt doch zu sehen: sie trägt in der einen Hand den Tod, in der andern den Wahnsinn, dessen Lachen das Blut der Menschen gerinnen läßt. Aber der Wahnsinn ist auch das irdische, vielleicht glückliche Nichtsein. Hier ist ihm kaum einer entronnen . . .

Ich schließe die Augen, um das Nichts nicht zu sehen. Das ganze Nervensystem ist bis zur Unerträglichkeit angespannt. Nur ganz, ganz langsam, nur durch brutalste Konzentration kommt unsicher die Entspannung.

Die Tür! Wo ist sie?

Der Schrecken reißt mich herum, ich taumle zurück und fasse die Tür, die verrostete. Ich bin glücklich, nach ihr fassen, mich an ihr halten zu können, an nichts sonst.

Die Augen sind weit aufgerissen, denn ich stelle es mit der Hand fest, die immer wieder darüberfährt. Sie sehen aber nichts, gar nichts. Die Sehnerven spannen sich bis zur höchsten Möglichkeit und verursachen einen dumpfen Schmerz in den Augenhöhlen. Die Augen . . . sehen nichts! Bin ich denn blind? . . . Ist es möglich, durch diese rasend angespannte Anstrengung, unbedingt etwas sehen zu wollen, plötzlich zu erblinden? Ist es möglich?

Ich kämpfe erbittert, obwohl der Mut gegen die Feigheit so klein ist, und sie, sie ist so groß und überwältigend. Ich kämpfe gegen den Schrecken der Finsternis und was in ihr ist, was sie in sich birgt. Der zermürbende Kampf währt lange.

Die Feigheit hat gesiegt, denn ich habe mich an meine Tür festgekrampft.

Doch das Gähnende, Schwarze, das mich überall einschließt, zieht mich mit Gewalt von der Tür fort. Ich kann mich dagegen nicht mehr wehren.

Ich will, ich muß unbedingt wissen, wo ich bin, ich muß alles abtasten, ich will das Schwarze um mich und was es birgt, erfassen, verstehen können, wie einen völlig greifbaren Gegenstand – wie meine Tür.

Ich halte mich an ihr fest und greife immer wieder nach ihr. Meine Hände tasten an den Wänden entlang; sie sind feucht, und zum Teil ist schon der Zement abgebröckelt, denn an diesen Stellen hat sich wohl Moos oder sonst ein Gewächs gebildet, das weich und glitschig ist. Vorsichtig setze ich die Füße auf den ungesehenen Boden, ins schwarze, uferlose Nichts. Sind dort Fallen, Eisen, Gruben, in die ich hineinstolpern, hineinfallen soll? Die Füße tasten, die Hände, die Finger halten, verkrampfen sich an den Überresten der Wand. Ich habe dauernd das Empfinden: jemand steht hinter mir, etwas will mich niederwerfen, erwürgen.

Das ist der beginnende Wahnsinn . . . Doch die suchenden, weit um sich fühlenden Hände fassen nur ins Leere.

Jedes kleinste Stückchen der schlüpfrigen, schlammigen Erde ertastet mein Fuß. Ich komme kaum von der Stelle, obwohl meine Füße unermüdlich umhertasten. Der ganze Körper ist eine einzige, nicht nachlassende Spannung.

Ich versuche, die erste Ecke wahrzunehmen, aber ich finde sie nicht . . . sonderbar. Hat denn die Zelle keine Ecken, oder sind sie im Laufe der Zeit durch Moder und Feuchtigkeit verwischt? Ich gehe Schritt für Schritt weiter. Der unsichtbare Weg nimmt kein Ende. Werde ich die Tür wiederfinden? Ich habe nicht einmal die erste Ecke ertasten können, dabei ist mein Weg schon so weit.

Plötzlich höre ich mich erfreut stöhnen. Meine Hände erfassen wieder die Tür! Ich kenne sie jetzt. Sie ist für mich eine große Freude, denn sie ist der einzige feststehende Begriff.

Ich habe sie beim Betreten der Zelle gesehen.

Unfaßbar groß ist die Kasematte! Raum und Entfernung sind in ihr ausgelöscht, nicht vorhanden, und unter dem Eindruck, mich in einer geräumigen Zelle zu befinden, werde ich von einem glücklichen Gefühl und Ruhe erfaßt. Der Raum ist schon beinahe zum konstanten Begriff geworden. Ich hole erleichtert tief Atem.

Aber nicht lange gönne ich mir Ruhe. Etwas zwingt mich wieder, die Kasematte genauer zu ertasten, mit den Fingern zu erfassen, mit dem Kopf zu verstehen, mit dem inneren Auge zu ersehen.

Jetzt taste ich mich nicht mehr an der Wand entlang, sondern gehe geradeaus; wenigstens versuche ich es zu tun. Wieder will mich von allen Seiten das Unsichtbare, Gewaltige mit aller Kraft nieder werfen, zu Boden drücken. Wie ein Schutz steht hinter mir meine Tür.

Langsam und vorsichtig gleiten meine Füße. Erst der eine, dann der andere. Es ist wieder ein mühsamer, ungesehener Weg.

Meine weit ausgebreiteten Arme, meine gespreizten Finger greifen um sich, aber sie erfassen nichts. Nur wenn sie die niedrige Decke berühren, dann bröckelt Erde oder der gelockerte Zement ab. Etwas kriechendes, schnell Huschendes erfassen die Finger – es sind Spinnen, denke ich, denn ich fühle an meinem halbnackten Körper, wie sie dort weiterkriechen.

Von Zeit zu Zeit bleibe ich stehen, setze die Beine auseinander und warte erneut, horche, als müsse ich doch unbedingt etwas wahrnehmen. Nichts . . . lautlose Stille, nur der Tropfen fällt beständig, in gleichbleibendem Rhythmus – der Zeitmesser des Todes, der einmal doch kommenden Erlösung . . .

Ich taste weiter . . .

Jetzt erfassen anscheinend meine Hände die gegenüberliegende Wand. Blitzschnell, wie auf einer Planskizze, konstruiert das Gehirn die Maße des großen Raumes: Länge, Breite, Höhe, sind jetzt für den Geist feststehend geworden.

Im nächsten Augenblick gleitet mir etwas über die Füße, springt bis zu meinem Knie hoch, piepst, verbeißt sich an meiner Hose. Eine Ratte!

Entsetzt über das unverhoffte und für mein Empfinden ekelerregende Lebewesen, springe ich zurück. Das lange und ständig lauernde Unsichtbare hat jetzt endlich völlig über mich Gewalt bekommen. Es schleudert mich von der einen Seite zur gegenüberliegenden, von dort wieder zurück, ich taumle, doch überall hält mich irgendeine Wand. Die Ratte bammelt am Hosenbein, ich werde jetzt gegen meine Tür geworfen, an ihr kralle ich mich fest, an ihr erstarre ich, voll Ekel, Grauen und Schrecken. Die Ratte piepst, ich taste nach ihr, packe sie, schleudere sie fort. Sie schlägt in Moder und Wasser irgendwo auf.

Die unfaßbar große Kasematte ist ein Pferch?!

Ein Käfig?!

Der Begriff der Enge versetzt mich in eine wahnsinnige Unruhe, die sich bis zur Selbstraserei steigert. Ich ringe nach Luft. Der Raum kann höchstens zwei Quadratmeter messen.

Ich schließe krampfhaft die Augen, drücke mit aller Gewalt die Handflächen an die Ohren, um wenigstens für kurze Zeit das Tropfen des Wassers nicht zu hören, denn die immer gespannt blickenden Augen schmerzen, die Stille tut den Ohren weh. Aber wie lange kann ich so verharren? Das Blut trommelt schon hastig in den Schläfen, die Arme sinken, die Ohren horchen wieder gespannt, die Augen starren erneut, und erschöpft sinke ich auf den Boden und lehne mich gegen die feuchte Tür. Feucht ist auch mein halbnackter Körper, seine Lumpen, und die Hände.

Ein Tropfen nach dem andern fällt – in roher, gemeiner Gleichmäßigkeit. Der Körper wird schlaff, unbeweglich, ich sinke zusammen. Ist das schon der Tod . . . und ich kann mich nicht mehr wehren? . . .

Sonnenschein, heißer, glitzernder Sonnenschein . . . üppige Sommerwiese, bunte Blumen, milde Luft . . . ich gehe und gehe, und die Pracht endet nicht . . . es ist die weite, weite Welt . . . bekannte, vertraute Bilder . . .

Die Kopfhaut schrumpft zusammen! Die Haare sträuben sich! Etwas stößt gegen meinen Fuß!

Plötzliches Erwachen – starrender Schrecken – die Wirklichkeit. Ich greife danach in Abwehr. Meine Finger gleiten in etwas Warmes, Flüssiges – Fleisch, Brot, Hering oder . . . ?

Die Sonne, die Wiese, die Blumen – es war ein Traum!

Gierig schlürfe ich die warme Flüssigkeit, kaue an den wenigen Brocken – es ist Brot. Altes Brot, es schmeckt nach Schimmel, oder kommt es von meinen Fingern, mit denen ich die Zelle abgetastet, nach Spinnen und Ratten gefaßt habe? Das Holzgefäß ist leer, und erst jetzt spüre ich Heißhunger.

Ich weiß nicht, wie oft man mir den Napf schon hereingeschoben hat. Das Schwarze, das ständig aufgerissene, unkonturenhafte Maul, die Stille, das alles umgibt mich schon eine Ewigkeit.

Manchmal fallen die Tropfen irgendwo in dem schwarzen Nichts schneller, dann ergießt sich ein Wasserstrahl in die Kasematte, das Wasser steigt bis an die Knöchel, an die Knie, höher, bis zu den Hüften, der Brust, dann fällt es, genau so schnell, wie es anstieg.

Wenn das Wasser in meiner Kasematte steigt, so weiß ich, daß über Petersburg, dem Finnischen Meerbusen, Westwind liegt, dadurch steigt das Wasser der Newa, denn sie hat keinen genügenden Abfluß aus dem Ladoga-See, an dem die Festung Schlüsselburg liegt. Bei solchem Westwind kann man immer gut segeln. Wer wird jetzt die „Sturmvogel“ steuern? Meine schöne weiße Jacht, gemütliche Kajüten, das weiße Schlafzimmer, singende Wanten, murmelnde kleine Nachtwellen an den Planken . . .

Ich habe mir in einer Ecke, sie ist durch die vielen Abbröckelungen der Wand und der Erde kaum noch zu erkennen, eine Art von „Hochstand“ gebaut. Dort, wo die Mauer den meisten Widerstand bietet, habe ich eine Stufe mit den Händen ausgescharrt. Wenn das Wasser noch höher steigen sollte, dann werde ich diesen Stand einnehmen, um nicht zu ersaufen. Ich will schlauer sein als die andern. Ob meine Vorgänger auch schon auf diesen Gedanken gekommen sind?

Meine Vorgänger! Was waren das für Menschen? Warum wurden sie einst nach Schlüsselburg gebracht? Sind denn wirklich alle, die hier eingesperrt waren, auch eingegangen? Stand als Abschluß in dem Aktenbündel, das über ihr Leben, ihren Wandel, ihre Taten und ihre Verbrechen berichtete, auf der allerletzten Seite das profane Wort „eingegangen“? „Nach wenigen Wochen in der Dunkelzelle eingegangen –?“

Ihre Spuren sind verwischt, sie sind vielleicht schon von allen vergessen. Sie waren vom Schicksal bestimmt, das Grauen der Kasematten zu nähren, damit es die andern überfalle, damit es den Menschen, der Erde und dem Weltenraum in alle Ewigkeiten erhalten bliebe.

Ihre Schatten aber huschten durch die Wände und eisernen Türen, glitten die Gänge entlang, sie bewegten sich frei und unbekümmert in ihrem Reich, denn keiner konnte sie mehr festhalten und ihnen den Weg verwehren. Nur müde Augen, nur solche, die sich bald für ewig schließen würden, konnten diese Schatten sehen. Sie besuchten mich, wir unterhielten uns.

Sie alle, ob sie ergeben und zusammengebrochen, lautlos und ohne zu klagen, oder vom Ekel, Grauen und Wahnsinn besessen, tobend, schreiend, fluchend, Gott lästernd den Tod erlitten, sie alle kamen zu mir und erzählten mir von ihrem Leben, ihrem Tode – ihrer Erlösung.

Das einzige Geräusch, das ich wahrnehme, ist das Hereinschieben des hölzernen Eßnapfes durch irgendeine

Öffnung. Sie muß unmittelbar unter der Tür liegen, aber ich untersuche es nicht, denn ich habe einen großen Ekel vor all dem unsichtbar und lautlos kriechenden Getier.

„Stell den Napf an die Tür", sagte mal ein Wächter. Ich weiß nicht, woher die Stimme kam. Seit der Zeit stelle ich den Napf an die Tür, schweige, weil ich nicht sprechen will, und die Kerle sollen auch nicht etwa denken, daß ich mit ihnen sprechen möchte.

Ratten sind meine ärgsten Feinde, denn sie stürzen sich auf mein Essen, und ich muß sie immer fortjagen. Ich fange sie und schmeiße sie mit aller Gewalt gegen die weichen Wände. Erst dann kommen sie nicht wieder. Wenn der Wasserstrahl läuft, spüle ich meine Hände damit ab.

Ich spreche in vier Sprachen, übersetze alles, was mir nur einfällt, ja ich gehe sogar mit winzig kleinen Schritten durch die Kasematte, und wenn mein Finger die aufgeweichte Wand berührt hat, dann gehe ich zurück. Ich habe meine Zelle jetzt völlig erfaßt, und das beruhigt mich.

Manchmal leide ich an Zwangsvorstellungen, glaube den ständig fallenden Tropfen auf meiner Stirn zu spüren, als läge ich gefesselt darunter und könnte meinen Kopf nicht zur Seite wenden. Dann taste ich an meiner Tür entlang, und sie beruhigt mich, denn sie ist hart.

Manchmal sitze ich dagegen gelehnt und erschauere vor dem Ekel, der mich umgibt. Ratten laufen über meine Beine, Spinnen kommen auf mich niedergekrochen, dann verkrampfe ich die Finger zu Fäusten, beginne in der Kasematte auf und ab zu gehen oder bewege meine kalten Glieder in gymnastischen Übungen, bis mich oft die Verzweiflung packt. Oder ich trete selbst in unsichtbare Reihen ein und kommandiere sie. Meine eigenen Kommandos befolge ich genauestens.

„Kerl! Reißen Sie die Knochen zusammen, wenn Sie vor mir stehen!" – Und ich habe Angst vor meiner Stimme.

Vor wem stehe ich denn eigentlich? Vor dem Tode? Vor dem Wahnsinn? Sind das alles nicht schon die ersten Anzeichen der nahenden Umnachtung? Überall sitzt und schleicht sie um mich herum, in den Ratten, Spinnen und dem andern grauenhaften Getier, das ich vielleicht nie sehen werde...

Noch bin ich stark!

Wie lange? Lacht mich nicht jemand ganz still aus? Kichert über meinen Widerstand, der doch einmal zusammenbrechen wird, zusammenbrechen muß?

Da! Jetzt wieder! Ganz leise, irgendwo in der unzerreißbaren Undurchdringlichkeit...

Das Ohr, das immer wieder angestrengt lauscht und schon allmählich müde wird an dieser völligen Zwecklosigkeit, etwas zu erhorchen, vernimmt plötzlich das tropfende Wasser. Es gluckert jetzt so sonderbar, es steigt schon wieder. Ich habe nasse Füße, ich kann mich doch erkälten... dann werde ich krank... gehe ein...

Der Strahl ergießt sich unaufhörlich in die Kasematte. Das Wasser steigt. Bis an die Knie stehe ich darin... bis an die Hüften... bis an die Brust... Das Wasser steigt weiter. Mein vorbereiteter „Hochstand" ist erklommen.

Das Wasser steigt weiter.

Es bleibt höchstens ein halber Meter bis zur Decke. Ich muß mich jetzt über das Wasser beugen und mich völlig gegen die Decke stemmen. Ich fühle, wie vor meinem Gesicht der Eßnapf schaukelt. Zwei Ratten sitzen eng aneinandergedrängt auf meinem Genick. Eine dritte kommt angeschwommen, sie beißen sich um den Platz. Obwohl meine Hände schon im Wasser sind, werfe ich mit der Rechten die Biester herunter, aber sie kommen wieder, beißen sich, schreien.

Ein großer Klumpen löst sich auf einmal von der Decke, fällt mir auf Kopf und Nacken – die Ratten sind plötzlich verschwunden, der Eßnapf ist glucksend untergegangen.

„...Schweinehunde...! Verruchte...!"

Leise plätschert das Wasser um mich herum.

Jemand lacht leise über den lächerlichen Wutausbruch.

Das Wasser berührt mein Kinn.

Es bleiben mir also nur noch zwanzig Zentimeter. Ich presse die linke Kopfseite gegen die Decke, um mehr Raum zu gewinnen. Spinnen kriechen auf meinem Gesicht herum.

Das rechte Ohr ist nun auch im Wasser, ich verdrehe den Mund, um die schwarze, stinkende Jauche nicht zu schlukken.

Wenn mein „Hochstand“ jetzt nachgibt? . . .

Stechende, irrende, übernatürlich glänzende Augen, heraushängende Zunge, gierige, tierische Zähne . . . Die Fratze lacht, jetzt sehe ich sie ganz deutlich vor mir, wie sie immer näher kommt, kalte Hände greifen nach mir, tasten an meinem Körper, machen ihn mit Gewalt leblos . . .

Da ist er, jetzt sehe ich ihn . . . den Wahnsinn!

„. . . Achtung! Das Wasser fällt! Das Wasser ist schon gefallen! Das Wasser fällt! Es fällt immer mehr! . . .“

Der schiefgezogene Mund bringt mit Mühe die Worte hervor. Es ist Unsinn, aber . . .

Nein, es ist Tatsache!

Das Wasser fällt, als hätte die Zelle ein Abflußventil.

Ich bleibe am Leben . . .

Noch zweimal muß ich diesen Kampf überstehen. Ich gehorche kaum noch meinen lächerlichen Kommandos. Alles in mir ist zusammengebrochen.

Zweimal muß ich meine Fingernägel abbeißen, das ist meine Zeitrechnung – acht bis zehn Wochen.

*

Die Erde birst auseinander. Es kracht der Riegel an meiner Tür. Sie wird aufgerissen. Trüber Schein einer Laterne.

Ich bin sehend!

Blitzende Bajonette, finstere Gesichter, Wasserpfützen.

„Komm! Geh!“

Ich fasse noch einmal nach meiner Tür. Sie ist immer noch hart . . . Dunkler Gang, Tritte auf schlammiger Erde, Stufen führen hinauf, fahles Licht blendet mich. Ich stehe auf dem Hof.

Es regnet in Strömen.

Ich hebe das Gesicht gen Himmel, ich zittere. Mein Gesicht, die ausgebreiteten Hände werden naß, meine Lippen werden vom reinen Wasser benetzt, und eine überirdische Kraft hebt mich hoch. Ich empfinde keine Körperschwere . . .

Ich breche zusammen . . .

*

Langsam, wie aus einer Narkose wache ich auf. Irgendwo höre ich Stimmen, ohne sie zu verstehen. Ein wohliges Gefühl fließt langsam durch meinen Körper, denn ich empfinde nach langer Zeit wieder die Berührung mit Stoff, weil mich jemand zugedeckt hat, und gerade dieses Gefühl, verbunden mit der körperlichen Wärme aller Gliedmaßen, läßt mich vollends erwachen.

Ich horche erneut auf die Stimmen.

„Ich sagte Ihnen doch, daß ich nicht wissen kann, wann der Deutsche vernehmungsfähig sein wird. Die Herztätigkeit ist sehr schwach."

„Aber er bleibt doch am Leben, oder . . . ?"

„Ja, zweifellos. Aber ihr müßt noch Geduld haben, zwei bis drei Tage mindestens."

„Ich erzählte Ihnen eben, daß Nikolai Stepanowitsch degradiert worden ist. Er hat an den Deutschen überhaupt nicht gedacht. Es ist ein Wunder, daß der Kerl am Leben geblieben ist. Sechs Mann sind in den Kasematten ersoffen, weil das Wasser zu hoch gestiegen war, und das hat er wissentlich oder aus Nachlässigkeit nicht gemeldet. Stellen Sie sich vor, der Deutsche wäre ersoffen – der Oberleutnant wäre . . . Sehen Sie um Gottes willen zu, Grigorij Fadeewitsch, daß der Mann so bald wie möglich vernehmungsfähig wird, die Obrigkeit ist sehr ungehalten."

„Ich kann doch nicht zaubern, und alle wissen, in welchem Zustand der Kerl sich befand. Ein derartiger Koloß, und seit Wochen Wassersuppen. Was kann da noch übrigbleiben? Alles muß der Zeit überlassen werden, außerdem will man ja schließlich auch Fragen an ihn stellen, die er beantworten soll. Melden Sie, was ich Ihnen gesagt habe. Ich kann weiter nichts tun!"

„Geben Sie ihm aber nicht zuviel zu essen, er muß schwach und zerrüttet bleiben . . ."

„Das weiß ich! Gehen Sie jetzt!" kam es barsch.

Die Stimmen verstummten, eine Tür wurde geschlossen. Jemand ging auf und ab, ein Stuhl wurde gerückt, Papier raschelte, und ein penetranter Geruch nach Karbol breitete sich aus.

Jemand hielt meinen Puls, kontrollierte immer wieder die Schläge. „Verdammt, verdammt!" hörte ich murmeln, dann bohrte sich eine Nadel in meinen Körper. „Elende Menschenschinderei, daß der Kerl mir nur nicht unter den Fingern stirbt!" flüsterte die Stimme wieder, eine weiche Hand legte sich mir auf den Kopf, die Stirn, deckte mich sorgfältig zu. Schritte pendelten noch lange hin und her . . .

*

Ich hebe die schweren Lider. Ein kleines, hell getünchtes Zimmer, an der gegenüberliegenden Wand ein großes vergittertes Fenster, ein Tisch, ein Stuhl, darauf Flaschen, Verbandmaterial, glitzernde Instrumente. Ich liege auf einem Feldbett, mit zwei grauen Pferdedecken zugedeckt, am Körper fühle ich sauberes, wenn auch grobes Leinen. Der Kopf liegt auf einem weichen, weißen Kissen.

Plötzlich, kaleidoskopartig kommen und gehen, strömen zusammen, fließen auseinander die Bilder des zurückgelegten Lebens. Dem Tode in der Dunkelzelle bin ich entronnen. Was kommt jetzt?

Verhör – und dann – das Fazit . . . ?

Mein Schicksal, mein Glück hatte mich immer begünstigt. Es hatte mir immer zugelächelt, verschwenderisch und übermütig.

Als Sohn reicher Eltern kannte ich nur wenig elterliche Liebe und Zärtlichkeiten.

Mein Vater, groß und blond, war der Typ jenes genialen Kultureuropäers, welcher den eisernen Kampf selbst mit dem Leibhaftigen aufnehmen, ein Mann, der jedes Fleckchen Erde urbar machen kann. Meine Mutter, klein und rassig, klug und umsichtig, hübsch und immer gepflegt, verwaltete ihr Vermögen selbst, und die andere Zeit mußte sie ihren gesellschaftlichen Verpflichtungen genügen. Sich mit Kindern abzugeben, galt als unfein. Sie hatte auch keine Zeit dazu. Ein bezahlter Stab von Gouvernanten, Erziehern und Lakaien belebte unser großes Haus. Der schützende Engel gegen die dienstbaren Geister war meine Amme. Verständnislos und staunend blickte sie in meine Hefte und Hieroglyphen, die später, nach größter Mühe, dennoch Buchstaben wurden. Sie blieben dieser Frau für immer ein Rätsel. Streitigkeiten zwischen mir und den Erziehern schlichtete sie auf eigenartige und resolute Art, und wenn diese „Hundesöhne" nicht parierten, schlug sie mit der Faust auf den Tisch: „Laßt mir jetzt mein Kind in Ruhe!" und der betreffende Quälgeist schwieg. Abends führte mich diese Frau, die ich mehr als meine Mutter liebte, in mein Schlafzimmer, stellte mich auf die Knie, kniete selbst neben mir nieder, faltete meine unbeholfenen Finger zum Gebet, und verständnislos, aber voll Andacht wiederholte ich vor den Gottesbildern und der brennenden Lampada* die Worte ihres einfachen Gebetes. Durch die halbgeschlossenen Lider sah ich meine Amme sich bekreuzigen, dabei still und liebevoll lächeln. Der Schein der Lampada fiel auf das blonde, in der Mitte peinlich gescheitelte Haar und das schlichte Antlitz dieser Frau. Alles um mich war dann Ruhe, und glücklich lächelte ich zurück. Auch nachts, kaum daß ich mich im Bettchen bewegte, war die Frau sofort da, deckte mich besorgt zu, liebe, gute Worte dem Schlafenden flüsternd.

Freudestrahlend begrüßte sie mich am Morgen. Sie war wieder da, hübsch, sauber und lieb.

* Öllämpchen.

Den Kampf des Alltags führten wir beide geschlossen gegen unsere Feinde und meine Freiheitsberauber.

Unvergeßlich, wie ein endloser roter Faden läuft durch mein Leben der Glaube an Gott. Ein unerschütterlicher Glaube, den mir diese wunderbare Frau in ihrer ganzen Naivität gab.

Ich war sehr krank. Ein Konsilium der Ärzte hatte keine Hoffnung mehr auf meine Genesung. Unvorsichtigerweise ließ jemand das Wort „Sterben" fallen.

„Sag, muß ich jetzt sterben?" fragte ich meine Amme.

„Ach, Unsinn, die Ärzte wissen nicht Bescheid."

„Aber warum weinst du denn?"

„Ich ärgere mich über all diese Dummen da!"

„Sag, tut das Sterben weh?"

„Nein, mein Kind, gar nicht."

„Wie ist es denn überhaupt mit dem Sterben, wann stirbt man denn? Weiß man das genau? Kann man nichts dagegen machen?"

„Das Sterben ist das Schönste vom Leben", belehrte mich meine Amme. „Gott ist dein richtiger Vater, in seinem Hause wirst du so glücklich, wie du es auf Erden nie sein kannst."

In der Nacht wachte ich mehrmals auf. In der Ferne, im Scheine der Lampada blinkten mich verschiedene Flaschen mit Medizin feindlich an, denn ich wollte nichts mehr von ihnen wissen. Der Vater ließ mir meinen Willen und meinte wohlwollend: „Du bist ein echter Mecklenburger Querkopf! So einer bin ich auch!" Neben meinem Bett knieend, betete meine mütterliche Beschützerin. Ich faßte nach ihrem blonden Kopf, küßte ihn, zog ihn an mich, sie legte sich daneben und so schlief ich ein, meinen heißen, fiebernden Kopf auf die samtartige Haut ihrer Brust gelegt.

Der Morgen graute. Ich wachte auf, traurig enttäuscht. Ich war noch nicht gestorben.

Alles raunte: „Die Amme hat das Kind gesundgebetet." Mein Vater schenkte ihr dann ein prächtiges Haus in ihrem Heimatdorf.

Mit zehn Jahren wurde ich in ein Alumnat in der Schweiz gebracht. Die Abschiedsstunde von meiner Amme wirkte sich monatelang seelisch aus. Es war der erste bittere Schmerz. Ich hielt treue Freundschaft mit meinen neuen Kameraden. Mein Vater sorgte für tüchtige sportliche Ausbildung und erstklassige Lehrer, ein Reifezeugnis folgte dem andern, es kamen große Reisen durch die weite Welt, ich wurde ein Mann mit derben Fäusten, unbelastetem Sinn und übermütig lachenden Waterkant-Augen. Meiner mütterlichen Freundin schrieb ich ins Dorf glühende Liebesbriefe und erzählte ihr dann von den ersten nicht mehr harmlosen Liebesabenteuern. Ihr plötzlicher Tod brachte mir die völlige Einsamkeit. Von ihrem Grabe trennte ich mich mit wehem Herzen. Der Glaube an Gott und die Furchtlosigkeit vor dem Tod blieben in mir aber für immer fest verankert.

Meine kühnen Pläne: Lokomotivführer, Straßenbahnschaffner, dann Texasreiter, Revolvermann, der beste Coltschütze der Welt, Forschungsreisender, Schiffskapitän zu werden, waren mir durch meinen Vater schnell und gründlich vertrieben worden. Meine vielen Streiche, in London auf den verkehrsreichsten Straßen mit großen Paketen auf einem Rade in wildem Zickzack von einer Straßenseite zur andern zu fahren und damit „öffentliches Ärgernis“ zu erregen, waghalsige Kletterpartien in der Schweiz zu unternehmen, um eine Gemse zu jagen, in Hamburg, anstatt auf der Werft zu arbeiten, mich in finsteren Lokalen mit Vagabunden zu schlagen, um dann als Arrestant von der Polizeiwache aus irgendeinen Geschäftsfreund anzurufen, um mich zu legitimieren, in Paris zu hungern und die letzte Garderobe zu versetzen, um einem galanten Abenteuer nachzugehen, das alles rief nur ein gutmütiges Lächeln bei meinem Vater hervor. Beim Militär lernte ich Gehorsam, dann begann meine Arbeit in den väterlichen Betrieben.

Als der Abschluß eines Geschäftes einem unserer Direktoren nicht glücken wollte, erdreistete ich mich, eine abfällige Bemerkung darüber zu machen.

„Wenn du glaubst, dir eine Meinung darüber erlauben zu können, so mußt du erst selbst zeigen, was du kannst. Von deinem Können bin ich noch lange nicht überzeugt, auch wenn du den Titel Dr.-Ing. trägst. Bringst du die angebahnten Verhandlungen zum Abschluß, so wirst du in meinen Augen steigen, wenn nicht, dann verdienst du Ohrfeigen. Jetzt handle!"

Ich wurde vom Vater selbst über alles unterrichtet und versuchte zum erstenmal in meinem Leben eine kaufmännische Transaktion durchzuführen.

Der Einkäufer, ein Herr gesetzten Alters, solider Familienvater, begegnete mir erst mit der Klugheit und Überlegenheit seines Alters. Von seinem Wohlwollen hing der Auftrag ab. Ich merkte sofort, daß er sich in Petersburg etwas amüsieren wollte. Ich überzeugte ihn, daß sich so etwas in Paris am besten und unauffälligsten machen ließe. Er fand meine Idee einer sofortigen gemeinsamen Abreise derart phänomenal, daß wir nach all dem Gesehenen und Erlebten erst nach vierzehn Tagen wieder in Petersburg anlangten. Ich hatte seine größte Sympathie erworben, mußte ihm versprechen, nach Sibirien zu kommen, dort könnte ich mich bei ihm zeitlebens niederlassen, ohne etwas zu arbeiten. Diskretion über alles Gewesene war Selbstverständlichkeit.

Der unseren Eisengießereien erteilte Auftrag war mein erster Erfolg. Er brachte uns einen ansehnlichen Verdienst.

„Das hast du gut gemacht, Ted, du kannst doch was!"

Dieses Lob aus dem Munde meines Vaters war meine höchste Belohnung.

Geld zu verdienen wurde von nun an mein Sport, jedoch nie eine Leidenschaft, nie eine Gier. Ich sah, wie man alle Sachen und fast alle Menschen für Geld kaufen konnte, der Unterschied lag nur in der Höhe des Betrages. Es machte mir Spaß, „die Leute zu kaufen". Erst lehnten sie es ab, verachteten das Angebot, überlegten, wanden und krümmten sich – dann waren sie aber auch schon gekauft.

In großzügiger Weise verstand es mein Vater, viele

Existenzen neu erstehen zu lassen, gleichgültig, ob es früher eine hochstehende Persönlichkeit war oder ein armer, strebsamer, sparsamer Arbeiter, oft ohne jegliche Vorbildung. Er drückte jedem die Hand, klopfte jedem auf die Schulter und ließ nicht selten an Männer, denen er Anstellungen verschaffte, nur die kurzen Worte schreiben: „Wie geht es Ihnen? Kann ich noch etwas für Sie tun? Kröger."

Unsere Firma hatte ihre Fühler über das ganze europäische und asiatische Rußland ausgestreckt. Polen, Baltikum, Zentral- und Süd-Rußland, Sibirien bis zur Mandschurei wurden beliefert. Die Entwicklung stand unter einem günstigen Stern, und man konnte sie von Jahr zu Jahr wahrnehmen. Tag und Nacht arbeiteten unsere Betriebe.

Als der Krieg ausbrach und alle Familien innerhalb weniger Tage bettelarm dastanden, weil man ihnen ihr Vermögen „verstaatlicht", ihr Hab und Gut geraubt, die mühsam erkämpfte Existenz fortgenommen, ihr Leben und Schaffen bis auf den Grund zerstört hatte, sie nach dem inneren Rußland und Sibirien in Verbannung schickte, sie voneinander trennte, da waren es nur wenige, die um die russische Staatsangehörigkeit bettelten. Diejenigen aber, die sie „aus Liebe zu ihrem Vaterlande" erlangten, wurden von der Regierung mit Recht sofort in die vordersten Reihen geschickt, denn dort sollten sie auf die schönen Worte die Tat folgen lassen, – diese neue Liebe auch beweisen!

Der Sport, sich die Menschen zu kaufen, brachte mich bald auf den Gedanken, meiner deutschen Heimat dadurch zu helfen.

Ich hatte darin keine Vorgesetzten, keine Vorschriften, keine Verhaltungsmaßregeln, ich war mein eigener Chef, arbeitete auf eigenes Risiko. Aus Liebe zum Volke, zur Heimat, ging ich weiter den schon einmal beschrittenen Pfad. Diese Erde, sie allein wollte ich schützen.

Das Phantom des Krieges stand schon lange da. Ich sagte mir: die Brücke, über die der Feind in die Festung einzudringen versuchen wird, muß angesägt werden.

Diese Brücke war zur rechten Zeit angesägt . . .

Es kam der Sommer, der Juli 1914!

Wenige Wochen zuvor mußte ich wiederholt die deutsch-russische Grenze bei Eydtkuhnen-Wirballen passieren. Die Paß- und Zoll-Revision war plötzlich sehr streng, aber die Gesichter meiner Bekannten waren unerschütterlich, denn für uns schien es kaum eine Beunruhigung zu geben, kaum eine Grenze und nie eine Durchsuchung. Sie empfingen mich genau so freundlich wie immer.

In Petersburg herrschte große Spannung. Die allgemeine Meinung der maßgebenden Stellen und der Militärpersonen war eindeutig: „Krieg gegen Deutschland – ganz ausgeschlossen!“

Wenige Tage vor der Kriegserklärung flutete alles nach Rußland zurück; was sich noch im Auslande befand, wollte schnellstens nach Hause.

Die Kriegserklärung wird von der Menge mit größter Begeisterung aufgenommen. Schwarze, dichtgedrängte Massen durchziehen die Straßen. Die hohe Geistlichkeit segnet das Volk, leuchtende Kreuze, Kirchenfahnen werden getragen, man ruft dauernd hurra, – eine Begeisterung ohne Ende. Der Zar läßt öffentlich verkünden, daß der Krieg bis zum siegreichen Ende geführt wird. General Rennenkampf verspricht, sich die rechte Hand öffentlich abzuhacken, wenn er mit seiner Armee nicht innerhalb von sechs Monaten in Berlin sein wird.

Geschäfte, welche einen „deutschen“ Namen tragen, werden im Nu demoliert. Pogrome sind an der Tagesordnung. Verbündete präsentieren der russischen Regierung meterlange Rechnungen, denn auch ihre Geschäfte sind aus Unkenntnis und Begeisterung mit demoliert worden. Es wird alles fürstlich bezahlt – Rußland hat Geld!

Die Deutsche Gesandtschaft wird erstürmt; alles, Möbel, Teppiche, Tapeten, Lampen, wird vernichtet, zertrampelt, herabgerissen. Statuen auf dem Gesandtschaftsgebäude werden mit Schlingen unter größtem Jubel heruntergezogen. Ein Flügel erscheint auf der Veranda, begeistert empfängt ihn die Menge, – sein letzter Akkord verklingt in greller Dissonanz unter Trümmern auf dem Straßenpflaster.

Deutsche und Österreicher von zwanzig bis fünfundvierzig Jahren werden als Zivilgefangene erklärt und nach dem inneren Rußland oder Sibirien verschickt. Alles, was darunter oder darüber ist, wird in Viehwagen verladen und über die Grenze, nach Finnland, Torneä-Haparanda, Schweden, Deutschland abgeschoben. Die Existenz dieser Menschen war binnen Stunden vernichtet, – bettelarm, mit nur fünfundzwanzig Pfund Gepäck durften sie Rußland verlassen.

Einer unheimlichen, alles erdrückenden Lawine gleich ergoß sich der Feind über die Brücke nach meiner geliebten Heimat.

Auch meinen Vater ereilte das gleiche, unvermeidliche Schicksal.

Ein Regierungsbeamter kam und versuchte meinen Vater zu überreden, er solle russischer Staatsbürger werden.

Mein Vater lehnte es ab.

Die Enteignungsurkunde der Werke, sämtlicher Betriebe und Filialen in ganz Rußland kam: Mein Vater las sie stehend, laut und sprach jedes Wort deutlich aus. Es war für ihn sein Todesurteil . . .

Der Titan brach zusammen! . . .

Für immer . . .

*

Es wurde dunkel in der Zelle. Eine Lampe brannte, jemand kam an mein Lager. Ich schloß die Augen.

Warum? Wollte ich dem Schicksal einige wenige Stunden abringen? Wozu?

Ich öffne die Augen. Vor mir steht ein Mann im weißen Kittel, der mich über die Brillenränder beobachtet. Er hat gutmütige, weiche Züge.

„Wie fühlen Sie sich?“ fragt er mich.

„Gut“, antworte ich bestimmt, wenn auch mit Mühe.

„Haben Sie Hunger, Durst, wollen Sie essen?“

„Ja.“

Zwei Tage später führt man mich in eine Schreibstube. Militär- und Zivilpersonen sind anwesend. Das Kreuzverhör beginnt. Man will mich wieder mürbe machen, aber die Fragen, die man an mich stellt, verstehe ich nur mit großer Mühe, ich bin noch zu erschöpft und kann sie deshalb nie zur Zufriedenheit beantworten. Sie mühen sich Stunde um Stunde.

Vergebens.

Um dem Urteil die nötige Begründung zu geben, werden mir Flucht, Widerstand und Mord zur Last gelegt. Es wird mir nicht gesagt, wann und wo ich Menschen getötet haben soll.

Das Urteil wird verkündet.

Aus weiter Ferne kommen die Worte zu mir, das Ohr nimmt sie auf, das Gehirn verarbeitet sie, das Herz und mit ihm der ganze Körper zucken jäh zusammen.

„Hinrichtung durch den Strang! Sofortige Exekution!“

„Sie haben die außerordentliche Vergünstigung, Angeklagter, einen letzten Wunsch zu äußern. Halten wir ihn für ausführbar, so wird er Ihnen erfüllt.“

„Ich bitte, Generalleutnant R. sprechen zu dürfen“, sage ich mühselig. Dann folgt ein Flüstern und Murmeln meiner Henker.

*

Wieder geht es Gänge entlang, wieder wird irgendwo eine Tür aufgeschlossen. Eine geräumige Zelle ist mit ängstlichen, zitternden Menschen, denen der Schrecken aus den Augen sieht, angefüllt. Alle haben das gleiche Gesicht: unheimlich geweitete, irrende Blicke, offenen, klaffenden Mund, zerzaustes Haar. Einige hocken auf dem Fußboden, die anderen sitzen auf den Bänken, einige stieren abwesend vor sich hin. Die meisten schluchzen.

Die eintretenden Soldaten rufen einen Namen auf, schleppen den Aufgerufenen gewaltsam und roh aus der Zelle, einige erheben sich apathisch und folgen den Soldaten wie im Schlaf.

Ich hocke in einer Ecke. Der Zementboden ist trocken und durch das Fenster blickt ein kleiner Streifen blauen Himmels.

Langsam wird es Abend ...

Die ganze Nacht kommen die Soldaten in die Zelle. Sie nehmen immer jemanden mit. Wenn sie in der Tür erscheinen und in dem Bogen Papier, im Schein einer Laterne, nach dem Namen suchen, sind unsere Augen nur noch auf ihren Mund gerichtet.

Jetzt ... ich ... So denken wir alle.

Einige schreien früher, noch bevor sie aufgerufen werden, denn sie erkennen ihren Namen an der Mundstellung des Soldaten, der den Namen langsam erst für sich liest.

Keiner von den Weggeholten wird zurückgebracht.

Es wird Morgen.

Vor mir sitzt nur noch ein wild aussehender Mann mit rohen Gesichtszügen. Sein Name fällt, doch er rührt sich nicht. Er wird hochgerissen.

Im selben Augenblick stürzt er sich auf den Soldaten, würgt ihn und beißt ihn mit weit aufgerissenem Maul in die Gurgel. Beide Männer rollen zu Boden. Die Bajonette der hinzueilenden Soldaten bohren sich in den Leib des Mörders. Im Nu ist er gefaßt und verschwindet hinter der Tür; lebend oder tot, es ist nicht mehr zu erkennen.

Der Körper des Soldaten bleibt zurück.

Blitzschnell überlege ich. Die Soldatenuniform anziehen ... und ich kann vielleicht entkommen ... Zu spät. Schon erscheint ein Offizier mit einem neuen Trupp von Soldaten.

„Aufstehen!" Ehrfurchtsvoll liest er vor, jedes Wort betonend: „Durch besonderen Befehl von Allerhöchster Stelle wird die Hinrichtung durch den Strang v o r l ä u f i g in l e b e n s l ä n g l i c h e Verbannung nach Sibirien umgewandelt."

Die Soldaten stehen stramm, der Offizier salutiert und überreicht mir linkisch das Schriftstück zur Unterschrift.

Mit Mühe bringen sie mich aus der muffigen Luft in den Hof. Von dort aus geht es viele Stufen hinauf, ein kleiner Gang . . . „Gebt dem Kerl zu fressen", sagt eine Stimme. Eine Tür öffnet sich.

Hier ist ja Sonne! Ich taumle in die Zelle auf den Sonnenfleck am Boden zu, falle hin, vergrabe mein Gesicht in den Händen und weine.

Das Licht blendet . . .

Später rekapitulierte ich immer wieder zwei Worte meines Urteils:

„Vorläufig!"

Das Urteil konnte also zu beliebiger Zeit abgeändert, die Hinrichtung durch den Strang doch noch vollzogen werden. Dagegen war ich machtlos, solange ich mich in den Händen der Russen befand. Flucht konnte mich davor retten, sonst nichts.

„Lebenslänglich!"

Der Krieg konnte nicht lebenslänglich dauern, das war ausgeschlossen. Das beruhigte mich!

Ich hatte die Wahl: zu fliehen oder abzuwarten, bis der Krieg zu Ende sein würde. Was für Garantien hatte ich aber, daß die Exekution auch wirklich unterbleiben würde? Was wußte ich vom Leben im Zuchthaus? War ich nicht der Willkür der Wächter, der Obrigkeit, dem blinden Zufall ausgesetzt? Hatte ich andererseits durch die vollkommene Beherrschung der russischen Sprache, durch gute Kenntnisse der Menschen und des Landes nicht gewaltige Vorteile bei einer Flucht? Hatte ich nicht genügend Freunde, die allen Grund hatten, mich insbesondere während des Krieges zu schützen, sonst . . . ?

Hatte ich sie nicht in der Gewalt durch mein bisheriges Schweigen?

Das Glück war mir immer hold. Vielleicht, ja so wird es sein, in einem günstigen Augenblick, nachts, während der Arbeit, ich werde etwas abseits stehen, wenn der Wächter nicht beobachtet, werde mich immer weiter entfernen, ein dichter Wald, ängstliche Menschen, die aus Angst gefügig sein werden, ein kleines bißchen Glück . . . Sind nicht schon mehrere entflohen und entkommen?

Vielleicht, ja vielleicht wird es auch mir glücken . . .

Und bei diesem Gedanken wurde ich sogar recht zuversichtlich.

*

Am folgenden Tage wurde ich zum Einkleiden beordert. Zwei Schreiber, unansehnlich und vernachlässigt, saßen hinter einem Tisch voller Akten. Ich wurde von der Seite und von vorn fotografiert, Fingerabdrücke wurden gemacht und alles bis aufs kleinste aufgenommen und protokolliert.

Man brachte die Sträflingskleidung. Rock und Hose bestanden aus einem dicken, rauhen, braungrauen Stoff, die runde Mütze ohne Schirm hatte dieselbe Farbe. Hemd, Unterhose und Rock paßten mir einigermaßen, aber die Hose war viel zu weit, und ich griff daher instinktiv nach meinem Leibgurt an der früheren Hose.

Das Auge des Polizeioffiziers war indessen schneller als meine Hand. Er entriß mir den Gurt mit den Worten: „Das könnte dir so passen, Freundchen, damit du jemanden erwürgen kannst!“ und warf meinen Gürtel fort. Etwas unentschlossen stand ich da, während meine Hose immer wieder Annäherungsversuche mit dem Boden machte. Die Männer um mich herum grinsten verstohlen, und auch der Offizier schien sich kaum vor Lachen halten zu können. Meine Augen suchten im Raum nach einem Gegenstand, der mir meinen Gürtel ersetzen sollte. Da entdeckte ich auf dem Tisch einen ziemlich starken Bindfaden, griff nach ihm und wollte schon die widerspenstige Hose damit bändigen, als eine Hand ihn mir aus den Fingern riß: „Das hat gerade noch gefehlt, willst wohl wieder morden, du Vieh?“ Aller Augen richteten sich plötzlich auf mich, als ich mich erdreistete zu sagen: „Soll ich denn die Hose immer mit einer

Hand festhalten?“ Eine sichtliche Ratlosigkeit war allen anzumerken, bis der Offizier in jovialer Art einen Schneider heraufbeorderte.

Ungekämmt und unrasiert, die liederliche Kleidung voller Fäden und Fusseln, so sah der Schneider aus; auf der typischen „Nichttrinkernase“ zwei dicke Brillengläser in einer mit Nähgarn geflickten Fassung. Tänzelnd kam er auf mich zu und untersuchte nicht nur mit den Augen, sondern scheinbar auch mit der Nase meine Hose. Kurz entschlossen zückte er seine große Schere, zwei kurze, beherzte Schnitte, und ein keilförmiges Stück war herausgeschnitten; eine flinke Nadel nähte mit dickem Garn die Stelle wieder zu. Heureka! Die Hose war gebändigt.

Indessen waren die beiden Schreiber mit dem Heften und Nähen meiner Akte fertig geworden. Der Offizier näherte sich mir, und jedes Wort betonend brachte er mit besonderer Wichtigkeit hervor:

„Kerl, nur der geringste Versuch zu fliehen, und keine Macht der Welt kann dich dann vor dem Strang retten. Merke dir das ganz genau!“

Man brachte mich in meine freundliche, sonnige Zelle zurück. So empfand ich sie wenigstens, obwohl mich das Ungeziefer in unübersehbaren Bataillonen Tag und Nacht attakierte. Tage vergingen in völliger Einsamkeit. Das Essen war gut und reichlich, und so erholte ich mich rasch wieder. Das Turnen und Auf- und Abgehen, meine einzige Beschäftigung, der nicht selten der Wächter durch das Guckloch neugierig zusah, machte meinen Körper wieder elastisch und widerstandsfähig. Dabei wurden schon die kühnsten Fluchtpläne geschmiedet. Ich mußte nur geduldig auf den Abtransport nach Sibirien warten.

Rohes Hämmern gegen die Tür.

„Mach dich fertig!“ Und alles verstummt wieder in der lautlosen Nacht.

Ich habe nur meine Mütze aufzusetzen und schon bin ich fertig.

Kurze Zeit danach wird die Tür aufgerissen.

„Geh!“

Ich gelange auf den großen Hof, der von hohen, grauen Mauern bewacht wird. In der Mitte des Hofes stehen viele Gefangene. Einige davon tragen Sträflingskleider, andere haben ihre Zivilkleidung an. Die Gesichter der Männer sind gespannt. Was steht ihnen bevor? Über allen lastet ihr furchtbares Urteil: Sibirien.

Draußen heult der Wind. Er atmet die herbstliche Kühle des nahen Meeres.

Graue, geduckte, ängstliche Menschen mit kleinen Bündeln auf den Schultern, fluchende, brüllende Stimmen der Wächter, blinkende Bajonette, zitterndes, gespenstisches Fackellicht auf der unheimlichen Gruppe.

„Sibirien!“

Dieses Wort flüstert man gewöhnlich.

Ein nach Sibirien Verbannter ist nur selten heimgekommen. Und wenn einer dennoch zurückgekehrt ist, so war er grau und für immer schweigsam geworden. Nie mehr huschte ein Lächeln über seine Züge. Stundenlang saß er dann unbeweglich, meist irgendwo in der Sonne, starrte vor sich hin, oder er blickte in die Ferne. Seine Augen konnten unendlich weit, weit in die Ferne sehen. Er schien ständig auf etwas zu warten . . . auf den Tod? Ein aus dem „Totenhaus“ Entlassener konnte nur noch darauf warten.

Das mächtige, schwere Tor öffnet sich stöhnend, widerwillig, als wehre es sich gegen die rohe Menschengewalt. Es öffnet den Unglücklichen den Weg zu den Qualen, den Weg zur Verdammnis.

Die unheimliche Kolonne der Todgeweihten passiert langsam das Tor, denn ihre Füße schreiten wie auf bleiernen Sohlen.

Sie schreiten in die Nacht hinaus.

Die Nacht hat sie zu sich genommen.

Sie sind alle in ihr verschwunden . . .

Der Grenzpfahl

Viele Wochen befand ich mich schon unter den Verbrechern. Verlaust, verwanzt, mit bärtigem, verwildertem Gesicht, ein menschliches Tier unter seinesgleichen. Ich unterschied mich höchstens von den anderen durch meine kräftige Gestalt und eine viel strengere Bewachung, wie sie nicht einmal den Schwerverbrechern zuteil wurde. Tag und Nacht wurde ich scharf beobachtet, und des Nachts, wenn ich todmüde und halb verhungert auf kaltem Zementboden oder einer kahlen Pritsche schlief, fiel unzählige Male ein heller, lauernder Laternenstrahl durch das Guckloch der Zellentür auf mein Gesicht.

Teils mit der Bahn, teils zu Fuß trieb man uns bei jedem Wetter über unwegsame Straßen von irgendeinem Bahnhof zu irgendeinem Gefängnis, oder von einem Gefängnis zu irgendeinem Bahnhof hin. Immer weiter und weiter . . . Wohin . . . wußte keiner . . . sollte auch keiner wissen.

Man erhebt sich von einer hölzernen Pritsche oder vom Fußboden. Ein Haufen undefinierbarer Lumpen wird mit größter Sorgfalt um die Füße gewickelt, denn sie ersetzen manchem von uns die Schuhe. Nur wenn die Zelle geheizt ist, werden diese Lumpen über Nacht getrocknet, sonst binden wir sie gar nicht ab. Die zerlumpte Sträflingskleidung wird angezogen, die Mütze nachlässig aufgestülpt, und schon ist man marschbereit.

Dann muß man warten. Man wartet, bis die Zellentür sich öffnet, die Wächter erscheinen um uns entweder zu irgendeinem Bahnhof oder aber zur Arbeit zu treiben.

Eines Tages, es war in der Nähe eines Bahnhofs, abseits von irgendeinem Städtchen, wurde unser Transport ausgeladen. Wir standen lange im strömenden Regen, der uns bis auf die Haut durchnäßte, und froren ganz erbärmlich.

Seit vielen Stunden hatten wir nichts gegessen. Das immer lauter werdende Murren der Sträflinge wurde mit Peitschenhieben zum Schweigen gebracht.

Gegen Abend kam ein neuer Transport Gefangener. Unter ihnen fiel mir sofort ein riesenhafter Sträfling auf.

Fluchende und schlagende Wächter trieben uns endlich weiter, doch ihre drahtdurchflochtenen Peitschen vermochten kaum noch einen von uns zu ermuntern. Einer nach dem andern sanken die durchnäßten, frierenden, hungrigen Menschen zusammen. Diese wurden dann wie Holzklötze in den folgenden Gefängniswagen geworfen, wo die kranken Sträflinge untergebracht waren, darunter einige, die vielleicht kaum noch Stunden zu leben hatten, mit dem Transport aber dennoch schon lange weitergeschleppt wurden. Die Krankheit war kein Grund zum Zurückbleiben, nur der Tod, amtlich festgestellt.

Ich ging als letzter im Zuge. Neben mir schritt unentwegt der riesenhafte Mann, den nichts aus seiner Ruhe bringen konnte. Hinter uns drei Wächter.

„Komm", sagte er zu mir, „wenn wir es mit dir nicht schaffen, so bleibt keiner mehr am Leben. Dann freuen sich unsere Wächter und werden sich gegenseitig bewachen und auspeitschen müssen, dann ist der Spaß für sie zu Ende."

Schelmisch guckt er mich von der Seite an, doch im selben Augenblick trifft ihn ein Peitschenhieb, der ihm seine Sträflingsmütze vom Kopf reißt, ein anderer, ebenso kräftiger Hieb mitten ins Gesicht, das sofort von Blut überströmt ist. Der Riese gibt keinen Ton des Schmerzes von sich, er blickt nur seinen Peiniger an, und die Hand, die schon zum dritten Peitschenhieb ausholt, fällt zurück; der Blick läßt das Blut des Henkers erstarren.

„Geh nur, geh nur", flüstert er und bleibt einige Schritte zurück ...

Wir schritten weiter ... Der Riese wischte sich das Blut aus dem Gesicht nicht fort ...

Wir gingen nebeneinander und schwiegen ...

*

Eine geräumige Zelle ohne Bänke und Pritschen nahm uns auf. In der Ecke stand ein mächtiger Ofen. Es war unerträglich heiß. Wir entkleideten uns, wickelten die schmutzigen, stinkenden Lappen von den Füßen und drängten uns um den Ofen.

Das Essen wurde hereingebracht. Es bestand aus einer grauen, heißen Brühe, in der Heringe und Gurken schwammen. Dazu gab es für jeden ein großes Stück Schwarzbrot.

Ungebändigten wilden Tieren gleich stürzten sich die Halbverhungerten auf den Fraß, rissen sich das Brot gegenseitig aus den Händen, griffen nach den Heringen und Gurken mit den Fingern, die, genau so wie die meinigen, seit Wochen kein Wasser gesehen hatten und mit Schmutz überkrustet waren. Dann schlangen sie alles Erreichbare gierig hinunter.

Da erhebt sich plötzlich mein riesenhafter Begleiter, brüllt die Leute an, und sofort herrscht absolute Ruhe und Stille. Er nähert sich dem einen und dem andern und hat schnell die ihm und mir zustehende Ration an Essen erbeutet. Aber kaum haben wir einen Bissen geschluckt, als die Sträflinge eine drohende Haltung gegen uns einnehmen. Einer nähert sich uns, wiegt sich hochmütig in den Hüften, und ehe der Riese sich versieht, holt der Mann zu einem Schlage aus. Meine Hand ist jedoch schneller, ich pariere den Hieb. Es ist das Signal für die andern, sich jetzt auf uns zu stürzen.

Es war nicht sonderlich schwer, sich der wenigen Gesellen zu erwehren. Meine Boxtechnik kam mir sehr zugute. Während die andern aufs Geratewohl zuschlugen, konnte ich meinen Schlägen ein leicht zu treffendes Ziel geben, und der Erfolg blieb nicht aus, der erste Angriff wurde von mir zurückgeschlagen. Der Riese hatte sich nicht einmal aufgerichtet. Er guckte in aller Seelenruhe zu und schien über die Schlägerei zufrieden zu sein. Vor seinen Hieben hatte ich die größte Angst, denn wenn er einen der Sträflinge geschlagen hätte, so wäre der Betreffende kaum noch am Leben geblieben, und mein Begleiter wäre wahrscheinlich in den nächsten Stunden schon hingerichtet worden.

Jedoch die Sträflinge hatten es sich anders überlegt; sie wollten jetzt geschlossen, alle ohne Ausnahme, gegen uns beide vorgehen.

Schleichend und langsam näherten sie sich uns; wir standen in einer Ecke, um wenigstens im Rücken gedeckt zu sein.

Immer und immer wieder sagte ich zu dem Riesen, er sollte die Kerle mit seinen Hieben nur „ängstigen" und nicht töten – es war umsonst.

„Wer mich anfaßt, ist des Todes!" brüllte er, und seine Augen lächelten dabei, als wäre er nur ein unartiger starker Knabe, der eben stärker war als alle seine Klassengenossen. Immer näher kamen sie auf uns zu, ich sah die unabwendbare Gefahr, ein kurzes Gericht und das Ende des Recken.

Aber die Wache mußte schon unsere erste Schlägerei gehört haben. Die Tür wurde jäh geöffnet, und mit vorgehaltenen Bajonetten und Revolvern wurden die Sträflinge zur Ruhe gebracht. Die Peitsche machte die Widerspenstigen wieder fügsam.

„Man muß sich hier sein Essen mit den Fäusten erkämpfen", sagte der Riese zu den Wächtern.

„Hättest du doch die ganzen Hundesöhne totgeschlagen", war die Antwort, „dann hättest du auch mehr zu fressen gehabt." Am nächsten Tage wurden die beiden Sträflingstransporte einer eingehenden Musterung unterzogen.

Auf dem großen Gefängnishof standen wir vor einem brutal aussehenden Mann. Alkoholiker, rotes, gedunsenes Gesicht mit vielen blauen Äderchen, zynische, bösartige Augen, die ständig lauernd umhersuchten. Einzeln mußten wir antreten. Neben dem Manne stand ein Tisch, ein Schreiber dahinter, der vor Angst so winzig wie möglich erscheinen wollte; unseren Wächtern war deutlich eine beklemmende Unruhe anzumerken.

Einige Männer waren passiert, die Reihe kam an mich.

„Was ist das für ein Kerl?!" brüllte er.

„Deutscher . . . Spion . . . Mörder . . ." erklang die unsichere Stimme des Schreibers.

„Und das Vieh hat keine Ketten?! Euch alle, ihr Hundesöhne, müßte man in Ketten legen! Wißt ihr nicht, was es für eine Gefahr für die Menschheit bedeutet und auch für uns alle hier, wenn solche Unholde frei umherlaufen? Ihr dämlichen Rindviecher! Eine Herde von Eseln, Idioten seid ihr! Der verruchte Hunne, erwürgen könnte ich dieses Viehstück mit meinen eigenen Händen! Ketten anlegen!" Die Stimme des Mannes war heiser vor Wut.

Ein dunkler Raum, ein loderndes, offenes Schmiedefeuer, ein Amboß, ein wuchtiger Schlag mit dem Vorschlaghammer – und die Ketten sind angelegt. An mich ist ein anderer gekettet, einer, der hinter mir stand, der nächste, der gemustert werden sollte, er mußte mitkommen, gleich, ob er sich gut oder renitent aufgeführt hatte. Es war der Riese Stepan.

„Ihr seid des Todes, wenn ihr miteinander auch nur ein Wort redet! Die beiden sind besonders scharf zu beobachten! In Akten vermerken, rot anstreichen!" Die Stimme des Aufsehers kreischte wieder.

Zusammen in eine Zelle gesperrt, sah ich mir meinen Leidensgefährten genauer an. Es war ein Mann von zwei Meter Höhe, wie ein Ringkämpfer gebaut, etwa Mitte zwanzig, mit einem gutmütigen, pockennarbigen Gesicht, aus dem zwei hellblaue, etwas pfiffige Jungensaugen schauten. Sein Haar war struppig, blond und dick.

„In der Schlägerei bist du doch gewandter als ich, obwohl ich viel kräftiger bin. Du mußt mir deine Kniffe beibringen", leitete der Riese das Gespräch nach einigem Schweigen ein. „Komm, wir wollen gute Freunde sein", und wohlwollend streckte er mir seine Hand entgegen. Und in der Tat, von nun an lag diese Riesenpranke unermüdlich und wachsam über meinem Kopf.

Als wir dann unser Nachtmahl hinter uns hatten, legte sich der Riese an meine Seite auf die Pritsche und fragte:

„Was hast du eigentlich verbrochen?"

„Nichts weiter, als daß ich ein Deutscher bin."

„In unserer Stadt war ein Kaufmann, der war auch

Deutscher, ein ordentlicher, arbeitsamer Kerl, den hat man nach Orenburg verschickt."

„Und du?" fragte ich.

„Ich bin Schwerverbrecher", antwortete er finster.

„Wieviel Morde hast du verübt?"

„Mehrere . . . Ich weiß es nicht genau." Er schwieg, dann stieß er unübersetzbare Schimpfworte aus.

Es war mir nicht sonderlich wohl zumute, mit einem solchen Mann Seite an Seite auf einer Pritsche allein in der Zelle zu liegen.

„Hör mal zu, Deutscher, ich muß dir erzählen, wie und warum ich so viele Menschen umgebracht habe. Eigentlich wollte ich es gar nicht. Ich weiß selbst nicht, wie ich dazu kam." Er richtete sich plötzlich auf, faßte mich an beiden Schultern und blickte mir streng und fragend in die Augen. „Sag, kannst du es glauben, daß ich mordete, ohne morden zu wollen, und weiß heute noch nicht, wie ich dazu kam?"

„Warum sollte ich es dir nicht glauben?" erwiderte ich.

„Weil die andern, die Hunde, die mich abgeurteilt haben, es nicht glauben wollten!" Wie erleichtert legte er sich wieder hin.

Plötzlich, ein kaum hörbares Geräusch, ein lauernder Lichtstrahl huschte durch den Raum und blieb auf unseren Gesichtern haften. Wir machten die Augen zu, als schliefen wir. Der Lichtstrahl erlosch. „Ich bin der Sohn des Dorfschulzen in Ljubanj." Mühselig flüsternd reihte er ein Wort ans andere. „Unsere ganze Familie arbeitete fleißig. Wir waren die reichsten Bauern in der ganzen Umgegend. Was die Nachbarn versoffen, ersparten wir und kauften immer mehr Ackerland. Das schönste Mädchen in unserm Dorf war die Waise Marusja. Vor zweieinhalb Jahren habe ich sie geheiratet. Noch nie war ein Mensch so glücklich wie ich. Wir liebten uns grenzenlos, alle beneideten uns. Plötzlich kommt der Mobilmachungsbefehl, und ich soll mit den andern Schafsköpfen in den Krieg gegen die Deutschen marschieren. Was geht so ein Krieg mich an! Sollen doch die andern, die den Krieg gewollt haben, selbst kämpfen! Ich blieb zu Hause. Alle redeten auf mich ein, nur Marusja weinte und bat mich unter Tränen, ich sollte sie nicht verlassen, sie fühlte sich Mutter.

Eines Tages kamen fünf Soldaten und ein Unteroffizier zu mir. Ich stand gerade vor meiner Isba*, welche ich für mich und meine Frau mit meinen Händen gebaut hatte, und spaltete Holz. Hinter den Soldaten kamen Burschen, die durch ihr liederliches Benehmen bei uns im ganzen Dorf bekannt waren. Sie neckten mich schon aus der Ferne. In meiner schönen neuen Isba stellte Marusja gerade den Samowar bereit, sie erschrak über die Eintretenden und schmiegte sich an mich. Nach langem Gerede erklärte ich mich endlich bereit, in den Krieg zu gehen, aber erst später, genau in einem Jahr, jetzt hätte ich keine Lust, da ich noch zu jung verheiratet wäre und Marusja erst das Kind gebären sollte. Auch Marusja bat dieses kampflustige Pack, von mir abzulassen. Ich sei doch der Sohn des Dorfschulzen, reich und angesehen. Alles half nichts. Diese Satanskerle ließen sich auf nichts ein, ich müßte gleich mitgehen.

‚Wenn du freiwillig nicht mitkommst, so werde ich dich, du Hundesohn, zwingen!' brüllte mich plötzlich der Unteroffizier an. Ein Kerl, der nur soff und Schulden machte, erdreistete sich, mir so etwas zu sagen! Die andern aber, die feigen Lumpen, schrien mir ins Gesicht: ‚Feigling! Weib! Blutsauger!'

‚Festnehmen!' brüllte wieder der Chargierte und faßte mich an. In demselben Augenblick hob ich meine Axt, das Blut schoß mir in den Kopf, es wurde mir schwarz vor den Augen, und ich sah überall nur Blut, hörte nur schreiende Menschen, die vor Angst nicht einmal wegzulaufen versuchten . . .

Wie im Traum hörte ich noch die sanften Worte Marusjas, die in der roten Ecke** vor den Heiligenbildern kniete und betete. Ich stellte mich daneben und weinte, denn ich begriff nicht, was ich getan hatte, und war unglücklich darüber.

---

* Hütte im Blockhausstil.

** Hausaltar mit Heiligenbildern und brennenden Öllämpchen.

Freiwillig stellte ich mich, aus innerster Überzeugung. Mehrere Menschen hätte ich erschlagen, sagten die Richter. Ich glaubte es nicht.

Noch nie war ich so verzweifelt wie damals, als ich von meiner geliebten Marusja Abschied nahm. Sie gab mir ein kleines, silbernes Kreuz und sagte, ich weiß die Worte noch ganz genau:

„Sei demütig, Stepan, denke an mich, ich werde unaufhörlich, inbrünstig für dich beten. Gott Vater möge dir gnädig sein."

Wieder ein lauernder, huschender Lichtstrahl durch das Guckloch der Zellentür auf unseren Gesichtern.

„Mögen die Wächter mich schlagen, es stört mich nicht. Ich habe ihr versprochen, demütig zu sein . . . und ich halte ihr das Wort. Für sie lasse ich mich peinigen . . . für sie will ich demütig sein . . ."

Der Riese verstummte. Regungslos lag er da, nur sein Atem ging hörbar schnell.

„Gib deine Hand her, Deutscher", sagte er barsch und führte sie an seine Brust, an der ich das kleine Kreuz Marusjas spürte, welches er an einer dünnen Schnur um den Hals trug.

Und es war mir plötzlich, als brannte eine Träne glühend auf meiner Hand.

„Und jetzt . . . jetzt bettelt sie sich durch das weite Mütterchen Rußland. Sie hat ihr ganzes Hab und Gut zurückgelassen, hungert, leidet die größte Not, nur um mich von weitem zu sehen, mir entgegenzulächeln und mir Mut zu geben. Ihr Kind trägt sie jetzt auf den Armen, sie hat es in Lumpen gewickelt. Gott verläßt sie nicht, er sorgt für sie und ihr Kind, wie er für alle seine Tiere auch sorgt, und mir ist nicht bange um sie."

Durch das vergitterte Fenster sah ich einen schönen, klaren Stern am Himmel stehen.

„Hast du auch jemanden, den du so liebst wie ich meine Marusja?" klang plötzlich die leise Frage durch den Raum.

„Nein", antwortete ich.

Der Stern funkelte am Himmel. Meine krustigen, schmutzigen Hände preßte ich gegen den Kopf. Ich erschauerte in meinen Lumpen . . .

Wir wurden Freunde, obwohl wir beide schwiegen . . . wochenlang. Gleichen Schrittes gingen wir nebeneinander, wir ermunterten uns gegenseitig, wir teilten die gleiche Zelle, gleichen Fraß, Entbehrungen, Demütigungen, Qualen.

Nur Nachts flüsterten wir miteinander.

*

Es war inzwischen Winter geworden.

Über Bjeschezk, Twer, Jaroslaw, Wjatka, Kasan waren wir in der Stadt Perm am Fuße des Uralgebirges angelangt. Die vielen anderen Städte, welche unser Transport berührte, kannte ich nicht, denn meist wurden wir nachts verladen und ausgeladen, um mit der Bevölkerung nicht in Berührung zu kommen. Planlos schien der Transport über das Land zu irren.

Schon seit Wochen bin ich mit Stepan zusammengekettet.

Durch den kniehohen Dreck der aufgeweichten Straßen werden wir getrieben. Manchmal ist es nur ein kurzer Weg, manchmal ein unendlich langer, aber wir müssen ihn gehen, ob wir wollen oder nicht. Ob wir vor Durst umkommen, ob es in Strömen regnet, oder ob die Kälte uns erschauern läßt. Wir werden immer weiter getrieben, wohin, weiß keiner, soll auch keiner wissen. Dann, wenn wir angelangt sind, wo man uns eben hingetrieben hat, müssen wir wieder warten.

Wir warten und schweigen . . .

Eine pustende, schnaufende Lokomotive schleppt einen Sträflingswagen herbei. Wir werden in den Wagen hineingetrieben, eingeschlossen.

Und wieder müssen wir endlos warten . . . warten . . .

Das stunden- und tagelange Warten, verschuldet durch Liederlichkeit, Unpünktlichkeit, falsche Dispositionen und

Zeiteinteilung, macht die Männer launisch und schließlich rabiat. Das Warten ist die größte und wirksamste Erziehungsmethode eines Zuchthauses.

Man muß es lernen, um es jahrelang ertragen zu können. Lernt man es nicht, so geht man ein.

Lange Zeit war mir das Warten eine Qual. Stepan, mein Erzieher, lehrte es mich.

„Du mußt dir immer wieder sagen, ich habe soviel unnütze Zeit, daß ich sie vernichten muß. Denke dich ganz tief in eine schöne Erinnerung hinein. Alte Leute und wir Sträflinge leben nur von Erinnerungen. Denke, du bist in deiner Heimat, auf hoher See, es ist Sturm, du führst dein Segelboot, von dem du mir erzählt hast. Denke an dein Boot im Sturm, so lange du kannst, und wenn du dann wieder erwachst, ist der Tag und die Zeit von dir vernichtet worden. Aber nur an Gutes und Schönes mußt du denken, denn sonst wird das Denken zur Qual, und es soll ja unsere einzige Freude sein, mein Lieber."

So lernte ich das Warten ertragen.

Die Zeit des Weckens war unbestimmt, es konnte genau so gut mitten in der Nacht wie am späten Nachmittag sein. Es kümmerte sich keiner darum, ob man morgens Hunger oder Durst hatte. Wurde man also geweckt, so konnte es bedeuten: zur Arbeit gehen, Weitertransport, oder auch Züchtigung. Diese wurde im Beisein der ganzen Sträflinge vorgenommen; es sollte erzieherisch auf alle wirken.

Gänzlich disziplinlos war alles um uns.

Bei jedem Wetter wurde marschiert. In durchnäßten Kleidern wurde man in den Zellen eingesperrt. Sie waren sogar im Winter oft ungeheizt. Man schlief auf Zementboden. Der ewige Schmutz brachte Epidemien. Die nassen Lumpen an Körper und Füßen riefen Erkältungen allerschlimmster Art hervor.

Aber gerade das war ja der Zweck!

Wir Sträflinge sollten gar nicht lange leben.

Das Bestimmungsziel erreichten nur die gesündesten und widerstandsfähigsten Männer, die anderen waren inzwischen an Lungenentzündung oder ähnlichen „Lächerlichkeiten“ gestorben.

Die Gefängnisse, die wir durchwanderten, glichen sich alle. Auch in den kleinsten Städten waren sie ohne Ausnahme aus Steinen gebaut. Ein mächtiges Tor, eine große, hohe, sehr dicke Mauer umgab das eigentliche Gefängnis und die wenigen anliegenden Gebäude, alle mit demselben grauen, melancholischen Anstrich. Graue Gänge, graue Zellen mit und ohne Bänke und Schlafpritschen, geheizt oder ungeheizt.

Die Verbrecher, auf die die Schwerverbrecher mit Nichtachtung herabsahen, waren gänzlich harmlos, leisteten nie Widerstand, und ein einziger brüllender Ton des Wächters genügte, um sie einzuschüchtern. Diese Menschen hatten „Kleinigkeiten“ zu verbüßen. Diebe aller Art, Gauner, Strolche und sogar böswillige Schuldner waren in ihren Reihen. Sie alle durften unter Aufsicht in den Städten arbeiten, bekamen einen kleinen Lohn dafür, ihnen wurde der Luxus erlaubt zu rauchen, und wenn die Wächter einen besonders guten Tag hatten, auch einen Wodka zu trinken. Nicht selten vertrieben sie sich die Zeit mit Kartenspiel, aber es ging dabei natürlich nicht um Geld, sondern um Steinchen oder Sonnenblumenkerne. Während der Fahrt im Gefängniswagen durften sie sich selbst Tee kochen oder auf den Bahnhöfen unter Begleitung zu essen kaufen. Sie trugen oft auch Zivilkleidung. Sie führten ihre Habseligkeiten in kleinen Bündeln mit, dort befand sich ein Teekessel, Messer, Gabel, einige Kleidungsgegenstände und, was wohl die Hauptsache war, eine Spiegelscherbe. Je größer sie war, um so stolzer war der Besitzer dieses Kleinods. Mit einer solchen Spiegelscherbe konnten sich die Männer rasieren, außerdem spielten sie stundenlang damit wie die Kinder „Häschen“, indem sie sich gegenseitig die eingefangene Sonne möglichst ins Gesicht strahlten, was oft Wut und Empörung bei den Kameraden hervorrief.

Nichts von alledem kannten die Schwerverbrecher. Angeschmiedet an Ketten, an denen oft die schwere Kugel hing, hockten sie einsam und unbeweglich in ihren Zellen und starrten die nackten Wände und das kriechende Ungeziefer an. Sogar das Herumgehen in den Zellen war der Ketten wegen eine Qual, und von der anstrengenden Arbeit, die meist unproduktiv war, sanken sie erschöpft auf die Pritschen oder Fußböden. Sie durften nichts mit sich führen, denn alles konnte ihnen als Mordwaffe gegen die strengen, unerbittlichen Wächter dienen. Selbst einige Lappen, nur um ihre Füße etwas mehr gegen Kälte schützen zu können, wurden nicht gestattet. Man glaubte, damit stranguliert zu werden.

Unsere Wächter, die wir fürchten mußten, diese Männer fürchteten sich vor uns.

Die dunkelgrüne Wächteruniform mit blanken Knöpfen und umgeschnalltem Revolver war bei allen Sträflingen aufs tiefste verhaßt, gleichgültig, ob unter dem Tuch nicht doch ein gutmütiges Herz schlug. Nur ein einziger Gedanke, immer und immer wieder derselbe, und sonst nichts beseelte die Sträflinge beim Anblick dieser Männer: wie kann ich diesen Verruchten aus der Welt schaffen? Einzig und allein von dieser Überlegung ging die ganze Logik der Sträflinge aus. Jede kleine Gutmütigkeit, die ein Wächter dem Bewachten gegenüber zeigte, wurde als Gemeinheit, Roheit, als neue, noch unbekannte Quälerei, ja als niederträchtiges Aushorchen des Ahnungslosen ausgelegt. Die Einstellung, daß die Wächter unbedingt umgebracht werden müßten, war für alle eine absolute und unbedingt feststehende Tatsache.

Unsere Wächter – waren sie in der Tat alle Unmenschen, die Ausgeburt alles Rohen und Niederträchtigen?

Nein, das waren sie nicht.

Es waren Männer, die militärisch glänzend ausgebildet waren, ausgesuchtes, urgesundes Menschenmaterial, nach jeder Richtung hin zuverlässig, die treuesten Beamten, die, wie die Geschichte später lehrte, sich nicht einmal ergaben, als die Revolution in Rußland schon den endgültigen Sieg errungen hatte. Einzeln ließen sie sich erst nach härtestem

Kampf bezwingen. Die Greueltaten, die man an ihnen verübte, vermochten ihnen keine andere Meinung beizubringen als Treue zu ihrem Herrscher und ihrem Lande. Treu ihrer Erziehung und ihrem Schwur starben sie einen Tod, der an Hingabe kaum seinesgleichen findet.

Das Verhältnis zwischen den Sträflingen und ihren Wächtern war immer ein gespanntes, denn man traute sich gegenseitig nicht. Jedes geringste Vergehen wurde schwer bestraft. Man zog den Sträfling aus oder entblößte ihm den Rücken, band ihn auf eine Pritsche, und dann hagelten die Peitschenhiebe auf ihn hernieder. Die Strafen wurden nach Peitschenhieben bewertet. Die geringste war zehn, die schwerste dreißig, bei sehr kräftigen Männern fünfzig.

Es kamen auch Mordversuche an den Wächtern oder gar an der Obrigkeit vor. Darauf stand der Tod durch den Strang oder Erschießen. Der Exekution mußten wir beiwohnen.

Der letzte Wunsch wurde dem Todeskandidaten stets erfüllt, vorausgesetzt, daß er sich im Rahmen des Erlaubten bewegte. So forderte der eine, einen ausführlichen Brief nach Hause schreiben zu dürfen, der andere verlangte eine ganze Flasche Wodka und eine saure Gurke dazu, was im Handumdrehen vertilgt wurde, ein anderer wieder, „die freie Welt noch einmal sehen zu können". Diese stürzten sich dann von der Mauer herab und ersparten den Soldaten die Kugeln und dem Henker die Arbeit. Einer wünschte sich, das Brot und die Wurst zum letzten Male mit einem Messer schneiden zu dürfen. Nach der Mahlzeit erstach er sich selbst.

Ich habe nicht einer einzigen Hinrichtung beigewohnt, bei welcher sich der Sträfling feige gezeigt hätte. Stumm und still standen sie an der Mauer, blickten mit völlig ruhigen Augen in die Gewehrmündungen und fielen ebenso schweigend hin. Mit ganz wenigen Ausnahmen verfluchten die Männer Gott und die Menschen in gemeinsten Redensarten, die man erst genau sich überlegen mußte, um ihren Zusammenhang verstehen zu können. Diese Flüche ließen alle erschauern; man fürchtete, sie könnten in Erfüllung gehen.

Die Obrigkeit, die Verwaltung der Gefängnisse trifft der harte Vorwurf – der aber in Rußland immer wieder eine große Milderung erfahren muß, denn er verkörpert eine typisch russische Eigenschaft –, der Vorwurf der Schlampigkeit. Aus diesem Grunde hatten wir nichts zu essen, dann wieder in überreichem Maße, dann war das Essen stark versalzen, es gab kein Brot, keine Kartoffeln und so weiter. Aus Nachlässigkeit wurde vieles vergessen, aus Liederlichkeit, durch Hunger, Durst oder sonst einer Trägheit kamen die blutigen Revolten zustande, die uns hinmordeten, ohne Verständnis, ohne nur irgendeine Rechtfertigung aufkommen zu lassen. Der Sträfling, und diese Tatsache stand überall fest, war ein Faktor, der der Menschheit ferngehalten werden mußte. Seine Beseitigung, als eines völlig wertlosen Menschen, schien nach jeder Richtung hin absolut gerechtfertigt. Danach richteten sich alle, und alles, was das Zuchthaus betraf, war eine Lächerlichkeit, Unwichtigkeit, eine Angelegenheit, die nicht der Mühe wert war, erwähnt zu werden. Danach handelten eben die Wächter und die Verwaltung.

Die Verwaltung der Gefängnisse war sehr verschieden. Die Gefängnisvorsteher, man nannte sie auch in den kleinen Städtchen „Direktor“, hatten einen festen Betrag für die Gefängnisverwaltung zur Verfügung. Ist es verwunderlich, wenn diese Beträge für andere Zwecke ausgegeben wurden? Gelegenheiten gibt es überall, und da der Russe bekanntlich gern oft und lange trinkt, tranken die Sibirier erst recht gern, denn womit sollte man sonst die quälende Langeweile und Eintönigkeit bezwingen? Es wird getrunken bei jeder Gelegenheit, aus Freude, Kummer und Gram, aus Langeweile und Passion, und so wird es manchem zur Leidenschaft, einer sehr kostspieligen und oft verhängnisvollen.

Ein Direktor, der nicht trank und deshalb „Sonderling“ hieß, kreuzte einmal meinen Weg. Seine einzige Leidenschaft war das Beten zu Gott und allen russischen Heiligen, deren sämtliche Namenstage er auswendig kannte. Er war dick und etwas beschränkt, kahlköpfig und hatte kulpige Beine; selbst stets nachlässig angezogen, sorgte er für übertriebene Reinlichkeit in dem ihm unterstellten Zuchthaus.

Wir waren kaum angelangt, als uns ein sehr gutes und kräftiges Essen gereicht wurde. Komischerweise mußten alle gleich danach in die Badestube gehen. Ein Arzt, sicher eher ein Veterinär, untersuchte alle, und ein ungeschickter Haarschneider schnitt unsere Haare stufenförmig, aber mit um so mehr Eifer. Kleider und Unterzeug wurden durch neue, recht derbe ersetzt, die Fußwickel mit kräftigeren vertauscht, dann ein mächtiger Scheiterhaufen angezündet und unsere Lumpen dem Feuer preisgegeben. Jeden Tag, morgens und abends, gingen wir zur Kirche, unsere Ketten und Kugeln klirrten, die Bevölkerung ängstigte sich unbeschreiblich. Die meisten Sträflinge schliefen während der Messe, denn das ungewohnte, überreiche Essen machte uns alle träge. Wir erholten uns zusehends und wünschten nur, bis auf weiteres, vielleicht bis ans Lebensende hier bleiben zu können.

Mit Erstaunen stellte ich fest, daß die Männer nach Erlangung einer gewissen Freiheit innerhalb wie außerhalb der Zuchthausmauern nicht ein einziges Mal in übler Weise davon Gebrauch machten. Diese Herrlichkeit währte über einen Monat, und als der Transport weiterging, blickten alle ziemlich zuversichtlich, gestärkt an Leib und Seele, dem weiteren Verlauf des Schicksals entgegen.

Es enttäuschte uns, denn es war unerträglich hart.

Ein mühsamer Weg führte uns zu einem neuen „Totenhaus“. Es war in der Tat ein Haus des Todes.

Da unser Haar inzwischen gewachsen war, wurden unsere Schädel auf der linken oder nur rechten Seite rasiert.

Es läßt sich denken, daß eine solche Prozedur nicht besonders schonend vor sich geht. Die Kopfhaut blutet, und wird nachträglich mit einer ätzenden Salbe, die nach Schwefel riecht, eingerieben. Nach mehreren solchen Sitzungen bleibt der Behandelte zeit seines Lebens auf der einen Seite des

Schädels ein Kahlkopf – das sichtbarste Zeichen eines früheren Zuchthäuslers. Nur unter Anwendung rohester Gewalt konnte eine solche Prozedur vorgenommen werden.

Anschließend wurden wir in die Badestube getrieben. Kaum waren wir fertig, so wurde die Tür ins Freie weit aufgerissen, und ein kalter Wind kühlte langsam die dampfenden Leiber der Wehrlosen ab. Sie ahnten den hauchenden Wind – den Tod. Dicht aneinandergedrängt standen sie da . . . lautlos . . .

Die Mahlzeit bestand aus stark gesalzenem Essen. Wir lauerten auf Brot und Wasser. Man gab uns keines von beiden . . .

Appell! Wir mußten Wasser holen gehen, ohne es trinken zu dürfen.

Ein kleines Steinchen, so groß wie eine Erbse, trugen ich und mein Freund Stepan ständig mit uns. Dieses Steinchen im Mund erzeugte Speichel und rettete uns das Leben, denn unsere Qualen konnte man mit denen der anderen gar nicht vergleichen.

Ein Murren und Drohen der Gequälten – ein Grienen des Quälers! In der Mitte des Hofes steht der „Herr Direktor". Das erste aneinandergefesselte Paar kommt an dem Urheber des Martyriums vorbei.

„Ist die Tonne auch richtig mit Wasser, das so schön den Durst löscht, bis an den Rand gefüllt?" Mit der Hand spritzt er es den Gefesselten ins Gesicht.

Es sind seine letzten Worte. Die Zusammengefesselten stürzen sich auf ihn.

Ungeheure Spannung! Schon sind die Revolver gezückt. Jedoch aus Angst vor der hohen Obrigkeit, aus Angst, den Mann zu verletzen, stehen die Wächter unschlüssig da, während die Sträflinge langsam dem Direktor alles heimzahlen. Sie holen einen Bleistift aus seiner Brusttasche und durchbohren ihm beide Augen damit, umständlich und bedachtsam. Ein lebloses, blutiges Spielzeug ist der Mann in den Händen der Sträflinge, die ihn auch jetzt nicht loslassen.

Jetzt fallen Schüsse! Unregelmäßig und erschrocken kommen sie aus den Revolvern, bis die drei Männer regungslos liegen bleiben. Die anderen Sträflinge stehen herum. Sie haben Durst, sie haben alles vergessen.

Sie haben sich gerächt! Sie stehen lautlos da, nur ihre Augen leuchten, wie ich sie noch nie zuvor leuchten gesehen habe.

*

Langsam ging unser Transport weiter – nach Sibirien hinein.

Lange stand ich schon am vergitterten Fenster des Zuchthauswagens, während der Zug keuchend durch den Ural, das Grenzgebirge zwischen Rußland und Sibirien, Europa und Asien, stampfte.

Lange schon hielt ich Ausschau nach etwas mir Bekanntem, wie nach einem Freund aus der fröhlichen übermütigen Jugendzeit. Wo war er geblieben? Hielt er immer noch einsame Wacht auf dem verlorenen Pfad? Oder war er inzwischen alt geworden, hatte sich müde zur Mutter Erde gesenkt, aus der er hervorkam? Wo war er geblieben?

Es war schon lange her, fast unwahr kam es mir vor, als ich diese Gegend einst im transsibirischen Expreß, in geheizten, luxuriösen Pullman-Wagen, durcheilt hatte. Sie brachten mich über die Großstädte Sibiriens bis nach Wladiwostock, nach Tokio und über die Hauptstädte Chinas, über die Mandschurei nach Petersburg zurück.

Heute, als Schwerverbrecher, blickte ich durch die schmutzigen vergitterten Fenster eines Sträflingswagens.

Ich suchte schon lange nach dem Einsamen; er sollte mir sagen, daß das alles jetzt Wahrheit ist . . .

Da steht er! Der kleine Grenzpfahl!

Die beiden schlecht leserlichen Schilder sind noch mehr verwittert, aber ich kann noch lesen:

„Europa – Asien."

Hier berühren sich zwei Welten.

Romantisch wild ist das Uralgebirge.

Die scheidende Sonne des kurzen Wintertages fällt auf die tiefverschneiten Schilder, die Strahlen glänzen in den Schneekristallen ... schon ist das Bild verschwunden ...

Es ist Wahrheit!

Ich bin in Sibirien ... ich soll dieses unermeßliche Land mit seinen Geheimnissen, Schönheiten und Reichtümern wiedersehen, dieses Land, dessen Geschichte heute noch ebenso unerforscht ist wie die endlos weiten Gebiete innerhalb seiner Grenzen und wie die märchenhaften Schätze, die sein Boden birgt.

Immer wieder hat sich aus den unbekannten Steppen und Wäldern dieses Landes ein machtvoller, alles niederreißender Strom neuer Völker und Kräfte über Rußland und oft über Europa ergossen. Die ältesten prähistorischen Funde machte man in Sibirien. Sie dürften um das Jahr 8000 v. Chr. fallen, in eine Zeit, als aller Wahrscheinlichkeit nach Sibirien ein tropisches Land war. Die Kas, die ungefähr 4000 v. Chr. erobernd nach Europa und Asien vordrangen, die Skythen um das Jahr 1000 bis 800, die Hunnen um das Jahr 50, später die Awaren, alle kamen aus Sibirien. Und doch hat sich dieses riesige Land auf eine zähe, hartnäckige Weise dem Einfluß der europäischen Kultur, der Erforschung durch die russischen Machthaber widersetzt. Nichts hat hier normale Maßstäbe. Die unendlichen Sümpfe, die unermeßlichen Steppen, die undurchdringlichsten Urwälder, die Flächen von der Größe europäischer Staaten bedecken, das mörderische Klima in seinem Wechsel zwischen tropischer Hitze und arktischer Kälte – sie machen auch heute noch weite Landstriche zu kaum bewohnbarer Wildnis. Oder sie schließen sich als Bollwerke um die Reste uralter Kulturen, deren seltsamer Naturmystizismus nur oberflächlich oder gar nicht mit europäischer Zivilisation und dem Christentum in Berührung gekommen ist.

Was wußte man von Sibirien? Nicht viel mehr als das: der Baikalsee erstreckt sich über sieben Breitengrade; in Sachalin gibt es einen See, der nur aus Erdöl besteht, er ist eine Einzigartigkeit auf unserem Planeten; an Weizen allein erzeugt Sibirien über achtzig Millionen Pud* jährlich; irgendwo kostet ein Pfund Fleisch fünf Kopeken, ein Pfund Butter fünfundzwanzig Kopeken, ein Huhn dreißig Kopeken. Das wußte man, das lernte man in der Schule. Aber was war das alles im Verhältnis zur Tatsache, daß 1887 die Halbinsel Alaska, ein winziger Bruchteil Sibiriens, an Amerika für einen Spottpreis verkauft wurde, während bald darauf das gleiche Land den Amerikanern einen jährlichen Gewinn von über zweihundert Millionen Dollar brachte? So wenig wußte man von Sibirien, so minimal war die Ausbeute der unermeßlichen Bodenschätze dieses Landes.

Sibirien war ein Land der Schrecken und des Grauens, das Land der Deportierten. Man wollte von diesem Land nicht mehr wissen. Es schien mit all seinen Schönheiten und Reichtümern dazu verdammt zu sein, wie unter einem Fluche weiterzudämmern, unendlich in seinen Ausmaßen, unendlich aber auch in seiner Schwermut.

*

Tag und Nacht rollte der vergitterte Sträflingswagen durch Sibirien. Endlos brache Felder, endlose Wälder, endloser, eingleisiger Schienenstrang . . . endlos ist unser Weg . . .

Der Zug hält. Wir warten, lange, sehr lange, bis der Morgen graut und der ferne Schein irgend einer Großstadt erlischt.

Es ist klarer, kalter Wintertag. Mit besonderer Sorgfalt haben wir unsere Kleidung gemustert und angelegt. Sie ist unzureichend, aber vielleicht bekommen wir bald eine andere, vielleicht werden wir bald erlöst . . .

Man läßt uns aussteigen, wir werden abgezählt: acht Paare. Wir bleiben, die andern werden fortgetrieben. Ein dampfender Kessel wird herangeschleppt. Wir erhalten Kartoffeln und Fleisch. Wir freuen uns über das gute Essen; es ist so heiß, daß wir kaum die Kartoffeln und die kleinen

* = 16 kg

Fleischstückchen in den Händen halten können. Dann wird sogar Tee gereicht. Wir sind noch lange nicht satt, aber danach wird nie gefragt. Man treibt uns den Schienenstrang entlang. Aus der Ferne sehen wir den Bahnhof, dann bleibt er weit zurück. Wir machen halt vor mehreren Viehwagen. Mit einer schweren Brechstange sprengen Stepan und ich die Verschlüsse und reißen die Tür auf ...

Leichen fallen heraus ...

„Was glotzt ihr? Viehzeug! Weiter!"

Es sind deutsche und österreichische Kriegsgefangene ...

„Los, ladet die verruchten Barbaren aus!" Peitschenhiebe müssen uns ermuntern.

Verwilderte Gestalten in Uniformen. Sie fallen uns in die Arme, berühren unsere Gesichter, unsere Hände müssen sie anfassen. Die Leichen sind erfroren, völlig steif, viele unter ihnen mit deutlichen Merkmalen der Ruhr.

Glasige Augen, verzerrte Gesichter, mit kurzen, struppigen Bärten, zerzaustes Haar, zerrissene Uniformen, Gliedmaßen in verkrümmten Stellungen.

Sechzehn Viehwagen mit Leichen ...

Ein Körper bewegt sich! Eine feldgraue Uniform! Ein Feldwebel! Ein Kamerad, ein Deutscher!

Ein Hüne ist er. Wir legen ihn in den Schnee, feuchten die Lippen damit, die Schläfen, die Stirn, den Kopf. Die Augen öffnen sich ... sie sehen uns nicht ... sie blicken in die Weite, ins Jenseits.

„Fluch dem Kriege ... und jedem ... der ihn ...", röchelt der Sterbende.

„Kamerad!" schreie ich wie wahnsinnig.

„Sag ... zu ... Hause ..."

Tot! Auch der letzte!

Nur ich hörte seine letzten Worte, nur ich allein verstehe sie.

Meine zitternden Hände legen behutsam den Kopf auf den Schnee, ich schließe ihm die Augen und blicke gespannt in die Züge ...

Entsetzen steigt plötzlich in mir empor, es wird aufgepeitscht durch die schreckliche Feststellung: Flecktyphus! Borkige Lippen, Flecken auf Gesicht und Händen!

Wir sind des Todes, auch wir!

„Starschij, mein Kamerad ist an Flecktyphus gestorben!" wende ich mich an den Aufseher.

„Bist du wahnsinnig, Kerl! Um Gottes willen . . . !" Er blickt die Leiche entgeistert an, brüllt aus Leibeskräften: „Arbeit einstellen!" und rennt fort.

Der Tod hält ihn schon an den Fersen.

Ist das der Krieg? Ich kann den Blick nicht vom Feldwebel wenden.

Wir warten und warten . . . Stepan und ich haben uns wenigstens mit Schnee die Hände abgerieben.

Es kommt ein Oberst, mit ihm drei Offiziere und ein Arzt. Sie haben alle dicke, warme Wintermäntel an.

Ein Blick des Arztes genügt: es ist Flecktyphus.

Die Leichen werden ausgeladen, auf einen freien Platz gefahren, zu einem Haufen aufgestapelt, wir müssen sie anfassen, denn über unsern Köpfen saust dauernd pfeifend die Nagaika. Mit Petroleum wird der Haufen ausgiebig übergossen und angezündet.

Die Sträflinge freuen sich . . . das lodernde Feuer wärmt sie. Ich stehe auch dabei.

Blaue Flämmchen laufen schnell nach allen Seiten, sie vereinigen sich unten zu einem breiten, bläulich schimmernden Kreis, springen in die Höhe, reichen sich die flatternden Arme, umgeben den ganzen Scheiterhaufen mit kriechendem Rauch, bis eine helle Flamme, einer riesigen Fackel gleich, gen Himmel steigt. Einige Leiber bäumen sich auf, als wollten sie sich erheben und forteilen. Nur die Gesichter der Leichen bleiben grauenhaft gleichgültig.

Lange brennt die Fackel, dann bricht der Haufen in sich zusammen, die Flamme lodert noch einmal hoch auf und beginnt sich langsam zu senken.

Mitten in der Nacht werden wir aus dem Zuchthaus hinausgetrieben, wir haben Hacken, Schaufeln und Karren bekommen.

Zwei Tage lang müssen über zwanzig Sträflinge die hartgefrorene Erde aufwühlen, die Knochen der Verbrannten zu einem Haufen auftürmen und ihn mit Erdklumpen bedecken. Kaum sind wir mit der Arbeit fertig, als er unter der Last der Erde zusammensinkt.

Aus dem bleigrauen Himmel kommen weiche, schöne Schneekristalle hernieder, die den Hügel unter ihrer Decke unkenntlich machen, als wollten sie die Schmach, die die Menschen sich gegenseitig angetan haben, verwischen.

Sechzehn Viehwagen Leichen sind verschwunden.

*

Im Zuchthaus herrscht eine drückende, beunruhigende Stille. Jeder meidet den andern, man hat Angst voreinander – Flecktyphus ist bei uns ausgebrochen. Ängstlich und erregt flüstert es der eine dem andern zu.

Der Tod sollte doch jedem von uns willkommen sein – sonderbar, jetzt haben wir plötzlich Angst zu sterben. Jeder hofft im stillen also doch auf die Freilassung . . . ?

„Deutscher, weißt du ganz genau, daß dein Kamerad an Flecktyphus gestorben ist?"

„Ja, Stepan, ich weiß es ganz genau, jeder Zweifel ist ausgeschlossen", erwiderte ich im Flüsterton.

„Die Schweinebande wird uns noch alle verrecken lassen. Wir müssen fliehen."

„Und unsere Ketten?"

„Ich lege das ganze Zuchthaus in Trümmer. Wenn ich sterben sollte, dann müssen noch einige Wächter daran glauben. Die ersten die hereinkommen, werden von uns umgelegt. Die Kerle haben Waffen und viel Munition bei sich. Laß mich nur allein schießen, ich garantiere dir, jeder Schuß – eine Leiche. Ich war der beste Schütze weit und breit, der beste Jäger . . ."

Ein leises Geräusch . . . ein suchender, huschender Strahl läuft aus dem Guckloch durch die Zelle, er fällt auf unsere geschlossenen Augen, verkriecht sich im Spähschlitz und erlöscht.

„Warum schweigst du, Deutscher?“ fragt er mich.

„Ich überlege. Was du vorgeschlagen hast, ist Unsinn. Wir müssen durch die Flucht auch die Möglichkeit haben, wirklich zu entkommen. Wir wollen es versuchen, wenn wir uns auf dem Transport befinden, im Eisenbahnwagen. Hier im Zuchthaus ist es zwecklos.“

„Das ist gleich, was ist noch viel zu überlegen?“

„Auf dem Transport begleiten uns beide immer drei Wächter. Diese drei müssen wir umlegen, ihnen die Kleider rauben, die Waffen, in einer entlegenen Hütte ...“

„Das dauert viel zu lange, ich will nicht mehr warten.“

„Denke an deine Frau, Stepan, was du planst, ist glatter Wahnsinn. Zu solch einer Verzweiflungstat werden wir noch immer Zeit haben. Einen Fluchtplan muß man lange überlegen. Wir sind auch die einzigen, die sich die Hände und Lumpen dauernd mit Schnee abgerieben haben. Die andern haben es nicht getan, weil sie die Gefahr nicht erkennen konnten. Jetzt ist es für sie zu spät. Vielleicht kommen wir durch.“

„Meinst du wirklich? Vielleicht hat Gott Erbarmen mit uns?“

Kaum, daß wir abends in der Zelle anlangen, werden Fluchtpläne geschmiedet. So geht es Abend für Abend.

Seit Tagen läßt man uns nicht mehr heraus. Über dem Zuchthaus liegt eine wahrhafte Totenstille. Hat die Krankheit neue Opfer gefordert?

Mit der heißen Suppe waschen wir unser Gesicht und die Hände; wir hungern lieber.

Man holt uns und führt uns in eine große Zelle. Auf den Pritschen und auf dem Fußboden liegen Sträflinge. Sie sind tot. Wir müssen sie hinausschleppen.

Borkige Lippen, rote Flecken – Typhuskranke!

„Ich fasse die Leichen nicht an! Soll ich auch verrecken?!“ brüllt Stepan die Wächter an.

„Du Hund!“ Und der Revolver ist schon gezückt.

Ein brutaler Stoß von mir gegen die Beine Stepans, er fällt zu Boden, auch ich werde mitgerissen. Ich habe richtig gehandelt, denn die wenigen Augenblicke genügten, um das sonst Unabwendbare zu vermeiden.

Auf dem Hof werden wir ausgepeischt. Mit bluttriefendem Rücken kriechen wir in die Zelle zurück, und bleiben auf der Pritsche regungslos liegen.

Es ist Nacht. Die Zellentür geht auf, ein Oberwächter erscheint. „Hier habt ihr Leinen für eure Wunden. Morgen geht es nach den Bleibergwerken. Der Gefängnisdirektor ist an Flecktyphus erkrankt. Seid froh, daß ihr beide von hier fortkommt."

Schweigend lege ich ein großes Stück Sackleinen über den blutigen Rücken des Riesen, dann helfe ich ihm in den dicken Rock. Stumm macht Stepan das gleiche, dann legen wir uns auf die Brust, wie wir seit Stunden schon lagen, bis der Morgen durch das Gitter graut.

Der Tag vergeht, es kommt die Nacht, wir werden hinausgetrieben. Im Sträflingswagen sind wir beide allein; zwar sprechen wir von der Flucht, aber wir wissen, wir werden nicht fliehen können, denn wir sind durch das Auspeitschen für lange Zeit kraftlos geworden. Wenn das Essen nur besser wäre, wenigstens reichlicher, acht Tage gutes Essen, ja dann . . .

Tage später sehen wir einen Transport Kriegsgefangener, die meisten scheinen krank zu sein, denn sie bewegen sich kaum. Werden auch diese Männer nur als Leichen irgenwo ausgeladen und verscharrt?

Sibirien! Dieses herrliche, weite Land mit seinen Schätzen und Reichtümern, seiner vom Herrgott gesegneten Ernte – hier versammeln sich Sträflinge, Kriegsgefangene, Zivilgefangene mit Frauen und Kindern – alles Verbrecher!? Wer von ihnen wird die Rückreise antreten und dieses verwitterte Holz, diesen einsamen, stillen Posten sehen, die Markierung einer Grenze, das fast verwischte Schild mit den grauenhaften Worten:

„Europa – Asien."

*

Die Räder des Sträflingswagens rattern. Tag und Nacht, Tag und Nacht. Jede Umdrehung bringt uns tiefer in das nördliche Sibirien.

Öde, wild, kalt, voll tiefster Melancholie ist das Land. Selten sieht man fröhliche Menschen, denn schon ihre Großväter und Väter hat man hierher als Gefangene, Verbrecher, Zuchthäusler verschickt und mit Gewalt angesiedelt. Seit Generationen lebt hier der Haß gegen die Obrigkeit. Alles trägt hier den Stempel des aufgezwungenen Schweigens, der ererbten Laster, der verzweifelten, seelischen Qualen. Der undurchdringliche Wald ist finster und schweigsam, der Winter lang, dunkel und kalt, der Sommer kurz und sengend. Nichts kennt hier Maß, weder die Natur noch die Menschen.

Beide schweigen, sind schweigsam geworden.

Auf einem Bahnhof wurde der Sträflingswagen an einen Personenwagen gekoppelt. Frauen und Männer standen um uns herum und blickten uns ängstlich an.

Mein Vordermann macht plötzlich zwei große Sprünge, stürzt sich auf die am nächsten stehende Frau, faßt sie an den Haaren, reißt ihr die Kleider an der Brust auseinander, und schon sind beide in den Schnee gefallen.

Der Überfall kam für alle derart überraschend, daß nicht einmal die Frau einen Schrei von sich gab.

Der erste, zweite, dritte Peitschenhieb saust auf den Sträfling nieder. Vergeblich.

Der Nagan-Revolver fährt hoch, ein Schuß kracht, ein zweiter . . .

Der Körper des Zuchthäuslers erstarrt, dann fällt er auf den Rücken, die Arme weit auseinandergeworfen . . .

Seine Züge sind dennoch verklärt.

Regungslos stehen wir alle da . . .

Zuchthaus am Baikal

Es ist Sonntag vormittag. Ein klarer, sonniger Tag, in der Luft liegt schon die erste, schüchterne Frühlingsahnung.

Auf den großen Hof kommen die Sträflinge heraus; man hat sie ins Freie beordert. Auf das vom Schnee saubergefegte Steinpflaster setzen sie sich nieder. Die Ketten winden sich wie eine dicke, verrostete Schlange um ihre Füße und Handgelenke, die Kugel liegt neben ihnen. Sie ist der sichtbare Abschluß ihres Lebens.

Unbeweglich, wie erstarrt, sitzen sie und gleichen Raubtieren, Aasgeiern auf der Lauer. Ihre rasierten Schädel zeigen tiefe, schlecht verheilte Narben. Neben mir hockt unbeweglich, wie alle andern, Stepan.

Weit über hundert Männer sitzen auf dem Hof, doch es herrscht eine Stille wie des Nachts auf einem alten Kirchhof.

Die Männer gleichen Wachsfiguren in der Schrekkenskammer eines Panoptikums. Nur ihre Augen leben, suchen, lauern, als wollten sie sich von dieser Anhöhe alles ganz genau ansehen, überblicken, alles haarscharf für immer einprägen.

Was für Gedanken mögen in diesen Köpfen spuken? Fluchtpläne? Oder doch noch Sehnsucht . . . ?

Das Zuchthaus in diesem Städtchen lag auf einem Hügel. Uns zu Füßen der unendliche Baikal-See, den so viele Sagen, Balladen und Volkslieder besingen. Es sind traurige, eintönige Lieder von flüchtigen und gefangenen Schwerverbrechern. Unbekannte haben diese Lieder erdacht, Unbekannte sangen sie wieder.

Es war Sonntag. In freudigem Durcheinander frohlockten helle und tiefe Glockenstimmen durch die klare Luft, die Töne stiegen zu uns empor, breiteten sich über das erstarrte Meer des Baikals, und fluteten weit über den nahen sibirischen Urwald.

Stepan machte ein ruhiges Kreuzzeichen, er war der einzige. Keiner bemerkte es.

Um das Städtchen herum dehnte sich eine schmale, weiße, glitzernde Schneefläche. Im Sommer war es sicherlich Acker- und Weideland. Aber dahinter lag, einem schwarzen Untier gleich, undurchdringlich und immer finster, die sibirische Taigà*; sie duldete keine Menschen in ihrer Mitte. So weit das Auge blicken konnte, bis zum fernen Horizont, sah es auf der einen Seite den schwarzen Wald, auf der anderen die glitzernde Schneewüste des Baikal-Sees.

Immer liegen hier am See Sträflinge und Wächter voreinander auf der Lauer, denn jeden Augenblick kann dem einen oder dem andern die langersehnte Freiheit oder der Tod winken. Der Baikal-See, rings von der Taigà umgeben, grenzt an die Mongolei.

Seit einiger Zeit hörte ich die Sträflinge um mich flüstern. Ihre ewig lauernden Augen suchten überall nach etwas. Das geheimnisvolle Flüstern ging von Mund zu Mund, schlich von Zelle zu Zelle . . . Baikal . . . Baikal . . . Baikal . . . Erst später verstand ich, was dieses Wort für sie bedeutet.

Immer wieder werden hier Fluchtversuche unternommen. Die Nähe der Grenze ist zu verlockend.

Entkommen einige Gefangene, so flüchten sie in die Taigà, die stellenweise kaum ein Sonnenstrahl durchdringt, und das Suchen der Wächter ist in den seltensten Fällen von Erfolg. Im Urwald verbringen die Sträflinge den ganzen Sommer, bis der Winter und die eintretende Kälte sie dennoch zwingt, ins Zuchthaus zurückzukehren. Ihre Bestrafung ist dann mild. Nur ganz wenige bleiben den Winter über im Walde; sie kehren dann nie wieder zurück, werden menschliche Tiere des Waldes, und es kommt deshalb oft vor, daß Pelzjäger, Bauern und Haustiere in diesen weiten, finsteren Wäldern spurlos verschwinden. Auf meinen

---

* Urwald

Jagden in der Taigà und im Ural fand ich öfters Spuren von Sträflingsbehausungen.

Frühere Gefangene, die nach ihrer Freilassung in den umliegenden Ortschaften angesiedelt wurden, helfen gern den Flüchtlingen und versorgen sie mit dem Notwendigsten.

*

So sitzen wir in der Wintersonne. Aus der Niederung kommt zu uns das Glockengeläute, freie Menschen gehen gemächlich ihres Weges, der Baikal-See ruht unter glitzernder Schneedecke, der Wald steht schwarz und unbeweglich bis in die weite Ferne. Ich blicke mich um. Wie aus Stein gemeißelt scheinen meine Gefährten zu sein, nur in ihren Augen ist Leben. Der Anblick der Zuchthäusler macht mich selbst finster.

Wir sitzen lange ... aber wir warten nicht ...

Ein Wächter kommt.

„Stepan, geh in die Zelle, deine Frau ist da!"

Nüchterne Worte, gleichgültig ausgesprochen, aber für die Seele Stepans des Riesen sind sie ein Jauchzen. Er hat leuchtende Augen. Roh reißt er an unserer Kette, läuft dem Zuchthause zu, ich trabe hinterher; wir sind ja aneinandergefesselt; aber er merkt es nicht mehr. Er hat alles vergessen.

Wir erreichen die Tür, Stepan reißt sie auf. Für Augenblicke fassen die Wächter nach dem Revolver, aber ihre Hand gleitet herab, wir werden nicht angebrüllt oder angeflucht, sie treten zur Seite, geben uns den Weg frei, blicken uns nach und schweigen. In ihren Augen lauert kein Haß, keine Wut.

Wie vom Blitz getroffen sinkt Stepan in die Knie und küßt der Frau die Füße. Sie sind durch den Straßenschmutz gegangen und haben gelitten und sind dennoch weitergegangen – bis zu ihm.

Die Liebe dieses Weibes ist so unfaßbar groß, wie die ewig verzeihende Güte unseres Gottes. Keiner erdreistet sich, sie anzufassen. Und alles verstummt, weicht ihr aus dem Wege. Das ist die wahre Seele des „Heiligen Rußlands", sie vollbringt Wunder!

Die Frau ist mittelgroß, hellblond. Schmale, eingefallene Wangen, brennende, unendlich traurige, azurblaue Augen, zierliche, feine Nase, geöffneter Kindermund. In den Armen ein Bündel Lumpen. So steht sie da, ohne ein Wort zu sagen. Ihre Augen strahlen jetzt, als hätte sich ihnen Gott offenbart. Sie füllen sich mit Tränen, Tränen, die längst geweint werden sollten, die aber immer qualvoll unterdrückt wurden.

„Allmächtiger Gott! . . . Allmächtiger . . . Gott! . . ." raunen ihre Lippen. Abgründiges Leid wälzt sich von ihrer Seele.

„Marusja! . . . Du Heilige! . . ." Der Riese, der alles in Trümmer zu legen vermag, zittert. Als er sich langsam von den Knien erhebt, ist er wie verwandelt.

„Marusenka . . . mein Seelchen . . . mein Frauchen . . .", flüstert er. Es flüstert der Mann, der mehrere Morde verübt haben soll, vor dem sich das ganze Gefängnis fürchtet, wenn er auf einen zukommt.

„Stepan . . .", stöhnt kaum hörbar die Frau auf, ihre Hand hat den Kopf des Mannes leise berührt. Ihre Gestalt schwankt.

Im letzten Augenblick stütze ich die Frau, setze sie behutsam auf die Pritsche. Stepan vergräbt sein Gesicht in ihrem Schoß und weint.

Plötzlich bewegt sich das Bündel Lumpen . . . ein Kind weint.

Die Frau, die Augen immer noch geschlossen, lächelt voller Glückseligkeit. Das Kind wird unruhiger, es bewegt sich stärker, jetzt brüllt es kräftig und strampelt energisch die Lumpen auseinander.

Der Riese erhebt seinen Kopf, neigt ihn zur Seite. Was soll er in seiner ganzen wuchtigen Größe mit diesem kleinen Menschen anfangen? Zaghaft schiebt er seine Hände dem Kinde entgegen, dann schnellen sie zurück. Kann man denn mit diesen Riesenpranken ein Kind berühren?

Der Kleine schreit gewaltig und greift mit den kleinen Händen ins Leere.

„Mein Kind . . . mein Kind ist es . . . mein Gott, ein Kind!“

Mit angehaltenem Atem sagt es Stepan, und seine Hände irren unbeholfen um das Kind, ohne es zu berühren. Die Ketten an den Händen klirren.

Die Mutter öffnet ihren kurzen Schafspelz, knöpft das Kleid auf, gibt dem Kinde die Brust und ihre Augen ruhen voll Wehmut auf Stepan.

Wir sitzen daneben und schweigen.

Unsere Ketten sind auch verstummt.

„Wochenlang habe ich dich gesucht, Stepan. Gott hat mir den Weg zu dir gezeigt. Groß ist die Liebe der Mitmenschen, sie geben immer freudig einer Bettlerin, und wenn es auch ihr Letztes ist. Aber unser Mütterchen Rußland ist so unendlich weit und uferlos. Meine Füße wollen mich nicht mehr tragen, sie sind müde geworden und wund . . . Ein Eisenbahnschaffner hielt mich in seinem Abteil unter der Bank versteckt . . . drei Tage bin ich gefahren, überall hat der Mann, auf jeder Station nur nach dir gefragt, bis ihm gesagt wurde, jemand hätte einen Riesen gesehen und allen davon erzählt. Gott hat mich geführt, so habe ich mich zu dir durchgefragt.“

Die Stimme der Frau ist müde, sie hat den Klang ferner Sehnsucht, lang entbehrter Wärme. Ihre Finger gleiten am Arm des Mannes entlang, berühren die Handketten . . . schrecken zurück. Große Augen blicken traurig zu Boden. Unbeweglich sitzt der Mann da, auch er blickt finster zu Boden auf seine geketteten Füße, während seine Pranken auf den Knien liegen und ihre Adern anschwellen.

Die schmalen Frauenhände berühren wieder die Schellen an den Gelenken, doch diesmal sind sie fest, zucken nicht zurück.

„Stepan . . . Lieber . . . es tut dir doch nicht weh . . .?“ Und die Frauenhände streicheln das Eisen.

„Nein, Marusenka . . . es ist aber . . .“, und eine ungewollte Bewegung läßt die Ketten weitersprechen, bis sie wieder verstummen.

Es wird Abend. Das Essen wird uns gebracht, wir brauchen es nicht zu holen, es sind drei Näpfe. Im Eßnapf, den die Frau hingereicht bekommt, schwimmt ein ansehnliches Stück Wurst. Eine Kerze wird auf den Fußboden gestellt und angesteckt.

Es ist das erstemal, daß wir Licht in der Zelle haben. Der Wächter kommt wieder, sammelt die leeren Näpfe, geht auf die Frau zu, holt umständlich aus der Tasche einen blanken Rubel und gibt ihn ihr.

„Du kannst es immer brauchen, Mütterchen."

Er wartet nicht auf Worte, nicht auf Dank. Schon ist er fort.

Es wird Nacht. Der Morgen graut an den Gittern vor den Fenstern. Marusja und Stepan unterhalten sich im Flüsterton. Das Kind schläft.

Mein Freund ist weit von mir abgerückt . . . nur unsere Ketten halten uns zusammen.

Die Frau kommt jeden Tag, wenn die Sonne untergegangen ist und wenn wir von der Arbeit zurückkehren.

Das Kind ist munter und vergnügt, und eines Tages lacht es. Im Zuchthaus, inmitten der Schwerverbrecher, lacht ein Kind! In den Gängen, in den Zellen horchen die finsteren Männer auf . . .

Sie kommt täglich zu uns. Sie hat sich etwas erholt, die arme, müde Frau. Immer wenn ich sie sehe, werde ich unsagbar traurig.

Wird sie die Freilassung ihres Mannes erleben? Wird sie ihn nicht aus den Augen verlieren? Wird sie all diese Entbehrungen überstehen können?

Groß ist deine Liebe, Marusja!

*

Wir arbeiten in einem Steinbruch. Einige Sträflinge sind damit beschäftigt, Steine von der Höhe eines zirka zwanzig Meter hohen Abhangs hinunterzuwerfen, die andern müssen diese Steine auf die Karren laden, andere nach dem Zuchthaus bringen. Das Gefängnis soll einen Erweiterungsbau erhalten.

Plötzlich ein markerschütternder Schrei! Langsam heben wir die Köpfe von unserer Arbeit.

Ein furchtbares Bild zeigt sich uns.

Ein im Zuchthaus altgewordener Sträfling, ein politisch Deportierter, ein Mann mit feingeistigem Kopf, der nie fluchte und sich immer von allen absonderte, ist von der Höhe des Steinbruchs heruntergefallen. Die Arme weit auseinandergebreitet, liegt er halb unter dem Karren, mit tiefklaffender Wunde am Kopf. Die schwere Kugel, an die er mit dem Karren zusammengefesselt ist, zerschmetterte ihm ein Bein. Sträflinge, die in seiner Nähe sind, scharen sich um ihn, die Wächter verlassen ihre Posten und umstehen den Verwundeten.

Für Augenblicke ist der gegenseitige Haß vergessen.

„Kameraden", röchelt der Halbtote, „gebt mir den Gnadenstoß." Doch keiner von uns bringt es über sich, ihm seinen letzten Wunsch zu erfüllen.

Dem Sterbenden nähert sich Stepan, er schleppt wie ein Spielzeug hinter sich an Ketten den Karren und die Kugel. Keiner wagt ihn anzuhalten, nicht einmal die Wächter.

„Leb wohl und bete für uns!" sagt Stepan und spaltet ihm mit dem Absatz vollends die Gehirnschale.

Ein müder Zug legt sich über das kluge, schmale Gesicht des Alten. Wir stehen um ihn herum, nachdenklich und schweigend.

Aber schon im nächsten Augenblick sausen Peitschenhiebe auf uns nieder! Die Wächter, wilde Transbaikal-Kosaken, bearbeiten mit ihren Absätzen den Leichnam. Sie wollen einwandfrei den Tod feststellen.

Die Stimmung der Schwerverbrecher wird erregt, gespannt. Peitschenhiebe sausen erbarmungslos und ununterbrochen auf uns nieder.

Mit meiner Beherrschung ist es plötzlich zu Ende. Ich versetzte einem der Rohlinge einen Faustschlag. Der Mann fällt wie vom Blitz getroffen mit blutüberströmten Gesicht zu Boden. Noch ein Schlag, und ein anderer sinkt um. Ich sehe, wie Stepan einen Wächter an den Beinen zu fassen bekommt, ihn über dem Kopf in der Luft schwenkt und gegen die Steine schmettert. Der Schädel platzt wie ein Ei. Zwei wohlgezielte große Steine treffen die Gesichter von zwei anderen, die aufschreiend die Hände hochwerfen und zu Boden stürzen. Und nun setzt ein wahrer Steinregen gegen sie ein. Es krachen nur wenig Schüsse. Sie flüchten.

Erst jetzt kommt mir das Fürchterliche unserer Lage klar zum Bewußtsein. An den Beinen durch Ketten gefesselt, haben wir nicht die geringste Möglichkeit zur Flucht, geschweige denn zur Verteidigung gegen die Revolver und Gewehre der Soldaten.

Wie Raubtiere stehen wir, gebeugt, zum Angriff bereit, zum Äußersten entschlossen, voller Verzweiflung und Wut. Wir wissen alle, was auf dem Spiel steht.

Um der Verstärkung, die jede Sekunde eintreffen kann, nicht völlig wehrlos gegenüberzustehen, sammelt jeder von uns Steine.

Auf einmal ertönt schrilles Pfeifen! Ein Oberwächter erscheint und ruft:

„Euch geschieht nichts! Inspektion ist gekommen! Haltet eure Mäuler, seid vernünftig, oder ihr seid alle verloren!"

Unsere Hände lassen die Steine fallen . . . wir sind wieder wehrlos.

Auf dem Gefängnishof steht ein intelligent aussehender Mann, um den der Gefängnisdirektor herumtänzelt.

Wir werden aufgestellt, von dem Inspektor aufgerufen – einer aus unserer Reihe fehlt.

Mit kriechender Liebenswürdigkeit versucht der Gefängnisdirektor dem fremden Herrn den ganzen Vorfall zu erklären.

„Du lügst!" Es war Stepans Stimme.

„Wer kann mir den Vorfall richtig schildern?"

„Dieser hier.“ Stepan schiebt mich mit Gewalt vor. Ich stehe vor dem Manne und schildere ihm unsere Lage.

Am selben Abend treten einige Wächter in die Zelle mit Amboß und Vorschlaghammer. Die Ketten, die mich mit Stepan verbinden, fallen . . . wir blicken uns fragend in die Augen und schweigen.

„Geh, du Hundesohn!“ brüllt mich der Oberwächter an.

„Soll ich dich schützen?“ kommt es plötzlich dumpf aus Stepans Kehle, und schon ergeift er die schwere Kugel. In der Tür steht Marusja mit dem lächelnden Kind an der Hand . . .

Ich wehre ab, ich vermag kein Wort zu reden, meine Kehle scheint zugeschnürt zu sein. Ein letzter Blick auf meinen Freund, in Marusjas aufgerissene Augen . . .

Ich gehe meinem Schicksal entgegen . . . allein . . .

In der Gefängnisschreibstube empfängt mich der Zuchthausdirektor. Blitzartig schießen mir Gedanken durch den Kopf: Hinrichtung durch den Strang! Faustschlag im Steinbruch! Soll ich gequält oder gemartert werden? Soll ich mich kampflos ergeben?

„Du wirst nach den Ob-Sümpfen, gebracht!“ ist die knappe Antwort auf alle meine stummen Fragen.

Ob-Sümpfe . . . das ist der sichere Tod.

Es sind jene Sümpfe am nördlichen Ob-Fluß, die nicht einmal im Winter gänzlich einfrieren. Ewig liegt hier Nebel. Ein kleines Zuchthaus und ein großer Kirchhof, sonst ist nichts dort. Die Wächter, die eine ganz geringe Zahl von Sträflingen überwachen, werden alle drei Monate abgelöst, und nur ganz besonders kräftige Männer, bei hoher Löhnung, werden dahin beordert. An Malaria und andern Sumpfkrankheiten gehen die Sträflinge ihrem langsamen, sicheren Tod entgegen.

Diese Reise sollte also meine letzte Lebensetappe sein.

*

Völlig allein, unter schwerer, nie nachlassender Bewachung nomadisierte ich wieder von einem Zuchthaus ins andere. Schon längst hatte ich jede Orientierung verloren. Vor mir und hinter mir lagen unendliche Wege durch Schneegestöber, Regen, Kälte und Nässe. Meine Kleider waren zerlumpt, die Fußwickel in den Schuhen wurden nur noch durch eine Schmutzkruste zusammengehalten.

Ein menschliches Tier war ich geworden. Ich hatte auch keine Kraft mehr zu fliehen und Widerstand zu leisten.

In irgendeiner Ortschaft in unmittelbarer Nähe einer leuchtenden Kirche höre ich feierliches Glockengeläute. Meine Wächter nehmen ehrfurchtsvoll ihre Mützen ab, bleiben stehen und bekreuzigen sich, einmal über das andere.

Es ist Ostern ... das Fest der Versöhnung für das ganze Volk. Da nähert sich mir ein uraltes Mütterchen, reicht mir einen kleinen „Kulitsch"*, ein rotgefärbtes Ei, und bekreuzigt mich mit tränenden Augen.

„Möge Gott dich beschützen, mein Sohn."

Ihre vertrockneten Gichthände berühren mich ängstlich, sie versucht zu lächeln, ihre Augen sind klar, obwohl sie ihren Glanz verloren haben.

„Du Unglücklicher, Armer, Christus ist auferstanden!"

„Wahrhaftig auferstanden!" erwidere ich mit bebender Stimme den Ostergruß.

„Komm, geh nur weiter", höre ich die Stimme eines Wächters hinter mir, die ersten anständigen Worte seit Monaten.

Ich bin wieder im fahrenden Sträflingswagen. Wald und Brachland gleiten in ewiger Eintönigkeit vorbei.

Versonnen blicke ich auf die Geschenke. Ich esse von dem einen und dem anderen, und ihr Geschmack auf der längst entwöhnten Zunge zaubert Gestalten um mich herum: meine Amme ... die Eltern ... die Heimat. Eintönig rollen die Räder des Wagens bis die Dämmerung durch das vergitterte, kleine Fenster allmählich auch zu mir geschlichen kommt.

„Kerl, wenn du noch essen willst, so iß." Mit diesen

---

* Topfkuchen, der zu Ostern gebacken wird.

Worten stellt der Wächter einen ganzen Teller vor mich hin und klopft mir gutmütig auf die Schulter. „So etwas kriegst du nicht alle Tage. Ich bin satt."

Ich esse mit den schmutzigen Händen und es schmeckt so herrlich, wie schon lange nicht mehr. Ich esse und esse und . . . werde richtig satt.

*

In einer großen Stadt, ich merke es an den vielen Bahngleisen, wurde ich wenige Tage nach der Einlieferung zum Gefängnisdirektor befohlen. In keinem von all den durchwanderten Zuchthäusern herrschte eine solche Sauberkeit, Ordnung und Disziplin. Wecken, Essenholen, Arbeitseinteilung, alles war pünktlich. Unsere Rationen waren reichlich, die Behandlung streng, aber niemals erniedrigend. Die Zellen wurden jeden Morgen gefegt, der Zementboden sogar gewaschen. Zerlumpte Sträflingskleidung wurde durch neue, saubere ersetzt.

Ich trete in eine helle Schreibstube. Am Fenster steht ein Tisch voller Akten. Eine schwere Schreibtischgarnitur, daneben ein großes, eingerahmtes Bild einer jungen Frau mit zwei Kindern. An den Wänden hängen die farbigen Zarenbilder, darüber der mächtige Doppeladler, eine Wanduhr tickt.

Die gegenüberliegende Tür wird von einem unbewaffneten Wächter geöffnet, ein Mann mit glattrasiertem Gesicht, markanten Zügen, blauen, klugen Augen tritt ein. Er trägt Uniform, aber keine Waffe. Er kommt auf mich zu, wartet, bis der Soldat die Tür geschlossen hat und erst dann blickt er mich streng an.

„Sprechen Sie deutsch?" fragt er mich abrupt in meiner Landessprache.

„Ja!" erwidere ich erstaunt.

„Ich bin Deutscher. Ich bin es vielmehr gewesen", verbessert er sich.

Versonnen setzt er sich vor seinen Tisch, abwesend streicht er die Asche seiner Zigarre ab. Die Uhr tickt. Plötzlich greift er nach einem Aktendeckel, blättert darin herum, liest eine Zeitlang die Notizen durch, klappt die Akte zu und erhebt sich.

„Vielleicht kann ich Ihnen helfen. Sie sind doch Todeskandidat ... Dr.-Ing. Theodor Kröger ...“ Die Augen des Mannes werden weich und er hebt die Hand, als wollte er mich berühren. Aber ich bin zerlumpt, starre vor Schmutz und Ungeziefer.

„Haben Sie einen Wunsch?“

„Ich bitte, an Generalleutnant R. schreiben zu dürfen.“

„Dann schreiben Sie, aber schnell. Er ist ein sehr geschickter Mann, sehr zuverlässig in seiner Art. Erwähnen Sie aber seinen Namen nicht zu oft, denn seine Bekanntschaft kann Ihnen zum Verhängnis werden.“

Der Gefängnisdirektor nimmt einen Briefbogen hervor und überlegt.

„Ich werde schreiben; sagen Sie mir an, was Sie wollen, dann können Sie den Brief unterschreiben. Ich verspreche Ihnen, den Brief gesondert per Eilboten zu senden. Also, was soll ich schreiben? Diktieren Sie, aber kurz!“

„Excellenz! Ich werde am ...“

„Anfang bis Mitte April“, unterbricht mich der Mann, „in Nikitino eintreffen. Ich muß nach den Ob-Sümpfen. Bitte um Ihren Beistand. Das habe ich geschrieben, genügt Ihnen das?“

„Vollkommen. Ich danke Ihnen ...“

„Adresse?“

Ich nenne die Privatadresse des Offiziers. Ein stechender Blick trifft mich. Ich halte stand.

„Das wußte ich nicht einmal. Sie waren also weiter ... Doktor Kröger ... Unterschreiben Sie jetzt den Brief.“

Ich unterschreibe ihn. Der Mann setzt mit klaren, steifen Lettern „keinesfalls nachgewiesen“ unter das Wort „spionageverdächtig“ in meine Akten und unterstreicht es mit Rotstift, drückt den Stempel drauf.

„Das hatten Sie, Doktor Kröger, bei dem Vermögen Ihres Vaters nicht nötig! Schweigen Sie!“ sagt er nur etwas lauter. „Ich will Ihre Meinung nicht wissen! Gehen Sie! Guten Tag!"

Ich sah ihn nicht wieder.

Sein Versprechen hat er gehalten, dieser sonderbare Mann.

Das Wunder

Durch die vergitterten, schmutzigen Fenster des Sträflingswagens blickte die aufgehende Sonne. Draußen Regen und Schneegestöber. Der Zug verlangsamte die Fahrt, der Wald wich zurück und eine graue Ortschaft mit einem kleinen Bahnhof tauchte auf, wo viele Menschen versammelt waren, die neugierig den Zug bestaunten. Ein langes Tuten der Lokomotive, der Zug hielt.

Fast zur gleichen Zeit wird die Tür meiner fahrenden Zelle aufgeschlossen, und die begleitenden Wächter kommen herein.

„Du wirst hier ausgeladen, geh!"

Gleichgültig erhebe ich mich vom Boden, greife nach der runden Sträflingsmütze – meinem einzigen Hab und Gut.

Auf dem Bahnsteig stehen zwei Soldaten, Gewehr bei Fuß, den Revolver umgeschnallt. Einer von ihnen ist ein Unteroffizier.

„Unteroffizier Lopatin", rapportiert mein Begleiter, „hier sind die Akten über den Mann. Er ist unter allerstrengster Einzelaufsicht und Einzelhaft zu halten. Beim geringsten Fluchtversuch ist ohne Anruf zu schießen!"

Der Sprecher steht straff, der Unteroffizier salutiert nachlässig. Die Ledermappe mit den beiden flachen Sicherheitsschlössern wird vorsichtig geöffnet, der Unteroffizier blättert kurz in den Akten, unterschreibt einen Revers, gibt ihn meinem früheren Begleiter und bekommt den Schlüssel für die Mappe.

„Alles in Ordnung!" sagt mit wichtiger Miene Lopatin.

Die Soldaten straffen sich wieder.

Inzwischen hat die neugierige Menschenmenge um uns eine Mauer gebildet. Der Unteroffizier und der ihn begleitende Soldat mustern erst ihre Revolver, lassen die Magazine zurückschnellen, dann pflanzen sie die Bajonette auf die Gewehre, laden sie und untersuchen auch diese sorgfältig.

„Auseinandergehen!" brüllt der Unteroffizier plötzlich die Gaffenden an. Sie schultern die Gewehre, stellen sich rechts und links von mir, ein kurzes „Vorwärts!" wir marschieren los.

Unteroffizier Lopatin ist mittelgroß, stämmig, blond mit blauen, gutmütigen Augen. Seine Uniform ist sauber, die Schaftstiefel, Koppel, Schulterriemen, Patronentasche, Gewehrriemen blank gewichst. Die Bärenmütze sitzt kokett, etwas seitwärts im Genick. Sein Gesicht strotzt vor Gesundheit, es ist frisch rasiert, an der Oberlippe sitzt ein Schnurrbart. Um die Schultern hat er sorgfältig seinen Mantel, streng nach den Vorschriften, gerollt und befestigt. Der andere Soldat ist weniger gepflegt.

Im gleichmäßigen Marschtempo schreiten wir aus. Von Zeit zu Zeit fliegt ein neugieriger Blick des Unteroffiziers zu mir herüber. Dann schaut er wieder in die Ferne, als erwarte er jemanden.

Die Sonne ist längst hinter düsteren Wolken verschwunden, ein Windstoß kommt und bringt ein plötzliches dichtes Schneegestöber. Sofort hat der Unteroffizier „Halt!" kommandiert. Wir bleiben stehen. Er rollt den Mantel auseinander, zieht ihn an, schiebt die Bärenmütze ins Gesicht, während der andere mit vorgehaltenem Gewehr dasteht. Dann wechseln sie sich ab, blicken mich an, doch sie schweigen immer noch.

„Vorwärts!" Und der Marschschritt wird wieder aufgenommen.

Das Schneetreiben dauert nicht lange, jetzt regnet es. Wir schreiten immer weiter aus. Ich werde wieder naß bis auf die Knochen.

Die Sonne kommt hervor, wir machen halt, die Soldaten rollen ihre Mäntel ein; nach kurzer Zeit sehe ich sie ihre Bärenmützen abnehmen, sie schwitzen. Der Unteroffizier ist wütend.

„Philka, dieser Hundesohn! Wo treibt sich das Vieh nur herum! Seinetwegen müssen wir zu Fuß gehen! Der soll seines Lebens nicht mehr froh werden. Wenn er uns nicht abholt, Grigorij, können wir acht Tage in demselben Tempo marschieren ... so ein Schweinehund!"

„Ja", erwiderte der andere, „nitschewo* ... er wird schon kommen ... irgendwann wird er schon kommen!"

Und wieder schweigen die beiden. Unsere Beine bewegen sich automatisch.

„Wo hast du denn das Marschieren gelernt?" wendet sich dann der Unteroffizier zu mir. Er wischt sich dauernd den Schweiß von der Stirn.

„In Deutschland, ich bin Deutscher", erwidere ich.

„Dienstgrad?" kommt die kurze Frage.

„Leutnant."

Wie auf Kommando werde ich von beiden Seiten scharf gemustert. Lopatin wird sichtlich stolz, er setzt seine Mütze sogar auf, und der Schweiß läuft ihm jetzt in Strömen herunter.

„Halt!" ertönt sein Kommando. „Ruhe dich jetzt aus. Wir wollen essen und dann weitermarschieren.

Auf harter, gefrorener Erde legen wir uns hin. Die Soldaten lassen mich nicht aus den Augen. Sie holen sich aus den Brotbeuteln das Essen und ein Messer und beginnen zu kauen.

Vor Hunger läuft mir das Wasser im Munde zusammen, und deshalb nehme ich mein kleines Steinchen heraus und wende mich ab, um sie nicht essen zu sehen.

„Hast du denn nichts zu essen?"

„Nein."

„Man hat dir nichts mitgegeben? Ich hätte auch daran denken sollen ... Hier hast du was. Nimm nur, ich habe schon genug. Ich habe ein Kreuz um den Hals, bin ein rechtgläubiger Christ, bin auch im Felde gewesen, weiß wie das ist, wenn man hungert. Nimm nur, nimm nur", und seine Stimme wird weich, wohltuend.

---

* Macht nichts.

Ich breche mit ihm das Brot.

„Was hast du denn angestellt?" fragte er mich dann.

„Ich bin Deutscher, wollte über die Grenze fliehen, zu mir in die Heimat, es kam zum Kampf, ich habe Soldaten niedergeschlagen, vielleicht auch getötet, die andern behaupten, ich sei ein Mörder."

Er will etwas sagen, beherrscht sich aber.

„Bringst du mich nach den Ob-Sümpfen?" frage ich.

„Nein. Sollst du dahin kommen?" Die Soldaten sehen mich stumm an und werden sichtlich unruhig.

„Unteroffizier, du sagtest mir eben, du bist ein Christ, du hast mir zu essen und zu trinken gegeben ... erfülle mir eine große Bitte, sei barmherzig mit mir."

„Was soll ich denn tun?"

„Erschieße mich! ... Ich will nicht in den Sümpfen hinsiechen ... Sag deinen Vorgesetzten, ich hätte dich angefallen, bedroht, du hast mich erschießen müssen, sie werden es dir glauben ..."

„Ich habe nicht gedacht, daß du ein Feigling bist, Deutscher. Deine Brüder an der Front kämpfen gegen unsere unaufhaltsame russische Menschenwalze. Einer gegen zehn. In Masuren haben sie unsere ganze Ssamsonow-Armee vernichtet, ersoffen sind wir fast alle dort. Und du, ein Offizier?! ..." Er schüttelt den Kopf, in seinen Zügen lese ich Verachtung.

„Monatelang vagabundiere ich von einem Gefängnis ins andere. Man ist ja kein Mensch mehr. Ihr habt mich mürbe gemacht. Ich bin kein Feigling, Unteroffizier!"

„Glaubst du an Gott, Deutscher?"

„Ja."

„Wenn das wahr wäre, so hättest du mich nicht um eine solche Ungeheuerlichkeit gebeten. Ich soll mein Gewissen mit einem Mord belasten? Du verlangst doch einen Mord von mir! Meinst du", beginnt er nach einer Weile, „Ich habe nicht mein eigenes Kreuz zu tragen? Ich bin nur ein armer Soldat, was habe ich noch viel vom Leben zu erwarten? Meine einzige Freude, mein einziges Glück ist ein Mädchen, Olga. Sie ist auch arm, ist Waise, hat nicht einmal ihr tägliches Brot. Jetzt will ihr Stiefvater sie an einen reichen Mann verheiraten. Er ist ihr widerlich wie die Sünde. Wie sollen wir denn heiraten, wenn wir kein Geld haben? Läuft Olga von ihrem Stiefvater weg, wo soll sie denn hin, auf die Straße oder zu mir in die Kaserne?"

Er stützt seinen Kopf in die Hände.

„Und doch gibt es einen Gott, der uns nicht untergehen läßt. Ich wollte mir das Leben nehmen, aber ich verachte mich deshalb. Da ich an Gott glaube, so muß ich auch glauben, daß er mich nicht verläßt, mich errettet."

Jäh hebt er den Kopf. Er hat die Worte versonnen ausgesprochen, und jetzt richtet er seinen Zeigefinger auf mich.

„So mußt du auch glauben, Deutscher!"

Wir marschierten zwei Tage. Nichts als Wald und unübersehbare Flächen, auf denen nur Steppengras wucherte. Erst als die Sonne hinter dem Walde zum zweitenmal unterging, sahen wir in der Ferne den kleinen Gefängniswagen, zwei kleine, zottige Pferdchen waren davorgespannt. Auf dem Bock saß ein bewaffneter Polizist und grölte in aller Gemütsruhe ein Soldatenlied.

„Ich konnte nichts machen, Bruder, du weißt, die Achse ist uns unterwegs gebrochen, ich habe schnell eine neue anfertigen müssen, und allein konnte ich eben nicht eher fertigwerden. Wir brauchen uns doch nicht zu beeilen."

Was soll man da sagen? Nitschewo!

*

Die ganze Nacht und den ganzen nächsten Tag fuhren wir, ohne die kleinen, zottigen Pferdchen viel ausruhen oder gar füttern zu lassen, bis wir endlich in einem Städtchen angelangt waren.

Eine saubere, geheizte Zelle nahm mich auf. Ohne sich lange zu besinnen, zog ich meine Lumpen aus, um sie in der Nähe des Ofens trocknen zu können. Dann legte ich mich auf die Pritsche und wollte einschlafen, denn auf Essen zu rechnen, war oft zwecklos. Da ging die Tür auf, und ein Wächter mit einer Laterne trat ein.

Es fiel mir sofort auf, daß er unbewaffnet war. Er stellte mir einen mächtigen Krug Tee und ein sehr anständiges Abendbrot hin.

Zu meiner größten Verwunderung lag bei dem Essen ein „Mordinstrument", ein hölzerner Löffel.

Während ich ihn in Bewegung setzte, machte es sich mein Wächter auf der Pritsche bequem und musterte mich neugierig von allen Seiten. Immer wieder versuchte er zu sprechen, aber es kam kein Ton über seine Lippen. Schließlich ging er.

Als ich aufwachte, war heller Tag, die Zelle schon wieder geheizt, der Eßnapf mit dem Löffel verschwunden.

Ich musterte meine Lumpen: das rechte Hosenbein war leider etwas angesengt, so daß ich in einigen Tagen mit bloßem Knie hätte herumlaufen müssen. Ich betrachtete meine Fußlappen, die sehr reparaturbedürftig waren. Ohne lange zu überlegen, zerriß ich kunstgerecht mein Hemd, das als solches nicht mehr anzusprechen war, und machte mich an die Flickarbeit. Das Hemd, so überlegte ich, konnte ich entbehren, denn es schien endlich Frühling zu werden.

Mitten in meiner Arbeit tut sich die Tür auf, und der Wächter erscheint, blickt mich schweigend von allen Seiten an, schüttelt bedächtig den Kopf und verschwindet. Kurze Zeit danach kommt er wieder mit einem festen, hausgesponnenen, sauberen Hemd und einer Anzahl derber Fußwickel, die er neben mich hinlegt. Wieder mustert er mich neugierig, und wieder verschwindet er lautlos.

Diesmal kommt er mit kräftigen Schaftstiefeln, stellt auch diese Herrlichkeit neben mich und knüllt die Lumpen meines Sträflingsanzuges zusammen.

Doch ich darf mein kleines Steinchen nicht vergessen, meine oft angewandte Abhilfe gegen Durst und Hunger; ich hole es mir zur nicht geringen Verwunderung des Wächters aus den Lumpen hervor.

Unverständliche Zeichen macht er mir, ich zucke die Schultern, denn ich kann seine Zeichensprache nicht verstehen, weiß nicht, was er will.

„Schade, daß du taubstumm bist", redet er mich plötzlich an und schüttelt den Kopf, zeigt auf Mund und Ohren.

„Ich bin ja gar nicht taubstumm", antworte ich.

„Großer Gott und Jesus!" Erschrocken fährt der Mann zusammen, und erst an der Türschwelle bleibt er stehen.

„Ich habe heute morgen den Ofen geheizt und den Eßnapf weggetragen, und du hast dich nicht einmal gerührt."

„Ich war sehr müde", gebe ich ihm zur Antwort.

Aber anscheinend traut er dem Frieden nicht ganz, denn er geht aus der Zelle und kommt erst mit dem Mittagessen und einem neuen Sträflingsanzug zurück.

Die Hosenbeine sind zu kurz, die Ärmel halblang, die Jacke kann ich kaum über der Brust zuknöpfen – aber es sind keine Lumpen.

Fast über Nacht fühle ich wieder Kräfte. Ich mache gymnastische Übungen, klage über das wenige Essen, ich klage so lange und derart eindringlich, daß ich immer sehr reichlich bekomme. Das Essen ist gut, sehr gut. Ich bitte sogar um eine Beschäftigung.

Der Kopf brütet und arbeitet dauernd an Fluchtplänen. Wie lange habe ich überhaupt noch die Möglichkeit, die Flucht zu ergreifen? Kann der Transport nicht jeden Tag weitergehen? Ich muß mich beeilen, ehe es zu spät ist.

Als ich dann eines Tages zum Holzspalten geholt werde, stehen einige Wächter um mich herum und gucken interessiert zu.

Meine ganzen Kräfte setze ich ein. Den Rock habe ich ausgezogen, das neue Hemd ebenfalls, denn die Sonne wärmt schon ordentlich. Ich spucke kräftig in die Hände und hole tüchtig aus. Wie Wasser spritzt das Holz auseinander, die Gaffenden gehen weiter abseits. Im Flüsterton höre ich die Wächter sagen: „Der Kerl ist ja groß und stark wie der Satan." Diese Bemerkung macht mich stolz, und mit neuer Wucht lasse ich das Beil auf die Holzklötze fallen.

Zum Lohn bekomme ich jetzt so viel zu essen, daß ich meinen Napf nicht mehr zur Neige leeren kann.

Ich verlebe ruhige Tage. Die Zelle ist gut geheizt, mir fehlt es an nichts. Ein herrliches Zuchthaus!

Unvergeßlich für alle Zeiten bleibt für mich ein Vormittag.

Meine Ketten werden entfernt.

Ich reibe mir die Hand- und Fußknöchel, an denen sich eine Kruste gebildet hat. Sie waren mit Absicht beachtlich mit Schmutz überkrustet, denn dies sollte das Wundlaufen und Wundscheuern vermeiden.

Die Tür wird aufgerissen. Ein großer, dicker, etwas verwahrloster Offizier nimmt die ganze Türfüllung ein.

„Aha! Das ist der Mann, der Deutsche, Theodor Kröger, spionageverdächtig, ein gewaltiger Kerl, Holz kann er spalten, das ist ja ganz kolossal! Sag mal, kannst du denn überhaupt russisch? Wohl kaum, was? Doch? Na ja, muß man ja schließlich auch kennen, bei solch einem Riesenland schon allein auf der Landkarte!" So ergießt sich seine Rede in den Raum. Er kommt auf mich zu, ihm folgt ein Schreiber, der Vorsteher der Polizeikanzlei. Alles an ihm ist liederlich, in seinen schmutzigen Händen gewahre ich ein Aktenbündel, darauf deutlich „spionageverdächtig" und darunter, noch größer, „keinesfalls nachgewiesen". Die beiden Männer mustern mich erst eine ganze Zeit, dann nehmen sie auf der Holzpritsche Platz.

„Ignatjeff, geben Sie die Akte her, ich will mal sehen". Der Hauptmann blättert hastig in den Schriftstücken, wobei ein Teil auf den Fußboden fällt. „Der Teufel soll's holen, sie sind nicht einmal richtig eingenäht, das müssen Sie noch machen, Ignatjeff. Das darf nicht vorkommen, so etwas ist ausgeschlossen. Diese wichtigen Akten und Schriftstücke! Ach! . . . ich finde nichts, hier haben Sie den ganzen Kram, suchen Sie selbst, man findet sich nicht zurecht, alles ist durcheinander!"

Umständlich sucht jetzt der Kanzlei-Vorsteher in den durchwühlten Papieren. Plötzlich ergreift der Hauptmann den Zipfel eines Bogens und hält ihn triumphierend in den Händen.

„Sehen Sie, sehen Sie, ich habe es gefunden. Da ist es! . . .“

Sein Gesicht verfinstert sich, als solle ein plötzlicher Orkan aus heiterem Himmel hervorbrechen. Von der Seite blickt der Schreiber ins Schriftstück. Es vergeht eine ganze Zeit, mein Konterfei wird verglichen.

„Wieder eine Verwechslung! Bei uns wird oft verschiedenes verwechselt, schrecklich, schrecklich! Ja, was ist da zu machen? Wir müssen der Sache auf den Grund kommen, unbedingt! . . . Ignatjeff!“ kommt es plötzlich triumphierend. „Lassen Sie sofort Fingerabdrücke machen, es ist ein untrügliches Zeichen, unmöglich zu fälschen. Eine glänzende Idee, also los, ganz schnell!“

Eine Wurzelbürste, ein Stück Seife, warmes Wasser. Es wird schwarzbraun. Erstaunt blicken mich die Männer an: ich scheine Handschuhe angezogen zu haben, schöne weiße Handschuhe.

Die Finger- und Handabdrücke sind gemacht, werden verglichen.

„Die Sache stimmt nicht, Ignatjeff“, meint der Polizeihauptmann kleinlaut und blickt seinen Schreiber von der Seite an.

„Doch, Herr Hauptmann, die Kennzeichen stimmen alle.“ Ein schadenfrohes Lächeln gleitet über seine Züge. Seine Liebenswürdigkeit ist Siegesbewußtsein.

„Bist du bestimmt Doktor-Ingenieur Theodor Kröger?“

„Ganz bestimmt“, erwidere ich.

„Geboren?“ fragt der Hauptmann.

Ich nenne ihm die Daten.

„Stimmt! Die Sache stimmt! Was wollen Sie denn noch? Nicht Sie, sondern ich habe recht gehabt.“

Wieder greift der Hauptmann in das Durcheinander der Akten. Wie durch einen Zufall findet er das Nötige. Er steht auf und sagt streng und kurz: „Aufstehen!“

Ich nehme Haltung an, der Schreiber erhebt sich mit Widerwillen.

Mein Herz setzt sekundenlang aus!

Jetzt kommt der Befehl zur Hinrichtung durch den Strang!

Blitzschnell fasse ich alle Anwesenden ins Auge. Es sind nur wenige um mich herum. Ein Wächter hat einen Nagan-Revolver umgeschnallt. Diese Waffe könnte mich vielleicht retten.

Nein, ich hatte nicht die geringste Aussicht, mein Leben durch Flucht zu retten. Ich war so oder so verloren. Ich hatte nur die Wahl, allein zu sterben oder die andern mit mir in den Tod zu ziehen. Meine Kräfte würden ausreichen, die Männer zu Boden zu strecken, und mit der letzten Kugel konnte ich mir selbst den Tod geben.

Dieser Entschluß stand fest . . .

„St. Petersburg, Kriegsministerium, Abteilung für Kriegsspionageabwehr, streng geheim . . ." liest halblaut der Hauptmann vor sich hin.

„Herr Hauptmann", unterbricht plötzlich der Vorsteher, „der Hundesohn braucht nicht alles zu wissen", und mit diesen Worten nimmt er sicher, ohne auf Widerstand zu stoßen, das Aktenstück aus den Händen des Offiziers und sagt kurz: „Durch allerhöchsten Befehl wirst du hiermit in Freiheit gesetzt!"

Wie aus weiter Ferne höre ich die verschiedensten weiteren Bestimmungen über die Begrenzung meiner Freiheit. Er liest noch lange und sehr langsam, und ich verstehe nichts mehr, denn ich höre auch kaum noch hin . . .

Ich bin frei! . . . Ich bin frei! . . . Dem Tode entronnen!

Mit zitternden, ängstlichen, hastenden Händen ziehe ich meinen Rock an, ohne zu wissen, wie und was ich tue. Mein Herz klopft so stark, daß ich einer Ohnmacht nahe bin. Nur schnell! Nur schnell!

Vor mir sehe ich eine Tür offenstehen.

Ich darf aus der Zelle gehen und keiner hält mich auf.

Eine andere Tür steht auch offen . . . Schnell! Schnell!

Ich versuche rascher zu gehen, aber ich kann nicht.

Jetzt bin ich draußen! Allein!

Harte gefrorene Erde. Ich falle auf sie nieder. Über mir lachende, strahlende Frühlingssonne. Ich vergrabe das Gesicht in den Händen . . . dicke Tränen rinnen mir über die Wangen.

Ich sehe wieder die Welt . . .

Ich sehe wieder das Leben!

ZWEITER TEIL

Halbe Freiheit

Ein blanker Rubel

Der Tag und das Licht waren erloschen.

Ich lag dicht am Waldrand auf einem Haufen zusammengetragener alter Baumblätter und blickte in den weiten, klaren Himmel, an dem die ersten Sterne aufleuchteten. Es war still in mir und um mich herum. Ein Schwarm schwarzer Vögel flog lautlos in den Wald. Irgendwo in der Ferne kläffte und heulte ein Hund, dann wurde auch er still.

Langsam senkte sich die Nacht.

Den ganzen Tag hatte ich im Walde verbracht, hatte mich verkrochen wie ein Tier. Ich traute mich nicht zu den Menschen, ich traute meiner plötzlichen Freiheit nicht. Vielleicht suchen sie dich, vielleicht war deine Entlassung ein Irrtum? ...

Auch in dieser Nacht schlief ich unter freiem Himmel auf dem weichen Laubbett. Als ich aufwachte, stand die wärmende Sonne über mir. Ich lachte ihr entgegen . . . und war grenzenlos glücklich.

Den ganzen Tag suchte ich im Städtchen nach Arbeit. Es war vergebliche Mühe. Mein Sträflingsanzug wirkte wie Feuer. Flüche prallten mir entgegen, Hunde wurden auf mich gehetzt, und manche wollten mich sogar erschlagen, so groß war die Angst der Bevölkerung vor einem entlassenen Sträfling. Ich mußte immer weiter und weiter gehen, von Tür zu Tür. Nur wenige sagten, vor Angst zitternd: „Geh mit Gott!“ Die andern schoben mir ängstlich ein Stück Brot hin, damit ich nur ja weiterginge.

Wieder kam die Nacht. Ich blickte von meinem Laubbett in den sternenklaren Himmel und . . . war glücklich und zufrieden.

Am nächsten Tag ging ich wieder von Haus zu Haus. Überall dieselben ängstlichen Gesichter. Sogar in der Schreibstube des Gefängnisses, in die ich ohne den geringsten Widerstand gelangte. Der verwahrloste Vorsteher, zu Tode erschrocken über mein plötzliches Erscheinen, konnte nur mit beiden Händen stumm und verzweifelt abwehren.

Auch die dritte Nacht verbrachte ich im Walde.

Ich hatte Hunger.

Wieder graute der Morgen, da hörte ich in meiner Nähe ein Geräusch, und als ich aus dem Walde trat, sah ich vor mir den Wächter, der mir im Zuchthaus all die Sachen gebracht hatte. Er sammelte Holz. Als seine Angst sich gelegt hatte, war ich ihm dabei behilflich, und ein mächtiges Bündel auf den Schultern, ging ich mit ihm zu seiner Isba. Ebenso erschrocken war auch seine Frau, doch ich bekam aus zitternden Händen ein gutes Mittagessen, spaltete Holz, und abends durfte ich dem Mann im Gefängnis Gesellschaft leisten. Ich spielte mit ihm Karten. Das Glück war mir hold, ich gewann immer mehr und mehr, schon hatte ich den Betrag für eine Nachricht nach Petersburg zusammen.

Die ganze Nacht würde ich vor dem Postamt sitzen, ein Telegramm würde ich dann aufgeben: Entlassen, bitte um Geld. In vierundzwanzig Stunden wäre das Geld da, dann brauchte ich nicht mehr im Walde zu übernachten, keinen Hunger mehr zu leiden. Und bei diesem Gedanken zählte ich und ordnete schon die Münzen sorgfältig aneinander.

„Ej! Ruki werch!“* unterbrach mich eine Stimme.

Ich blicke auf: der Wächter steht dicht vor mir und hat seinen blanken Nagan auf meine Stirn gerichtet.

„Ich gebe dir das Geld morgen wieder . . .“, beginne ich unsicher und merke, wie meine Hände zittern. „Mein Leben hängt doch von diesen wenigen Kopeken ab!“

„Rede keinen Unsinn, Kerl!“ herrscht mich der Mann an.

„Ich gebe dir das Geld morgen ganz bestimmt zurück . . . nach Petersburg will ich telegrafieren, man soll mir Geld schicken . . ., ich habe reiche Eltern, sie werden dich belohnen . . . Ich gebe dir für einen Rubel fünf Rubel wieder, genügt es dir nicht? Gut, ich gebe dir zehn Rubel dafür,

* Hände hoch!

mein Ehrenwort! Willst du es schriftlich von mir haben? . . . Du bekommst es bestimmt zurück. Ich schwöre es dir!"

Der Nagan senkt sich allmählich.

„Wie sollst du denn reiche Eltern haben, Kerl? Du bist wohl durch das Zuchthaus schon halb wahnsinnig geworden! Wenn du reiche Eltern hättest, säßest du nicht im Zuchthaus! Diese paar Kopeken werden dich doch nicht retten, verhungern wirst du sowieso, denn Sträflinge kriegen nie Arbeit."

Ich muß das Geld zurückgeben. Aber ich darf doch wenigstens reichlich essen und in meiner alten, geheizten Zelle schlafen. Bei meiner Entlassung am nächsten Morgen muß ich versprechen, über das nächtliche Kartenspiel zu schweigen, dann könnte ich am Abend wiederkommen zu ihm und seinen Kameraden.

Erneut suchte ich nach Arbeit, doch vergebens, von Tür zu Tür. Nur in einem großen, sauberen Laden, dessen Eigentümer eine Tatarenfamilie war, sollte ich am nächsten Tage wiederkommen; dort könnte ich immer Arbeit finden. Man versprach mir Essen, Trinken und eine Schlafstelle und als Lohn drei Rubel im Monat. Ich sagte zu. Auf dem Wege ins Gefängnis dachte ich: in zehn Tagen hast du das Geld für ein Telegramm zusammen. Ich wollte lachen und singen.

Abends spielten wir zu fünft Karten im Zuchthaus. „Kannst du eigentlich schreiben?" fragte mich ein Wächter, und als ich bejahte, holte er mir Feder und Briefpapier. Unter allgemeiner Belustigung mußte ich an seine Liebste schreiben, was auch zur gemeinsamen Zufriedenheit aller Anwesenden ausfiel. Zum Lohne gab er mir eine bereits von ihm angerauchte Zigarette. Als ich aber das zerkaute Pappmundstück abriß und erst dann die Zigarette weiterrauchte, meinte er: „Du mußt ja ein ganz nobler Barin sein."

Kaum graute der Morgen, als ich schon vor dem Tatarenladen stehe. Scheu blicken mich die wenigen Passanten an. Endlich erscheint der Inhaber in Begleitung von zwei andern

Tataren und einer Frau. Umständlich öffnen sie die schweren Schlösser und Riegel des Geschäftes, hantieren sinnlos auf dem Ladentisch. Ich stehe draußen und warte. Endlich winkt mir der Besitzer. Ich trete ein, mein Blick überfliegt den ganzen Raum. Er ist groß und voll Ware.

„Ich habe versprochen, dir Arbeit zu geben . . . ich kann es nicht tun . . . ich habe Angst . . . und meine Familie hat Angst . . . nimm es mir nicht übel . . ."

Die Worte kamen stotternd. Er senkt beschämt seinen Kopf. Die Finger tasten nervös über den leeren Ladentisch.

„Ich bin doch kein Mörder und Verbrecher. Ich bin Deutscher, der wegen Spionageverdachts ins Zuchthaus kam", erwidere ich.

„Ich habe mich beim Polizeihauptmann erkundigt. Es ist schon richtig, aber du sollst gemordet haben . . ."

Kaum hörbar bringt er die letzten Worte hervor.

„Das weiß ich nicht. Ich war auf der Flucht in meine Heimat und habe mich nur gegen meine Feinde gewehrt, wie ein Soldat im Felde."

„Mag sein . . . mag sein . . . aber ich habe Angst, nimm es mir nicht übel." Wir schweigen beide.

„Faymé, gib dem Mann zwanzig Kopeken."

Auf dem Ladentisch höre ich das silberne Geldstück klingen. Ich blicke hin: eine kleine Mädchenhand hat es schüchtern hingelegt, aber schon sind die Finger unter dem weiten Ärmel ihres Kleides aus schwerem, buntem bucharischem Stoff verschwunden. Ich blicke in ein Gesicht, aus dem der letzte Blutstropfen gewichen ist, in zwei abgrundtiefe schwarze Augen, in denen deutlich der Schrecken steht.

Wie feige sind sie alle, denke ich.

Mein Blick fällt wieder auf die Silbermünze . . .

Ich rühre sie nicht an und gehe langsam aus dem Laden.

Kaum bin ich einige Schritte gegangen, als einer der Wächter auf mich zukommt und in der größten Aufregung erzählt, daß der Schreiber Ignatjeff von unserem nächtlichen Kartenspiel erfahren hat. Ich darf auf keinen Fall mehr ins Zuchthaus kommen.

Meine Wanderung durch das kleine Städtchen auf der Suche nach Arbeit ist endgültig vergebens.

Es wird dunkel. Ich bin hungrig, und die abendliche Kälte dringt tief in meine Seele.

Es kommt die Nacht und die Hoffnungslosigkeit. –

Die Straßen sind leer. Verzweifelt, wenn auch als freier Mensch, sitze ich am Straßengraben und grüble; ich weiß keinen Ausweg mehr . . . keine Hilfe . . .

Ich habe mich so auf die Freiheit gefreut . . .

Langsam greife ich nach der Sträflingsmütze, die ich neben mich hingelegt hatte. Langsam lasse ich die Mütze wieder los . . . fasse wieder danach . . .

Ein blanker Rubel liegt darin!

Eine gütige Seele gab mir, ohne daß ich es merkte, dieses fürstliche Almosen.

Scheu wie ein Dieb blicke ich mich um. Es ist lautlose Nacht, das Städtchen wie ausgestorben.

Ein Stöhnen entringt sich meiner Brust, wie es meine grausamsten Zuchthauswärter nicht einmal gehört haben . . . das also ist die Freiheit!

Die Nacht ist endlos und kalt. Vielleicht kommt es mir auch nur so vor; ich lauere, auf der Erde sitzend, vor dem kleinen Postamt auf den ersten Beamten.

„Entlassen, bitte um Geld“, ist mein Telegramm.

Wieder warte ich vor dem Postamt in der Sonne. Scheu und ängstlich blicken mich die Ein- und Ausgehenden an. Sie wagen mir kein Almosen hinzuwerfen. Ich empfinde nur das rasende Herz, die nahende Entscheidung.

Mein Name fällt! Ich zucke zusammen wie unter einem Peitschenhieb . . .

Eintausend Rubel gehören mir!

*

Das Zimmermieten ist für einen entlassenen Sträfling ebenso unmöglich wie das Finden von Arbeit. Keiner will solch einen Menschen in seinem Hause aufnehmen.

Ein reicher Kaufmann, der im Städtchen einen Laden

hatte, besaß das schönste und größte Haus. Er war übel beleumundet, sollte mit seinem Vater irgendwo im Uralgebirge an einer Landstraße, die vom europäischen nach dem asiatischen Rußland führte, eine Herberge besessen haben. In diesem Gasthaus blieben die Reisenden über Nacht. Dort wurden Pferde gewechselt, um weiterfahren zu können; es war eine Art „Ausspann". Vater und Sohn verstanden es nun meisterhaft, in kurzer Zeit ein Vermögen daraus zu schlagen. Sie sollen Hunde gehabt haben, die ewig hungrig waren und alles, was man ihnen hinwarf, mit Haut und Haaren wegfraßen. Doch die Kriminalpolizei konnte lange Zeit nichts Positives ermitteln, obwohl Vater und Sohn immer reicher und reicher wurden. Der Vater starb dann auch an irgendeiner „fressenden" Krankheit, und der Sohn kam für einige Monate wegen wiederholten Mordverdachtes ins Gefängnis, wurde dann aber mangels Beweise wieder freigelassen.

In dem Städtchen hatte er wohl sein finsteres Handwerk an den Nagel gehängt, jedenfalls klagten die Bewohner nur über seine Geldgier, die jedoch nicht strafbar ist. Dieser Kaufmann besaß also das schönste Haus im Städtchen. Im ersten Stock wohnte er mit seiner Frau, der zweite war leer.

Kurz entschlossen trat ich in seinen Laden.

Der große, niedrige Raum war bis an die Decke mit Beilen, Äxten, Sensen, Rechen, Messern aller Art, Sägen, Bohrern und allen möglichen landwirtschaftlichen Geräten vollgepfropft.

Hinter dem massiven Ladentisch sitzt der Besitzer, ein hagerer Mann mit einem kleinen, grauen Spitzbart, grauen, fast farblosen Augen, häßlichen Gichthänden und unsauberen, langen Nägeln. Er ist gerade beim Teetrinken.

„Was willst du? Mach, daß du sofort hinauskommst, Sohn einer Hündin! Seit wann laufen denn schon Zuchthäusler frei herum?" brüllt er mich an, ohne aufzustehen; nur das volle Glas mit Tee setzt er hin.

„Ich will ein Zimmer bei dir mieten!" erwidere ich und

sehe, daß er Angst vor mir hat, doch als ich völlig ruhig bleibe und seine Antwort abwarte, wird er plötzlich ausfallend.

„Mit Zuchthäuslern will ich nichts zu tun haben! Raus mit dir, du Vieh!"

Ein Griff nach dem Mann, ein Schlag vor die Brust, und er fliegt gegen die Regale; das Glas mit Tee, die Untertasse, der Zucker und das Teekännchen hinterdrein. Ich hebe ihn hoch und schüttle ihn solange, bis er sich erbietet, mir alles zu geben, nur sein Leben solle ich in Heilands Namen schonen.

„Was kostet die Wohnung im zweiten Stock?"

„Zwanzig Rubel monatlich ... billiger kann ich nicht ..."

„Ich zahle ein Vierteljahr im voraus!" Mit diesen Worten halte ich ihm die tausend Rubel unter die Nase.

Erstaunt und gierig stiert der Mann auf das Geld.

„Ja, Barin, wenn es mit der Bezahlung so aussieht, dann vermiete ich Ihnen selbstverständlich gern die Wohnung, und meine Frau wird sich freuen, Ihnen die Wirtschaft zu führen." Er ist wie umgewandelt, nennt den Zuchthäusler sofort „Barin", weil er ein beachtliches Geschäft wittert. Wir werden rasch einig.

Die Wohnung besteht aus vier größeren und zwei kleinen Räumen, einem Vorzimmer, einer Küche mit geräumiger Speisekammer. Ein Teil der Zimmer liegt nach der Hauptstraße, ein Teil nach dem Hof hin.

Ich befehle meinem neuen Wirt, die Wohnung reinigen zu lassen, die Badestube zu heizen, und seine Frau soll das Beste vom Besten kochen, dann gehe ich weiter meiner Wege.

Ich eile in den Tatarenladen, den besteingerichteten, fast ein kleines Warenhaus.

Hundert Rubel lege ich auf den Ladentisch, daneben das Telegramm, um den ängstlichen Menschen die letzte Furcht zu nehmen.

Daß ich tausend Rubel telegrafisch erhalten habe, ist bereits wie ein Lauffeuer im Städtchen herumgegangen.

Ein Griff nach einem Stück Speck, einem Schwarzbrot,

einer Flasche Wein und einer . . . Zeitung. Der Tatar geleitet mich unsicher in ein kleines Stübchen hinter dem Verkaufsraum. Dort versinke ich in Essen und Lesen. Seit acht Monaten weiß ich nicht, was in der Welt vorgeht.

Und der Krieg?!

„Wir gehen siegreich vor!“ Aber schon fasse ich mich an den Mund und erschrecke.

„Und wie die Deutschen siegen!“ höre ich neben mir die Stimme des Tataren, den ich völlig vergessen habe. Er lächelt verschmitzt, wie nur Asiaten lächeln können. Diese Worte sind der erste Auftakt zu unserer beiderseitigen Sympathie.

Ich suche mir den größten Anzug heraus, Schuhe, Socken, Hemden, Toilettengegenstände und alles, was ein Mitteleuropäer an allernötigsten Gebrauchsartikeln benötigt. Ich wähle mir eine solide Kiste aus und zwei kleine, dazu ein eisernes Bett, Matratze, Bezüge, Kissen und Decken. Dann folgen Lebensmittel. Es ist ein ganzer Berg von Sachen. Freudestrahlend trage ich alles in meine Wohnung, schlage mein Bett auf, stelle die große Kiste auf, decke ein Tischtuch darüber, die beiden kleinen Kisten bekommen Kissen. Bett, Tisch und Stühle sind vorhanden. Ich bin namenlos glücklich! Ich habe auch eine Uhr!

Im Ofen verbrenne ich meine Sträflingskleider. Läuse und Wanzen laufen in panischem Schrecken umher, bis sie, vom Feuer erfaßt, erst unheimlich dick werden und dann platzen.

Die Badestube ist geheizt. Wasser, immer wieder Wasser schütte ich über den krebsroten Körper, das Blut jagt mir durch die Adern, alle Lebensgeister erwachen. Ich atme befreit auf.

Es sind kaum einige Stunden vergangen, als ich schon gebadet, rasiert, mit stufenförmig geschnittenem Haar, Eigentümer einer Wohnung und eines Bettes bin. Wohl ist der Anzug mir viel zu klein und droht besonders an den Schultern zu platzen, die Hosenbeine gleichen einer Fahne auf Halbmast, aber . . . Wichtigkeit!

Bei meinem Wirt erwartet mich ein fürstliches Mittagessen: Kaviar, Lachs, marinierte Steinpilze, Fleischkuchen-Pasteten, eine kräftige Suppe, selbstgebraute Schnäpse, ein duftendes Hühnchen, Wein, Kaffee, Zigaretten. Ich esse, kaum ein Wort fallen lassend. Als ich aufstehe, kann ich kaum noch atmen, nur lächeln kann ich vor lauter Zufriedenheit. Langsam, Schritt für Schritt, steige ich in meine Wohnung hinauf, durchwandere meine sechs Zimmer, werfe mich aufs Bett und schlafe wie ein Held nach glorreich bestandenem Kampf gegen hundert Ungeheuer.

Als ich erwache, ist es schon spät. Ich gehe wieder hinunter. Die Frau meines Wirts zerfließt vor Liebenswürdigkeit, und mein Wirt vergißt sein Geschäft, sein ständiges Teetrinken und Zigarettenrauchen. Er hat seinen Laden geschlossen, und ich merke deutlich, für ihn gibt es jetzt nur das eine, und das bin ich. In seinen Augen scheine ich ein Großfürst zu sein.

„Ich möchte dem Barin in erster Linie empfehlen, mit dem Herrn Polizeihauptmann und ganz besonders mit dem verfluchten Ignatjeff freundschaftlich zu verkehren." Er belegt den Schreiber mit den saftigsten Schimpfworten. „Mit Ignatjeff ist es besonders schwer, er ist mißtrauisch, schlau und gemein, aber ich kann Ihnen vielleicht helfen. Würde der Barin mir vielleicht seine Schulden abkaufen?"

Noch am selben Abend ging ich zum Polizeihauptmann.

Der Posten an der Eingangstür erkennt mich nicht. Ich läute. Die Klingel ist jedoch abgerissen, ich klopfe. Ein verlottertes, ungekämmtes Dienstmädchen macht mir freundlich grinsend auf. Ohne ein Wort mit mir zu sprechen, geht sie fort und läßt mich stehen. Ich folge ihr nach. Es scheint hier so selbstverständlich zu sein.

In einem geräumigen, nur schwach durch eine Petroleumlampe erhellten Zimmer sitzt an einem Tisch der Polizeihauptmann in einer völlig zerschlissenen Uniform. Auf dem Tisch stehen Überreste des Abendbrotes, daneben liegen Messer und Gabel, ein Aschenbecher voll Stummel, Zigaretten, Streichhölzer, ein altes zerrissenes Buch, Zeitungen voller

Fettflecke und alles überragend thront eine Flasche Wodka, daneben ein damit halbgefülltes Teeglas.

„Was willst du, wer bist du?" fragt seine müde Stimme.

Ich komme an den Tisch heran, lüfte etwas den grünen Lampenschirm. Das Licht fällt mir ins Gesicht. Der Mann erkennt mich, erschrickt, tastet, vielleicht nach dem Revolver, den er nirgends findet.

„Ich bringe Ihnen Geld, Iwan Iwanowitsch."

Er lächelt verlegen, anscheinend fühlt er sich machtlos gegenüber einem Schwerverbrecher und starrt auf das Geld, das ich vor ihm auf dem Tisch ausbreite.

„Iwan Iwanowitsch, ich bringe Ihnen achthundert Rubel zum Aufbewahren, denn ich habe ja sonst keinen Menschen hier, dem ich so viel Geld anvertrauen könnte. Sie sind die einzige ehrbare, über alles erhabene Person." Meine Stimme beruhigt ihn, und schon fährt er mit einer kosenden, zögernden Bewegung über die Scheine.

„Du hast doch das Geld . . . Wo haben Sie denn das viele Geld plötzlich her?" fragt er unsicher. „Ja, ich weiß schon . . . man hat es mir erzählt . . ."

Ich berichte ihm alles. Er hört mir aufmerksam zu.

„Na schön, ich nehme das Geld in Verwahrung", sagt er.

„Ich gebe Ihnen dafür hundert Rubel."

„Du bist ja verrückt!" kommt es prompt zurück. Nach einiger Zeit verbessert er sich: „Das kann ich von Ihnen nicht annehmen."

„Warum denn nicht, es weiß ja keiner."

„Gänzlich ausgeschlossen, was denken Sie denn von mir? Ich habe es gar nicht nötig, nein, nein, ich will kein Geld haben, ausgeschlossen . . ." Ein Redeschwall ergießt sich aus seinem Munde. Ich unterbreche ihn und gebe ihm lächelnd die Hand. Zögernd schlägt er ein, und mit einer mir nicht ungewohnten Bewegung stecke ich ihm den Hundert-Rubel-Schein in den Rockärmel.

„Trinken Sie ein Gläschen Wodka? Wollen Sie etwas essen?"

„Gern, alles beides", erwidere ich.

„Maschka!!!" schreit der Polizeihauptmann, und das Stubenmädchen kommt und kratzt sich dabei hinter den Ohren. Wenn die keine Läuse hat! denke ich bei ihrem Anblick. „Bring eine Flasche Wodka und reichlich von allem zu essen."

Das Mädchen kommt mit einer Wodkaflasche, während auf dem Teller achtlos ein Stück Brot und ein Stück Braten liegt.

„Rindvieh! Noch ein Glas brauche ich! Alles, was wir zu Hause zu essen haben, sollst du bringen! Siehst du denn nicht, daß ich Besuch habe? Wurst, Käse, Eier, Butter, Fisch, alles sollst du bringen! Geh! Was gaffst du den Mann an? Sehen Sie, so dumm sind hier die Menschen; man wird selbst bald zu einem Idioten. Schweinische Zustände, gottverlassene Gegend, Selbstmordgedanken kann man mit der Zeit bekommen, entsetzlich!" Und Iwan Iwanowitsch öffnet die neu gebrachte Flasche mit dem üblichen Schlag der Handfläche gegen den Flaschenboden, und der Korken fliegt mit vertrautem Knall hoch.

Das Stubenmädchen erscheint, sie trägt in jeder Hand einen Teller, darauf sehe ich Überreste von verschiedenen Käsesorten, Butter, Eier, auf dem anderen sind Heringe, einer davon ist zur Hälfte schon aufgegessen. Unschlüssig steht sie da.

Mit einer einzigen Bewegung räumt der Hauptmann den Tisch ab, alles gleitet in die äußerste Ecke; dorthin reicht das Licht der Petroleumlampe nicht mehr. Das Dienstmädchen geht einige Male hin und her, bis der Tisch voller Teller steht.

„Nicht einmal ein Tischtuch hast du gebracht, Maschka! Oh, ich könnte alles um mich ermorden! Gaff nicht den Mann an!"

Das Mädchen weint und schluchzt.

„Das habe ich doch nicht gewußt, und Sie haben es mir auch nicht gesagt, Euer Hochwohlgeboren!" plärrt sie.

„Jetzt ist meine Geduld zu Ende!" und schon hat er wahllos etwas vom Teller ergriffen, das Mädchen läuft unter lautem Heulen aus dem Zimmer.

Der Hauptmann legt dieses Etwas auf den Tisch zurück; es ist ein Ende Wurst, dessen Inhalt um eine ganze Messerlänge jemand herausgegraben hat. Durch den energischen Handgriff ist die Wurstschale nun völlig zusammengeknüllt worden.

„Entschuldigen Sie mich, ich will einen anderen Rock anziehen, ich kann doch nicht . . . Sie sind mein Gast, einen Augenblick, bitte . . .“ Und er verschwindet irgendwo im Halbdunkel des Zimmers.

Er erscheint wieder, nachdem ich zwei Zigaretten geraucht habe.

„Bitte, essen Sie, so viel und was Sie wollen, meinetwegen alles, ich würde mich nur freuen, Sie können es mir glauben, und hier, sehen Sie, damit wir beide nicht auf dem Trockenen sitzen, habe ich gleich noch mehr mitgebracht. Also bitte, lassen Sie sich durch nichts stören, es ist hier etwas primitiv, aber das macht ja nichts. Sie müssen essen, bis Sie nicht mehr können, das müssen Sie mir versprechen.“

Er rückt alles, was auf dem Tisch steht, um mich herum, füllt die Schnapsgläser, wir trinken, er füllt sie wieder und setzt sich zurecht, während ich mich dem Essen widme.

„Schon seit fünf Jahren sitze ich in diesem gottverdammten Ort. Ich stamme aus Moskau. Ich war ehrgeizig genug, diesen Posten zu übernehmen und nun muß ich hier verkommen in Schmutz, Dreck und der ewigen Eintönigkeit.“

Iwan Iwanowitsch Lapuschin, der Polizeihauptmann, schüttet mir sein Herz aus. Ich spüre, wie gut es ihm tut, einmal von sich sprechen zu können. Wir fassen sofort eine starke Sympathie füreinander.

Als früherer Großstadtmensch hat er sich anfangs mit allen Mitteln gegen das weitere Verbleiben in dem sibirischen Städtchen gewehrt. Seine Gesuche, die vielleicht ungeschickt formulierten Begründungen, fanden kein Gehör. Allzubald kamen auch die ersten, wenn auch lächerlichen Ungenauigkeiten seiner Dienstausübung vor, durch die der Vorsteher der Polizeikanzlei, der Schreiber Ignatjeff, immer mehr Gewalt über ihn gewann. Von Welt und Kultur abgeschnitten, wurde der Mann in kurzer Zeit träge, apathisch. Auch an seine Frau band ihn nur noch die Gewohnheit des Alltags. Im Augenblick der vielleicht letzten Energieanwandlung schaffte er seine beiden Kinder nach Perm, um die Verlotterten nicht ständig vor Augen zu haben. Die nutzlose, leere Zeit, seine Sehnsucht nach dem pulsierenden Leben, nach Musik und Zerstreuung, versuchte er mit Wodka zu stillen. Der Alkohol triumphierte, er lockte ihn immer wieder, und je mehr er trank, um so weniger wurde er betrunken, um so höher stiegen aber auch die Alkoholschulden bei den Tataren.

„Sehen Sie, das ist mein Leben. Ich habe mich lange genug gewehrt, gerungen, ich hatte einen andern Begriff vom Leben . . . doch jetzt geht es mir wie allen in meiner Nähe; wir trinken, die letzten Kopeken geben wir für Alkohol aus. Diese Wildnis ist unser Untergang."

Die Flaschen waren geleert, aber es entging ihm, daß ich fast nichts getrunken hatte. Und doch fühlte dieser verirrte Mensch, daß er und ich, Kinder der Großstadt, uns hier wie auf einer einsamen Insel gefunden hatten, ohne uns noch richtig zu kennen. Willkommener als ich konnte im Augenblick keiner für Iwan Iwanowitsch sein; darüber vergaß er mit Freude alles, was uns beide voneinander trennte. Der Morgen graute, als ich das Haus verließ. Iwan Iwanowitsch hatte würdig auf das Wohl des Geldscheines getrunken, der ihm neuen, ungeahnten Trost und neues, längst verlorenes Ansehen brachte. Mit Mühe konnte er mich zur Tür begleiten.

„Ich werde sofort, aber sofort zu den Tataren hingehen und sagen: ‚Was habe ich euch Kerls für den Dreck-Wodka zu zahlen, he? Was macht es? Was, so wenig? Ich dachte, ich hätte mehr getrunken! Hier, hundert Rubel! Könnt ihr überhaupt wechseln?' Ja, so werde ich sagen, sofort, morgen, aber er ist ja schon da, der Morgen! Also morgen, nein heute, ach, was für Unsinn! Und morgen, nein, heute werden wir

Karten spielen, ich lasse was Gutes zu essen machen, werde auch Ignatjeff bestellen, soll der dreckige Kerl auch mal richtig fressen und Karten spielen, was? Soll er doch, soll er! Ich habe jetzt hundert Rubel! Großartig!"

Ich schloß die Tür. Der Posten präsentierte das Gewehr. Er hatte anscheinend geschlafen, denn er erschrak sehr, als ich vorbeikam.

Ich wußte endlich auch, auf wessen Befehl ich freigelassen worden war. Meine Freunde hatten mich nicht vergessen.

*

Nach Nikitino – so hieß das Städtchen, in dem ich freigelassen wurde – gelangte man über Iwdjel, der nördlichsten Endstation einer Nebenstrecke von Perm. Die Entfernung von Perm nach Iwdjel betrug etwa achthundert Kilometer. In Iwdjel konnte man sich Pferd und Wagen mieten, mit denen man nach fast vierundzwanzigstündiger Fahrt nach dem Dorf Iwanowka gelangte. Dort übernachtete man und fuhr am nächsten Tage bis zu einem zweiten Dorf. Auch diese Strecke war fast so lang wie die erste. Von dieser Ortschaft gelangte man gegen Abend erst nach dem Dorfe Sakoulok, und wenn man morgens von dort abfuhr, gegen Abend endlich nach Nikitino. Der Weg war eine breite, völlig ausgefahrene Landstraße, die, umgeben von häßlichem, durcheinandergewachsenem Wald, sich von einem gewöhnlichen Feldweg lediglich durch ihre Breite unterschied.

Auf einem bewaldeten Hügel, umgeben von Acker- und Weideland, gewahrte das Auge aus weiter Ferne plötzlich Nikitino, als halte es auf einsamem Posten Ausschau über das unendliche Waldmeer. Graue, niedrige Hütten aus kaum gehobelten Baumstämmen, dazwischen kleine, weiß getünchte Kirchen mit grünen Zwiebeltürmen und strahlenden Kreuzen.

So wie in Iwdjel der Schienenstrang plötzlich aufhörte, so endete in Nikitino der breite Feldweg, so verlor sich hier auch der letzte Telegrafendraht. In einer Hütte, die allen andern glich, saß jemand an einem tickenden Apparat und vermittelte den Einsamen die Signalzcichen der weiten Welt.

Rings umher eine nie endende, starre häßliche Waldmauer. Vielleicht lagen inmitten des Urwaldes größere Dörfer oder Ansiedlungen, aber keiner wußte viel von ihnen, und man fragte auch nicht danach. Vielleicht waren es auch Siedlungen von entlaufenen oder entlassenen Sträflingen, ein Grund mehr, sich nicht darum zu kümmern.

Um Nikitino und seine Einwohner war weit und breit nichts.

Wer hat seinerzeit dieses Städtchen inmitten der Wildnis erstehen lassen? Wer war der Erbauer der schon Jahrhunderte alten Kirche? Keiner wußte seinen Namen. Groß ist Rußland; was bedeuten für dieses Land Menschen, Städteerbauer, Generationen, Jahrhunderte? Der unvorstellbar weite Raum dieses Landes wird sich vielleicht nie füllen.

Der trostlose Waldweg mündete auf dem Hügel in einen übertrieben breiten Platz. In seiner Mitte stand die aus enormen Eichenstämmen zusammengefügte Kirche mit winzigen Fenstern und einem wuchtigen Turm mit Glocken aus dem Jahre 1566. Am Rande des Platzes lagen die weiß getünchten, in der Sonne leuchtenden Verwaltungsgebäude. Von hier aus verliefen die Straßen alle vollkommen parallel oder rechtwinklig zueinander.

Von hier ging auch die breiteste Straße ab; sie hieß die Handelsstraße. Dort standen die Häuser der „oberen Zehntausend“, dort spielte sich der gesamte Verkehr ab, und wollte man sich mal in Nikitino zeigen, so brauchte man nur die Handelsstraße entlang zu gehen, und das Städtchen erfuhr das, was es eben wissen sollte. An ihrem anderen Ende befand sich eine Fähre, die Menschen und Wagen auf das andere Ufer des Flusses hinübersetzte. Dort war mit der Zeit auch ein kleines Städtchen entstanden.

Die Häuser waren im Blockhausstil roh zusammengezimmert, enorm an Ausmaßen waren nur die zweistöckigen Bauten der Polizeiverwaltung, der Militär- und Stadtverwaltung sowie das große Gefängnis, das abseits des Städtchens lag. Sie waren aus Steinen zusammengefügt, von den Sträflingen selbst gebaut. Sechs weiß getünchte niedrige Kirchen mit grünen, zwiebelförmigen Türmen waren wahllos über die kleine Stadt verstreut.

Einen recht melancholischen Anblick boten die vielen kleinen Hütten, die am Rande der Stadt standen. Sie waren in einem unglaublich verwahrlosten Zustand und schienen sich zu wundern, daß unter ihrem Dach überhaupt noch Menschen wohnten, die das Einstürzen und Auseinanderfallen dieser Ruinen nicht fürchteten. Aber vielleicht wollten diese Menschen auch sterben. Sie waren ja so arm, daß sie sich kaum noch Brot kaufen konnten. Vor einem Jahrhundert vielleicht waren ihre Väter aus dem schweigenden drohenden Gefängnis entlassen und hier mit Gewalt angesiedelt worden. Klein und verkümmert, häßlich, mißtrauisch, verlogen und diebisch veranlagt, waren sie nur ein Produkt der Fehler und Laster ihrer Ahnen. Ihr Trost war der Alkohol, der ihnen das selige Vergessen ihres Elends, für Stunden, für Tage brachte.

Die übrige Bevölkerung Nikitinos bestand, wie überall im Lande, aus Bauern, Popen, Kirchendienern, wenigen Handwerkern, einem zufälligen, immer versoffenen Lehrer, Ladenbesitzern, Beamten und der hohen Obrigkeit.

Alles lebte still ergeben vor sich hin. Alle hatten Zeit in überreichem Maße. Die meisten führten einen ständigen, erbitterten Kampf gegen diese „Zeit"; sie wußten damit nichts anzufangen, sie war ihnen lästig, weil sie sich selbst lästig waren.

In Nikitino war eine kleine Garnison Kavallerie stationiert, für den Fall, daß die Sträflinge revoltierten. Sie wurde eingesetzt, um flüchtige Verbrecher einzufangen. Die Flüchtlinge wurden aber nie gefangen, der Wald hatte sie verschlungen. Wiederholt sollten in der Nähe Räuber aufgetaucht sein, die seit einiger Zeit das einsame Städtchen bedrohten und es immer ausplündern wollten. Aber keiner wußte genau über die Stärke dieser Räuber zu berichten, die Zahlen schwankten zwischen zehn und hundert. Diese wurden bald zu einer Legende.

Außerhalb des Ortes war ein Lager für deutsche und österreichische Kriegsgefangene. Mit ihnen in Berührung zu kommen, war mir strengstens untersagt.

Über allen Einwohnern, in unerreichbarer Höhe, stand der Polizeihauptmann Iwan Iwanowitsch Lapuschin. Wenn die Glocken läuteten, die Bevölkerung in festlichen Kleidern zur Kirche eilte, um den Segen in Empfang zu nehmen, dann erschien Iwan Iwanowitsch unter den ängstlichen Menschen in voller Uniform. Er war für alle der „Allmächtige", der „Allgewaltige". Der Kriegszustand brachte es mit sich, daß ihm nicht nur die ganze Polizeitruppe, sondern auch die Post, die Stadtverwaltung und zum Teil, seines militärischen Ranges wegen, sogar das Militär unterstellt war. Sein Wort galt als unwiderruflich.

In diesen erhebenden Augenblicken kam sich Iwan Iwanowitsch nicht mehr als der unbekannte Polizeihauptmann vor, sondern als Fürst und König. Feierlich und erhaben trat er als erster dem Priester entgegen, und küßte, ehrfurchtsvoll, das heilige Kreuz und das Kreuz auf der dicken, schweren, in roten Samt eingebundenen Bibel. Mit tief geneigtem Haupt betete er, voller Andacht kniete er nieder, berührte mit der Stirn den geheiligten Fußboden der alten Kirche, seine Augen sahen die leuchtenden Ikonen, die brennenden Lampaden und die flackernden Opferkerzen, tief atmete er den Weihrauchduft ein, und im letzten Winkel seiner vergessenen Seele regte sich dann ein gutes, weiches Gefühl.

Dann erhob er sich von den Knien, holte ein Taschentuch hervor, und die ganze Bevölkerung sah, wie der Koloß sich damit über die Augen wischte. Draußen, am Ausgang, stand eine Schale; Kupfermünzen lagen darin, vereinzelte Silbermünzen und ein aus reinstem, reuigstem Herzen gegeben – ein Rubelstück des Mannes.

Nicht ein einziger hatte jemals den Vertreter der Macht anders gesehen als erhaben, ruhig, großzügig und streng.

*

Wie vereinbart stellte ich mich am nächsten Tage bei Iwan Iwanowitsch ein.

Der Posten, der vor dem Hause des Polizeihauptmanns stand, blickte mich neugierig an. Die Tür wurde geöffnet, das ungekämmte, unsaubere Dienstmädchen erschien. An ihrem freundlichen Grinsen sah ich, daß sie mich wiedererkannte. Sie ließ mich stehen, die Tür konnte ich selbst zumachen und eintreten.

Gleich im Vorzimmer roch es nach Essen. Ich war zu pünktlich, denn weder der Herr des Hauses noch seine Frau, geschweige denn das Essen, waren fertig.

Ich sah aus dem Fenster des Gastzimmers auf den Hof. Er war mit Gras überwuchert und mit den verschiedensten Überresten, die teils schon vermodert waren, übersät. In seiner Mitte bot sich mir ein wahrhaft erschütterndes Schauspiel. Zwei Matratzen lagen auf der Erde, um sie herum und auf ihnen schritt gravitätisch eine Anzahl Hühner, die dauernd an ihnen herumzupften, in den Ritzen suchten, scharrten, pickten und nicht zuletzt auch ihre Visitenkarten in den verschiedensten Farben und Variationen hinterließen. Sicherlich, dachte ich mir, bringen sie damit Freude, Kummer, Neid oder Behagen zum Ausdruck, und es richtet sich wahrscheinlich danach, was sie hier für Nahrung finden.

„Wir hatten doch zu viel Wanzen, sie haben uns ganz überwältigt in der letzten Zeit . . .“

Ich drehe mich um, vor mir steht Ekaterina Petrowna, die Frau des Polizeihauptmanns. Mit diesen liebenswürdig aufklärenden Worten leitet sie unsere Bekanntschaft ein.

Sie reicht mir die Hand, die ich mit den Lippen berühre.

„Ach, das ist eine sehr angenehme Überraschung für mich! Seit unserer Abreise aus Moskau sind Sie der erste Gast, der es für nötig findet, mir die Hand zu küssen.“ Es klingt so viel ehrliche Freude und Begeisterung aus diesen Worten, daß ich mich auf das wärmste für die freundliche Einladung bedanke und die Hand der Frau des Hauses noch einmal an die Lippen führe. Sie errötet dabei, sie ist wirklich glücklich.

„Und sehen Sie“, fährt die Frau des Polizeihauptmanns fort, „hier an den Bildern, den Möbeln . . . sogar unsere große Uhr ist stehengeblieben...“, und sie zeigt mir lächelnd verschiedene Stellen und deutet auf die verstummte Uhr. Und in der Tat, die Bilder hatten außer dem eigentlichen Rahmen noch einen geschlossenen „Wanzenrahmen“ gebildet. In jeder Ritze nisteten die Tiere.

„Sehr interessant... ja... wirklich... sehr interessant...“, erwidere ich stotternd. Etwas anderes fällt mir nicht ein, so selbstverständlich und unbefangen hat mir die kleine Frau das alles gezeigt. Wenn die hohe Obrigkeit schon derartig verwanzt ist . . . und ich wollte mich im Gefängnis dagegen auflehnen? Wie einfältig ich doch war!

Ekaterina Petrowna war ein kleines, brünettes Frauchen. Das Haar trug sie in der Mitte gescheitelt, die Figur war mollig, weich wie ihr niedliches, aber wenig intelligentes Gesichtchen. Ihre Hände waren klein und sinnlich. Sie roch nach gutem Parfüm, das sie heute in überreichem Maße gebraucht hatte. Man konnte ihr die Sorgfalt, mit der sie sich zurechtgemacht hatte, anmerken. Ihr einfaches Kleid wies schlecht entfernte Flecken auf, es war tief dekolletiert und kleidete sie sehr gut.

Der Rundgang durch die verwanzten Räume, in denen einst feudale, jetzt völlig verwahrloste Möbel standen, war kaum beendet, als Iwan Iwanowitsch eintrat. Wir reichten uns die Hände. Mit einem etwas verlegenen Lächeln betrachtete er mich. Er war frisch rasiert, gebadet und hatte sich ebenfalls parfümiert. Seine verhältnismäßig neue Uniform war in der Brust viel zu eng, der steife Kragen seiner Uniform störte ihn, und deshalb fühlte er sich recht unbehaglich. „Sie sind also doch gekommen, das ist aber sehr nett von Ihnen, ich glaubte schon, Sie kämen gar nicht, ich weiß nicht warum, aber ich dachte es mir eben.“

„Es ist eine große Ehre für mich, Iwan Iwanowitsch!"

„Weiß schon, weiß schon", fiel er mir ins Wort, „das behauptet jeder, der zu mir ins Haus kommt. Nur im Polizeigebäude mit mir zu verhandeln, ist für die meisten keine Ehre. Na, ist gut, ist gut", unterbrach er sich selbst, lächelte und beeilte sich, mir eine Zigarette anzubieten.

In diesem Augenblick gackerten die Hühner besonders laut auf; wir sahen, wie sie das Picken der Wanzen aus den Matratzen plötzlich einstellten und vor dem Hahn nach allen Seiten hin flüchteten. Mitten auf der Matratze, sich hochmütig reckend, ließ der Hühnerpascha sein siegreiches Kikeriki ertönen.

Iwan Iwanowitsch warf seiner Frau einen vernichtenden Blick zu und wurde dabei sichtlich verlegen.

Die Tür klappte, das Dienstmädchen erschien. Sie hielt in den Händen einen Stoß Teller.

Wieder grinste sie mich an.

„Maschka! Raus mit dir, aber sofort raus!" Wie ein gereizter Löwe stürzte sich Iwan Iwanowitsch auf das nichtsahnende Mädchen, ihr Grinsen erstarrte, die Teller fielen zu Boden, sie flüchtete. „Katja! Heute ist's endlich mit meiner Geduld zu Ende! In den Augen dieses Mannes . . . er muß denken, wir sind Hottentotten oder Kaffern . . .! Heute, wo ich Besuch habe, spazieren die Hühner auf dem Hof und picken die Wanzen aus unseren Matratzen heraus. Das ungekämmte Mädchen . . . ihr dämliches Grinsen. So etwas kenne ich an ihr gar nicht. Jeden Tag erlebt man hier etwas Neues! Was folgt denn um Gottes Willen jetzt noch für eine Überraschung, zur Belustigung unseres Besuches!? Wenn ich doch in meiner ganzen Lebensgröße versinken könnte!"

„Bei deinem Umfang, Iwan!" sagte seelenruhig die Frau. „Zum Glück ist das Geschirr . . ."

„Das habe ich nicht einmal erwähnt, das schöne, kostbare Geschirr! Alles, aber auch alles muß ich bezahlen! Alles lastet auf meinen müden Schultern!"

„Ist ja nur das alte Geschirr, das Maschka gar nicht hereinbringen sollte . . ."

„Na, dann ist ja alles wieder gut, Katja, aber . . ." Iwan Iwanowitsch suchte nach Worten, er fand aber keine. „Sie . . . Sie sind nun Zeuge von alledem gewesen; sagen Sie doch selbst, mein Lieber, ist es ein Wunder, wenn ich trinke? Es ist wahrhaftigen Gottes kein Wunder. Ein Wunder wäre es, wenn ich nicht trinken würde. Jawohl! Das wäre ein großes Wunder!"

„Du, das wäre tatsächlich ein Wunder, Iwan!" Die kleine Frau sagte es derart überzeugt, mit so viel Nachdruck, daß ich lachen mußte.

„Es ist besser, ich sage gar nichts mehr, ich lasse alles hier weiter verkommen, bis es eben zu Ende ist!" Er machte eine gleichgültige Handbewegung und zog mich ins anliegende Zimmer und ließ seine Frau allein stehen.

Als nach geraumer Zeit endlich das Mittagessen serviert wurde, war alles in Ordnung. Auf dem Tich stand das richtige Geschirr, das Dienstmädchen grinste mich kaum noch an, und auf dem Hof waren die Matratzen und Hühner verschwunden.

„Wir erwarten heute abend noch einen Besuch, es ist Ignatjeff", sagte nach dem Essen Ekaterina Petrowna. Es war ihr sichtlich peinlich, daß ihr Mann mit einer einfachen Entschuldigung sich schlafen gelegt hatte.

„Ein sehr unangenehmer Mensch", gab ich sofort zurück.

„Er spioniert überall herum, denunziert alle und ist das Gemeinste vom Gemeinen; ihm ist nicht beizukommen, es ist vergebens."

Die kleine Frau wurde sichtlich unruhig und suchte nach Worten.

„Heute führte mein Mann mit ihm einen mächtigen Kampf; ich sage es Ihnen ganz im Vertrauen. Ignatjeff hat über Ihre Person einen Bericht fertig, in welchem er sich beschwert, daß alle Befehle aus Petersburg so schlecht befolgt werden. Sie haben ohne Erlaubnis der Polizei ein Telegramm nach Petersburg geschickt und daraufhin tausend Rubel erhalten. Das hat sich in der Stadt natürlich herumgesprochen, man ist auf der Suche nach der Person, die Ihnen das Geld freiwillig oder unfreiwillig gegeben hat. Sogar die Bestätigung der Post ist für Ignatjeff nicht maßgebend. Der Verdacht ist auf Ihren Hauswirt gefallen. Es wird ihm nachgesagt, daß er auf verbrecherische Art zu seinem Geld gekommen ist und nun mit Ihnen konspiriert. Keiner ist vor diesem Ignatjeff bei uns sicher. Er ist der Fluch, der über Nikitino liegt. Am meisten hat mein Mann darunter zu leiden. Langsam, aber unaufhaltsam erschüttert der Infame seine Stellung. Ich – ich möchte Sie um etwas bitten . . ."

Ängstlich blickt sie mich an. Ich ahnte, was sie von mir wollte.

„Ich habe mit meinem Mann, ich sage es Ihnen ehrlich, Ihre ganzen Akten durchgesehen. Sie müssen ein intelligenter Mann sein."

„Ich verspreche Ihnen, mein Bestmöglichstes zu tun", gab ich zur Antwort. „Ich habe es gestern bereits Ihrem Mann versprochen."

„Mein Mann sagte es mir, aber er glaubt Ihnen nicht recht", kam die ehrliche Antwort. „Versuchen Sie es, bitte, mir zuliebe. Sie können von mir verlangen, was Sie wollen. Hier ist meine Hand!"

Ignatjeff kommt. Er ist schmierig und verlottert; in seiner Kleidung liegt die ganze Mißachtung seinen Gastgebern gegenüber.

„Was machst du denn hier?" Verächtlich blickt er mich an.

„Ich bin eingeladen, wie du."

„Kerl! Werde hier nicht frech. Du weißt wohl nicht, wer vor dir steht? Du kennst mich noch nicht richtig, was?"

„Ich weiß sehr wohl, wer du bist. Genau so gut weißt du auch, auf wessen Befehl ich freigelassen wurde. Hast es wohl schon vergessen?"

Ignatjeff wird plötzlich rasend vor Wut; mich zu schlagen wagt er jedoch nicht, denn er weiß, ich bin ihm an Kräften weit überlegen. Ich blicke ihn an und lächle, um ihn noch mehr zu reizen.

„Traurig genug, wenn sich die in Petersburg mit solchen Subjekten abgeben!" donnert er los.

„Schreiber, wie sprichst du von deinen Vorgesetzten!? Iwan Iwanowitsch", setze ich übertrieben betont hinzu, „merken Sie sich genau diese Worte. Ich lasse meine Freunde, ganz besonders von irgendeinem Schreiber, nicht beleidigen!"

Ignatjeff erblaßt und schweigt. Er weiß, daß er im Affekt einen sehr groben Fehler begangen hat, den er kaum wiedergutmachen kann. Beamtenbeleidigung durch einen Subalternen kostete in Rußland mehr als Kopf und Kragen. Erregt wischt er sich den Schweiß von der Stirn, sein Blick irrt umher.

„Kommen Sie, wir wollen uns dennoch vertragen. Sie haben sich unnütz aufgeregt. Wie heißt ihr Vor- und Vatersname?" lenke ich ein.

„Grigorij Michailowitsch Ignatjeff . . .", sagt er unwillig.

„Also, Grigorij Michailowitsch, geben Sie mir Ihre Hand, deshalb keine Feindschaft, nicht wahr?"

Vorsichtig legt Ignatjeff seine Hand in die meine. Ein feiger Blick von ihm zu mir, dann zu den anderen. Doch ich lächle. Kann ich dem Mann für einen so billigen Sieg nicht außerordentlich dankbar sein?

Wir setzen uns nach einer Weile an den Kartentisch.

Abseits sitzt Ekaterina Petrowna. Sie schweigt, nur dann und wann fliegt ein Blick zu mir herüber, ihre Augen sind ängstlich, denn sie ist sehr nervös. Auch ihr Mann, der einen sonst förmlich mit Worten überschüttet, wird immer wortkarger.

Wir spielen um Geld das Hasardspiel Siebzehnundvier.

Ignatjeff will unbedingt gewinnen, aber er verliert. Dadurch wird er immer erregter. Iwan Iwanowitsch hat weder gewonnen noch verloren. Die Münzen wandern über den Tisch, wie aus Versehen staple ich sie bei ihm auf, er nimmt sie auch automatisch an sich.

Bald, unter dem Einfluß des Alkohols, den die beiden

Männer ständig zu sich nehmen, wird es lebhafter. Ignatjeff fängt an, hoch zu spielen, er verliert, von mir dauernd aufgestachelt, immer mehr seine Beherrschung; er fordert wiederholt Revanchen, und bald kann er nicht mehr zahlen, sein Verlust wird größer und größer. Zitternd hält er die Karten in seinen dreckigen Händen, sie gleichen gierigen Krallen . . . ein Blick . . . verspielt! Ich habe ihn jetzt vollkommen in meiner Gewalt, er hat jeden Überblick verloren. Absichtlich erhöhe ich seinen Verlust, indem ich ihn weiterspielen lasse, er zählt schon lange nicht mehr. Iwan Iwanowitsch sieht nur noch zu und klappert mit meinen Münzen.

Der Morgen graut. Ignatjeff steht mit Mühe auf, wirft die längst erloschene Zigarette auf den Fußboden, tritt darauf, torkelt nach dem Tisch hinüber, wo die leeren Flaschen stehen, sucht sich eine noch halbvolle heraus, füllt sich unaufgefordert ein Teeglas mit Wodka, leert es in einem Zuge und spuckt dann in weitem Bogen aus. Blöde stiert er vor sich hin, blöde blickt er uns alle an, taumelt durch das Zimmer, kommt an den Kartentisch und faßt nach dem Zettel, auf dem ich seine Spielschuld notiert habe.

Groß steht da die Zahl: 196 Rubel! Der Mann schrickt zurück.

„Unterschreiben Sie!"

Er weigert sich, sein Gesicht ist blau vor Wut und Alkohol.

„Sie müssen!"

Widerwillig faßt er nach dem Bleistift, seine Hand fällt auf das Papier, bleibt Sekunden liegen, kritzelt die Unterschrift hin.

Auf einmal fährt er mit dem Arm über den Spieltisch, die Karten fliegen zu Boden, die Gläser, die Flasche, das Geld. Ohne sich zu verabschieden, verläßt Ignatjeff das Haus.

Iwan Iwanowitschs Augen sind schon längst trübe, sein Schritt unsicher. Er fällt auf das Sofa, versucht noch einmal die Augen zu öffnen . . . er schnarcht schon.

Ekaterina Petrowna ist nicht schlafen gegangen. Schon längst hat sie keine Kraft mehr aufbringen können, ihre Gäste zu bewirten. Die Blässe hat ihr Gesicht entstellt, sie gleicht einer Toten. Aber von ihrer dunklen Sofaecke aus hat sie alles beobachtet. Jetzt steht sie auf und kommt langsam auf mich zu.

„Ich danke Ihnen von ganzem Herzen, Doktor! Sie sind gefährlicher, als ich mir gedacht hatte."

„Wenn es um mein Leben geht, pflege ich nicht zu spaßen."

„Wann soll ich mein Versprechen einlösen?"

„Bald ... vielleicht morgen schon."

Die Frau errötet.

Draußen dämmert der Tag herauf ...

Tagelang ruhte die Arbeit der Polizei. Der Hauptmann und Ignatjeff gingen sich aus dem Wege. Beide wußten, daß jetzt etwas kommen mußte, etwas Entscheidendes. Doch beide wagten einander nicht mehr anzugreifen, sie lauerten.

*

Von meiner Wohnung war ich schon nach einigen Tagen enttäuscht. Ungeziefer aller Art plagte mich, besonders Wanzen. In der Küche krochen zu meinem Entsetzen Hunderte von Schwaben über die Speisereste. Der ganze Raum war von dem Kriechen und Rauschen dieser dunkelbraunen, zwei bis drei Zentimeter großen Kerbtiere erfüllt. Die Wohnung war Jahre hindurch unbewohnt gewesen; (Wanzen können fünf Jahre ohne Nahrung existieren). Die Biester hatten nach einem so langen Zeitraum einen barbarischen Hunger. Des Nachts konnte ich kein Auge schließen. Ich konnte Wanzen fangen, so viel ich wollte, es schlichen immer wieder neue und neue Armeen auf mein Bett zu, hungrig, durchsichtig wie ein Pergamentblatt und frech. Jetzt erst begriff ich die Richtigkeit des Ausdrucks: „Frech wie eine Wanze!" Ich tobte machtlos in den leeren Räumen, der Morgen graute noch nicht, als ich aus Verzweiflung durch die Straßen schlenderte, denn zu Hause konnte ich es einfach nicht mehr aushalten. Wütend wandte ich mich an meinen Hauswirt, und er . . . er behauptete mit unverschämter Seelenruhe und maliziösem Lächeln, . . . die Wanzen bissen ihn nicht!

Ich guckte mir diesen unscheinbaren Mann von allen Seiten genau an. Sollte dieser Mensch der geschickteste Tierbändiger aller Jahrhunderte und Erdteile sein? Einer, der den Wanzen das Beißen austreiben konnte? Er sah wirklich nicht danach aus! Vielleicht mußte aber ein Wanzenbändiger gerade so aussehen?

Meine sämtlichen Schliche, das Ungeziefer zu verscheuchen, waren vergebens, sogar das letzte Mittel. Ich stellte die Füße meines Bettes in Gefäße mit scharfer Essenz, die mir den Schlaf raubte und heftige Kopfschmerzen verursachte. Zuerst wichen die Viecher davor zurück und ich wollte schon frohlocken, aber im nächsten Augenblick machten sie kehrt, kletterten die Wände hinauf, und dieselben unaufhaltsamen Armeen, einzeln, in Gruppen, in Familien, fielen wie kleine Hagelstückchen mit haarscharfer Genauigkeit von der Decke aufs Bett. Wenn ich in diesem Augenblick ein Samson mit unabgeschnittenem Haar gewesen wäre, ich hätte das ganze Haus in Trümmer legen können. Ich kam mir aber vor wie ein Mustang, dem man alle vier Beine abgeschnitten hat.

Mitten in dieser denkwürdigen Nacht ging ich zu meinem Wirt, weckte ihn unbarmherzig auf, erfuhr von ihm einige Adressen von Handwerkern und eilte sofort zu ihnen. Ich trommelte sie aus den Betten, versprach ihnen guten Lohn, und die Sonne war kaum aufgegangen, als wir gemeinsam ans Werk gingen. Nichts wurde außer den Mauern und Wänden stehengelassen. Das Werg, womit die Balken gegeneinander abgedichtet waren, der Fußboden und die Decke, alles wurde entfernt.

Mein kaum gekauftes Bett und Matratzen, wo ich Wanzennester entdeckte, schenkte ich als Trinkgeld einem armen Schreiner, der sich besonders viel Mühe bei der Arbeit gab.

Nächtelang schlief ich im Stall zwischen den Pferden im Stroh, tagsüber half ich eifrig mit. Ich trieb die Männer an, zahlte ihnen jeden Abend den doppelten Lohn, sie ächzten und stöhnten und wackelten mit dem Kopf.

„So schnell haben wir noch nie im Leben gearbeitet", meinten sie immer wieder, was ich ihnen gern glaubte.

Die Frau meines Wirtes kochte uns allen das Essen, sie sorgte auch für die Verbreitung des unverständlichen Gerüchtes: der Deutsche verträgt keine Wanzen, er duldet kein Ungeziefer in seiner Wohnung! Das war eine weitere Sensation für Nikitino.

Es waren einige Tage vergangen. Meine Wohnung war von oben bis unten sauber. Berge von ätzendem Pulver, ganze Eimer von scharfen Essenzen waren überall gestreut und gegossen worden. Skeptisch legte ich mich die erste Nacht in das neugekaufte Bett und wartete. Der Schreiner mußte Wache halten.

Als ich aufwachte, war es bereits Mittag geworden. Die Feuerprobe war bestanden, nicht eine einzige Wanze, nicht ein einziges Ungeziefer hatte mich gestört.

Ich atmete auf.

*

Vor das Haus meines Wirtes wird von vier keuchenden Soldaten ein großes hölzernes Schilderhaus geschleppt und vor meiner Eingangstür aufgestellt. Viele Neugierige gaffen lange. Der Posten mit aufgepflanztem Bajonett wird zur allgemeinen Sehenswürdigkeit der Handelsstraße. Er ist sehr stolz auf seinen Dienst und ich weiß, die Soldaten reißen sich darum, bei mir Posten zu stehen, weil sie wie ein Weltwunder angegafft werden. Sogar der Unteroffizier Lopatin persönlich zieht auf Posten, um seiner Mannschaft ein gutes Beispiel zu geben. Ihr Gesicht ist immer finster und ernst, sie stehen unbeweglich da, denn man hat ihnen eingeschärft, welch ein gefährlicher Mensch ich bin und wie viele Verbrechen ich verübte. Das Sprechen mit mir ist ihnen natürlich unter Strafe verboten. Ihr Diensteifer ist sehr groß, sogar im Regen stehen sie oft draußen, ohne ins Schilderhaus hineinzugehen.

Ich muß den Soldaten immer angeben, wohin ich gehe und wie lange ich fortbleibe. Jedesmal belüge ich sie der Reihe nach.

Sie sehen es zwar, aber sie schweigen dennoch.

Um Nikitino herum wird ein Radius von einem Kilometer abgemessen, so weit darf ich gehen und nicht weiter. Jeder, der mich außerhalb dieser „Freiheitszone" sieht, ist berechtigt, ohne vorherigen Anruf zu schießen.

Meine Eingangstür muß Tag und Nacht offenstehen. Das Abschließen ist mir ebenfalls verboten; die Obrigkeit muß zu jeder Stunde sofortigen und ungehinderten Zugang zu meinen sämtlichen Räumen haben.

Ignatjeff hat mit dem Angriff begonnen . . .

*

Nikitino hatte noch einen andern bösen Geist außer dem Schreiber Ignatjeff, das war Alexander Afanasjewitsch Lisitzin, der Kommandant des Kriegsgefangenenlagers. Er war bei Eydtkuhnen verwundet und nach seiner Genesung nach Nikitino versetzt worden, da er nicht sonderlich gut bei seinen Vorgesetzten angeschrieben war. Für ihn bedeutete Nikitino eine Verbannung, denn er haßte alles um sich. Nie erschien er irgendwo ohne Reitpeitsche, und jedermann hatte dabei das Gefühl, sie würde im nächsten Augenblick auf ein ahnungsloses Opfer niedersausen.

„Mit euch verdammten Hunnen wird man nicht fertig. Eure gemeine Sprache verstehe ich Gott sei Dank nicht. Sie haben mitzukommen und meine Befehle den anderen Hunden zu übersetzen!" Das waren die ersten Worte, die er an mich richtete. Wir gingen in das Gefangenenlager. Die Posten am Eingang salutierten.

Ein freier Platz, umgeben von einem hohen Drahtverhau. Erdbaracken mit kleinen Fenstern, ausgetretene Stufen führen hinunter. Auf dem Platz stehen gänzlich verwilderte

Männer, so wie ich einst war, als man mich durch die Gefängnisse schleppte. Sie tragen alle lange Bärte und langes Haar, auf dem Kopf teils Uniformmützen, teils Fetzen. Die Männer haben zwei, drei Mäntel übereinandergezogen, es sind deutsche feldgraue, hellblaue österreichische und sandfarbene türkische Uniformen. Sie sind zerfetzt und starren vor Dreck. An den Füßen zerrissene Stiefel mit Wickelgamaschen oder nur Militärstoffetzen.

Das sind meine Kameraden!

„Feldwebel soll kommen!“ brüllt der Kommandant.

Einige der verwilderten Menschen verschwinden in einer Erdhöhle, kommen aber sofort mit einem andern heraus, der eiligst die Mäntel auszieht und vorschriftsmäßig straffe Haltung annimmt.

„Stellen Sie sich dem Manne vor.“

„Mein Name ist Kröger, Kamerad, ich bin vom Kommandanten zum Dolmetscher ernannt worden.“ Wir reichen uns die Hände.

Der Mann hält meine Hand. Ich merke, wie sehr erregt er ist.

Am selben Abend noch habe ich eine lange Unterredung mit meinem Wirt. Ich hatte ihm Geld gegeben, er sollte mit den Posten sprechen und sie eingehend aushorchen. Nun muß er mir alles berichten, was er über das Lager weiß.

„Der Kommandant ist ein Unmensch, Barin. Im Herbst, als die Gefangenen kamen, es war schon kalt, ließ er sie erst die Erdlöcher ausgraben, damit sie dort wohnen könnten. ‚Keiner kommt da hinein, bevor sie nicht richtig ausgeschaufelt sind, und wenn der Winter euch alle hinmordet. Auch die Betten müßt ihr euch selbst zimmern.‘ Fast Tag und Nacht wurden die Männer angetrieben. Sie übernachteten unter freiem Himmel, gleich, ob es schneite oder regnete. Im Winter sind mindestens dreihundert Gefangene gestorben, und diese, die machen auch nicht mehr lange mit, Barin.“

Einige Tage später kommt ein Soldat zu mir gerannt.

„Schnell, Euer Hochwohlgeboren! Der Herr Kommandant ruft Sie!“

„Eure Schweinehunde wollen mich sprechen“, empfängt mich der Kommandant. Seine Uniform ist aufgeknöpft, er wühlt verächtlich in seinem Teller, auf dem ein Stück Braten mit Kartoffeln und Gemüse liegt. Daneben gewahre ich seine Reitpeitsche. Fünf Schritt vom Tisch, von zwei Soldaten mit aufgepflanztem Bajonett bewacht, steht der deutsche Feldwebel. Ich reiche ihm die Hand, die er kraftlos zu drücken versucht.

„Lassen Sie die Zärtlichkeiten!“ brüllt mich der Kommandant an. „Fragen Sie, was der Kerl will, aber schnell, ich habe weder Zeit noch Lust, mich mit dieser Bagage zu unterhalten!“

„Es ist jetzt warm, Herr Kröger“, bittet der Feldwebel, „die Kameraden möchten Seife haben, um sich waschen zu können, einen Kamm, um die Läuse auszukämmen. Vielleicht können wir wenigstens im Fluß baden, es wäre uns schon damit gedient.“

Ich übersetze es dem Kommandanten.

„Was brauchen diese Schweine zu baden! Kamm und Seife! Verkommen sollen sie alle! Es gibt nichts!“

Ich versuche einzulenken, ich bitte, es nützt nichts.

„Wir sind am Rande der Verzweiflung, wir werden menschenunwürdig behandelt, wir sind doch Kriegsgefangene, keine Verbrecher, es besteht doch eine internationale Konvention ...“

„Eine Konvention?!“ unterbricht ihn plötzlich der Kommandant. „Das habe ich verstanden!“ Und im nächsten Augenblick fährt die Reitpeitsche dem Feldwebel über den Kopf, aber der Hieb ist schlecht gezielt. „Auspeitschen!“ Das Gesicht des Keifenden ist dunkelrot vor Wut. „Mir, einem Zarenoffizier, will solch ein Viehstück von Konvention reden!“

Auf dem Hof der Kommandantur wird der Rücken des Feldwebels entblößt, der Mann wird auf eine Pritsche gelegt, darauf festgebunden. Vier Soldaten treten mit der

Nagaika heran, der Kommandant zählt, die Hiebe sausen nieder. Der straffgespannte Rücken verfärbt sich, die Haut ist geplatzt, das Blut rinnt.

Der deutsche Feldwebel hat nicht einen Ton von sich gegeben.

Halbtot wird er von der blutigen Pritsche hochgehoben. Er bewegt sich nicht. Ich hole ein Glas Wasser und versuche, dem Gemarterten einen Tropfen einzuflößen, aber umsonst. Ich nehme das Taschentuch, versuche, das Blut vom Rücken fortzuwischen, und halte den Mann auf der Bank.

Wir sind allein, der Hof ist schon leer.

Es vergeht viel Zeit. Endlich öffnet der Mann die Augen, trinkt zwei, drei Schluck Wasser.

Wir sehen uns an . . . wir schweigen.

Ich weiß, er wird es im Leben nie vergessen, wie auch ich meine Peitschenhiebe nie vergessen werde.

Mit bloßem, blutendem Rücken wankt der Feldwebel ins Gefangenenlager. Ich bin an seiner Seite. Wenn jemand uns begegnet und den Rücken des Deutschen sieht, wendet er sich mit Grauen ab; in aller Augen ist Entsetzen.

Sie kennen es.

Faymé

Die Besitzer des Tatarenladens waren die Gebrüder Islamkuloff. Ihr Vater, Oberhaupt vieler Tatarensippen, soll in der Krim sich in abfälliger Weise über die Regierung geäußert haben, worauf die Familie für alle Zeit nach Sibirien verschickt wurde. Der Vater starb aus Gram und Sehnsucht nach der Heimat, die Mutter aus Kummer über den Tod ihres Mannes. Der vom Vater noch eingerichtete Laden wurde jetzt von seinen drei Söhnen und ihrer Schwester geführt. Sie waren fleißig, intelligent und haßten bis aufs Blut das Land und die Regierung. Die Erinnerung an die Krim war für alle nur ein Traum, denn sie waren noch Kinder, als ihre Eltern die Heimat verlassen mußten. Die Öde Sibiriens wurde ihnen zur halben Gewohnheit, obwohl die Krim ewig ihre Sehnsucht blieb. Der Haß gegen die Russen liegt den Tataren seit Jahrhunderten im Blut. Von der Zeit ihres großen Dschingis-Chan im 13. Jahrhundert bis zu ihrer grausamen Unterwerfung durch den Zaren Iwan den Schrecklichen in der Mitte des 16. Jahrhunderts haben die Tataren halb Rußland und weite Gebiete Polens, Ungarns, Mährens und Dalmatiens beherrscht. – Bis heute haben die Russen viele Sitten der Tataren beibehalten. Die übliche tiefe Verbeugung, das Niederwerfen auf die Knie ist eine Sitte aus der Tatarenzeit, ein Zeichen größter Ehrerbietung, Furcht und Untertänigkeit. Auch in der russischen Sprache haben sich viele tatarisch-mongolische Worte erhalten. Zu allen Zeiten fanden sich unter den führenden Persönlichkeiten des Landes Männer tatarischer Herkunft.

Noch heute halten die Tataren streng an der Lehre Mohammeds fest. „Niemand kann seinem Schicksal entrinnen", lehrt der Koran, alles ist „Kismet", unabwendbares Schicksal. Unter sich halten die Tataren auf eine vorbildliche, ja geheimnisvolle Weise zusammen. Dieses Zusammenhalten wird ihnen erleichtert durch ihre tatarische Schrift, die die meisten Russen nicht lesen können, selbst seine Geschäftsbücher führt der tatarische Kaufmann meist in seiner eigenen Schrift. Ihre außergewöhnliche Schlauheit, Ehrlichkeit, Zuverlässigkeit und Reinlichkeit und insbesondere ihre durch den Koran befohlene Enthaltsamkeit unterscheiden sie vom durchschnittlichen Russen. Dies sind die Hauptgründe für den Wohlstand, in dem die meisten tatarischen Familien auch in den ärmsten Gegenden Sibiriens leben. Kein Wunder, daß diese sozial bessere Stellung ihnen den Haß der Russen zugezogen hat, kein Wunder, daß dieser Haß Gegenhaß hervorrief. So wurden die russischen Niederlagen im Kriege von den Tataren mit heimlicher Schadenfreude begrüßt.

Als Deutscher fand ich infolgedessen rasch Sympathie bei den Brüdern Islamkuloff, und daraus sollte sich eine Zusammenarbeit ergeben, die mir und den Tataren von großem Nutzen wurde.

Ihr Laden deckte meinen Bedarf an allem Notwendigen. Ich ging fast jeden Tag hin.

Dringendstes Gebot war für mich jetzt die Verankerung meiner Freiheit wenigstens in Nikitino. Es war mir völlig klar, daß ich niemals eine Aufenthaltsbewilligung in einer Großstadt bekommen würde. Ich mußte mich aber auch vor weiteren Repressalien schützen. Ein Briefwechsel war mir untersagt, der einzige Brief, den ich vom Vater bekam, wurde mir von Ignatjeff laut vorgelesen. Ich durfte nur antworten: „Es geht mir gut, ich bin gesund. Geld mit herzlichstem Dank erhalten. Briefe darf ich nicht schreiben." So lauteten die Bestimmungen aus Petersburg; ihnen mußte ich mich unbedingt fügen.

Da ich ihr bester Kunde war, genoß ich auch entsprechendes Ansehen bei den Tataren.

Eines Tages zeigten mir die Islamkuloffs einige kurze Zeilen meines Dieners Achmed. Ich konnte die tatarischen

Schriftzeichen nicht lesen, aber von diesem Augenblick an behandelten mich die Brüder Islamkuloff wie einen Freund.

„Wir haben unsere eigenen Informationsquellen über ganz Rußland. Es ist erforderlich, um die Zahlungsfähigkeit unserer Kunden zu prüfen. Wir benachrichtigen uns gegenseitig darüber und können uns unbedingt auf die Richtigkeit solcher Angaben verlassen. Auch unterstützen wir uns gegenseitig auf diese Weise und . . . erfahren eben das, was für einen Geschäftsmann von Wichtigkeit ist. Personen, denen wir Vertrauen schenken, werden auch von unseren Freunden und Glaubensgenossen in ganz Rußland bevorzugt."

Das war die Antwort auf alle Fragen, die ich den Tataren über den Brief meines treuen Achmed stellte.

Ali, Mohammed und Ibrahim hießen die drei Brüder Islamkuloff. Ali war der Älteste, Mohammed der Zweite und Ibrahim der Jüngste.

Ich war bei ihnen zum Abendessen eingeladen.

Es gilt als eine hohe Ehre, wenn Mohammedaner einen Menschen anderer Konfession zu sich zum Essen einladen. Gastfreundschaft ist bei ihnen etwas Heiliges, der Gast etwas Unantastbares.

Einige kräftige Holzstufen führen zu einem kleinen, reich geschnitzten Vorbau. Die Haustür ist massiv, mit breiten, schweren Riegeln und Schlössern. In der Ecke hängt eine Zugklingel. Sie ertönt leise, gedämpft.

Die Tür öffnet sich, der älteste Bruder, der Chef der Familie, empfängt mich. Er trägt einen weiten, langen, bunten Rock aus bucharischen Stoffen, eng tailliert, auf dem Kopf ein kleines rundes Käppchen, mit goldenen Mustern bestickt. Über seine Züge gleitet das geheimnisvolle Lächeln Asiens, während er sich tief vor mir verbeugt.

Von der Decke des Vorzimmers hängt eine kleine, bunte Ampel herab, an den Wänden bunte Tücher mit tatarischen Schriftzeichen. Einer der Vorhänge wird zur Seite geschoben, ich trete in das Wohnzimmer. Dort stehen die beiden Brüder

Mohammed und Ibrahim, gekleidet wie der ältere Bruder. Auch sie verbeugen sich würdevoll.

Ein geräumiges Zimmer, mit kostbaren Teppichen ausgelegt, an den Wänden recht gute Originale, Landschaften aus der Krim, und bunte Tücher, feine, sorgfältig ausgesuchte Teppiche. Kleine, niedrige Tische, Bänkchen und Ruhesofas, eine orientalische Lampe in der Mitte des Zimmers.

Wir nehmen Platz auf den niedrigen Bänkchen.

„Sind Sie nun glücklich in Ihrem Heim?" richtet Ali an mich die Frage.

„Und wie ich glücklich bin! Auch das neue Bett ist viel besser als das alte. Ich habe geschlafen wie ein Gott."

„Ich konnte Ihnen gar nicht glauben, als Sie bei mir das neue kauften. Ich dachte immer, Sie machten Spaß, bis Sie sich das Bett auf die Schultern geladen hatten und lachend den Laden verließen. Es hat sich schon in Nikitino herumgesprochen, alle behaupten, verzeihen Sie bitte, Sie wären nicht ganz normal. Es käme von der Gefangenschaft und vom Klima."

Ich lache aus vollem Herzen, mit mir die Brüder Islamkuloff, wenn auch etwas unsicher und verlegen.

„Leider kann ich Sie zu mir noch nicht einladen, denn bei mir stehen in den Zimmern nur Ihre Kisten. Dafür kann ich in meiner Wohnung aber spazierengehen, ist das nicht nett? Jedenfalls etwas Neues für mich. Am liebsten sitze ich natürlich auf dem Bett, es ist wenigstens weich. Aber glücklich bin ich doch. Alles andere kommt auch noch, wenn ich nur nicht wieder ins Zuchthaus gesteckt werde." Die letzten Worte klingen etwas dumpf und verbittert.

„Herr Kröger, wenn ich Ihnen einen Rat geben darf, seien Sie mit dem Schreiber Ignatjeff recht freundlich und mit dem Herrn Polizeihauptmann ebenfalls. Wenn nötig, geben Sie den beiden bei irgendeiner Gelegenheit Geld und immer wieder Geld. Es ist ja kein Schutz gegen die Gemeinheiten Ignatjeffs, aber wenigstens doch eine kleine Beruhigung. Sind Sie für die beiden eine melkende Kuh, so werden die Repressalien mit der Zeit lediglich auf dem Papier stehen. Wissen Sie, daß die Herren bei uns sehr verschuldet sind, daß wir Ignatjeff nicht für eine einzige Kopeke mehr Kredit gewähren?"

Ein kaum hörbares Geräusch hinter mir. Ich halte den Atem an und empfinde plötzlich ganz deutlich, daß ich im nächsten Augenblick eine große Freude erleben werde.

„Das ist Faymé, unsere Schwester ...", sagt Ali.

Langsam stehe ich auf, drehe mich um. Eine kleine Hand kommt aus dem weiten Ärmel des bunten Kleides aus bucharischen Stoffen hervor, ich beuge mich zu ihr hinab und küsse sie behutsam.

Faymé ...

Ihre Hände sind klein und geschickt, ihre Füße zierlich und flink. Ihr schwarzes, ins Bläuliche übergehende Haar ist glattgestrichen, in der Mitte peinlich genau gescheitelt und im Nacken zu einem schweren Knoten geschlungen. Ihre Nase hat einen leicht und edel gebogenen, schmalen Rücken, die Nasenflügel verraten die Leidenschaft. Die schwarzen, mandelförmigen Augen sind etwas geschlitzt. Sie tragen in sich all die unergründlichen Geheimnisse ihrer fernen Heimat.

Das ist Faymé, verschlagen wie ich durch das Schicksal in dieses verlorene Städtchen Tief-Sibiriens.

Ihre Augen blicken mich groß und fragend an, ich muß sie immer ansehen ... sie sind unergründlich, sie sind schön ... Jetzt lächeln sie ...

„Ich habe keine Angst mehr vor Ihnen", sie senkt den Blick. „Jetzt sehen Sie anders aus als ... als früher ..."

„Wir wollen essen gehen, wenn es Ihnen recht ist", sagt Ali.

„Ja, sehr gern, ich habe riesengroßen Hunger."

„Sie haben uns allen, insbesondere aber unserer Schwester, eine hohe Ehre erwiesen, Herr Kröger ... Sie haben ihr die Hand geküßt", sagt tief errötend der ältere Bruder.

„Lassen Sie mich wenigstens für einige Stunden wieder ein Mensch sein, wie früher, wie einst. Lange genug bin ich es nicht mehr gewesen, und wer weiß, was mir noch bevorsteht."

Die Vorhänge wurden zurückgeschoben, die Tataren traten zur Seite und verneigten sich. Wir gingen ins Eßzimmer.

Krumme Säbel, ziselierte Dolche und Messer, Lanzen, ein alter Bogen, neben ihm ein Köcher, alles umgeben von einer Unmenge Pfeile. Das alles gab dem Raum mit den glatten Möbeln aus kaukasischem Nußbaum ein schweres, fast düsteres Gepräge. Der breite Tisch war mit einer weißen Damastdecke und alten orientalischen Silberbestecken gedeckt.

„Ich habe für Sie auch eine Flasche Wodka hingestellt. Wir Tataren trinken keinen Alkohol, denn unsere Religion verbietet es uns."

„Es ist sehr freundlich von Ihnen", erwiderte ich, „aber ich trinke nur dann, wenn die Gastfreundschaft es verlangt."

„Dann werden Sie aber nach dem Braten doch eine Flasche Wein trinken. Auch das habe ich für Sie besorgt."

Eine Tatarin, die Dienerin der Islamkuloffs, servierte mit leisen, geschickten Bewegungen.

„Eigentlich sollte Faymé nicht mit uns essen, denn wir zeigen unsere Frauen fremden Männern nicht. Es ist eine alte Sitte, sie mag sicherlich etwas Gutes für sich haben, aber Sie sind ja kein Russe und gehören nicht zu den ‚andern'. Faymé hat mich sehr darum gebeten, und meiner Schwester kann ich nicht gut einen Wunsch verwehren. Sie führt ein eintöniges, völlig in sich gekehrtes Leben, sie ist sehr jung und will sich eben gern unterhalten."

„Sie werden so freundlich sein, Herr Kröger, uns recht viel zu erzählen", fügte Faymé hinzu. „Sie können bei uns offen sprechen, denn es hört Sie keiner. Sie sind . . . unter Freunden."

„Was meine Schwester eben gesagt hat, ist ehrlich gemeint, Herr Kröger. Sie können uns vertrauen."

Ich ergriff die ausgestreckte Hand des Tataren, und wieder lächelte er mir geheimnisvoll zu.

Ich aß wie ein Scheunendrescher, der Schaschlik war glänzend bereitet, der Krimwein glühte wie feuriges Blut.

Das Abendessen war beendet, wir gingen ins Wohnzimmer zurück. Ich bat um die Erlaubnis zu rauchen. In einem Rosenholzkästchen brachte mir Faymé die Zigaretten.

„Meine Schwester hat die Zigaretten mit besonderer Sorgfalt für Sie aus frischem Messaksudi-Tabak zubereitet", meinte wohlwollend Ali.

Als das Mädchen mir Zigaretten und Feuer gab, küßte ich ihr die Hand, und wieder mußte ich den Atem anhalten unter der Wucht dieses starken, drängenden Glücksgefühls.

„Sie werden es als unverschämt empfinden", begann ich, „wenn ich gleich mit einer sehr großen Bitte an Sie herantrete."

„Es wäre unhöflich von mir, wenn ich Ihnen die gemachten Zugeständnisse wiederholen müßte", unterbrach mich der Älteste.

„Sie wissen alle, wer ich bin und woher ich komme. Sie wissen auch, daß ich täglich durch den Strang hingerichtet werden kann; meine Freilassung wird nur ein Aufschub sein. Diese Freiheit, die ich in Nikitino erlangt habe, möchte ich, solange der Krieg dauert, festigen. Ich muß jemand nach Petersburg zu meinen Freunden schicken, die mir helfen können. Verstehen Sie, daß es schrecklich ist . . . stets auf den Tod zu warten? Von Tag zu Tag, von Stunde zu Stunde?!"

Meine Gastgeber schwiegen und blickten finster vor sich hin. Faymé saß auf dem Boden auf vielen bunten Kissen. Sie glich einem kleinen, mysteriösen Buddha. In der Hand hielt sie die Rosenholzschachtel.

„Tun Sie mir den Gefallen, Islamkuloff, fahren Sie nach Petersburg. Ich gebe Ihnen einen Brief mit an meinen Diener Achmed, Empfehlungen, die Ihnen Türen sofort öffnen, welche für andere verschlossen bleiben. Fahren Sie, so schnell wie möglich! Ich habe acht Monate in den Zuchthäusern auf den Tod gelauert, und jetzt . . . seitdem ich frei bin . . . kann ich nicht mehr . . . ich kann nicht mehr . . . wirklich. Keiner weiß, wie es in mir aussieht . . .!“

Ich hebe den Kopf und blicke zu Faymé hinüber. In ihren Augen steht der Schrecken, wie damals, als sie mich als Sträfling zum erstenmal sah. Ich strecke unwillkürlich meine Hand nach ihr aus, sie kommt auf mich zu wie eine Somnambule. Ich ergreife ihre Hände, ich küsse diese Hände, die plötzlich meinen Kopf umfassen . . .

„Ich fahre . . .“, flüstert sie.

„Sagen Sie in Petersburg, sie sollen mich hinrichten . . . sofort . . .! Aber sie sollen mich nicht auf den Tod warten lassen! Es ist unmenschlich! . . . Ich . . . kann . . . nicht . . . mehr!“

„Seien Sie unbesorgt, Herr Kröger, Achmed hat über alles berichtet. Wir Mohammedaner verlassen Sie nicht!“

Ali hat gesprochen. Und später, als er mich bis zur Tür meines Hauses begleitet hatte: „Kommen Sie zu uns, sooft Sie wollen. Sie sind dann wenigstens nicht allein. Sie sind uns jederzeit herzlich willkommen.“

Er reicht mir die Hand, sie liegt leicht in der meinigen. Das Gesicht des Mannes ist teilnahmslos, nur ein schnelles Lächeln huscht darüber hinweg, als wäre es überhaupt nicht gewesen. Die etwas geschlitzten Augen blicken mich an . . . In den Augenwinkeln nur lese ich die Aufrichtigkeit des Asiaten.

„Gute Nacht, Herr Kröger . . .“ Leise sind die Worte gefallen, und der Tatar verbeugt sich vor mir, als sei er der Diener und ich sein Herr.

Er entfernt sich. Sein Tritt ist leise, sein Schritt leicht.

Ist das alles aufrichtig gemeint? Können wir Europäer das Gesicht Asiens jemals verstehen? Können wir in ihm deutlich lesen? . . .

*

Ein wundersames, ein bis jetzt unbekanntes Gefühl hat von mir Besitz ergriffen.

Ich versuche, es zu verstehen, zu zergliedern – vergeblich.

Irgendwo in der peinlich genauen Analyse ist eine Lücke, die ich nicht wahrnehmen kann. Aber warum?

Ich habe acht Monate Zuchthaus überstanden, beginne ich von neuem. Ich habe während dieser Zeit keine nennenswerten Erkrankungen gehabt. Das ist richtig. Weiter. Meine körperlichen Kräfte sind fast wieder in demselben Zustand wie zur Zeit meiner Flucht und meines Kampfes an der finnisch-schwedischen Grenze. Auch das ist richtig.

Und doch bin ich innerlich ein anderer Mensch geworden!

Ob sich das mit der Zeit legen wird?

Werde ich wieder so, wie ich früher war . . .?

Ich werde es nicht sein können, denn etwas ist in mir zerbrochen, gesprungen . . . es wird nie heilen können, nie.

Stundenlang unbeweglich in der wärmenden Sonne sitzen, völlig losgelöst und in mich verloren, in die Ferne blicken, an nichts denken und warten . . . auf nichts. Das ist es, was ich wieder möchte. Ich habe es einmal im Zuchthaus gelernt.

Es ist lautlose Nacht. Ich habe mich aufs Bett geworfen.

Vor mir steht Faymé . . .

Ihre Hände streicheln meinen Kopf, mein Gesicht.

Ich greife nach ihr . . . es ist nur ein Traum.

Am Abend war sie zu mir gekommen und hatte mir ein Buch gebracht. Es waren die „Erinnerungen aus Baden-Baden" von Turgenjew.

„Das Buch darf ich aber nicht behalten, es ist mir verboten worden. Auch Sie können dadurch die größten Unannehmlichkeiten haben."

„Ich kann es ja vergessen haben." Sie lacht schelmisch und eilt auf ihren flinken Füßen davon.

Meine Finger halten das Buch umspannt. Mit einer schroffen Bewegung reiße ich das Fenster weit auf.

Jetzt weht die Nachtluft durch die offenstehenden Fenster und bringt den Duft des Waldes und des nahenden Morgens.

*

Ich folgte der Einladung der Tataren mit großer Freude. In ihrem Hause plauderte ich mit Faymé. Dort schrieb ich auch meinen Brief; es wurden viele, viele Seiten.

Faymé freute sich unbändig auf die Reise nach Petersburg; für sie war es Erfüllung ihrer größten Sehnsucht, ihrer kühnsten Träume, woran sie früher niemals hätte denken können.

Ich erzählte ihr von Petersburg und Moskau, vom Theater, der Oper, vom Ballett der Residenzen, vom Süden Rußlands, der Krim, vom Schwarzen Meer, dem Kaukasus. Ich erzählte, wie man Kindern erzählt, und Faymé saß da mit klopfendem Herzen, roten Wangen und leuchtenden Augen.

Inzwischen war mein Brief beendet, und ich wurde still und nachdenklich. Mein Erzählen war auch zu Ende.

„Würden Sie sehr traurig sein, Faymé, wenn ich Ihnen eine sehr, sehr große Freude raubte?“

„Wenn ich Ihnen damit helfen kann, dann nicht. Ich weiß, daß Sie mir aus irgendeinem nichtigen Grunde eine Freude nicht nehmen werden.“

Ich blickte sie schweigend an, beherrschte mich mit aller Gewalt, aber meine Augen wurden trübe.

„Ich bleibe . . . bei Ihnen . . . ich bleibe“, flüsterte sie.

Und meine Tränen fielen dem Mädchen in die offenen Hände.

Mohammed war abgereist.

Der Brief war der Zensur entgangen.

*

Abends ging ich mit Faymé spazieren bis zur Grenze der „Freiheitszone“. Auf einer kleinen, bewaldeten Anhöhe setzten wir uns nieder und plauderten. Faymé schwieg meist. Ich erzählte ihr von den Hauptstädten Europas, dem Leben im Ausland, meinen Reisen, von den hohen, ewig beschneiten Bergen, den blauen Seen, von Kultur und Schönheit. Am liebsten erzählte ich aber von meiner Heimat und der See.

Faymé hörte mir zu mit kindlicher Begeisterung und Hingabe. Dann schwiegen wir wieder lange Zeit.

„Faymé, würden Sie mir einen großen Gefallen tun?"

„Ja."

„Sie wissen, daß ich bis jetzt vergebens geforscht habe nach demjenigen, der mir das Almosen gab und mit ihm die Freiheit."

„Werden Sie mir böse sein, wenn ich Ihnen diesen Wunsch nicht erfülle?" Sie blickte mich an. In ihren Augen las ich die Bitte.

„Böse nicht, aber sehr traurig."

„Lassen Sie doch dem Unbekannten die Freude, etwas gegeben zu haben, ohne Dank dafür zu hören. Sie werden ihn sicherlich traurig machen. Vielleicht beobachtet er Sie aus der Ferne, freut sich im stillen und will gar keinen Dank von Ihnen hören. Vielleicht ist es seine einzige Freude. Warum wollen Sie ihm diese zerstören?"

„Vielleicht hat er sein Letztes gegeben und vermißt es jetzt."

„Sind eigentlich alle Europäer so nüchtern? Kennen Sie nicht das Empfinden, zu geben von ganzem Herzen und aus reinster Seele?" Groß und fragend blicken mich ihre schwarzen Augen an. Ihre kleine Hand greift nach der meinen.

„Nein, Faymé, ich kenne dieses Empfinden nicht. Mein ganzes Leben war bis jetzt nur Arbeit und Vorwärtsstreben. Zahlen und Maschinen, nüchternes Denken und Handeln."

Ganz langsam zieht sie ihre Hand zurück.

„Meine Erzieher und mein Leben sprachen zu mir nie von Gefühlen. Vielleicht kann ich aber dieses Empfinden verstehen lernen. Gehen Sie nicht weg, lassen Sie mich nicht wieder allein." Eine jähe Röte steigt in mir hoch, ich schäme mich meiner Bettelei. Heische ich wieder ein Almosen?

„Ich habe Ihnen das Almosen gegeben . . ." Ihre Hand kommt wieder, schüchtern, abbittend. „Ich wollte Sie aber nicht kränken."

Schwer atmend liegt Faymé an meiner Brust. Ihr Mund glüht von meinen Küssen. Er ist etwas geöffnet. Ihre Augen strahlen. Langsam heben sich ihre Arme, behutsam streife ich die weiten Ärmel zurück. Die nackten, weichen Arme legt sie mir um den Hals und flüstert: „Ich liebe dich ja so unendlich!"

Zahlen! Maschinen! Jahre eiserner Arbeit! Ruheloses Streben und Schaffen! Nüchternes Denken und Handeln!

Wie wertlos ist das alles auf einmal . . .

*

Am nächsten Tage. Ich hatte gerade zu Mittag gegessen und las Zeitungen, die alle zerknüllt waren. Es war „Makulatur" neuesten Datums.

In der Tür erscheint lautlos eine Gestalt.

„Faymé . . .!"

Ihre Lippen sind so heiß. Ich hebe sie auf die Arme und wiege sie wie ein Kind.

„Peter", flüstert sie, „so werde ich dich jetzt immer nennen, denn du bist groß und stark. Du bist für mich Peter der Große! Ich konnte die ganze Nacht nicht schlafen. Meine Lippen glühten und bebten. Ich war unfaßbar glücklich. Ich finde nirgends Ruhe. Ich kenne mich nicht wieder und finde mich nicht mehr zurecht. Alles ist über Nacht anders geworden, du, meine Brüder und alles um mich herum. Heute beim Frühstück sagt Ali zu mir, ich hätte noch nie so leuchtende Augen gehabt. Ich weiß jetzt, was Glück ist, erwiderte ich ihm, und er lächelte so gütig, wie ich ihn noch nie lächeln gesehen habe. Aber deine Augen sind so sonderbar. Sie können oft so stechend sein, daß es einem unheimlich zu Mute wird, wie damals, in unserm Geschäft, als du das Geld nicht nehmen wolltest."

„Was du schon alles bei mir entdeckt hast! Und du . . . weißt du, was du für mich bist?... Faymé! Und diese Faymé gibt es für mich nur einmal auf der Welt. Ich weiß, ich werde eine andere Faymé nie mehr finden."

„Liebst du mich denn auch . . .?"

„Grenzenlos!" Ich küsse das Mädchen, als sei ich von Sinnen, und ich weiß plötzlich, ich werde nie von ihr lassen können, nie mehr.

Ich halte sie immer noch auf den Armen und gehe mit ihr zum Spiegel. Sie legt ihren Kopf an den meinen und flüstert:

„Wenn ich mich von nun an im Spiegel betrachten werde, werde ich dich stets neben mir sehen, so wie jetzt."

„Peter", bittet sie verlegen, „wir wollen uns Kuchen kaufen und in deiner Wohnung Kaffee trinken. Ich möchte es so gern."

Wir gingen auf die Straße. Faymé war wie umgewandelt. Sie war nicht mehr das Tatarenmädchen von einst, sie fühlte sich jetzt zu mir gehörend. Alle sollten uns zusammen sehen.

„Nun haben Sie Ihren ersten Besuch, Herr Doktor, und was für einen angesehenen Besuch. Lassen Sie mich Ihnen doch ein paar Stühle bringen und einen Tisch, Sie können doch nicht auf Kisten sitzen, es ist so häßlich", meinte meine Wirtin und strahlte über das ganze Gesicht.

Das Kaffeetrinken war sehr gemütlich. Faymé und ich plauderten wie zwei ausgelassene, glückliche Kinder.

Plötzlich kommt Ignatjeff hereingestürzt. Gehetzt und verschmutzt wie immer.

„Ich muß wissen, was in diesem Paket ist. Ich sah Sie damit eintreten." Und er zeigt auf ein Päckchen mit Büchern. Faymé hatte sie mitgebracht.

„Das geht Sie nichts an, es gehört mir", kommt es kurz und entschlossen. So habe ich Faymé noch nie reden hören.

„Machen Sie es sofort auf. Was ist darin? Bücher?"

„Sie haben mir nichts zu befehlen!" Verächtlich blickt die Tatarin den wütenden Schreiber an.

Jetzt stehe ich auf. Faymé wird ängstlich, doch Ignatjeff ist schon hinausgelaufen.

„Peterlein, nicht schlagen, sei lieb, Peterlein, mir zuliebe, bitte." Einer Katze gleich stürzt sich Faymé auf das Paket und wirft es aus dem Fenster hinaus auf den Hof.

Schon ist Ignatjeff wieder da, mit ihm der wachthabende Posten, der in dem Schildwachhäuschen vor meinem Hause steht. Er hat ein Gewehr mit aufgepflanztem Bajonett. „Das Paket! Wo ist das Paket mit den Büchern . . . wo ist es hin? Ich will es wissen. Es war eben noch da! Ich bin doch nicht wahnsinnig!"

„Ignatjeff, suchen Sie meine Wohnung durch, das Recht haben Sie, wenn Sie aber das Paket mit Büchern, von dem Sie hier schon solange plappern, nicht finden, dann gnade Ihnen Gott!"

Ignatjeff wird plötzlich ruhig. Mit zitternden Händen hebt er die Kisten, wirft sie durcheinander, der Schweiß steht ihm auf der Stirn. Faymé geht zur Tür.

„Herr Kröger, Sie dürfen es mir nicht übelnehmen, wenn ich jetzt gehe. Und Sie, Sie sind krank, und sollten wissen wovon!"

Die letzten Worte gelten dem Schreiber. Faymé geht.

Die wenigen Kisten und das Bett sind schnell durchsucht, sonst ist die Wohnung ja völlig leer. Ignatjeff steht bestürzt da und versucht zu sprechen.

„Gehen Sie lieber, gehen Sie, denn ich will nicht Ihretwegen wieder ins Zuchthaus wandern! Ich gebe Ihnen aber den Rat: saufen Sie nicht mehr!"

„Aber ich bin doch nicht besoffen, bei Gott nicht! Ich schwöre! Ich habe das Buch . . . die Bücher, ich habe sie gesehen . . . hier, auf dieser Stelle, in Zeitungspapier."

Ignatjeff ist mit dem Posten kaum die Treppe hinuntergepoltert, als Faymé wieder vor mir steht. Wir blicken uns lange in die Augen.

Am selben Abend bin ich wieder Gast bei den Islamkuloffs.

Der älteste Bruder empfängt mich und geleitet mich in das Wohnzimmer. Er ist befangen. Ich weiß den Grund.

„Faymé und ich", beginne ich, „haben uns sehr, sehr lieb. Ich verspreche Ihnen . . .", der Tatar hält immer noch meine Hand fest, und ich merke, wie verlegen er ist, „. . . ich gebe Ihnen mein Wort!"

„Das genügt mir, lieber Herr Kröger. Ich danke Ihnen, daß Sie mir zuvorgekommen sind. Ich wußte selbst nicht, wie ich es Ihnen sagen sollte . . . wir Brüder lieben unsere Faymé sehr, sie ist unsere größte und einzige Freude. Das Mädchen ist genau wie unser seliger Vater, heißblütig und schrankenlos in ihrer Leidenschaft. Ich danke Ihnen von ganzem Herzen . . .“

„Es wird mir schwerfallen, sehr schwer, mein Versprechen zu halten, aber ich werde nie ein Spielzeug aus Faymé machen, nie . . .“, und nach einigem Zögern, wobei mir die Röte ins Gesicht steigt wie einem Primaner, „aber meine Frau . . .“

Wir setzten uns schweigend.

„Peter!“ Ich blicke auf, Faymé steht im Zimmer. „Für dich habe ich mich zurecht gemacht, nur für dich allein.“

Sie trägt eine lange Robe aus dunklem, buntem orientalischem Stoff, mit langen, weiten Ärmeln und tiefem Ausschnitt. Das Kleid liegt ganz eng an ihrem jungen, schönen Körper.

Ich streiche mir unbewußt über die Stirn; für den Bruchteil einer Sekunde muß ich die Augen schließen.

„Du sagst ja gar nichts, Peter?“

Ich küsse sie behutsam auf die roten Lippen.

Ich will leben!

Vorschriftsmäßig meldete ich mich jeden Tag im Polizeigebäude. Es wurde eine Präsenzliste eingerichtet, in welche ich meinen Namen eintragen mußte. Der Polizeistempel und Unterschriften der Beamten bestätigten dann die Richtigkeit meiner Anwesenheit.

Die kritischen Tage, an denen die Arbeit der Polizeiobrigkeit ruhte, waren verstrichen. Ignatjeff wurde auffallend freundlich und suchte jede Gelegenheit, mich in ein Gespräch zu ziehen. Ich wich ihm möglichst aus. Er bot mir Zigaretten an, bat mich, mit ihm Tee zu trinken. Er wurde sichtlich nervös.

Mein Wirt, dem Ignatjeff Geld für Waren, insbesondere aber für Schnaps, schuldete, drängte auf Zahlung. Ich war die Triebfeder dazu. Eine Frist von drei Tagen wurde dem Schuldner gegeben, danach sollte Klage erstattet werden.

Gegen Abend des nächsten Tages kommt plötzlich Ignatjeff. Er bietet mir mit stolzer Miene eine Schachtel Zigaretten an. Wer weiß, unter welchen Schwierigkeiten er sie sich verschafft hat. Ich weise sie jedoch zurück mit der Bemerkung, ich rauche eine andere Marke.

„Sie kommen zu mir, um mich anzupumpen.“ Meine Worte treffen ihn. Er zuckt zusammen.

„Sie irren sich, ich brauche kein Geld“, sagt er dreist.

„Dann bedauere ich, Ihnen nichts anbieten zu können. Sie haben es bereits selbst gesehen und meine Wohnung zur Genüge durchstöbert, und wissen, daß ich für einen Besuch noch nicht eingerichtet bin.“

„Ich wollte nur sehen, was Sie treiben. Sie vergessen, daß Sie spionageverdächtig sind. Ich empfehle Ihnen, vorsichtig zu sein. Ich habe das Recht, bei Ihnen tags und nachts die Wohnung durchsuchen zu lassen.“

„Das haben Sie schon wiederholt bewiesen."

Er geht, ohne sich zu verabschieden. Sein Schritt ist unsicher, als wolle er umkehren.

Am folgenden Abend kommt er wieder. Aufgeregt und in Schweiß gebadet.

„Können Sie mir Geld leihen?" platzt er gehetzt heraus.

„Nein!"

„Warum nicht?"

„Weil ich prinzipiell kein Geld verleihe!"

„Ich gebe es Ihnen bestimmt wieder. Mit Zinsen und Zinseszinsen. Wieviel Zinsen wollen Sie haben?" Mit einer abrupten Handbewegung wischt sich Ignatjeff den Schweiß von der Stirn.

„Ignatjeff, Sie bezahlen Ihre Schulden nie."

„Ich gebe Ihnen mein Ehrenwort, daß ich bezahlen werde."

„Ich glaube nicht daran!"

„Das Geld muß ich aber haben, unbedingt muß ich's haben."

„Sie sind hier bekannt genug, leihen Sie es sich doch woanders."

„Kein Mensch leiht mir mehr! Ich bin schon überall gewesen." Seine Hand fährt unruhig über die Stirn, durch die unordentlichen Haare. Der Kragen seiner Uniform scheint ihm plötzlich entsetzlich eng zu sein. „Sie müssen mir Geld leihen, Herr Kröger, bitte, ich muß es unbedingt haben, um dringende Schulden zu bezahlen, verstehen Sie nicht?"

Ich trete ans Fenster, lasse ihn stehen.

„Ich könnte Ihnen vielleicht nützlich sein, vielleicht sogar sehr nützlich, man kann es nicht wissen . . ." Seine Stimme zittert. „Ich verspreche und schwöre bei allen Heiligen, keine Haussuchung bei Ihnen mehr machen zu lassen."

„Und das soll ich Ihnen glauben? Ihnen?"

Ich trete an ihn heran und hole das Geld aus der Tasche.

„Ich verleihe prinzipiell kein Geld, aber ich will es Ihnen schenken. Ich will von Ihnen nichts wiederhaben, verstanden?"

Ich lege das Geld auf die Kiste, die den Tisch in meiner Wohnung ersetzt. Ignatjeff fährt sich mit allen Fingern durch die Haare und stiert das Geld an, als wolle er es verschlingen. Langsam, sehr langsam, schreibe ich eine Bescheinigung aus.

„So. Wieviel wollen Sie haben?" frage ich dann.

„Hundert Rubel!" Die Hand des Schreibers mit ihren schmutzigen Fingernägeln krallt sich schon an einem Schein fest.

„Halt!" Seine Hand zuckt zurück. „Ich denke gar nicht daran, Ihnen so viel Geld zu schenken . . . Ausgeschlossen."

„Dann geben Sie mir fünfzig Rubel."

„Ignatjeff, das ist mehr als Ihr Monatsgehalt. Und Ihre Kartenschuld, die hundertsechsundneunzig Rubel?"

„Ja . . . nein . . . aber . . ." Seine Stimme wird heiser. Er giert nach dem Gelde. Auf den Scheinen liegt meine Faust.

„Ich gebe Ihnen fünfundzwanzig Rubel."

„Ja! Geben Sie, geben Sie mir das Geld!" Jetzt winselt er.

„Erst unterschreiben, dann Geld."

Ohne auf die Bescheinigung zu blicken, fliegt seine zitternde Hand über das Papier.

Er hatte sein Todesurteil unterschrieben!

Er läuft auf die breite schmutzige Straße hinaus und verschwindet in der Dunkelheit.

Am nächsten Tage sagt mein Wirt verdrießlich zu mir: „Barin wird mir nicht glauben, Ignatjeff hat heute einen Teil seiner Schuld bei mir bezahlt. Er war vollkommen besoffen. Ich möchte wissen, welcher Idiot ihm wieder Geld geliehen hat. Den Kerl hätte ich gern mit meinen eigenen Händen erwürgt!"

„Das überlasse ruhig mir", erwidere ich und lasse den verdutzten Mann stehen.

*

Als ich später das Geschäft der Brüder Islamkuloff betrete, läuft Faymé mir freudig entgegen.

„Peter! Denk mal, Mohammed drahtet, er ist in Petersburg angekommen und hat mit Achmed gesprochen. Hier, lies selbst."

Ich beuge mich über ihre Hände und küsse sie. Dann lese ich das Telegramm, dessen Wortlaut wir vereinbart haben.

„Ich muß Sie leider stören . . ." Erklingt eine ganze Zeitlang später eine rauhe Stimme hinter uns.

Ich drehe mich um. Vor mir steht Ignatjeff, wir haben sein Kommen überhört.

„Ich muß Sie sprechen."

„Bitte."

„Nicht hier, draußen."

„Gehen Sie voran. – Entschuldige mich bitte, Faymé."

Wir treten aus dem Laden. Die Sonne brennt. Ignatjeff wischt sich dauernd mit der Handfläche den Schweiß von der Stirn. Er ist sehr erregt.

„Ich habe Ihnen doch einen Schuldschein über fünfundzwanzig Rubel unterschrieben", sagt er halblaut.

„Nein, das haben Sie nicht getan", erwidere ich unhöflich.

„Denken Sie, ich war besoffen? Das weiß ich ganz genau."

„Wenn Sie nicht wissen, was Sie unterschreiben, dann ist es besser, Sie lassen sich sofort pensionieren."

„Das geht Sie nichts an! Ich will wissen, was ich unterschrieben habe! Das muß ich wissen! – Sie haben mich . . ." Er stockt, mein Blick warnt ihn.

„Bitte, zeigen Sie mir doch meinen Schuldschein, ich bitte sehr darum", lenkt er dann ein.

„Sie haben keinen Schuldschein unterschrieben. Sie haben mir nur bestätigt, von mir fünfundzwanzig Rubel als Geschenk erhalten zu haben."

„Ja, das ist doch sinnlos! Wozu brauchen Sie eine Bescheinigung darüber? Was man schenkt, braucht man sich doch nicht bescheinigen zu lassen?"

„Nein, nötig ist es nicht, aber in diesem Falle wollte ich es eben haben."

„Was bezwecken Sie denn mit meiner Unterschrift?" Ignatjeffs Augen suchen angestrengt in meinem Gesicht die

Antwort. „Wenn ich Ihnen das Geld zurückbringe, geben Sie mir dann diese verdammte Bescheinigung wieder?"

„Sie sagen ja selbst, daß sie zwecklos ist."

„Sie wissen ja gar nicht, was das verdammte Papier für mich bedeutet. Das verstehen Sie ja gar nicht!"

„Wirklich? Und wenn ich es doch verstände . . .?"

Unaussprechlicher Haß lodert in den Augen des Mannes auf. Gebückt steht er da. Er will mir an die Kehle springen.

„Peter!"

Ich drehe mich um und gehe.

„Der Mann sah aus wie der Leibhaftige. Ich hatte Angst um dich!" Faymé faßt nach meiner Hand.

„Hier, das zweite Todesurteil des Leibhaftigen!" Ich lege die ominöse Bescheinigung auf den Ladentisch. Faymé liest sie immer wieder durch und gibt sie dann ihrem Bruder. Beide sind sehr erregt.

„Wahrhaftig!" flüstert Ali.

„Behaltet bitte auch diese Bescheinigung bei Euch. Bei mir ist sie nicht sicher."

Als ich dann nach Hause kam, merkte ich an dem aufgewühlten Bett und den Kissen, daß Ignatjeff wieder bei mir alles durchsucht hatte.

Das also war sein Versprechen, der Schwur bei allen Heiligen!

*

Am selben Abend war ich mit Faymé wieder am Rande der „Freiheitszone". Ich breitete meinen Mantel, den ich auch bei den Islamkuloffs gekauft hatte, auf der Erde aus. Den Kopf in Faymés Schoß gebettet, lag ich da. Wir unterhielten uns im Flüsterton, als sollte uns keiner belauschen.

In der Ferne lag Nikitino. Die ersten matten Lichter der Petroleumlampen leuchteten hinter den Fenstern der Hütten auf. Die Luft war lau, und allmählich wurde es dunkel und still. Irgendwo heulte ein Hund, dann bellte einer, es erklangen gedehnte Stimmen, eine Pforte kreischte. Dann verstummten alle Laute.

„Ich habe wieder die ganze Nacht nicht schlafen können, nur immer an dich habe ich denken müssen, Peter. Du machst mich so glücklich! Und doch ist mir, als könnte ich dich mit meinen Händen nicht erfassen. Ich weiß selbst nicht warum. Liebe ich dich nicht genug? Ich fühle deutlich, ich muß dir etwas geben, von meiner Seele, von meinem Sein, sonst ist meine Liebe keine richtige Liebe, und ich will nicht auf halbem Wege stehen bleiben. Über meiner Liebe zu dir habe ich sogar unsern Gott vergessen."

„Das ist aber nicht recht, Faymé!"

„Ja, mag sein, aber warum soll ich lügen? Bin ich mit meiner Liebe am Ende, muß ich dir nicht etwas geben, ohne daß du mich darum bittest? Schau, wenn du so deinen Kopf mir in den Schoß legst, wenn du mich küßt . . . Ich werde ganz schwindlig. Aber ich merke doch deutlich, daß du dich beherrschst. Es muß doch noch mehr geben . . . eine . . . Erlösung. Ich bin noch so jung, so unerfahren, sag es mir doch, willst du . . . Peter?"

„Ja, Faymé, sobald ich darf."

„Wenn du es mir gesagt haben wirst, dann werde ich so glücklich sein, daß ich die Hände an mein Herz legen und den Atem anhalten muß."

Und Faymé beugt sich zu mir und küßt mich mit ihrer ganzen kindlichen Zärtlichkeit.

Plötzlich höre ich ein Geräusch in unserer Nähe. Dann wird es wieder still. Jetzt kommt das Geräusch wieder. In der Dunkelheit kann ich jedoch nichts erkennen und weiß nicht einmal die Richtung, aus welcher es kommt, weil Faymé sich über mich gebeugt hat.

Eine kleine grelle Flamme! Ein Knall! Stechender Schmerz auf der linken Handoberfläche, die ich auf Faymés Kopf gelegt hatte, rollendes Echo im Walde. Sofort bin ich aufgesprungen, hebe Faymé in die Arme, laufe den kleinen Hügel hinunter und lege mich mit ihr auf die Erde. Ich lausche . . . ich höre Faymés Herz schlagen. Nichts regt sich.

„Bist du verwundet, tut dir irgend etwas weh?" frage ich.

„Nein . . . Wer hat geschossen? . . . Warum?"

„Vielleicht war es ein Jäger, ich weiß es nicht, Kind."

Ich trage Faymé bis zum Städtchen, bringe sie bis vor ihr Haus. Sie kann sich kaum beruhigen. Sie küßt mich zitternd. Ich warte, bis die Tür hinter dem Mädchen ins Schloß gefallen ist.

Ich stehe auf der leeren Straße. Ich weiß, wohin ich zu gehen habe ... Meine Linke blutet.

Ich weiß, wem der Schuß galt: er sollte nicht mich, sondern Faymé treffen; er sollte mir nicht den Tod bringen, sondern seelische Qualen, neue, völlige Einsamkeit.

Ich stehe vor Ignatjeffs Haus... es wird nicht bewacht...

Lange spähe ich nach allen Seiten.

Unbemerkt trete ich ein. – – –

Dreizehn Tage lang nach der „Unterredung", die ich mit Ignatjeff hatte, fehlte er bei meiner Meldung im Polizeigebäude. Nur zufällig traf ich ihn später. Er grüßte kriecherisch. Ich erwiderte nie mehr seinen Gruß. Seine Augen waren blutunterlaufen, das Nasenbein zerschmettert. Zähne herausgeschlagen. Der Veterinär erzählte allen, Ignatjeff sei in betrunkenem Zustand in der Dunkelheit gestolpert, sein Gesicht bliebe für immer verstümmelt, er habe dauernd Höllenqualen auszustehen.

*

Seit meiner Entlassung aus dem Zuchthaus war schon einige Zeit vergangen. Ich hatte mich inzwischen glänzend erholt, meine diplomatischen Schachzüge waren von Erfolg. Ich hatte eine saubere Wohnung, zu essen und zu trinken.

Aber ich hatte keine Arbeit.

Wohl bekam ich durch Faymé Zeitungen und Bücher zu lesen, ich las sie auch in irgendeinem Versteck, doch unruhig und fiebernd, ich hatte dabei keinen Genuß, denn ich wußte selbst zu gut, daß es jeden Tag dem Mädchen und mir den Kopf kosten konnte. Wohl hatte ich immer wieder Gelegenheit, zu arbeiten. Ich spaltete Holz bei den Gebrüdern Islamkuloff, bei meinem Wirt, beim Polizeihauptmann, für die Behörden, ordnete neuangekommene Waren im Tatarenladen, putzte und scheuerte meine Wohnung. Aber ich kam mir selbst dabei lächerlich vor, ja ich schämte mich zuletzt meiner Arbeit. Bei jeder sinnlosen Beschäftigung grinste der Tod mich an und flüsterte immer wieder:

„... Hinrichtung durch den Strang ... vorläufig ..."

Sollte ich doch noch hingerichtet werden? War meine jetzige Freiheit nur ein Aufschub? Auf wie lange, bis morgen oder länger, bis zur nächsten Woche, bis zum nächsten Monat? Mußte ich vielleicht eine vorschriftswidrige Handlung begehen, die, künstlich aufgebauscht, dann die Hinrichtung rechtfertigen sollte? Nur in den Stunden, da Faymé bei mir war oder wir zusammen spazierengingen, vergaß ich meine grauenhafte Situation. War ich dann aber allein, so kam sie mir mit doppelter Stärke zum Bewußtsein.

Äußerlich ruhig, gewohnt mich zu beherrschen, innerlich völlig zerrüttet, in dauernder Spannung – so verging ein Tag nach dem andern. Ich fühlte immer deutlicher: ich war dem früheren Leben, seinen Tücken und Gefahren nicht mehr gewachsen, etwas war in mir zerbrochen, gesprungen. Ich lauerte ständig auf Nachricht – auf die Entscheidung aus Petersburg. Werde ich leben oder muß ich sterben? Bald war es mir gleichgültig, bald brachte es mich bis zur Raserei.

Um mich wenigstens am Tage von der entsetzlichen Ungewißheit über mein Schicksal abzulenken, bekam ich ein Stückchen Land von meinem Wirt. Ich hatte es umgegraben und wollte dort Gemüse pflanzen. Auch ein großer Hühnerstall war inzwischen mit Hilfe des Tischlers, dem ich mein Bett geschenkt hatte, gebaut. Ich kaufte mit Faymé Hühner, Gänse und Enten. Auch diese Arbeit war getan, die Betäubung gewichen, und ich suchte wieder nach einer neuen, wie ein Kranker nach Morphium. Unermüdlich versuchte mich Faymé zu zerstreuen.

Die kaum nennenswerte Wunde an meiner Hand wurde mir von Faymé verbunden. Ich mußte bei ihr zu Mittag und zu Abend essen.

Einmal, als sie das Essen zubereitete, sagte sie nachdenklich:

„Ich habe einen so häßlichen, törichten Wunsch. Ich möchte, du wärst krank, um dich dann mit aller Liebe und Hingabe pflegen zu können."

Und ein anderes Mal:

„Peter, mein lieber, lieber Peter, heute Nacht ist mir etwas ganz Schönes, wunderbar Schönes eingefallen, aber du mußt es erraten. Denk mal ganz genau nach."

„. . . Fliehen . . .?"

Ich sagte es im Flüsterton, denn ich hatte Angst, das Wort auszusprechen, und drehte mich schnell um. War keiner da, der es hören konnte . . . der Posten vor meinem Haus?

Die schwarzen, unergründlichen Augen blickten mich an. Sie waren die einzigen, die mir tief in die Seele, in ihre verborgensten Winkel schauen konnten.

„Ich weiß, du trägst vom ersten Tage der Entlassung diesen einen Gedanken mit dir herum. Aber, Peter, lieber, lieber Peter, nimm mich dann mit, ich flehe dich an. In deinem Lande will ich dir dienen wie eine Magd, aber laß mich nur nicht allein. Mit dir hat mein Leben begonnen, und mit dir wird es enden. Bitte, bitte, verlaß mich nicht."

„Du sollst mir nicht dienen, Faymé, sondern nach Gesetz, und Recht meines Landes will ich dich . . . heilig halten."

Ich hob das Mädchen auf die Arme, und sie kuschelte sich hinein, wie Kinder es tun, denen man eine Unart verziehen hat.

*

Nachts, wenn die Menschen schliefen, lag ich wach auf meinem Bett, angezogen, so wie ich mich hingeworfen hatte.

Aus Petersburg immer noch keine Nachricht! Warum?

Vor der Tür hörte ich das ruhige, gleichmäßige Pendeln des Postens. Heute war Unteroffizier Lopatin auf Wache. Eine besondere Ehre für mich, den Schwerverbrecher. Die Nacht stierte mich durch die offenen Fenster an. Es waren viele Fenster, und es waren deshalb auch viele aufgerissene, schwarze Mäuler.

Ich lauschte in mich hinein.

Ich hatte also doch Angst, zu sterben, Angst vor dem Tode?

„... vorläufig ...", ein Wort meines Urteils.

Ich springe auf und gehe im Zimmer auf und ab.

Als dieses Wort geprägt wurde, kannte ich gar keine Furcht. Heute war alles anders geworden. Der Inhalt meines früheren Lebens, das ganze Schaffen und rastlose Arbeiten war zu einem Nichts zusammengestürzt. Zum erstenmal im Leben war ich jetzt bewußt glücklich. Jetzt, wo ich spürte, wie mir das Blut siedendheiß durch die Adern rann, sollte ich Abschied nehmen von Gefühlen und Empfindungen, die ich früher in ihrer ganzen Tiefe nur ahnte, für die ich keine Zeit gehabt hatte? Vorläufig durfte ich alles haben, aber nur unter diesem Vorbehalt.

Ja, ich hatte Angst, zu sterben, weil ich jetzt nicht sterben wollte.

Ja, ich hatte Angst vor der Ungewißheit, vor dem „Vorläufig".

Wie lange muß ich noch auf den Tod warten? Oder wird er an mir vorübergehen, mich unbeachtet lassen, vergessen? Und das alles, diese ganze Feigheit wegen eines Weibes, eines Mädchens, ja eines Kindes wegen, das ich wie ein schönes Spielzeug auf den Armen trug, bei dem ich selbst ein großes Kind wurde? War es nicht eine lächerliche Zügellosigkeit, sich einer Leidenschaft derart hinzugeben und sich selbst ins Gesicht zu schlagen mit den Worten: „Du bist ein Feigling geworden!"

Haben mich die Monate im Zuchthause denn wirklich mürbe, widerstandslos gemacht? Einen Mann, der sich einbilden konnte, einen stählernen, durchtrainierten Körper und einen kühlen, berechnenden Geist zu haben?!

Gespensterhaft groß warf die Petroleumlampe meinen Schatten, der unaufhörlich hin und her pendelte, auf die nackten Wände.

Die Nacht stierte mich weiter durch die Fenster an.

Stunde um Stunde pendelte mein Schatten in der Stube

auf und ab, und unten auf der Straße ging, im gleichen Schritt wie ich, der Posten auf und ab.

„Flucht! ... Flucht! ... Flucht! ... Flucht! ...“

Jeder Schritt hämmert es mir vor, jeder Schritt bejaht es. Lächerlichkeit! Flucht! Soll ich mein Gewissen belasten? Hat Achmed den Tataren nicht geheim geschrieben, daß meine Eltern aus Rußland keine Ausreiseerlaubnis bekommen, solange ich in Sibirien gefangengehalten werde?

Ich balle die Hände zusammen, ich presse sie gegen die Schläfen. Nur nicht die klare Überlegung verlieren, nur sich nicht hinreißen lassen! Ich muß an die andern denken, nicht nur an mich!

„Faymé! ... Flucht! ... Faymé! ... Flucht! ... Faymé! ... Flucht! ...“

Bei jedem Schritt fallen die Worte, und ich vermag sie nicht mehr von mir zu jagen, diese niederträchtigen Gedanken.

„Faymé! ... Flucht! ... Faymé! ... Flucht! ...“

Meine Tritte hämmern es immer wieder, und es ist auch nicht nur mein Mund, der diese Worte formt.

Der Geist entwirft überschwengliche, herrliche Bilder der Freiheit.

Das Gewissen ist verstummt. Ich bin reif eine Schurkerei zu begehen ...

„Faymé! ... Flucht! ... Jetzt gleich, ohne mich zu besinnen, die ganze Kraft einsetzen ... Soll ich Faymé dadurch hinmorden? ...

Ja! ... Nein! ...

„Lächerlich! ...“

Warum ist sie jetzt nicht bei mir? Warum tröstet sie mich nicht nachts mit ihren weichen, schönen Kinderhändchen? Warum bin ich gebunden mit meinem Ehrenwort, das ich dem Bruder gab? Wer hat die Statuten der Moral und der Ehre geprägt?

„Faymé! ... Flucht! ... Gott! ... Ich habe den Weg verloren!“

Ich öffne die Tür und gehe hinaus.

Der erste fahle, kaum zu erkennende Lichtstreifen am

Horizont. Die Sterne, die ewigen . . . dort wohnt der liebe Gott der Kinder. Aber ich kann kein Kind mehr sein.

Ich setze mich auf die Bank vor dem Hause.

In dem Wächterhaus schnarcht jetzt der Posten. Soll ich fliehen . . . ?

Ich darf nicht . . . ich darf nicht . . . ich muß warten!

Das Vieh, der Soldat, wie er schnarcht! Auf Posten! Ein Mensch ohne Tatkraft ist ein Parasit, den man wegräumen muß, denn er versperrt uns nur den Weg.

Der Schlafende . . . welche Ruhe von ihm ausströmt! denke ich und betrachte ihn eine ganze Zeit. Hinter ihm steht ja nicht der lauernde Tod! Doch, gerade weil er schläft! Ein schlafender Posten ist des Todes schuldig. Welch widersinnige Worte wir Menschen prägen . . .

„Lopatin!" rufe ich . . . „Lopatin!"

Erschrocken wacht er auf, richtet mit verstörtem Gesicht sein Bajonett auf mich, das ich zur Seite schiebe. „Du sollst doch nicht auf Wache schlafen, mein Lieber. In der Nacht kann ich doch entkommen . . ."

Was für Unsinn ich rede – entkommen!

Ich soll fliehen? Ein Kerl mit solchen moralischen Grundsätzen? Das Zuchthaus, das andere jahrelang ertragen, die Gefahr, das ungewohnte Leben – haben mich zermürbt!

Ein elender Schwächling bin ich, vielleicht schon ein Feigling!

Der Soldat murmelt Worte des Dankes, die ich nicht hören, nicht verstehen will. Jetzt geht er wieder vor dem Hause auf und ab.

Ich setze mich wieder auf die Bank und warte. Worauf? Auf den Tod? Auf die aufgehende Sonne?

Ich tat es gestern schon, auch vorgestern, ich tue es heute und werde es morgen wieder tun, so lange . . . bis „vorläufig" ausgelöscht sein wird. Dann wird meine schwarze Faymé nachts bei mir sein, die Nacht wird schwinden, und wir werden beide der Sonne entgegenlachen, aber vorläufig . . .

*

Wieder war ich bei Iwan Iwanowitsch eingeladen. Die wenigen Tage, die inzwischen verflossen waren, hatten uns beide viel nähergebracht. Immer war er zu mir entgegenkommend und freundlich, während ich ihn stets als obersten Vorgesetzten respektierte. Ignatjeff ignorierte ich.

„Sie haben mich sehr enttäuscht, Ekaterina Petrowna", sagte ich zur Frau des Hauses.

„Doktor, mein Lieber, ich habe mir schon die größte Mühe gegeben. Mein Mann ist entsetzlich unentschlossen. Ich habe an seine Ehre, an seinen militärischen Rang appelliert, ja ich sagte ihm sogar, er erniedrige sich doch selbst vor Ignatjeff, wenn er ihn über seinen Kopf hinweg disponieren ließe, aber es hilft nichts. Er rührt sich nicht, denn seine Energie ist schon längst erschlafft." Sie war den Tränen nahe.

„Na schön, dann lassen Sie es, Ekaterina Petrowna. Ich habe mir eingebildet, daß Sie als Frau wenigstens Ihren Mann gegen den Schreiber aufstacheln könnten, das Weitere hätte ich schon übernommen."

„Sie glauben mir nicht, und ich habe mir doch die größte Mühe gegeben. Sie wissen, daß ich Sie . . ."

„Katja! . . . Katja!! . . . Gibt es bei uns nicht bald was zu essen?" ertönte Iwan Iwanowitschs Stimme aus dem Nebenzimmer. „Du weißt doch, daß heute Doktor Kröger kommt. Am liebsten wäre es mir, er käme jeden Tag, denn seit er hier ist, ist es nicht mehr so einsam, findest du nicht auch, Katja? . . . Und ich glaube, ich trinke auch nicht mehr so viel wie früher. Hast du das auch gemerkt? Es kann doch nicht pure Einbildung von mir sein? Ach, da sind Sie ja, mein Lieber! Wollen Sie eine Zigarette? Ein Glas Schnaps biete ich Ihnen gar nicht erst an, Sie trinken ja nie etwas. Schade, sehr schade, in Gesellschaft trinkt es sich doppelt so gut, schmeckt auch besser. Ja, das ist sehr schade, das Trinken erheitert einen, wissen Sie?"

Das Abendessen war beendet. Wir saßen und rauchten. Die Unterhaltung wollte aber nicht recht in Fluß kommen. Eine Spannung lag zwischen der Frau und mir.

„Ich möchte, wenn es nach mir ginge, aus Nikitino eine Großstadt machen", sagte ich, „man hätte dann endlich viel Arbeit."

„Wenn man Ihnen freie Hand lassen würde, ich glaube, Sie könnten es erreichen", meinte der Hauptmann.

„Eigentlich wäre es Aufgabe meines teuren Gatten", sagte Ekaterina Petrowna. „Was würden Sie zum Beispiel als erstes beginnen?" fragte sie interessiert.

„Wissen Sie, was hier in der Tat fehlt? Eine beachtliche Schule für Mädchen und Knaben, dazu ein sehr tüchtiges Lehrpersonal. Eine solche Gelegenheit existiert in der ganzen Gegend nicht. Diejenigen Kinder, die in die Schule gehen wollen, denn es ist ja in Ihrem Lande kein Zwang, müssen Hunderte von Kilometern fahren, wohnen deshalb zum Teil in den Großstädten, und die Eltern sind sicherlich von der weiten Entfernung und den beachtlichen Geldausgaben nicht begeistert. Machen Sie Ihren Vorgesetzten in Omsk den Vorschlag, in Nikitino eine Schule zu bauen. Ich glaube kaum, daß Sie mit einem Nein abgespeist werden. Es könnte auch sehr förderlich für Sie selbst sein."

„Iwan, diese Idee ist hervorragend!" meinte die kleine Frau begeistert und blickte mich dabei erneut an.

„Kostet viel zuviel Geld, meine Liebe."

„Ich würde dennoch versuchen, eine Eingabe zu machen. Es erfordert gar nichts, nicht einmal eine Briefmarke, Iwan, versuch's!"

„Es kostet sehr wenig Geld, Iwan Iwanowitsch", warf ich ein, „denn die Arbeitskräfte sind bei Ihnen billig, Sträflinge können mithelfen, Wald wächst bei Ihnen vor dem Hause. Sehen Sie, günstiger können Sie sich das alles gar nicht denken. Ihre Frau hat recht, versuchen Sie's doch!"

Wir schwiegen eine Weile. Deutlich sah ich, wie unentschlossen der Polizeihauptmann war, also mußte ich noch etwas nachhelfen.

„Stellen Sie sich vor, Sie sind dann der Gründer dieser Schule. Es kommen jährlich immer mehr und mehr Menschen nach Nikitino. Was diese Menschen hier alles verlangen werden, ist enorm. Nikitino wird sich grandios entwickeln. Und immer wird es heißen: Iwan Iwanowitsch hat es geschafft, kein anderer! Was meinen Sie, was Sie für eine Gehaltserhöhung bekommen! Können Sie sich das Gesicht Ignatjeffs dann denken?!"

Seine Züge, die zuerst ablehnend und ein wenig wütend gewesen waren, begannen jetzt zu schmunzeln. Wohlwollend klopfte er mir auf die Schulter:

„Wissen Sie, Doktor, ein russisches Sprichwort sagt: Der Deutsche hat den Affen erfunden!"

Ein Bogen Papier, ein abgeknabberter Bleistift wurde irgendwo gefunden. Zwei Köpfe beugten sich gespannt darüber.

„Wieviel Personen soll denn das Gymnasium fassen?"

„Fünfhundert", war meine sofortige Antwort.

„Sie sind glatt verrückt! Entschuldigen Sie bitte, aber wir sind ja nicht in Moskau!"

„Was meinen Sie, wie diese Zahl imponieren wird! Schreiben Sie nur, es ist schon richtig."

„Das Gymnasium soll fünfhundert Schüler und Schülerinnen aufnehmen", schrieb der lächelnde Hauptmann hin. Ekaterina Petrowna freute sich jetzt und wurde allmählich wieder gesprächig. Vielleicht sah sie sich schon stolz durch die Straßen von Nikitino gehen, die Bewohner zeigten auf sie: Ihr Mann hatte die hervorragende Idee gehabt, dieses Gymnasium zu bauen.

Als ich mich verabschiedete, sagte mir der Hauptmann mit fester Stimme: „Morgen früh lasse ich alles stehen und liegen und fahre selbst nach Omsk und den Entwurf nehme ich gleich mit. Ich sollte so etwas nicht durchsetzen?! Ich?! Lächerlich!"

Das verlassene Städtchen schlief. Die Straßen waren leer. Da war das Haus, wo Faymé wohnte. Ich blieb stehen. Ein leiser Pfiff. Ein zweiter. Das Fenster öffnete sich.

„Peter!" flüstert ihre Stimme, ganz leise nur wie ein Hauch. „Ich wußte, du wirst kommen. Ich habe auf dich gewartet."

Mit einem Sprung bin ich am Fenster.

„Mein Lieber, du!“ Zart gleiten ihre Fingerspitzen über meine Wange.

Da kann ich nicht anders. Meine Hand gleitet über ihre Schulter, und ich küsse die junge, zartduftende Haut wie ein Verdurstender. Mein Mund irrt über ihre aufgelösten Haare, über Augen, Wangen und Stirn, findet einen andern Mund, den er nicht loslassen will . . .

Ein Sprung, und ich stehe wieder auf der Straße.

Noch habe ich die Gewalt über mich nicht verloren.

*

Iwan Iwanowitsch sollte am nächsten Morgen nicht abreisen.

Wie von Furien getrieben kommt er in meine Wohnung gelaufen. Der Posten vor meinem Haus hatte seinen Hauptmann noch nie in einem solchen Zustand gesehen. Verwirrt und aufgelöst steht er vor mir.

„Hier, lesen Sie selbst, entsetzlich!“ Er bekreuzigte sich unaufhörlich, er stottert. Er ist wie vernichtet. „Ignatjeff hat Sie denunziert, hat eigenmächtig gehandelt. Ich wußte von nichts, von gar nichts.“

Die Buchstaben brennen sich wie Feuer in mein kaum genesenes Herz.

„. . . Sofortiger Abtransport nach den Ob-Sümpfen . . .“

„Lieber, Guter, du . . . Sie . . . weißt nicht, was diese Sümpfe bedeuten? Aus ihnen ist noch kein Mensch lebend zurückgekehrt . . .! Alle sind dort an Fieber gestorben. Es ist der sichere Tod . . . verzeihe mir . . . verzeihen Sie mir . . . was soll ich denn tun . . . was soll ich machen . . .? Sag es mir nur, ich tue es für dich!“

Mein erster Gedanke ist: Faymé. Soll ich sie verlieren? Dann versinke ich in eine völlige Leere.

Iwan Iwanowitsch rüttelt mich, als wollte er einen Toten ins Leben zurückrufen. Er murmelt Worte, die für mich unverständlich sind. Ich horche hin, doch ich kann und kann ihn nicht verstehen.

Plötzlich . . . eine Gestalt vor mir, zum Greifen deutlich . . .

„Ich depeschiere sofort nach Petersburg. Mein Bekannter, Generalleutnant R., kann mich retten. Er muß es tun. Er kennt mich, er weiß, wer ich bin!"

Erstaunt blickt mich der Hauptmann an.

„Er ist unser einflußreichster Mann!"

Hastig gehen wir zur Post. Der Hauptmann zeichnet mein Telegramm nach Petersburg ab. Der Beamte am Schalter lächelt mir blöde entgegen.

„Grigorij Michailowitsch hat verboten, irgendeine Depesche von Ihnen abzuschicken.

„Wer hat denn hier etwas zu sagen? Ein dreckiger Schreiber oder der Herr Polizeihauptmann? Ignatjeff hat überhaupt nichts zu melden hier. Er hat seine gemeine Schnauze zu halten!" Ich kann mich kaum noch beherrschen, denn meine Wut kennt keine Grenzen mehr.

Der Postbeamte weicht zurück, als hätte er einen Schlag von mir erhalten. Ich öffne die Tür zu den Schaltern, und der Hauptmann reicht meine Depesche selbst hin. Einige Griffe am Morseapparat, und die Worte surren weg.

Bringen sie mir Tod oder Leben?

Jetzt habe ich wieder einen klaren Kopf. Weitere Telegramme gehen ab. Alle Anordnungen sind getroffen. Mein Wirt soll jetzt Ignatjeff rücksichtslos vernichten. Koste es, was es wolle!

Iwan Iwanowitsch reist nach Omsk ab. Er hat mir geschworen, für mich zu bitten und den Abtransport um einige Tage zu verschieben. Zum ersten Male in seiner ganzen Dienstzeit hat er sich geweigert, den Befehl seiner Obrigkeit auszuführen. Kann er mir helfen, dieser schwankende, schon apathisch gewordene Mann? Er verlangte kein Geld für seinen schweren Gang, denn er wollte es aus Freundschaft für mich tun.

Ignatjeff läßt sich seit dem Telegramm nirgends mehr blicken. Durch die Vermittlung meines Wirtes lasse ich ihm überall den Kredit sperren. Jetzt kann er betteln, soviel er will. Meinetwegen kann er verhungern, verrecken wie ein Hund. Er traut sich nicht mehr auf die Straße hinaus und hält sich in seiner Hütte versteckt. Tag und Nacht steht ein bewaffneter Posten vor seiner Tür.

Als Faymé von meiner Verschickung nach den Ob-Sümpfen hört, kann sie es gar nicht fassen.

„Ich soll dich nie wiedersehen? Soll hierbleiben? Du sollst in den Sümpfen langsam hinsterben? Warum verlangst du solch eine Ungeheuerlichkeit von mir?!"

Alles Zureden hilft nichts.

„Ich folge dir in die Ob-Sümpfe! Du hast selbst oft genug Frauen gesehen, die ihren Männern in die Verbannung gefolgt sind. Sie hatten alles verlassen, ihr Geld und Gut, und bettelten sich durch. Ihn zu sehen, seinen Blick zu erhaschen, war ihre Seligkeit. So will ich es auch tun!"

„In den Sümpfen gibt es aber keine Möglichkeit für eine Frau zu leben. Es gibt dort nur ein Gefängnis und einen Friedhof. Ich habe Monate in Zuchthäusern zugebracht und bin doch gesund geblieben. Auch aus den Sümpfen komme ich wieder. Bin ich nicht gesund und kräftig genug?"

„Du bist groß und stark wie kein anderer, aber du weißt selbst, daß aus den Sümpfen noch keiner zurückgekehrt ist."

Ich gebrauche die verschiedensten Ausreden, es hilft nichts.

„Peter, Liebster, warum marterst du mich mit Ausflüchten, an die du selbst nicht glaubst, warum tust du mir so weh, warum? Wer weiß, wann der Krieg zu Ende sein wird?"

„Du kannst mir viel mehr helfen, wenn du deinem Bruder nach Petersburg nachreist. Was er und die andern nicht zustande gebracht haben, das wirst du erreichen. Ich habe die denkbar besten Beziehungen. Es sind Männer, die Namen und großen Einfluß haben. Sie können mich retten. Das wird mir mehr helfen als das machtlose Zusehen, wie du an meiner Seite dahinstirbst."

„Sag mir doch ehrlich, daß du mich an deiner Seite nicht

sehen willst. Willst du von mir nichts mehr wissen? Soll ich gehen? Sag, ist es so?"

„Ja, es ist so", sage ich. „Sinnlose Opfer sind lächerlich. Wem nützest du damit? Mir? Im Gegenteil, denn dann habe ich dich auf dem Gewissen. Wenn du mir helfen willst, dann mußt du an der richtigen Stelle anfangen, dort, wo Erfolg sein kann. Das ist und bleibt Petersburg. Man darf im Leben nicht immer nach Gefühl und Empfinden handeln, Faymé, weil eine klare, nüchterne Überlegung hier mehr wert ist. Sie allein bringt den Erfolg."

Mit kindlich verweintem Mund steht sie vor mir.

„Verstehst du denn nicht, Peter, daß mein Leben ohne dich leer ist? Was verstehe ich von deiner nüchternen Überlegung? Ich, ein Tatarenmädchen in Sibirien! Ich kann ja zu dir nur lieb sein und dir nur gehorchen. Sonst gar nichts." Sie schweigt. „Ich werde tun, was du von mir verlangst. Schau, ich bin so klein und schwach, du aber bist Peter . . . der Große . . ."

Ich blicke in tränengefüllte Augen eines zu Tode betrübten Kindes, dem man das Weinen verboten hat. Es steht vor mir und hält den Atem an, denn sonst hätte es laut geweint.

Stündlich warte ich auf Nachricht. Sie bleibt aus. Warum?

Iwan Iwanowitsch hat aus Omsk auch nicht gedrahtet. Warum?

Meine Nerven sind bis zur Unmöglichkeit angespannt. Werde ich dem Tode entrinnen?

Ich will nicht ins Zuchthaus zurück!

Ich will mich nicht langsam hinmorden lassen!

Tage des angespannten Wartens sind verstrichen, weder aus Petersburg noch aus Omsk kommt Nachricht.

Alle haben mich verlassen! Keiner will mit einem Deutschen etwas zu tun haben! Die Post verbietet mir, ein weiteres Telegramm abzuschicken. Die Brüder Islamkuloff und mein Wirt erleiden ebenfalls ein Fiasko. Die letzte Möglichkeit, mich mit Petersburg zu verständigen, ist mir genommen.

Überall lauert Ignatjeff, der Hund!

Mein Empfinden sagt mir: Schlag ihn tot! Der Verstand befiehlt: Warten, warten, das hat noch Zeit!

Jetzt, Stunde für Stunde, nein schon jede Minute warte ich auf Antwort. Jede Minute kann sie eintreffen.

Ich zeige mich allen, die mich sehen wollen, und den Posten vor der Tür, die mich sehen müssen. Ich meide keinen, allen kann ich in die Augen sehen, ich esse, ich trinke, ich rauche, füttere mein Federvieh, gehe spazieren, meine Gewohnheiten sind die gleichen geblieben.

Nur meinen Kopf muß ich jetzt oft sehr anstrengen, denn eine ungekannte, plötzlich dann und wann eintretende Gedächtnisschwäche macht sich bemerkbar.

Was ist das? Eine Reaktion des seit Monaten angespannten Nervensystems?

Der Kampf zwischen mir und dem Schreiber hat seinen Höhepunkt erreicht. Ich weiß, Ignatjeff will mich vernichten, weil ich seine Vernichtung jeden Augenblick herbeiführen kann. Ich weiß, daß er vor einem Mord nicht zurückgeschreckt ist und daß er lange über den letzten Schritt zu meiner Vernichtung nachgegrübelt hat.

Ich bin völlig entrechtet.

Aber ich weiß auch: wenn meine Hand Ignatjeff nicht mehr erreicht, werden andere sich dafür finden.

Mein Wirt, mit seinen grauen, farblosen Augen, seinen kalten, häßlichen Händen, sagte mal zu mir:

„Barin, auf ein Menschenleben kommt es in Sibirien nicht an, wir sind alle Mörder und Verbrecher, unsere Väter sind es ja auch gewesen. Unsere Wälder sind unendlich und schweigsam, die Flüsse reißend, unser Haß ist groß wie das weite Land. Sehen Sie Ignatjeff an! Muß es nicht eine Wonne sein, ihn zwischen den Fingern zu haben . . ., zu drosseln . . ., etwas loslassen, damit er Atem holt und hofft . . . und dann wieder . . . sein Angstschweiß, sein Winseln . . . Nur allzu schnell stirbt so ein Mensch!“

„Du hast recht, aber erst abwarten, dann kannst du ihn dir nehmen.“

Der Alte lächelte zufrieden, und ein kalter Schauer lief mir den Rücken herunter; über den farblosen Augen waren die Lider halb geschlossen.

Faymé, das Kind! . . . Ich konnte ihr in die geheimnisvollen Augen blicken, denn für mich strahlten sie. War die Tiefe dieser Augen zu ermessen, zu ergründen? Sie blickten mir in die Seele, und ihre Lippen raunten mir oft genug, was ich nicht auszusprechen wagte: „Fliehen?!" Diese Augen konnten aber auch sagen: „Du hast ihn ermordet!" . . . Und nie würde man ihren Schleier lüften können, nie würden sie ihr Geheimnis preisgeben. Deshalb liebte ich sie auch so sehr, denn sie kannte keine Grenzen, das wußte ich.

Was ist ein Menschenleben wert? Viel? Wenig? Nichts, gar nichts? Sibirien ist groß, so groß, daß die Menschen dort nicht wiedergefunden werden können . . . Sie werden auch nicht gesucht, denn es ist zwecklos, weil man sie noch nie gefunden hat, nie.

*

Unteroffizier Lopatin kommt zu mir. Seine Augen flakkern, seine gewohnte Ruhe hat er plötzlich verloren.

„Barin, der deutsche Feldwebel vom Gefangenenlager bittet Sie, zu kommen. Ihre Kameraden verlangen nach Ihnen. Seine Hochwohlgeboren, der Lagerkommandant . . . ich kann es Ihnen nicht sagen, er ist ein Vorgesetzter . . . Wir sind doch Menschen, Barin, und Ihre Kameraden sind es doch auch! Ich habe mich lange mit ihnen unterhalten, so gut es ging . . . es sind sogar alles Christen wie wir! Er läßt sie verhungern, verkommen, sie sterben alle, wenn . . . wenn . . . keiner ihnen hilft. Es ist eine Sünde, eine Todsünde, Barin. Gott wird solche Menschen verfluchen . . . Allmächtiger Gott, solche Worte muß man als sündiger Mensch in den Mund nehmen!"

Mit dem Russen gehe ich zum Gefangenenlager. Die Posten wissen, daß ich das Lager nicht betreten darf, aber Lopatins finstere Miene und sein Rang läßt sie schweigend zurücktreten.

Auf dem kleinen, freien Platz, der von Erdlöchern umgeben ist, sitzt der Feldwebel. Wie auf ein unhörbares Kommando kommen aus den Höhlen Gestalten, lebende, seelenlose Schemen herausgekrochen; einige können kaum noch gehen. Sind das noch Menschen? Kalt rieselt es mir den Rücken herunter. Und du wagst es noch, über dein Los zu klagen?

Die Gestalten versuchen Haltung anzunehmen. Ich wehre ab.

„Flecktyphus, Wechselfieber und Ruhr wüten bei uns. Wir siechen alle dahin . . .“ Das ist die Begrüßung des deutschen Feldwebels.

Zwei Todgeweihte, er und ich, reichen sich die Hände. Er ist nur ein Schatten. Sie alle sind es, alle. Hunderte von Augen blicken mich an.

Ich bin ihre letzte, allerletzte Hoffnung.

Ich werde diese Augen nie im Leben vergessen, und sollte ich unsterblich sein.

Mein Plan steht fest.

Es gibt nur noch eine Möglichkeit, die Kameraden zu retten.

Ich gehe in die Kommandantur. Der Kommandant ist nicht mehr dort. Die Soldaten kennen mich, lassen mich ungehindert in seinem Arbeitszimmer warten. Ich stehle mir ein Blatt, auf dem der Mann verschiedene Worte hingeschrieben hat, dazu einen leeren Aktenbogen. Das genügt mir.

Die halbe Nacht verbringe ich damit, seine Handschrift nachzuahmen. Der Zettel dient mir als Vorlage. Endlich schreibe ich kurze Befehle auf das Papier, Anordnungen für eine durchgreifende Verbesserung des Gefangenenlagers.

Der Tag vergeht. Es kommt ein stiller Frühlingsabend. Die Luft ist warm, müßige Menschen gehen die Straßen entlang, blicken mit ewiger Neugierde zu meinen Fenstern hinauf.

Vor dem Hause des Kommandanten steht ein Wachtposten.

„Ich muß dringend den Kommandanten sprechen, dienstlich!“

Der Posten klingelt. Ein Stubenmädchen kommt heraus, schließt die Tür hinter mir zu, und weist mir das Zimmer zum Kommandanten. In diesem Augenblick lasse ich absichtlich eine Münze fallen und suche danach. Das Stubenmädchen ist inzwischen fortgegangen.

Ich öffne die Tür ins Zimmer. Am Tisch sitzt der Kommandant, vor ihm die Reitpeitsche und . . . der Revolver. Schnell trete ich ein und gehe auf den Mann zu.

„Wir sind alle des Todes! Im Lager ist schwarze Pest ausgebrochen!“

Entsetzt schlägt der Mann die Hände vors Gesicht.

Ich greife nach seinem Revolver.

Der Schuß fällt!

Den bekritzelten Aktenbogen lege ich auf den Tisch, werfe den Revolver auf den Fußboden. Drei Sprünge zur Tür, ich reiße den Schlüssel heraus, schließe sie von außen ab, stecke den Schlüssel in die Tasche.

Mit aller Wucht klopfe ich nun gegen die verschlossene Tür, trommle mit den Fäusten, daß es durch das Haus dröhnt. Schon ist die Frau des Kommandanten da, sie ist völlig konsterniert.

„Posten! Posten!“ schreie ich aus voller Kehle zur Haustür hinaus auf die Straße. Der Soldat kommt schon gelaufen. „Im Zimmer des Kommandanten ist soeben geschossen worden!“

Mit vereinten Kräften drücken wir die Tür ein.

Im Stuhl, vor seinem Tisch, sitzt der Lagerkommandant. Aus seiner Stirn rieselt Blut, das ganze Gesicht ist überströmt und völlig entstellt, die Augen in unaussprechlichem Schrekken aufgerissen. Auf dem Fußboden liegt der Revolver, auf dem Tisch ein beschriebener Aktenbogen.

Verzweifelt fällt die Frau des Kommandanten auf die Knie vor ihrem Mann. Die Kinder weinen laut und ängstigen sich vor ihrem toten Vater, das Stubenmädchen schluchzt in der Ecke, der Posten bekreuzigt sich, flüstert

Worte eines Gebetes. Dann eilt er fort. Bald danach kommt er wieder mit Lopatin und dem Feldscher, ihnen folgt kurz darauf der Untersuchungsrichter. Mit vereinten Kräften wird der Kommandant aus dem Sessel gehoben. Der Untersuchungsrichter hat seine Arbeit aufgenommen. – Ich helfe mit. –

Der Schlüssel von der verschlossenen Tür findet sich auf dem Tisch vor.

Nach anderthalb Stunden ist das Protokoll abgeschlossen, und ich kann gehen. Rasch eile ich zu dem Hause des Tataren und klingle. Die Tür wird geöffnet, aber ich trete nicht ein.

„Islamkuloff, erweisen Sie mir einen außerordentlich großen Gefallen, holen Sie bitte aus dem Laden einen neuen Anzug für mich, ich war im Gefangenenlager."

„Natürlich, sehr gern, Herr Kröger, aber kommen Sie doch herein, warum bleiben Sie draußen stehen?"

„Fassen Sie mich nicht an. Ich war bei Flecktyphuskranken."

Im Stall ziehe ich mich um und wasche mich gründlich.

„Wissen Sie, daß sich der Kommandant das Leben genommen hat? Ich komme gerade von dort!" sage ich dann später.

Alle schweigen. Ich setze mich zum Abendbrot nieder. Meine Hände zittern.

Faymé blickt mich an. Ich senke meinen Blick, aber ich fühle ihre Augen immer noch auf mir ruhen. Sie und ich, wir sind uns gleich, nur wir beide wissen es.

„Wahrscheinlich mußte es so sein", sagt sie.

„Ja, es mußte sein!"

Das Mädchen füllt mein Glas mit Rotwein. Wie Blut, denke ich und betrachte dabei meine Hände.

Aber sie sind sauber.

*

Nachts liege ich lauernd im Bett. Neben mir wacht die Tatarin. Unbeweglich, wie erstarrt sitzt sie da, ein kleiner, versonnener, kostbarer Götze. Ihre Augen sind halb geschlossen und in die Nacht gerichtet, die aus den geöffneten Fenstern uns angafft. Unten geht ein Posten auf und ab.

Ich fühle mich elend und müde, und ein immer höher steigendes Fieber versetzt mich in unbeschreibliche Unruhe, läßt Wahnvorstellungen aufkommen, die Wirklichkeit mit Phantasie vermengen.

Der Morgen graut. Der Tag kommt, ich erhebe mich, suche eine Abwechslung im Essen, Rauchen, Sprechen. Es wird Mittag, ich warte auf jemanden . . . Kommt er? Nähern sich nicht Schritte?

Es wird Abend . . .

Er kommt!

„Hier ist das Protokoll der Untersuchung, Barin, der Herr Untersuchungsrichter bittet Sie, es zu unterschreiben, weil Sie zugegen waren“, und Lopatin reicht mir das vollgeschriebene Blatt Papier. Ich lese es durch, ich lese es noch einmal. Wie ein grober Hammer fällt meine Hand nieder; es ist unterschrieben. Der Soldat geht.

Er war wohl gekommen.

Aber . . . er hat mich nicht geholt . . .

Immer noch keine Nachricht! Wenn mich doch nicht die Kräfte und Sinne verließen!

Das Fieber steigt immer höher. Ich friere, mein Denken wird immer mehr ausgeschaltet und ich vermag mich kaum noch zu wehren, obwohl ich mich dauernd dagegen auflehne. Das Frösteln wird immer stärker, die Augen schmerzen unerträglich, bis ich sie für lange Zeit schließen muß.

„Ich werde für dich sehen, Peterlein . . .“ flüstert die Tatarin. „Über dem Walde fliegt jetzt lautlos ein schwarzer Vogel, Kolk der Rabe ist es, noch einer . . . Mach nur deine Augen zu, du bist müde, mußt schlafen. Morgen wird alles wieder gut, dann kannst du wieder sehen. Ich bleibe bei dir . . . so lange du willst.“

Ich fasse nach der Hand des Mädchens.

Wenn Tiere des Waldes sterben müssen, so verkriechen sie sich. Ich setze den Fuß nicht mehr vor die Tür, denn ich habe keine Kraft mehr, zu gehen. Nur Faymé ist bei mir. Ich weiß, sie kann schweigen, und wenn es ihr Leben kostet. Ich habe es von ihr verlangt, und sie hat es mir versprochen.

„Barin . . . Barin . . .“, mich ruft jemand, mitten in der Nacht! Oder ist es schon wieder eine Wahnvorstellung? Nein, es ist mein Wirt, ein Mensch, den man einen Verbrecher nannte.

„Mein Neffe, der Beamter bei der Post ist, bringt mir eben heimlich diese Meldung. Eine frohe Botschaft! Sie bleiben in Nikitino! Hier, lesen Sie selbst. Ignatjeff hat streng verboten, diese Mitteilung weiterzugeben . . .“

Er reicht mir einen Fetzen Papier mit kaum leserlicher Schrift. Sie tanzt, sie verschwindet, kommt wieder, dann lese ich ein Wort. Mein Name, weiter, weiter, ehe die Schrift wieder verschwimmt!

Zu spät, sie ist zerflossen, vor den Augen ist es dunkel.

Jetzt, da kommen die Buchstaben wieder! „. . . hat in Nikitino u n w i d e r r u f l i c h zu verbleiben . . .“ Fort, dunkel, nichts mehr, alles schwebt, dann wird es unerträglich hell . . . Ich sinke langsam in die Knie.

„Faymé . . . mein Kindchen . . . mein Liebes . . .“, ich fasse nach dem Mädchen und halte es ängstlich fest, „mein Kopf . . . ich kann nichts mehr überlegen . . . meine Augen . . . es wird dunkel . . . ich kann nichts mehr sehen . . .“

„Peter, mein Gott, was ist mit dir? Steh auf . . .“

„Barin, Barin, großer allmächtiger Gott! Sie sind jetzt gerettet, für immer . . .“

„Bleibe bei mir, Faymé, nur du, laß keinen zu mir herein . . . alle sind meine Feinde.“

„Ich bin ja bei dir, ich bleibe bei dir.“ Aus weiter, weiter Ferne klingen die Worte zu mir herüber. Ich empfinde keine Körperschwere mehr.

„Faymé!“ Mein Mund versucht mit aller Gewalt zu sprechen, ich muß noch diese wenigen Worte sagen, ich muß! Doch die Lippen bewegen sich nicht. Das Ohr vernimmt keinen Laut mehr.

Ich spüre das Haar des Mädchens in meinem Gesicht, an den Wangen, ich atme ihren Duft ein . . . Ich bin so glücklich . . .

Dann verlassen mich die Sinne.

*

In meinen Fieberträumen sah ich Faymé vor mir stehen. Soldaten, Sträflinge, der Riese Stepan, Marusja mit dem Kind auf dem Arm, fluchende Wächter umgaben mich. Ketten wurden mir angelegt und um den ganzen Körper gewickelt. Iwan Iwanowitsch lud mich zum Kartenspielen ein. Ignatjeff griente mich an. Sein Kopf war ein großes, kläffendes Hundemaul. Das ganze Zimmer schien voll Menschen zu sein, alle redeten auf mich ein, alle wollten etwas von mir haben.

Dann wieder war Nacht um mich. Ich erstickte. Gewaltige Arme hielten mich fest, aus deren Umklammerung ich mich nicht befreien konnte. Dann wurde es plötzlich wieder unerträglich hell.

Wenn es hell um mich war, strichen weiche, zarte Hände mir über Gesicht und Haar . . .

Eine Rote-Kreuz-Schwester beugte sich zu mir, und mein Kopf wurde dann plötzlich kalt.

*

Später erfuhr ich: der Posten vor meiner Tür erzählte allen, der Deutsche liege im Sterben. Der Veterinär, der einzige Arzt im Städtchen, war zwar ein herzensguter Mann, konnte aber nicht einmal mit seinem Viehzeug schonend und sachgemäß umgehen. Für ihn war ich schon längst ein Todeskandidat. Er schüttelte jeden Tag immer bedenklicher den Kopf. Meine Krankheit war für ihn das größte Welträtsel.

Das erste klare Bild sah ich eines Nachmittags. Das Zimmer war wie verwandelt. Um mich standen bekannte Möbel. An den Fenstern waren dunkle Vorhänge heruntergelassen.

Neben dem Bett saß eine Rote-Kreuz-Schwester, am Bettende stand in blendendweißer Schürze eine Frau, gutmütig und dick. Ich mußte sie kennen, ich überlegte.

„Natascha ...", sagte ich endlich.

„Barin! ... Großer Gott! ...", kam es wie ein Echo zurück.

„Wo ist Faymé?"

Die Schwester zeigte auf das breite Sofa. Zusammengekauert wie ein Hündchen lag Faymé da. Eine gütige Hand hatte sie zugedeckt.

„Bleibe ich hier, oder muß ich nach den Sümpfen?"

„Sie bleiben! Seine Exzellenz Generalleutnant R. hat sich Ihrer angenommen. Jede Gefahr ist beseitigt. Auch hat er für Sie viel mehr Freiheit erwirkt."

„Ich möchte jetzt schlafen. Ich bin so unendlich müde ..."

Gerettet

Aus weitester Ferne, aus abgründigster Tiefe kam ich langsam wieder zu mir und zur Wirklichkeit zurück. Die Stimmen um mich wurden allmählich verständlich, die Umgebung greifbarer.

„Ich bleibe. Ich brauche nicht nach den Ob-Sümpfen." Der Gedanke fließt langsam und träge vom Kopf in die Leere der Glieder. Jetzt spüre ich sie. Sie sind schwer wie Blei und völlig starr. – – –

„Wenn er erwacht, schicken Sie sofort den Posten zu mir. Er wird sich freuen über die günstigen Nachrichten. Versprechen Sie es?"

„Gern, Herr Hauptmann, ich verspreche es Ihnen!"

„Wenn er Geld braucht, Schwester, so sagen Sie es mir. Was ich für ihn tun kann, tue ich gern. Mein Letztes gebe ich her. Ich bin sein bester Freund!"

„Vielen Dank, Herr Hauptmann."

Eine Tür wird leise zugemacht. Einige Worte draußen vor dem Hause werden laut. Schritte entfernen sich.

Vor mir steht die Rote-Kreuz-Schwester. Sie lächelt.

„Wie fühlen Sie sich, Herr Kröger?"

„Danke, Schwester, gut." Es klingt noch etwas unsicher, aber ich versuche doch meine Stimme wieder in die Gewalt zu bekommen. „Ich danke Ihnen, Schwester Anna, daß Sie mich gepflegt haben. Wie geht es Ihnen?" Mit Mühe versuche ich ihre Hand zu drücken.

„Natascha, Sie sind auch gekommen?" Und auch der dikken Frau mit der weißen Schürze reiche ich die Hand.

Es ist unsere Petersburger Köchin, die bei meinen Eltern schon fünfzehn Jahre im Dienst stand, die jüngste Schwester meiner Amme. Die Frau erfaßt meine Hand, fällt auf die Knie und weint hemmungslos, ohne sich nur etwas zu beherrschen.

„Barin! Großer Gott!“

In diesen Worten liegt der ganze Schrecken, der mich umgibt.

„Peter!“ Mit angehaltenem Atem und großen Augen kommt Faymé ins Zimmer. Ich strecke die Hand nach dem Mädchen aus.

Sie fällt aufs Bett und bedeckt meine Hand mit Küssen und Tränen. „Mein Lieber! Peter! Du!“ Ihr Kopf fällt mir auf die Brust. Er kann nicht stilliegen, er irrt unruhig umher. Das schwarze Haar wird unordentlich. Sie hält mich fest umschlungen, sie zittert und fiebert. Da lege ich ihr meine Hand auf den Kopf, ein kaum hörbares Stöhnen, und sie wird still. Ihr Atem geht jetzt ruhig an meiner Brust.

Als sie ihren Kopf hebt, sehe ich in ein mageres Gesichtchen. In ihren Augen steht der Schrecken und eine schüchterne, hoffende Freude.

*

Als ich nach wenigen Tagen wieder zum ersten Male aufstehen konnte, schlich ich zu dem großen Wandspiegel, gestützt von der Schwester und der treuen Köchin Natascha. Ich erkannte mich nicht wieder. Das Gesicht glich einem Totenkopf, aus dem zwei fast erloschene Augen ins Leere blickten. Ich war gebeugt wie ein Greis, der Körper war nur noch ein Gerippe. Struppiger, ungepflegter Bart wucherte, und an den Schläfen sah ich die ersten grauen Haare . . .

Gestützt auf die beiden Frauen, setzte ich meinen Gang durch die Wohnung fort. Sie war völlig verwandelt. Um mich war Großstadt-Kultur in der Wildnis.

Das allmächtige Geld hatte alles bezahlt, Entfernungen und Hindernisse auch hier überwunden.

Lopatin, der mich besuchen kam, blickte in ein Wunderland. Er erzählte Sonderbares im Städtchen. Noch nie hatte er so viele Anzüge, Wäsche und Schuhe gesehen wie beim Deutschen. Alle Schränke seien voll damit. Der Deutsche schliefe sogar in einem Anzug. (Er meinte meinen Schlafanzug.) Das allersonderbarste wäre aber der Rasierapparat. Er wäre so klein wie sein Daumen und hätte viele Zähnchen. Der Reichtum spotte jeder Beschreibung, denn die Schwester hätte ihm nach dem Auspacken der Sachen, wobei er zugegen sein mußte, ein Trinkgeld von ganzen fünf Rubeln gegeben.

Kaum daß der Posten von meinen „ersten Schritten" hörte, kam Iwan Iwanowitsch. Noch nie hatte ich diesen Mann in einer derart freudigen Stimmung gesehen.

„Ach, ach, endlich, na also, mein Lieber! Wir wollen uns jetzt ‚Du' sagen, ich habe dich wirklich sehr ins Herz geschlossen, eigentlich schon sehr lange, aber du . . . na wenn schon, mein Lieber, also wieder gesund, Gott sei Dank. Ich habe mein Bestmögliches für dich in Omsk getan. Du bleibst in Nikitino, für immer, brauchst keine Angst zu haben, keiner tut dir jetzt was zuleide. Ich bleibe auch für immer hier. Mein Vorschlag, eine Schule zu bauen, ist sofort genehmigt worden. Ich bin von der ganzen Behörde gelobt worden. Ich bekomme eine wesentliche Gehaltserhöhung. Einen Orden werde ich auch erhalten. Denke bloß an, und was für einen! Ich habe ihn mir schon zeigen lassen, so ganz flüchtig, weißt du. Er leuchtet, ich sage dir, fabelhaft. Das verdanke ich nur dir, mein Lieber!" Er küßte mich nach russischer Sitte auf die Wange und umarmte mich. „Wir beide werden jetzt die besten Freunde werden, die allerbesten, die es überhaupt gibt." Er lachte übers ganze Gesicht und war ausgelassen vor Freude. „Und hier", er versenkte seine Hand in die Tasche und machte ein pfiffiges, geheimnisvolles Gesicht, „hast du ein kleines Geschenk von mir." Eine Flasche mit französischem Kognak kam zum Vorschein und mußte natürlich sofort entkorkt werden. Wir tranken auf „Du". Jeder schleuderte dem andern ein Schimpfwort zu, so war es Sitte in Rußland, wir lachten, und er küßte mich wieder auf beide Wangen.

„Noch eine große, ganz unglaubliche Freude, mein Lieber: Ignatjeff wird abgeurteilt. Dein Wirt, dieser Schweinehund, hat sich derart für dich eingesetzt, daß Ignatjeff schon verhaftet und abgeführt ist. Das Gericht in Omsk erwartet jetzt deine Aussage. Das hätte ich von diesem Hundesohn ..."

„Lassen Sie mich selbst alles dem Barin erzählen!" Mit diesen Worten unterbrach mein Wirt den Hauptmann und kam mit seiner Frau auf mich zu.

„Darf ich erst einmal dem Barin eine recht, recht gute Gesundheit wünschen und dann ...", er brachte mir ein riesengroßes Schwarzbrot mit einem kleinen, hölzernen Gefäß mit Salz und einer Kupfermünze darauf, „... wünsche ich Ihnen Glück in der neuen Wohnung. Alles ist ja jetzt so schön, so etwas haben wir alle noch nicht gesehen. So fein wohnt man also in Petersburg? Nun brauchen Sie nicht mehr auf Kisten zu sitzen."

Wir lachten und tranken ein Gläschen Kognak mit meinen Wirtsleuten. Dann erzählte er mir, was sich mit Ignatjeff ereignet hatte.

Als ich damals ohne Bewußtsein zu Bett lag, wollte Ignatjeff alle Augenblicke zu mir kommen. Doch Faymé ließ ihn nicht zu mir und verteidigte mich wie eine Katze ihr Junges. Der Schreiber tobte vor Wut und geriet mit meinem Wirt in Streit. Ein Wort gab das andere, und wäre Lopatin nicht rechtzeitig gekommen, der Alte hätte Ignatjeff erdrosselt. Eine Beschwerde über den Infamen, mit Aussagen von andern Personen, ging nach Omsk ab. Zitternd kam Ignatjeff gekrochen, als eine Rückfrage einging. Mein Wirt war unerbittlich, und auf seine Veranlassung beantwortete Iwan Iwanowitsch die Rückfrage sehr eingehend. Der Hauptmann war von seiner Reise nach Omsk zurückgekehrt und hatte sich durch seine Vorschläge bei der Obrigkeit in ein gutes Licht setzen können. Nun erkannte er die günstige Gelegenheit, den Satansschreiber los zu werden. Die Zeugen und Beamten wurden vernommen, sie bestätigten das eigenmächtige Handeln, die Unterschlagung der Depeschen aus Petersburg und Omsk an mich und noch vieles andere. Ausschlaggebend war die Tatsache, daß Ignatjeff sich von mir hatte Geld schenken lassen. Er wurde verhaftet und nach

Omsk gebracht. Meine Vernehmung wurde wegen meiner Krankheit vertagt.

Iwan Iwanowitsch war glücklich nach Omsk gelangt. Seine Fürsprache für mich war von Erfolg, doch sein Telegramm, von Ignatjeff unterschlagen, gelangte nicht mehr an mich. Sein Vorschlag, ein Gymnasium zu bauen, wurde begrüßt, und nach einigen kurzen Tagen lag die Resolution fertig, der Bau konnte in Angriff genommen werden. Beglückt war er zurückgekehrt.

Und die Tatarin?

Faymé stand zuerst völlig ratlos an meinem Krankenlager. Ihre Liebe und Aufopferung allein konnten mich nicht genesen lassen. Verzweifelt wandte sie sich an den Veterinär, an ihre Brüder und meine Wirtsleute und schließlich an Iwan Iwanowitsch. Ein bekannter Arzt in Perm, der telegrafisch die Order erhielt, nach Nikitino zu kommen, lehnte ab, einen Deutschen zu kurieren. Depeschen flogen nach Petersburg an die von mir noch angegebenen Adressen, man drahtete zurück, Hilfe sei unterwegs. Bange Tage und Stunden. Würde die Hilfe noch rechtzeitig eintreffen? Faymé wich nicht von meinem Bett, wie sie es mir versprochen, sie lebte in tausend Ängsten. Wer konnte ihr helfen? Keiner! Ich lag jetzt ruhig im Bett, versuchte mich aufzurichten und wollte das Zimmer verlassen. Im Fieber stieß ich Schimpfworte und Flüche gegen meine Unterdrücker aus. Sie konnten mich nach meiner Genesung den Kopf kosten, denn es waren die schwersten Beamtenbeleidigungen. Faymé deckte mich mit der Decke zu, sie und mein Wirt hielten mich mit aller Gewalt fest, denn die lauernden Ohren durften nichts davon hören.

Der Deutsche sprach unverständliche Worte, die die kleine Faymé nie gehört hatte. Was bedeuteten sie, wollte der Kranke etwas haben? Er unterhielt sich mit Personen, die er im Raume vor sich zu sehen glaubte. Seine Augen starrten ins Weite. Er war unheimlich geworden. Sie hatte sogar Angst vor ihm. Dann lag er völlig ruhig und entkräftet da. Jetzt hatte das Mädchen mehr Kräfte als der Mann. Sie hörte nach dem Herzen. Es schlug kaum vernehmbar, und sie horchte immer wieder genau hin. Bange, lange Nächte allein. Die ewig marternde Frage: Wie ist ihm zu helfen? Wann kommt endlich Hilfe? . . .

Plötzlich tritt in das Zimmer eine Rote-Kreuz-Schwester, mit ihr eine andere, einfach aussehende Frau. Entsetzt blikken sie sich in der Wohnung um.

„Lebt er noch?"

„Ja." Es klingt unsicher, kindlich, verzweifelt. „Helfen Sie ihm, um Gottes willen . . . bitte . . ." Dann weiß Faymé nichts mehr.

Sie ist bei ihrem Peter den ganzen Tag, doch er erkennt sie nicht mehr, weiß auch gar nicht, daß sie für ihn betet, seinen Kopf streichelt und ihn küßt. Unbeweglich liegt er da als wolle er bald sterben.

Die Rote-Kreuz-Schwester spricht ihr Mut zu. Faymé merkt, daß sie lügt. Sie muß ja lügen! Würde sie ihr die Wahrheit sagen . . .

Es kommen schöne, feine Möbel an, die in die Wohnung gestellt werden, und Faymé fühlt sich durch die vielen neuen Sachen und die beiden fremden Frauen zurückgedrängt.

Wie ein Hündchen schläft die Tatarin zusammengekauert auf dem Sofa in meinem Zimmer. Sie läßt sich nicht vertreiben.

Faymés Bruder ist aus Petersburg zurückgekommen. Er erzählt den ganzen Tag und alle hören ihm zu, nur Faymé nicht. Sie kann nicht mehr arbeiten, denn sie ist ganz schwach geworden. Ihr Bruder berichtet ihr von den Eltern Krögers. Sie wohnen in einer Villa, sie haben unzählige Zimmer, mehrere Diener, ein Glashaus, wo Blumen sogar im Winter wachsen, sie haben Autos, die sehr schnell fahren können. Petersburg aber ist eine Stadt, die aus Granit erbaut ist. Paläste, Kirchen, breite Straßen, riesige mehrstöckige Geschäfte. Viele elektrische Straßenbahnen, auf dem Newa-Fluß viele große und kleine Dampfer. Nikitino ist wirklich eine Wildnis dagegen.

Mohammed erzählt auch von Achmed . . .

Dann, eines Tages, ist Peter aufgewacht, und er erkennt sie wieder.

*

Es war Sonntagvormittag. Schwester Anna und die Köchin Natascha waren in der Kirche. Ich blieb mit Faymé allein zu Hause. Die Fenster waren weit geöffnet, es hatte eben geregnet, und von draußen kam eine wohltuende Frische, getränkt von dem Duft des vollerwachten Sommers. Spatzen zwitscherten munter vor dem Hause, flogen hin und her und glichen einer Schar ausgelassener Lausbuben.

Wir saßen uns gegenüber. Die Tatarin war merkwürdig erregt.

„Was ist mit dir, Faymé, du willst mir etwas sagen?"

„Ja, Peter, es fällt mir aber so unendlich schwer, und doch muß ich es dir sagen. Mein Leben hängt davon ab."

„Aber Kind, was ist denn? Komm doch zu mir, ich will dir die Hände küssen, sie haben mich immer so lieb gestreichelt, und in den letzten Tagen wollen sie es nicht mehr; warum nicht?"

„Ich fühle, ich bin jetzt überflüssig. Du wirst von den andern Frauen gehegt und gepflegt, ich verstehe von all dem nichts, sehe zu und stehe nur im Wege. Muß ich wirklich gehen, ja, muß ich?" Zwei dicke Tränen, Tränen eines Kindes, blinkten zwischen ihren Wimpern.

Rasch war ich bei ihr und nahm sie auf den Schoß. Ich konnte nichts sagen, ich mußte immer lächeln und küßte ihr erschüttert die traurigen Augen.

„Seit du deine Sachen hier hast, deine Anzüge, Möbel und alles andere, bist du für mich ein anderer Mensch. Ich kannte dich ja nur in dem einfachen Anzug, der dir nicht paßte, aber du warst damals eben ‚mein Peter'. Jetzt siehst du so ganz anders aus. Du gehörst nicht zu uns. Deine Kleider, Wäsche, Schuhe sind mir fremd, sie sind schön, sehr schön, alles gefällt mir auch so gut an dir, und du selbst bist viel, viel schöner dadurch geworden, aber ..."

Ihre kleine Hand hielt bald den einen bald den andern Finger meiner Hand.

„Nächtelang saß ich auf einer Kiste neben deinem Bett. Ich konnte mit dir reden, so lange ich wollte, wenn du mich damals auch nicht verstanden hast. Ich durfte den schwachen Schlag deines Herzens mit meinem Ohr wahrnehmen. Wenn ich ermattet einschlief, so hörte doch mein Ohr jeden deiner Atemzüge, und mein erster Blick beim Erwachen fiel auf dich, gleich, ob es Tag oder Nacht war. Und jetzt . . . jetzt ist alles anders. Ich muß wieder wie früher nach Hause gehen und darf dich nur besuchen kommen. Ich habe mein Versprechen gehalten, Peter, keinen habe ich zu dir herangelassen, immer . . . immer war ich bei dir."

Eine heiße Träne nach der andern fiel mir in die Hände, aber es kam kein Laut mehr über ihre blassen Lippen. Fragend und suchend klammerten sich ihre Augen an die meinen.

„Du sollst immer bei mir bleiben, Faymé. Du darfst nicht mehr von mir gehen, nie . . . nie mehr im Leben."

„Ist das . . . wahr, Peter . . ., für ewig soll ich bleiben . . . bei dir . . . für ewig . . .?"

„Ja, es ist wahr . . . für ewig bleibst du jetzt bei mir!"

Tiefbewegt küßte ich Faymé die Tränen von den Wangen, das über alles geliebte Antlitz, ihre Augen, das Haar, die kleinen Hände. Sie lächelte verlegen, ab und zu kam ein Schluchzen, ein leises Stöhnen aus dem geöffneten, verweinten Mund.

„Wenn Schwester Anna fortgefahren sein wird und ich wieder gesund bin, so wie früher, dann hole ich dich, aber sofort, ja?"

„Ja, Peter, dann komme ich wieder zu dir."

*

Ich trete hinaus in den Sommer.

Die Gärten, die Bäume, Sträucher, in der Ferne die Wiesen, alles ist grün geworden. Ich bleibe stehen. Irgend etwas klingt in mir wie ein schwermütiges Lied in Moll.

Zaghaft, mit geheimer Angst gehe ich zu meinen Kameraden. Doch umsonst spähe ich durch den hohen Stacheldrahtzaun, nicht eine Menschenseele ist dort zu sehen. Die Wachtposten sind verschwunden, die Erdlöcher sind alle zugeschüttet.

Sind sie alle tot, die letzten viertausend?

Ich habe doch für sie . . .

Ich gehe nach dem Polizeigebäude, zu Iwan Iwanowitsch.

Er strahlt vor Freude über mein Kommen und läßt alles liegen und ich muß sogar in seinem Sessel Platz nehmen.

„Wo sind die Gefangenen hin, Iwan . . . ?" Und ich warte ängstlich auf die Antwort.

„Der Kommandant hat sich das Leben genommen, es ist nicht schade darum. Ein neuer ist inzwischen nach Nikitino gekommen, ein alter General, ein Mann von durchgebildeter Kultur. Ich habe die kurzen Anordnungen des alten Kommandanten, die er vor dem Tode, aus Reue, mit unsicherer Hand geschrieben hat, genau befolgt, ich bin sogar noch weiter gegangen. Die Kranken sind abgesondert worden, die Gesunden befinden sich in der leeren Schnapsbrennerei. Seit über acht Tagen ist keiner mehr gestorben. Es war so leicht, ihnen zu helfen! Der Veterinär, das Rindvieh, ist stolz auf seinen Erfolg, denn es ist sicherlich sein allererster im Leben. Ich, ein Offizier unter dem Zarenadler, habe gezeigt, daß unser Land kein Barbarenland ist! Die Männer haben alle die ihnen bis jetzt vorenthaltene Löhnung ausgezahlt bekommen, es geht ihnen soweit ganz gut. Aber, Fedja, du darfst deine Kameraden nicht mehr sprechen. Befehl aus Petersburg, ich kann nichts machen. Willst du sie sehen, ja? Na, dann geh! Du wirst dich freuen!"

Die Schnapsbrennerei war ein geräumiges Gebäude, aus Backsteinen sehr solide gebaut. Die dort stationierten Gefangenen hatten reichlich Platz. Der ganze Komplex war mit einem Zaun aus Drahtverhau umspannt.

In dem riesigen, mit Steinpflaster ausgelegten Hof, standen Männer in feldgrauen Uniformen. Sie waren sauber, wenn auch abgetragen. Die Gesichter waren gewaschen und zeugten von einer leidlichen Ernährung. In einer Hofecke wurde Karten gespielt und laute, fröhliche Stimmen klangen zu mir herüber.

„Vielleicht beobachtet er sie aus der Ferne, freut sich im stillen und will keinen Dank von ihnen hören . . ."

Worte, die Faymé mir einst sagte, klangen in meinem Innern. Heute konnte ich sie verstehen. Meine Hand berührte den Stacheldraht . . . Ich blickte meinen Kameraden lange zu . . .

*

Und wieder ist Sonntagvormittag.

Die Tore der früheren Schnapsbrennerei öffnen sich. Die Wachtposten salutieren. Der General, der Hauptmann und ich gehen ins Gefangenenlager zum „großen Appell". Ich soll meinen Kameraden die Befehle des Generals übersetzen.

Im Hof stehen die Mannschaften in Reih und Glied, vorn die Chargen.

„Achtung! Stillgestanden!" ertönt die schnarrende Stimme des deutschen Feldwebels; die Reihen nehmen straffe Haltung an, beide Seiten salutieren.

„Kameraden! Ich habe Ihnen den neuen Lagerkommandanten vorzustellen, Seine Exellenz General Protopopoff!"

Der General hält lange seine Rechte an der Mütze, und diese Ehrenbezeigung beweist seine Achtung den Gefangenen gegenüber. Die Augen der Mannschaften blicken uns an.

„Bitte, übersetzen Sie Ihren Kameraden folgendes: Ich habe die Pflicht zu erfüllen, Sie alle bis ans Kriegsende in diesem Internierungslager überwachen zu lassen. Ich habe die Pflicht, euch allen das zukommen zu lassen, was euch zusteht an Löhnung, Lebensmitteln, Unterkunft und Behandlung. Es ist aber auch die Pflicht eines Vorgesetzten, von euch allen, ohne die geringste Ausnahme, strengste Disziplin und genaueste Befolgung meiner sämtlichen Anweisungen und Befehle zu verlangen. Ich werde mit den strengsten Strafen gegen diejenigen vorgehen, die sich mir widersetzen oder ihre Kameraden gegen meine Anordnungen aufhetzen oder versuchen, es zu tun. Bitte!"

Ich übersetze es. Unbeweglich stehen die Männer.

„Diese scharfen Maßnahmen", fährt der General fort, „sind durch die Tatsache bedingt, daß in der Stadt kein Arzt vorhanden ist! Medikamente oder sonst irgendwelche Mittel zur Bekämpfung von Epidemien sind kaum vorhanden! Alles ist angefordert, aber es ist noch nicht da. Das Städtchen, in dem Sie sich befinden, ist arm, die Bevölkerung lebt kärglich unter den schwersten klimatischen Bedingungen, weit von der Zivilisation, weit von der nächsten Eisenbahnstrecke entfernt. Der Krieg hat das gesamte Land erschüttert, die Organisation der einzelnen Ressorts ist schwierig, das Land ist groß, deshalb entstehen für uns alle unliebsamen Verzögerungen. Wir müssen mit allem Geduld haben, wir alle müssen uns fügen, Sie wie ich! Seien Sie mit Ihrer Gesundheit stets auf der Hut, denn nichts darf Ihnen wertvoller sein als die Selbsterhaltung, nichts wird peinlicher kontrolliert als der sanitäre Zustand im Lager. Durch Unachtsamkeit, Unsauberkeit und Schmutz entstehen Seuchen, die wir alle hier nicht bekämpfen können! Schärfen Sie sich das ganz besonders ein! Unterlassen Sie es, so wird jeder von Ihnen ein Mörder seiner eigenen Kameraden sein. Mord wird mit Zuchthaus bestraft! Ich kenne keine Rücksicht und nicht die geringste Nachsicht mit demjenigen, der sich nach dieser Richtung hin gehen läßt. Es gibt nur eine Vergeltung für solche Subjekte – Tod gegen Tod!"

Ich übersetze.

„Ich habe mir berichten lassen von den früheren Zuständen im Lager. Ich habe mir die Listen der Verstorbenen vorlegen lassen. Das sagt mehr als alle Schilderungen Ihrer Qualen. Polizeihauptmann Lapuschin hat das Schlimmste, so gut es ging, beseitigt, ich werde dafür sorgen, daß solche menschenunwürdigen Zustände, solange ich Ihr Lagerkommandant bin, nicht wieder eintreten! Ich will euch gefangenen Soldaten zeigen, daß Rußland kein Land ist, in dem nur Barbaren wohnen, und ich will Ihnen ferner beweisen, daß sich ein russischer Offizier, der mit Stolz dem erhabenen Zarenadler dient, seiner Pflichten als Mensch und als Vorgesetzter den gefangenen Kameraden gegenüber voll bewußt ist. Es wird mein Bestreben sein, Ihnen allen Rußland nicht als einen Staat der Mörder und Menschenschinder in Erinnerung zurückzulassen! Ich verlange aber auch von jedem einzelnen Einsicht und straffste Disziplin! Ich selbst werde alles kontrollieren, euer Essen, Unterkunft und alles, was um euch herum ist. Ich will anschließend sehen, wie ihr untergebracht seid. Bitte, übersetzen Sie."

„Rühren!" schnarrt dann die Stimme des Feldwebels.

Der General, der Polizeihauptmann und ich gehen in Begleitung des Feldwebels durch jeden Schlafsaal.

Die Holzpritschen haben sauberes Stroh, darüber sind Decken aus alten Uniformen gelegt, Tische und Stühle stehen akkurat geordnet, der Fußboden ist gefegt. An der Decke hängen Petroleumlampen. Dem General entgeht nichts.

Wir sind wieder auf dem Hof angelangt. Ein scharfes Kommando, und die Reihen straffen sich.

„Ich verlange von dem Lagerältesten täglich genauen Bericht. Nichts soll ausgelassen werden, nicht eine einzige Kleinigkeit. Ich wünsche, daß es genau befolgt wird!"

Ich übersetze es dem Feldwebel.

„Er soll Lagerältester sein. Sagen Sie es ihm bitte."

„Zu Befehl, Euer Exzellenz!" Mein Landsmann ist sichtlich erfreut. Die Hacken fliegen zusammen, er salutiert.

Der ergraute General nähert sich ihm und mustert ihn schweigend. Er zeigt nach dem Eisernen Kreuz erster Klasse, dann legt er ihm seine Linke wohlwollend auf die Schulter und reicht ihm die andere Hand, die der Feldwebel mit festem Druck ergreift.

„Nicht Feinde, Feldwebel. Alle schwer, Sie, ich!"

„Gut, gut!" Diese Worte, den einzigen Wortschatz der deutschen Sprache, bringt Iwan Iwanowitsch jetzt hervor und reicht ebenfalls dem Feldwebel die Hand.

„Kameraden!" sage ich. „Ich werde es mir zur allergrößten Pflicht machen, für euch nach besten Kräften zu sorgen! Möge Gott uns ein Wiedersehen mit unserer geliebten Heimat schenken!"

Ein scharfes Kommando. Die Reihen stehen salutierend da, bis wir drei den Hof verlassen haben.

*

Von meiner Krankheit erhole ich mich zusehends. Die gute Kost und die sachgemäße Pflege der Rote-Kreuz-Schwester war für mich jetzt das Wesentlichste. Alle meine Lieblingsspeisen kochte die Köchin, ich brauchte nur einen Wunsch zu äußern, und er war erfüllt. Ich saß an einem gut gedeckten Tisch, mit anständigem Geschirr und leckeren Speisen. Mit einer unbeschreiblichen Wonne zog ich jeden Tag frische Wäsche an. Meine Anzüge, Schuhe, Hemden, Krawatten gefielen mir noch nie so gut wie jetzt, nach Monaten der Entbehrungen. Was früher für mich eine Selbstverständlichkeit war, bedeutete heute für mich eine große Freude.

Die Sonne brannte jetzt. Ich schwamm in dem breiten Fluß. Faymé konnte sich nicht dazu entschließen, sie schämte sich, mit mir zu baden. Die Sonnenbäder, eine ungekannte Kur in Sibirien, bräunten und machten mich wieder kräftig. Umgeben von liebevollen Menschen, war ich in kurzer Zeit wiederhergestellt. Nur noch die wenigen grauen Haare erinnerten mich an die Stunden meiner Verzweiflung und Krankheit.

*

Es war Mitte Juli geworden.

„Das Gymnasium für fünfhundert Schüler wird gebaut!"

Diese Worte gingen von Mund zu Mund. Das kleine Städtchen Nikitino war in Aufruhr. Es kam Leben und Treiben in die verlassene, verlorene Gegend. Alle Bewohner waren stolz, denn sie taten jetzt schon wichtig damit. „Nikitino soll für die weiteste Umgebung ein Zentrum der Zivilisation werden."

Fast alle Kriegsgefangenen und etwa dreihundert Sträflinge wurden für den Bau herangezogen. Die Bauarbeiter waren schon angelangt, der Leiter aller Arbeiten war ein Deutsch-Balte, ein Baumeister aus Riga. Da meine Wohnung für mich reichlich groß war, wohnte er bei mir. Er stellte sich bald freundschaftlich zu mir. Auf seine Veranlassung bekam ich die gesamte Aufsicht über die Holzbearbeitungsmaschinen. Einem Hungrigen gleich stürzte ich mich auf diese Aufgabe. Ich war ausgelassen und glücklich.

Morgens, kaum daß die Sonne sich über dem Horizont erhob, eilte ich zur Arbeit. Bis in den sinkenden Abend weilte ich unter den Maschinen und Menschen. Im Walde aß ich meine Mahlzeiten. Ich führte oft die Sägen selbst, denn es fehlte an geschultem Personal. Der Schweiß rann in Bächen, aber die Müdigkeit konnte meiner nicht Herr werden. So ging es tagein, tagaus, ob die Sonne erbarmungslos brannte, oder ob es in Strömen regnete. So lernte ich wieder das Lachen.

Tag und Nacht sägten sich die Maschinen immer tiefer und tiefer in den Wald hinein. Unaufhörlich fielen Bäume für Bretter und das nötige Baumaterial. Der Wald stöhnte und ächzte, sein jahrtausendelanger Schlaf war plötzlich gestört.

Der Bau wuchs mit unheimlicher Schnelligkeit, und die Neugierigen staunten nur noch über die arbeitenden Menschen und über die kreischenden, sägenden, schneidenden Maschinen.

Die Sträflinge, gewohnt an stumpfsinnige, unproduktive Arbeit, hantierten an den Baumstämmen mit sichtlichem Vergnügen. Ihr Essen war glänzend und die Behandlung gut. Dafür hatte der Baumeister gesorgt. Wehe dem Wächter, der nach alter Gewohnheit die Gefangenen zu schlagen drohte, er hörte dann von dem Balten kräftige Worte und sah nicht mißzuverstehende Handbewegungen. Nicht einmal der Polizeihauptmann wagte, dem Baumeister zu widersprechen.

Inzwischen kamen nach Nikitino eine Unmenge Zuschriften und Beitrittserklärungen. Das Schulbüro arbeitete genau so fieberhaft wie die Männer am Bau. Entlegenste Ortschaften, kleine Dörfer meldeten ihre Kinder an und begrüßten die Errichtung der Schule. Aus dem Chaos von Steinen, Balken und Brettern erstand der imposante zweistöckige Bau. Mit seinen vielen Fenstern schaute er erstaunt auf die um ihn liegende Wildnis. Er war ein Kind der Kultur, des Fortschritts, um ihn herum aber war alles grau, klein und primitiv.

In glücklichster Stimmung kehrte ich eines Abends von der Arbeit nach Hause. Faymé hatte mich abgeholt. Ich war durch das Arbeiten an den Maschinen schmutzig und voll Öl. Vor meinem Hause stand wieder einmal Lopatin Posten. Durch militärisches Straffen begrüßte er mich; das fand er seit meiner Genesung für unbedingt angebracht.

„Du sagtest mir vor längerer Zeit, als wir von Iwdjel nach Nikitino marschierten, mein Lieber, du hättest eine Braut, die du heiraten wolltest. Will sie nicht bei mir arbeiten? Ich gebe ihr ein gutes Gehalt, zu essen und zu trinken, und wohnen kann sie bei mir. Meist stehst du bei mir auf Posten, Ignatjeff ist nicht mehr da, auch schnarchen kannst du jetzt öfters. Ich werde dich nicht mehr wecken, vielleicht macht es dann aber deine Olga?"

Das Gesicht des Soldaten wurde rot wie eine Mohnblume.

„Das wäre ja wunderschön, Barin wann . . .?"

„Morgen kann Olga kommen. Ich gebe ihr Geld, sie soll sich auch hübsche Sachen kaufen, um dir noch mehr zu gefallen, und dann wollen wir sehen, Lopatin. Du brauchst mich ja jetzt nicht mehr zu erschießen, weißt du noch . . .?"

„Peterlein! Dein heißes Wasser ist fertig", rief Faymé, die inzwischen vorangegangen war, aus dem Fenster.

„Ich komme, mein Liebling!"

Ein beherzter Schlag dem Soldaten auf die Schulter, und in langen Sprüngen eilte ich die Treppe hinauf.

Es kam der Tag der Einweihung.

Die ganze Bevölkerung von Nikitino war versammelt, die gesamte Geistlichkeit, Polizei und Militär. Feierlich wurde das Schulgebäude getauft. Das festlich gekleidete Volk sang Hymnen und alle waren sichtlich gerührt. Sogar die Obrigkeit aus Omsk war vertreten. Die neuen Lehrerinnen und Lehrer, von allen angestaunt, sollten nun im kommenden Schuljahr zeigen, ob sich unsere Arbeit gelohnt hat.

Nach der Einweihung sollte ein großes Festessen in den Räumen der Schule stattfinden.

„Du sitzt neben mir“, flüsterte mir der glückliche Iwan Iwanowitsch zu, nachdem er sich wie ein Walroß durch die Menge zu mir Bahn gebrochen hatte. Auf seiner Brust hing deutlich und weit sichtbar für alle der Orden. Er strahlte wie eine kleine Sonne. Sonne war auch im Herzen des Mannes.

„Ich danke dir, Iwan, aber ich gehöre nicht da hinein.“

„Du bist wahnsinnig, Kröger. Ich will sogar in der Festrede sagen, du wärst eigentlich der Urheber der ganzen Sache. Seit ich den Orden habe und die Gehaltserhöhung schriftlich in der Tasche, kann es mir ja gleich sein.“

Freundschaftlich klopfte ich dem Hauptmann auf die Schulter und ging. Faymé wartete auf mich.

*

Der Baumeister des Gymnasiums war abgereist. Schwester Anna kehrte ebenfalls nach Petersburg zurück. Nur die Köchin Natascha blieb bei mir. Sie war mir treu und ergeben, wie sie es meinen Eltern war, die jetzt die Erlaubnis bekommen hatten, in die deutsche Heimat abzureisen. Dort wollten sie den Krieg und sein Ende abwarten, in der Hoffnung, alles Verlorene dann mit der Zeit wieder zurückzuerarbeiten.

Zu meiner Verfügung standen zwanzigtausend Rubel und einige wertvolle Schmuckstücke, die ich von zu Hause bekommen hatte.

Nun fehlte nur noch eines zu meinem Glück: Faymé.

Jetzt durfte ich mein Versprechen einlösen.

Nicht, wie gesetzte, vernünftige Männer in meinem Alter den Hauseingang benutzen, nein, wie ein übermütiger Junge, der seinem Tun jetzt keine Schranken mehr aufzuerlegen braucht, schwang ich mich auf das Fensterbrett und stand in Faymés Zimmer.

Es war leer, peinlich sauber aufgeräumt, die Sachen alle auf den gewohnten Plätzen. In der Ecke stand das Bett mit blendend weißen Bezügen. Auf den vielen Kissen lag mein hellgrauer Sommerrock; mit ihm in den Armen schlief Faymé oft ein. Ein weißer Schrank, ein kleiner Spiegel, helle Gardinen mit vielen kleinen, bunten Blümchenmustern. Überall standen Blumen. Es waren Sträußchen, die ich mit Faymé gepflückt hatte. Sonne flutete herein, alles war hier voll Licht, alles strahlte und leuchtete. Nur ein glücklicher Mensch konnte in diesem Zimmer wohnen. Auf dem kleinen Hocker lagen Kleider und andere Sachen zurechtgelegt, als warteten sie schon seit Tagen darauf, daß der hier Wohnende jeden Augenblick abgeholt würde.

Ich wußte, Faymé wartete auf mich ...

Die Tür ging auf. Ich versteckte mich schnell hinter dem Schrank.

„Huhu ...“, machte ich.

„Diesen Räuber, den werde ich gleich haben!“ Ich höre das Mädchen lachen, und schon lugt sie hinter den Schrank.

„Ich bin gekommen, dich abzuholen!“

„Ja?! ... Ist es wahr, Peterlein?!“

Schon halte ich sie auf den Armen. Ein Griff nach den zurechtgelegten Sachen, von denen ein Teil zu Boden fällt, doch wir kümmern uns nicht darum. Ich öffne die Tür und gehe aus dem sonnigen Zimmer. Ali begegnet mir. Er kommt auf mich zu, doch ich kann ihm nur übermütig entgegenlachen.

„Sie entführen also doch unsere Faymé? Dann soll es eben so sein ...“

Der Bruder hat plötzlich mit beiden Händen Faymés Rechte ergriffen und sie geküßt. Um seine Züge spielt wieder das wundersame Lächeln, aber diesmal ist es mit Trauer gepaart.

„Du gehst von uns fort, Faymé . . . wir bleiben zurück . . .“

Menschen begegnen uns auf der Straße. Sie lachen uns an, wir lachen wieder.

Auf meinem Eßzimmertisch setze ich Faymé nieder, daneben liegen ihre Kleider.

„Ich bin ja so glücklich, so glücklich! . . . Du hast mich geholt . . . ich bleibe bei dir, für immer, für ewig . . .“

Ein gut zubereitetes Abendbrot, ein schön gedeckter Tisch, funkelnder Wein in dünnen Gläsern und eine duftende Zigarette.

Die treue Natascha, die sich um alles im Haushalte bekümmerte, ist schlafen gegangen. Ich bin mit Faymé allein.

Im Wohnzimmer setze ich mich bequem aufs Sofa, Faymé in einen Sessel. Auf dem kleinen Tisch stehen Gläser, eine Flasche Wein, Näschereien und die Rosenholzschachtel mit Zigaretten.

„Ich spiele dir etwas auf der Laute vor, willst du?“

„Ja, sehr gern, Faymé.“

Ich hole ihre Laute. Das Mädchen setzt sich auf den Fußboden, auf die vielen Kissen. Die melodische, etwas tiefe Stimme erklingt. Sie paßt zu dem alt tatarischen Instrument. Beide scheinen etwas Gemeinsames zu haben. Die kleinen Hände gleiten behend über die Saiten, der Kopf neigt sich etwas auf die Schulter, und halblaut singt Faymé:

„Es lebten einmal zwölf Räuber,
Es lebte der Ataman Kudejar . . .“

Dann singt die Tatarin ein anderes Lied.

Ein Held der russischen Sage ersteht im Geiste vor mir. Es ist der ungebändigte Steppenkosak Stenka Rasin, kräftig und blond. Er durchstreift mit seinen Räuberbanden Sibirien und erbeutet große Reichtümer. Doch seine schönste Beute ist die tatarische Prinzessin. Der wilde, zügellose Geselle, der Tod und Teufel nicht fürchtet, liebt die Prinzessin mit seiner ganzen Hemmungslosigkeit. Er will nicht mehr morden, plündern und niederbrennen, er will von nun ab nur für seine Liebe leben. Seine wilden Kumpane merken jedoch seine Wandlung und bedrohen den Schwankenden. Um sein teuerstes Gut nicht in der Gewalt der Rohlinge zu sehen, ersticht er mit eigenen Händen die Prinzessin in der Liebesnacht und wirft sie in die Mutter Wolga, als sein kostbarstes Geschenk.

Das Lied ist beendet ...

Ich hebe Faymé von den Kissen hoch. Die Laute fällt achtlos auf den Boden.

Ich hole eine Flasche Sekt; ich hatte Sehnsucht danach.

„Gib mir auch einen kleinen Schluck, Peter, ich möchte gern wissen, wie es schmeckt."

Ein kleiner Schluck, noch einer – und das dünne Glas ist schon leer.

„Ach, bitte, noch etwas, es schmeckt so süß, so lustig."

Auch das zweite Glas ist schnell geleert, und bald ist auch die Flasche ausgetrunken. Faymé spricht jetzt sehr viel und lacht auch öfters; sie will noch mehr von dem Sekt trinken. Der Kork schnellt in die Höhe, der übermütige Schaum wird von dem Mädchen in den Händen aufgefangen, wir beide trinken ihn aus der Schale ihrer Hände. Von dem Tisch will Faymé Näschereien nehmen, aber sie erwischt immer eine andere, als sie eigentlich wollte, und lacht dabei. Auf ihren sonst so flinken Füßchen kann sie auch nicht mehr stehen, sie lacht über sich selbst, ihre Augen aber sind übermütig und schalkhaft geworden.

„Ich bleibe jetzt bei dir, Peter, Peterchen, Peterlein, und deshalb bin ich so glücklich", flüstert das Mädchen.

Sie umklammert mich, sie wirft ihren Kopf zurück, sie bietet mir ihre Lippen. Das Kleid mit den tiefen Ausschnitten gleitet ihr von der Schulter und meine ungeduldige Hand faßt danach –

Ihre Lippen sind halb geöffnet. Sie sind heiß und schön.

Faymé und ich, wir hatten in vollen Zügen Sekt getrunken ...

Die Nacht wird heller, der Morgen graut, die ersten Sonnenstrahlen stehlen sich durch die dichten Vorhänge hindurch.

Neben mir liegt das Mädchen. Ihre Augen haben einen übernatürlichen Glanz. Ich streife ihr einen Brillantring auf den Finger.

„Jetzt bist du meine Frau . . ."

„Ja, Peter . . . für ewig deine Frau . . ."

Dann schlafen wir ein.

Gerichtsverhandlung in Omsk

Es kam der Befehl aus Omsk – Ignatjeff wurde abgeurteilt –, ich sollte meine Aussage vor Gericht persönlich machen.

„Faymé, wir fahren morgen in aller Frühe nach Omsk."

„Aber, Peter, wir müssen uns doch erst vorbereiten, zu essen und zu trinken mitnehmen, so schnell geht das nicht."

„Na schön, nimm eine Kleinigkeit mit, wir werden unterwegs sicherlich nicht verhungern."

„Was soll ich denn alles mitnehmen? Ich weiß gar nicht, wie man sich auf einer Reise benimmt! Es ist doch so eine weite Reise!"

„Nichts sollst du mitnehmen, Kind, nur ein einziges Kleid, das du gerade anhast, einige meiner Sachen und unsere Toilettengegenstände."

Am anderen Morgen, um sechs Uhr, stand vor dem Hause das Dreigespann – die Troika. Kleine zottige sibirische Pferdchen vor einen Tarantas gespannt. Es ist für uns Europäer ein sonderbares Gefährt. Vier völlig gleichmäßige, etwa einen Meter hohe Räder, sind durch Achsen verbunden. Von der Vorder- zur Hinterachse führen etwa drei Meter lange Stangen. Auf diesen Längsträgern ist in der Mitte ein großer, länglicher Korb befestigt, der mit Heu gefüllt wird. Dort nehmen die Insassen Platz. Hinter dem Korb, auf den Längsstangen, wird das Gepäck aufgeschnallt. Die Federung, wenn bei solch einem Gefährt überhaupt noch von einer solchen gesprochen werden kann, besteht lediglich in der Länge der Stangen, die von einer Achse zur anderen führen. Nach einer Fahrt von einigen Stunden über die überall gleich schlechten Straßen ist man gerädert. Auf dem sehr primitiven Kutschbock sitzt der Jamschtschik*). Er hat die kleinen Pferdchen kaum zu lenken, denn sie traben von

* Kutscher.

allein, unermüdlich, immer im gleichen Tempo die endlose Straße entlang.

Die Gebrüder Islamkuloff, die Köchin Natascha, das Stubenmädchen Olga, mein Wirt, seine Frau und noch einige Neugierige aus der Nachbarschaft waren versammelt.

„Eeeej . . .!" ertönte der ermunternde Ruf des Jamschtschik, die Pferdchen zogen an, Händeschütteln und Winken, und in hurtigem Trab ging es zum Städtchen hinaus. Hinter der Troika ritten zwei bewaffnete Soldaten, meine Begleitung, Unteroffizier Lopatin und sein Vetter Kusmitscheff.

Nach einigen Stunden unermüdlichen Fahrens machten wir die erste Rast. An der Wegkreuzung stand eine kleine Kapelle, in ihr waren Gottesbilder. Die Männer bekreuzigten sich.

„Dort, wo die Wege sich schneiden, bilden sie ein Kreuz", erklärte uns der Jamschtschik, „an diesen Stellen rasten die Wanderer und Pilger, die ins Heilige Land gehen. Für uns andere ist dieses Kreuz das unvergängliche Symbol für die ewige Gnade Gottes."

Die Männer zogen ihre dicken Mützen ab, die sie auch im Sommer trugen, verbeugten sich tief und bekreuzigten sich, indem sie in breiten, ruhigen Bewegungen die Stirn, die Brust, die rechte und linke Schulter mit den drei ersten Fingern berührten.

„Allmächtiger Gott, behüte und beschütze uns."

Während die Pferdchen am Waldrand sich hinlegten, Gras und Moos kauten, nahmen wir alle einen kleinen Imbiß ein.

Um uns herum stand die schweigende Taigá.

Gegen Abend kamen wir in das Dorf Sakoulok, dort mußten wir alle übernachten. Am Rande des Dörfchens lief munter und lustig plätschernd ein kleiner Fluß; sein Wasser war klar wie ein Kristall.

Die wenigen Bewohner kamen uns entgegengelaufen und starrten uns mit offenem Munde an. In ihren Augen stand deutlich die Angst, als sie die bewaffneten Soldaten sahen.

Faymé und ich dehnten die steif gewordenen Glieder und gingen ins Gasthaus.

Ein winziges Stübchen mit der nie fehlenden „roten Ecke“, primitive Holzbänke und Tische; irgendwo surrte der ewige Samowar.

„Der Barin kann mit seiner Frau in meinem Ehebett schlafen“, meinte der kleine, bärtige Wirt.

„Nein, mein Lieber, das will ich nicht. Ich schlafe mit meiner Frau bei dir auf dem Heuboden. Dort schläft es sich am besten.“

Verdutzt über die Ablehnung stand der Mann ratlos da, denn sein Vorschlag bedeutete die größte Ehre, die ein Gastgeber seinem Gast nur erweisen kann. Ich konnte nur lächeln, ich wußte Bescheid, mit welcher himmlischen Wonne Faymé und mich die lieben Wänzchen attackiert hätten.

„Mach uns aber inzwischen etwas Gutes zu essen, was du gerade hast. Die Soldaten und der Jamschtschik essen auch kräftig mit, wir haben alle einen Wolfshunger mitgebracht.“

Inzwischen zog ich meinen Badeanzug an und schwamm vergnügt in dem Flüßchen umher.

„Barin“, meinte der Soldat, „schwimmen Sie aber nicht zu weit weg, Iwan Iwanowitsch hat mir alles so eingeschärft, daß ich bis an mein Lebensende daran denken werde.“

„Schon gut, schon gut, Lopatin, ich kneife dir nicht aus. Oder denkst du, ich werde meine Frau allein lassen, so eine schöne, gute Frau?“

„Nein, das glaube ich nicht“, sagte erfreut Lopatin und schielte zur lachenden Faymé hinüber, „aber Iwan Iwanowitsch hat es doch gesagt.“

Bis zum Sonnenuntergang saß ich mit Faymé an dem munteren kleinen Fluß, wir sagten einander abendliche, schöne Worte. Die Soldaten ließen mich nicht aus den Augen; ihre Hände schienen mit dem scharf geladenen Gewehr, mit dem aufgepflanzten Bajonett, verwachsen zu sein.

Das Nachtlager auf dem Heuboden war luftig und weich. Vereinzelte Stimmen klangen zu uns herüber, dann verstummten sie. Verschlafen krähten irgendwo Hähne, ein Hund heulte traurig in der Ferne, vor der Scheunentür pendelte der schlaftrunkene Wachtposten auf und ab. Endlich fielen auch Faymés Augen zu, ein Lächeln, und sie schlief.

Die ersten Sonnenstrahlen des neuen Morgens weckten mich. Mit nacktem Oberkörper wusch ich mich vor dem „Grand-Hotel". Der Wirt goß mir höchst eigenhändig aus einem hölzernen Kübel Wasser über die Hände. Für das peinliche Rasieren und Waschen hatte er augenscheinlich nicht viel Verständnis.

Kaum war ich fertig, wurde Faymé geweckt. Noch völlig schlaftrunken lächelte sie mir glücklich entgegen. Sie tat es jeden Morgen, ob draußen Sonnenschein oder Regen war.

Schnell wird gefrühstückt, neue Vorräte mitgenommen, ein gutes Trinkgeld dem Wirt, und die Fahrt geht weiter. Aus der Ferne sehe ich meinen Hotelier erleichtert aufatmen: die bewaffneten Soldaten und ich, wir waren für ihn doch recht unheimliche Leute.

Gegen Abend des dritten Tages sind wir endlich an der Bahnstation.

Ein kleines Gebäude aus kaum gehobelten Stämmen, eine beachtliche Gruppe von Hütten darum, ein paar Ziehbrunnen, neugierige Menschen mit offenem Munde. Hier ist der Anfang und das Ende der Kultur. Es gibt hier eine ehrfurchtgebietende Uhr, und danach richten sich die Menschen und Züge. Sie ist der erste und letzte Anhaltspunkt, alles andere ist zeitlos. In großen Lettern auf weißem, stark verrostetem Schild über der Eingangstür des Bahnhofs steht „Jwdjel".

Auf dem Gleis wartet die abfahrtbereite Lokomotive, hinter ihr die wenigen Wagen. Dort, wo das Gleis aufhört, steht unmittelbar dicht dahinter der Wald. Es ist also wirklich eine Endstation. Ich hatte sie schon einmal gesehen, als ich noch Sträfling war und mich hier Lopatin in Empfang nahm.

Dienstbeflissen geleitet der Bahnbeamte uns in ein Abteil erster Klasse. Dichter hinter uns folgt die Menge, um weiter und möglichst auch durch die Fenster zu gaffen. Ein Posten stellt sich sofort vor die Tür, und kaum einige Stunden später ertönt das dreimalige Klingelzeichen, dann die Trillerpfeife des Zugführers, und die hier sonderbar anmutende Errungenschaft einer fernen Kultur setzt sich langsam pustend in Bewegung.

Stunde um Stunde fährt der Zug. Wald, Wald immer der nie endende Urwald.

„Europa – Asien.“ Das verwitterte Schild im Herzen des wilden Ural grüßt mich wieder. Ich verscheuche die düsteren Gedanken an die Vergangenheit. Wie ein Kind suche ich Zuflucht bei Faymé.

Nach anderthalb Tagen sind wir in Perm, hier steigen wir um auf die transsibirische Eisenbahn und es geht dann wieder nach Osten, zurück über den Ural; nach weiteren zwei Tagen sind wir in Omsk angelangt. Vom Bahnhof werde ich ins Hotel gebracht. Wir marschieren durch die Stadt.

Das Gesicht dieser Stadt ist typisch für Städte, welche einen sehr schnellen Aufstieg erlebten. Neben hohen massiven, modernen Häusern stehen alte, kleine schon baufällige Hütten. Ein reger Verkehr ist nur in den wenigen Hauptstraßen, etwas abseits ist Öde, Armut, Verfall.

Im Hotel angelangt, werde ich bald ans Telefon gerufen. Ich soll unverzüglich zur Vernehmung kommen.

Ich trete in den geräumigen Gerichtssaal ein, hinter mir, wie zwei Schatten, die beiden bewaffneten Posten. Sie müssen ihn verlassen. Der Vorgang der bereits stattgefundenen Verhandlung wird vorgelesen, meine Vernehmung beginnt. Die Augen des Staatsanwalts und der Beigeordneten richten sich neugierig, interessiert und streng auf mich. Das Militärgericht vereidigt mich. Es stellt sich jedoch heraus, daß ich, als Deutscher in Feindesland, nach dem Kriegsgesetz außerhalb sämtlicher Rechte und Statuten stehe. Der Eid ist somit ungültig. Es herrscht allgemeine Bestürzung.

Ich muß die ominöse Bescheinigung über fünfundzwanzig

Rubel und die Bestätigung der Spielschuld von hundertsechsundneunzig Rubel vorlegen. Sie gehen von einer Hand zur anderen und wieder zurück zum Staatsanwalt.

„Warum haben Sie Ignatjeff das Geld gegeben?" fragt er kurz und schneidend.

„Weil er darum gebettelt hat. Er hatte nirgends mehr Kredit, sollte wegen seiner Schulden verklagt werden und sah keinen anderen Ausweg."

„Hat er Ihnen dafür Vergünstigungen zugesagt?"

„Ja, er verpflichtete sich, meine Wohnung nie mehr durchsuchen zu lassen, er hatte es mir geschworen und versprach, mir stets dienlich zu sein."

„Haben Sie dadurch irgendwelche Vorteile gehabt?"

„Nein, im Gegenteil, Ignatjeff hat danach wiederholt meine Wohnung durchstöbert, ja, er hat sogar versucht, mich bald darauf zu erschießen, um dadurch mich und wohl alles ihn Belastende aus der Welt zu schaffen."

„Haben Sie Zeugen dieses Attentatversuches?"

„Ja. Hier ist auch die Narbe des Streifschusses." Alle beugen sich über meine Hand.

Lopatin wird hereingerufen, vereidigt und zur Sache vernommen, wobei ihn der Staatsanwalt ausdrücklich auf die Bedeutung des abgelegten Eides aufmerksam macht.

„Haben Sie die einhundert Rubel, die den Akten des Sträflings Kröger beigegeben waren, quittiert? Wann und wo war es?"

„Bei der Übernahme des Sträflings und seiner Akten, die mir der Konvoi in verschlossener Tasche an der Bahnstation Jwdjel ausgehändigt hat. Diese einhundert Rubel habe ich zwar nicht gesehen, wohl aber den üblichen, verschlossenen Briefumschlag, auf dem der Inhalt genau verzeichnet stand. Ich war nicht befugt, eine amtlich verschlossene Akte zu öffnen."

„Haben Sie dafür Zeugen?"

„Soldat Kusmitscheff war anwesend."

Der Finger des Staatsanwaltes gleitet über die Zeilen und bleibt wohl auf dem dort angeführten Namen stehen, dann fragt er weiter: „War Ihnen dabei nichts aufgefallen, eine vielleicht unbedeutende Kleinigkeit?“

„Nein. Weder der Briefumschlag, noch die Petschaft waren versehrt. Sie trugen den Stempel ‚Festung Schlüsselburg‘, und ich hätte den beschädigten Zustand des Verschlusses auch gleich pflichtgetreu gemeldet. Aufgefallen war mir lediglich der ungewöhnlich hohe Betrag. Sträflingen wird im Höchstfalle zehn Rubel ihren Akten beigefügt. Dieser Betrag stammt meist von ihren Angehörigen, oder es ist der Lohn für geleistete Arbeit.“

„Kennen Sie den Verwendungszweck dieses Geldes?“

„Ja, Herr Staatsanwalt. Im Falle der Freilassung darf der Sträfling darüber verfügen, um von sich Nachricht zu geben und es für Wohnen, Schlafen und Essen zu verwenden.“

„Ignatjeff behauptet aber, gerade diesen Geldbriefumschlag übersehen zu haben, auch wenn er dessen Empfang quittiert hat. Der Verdacht fällt also auf Sie . . .“

„Ganz ausgeschlossen, Herr Staatsanwalt!“ erwidert der brave Lopatin lauter als sonst. „Ignatjeff hat in meiner Anwesenheit jede einzelne Akte überprüft und den Inhalt der Tasche als richtig befunden. An jenem Tage aber hatte ich nur den Sträfling Kröger und seine Begleitpapiere abzuliefern!“

„Haben Sie irgendwelche Schulden?“

„Nein!“ antwortet Lopatin entrüstet.

Er wird entlassen, Kusmitscheff hereingerufen, der dasselbe unter Eid aussagt.

„Hast du gesehen“, wendet sich der Staatsanwalt an ihn, „wie Unteroffizier Lopatin den Schlüssel der Aktentasche an sich nahm?“

„Ja, Euer Hochwohlgeboren!“

„Hat jemand von euch diese Tasche unterwegs geöffnet?“

„Keiner. Unteroffizier Lopatin hatte den Schlüssel an der Schnur seines Kreuzes festgebunden und dann beides unter das Hemd geschoben. So ging er auch ins Polizeigebäude herein.“ Der Soldat muß den Geldbriefumschlag genau beschreiben und erklärt zum Schluß: „Auch die Petschaft mit dem Zarenadler war unversehrt. Auf diesen Umschlag wird bei uns ganz besonders geachtet. Auch unser Herr Hauptmann schärft es uns immer wieder ein und macht uns auf die schweren Strafen aufmerksam, wenn . . ."

„Du kannst gehen, wartest aber draußen."

Der Soldat strafft sich und atmet erleichtert auf.

„Es ist gut!" wendet sich der Staatsanwalt erneut an mich. „Sie haben in Omsk so lange zu bleiben, bis Sie von uns entlassen werden."

„Zu Befehl!"

„Sie haben über den Grund ihrer Vernehmung Stillschweigen zu bewahren."

„Ich erachte es für eine Selbstverständlichkeit!"

Ich gehe aus dem Saal. Draußen stehen meine beiden Posten, um sie herum eine Menge Neugieriger. Jetzt gaffen sie mich an. Ich werde nach dem Hotel geführt.

„Wir müssen hier einige Tage bleiben, Faymé. Das Militärgericht läßt mich noch nicht fort, vielleicht werde ich wieder vernommen. Du brauchst keine Angst um mich zu haben."

„Ist das wahr, Peter . . .? Keine Angst soll ich um dich haben?"

„Nein, nicht ein kleines bißchen, mein Kind."

Das Mittagessen auf unserem Zimmer ist kaum beendet, als die Tür von dem Posten aufgerissen wird und ein gut gekleideter Herr mittleren Alters, schon etwas behäbig, erscheint.

„Popoff ist mein Name, Herr Doktor Kröger. Ich kenne Ihren Herrn Vater sehr gut, mit dem ich manches große Geschäft abgewickelt habe. Ich bin der Direktor der Staatlichen Bergwerke von Omsk. Meine Verehrung."

„Es freut mich zu hören, daß Sie sich bei dieser gehässigen Zeit noch an einen Deutschen erinnern, Herr Popoff." Mit diesen Worten reiche ich dem Manne die Hand. „Das ist meine Frau", stelle ich Faymé vor.

„Oh, eine ganz besonders schöne und exotische Dame, Herr Kröger."

Der Mann sucht plötzlich nach Worten. „Übrigens ... bin ich zu Ihnen gekommen, um Ihnen, wenn Sie es mir gestatten ... etwas Gesellschaft zu leisten ... Der Staatsanwalt, der Sie vernommen hat, ist mein persönlicher Freund. Ich hörte von ihm, Sie würden in Omsk einige Tage bleiben müssen. Wenn wir hier auch nicht wie in Petersburg leben, so haben wir doch einige sehr bescheidene Vergnügungsmöglichkeiten. Wollen Sie sich nicht die Zeit etwas damit vertreiben? Ich möchte Sie gern einladen, Sie sollen mein Gast sein, wie ich der Ihrige oft in Petersburg gewesen bin."

„Das ist furchtbar liebenswürdig, Herr Popoff. Die Zeiten haben sich geändert, leider, und in Ihrer großzügigen Geste vergessen Sie, daß ich in Ihrem Lande jetzt keinen guten Leumund besitze. Sie bekleiden im Krieg einen derart exponierten Posten, daß Ihnen eine solche Liebenswürdigkeit nur schaden könnte. Ich wäre sehr traurig darüber."

„Ich habe daran auch schon gedacht, aber lassen Sie das meine Sorge sein. Ich möchte nur wissen, ob Sie meinen Vorschlag zurückweisen, Herr Kröger?"

„Zurückweisen? Nein, ganz im Gegenteil, ich freue mich riesig, aber ich wollte einen alten Geschäftsfreund meines Vaters nicht etwa in ein schlechtes Licht bringen."

Kaum war der Mann gegangen, als die Tür wieder aufging und ein sehr pompöser Offizier hereintrat, hinter ihm zwei Unteroffiziere mit umgeschnallten Revolvern.

„Herr Kröger, ich habe den Befehl, Ihnen zwei neue Posten zur Begleitung mitzugeben. Die anderen habe ich in die Kaserne beordert, damit sie sich erst mal tüchtig ausschlafen können."

„Ich danke Ihnen, daß Sie für meine ‚Bärenführer' in so freundlicher Weise gesorgt haben." Ich konnte ein Lächeln nicht unterdrücken. „Würden Sie mir erlauben, etwas spazierenzugehen? Ich will einige Einkäufe machen ... für meine Frau."

„Aber selbstverständlich, gern!" Der Offizier grüßt sehr elegant. Als wir uns beim Hotelausgang nochmals verabschieden, wirft er den beiden Chargen einen strengen Blick zu und geht.

Unter militärischer Bedeckung ging ich mit Faymé durch die Straßen. Die Neugierigen versperrten uns zeitweise sogar den Weg. Aber meine beiden neuen „Bärenführer“ schafften immer wieder Distanz zwischen mir und den Passanten. Dieselben Szenen spielten sich auch in den vielen Geschäften ab, die ich mit Faymé aufsuchte.

Abends kam Popoff, und wir gingen zu dritt in die Nachtlokale. Er war außerordentlich guter Laune, sorgte unermüdlich für das beste Essen und den besten Sekt. Er zahlte alles, es war ihm, er behauptete es wiederholt, eine Freude.

„Ich bin eine Tatarin, Herr Popoff, ich lebe streng nach den Gesetzen meiner Ahnen und unsere Religion verbietet uns das Trinken von Alkohol und auch das Rauchen.“

„Und ich . . . ich habe nie gern getrunken, nur zur Gesellschaft“, war meine lakonische Absage an Popoff.

„Das ist aber schade, wirklich schade, ich wollte mit Ihnen recht lustig sein, Herr Kröger, so wie ich es oft mit Ihrem Herrn Vater in Petersburg gewesen bin. Das ist mir ein großer Strich durch die Rechnung.“

„Das glaube ich Ihnen gern . . .“

Vier Tage lang war ich in Omsk, fast ständig in Begleitung des Herrn Popoff oder der neuen Soldaten. Nur in unseren Zimmern wurde ich sie alle los, obwohl ich die Tür nicht abschließen durfte.

Am Bahnsteig, kurz vor der Abfahrt des Zuges, bestürmte mich plötzlich Popoff mit allen möglichen Fragen.

„Sagen Sie, Popoff, Sie kennen doch wenigstens dem Namen nach – – –“, ich nannte ihm einige hochstehende Persönlichkeiten. „Sehen Sie, das sind Freunde meines Vaters und auch meine Freunde. Sie kennen mich alle schon sehr lange, sie wissen, wer ich bin und sie haben mich auch aus dem Zuchthause herausgeholt. Wollen Sie noch mehr? Es ist schade um das viele Geld, das Sie für mich ausgegeben haben. Sie sind übrigens auch nicht Direktor der Staatlichen Bergwerke. Mit diesen Herrn habe ausschließlich ich verhandelt. Der Herr heißt Nicolai Stepanowitsch Arbusow. Nicht wahr?! Leben Sie wohl! Grüßen Sie ...", ich zeigte nach der Stadt Omsk und nach dem Zuchthaus, das über der Stadt liegt und in dem Dostojewskij als Verbannter lebte.

Das Abteil war bis zur Decke mit Paketen vollgepfropft. In der Mitte dieses ganzen Segens saß Faymé, schweigsam und verträumt, in den Händen hielt sie den herrlichen Rosenstrauß, den ihr Popoff unter großen Komplimenten vor der Abfahrt überreicht hatte. Ihre Finger strichen über die zarten Blumen, die so herrlich dufteten. Schweigsam, ohne Freude an all den Geschenken, saß sie versunken da. Und was hatte ich ihr alles geschenkt! Gott und die Welt!

„Warum ist denn mein liebes Kind so schweigsam?"

„Ach, Peter, was sind das alles für schreckliche Menschen, die dich umgeben. Alles Feinde ... wo man nur hinsieht. Du führst einen so einsamen Kampf ... Meine Hände sind so klein und schwach ... schau sie dir an ... sie können dich nicht schützen."

„Sie geben mir aber immer wieder neuen Mut! Ist das denn gar nichts? Du kannst übrigens ganz ruhig sein, Faymé ..."

„Das ist nicht lieb von dir! Alles Unangenehme verschweigst du mir, du schonst mich und ich soll nur Freude haben! In deinem Kummer und deinen Sorgen willst du allein bleiben."

„Wenn ich dich wirklich nötig habe, deine Hilfe, dann habe ich dich stets gerufen; du weißt ja, als ich krank war! Keiner durfte bei mir sein außer dir! Warum soll ich dich mit Eventualitäten quälen, die vielleicht kommen könnten, vielleicht aber auch nicht. Ich kann dir jede Stunde sagen: ‚Faymé, ich glaube, der Himmel stürzt ein, was machen wir bloß mit dir?' Das wird uns beide nur unnütz aufreiben. Ist der Krieg zu Ende, dann wird alles gut, dann freut sich Faymé jeden Tag über den frechen Peter, und der Peter freut sich über seine schwarze Faymé, denn jeden Tag wird für uns die Sonne scheinen, bis wir alt und grau geworden sind."

Schon wurden die Augen des Mädchens fröhlicher, der schöne Blumenstrauß war von den Knien geglitten.

„Du hast selbst gehört, was Popoff gesagt hat, man rechnet bestimmt damit, daß der Krieg im Spätherbst zu Ende sein wird. Stell dir nur vor, wie schön es dann sein wird! Iwan Iwanowitsch kommt dann zu uns und sagt: ‚Sie sind vollkommen frei, Sie können machen, was Sie wollen, ja sogar nach Petersburg zurückfahren.' Wir reisen sofort ab, holen uns von zu Hause das größte und schönste Auto und fahren ins Ausland, nach dem Süden, wo es warm ist. Dann ist auch Faymé meine richtige, ganz richtige Frau. Sie fährt sogar selbst das große Auto. Alle Menschen, die dir begegnen, werden dich genau so anlachen und bewundern, wie Popoff und die vielen anderen es getan haben, werden mit dir tanzen wollen, dich beschenken. Aber Faymé wird allen genau so, wie sie es jetzt getan hat, ein Schnippchen schlagen. Während die anderen sich ärgern und auf sie warten, ist sie schon längst bei ihrem Peter."

Die schwarzen Augen leuchteten wie zwei Sonnen, sie hingen an meinem Munde, irrten über mein Gesicht und blickten mir in die Seele. Nur sie verstanden mich, keine anderen.

Die neugekauften Sachen wurden ausgepackt und bewundert, und wir waren wieder glückliche, übermütige Kinder.

Bei der nächsten Station mußte Lopatin, der wieder an der Abteiltür Posten stand, etwas zu essen holen. Mit vollgeladenen Armen, mit wichtiger, finsterer Miene kam er an und strahlte erst über das ganze Gesicht, als er im Abteil war.

„So, mein Lieber, nun setz dich auch mal hin, denn wir wollen jetzt alle essen und was Gutes dazu trinken."

Unbeholfen stellte der Bauer sein geladenes Gewehr in die Ecke, während ich ihm auf dem Polster Platz machte. Er setzte sich in die äußerste Ecke. Sein offenes, ehrliches Gesicht strahlte immer noch.

„Wissen Sie, Barin", begann er unschlüssig, „in Omsk,

als man uns nach der Kaserne beorderte, da dachte ich schon mit meinem Vetter Kusmitscheff, wir würden Sie nicht wiedersehen. Man wollte uns nach Hause schicken. Ich sagte aber, daß ich allein unter keinen Umständen nach Hause fahren würde, denn Iwan Iwanowitsch hatte es mir verboten, und Befehl ist Befehl. Das ganze Zureden half denen nichts. Ich habe meinen Kopf für mich, das wissen sie jetzt. Dann hat man uns tüchtig zu essen gegeben, aber zu trinken gab es nur Tee." Er machte eine verächtliche Bewegung. „Am nächsten Tage kam ein Herr Popoff zu uns und führte uns in ein Restaurant. Dort hat es aber tüchtig zu trinken gegeben, und bezahlt hat er auch alles. Dann holte er uns Frauen, die fingen gleich an, uns zu küssen. Da wurde ich aber wütend. Bei Gott, ich habe gebrüllt, daß man mich kaum beruhigen konnte. Ich sagte immer wieder, ich hätte zu Hause eine Braut, aber Herr Popoff redete mir ein, die Weiber in Omsk wären viel schöner. Das ist aber ganz großer Unsinn. Schließlich konnte ich mich nicht mehr beherrschen, packte die halb ausgezogenen Weiber und setzte sie vor die Tür. Dann tranken wir wieder." Lopatin schwieg, er schien mit sich zu kämpfen, denn er rutschte auf dem Polster hin und her, schließlich erhob er sich, trat auf mich zu und sagte kleinlaut, aber bestimmt:

„Barin, verraten habe ich Sie nicht und Ihre schöne, gute Frau, Popoff hätte mich kreuzigen können."

„Wieso denn, Lopatin?"

„Popoff fragte mich, was Sie in Nikitino machen, was Sie treiben und wie Sie sich benehmen. Dann wollte er wissen, ob ich schon Geld von Ihnen bekommen hätte. Ich weiß genau, was er wollte."

„Und was hast du ihm gesagt?"

„Ich sagte ihm, Sie sitzen mit Ihrer Frau immer und immer zu Hause, gehen nur einkaufen, sind immer traurig, und dann sagte ich ihm die Hauptsache: Sie seien so geizig, daß Sie sich kaum etwas zu essen kauften, alles müßte Ihre Frau bezahlen. Das habe ich ihm gesagt, und der angeheiterte Kusmitscheff wiederholte meine Worte wie ein Papagei:

‚Der Deutsche ist geizig. Immer ist er geizig, auch wenn er schläft, denn er schnarcht nicht einmal vor Geiz. Ich stand oft Posten vor seinem Fenster.' Zuletzt habe ich Herrn Popoff gesagt, daß ich es sofort gemeldet hätte, wenn Sie mir Geld gegeben hätten, es wäre eine Bestechung, und ich bin nun mal nicht zu bestechen, nur für gute Worte bin ich zugänglich."

„Das vergesse ich dir nicht, Lopatin."

„Aber Barin, Sie waren zu mir immer gut. Wenn Sie auch ein Deutscher sind, dafür können Sie ja nichts, das ist ja der Fehler Ihrer Eltern, nicht Ihr Fehler. Sie sind doch ein Mensch, wie alle anderen. Ein guter Mensch sind Sie. Glauben Sie etwa, meine Leute geben mir für nichts und wieder nichts etwas zu essen, wie Sie und Ihre Frau es tun? Und ich habe für Sie nichts getan, nur bewachen muß ich Sie, Ihnen das bißchen Freiheit noch rauben. Peinlich wird es mir allmählich."

Er reichte mir ungeschickt seine Rechte, meine Hände umspannten die kräftige Hand, die ohne Druck in den meinen lag, eben nur so hingereicht da. Nur als Faymé ihm auf den Arm klopfte, da wurde sein Auge erst trübe, doch dann erstrahlte es in einem unbeschreiblichen Glanz. Er griff plötzlich nach ihren Händen, hielt sie behutsam zwischen den seinen und flüsterte:

„Sie, Sie, Barinja*, sind gütig wie unser Gott. Das habe ich gesehen, als Sie den Barin gepflegt haben . . . wie weh es Ihnen tat. Sie versperrten mir den Weg, ich mußte aber den Barin sehen, denn unter Eid machte ich dann meine Aussagen der Obrigkeit. Sie standen vor mir und baten mich . . . Ich blickte Ihnen nur ein einziges Mal in die Augen, und es war mir . . . Ach, was rede ich da? . . . Ist schon gut. Jedenfalls legte ich jeden Tag den heiligen Eid vor der Obrigkeit ab, ich hätte den Barin selbst gesehen." Er senkte den Kopf und stand gedankenverloren vor mir.

„Warum haben wir Russen keinen, der uns liebt? Sind wir nicht Menschen, arme, ‚dunkle Menschen'? Warum reicht

* Herrin.

man uns nur Dornen? Nicht ein einziges freundliches Wort? Es ist . . . schwer . . . ech ma!“

*

„Jwdjel! Endstation!“ Faymé springt mir um den Hals, küßt mich, bis wir beide völlig außer Atem sind.

Die ganzen Pakete liegen auf dem Bahnsteig, und wir stehen unschlüssig daneben. Unschlüssig scheinen auch die uns Umstehenden zu sein. Wie sollen wir das alles in den alten Tarantas verpacken? Ein Pferd mit einem zweiten Wagen ist für Geld, ausgerechnet heute, nicht zu bekommen.

„Barin“, meint mit gewichtiger Miene Lopatin, „mein Vetter und ich nehmen den Rest der Pakete auf unsere Pferde. Hier sind wir die Herren!“

„Abgemacht!“ sage ich lustig.

Die kleinen Pferdchen traben wieder, Stunde um Stunde. Aus der Ferne grüßt uns am Abend des zweiten Tages das Dorf Sakoulok. Der Wirt kommt uns heute mit mehr Vertrauen entgegen, es wird laut gelacht, und über uns lacht freundlich auch die Sonne.

Gegen Abend des nächsten Tages leuchten im Glanze der untergehenden Sonne die Kreuze der Kirchen von Nikitino. Von weit, weit her kommt das Kirchengeläute. Eine unbändige Freude ist in unsere Herzen eingezogen.

Der vollbeladene Tarantas hält vor dem Hause, Natascha und Olga kommen strahlend heraus. Wieder umgeben mich die vertraut gewordenen Räume. Der Tisch ist gedeckt, Blumen stehen darauf. Faymé hantiert herum, ab und zu fällt ein liebes, gutes Wort, eine Neckerei, ein übermütiger Blick.

Endlich sitzen wir am Tisch. Das Essen schmeckt und wir genießen es wie gesunde, junge Menschenkinder. Abseits stehen Natascha und Olga, in ihren Armen halten sie die mitgebrachten Geschenke und ihre Gesichter wetteifern im Strahlen mit den blendend weißen Schürzen um ihre bäuerlichen, rundlichen Figuren.

Wir sind endlich wieder zu Hause!

Flucht?

Meine Prophezeihungen über die Auswirkung der neuen Schule auf das Städtchen Nikitino wurden weit übertroffen.

Aus allen Himmelsrichtungen kamen Eltern geströmt, die ihre Kinder zur Schule brachten. Da die Entfernungen meist sehr groß waren, mußten die Kinder im Städtchen wohnen bleiben. Es entstand somit ein neuer Erwerbszweig – das Zimmervermieten. Für die Lehrer und Lehrerinnen waren schon neue Häuser erbaut worden, ihre Familien kamen allmählich herüber. Verschiedene Häuser wurden um viele Zimmer vergrößert, aber es war immer wieder zu wenig Platz.

Zeitungen gab es in der Wildnis nur selten, aber es hatte sich wie ein Lauffeuer herumgesprochen, daß in Nikitino Geld zu verdienen sei, für Handwerker, Kaufleute und was sonst früher ein lustloses und eintöniges Leben geführt hatte. Von überall kamen sie nun, mit Frauen, Kindern, Pferden, Viehzeug, jeder wollte im Handumdrehen reich werden. Auch die vielen Bettler gehörten dazu.

Das sonst friedlich schlummernde Städtchen war einem solchen Andrang nicht gewachsen. Jeder Hinzugekommene mußte fast unter freiem Himmel kampieren, denn jede Scheune, jeder Stall war zum Nachtlager hergerichtet, und da die meisten Axt und Säge sehr gut zu führen wußten, wurde gebaut. Wald war genug vorhanden, er stand vor der Tür, der Herrgott hatte schon dafür gesorgt, die Bäume mußten nur noch umgelegt und zu kleinen Hütten zusammengefügt werden.

Maschinen, die einst mit großem Eifer zum Bau des Gymnasiums beigetragen hatten, wurden herangeholt, und wieder sägten sie sich unermüdlich Tag und Nacht in den

Wald hinein. Es wurde an Land nicht gespart, man setzte sich ein Häuschen dort, wo es einem paßte. Hütten, die einst am Rande des Städtchens ihrer Existenz müde geworden waren und sich der Mutter Erde zugeneigt hatten, waren schon längst abgerissen worden, ihre Einwohner betätigten sich emsig bei den fremden Neubauten, sie verdienten Geld und setzten schon ihre eigenen neuen Hütten wieder irgendwohin.

Der Zuzug brachte allen Arbeit und Brot, eine Hand unterstützte die andere, und so gaben sie sich gegenseitig Verdienst.

Das kleine Postamt war dem dauernden Andrang auch nicht mehr gewachsen, es wurde vergrößert. Die Stadtverwaltung hatte mehr zu tun, ihr „Bärenschlaf" mußte aufhören, und so rieben sie sich denn auch die Augen wach. Die Stimmung war überall vorzüglich, und wenn es so weitergehen würde . . . ja, dann sollte Nikitino in soundsoviel Jahren noch viel, viel größer werden als Omsk mit der lächerlichen Zahl von 160 000 Einwohnern!

Nur einer hatte nicht einen Strich mehr zu tun, nicht einen einzigen Tropfen Schweiß dabei verloren: Iwan Iwanowitsch. Dieser Fleischkoloß hatte meinen Vorschlag, die ganze Arbeit auf die Schultern seiner Untergebenen abzuwälzen, geradezu auf allen Gebieten monopolisiert. Das strenge Auge der Polizei wachte über der Arbeit – selbst brauchte Iwan nicht ein Jota mehr zu arbeiten. Er war sehr begabt darin, mein lieber dicker Freund! Seine sonst so gutmütigen Augen wurden jetzt schalkhaft und pfiffig, offiziell aber von „allergrößter Strenge"!

Der Bürovorsteher Ignatjeff war inzwischen in Omsk abgeurteilt worden. Er bekam Zuchthaus und Schwerarbeit in den transbaikalischen Bergwerken. Sein Nachfolger war eine Perle von Fleiß, Anständigkeit und Bescheidenheit. Nikitino atmete erleichtert auf, denn Schwerarbeit in den Bergwerken – das war ein Todesurteil.

Oft speiste Iwan Iwanowitsch mit seiner Frau bei mir. Beide aßen gern gut und viel. Die Flaschenbatterien, in allen

Größen und Variationen, aus der nie versiegenden Quelle der Brüder Islamkuloff, lächelten bei mir den wohlbeleibten Mann stets freundlich an. Vergebens bat ihn seine kleine, rundliche Frau, mit ihr nach Hause zu gehen, er blieb mir und den „Batterien“ treu.

„Ein Soldat liebt seine Batterie mehr als die eigene Frau“, sagte er dann pfiffig, und dabei blieb es, und es konnte die ganze Welt untergehen.

Es kam nicht selten vor, daß mein Freund Iwan schon mittags recht müde wurde, „ohne etwas getrunken zu haben“, wie er oft behauptete, obwohl er „unverständlicherweise“ nach Alkohol roch. Dann war der schönste Augenblick für ihn gekommen. In einem Zimmer, in dem ich meist meine Gäste empfing und das ich hinterher ganz besonders sorgfältig auf Ungeziefer untersuchte – es war ein öffentliches Geheimnis –, hielt er sein Mittagsschläfchen. Nirgends könne er so schön schlafen wie bei mir, sagte er, wenn er nach Stunden wieder aufstand.

Nicht selten kam er dann am nächsten Tage zu mir mit den Worten:

„Sag mal, mein Lieber, ich habe in meinem Rockärmel schon wieder einen Geldschein gefunden!“

„Ach, sieh mal an, Iwan.“

„Gestatte die weniger bescheidene und schüchterne als neugierige Frage: stammt er etwa von dir?“

„Nein, ganz ausgeschlossen!“

„Dann aber von demselben, der meine Lebensmittelrechnung bei den Islamkuloffs bezahlt hat, was? Du willst mich an Gespenster, an Wunder und Übersinnliches glauben lassen? Nein, nein, bei mir ist damit nichts zu machen, mein Lieber, bis zum Delirium habe ich es doch noch nicht gebracht, auch wenn das Herz mir beachtliche Sorgen macht.“

„Ich weiß von nichts, Iwan, ich habe es nicht getan.“

„Du bist ein famoser Kerl, Kröger, du hast es nicht getan? Und das sagst du mit einer solch ehrlichen Miene?“ Und Iwan drohte mit seinem Würstchenfinger. „Das Sonderbare ist aber, daß bei mir zu Hause oder woanders, wohin ich auch meinen Rock hängen mag, nie Geld in den Ärmel hineinkommt, sondern ausgerechnet nur dann, wenn ich bei dir gewesen bin. Siehst du, siehst du, du lachst ja schon, also stimmt die Sache!" Und nach einer Weile blinzelt er schelmisch: „Weißt du, Fedja, ehrlich, unter uns, böse bin ich dir deshalb gerade nicht. Du hast doch auch genug, mehr als genug."

„Dann ist ja alles in Ordnung, mein lieber Iwan!"

Wenn Iwan Iwanowitsch sich bei mir aufhielt, durfte ihn niemand stören. Kam ein Polizist mit irgendeiner Meldung angerannt, so brüllte er ihn zärtlich an. Mit der einen Hand drohte er dann mit der Flasche, mit der andern warf er eine halbgerauchte Zigarette nach dem Eindringling.

„Ich habe jetzt keine Zeit, siehst du denn das nicht? Geh! Man soll nie einen Menschen beim Trinken stören, es bekommt ihm sonst nicht. Deine Meldung hat Zeit, ich komme gleich!"

Die Frau des Polizeihauptmanns war mir anfangs ernstlich böse, denn ihr Mann kam nur in meiner Begleitung nach Hause und in der letzten Zeit leider nicht selten in einem ziemlich unwürdigen Zustand. Ich sorgte dafür, daß es möglichst nachts war, damit der Allgewaltige nicht seinen Nimbus bei der Bevölkerung verlor. Da mir die Freundschaft dieses Mannes außerordentlich wichtig war, mußte ich auch seine Frau mit Kleinigkeiten aller Art erfreuen. Ich schenkte ihr die zuckersüßesten Romane, die sie mit nie endender Begeisterung immer wieder von neuem las, besonders wenn in zweideutigen Worten erotische Momente geschildert wurden. Ich schenkte ihr Parfüm und Näschereien, dann hatten die Gebrüder Islamkuloff einen für sie besonders passenden Stoff, den wohl niemand außer ihr in Nikitino tragen konnte; sie war jetzt von mir restlos begeistert, und es war für die kleine Frau stets ein prickelndes Gefühl, wenn wir allein in der Wohnung waren, oder wenn ich sie abends nach Hause brachte. Sie behauptete dann mit einer sentimentalen Stimme, ich hätte bald mit dem einen, bald mit dem andern Romanhelden eine frappante Ähnlichkeit. So wurden auch wir recht gute Freunde, aber das Versprechen, das sie mir einst gegeben hatte, und seine Einlösung verstand ich immer wieder hinauszuschieben.

Noch eine Person zählte ich zu meinen Freunden, den General, der auf seine alten Tage in Ungnade gefallen war, Illarion Nikolajewitsch Protopopoff, Lagerkommandant des Kriegsgefangenenlagers. Er stammte aus recht guter Gesellschaft, aber er wollte von der Welt nichts mehr wissen. Sein Ideal war, „als ergrauter Soldat auf dem Posten der Verantwortung in der Wildnis zu sterben und sang- und klanglos begraben zu werden", und dann sollte „nur ein einfaches Kreuz" sein Grab schmücken.

*

Die Sonne brennt seit Tagen. Der Himmel hat nicht eine Wolke, die Temperatur ist unerträglich. Tagsüber ist Nikitino wie ausgestorben, denn alles flieht die tropisch heiße Sonnenglut. Das Wasser ist lauwarm, nirgends ist Kühlung zu finden.

Nachts ist es unmöglich zu schlafen, denn die Kissen sind glühend heiß, jede Bewegung treibt neuen Schweiß über den ganzen Körper. In der Nacht fällt die Temperatur um kaum zehn Grad. Menschen und Tiere sind apathisch geworden, jede Bewegung erfordert eine Willensanspannung.

Alles rüstet sich, um einen eventuellen Waldbrand abzuwehren, denn er ist die größte Gefahr im sibirischen Urwald.

Wenn ein heißer Wind über das Land weht, wirbelt er ungeheuerliche Mengen Straßenstaub hoch, die Augen können kaum noch sehen, alle Gegenstände sind mit einer dikken Staubschicht bedeckt. Zu der Hitze kommt noch die ständige Mücken- und Fliegenplage. Wenn man im nahen Walde Kühlung sucht, überfallen einen im Nu Myriaden von winzigen Tierchen, die in Augen, Nase, Ohren, überallhin kriechen. Auch das Baden im Fluß bringt keine

Linderung mehr. Einige Personen sind am Hitzschlag gestorben.

Das Barometer fällt ungeheuerlich schnell.

Gegen Abend steht am Horizont eine schwarze Wolkenwand, der Donner rollt, Blitze zucken. Wenige Stunden später glauben wir, der Weltuntergang sei gekommen. Es ist völlig dunkel, in unaufhörlicher Reihenfolge, in allen Himmelsrichtungen zucken Blitze, der ununterbrochene Donner betäubt uns fast. Wolken von Straßenstaub fliegen durch die Luft, er trommelt gegen die Fensterscheiben, als sei es Hagel. Mitunter sind die hochgerissenen Steine so groß, daß Fensterscheiben durchschlagen werden. Dann fällt in der Zugluft alles im Zimmer durcheinander, als sei ein Erdbeben gewesen.

Der schwarze Himmel öffnet sich. Wasser ergießt sich in Strömen. Die Straßen werden zu Flüssen, und diese Fluten reißen alles mit sich, Balken, Bänke, die vor den Häusern standen, verzweifelt flatternde Hühner, Gänse, Enten, Schweine, dahinter das Wrack eines alten Gefährtes, und alles, was die wilden Fluten erwischen, jagt an den Fenstern vorbei.

Die ganze Nacht ergießen sich die Wassermassen, dann setzt ein Landregen ein. Die Straßen sind nur auf langen, breiten Brettern passierbar, die von Haus zu Haus gelegt werden.

Es ist kühler geworden, wir sind erlöst, schlafen fast vierundzwanzig Stunden lang, wachen auf, um etwas zu essen, dann schlafen wir wieder.

Eines Abends wird Iwan Iwanowitsch von einem ähnlichen Regenschauer bei mir überrascht. Wieder einmal hat er etwas zu tief ins Glas geschaut. Er mußte unbedingt die neuen Lackstiefel, die ich ihm geschenkt hatte, feierlich „begießen". Er dehnt zufrieden seine Glieder, denn er blickt auf seine Stiefel mit besonderer Hochachtung und Wertschätzung herab.

„Heute habe ich nicht viel getrunken, ich glaube sogar recht wenig, du brauchst mich also nicht nach Hause zu bringen. Ich komme allein genau so sicher hin". Er bedankt sich zum soundsovielten Male recht lange und umständlich, vergißt jedoch nicht in den Ärmelaufschlag zu gucken. Das wohlbekannte Plätzchen ist aber diesmal leer.

„Brauchst du Geld, Iwan?" frage ich.

„Nein, Bruder, ich brauche keins; es wird mir aber schon zur Gewohnheit. Verzeih, ich wollte wirklich von dir kein Geld haben, ich guckte nur so hin . . . Gewohnheit, weiter nichts. Aber eine sehr angenehme Gewohnheit ist es, weißt du. Man ist so gespannt, ob da doch was versteckt ist oder nicht. Nein, nein, Geld brauche ich nicht, aber . . . ich sage es dir schon."

Etwas unsicher auf den Beinen geht er.

Es sind keine zehn Minuten vergangen, als er schon zurückkommt, fluchend, mit wütendem, rotem Gesicht. Seine Uniform ist dreckig, die Mütze sitzt fast hinten im Genick, die neuen, schönen Lackstiefel sind weit über die Schäfte beschmutzt, ebenso sein Gesicht und seine Hände. Er ist anscheinend doch nicht nüchtern genug gewesen, um auf den ominösen Brettern das Gleichgewicht zu behalten.

„Elende, schweinische Zustände!" Hinter ihm steht erstarrt der Wachtposten, ratlos und ängstlich, weil die hohe Obrigkeit derart über den Schmutz, eine solche Selbstverständlichkeit in Rußland, schimpft. „Ein ganz unmöglicher Tiefstand der Kultur! Himmelschreiende Barbarei ist das! Sieh bloß hin, wie ich aussehe! Wie ein dreckiges Schwein! Und deine Schuhe! . . . ach, was rede ich da, meine Stiefel sind natürlich gemeint, die neuen! Ermorden, vernichten möchte ich alles um mich! Meine Wut kennt keine Grenzen, alles soll mir aus dem Wege gehen!"

„Ich hätte dich doch begleiten sollen, Iwan", versuche ich einzulenken, um den tobenden Fleischberg zu beruhigen.

„Unsinn, du mit deinem Begleiten, Quatsch redest du heute, ganz großen Unsinn! Ich habe heute rein gar nichts getrunken! Raus mit dir, Soldat! Was gaffst du mich an wie ein Idiot, hast mich wohl noch nie gesehen, was? Stillgestanden, weggetreten, aber im Laufschritt!"

„Iwan, mein Lieber, hör doch auf zu schimpfen. Wichtigkeit, deine Lackstiefel, ich schenke dir neue, noch bessere, beruhige dich doch. Komm, ein kleines Gläschen kannst du noch trinken; du bist ja noch so sicher auf den Beinen, komm, sei vernünftig."

Zur Antwort will der Hauptmann mir einen Schritt entgegentreten, stolpert aber über die Türschwelle und fliegt mir in die Arme.

„Der Teufel soll die ganze Sauferei holen! Ich bin doch besoffen. Ich merke aber nichts davon! Merkst du was? Hast doch wohl recht gehabt, bist auch klüger als ich, hättest mich nach Hause bringen sollen, Nein, diese schweinischen Zustände, und da sollen noch Menschen leben, ein Skandal, eine Schande für das ganze Land ist so etwas! Nichts ist bei uns in Ordnung, nichts, aber auch rein gar nichts! Nur eine solche Unordnung, eine solche Schweinerei ist bei uns in Ordnung!"

Endlich sitzt er; aber plötzlich, ich habe mich kaum von ihm abgewandt, steht er vom Sessel wieder auf, reckt die Arme in die Höhe und lacht, daß das Haus erbebt. Verwundert blicke ich ihn an.

„Bruder, mein Lieber! . . . Morgen lasse ich den ganzen Straßendreck wegräumen!" Seine erhobenen Arme machen energische Striche durch die Luft, zum Zeichen, daß seine große Geduld nun zu Ende ist, und daß sein Vorhaben unwiderruflich feststeht. „Was sagst du dazu? . . . Kannst du die Gewalt eines solchen Entschlusses fassen? Den Dreck der russischen Landstraßen zu entfernen? So etwas ist ja derart gigantisch, da kannst du sagen, was du willst! Ist es nicht eine geniale Idee? Jawohl, das ist es! Es ist gleichbedeutend dem Bau der pharaonischen Pyramiden, mein Lieber!"

„In der Tat, Iwan, das ist gigantisch, unfaßbar. Keiner hat es bis jetzt in vielen Jahrhunderten fertiggebracht!"

Kaum eine Minute später liegt er auf seinem Schlafsofa.

„Komm, Iwan, ich werde dir die Lackstiefel ausziehen."

„Ach . . . ach . . . mein Lieber . . . so ist mir wohler. Ich will auch noch die Uniform ausziehen, sie ist doch immer so verdammt eng ... Der vermaledeite Schneider! ... In der Brust ist sie so eng, daß man kaum noch atmen kann, dazu das viele Essen, Trinken, ach ... so ... nun ist mir wunderbar zumute, herrlich .. danke dir, ach ...!" Der Fleischkoloß bewegt sich wohlig stöhnend und schmunzelnd. „Die besten Gedanken kommen uns Russen doch nur in besoffenem Zustande. Das wißt ihr Deutschen ja gar nicht, was versteht ihr vom Saufen ..." Mit Mühe bringt er jedes Wort hervor. Zuletzt ist es nur noch ein Flüstern, das in ein urgewaltiges Schnarchen übergeht. Ich decke ihn zu.

Die Nacht vergeht, es ist bereits Mittag. Er erwacht. Ich reiche ihm eine Zigarette, die er sich zuallererst ansteckt; ich kenne allmählich seine Gewohnheiten. Er murmelt einige unverständliche Worte im tiefsten Baß, geht in mein Schlafzimmer, denn er weiß, daß ich ungewaschene Menschen nicht gern habe. Ich höre ihn lange im Wasser plätschern. Inzwischen ist seine Uniform gebürstet, die Stiefel sind sauber geputzt, ich bringe sie ihm und sehe, wie er sein Haar überreichlich pomadisiert und es dann mit besonderer Sorgfalt kämmt. (Er hatte bei mir in einer Schachtel Kamm und Bürste, die nur für ihn bestimmt waren; man konnte nicht wissen).

„Posten! Posten!" brüllt er nun durch das geöffnete Fenster. Seine Stimme ist weit über die ganze Straße zu hören. Der Posten kommt angerannt und steht stramm. „Geh zu mir nach Hause und sage meiner Frau, ich käme gleich zum Mittagessen, sie kann das Essen schon richten lassen. Wodka trinke ich heute nicht. Hier hast du auch einen Rubel, trink auf mein Wohl!"

„Zu Befehl, Euer Hochwohlgeboren!" Der Soldat schmunzelt und verschwindet.

„Iwan, du wolltest doch die Straßen sauber machen lassen!"

„Ja, ja ... hm, das will ich ja auch ... aber ... Wir wollen doch mal sehen, ob es sich auch wirklich lohnt." Er kommt langsam ans Fenster und blickt gleichgültig und unentschlossen auf den dicken, unwegsamen Schmutz der Straße, durch den ein Pferd, bis an die Knie im Dreck, im üblichen, langsamen Schritt einen alten Tarantas zieht. Verschlafen und teilnahmslos sitzt auf dem Bock der Bauer. „Von hier aus sieht es gar nicht so schlimm aus, aber wenn man erst mal drinliegt, so wie ich gestern, dann ist es eine Gemeinheit, eine fürchterliche Schweinerei! Ist also doch allerhand, der Dreck bei uns, was? Haarsträubende Zustände; wir leben wirklich wie die Schweine hier. Das sollte mal in Petersburg, auf dem Newskij-Prospekt, oder gar bei dir, in Berlin, Unter den Linden, passieren, daß die Pferde bis an den Bauch durch den Dreck die Equipagen ziehen. Eine Stadtverwaltung haben wir hier! Ein Idiot sitzt neben dem andern, einer ist dämlicher als der andere! Na, die werden sich ja gleich wundern. Die werden so lange Gesichter machen, daß ihnen das Rasieren noch mal so teuer zu stehen kommt!"

Jetzt fällt plötzlich sein Blick auf eine Schnapsflasche. Seine Hände halten sie schon umschlungen, sein Blick wird zärtlich.

„Wie heißt denn eigentlich dieser Teufelsschnaps? Er hat mir ja so fabelhaft geschmeckt. Überhaupt, für einen Nichttrinker hast du merkwürdig gute Schnapskenntnisse, wirklich, lauter gute Sachen, wo kriegst du das alles her, Fedja? Ach, bring mir doch schnell ein ganz kleines Gläschen, so zum Kosten, nur eine Kleinigkeit kosten möchte ich, trinken will ich gar nicht mal . . ." Er schmatzt mit den Lippen, kneift die Augen listig zusammen und genießt den Schnaps, wie es Kenner tun. „Ich bleibe doch bei dir zum Mittagessen; ist es dir recht?"

„Du weißt, du kannst kommen, wann du willst."

„Mit dem Straßenschmutz habe ich es mir überlegt." Er macht eine lange Pause; ich bin sehr gespannt. „Lag der Dreck die ganzen Jahrhunderte auf einer und derselben Stelle – und so lange liegt er doch, er ist doch nicht etwa erst gestern entstanden –, so kann er noch einen Tag liegenbleiben. Bist du nicht auch der Meinung?"

„Auf einen Tag kommt es wirklich nicht an“, erwidere ich lachend.

„Deutscher, du bist doch der vernünftigste Mensch, den ich je kennengelernt habe. Tatsächlich, du kannst es mir glauben, es ist kein Kompliment, es ist Tatsache. Unsere Freundschaft wird deshalb immer bestehen.“

Am nächsten Morgen, zu meiner größten Verwunderung, schlief der Mann wie ein Mehlsack weiter, obwohl ich ihn schon zweimal geweckt hatte.

„Iwan! Iwan!“ Ich rüttle den Fleischberg auf dem Sofa. „Du wolltest aufstehen, den Straßendreck wegräumen lassen!“

„Fedja, du bist ein fürchterlicher Mensch, einen Schlafenden gewaltsam aus dem Traum zu schrecken, das ist unerhört . . . Du bist ein Rohling! Wozu hat denn der Mensch seinen Schlaf, er muß doch ausschlafen können! Dein Straßendreck! . . . Nein, ich könnte dich auslachen, wenn ich nicht so erbost wäre! Einen Freund im Schlaf zu stören! Du bist ein richtiger Barbar, ein Mensch ohne jegliches Empfinden, Rücksicht und Taktgefühl!“ Weinerlich wie ein Kind sitzt er endlich auf dem Sofa und reibt sich die verschlafenen Augen. Endlich stehen seine Füße auf dem Boden, sein kurzes Hemd reicht ihm kaum bis an die Knie, und ich fange bei diesem Schauspiel an zu lachen.

„So müßte dich die Stadt sehen, Iwan!“

„Kröger, du bist wahnsinnig! Verrückt bist du, Mann Gottes! Wie kann dir nur so ein dummer Spaß einfallen! Was bin ich denn eigentlich? Aus dem Schlaf hast du mich gezerrt, lachst, reißt faule Witze, machst dich lustig über mich! . . . Du mußt doch in deinem Alter allmählich Vernunft annehmen, gesetzter, reifer, männlicher werden!“

In blankgeputzten Stiefeln, sauberer Uniform, gravitätisch und wichtig verläßt er meine Wohnung. Wir haben uns natürlich wieder ausgesöhnt.

Die Stadtverwaltung schimpfte entsetzlich und ausgiebig. Sträflinge, Erdarbeiter und Gefangene hatten viel Arbeit. Unermüdlich schufteten die Kolonnen, Schaufel um Schaufel,

Tag um Tag; der Dreck schien in der Tat unergründlich zu sein.

Da geschah ein Wunder! Ein wirkliches Wunder, worüber alle Bewohner sich lange, lange Zeit nicht beruhigen konnten.

„Fedja, komm schnell, du mußt es sehen!“ Erregt zog mich Iwan Iwanowitsch aus dem Haus zur Arbeitsstätte. Er war gänzlich außer Atem gekommen, der Schweiß lief ihm in kleinen Bächen von der Stirn, während wir zum Ort des Wunders gingen. Die herbeigeeilte, staunende Menge trat auseinander. „Bitte, hier, sieh selbst, überzeuge dich auf der Stelle . . . wer hat diese Idee gehabt, wer?! Hier sind die Früchte! Es hat sich gelohnt. Ich werde sofort nach Omsk ausführlich berichten.

Ich staunte das „Wunder“ an.

Unter dem einst hohen, jetzt zum Teil entfernten Dreck der Straße – sah ich ein glänzendes Straßenpflaster! Große, ebenmäßige Steinblöcke lagen kunstgerecht aneinandergereiht.

War eine gepflasterte Straße in der Tat nicht ein Wunder, in einer verlassenen Gegend Sibiriens?

*

Jeden Sonnabend belebte sich Nikitino. Dann war Markttag, ein großes Erlebnis, denn aus allen Himmelsrichtungen strömten Bauern und kleine Kaufleute und alles, was sonst schon vergessen war. Alle, die nur etwas zu verkaufen oder gegen andere Waren einzutauschen hatten, kamen aus den verborgensten Winkeln herausgekrochen. Die Zeitrechnung dieser Menschen war sehr einfach. Sie trafen sich immer dann, wenn die Sonne zum siebenten Male aufging.

Jeden Sonnabend besorgte ich mit Faymé und meiner Köchin die Einkäufe auf dem Markt. Man konnte getrost kaufen und immer wieder kaufen, das Geld wurde nicht weniger.

Es kosteten zum Beispiel: ein Paar Birk-, Schnee-, Hasel-

oder Rebhühner dreißig Kopeken, ein Hase mit Fell fünfzehn Kopeken, eine Wildgans sechzig Kopeken, Krebse hundert Stück dreißig Kopeken. Ein Auerhahn, der etwa fünfzehn Pfund wog, fünfzig Kopeken, ein Pfund Fisch fünf Kopeken, ein Pfund Fleisch fünfzehn Kopeken, ein Pfund Störkaviar einen Rubel. Eine lebende Gans kostete fünfzig Kopeken, ein Pfund Butter dreißig Kopeken, dreißig Eier fünfzehn Kopeken. Ein Pud (sechzehn Kilo) Bären- oder Elchfleisch zehn Rubel. Ein Liter bester saurer Sahne, in der ein Löffel stand, ohne umzukippen, fünfundzwanzig Kopeken, und so weiter. (Valutastand 1914: ein russischer Rubel = 2,15 Mark.)

Schwer beladen, oft mit lebenden Gänsen unter dem Arm, die nicht selten unterwegs davonschwirrten und von Bereitwilligen wieder eingefangen werden mußten, gingen wir nach Hause. Als ich eines Tages erneut meine Einkäufe machte, kam ein Polizist mir entgegen. Ich kannte sie jetzt alle, denn die meisten von ihnen bezogen allmonatlich eine „Rente“ von mir.

„Barin“, sagte er, „verschiedene Bauern fragen mich immer wieder, ob es in Nikitino nicht jemanden gäbe, der ‚in die Gefangenschaft‘ schreibt. Vielleicht können Sie es machen; die Bauern geben Ihnen dafür, was Sie wollen.“

Er führte mich zu einigen Bauern und Bäuerinnen, und wir gingen alle nach dem Postamt hinüber. Kaum betrat ich das Gebäude, als ich die klagende, weinende Stimme einer Frau hörte.

„Ein Ungläubiger, ein Tatar bist du! Hast kein Kreuz um den Hals! So viel kann ich nicht bezahlen, denn ich bin eine arme Frau!“

Es war eine Bäuerin, von der ein Postbeamter fünfzig Kopeken für eine Postkarte verlangte, die angeblich nach Deutschland an den gefangenen Mann adressiert war. Die Frau war sehr arm und konnte einen derart hohen Betrag, den Gegenwert einer lebenden Gans mit Federn und Daunen, nicht ausgeben. Der Beamte brüllte und fluchte, als brate man ihn lebendig am Spieß.

„Was ist denn hier los?“ donnerte der Polizist den Schreiber an, der sich wichtig tun wollte. Alles verstummte ängstlich. Er ging auf den Beamten zu und nahm ihm die Karte aus der Hand. Er war sich seiner Macht voll bewußt und drehte die Karte nach allen Seiten, bis ich sie ihm abnahm. Buchstaben, die nicht im entferntesten an die deutsche Schrift erinnerten, waren auf die Karte hingekritzelt.

Was soll denn diese Schrift bedeuten?“ frage ich.

„Das sind deutsche Buchstaben, wenn Sie es genau wissen wollen“, antwortete frech der Beamte. „Das wissen Sie nicht?“

„Und dafür verlangen Sie von der armen Frau fünfzig Kopeken?“

„Finden Sie jemanden, der Deutsch schreiben kann!“

„Sie wissen nicht, daß ich Deutscher bin? Das sagt Ihnen in Nikitino eigentlich jedes Kind!“

„Ein Zuchthäusler sind Sie, ein verdammter Hunne!“

Ich gehe auf den Beamten zu, er weicht zurück, öffnet die Tür nach den Schaltern und verschwindet. Erst hinter der Tür höre ich die allergemeinsten Schimpfworte; der Kerl glaubt sich schon in Sicherheit.

Ich reiße die Tür auf, ein Faustschlag, und der Mann fliegt in das entgegengesetzte Ende des Zimmers, dabei reißt er Tisch, Stühle, Tintenfässer, Akten, Briefmarken und Stempelkissen mit sich. Zwei seiner Kollegen versuchen sich mir entgegenzustellen, doch auch sie landen schnell am gleichen Ziel.

„Allmächtiger Gott, die Männer sind tot!“ schreit die Bäuerin. Schweigend stehen die anderen um mich herum.

Der Postverwalter, ein Mann in gesetztem Alter, dick und schon ziemlich versoffen, kommt mit krebsrotem Gesicht herausgestürzt. Er sieht die Beamten am Boden liegen, und seine Angriffslust ist plötzlich verschwunden. Langsam rappeln sich seine Untergebenen wieder hoch. Der Vorsteher räuspert sich, dann spricht er von grober Beamtenbeleidigung, von einem Protokoll und von meinem unerhörten Benehmen.

Ich lasse den Mann reden und schreibe inzwischen die Karte der Bäuerin fertig. Immer mehr und mehr Frauen und Männer umstehen mich. Alle wollen von mir eine Karte geschrieben haben, und sie bitten mich flehentlich und bieten mir ihr Letztes an.

In der Ferne, gleich einem plötzlichen Donnerrollen, ertönt die Stimme des Polizeihauptmanns. Wie ein gewaltiges Walroß die Fluten zerteilt, so sehe ich Iwan Iwanowitsch durch die dichte Menschenmenge auf mich zusteuern. In seinem Fahrwasser folgen die blasse, aufgeregte Faymé und zwei Soldaten.

Alles verstummt sofort und zieht sich ängstlich zurück.

„Was ist los? Wo sind die Toten?“ brüllt Iwan über unsere Köpfe hinweg.

Der erregte Postverwalter stottert unverständliche Worte.

„Rede doch vernünftig, Mann, was stotterst du da für einen Unsinn zusammen! Hat dich jemand unserer russischen Läuse beraubt? Rede doch, wie sich's gehört, du redest schon irr! Verstehe dich nicht, verstehe gar nichts, verstehst du ihn, Doktor? Und solche Leute sind bei mir Postverwalter!“

Ich erkläre ihm in kurzen Worten den Vorfall, denn der Verwalter bringt keinen zusammenhängenden Satz über die Lippen.

„Schon gut“, unterbricht mich Iwan Iwanowitsch, „schon gut, Kröger, habe alles verstanden. Wo sind denn die Toten?“

„Tote gibt es hier gar nicht, nur diese hier haben ein wenig Nasenbluten.“

„Andrej! Herkommen, Kerl! Was erzählst du mir von toten Beamten, die Kröger erschlagen haben soll? Wo sind die Burschen? Ist das alles, das bißchen schiefe Gesicht? An die Front müßt ihr Kerle! In Stacheldraht! Hierher! Stramm stehen! Wollt ihr mal? Ich werde euch noch vornehmen, daß ihr weder Vater noch Mutter unterscheiden könnt, ihr Hundesöhne! Andrej! Du Rindvieh! Du weißt ja nicht einmal, was du rapportierst? Unerhört so etwas, ein Soldat, der lügt, schwindelt, falsch rapportiert! So ein alter, treuer Soldat, schämen solltest du dich, mein Lieber! Hast du denn vergessen, daß wir alle unserem Väterchen Zar gläubig und wahrhaftig dienen müssen?"

„Zu Befehl, Euer Hochwohlgeboren!" Der arme Soldat ist mehr tot als lebendig. Seine Knochen reißt er mit letzter Verzweiflung zusammen, seine Miene ist vorschriftsmäßig erstarrt.

„Postverwalter, weißt du nicht, Mann Gottes, daß Beamte keinerlei Sonderlohn für ihren Dienst beanspruchen dürfen? Fünfzig Kopeken für eine einzige Postkarte! Wenn du an einem einzigen Tage nur zehn solcher Postkarten schreibst, dann hast du fünf Rubel pro Tag verdient! Fasse dich an deinen Kopf, verbrenn' dich aber nicht! Korruption ist das! Hast du etwa schon deinen abgelegten Beamteneid vergessen? Dir gefällt es bei uns in Nikitino nicht mehr, was? Willst du versetzt werden, soll ich dich in Omsk wie schon einmal Ignatjeff anmelden?"

Der Verwalter wird immer kleiner. Ein einziges Wort des Widerspruchs wäre jetzt dem Selbstmord gleichgekommen.

„Sei froh und dankbar, daß jemand überhaupt Deutsch kann, um unseren tapferen Landsleuten in die Gefangenschaft zu schreiben. Diese Frauen und Männer, deren Angehörige im Felde oder in der Gefangenschaft sind, werden von nun ab vorzugsweise abgefertigt! Verstanden? Wenn der Bauer nicht wäre, wir würden alle verhungern, das mußt du dir ganz genau merken und danach handeln, verstanden? Du wirst jetzt eine Einrichtung treffen, daß allen Gefangenen Post ins Ausland geschrieben wird. Verstehst du? Wiederhole, was ich gesagt habe!" Der völlig verstörte Postverwalter wiederholt stotternd.

„Na also! Das nächste Mal stotterst du aber nicht mehr!"

Der Polizeihauptmann klopft ihm auf die Schulter, der Blick, den er mir zuwirft, ist der Blick eines stolzen Spaniers.

„Ich habe deine Faymé mitgebracht", wendet er sich flüsternd zu mir, „sie sollte dich beschwichtigen, denn Andrej erzählte mir, du hättest drei Beamte totgeschlagen, wolltest dich schon auf den Postverwalter stürzen, das Postamt wäre in größter Gefahr, du würdest alles um dich kurz und klein schlagen. Ich kenne dich ja so langsam . . . Übrigens, Islamkuloffs haben soeben eine neue Ladung erhalten . . . Dann bis heute abend, nicht wahr? . . . Will nur etwas probieren. Also", sagt er dann mit lauter Stimme, „daß mir so etwas nicht wieder vorkommt, verstanden? Alles verstanden?"

„Jawohl!" sagte ich ebenso laut.

Iwan Iwanowitsch bahnt sich wieder durch die Menge und verschwindet.

An den Markttagen boten mir die Bauern und Pelzjäger oft verschiedene Felle zum Kauf an. Ein fertiggegerbtes Fehfell konnte man schon für dreißig Kopeken kaufen. Der Absatz war außerordentlich gering, die Vorräte dagegen sehr groß. Die Jagd auf Pelztiere bedeutete für viele die einzige, wenn auch sehr dürftige Einnahmequelle. Ich sprach mit Faymé darüber, denn sie kannte sich in Fellen sehr gut aus, weil ihre Brüder wiederholt damit gehandelt hatten.

Aber wie sollte ich, als Gefangener, mich geschäftlich betätigen? Das war unmöglich. Ich wollte und mußte einen Ausweg finden. Es war mir eigentlich weniger ums Geldverdienen zu tun als darum, eine Tätigkeit zu haben, die mir Abwechslung bringen sollte.

Ich wandte mich an den Polizeihauptmann.

„Iwan, würdest du mir einen großen Gefallen erweisen?"

„Kannst von mir verlangen, was du willst, mein Lieber."

„Ich möchte auf einige Tage verreisen."

„Wohin? Ich komme mit und bezahle auch für mich. Aber ohne Frauen fahren wir fort, wie . . .?"

„In die Dörfer möchte ich fahren, um dort Felle einzukaufen. Ich will arbeiten."

„In die Dörfer, Felle einkaufen? Aber das ist blanker Unsinn, das kann nicht dein Ernst sein. Denke bloß an die Strapazen, die damit verbunden sind, sie sind geradezu fürchterlich. Und wozu das alles, hast du denn nicht genug

Geld? Wozu willst du überhaupt noch arbeiten? Du bist ein Phantast."

„Du denkst sicherlich, ich werde dir weglaufen, was?"

„Ehrlich gesagt, nimm es mir nicht krumm, ich bin deiner noch nie ganz sicher gewesen. Du bist ein ganz toller Bruder. So etwas muß ich dir abschlagen, das kann ich leider nicht erlauben. Du kennst doch die Bestimmungen aus Petersburg. Ich bin völlig machtlos dagegen. Wenn es nach mir ginge, ich würde dich meinetwegen sofort nach Petersburg reisen lassen."

„Ich verspreche es dir aber, lieber Iwan."

„Du weißt, daß es nicht geht. Ich muß für alles hier gerade stehen, es kostet mich den Kopf. Warum willst du mich ins Unglück stürzen? Sieh dir die andern an, sie sind alle froh, wenn sie nichts zu arbeiten haben."

„Iwan, ich muß aber arbeiten, sonst werde ich tiefsinnig!"

„Nimmst du Faymé mit? Sei ehrlich!"

„Faymé ist für mich die Hauptsache. Sie versteht sehr viel von Fellen, ich dagegen gar nichts.

„Dann ist dein Vorschlag absolut indiskutabel."

„Iwan, ist das deine Freundschaft? Ich verspreche dir, bestimmt wiederzukommen. Glaubst du mir nicht?"

„Nein, das glaube ich dir nicht, denn wenn du auskneifen willst, pfeifst du auf unsere Freundschaft. Ich kenne dich!"

Die Unterredung war beendet. Ich mußte einen neuen Schlachtplan entwerfen und den Widerspenstigen von einer andern Seite attackieren.

Im Grunde hatte Iwan ja recht. Mein ganzes Sein und Denken lag doch nur in Faymé und Flucht. Alles andere war unwahr.

Faymé war meine einzige Vertraute, sie allein wußte es. Dieses Wissen ruhte bei ihr in der verborgensten Kammer aller Geheimnisse. Wie oft flog ein Blick zu mir herüber, wenn einer meiner Gäste während der Unterhaltung Worte fallen ließ, die uns wichtig erschienen. Ein kaum merkbares Aufflackern der Augen, ein Senken der Lider, und ich wußte, was Faymé meinte. Wie eine Katze umschlich sie an den

Markttagen ihre Landsleute, verhandelte mit ihnen in tatarischer Sprache über scheinbar unwichtige Sachen, bis sie das erfuhr, was sie eben wissen wollte. Tungusen, Burjäten, Tschuktschen, Wogulen, Lappen, die im hohen Norden Rentierherden hatten, kamen an den Markttagen nach Nikitino, und je nördlicher sie wohnten, um so mehr interessierten sie das Mädchen, Ihre suchenden, lauernden Augen nahmen alles wahr, die Kleidung der Leute, ihre Ausrüstung und viele Kleinigkeiten, die mir sicherlich entgangen wären. Sie erkundigte sich über Wege und Witterungsverhältnisse, über Preise für Rentiere, Zug- und Polarhunde. Sie streichelte die Tiere, die man ihr zeigte, scheinbar aus Spaß und purer Neugierde, und versuchte, mit ihnen umzugehen.

Diese Markttage waren für sie die glücklichsten Tage. Sie holte mich nach der Arbeit vom Postamt ab, nahm mich unter den Arm, und wir gingen dann ganz langsam nach Hause.

„Ich habe etwas Neues erfahren", flüsterte sie mir unterwegs zu. Erst abends, wenn wir allein waren, erzählte sie es mir im Flüsterton.

Einmal kam sie vom Markt mit gesalzenen, getrockneten Fischen, wie man sie im Norden ißt. Der Polizeihauptmann war gerade bei uns.

„Versuche doch einmal diesen Fisch zu essen", sagte sie.

Als ich mich nach Gabeln umsah, meinte sie schelmisch:

„Du sagtest mir, daß ein Feinschmecker Würstchen nur mit den Fingern ist; so mußt du auch diesen Fisch essen."

„Aber, Faymé, Kröger ist doch so verwöhnt, daß er diesen alten Fraß nicht essen wird!"

Ich versuchte den Fisch zu kosten. Die Augen der Tatarin blickten mich an, sie waren ruhig . . . wie immer. Nur ein kleiner Funke, kaum zu erkennen, flackerte auf und erlosch.

Wenn ich Faymé im Hause hantieren sah, wenn wir Einkäufe machten, wenn das Mädchen mir in der Stadt entgegenkam – immer mußte ich daran denken: sie trägt in sich mein größtes und schönstes Geheimnis – die Flucht.

Schritt für Schritt näherten wir uns dem Tag, der uns die Freiheit bringen sollte.

Alle Vorbereitungen waren bis ins kleinste getroffen. Wir warteten nur noch auf den ersten Schnee und etwas Kälte, da das Überwinden weiter Flächen im Winter unvergleichlich leichter ist als im Sommer ohne Schnee.

Heute, nach langen Jahren, kann ich die Gefühle auch nicht mehr entfernt wiedergeben, die mich damals so unendlich beglückten, als Faymé abends mit dem Finger auf meinen Mund tippte und flüsterte:

„Peterchen, du . . . du . . . du . . . bald, jetzt ganz bald werden wir beide fliehen . . . fliehen . . . fliehen . . .“

Dann küßte ich sie mit aller Leidenschaft, und wenn sie kaum noch Atem holen konnte, lockten mich immer wieder ihre Augen, und sie raunte: „Es weiß aber keiner . . . außer mir.“

An einem Samstagabend, es war schon dunkel, ging Faymé fort. Nach etwa einer halben Stunde kommt sie wieder. Ihre Augen haben einen sonderbaren, noch nie gesehenen Glanz; sie atmet schwer, hastig.

„Lege deine Hand mir aufs Herz“, bittet sie.

Ich tue es – und zucke plötzlich zurück. Faymé holt einen echten belgischen Browning hervor. Der kalte Stahl hat noch die Wärme ihres Körpers. Der Revolver ist scharf geladen.

„Ali hat ihn mir verschafft, weil er es mir versprochen hatte. Du sagtest mir, daß Flucht eine Gefahr auf Leben und Tod bedeutet. Ich gehe mit dir, und wenn alles verloren sein sollte . . . dieses hier ist meine Waffe und mein Tod, und darüber entscheide ich . . .“

Der Mund, der immer nur liebe, gute Worte sagte, ist jetzt ein anderer, er ist so sonderbar geworden, die Augen sind stechend und kalt . . . So mordet das geheimnisvolle Asien. So nimmt es sich auch freiwillig das Leben, denke ich zutiefst bewegt.

Mit fester Hand legt die Tatarin den Revolver und fünf geladene Magazine hin.

Die ganze Nacht heulte draußen der Sturm. Er riß die letzten verwelkten Blätter von den Bäumen. Der Regen trommelte unaufhörlich gegen die kleinen Fenster.

Wir lauschten . . . eng aneinandergeschmiegt.

Faymé und ich hatten ein neues Geheimnis.

*

Ein einziges Mal nur machte ich dem Polizeihauptmann eine vage Andeutung über meine Flucht. Er konnte sie nicht verstehen, denn seine Gesinnung war anständiger als meine.

„Sollte ich aus Nikitino wieder verschickt werden oder hier sterben, so sollst du meine ganzen Möbel und alles, was mir in Nikitino gehört, bekommen. Ich schenke sie dir zu Lebzeiten. Faymé ist Zeuge, außerdem hast du es hier schriftlich von mir." Ich reiche ihm ein Blatt hin.

„Um Gottes willen, du willst doch nicht etwa sagen, daß du Selbstmord begehen wirst? Du mußt hier doch für immer bleiben! Lebenslänglich!"

„Ich hoffe, daß der Krieg nicht lebenslänglich dauern wird, Iwan. Ist er aber mal zu Ende, dann werde ich ganz bestimmt wieder nach Petersburg zurückkehren, dann bin ich wieder ein Mann mit gleichen Rechten wie du. Ich habe eine große Sehnsucht danach."

„Was fehlt dir eigentlich in Nikitino, Fedja? Du hast alles, aber auch alles!"

„Ich habe aber keine Freiheit! Ich bin als freier Mensch geboren und in ungebundener Freiheit erzogen. In Nikitino komme ich mir vor wie ein Tier im Käfig. Und kennst du nicht das Bedürfnis, zu arbeiten, etwas im Leben zu schaffen?"

„Ein sonderbarer Mann bist du doch, Fedja! . . . Wir hier . . . wir haben das Streben verlernt. Ich war auch einmal ehrgeizig, aber alles gibt sich mit der Zeit, weil es sich auch nicht lohnt. Schau, was ist aus mir geworden? Nichts, gar nichts. Als alter Esel, als ein völlig unbedeutender, vergessener Beamter werde ich in Sibirien mein Leben beschließen. Was bleibt mir sonst übrig ... vielleicht nur noch das Trinken ..."

Plötzlich erfaßt er meine Hand, und ich merke an seinen Augen und an seinem Munde, daß er eine ungeheuerliche Fülle von Worten auf einmal aussprechen möchte, sein Mund zuckt, bis er sich langsam beruhigt und die verkrampfte Hand sich von der meinen löst.

„Fedja, mein lieber, lieber Fedja! Willst du mich wirklich allein unter den Wilden lassen? Nimm mich mit, bitte, nimm mich mit, denn ich habe Angst, hier allein zurückzubleiben, weil alles um mich so trostlos ist. Siehst du denn nicht, daß ich der Verzweiflung nahe bin? Du hast mich aus meiner Lethargie wachgerüttelt, hast mir oft genug die Großstadt vorgegaukelt, die ich schon fast vergessen hatte. Meinst du, ich habe keine Sehnsucht nach einer Stadt, nach einem winzigen Kino, einer Oper, nach Licht und frohen Stimmen? Warum hast du mich wachgerüttelt, Fedja, warum? Du weißt, ich war an der Grenze des Vergessens. Warum willst du mich nun nicht mitnehmen? Sag ein Sterbenswörtchen! ... Zu keinem, Fedja, bin ich im Leben so offen gewesen wie zu dir, keinen habe ich so gern ... wie dich ... bei Gott! Ich weiß, daß du auf mich aufpassen mußt und nicht etwa ich auf dich. Bin ich eigentlich nicht blödsinnig offen zu dir?"

Iwan Iwanowitsch betrachtet meine Schenkungsurkunde und macht eine abweisende Handbewegung.

„Unsinn, ganz großer Unsinn, was du da geschrieben hast. Daß du mir jetzt nicht fortläufst, das weiß ich. Deine Faymé bekommt auch niemals von mir eine Ausreiseerlaubnis. Ich behandle sie schon lange genau so wie dich. Sie ist ebenso gefangen wie du, Doktor!" Ein strenger Blick der gutmütigen Augen trifft mich für Sekunden, dann wird er wieder leutselig, und der Mann ist wieder der alte, gute Iwan Iwanowitsch. Doch in seinen Augen arbeitete es weiter.

„Ist der Krieg zu Ende, dann verschaffst du mir eine Stelle in Moskau oder Petersburg, nicht wahr, Fedja? Das wirst du doch tun, nicht wahr? Für dich ist es ein leichtes, denn du hast Beziehungen, du kennst sogar persönlich den Generalleutnant R. Ich lebe dann erneut auf, werde wieder ein normaler Mensch, wie früher. Dann besuche ich euch beide, und bei einer guten Flasche Wein werden wir an Nikitino zurückdenken. Nimm, hier hast du deine Schenkungsurkunde wieder! Großen Unsinn hast du da verzapft, mein Lieber!"

„Aber wenn ich hier sterbe, Iwan! Das ist doch möglich!"

„In einem andern Fall hätte ich gesagt, du solltest alles deiner Faymé schenken, aber das Mädel . . ." Er wird unschlüssig, ob er es aussprechen soll. Es fällt ihm sehr schwer, und deshalb blickt er mir ernst in die Augen, legt mir seine Hände mit Nachdruck auf die Schultern und bezwingt sich schließlich. „Faymé . . . bleibt nicht einen Tag am Leben, Fedja, weißt du das . . .?" Er schaut mich lange, lange an, seine Lippen zittern. Das gefüllte Glas, das vor ihm steht, schiebt er weit von sich und in dieser Geste liegt Selbstverachtung. Dann blickt er zu Boden, und die Worte kommen stotternd hervor: Seit Faymé dich liebt, Fedja . . . ist sie wie verwandelt . . . Ich kann ihr nicht mehr in die Augen blicken . . . sie schauen mir tief in die Seele . . . sie beunruhigen mich . . . ich werde unsicher, mir ist . . . als verlangten sie etwas von mir. Für mich und für alle Männer hier ist Faymé . . . der Satan der Versuchung . . . für dich ist sie . . . alles!" Er verkrampft die Finger in meine Schultern, als wollte er mir die Worte einsuggerieren. „Für dich ist sie ein Gott . . . ein Gott der grenzenlosen Liebe . . . ein Gott, den wir andern ewig suchen und doch nicht finden werden. Unsere Frauen? . . . Leben und sterben, sagst du . . . aber es lohnt nicht für solche . . . es lohnt wirklich nicht!" Seine Hände fallen mir von den Schultern. In Gedanken versunken steht er vor mir, dann macht Iwan eine müde, abwehrende Bewegung, als wolle er sein Gefühl verscheuchen. „Ach, was rede ich da für einen Unsinn zusammen! . . . Wozu das alles, immer wieder von neuem daran denken, es lohnt nicht, es lohnt nicht! Na, wir sind ja Freunde, Fedja, man sagt so manches . . . Ich glaube, du hast mich auch gar nicht verstanden, nicht wahr? Hast auch nicht richtig zugehört, was?"

*

„Natascha", sagte ich eines Tages zu der treuen Frau, „setzen Sie sich an den Tisch, ich habe Ihnen etwas Wichtiges zu sagen. Ich bitte Sie, darüber mit keinem zu sprechen." Unruhig, mit ängstlichen Augen setzt die Frau sich hin und vergißt sogar, die Schürze zu glätten. „Sie haben mir, wie meinen Eltern, jahrelang treu gedient. Ich danke Ihnen dafür aus reinstem Herzen. Das Geld, das Sie hier finden, ist nicht der Ausdruck meines Dankes, sondern nur eine Möglichkeit, die ich Ihnen geben möchte, monatelang sorglos zu leben, sich vielleicht ein kleines Häuschen in Ihrem Heimatdorf zu kaufen. Wir alle wissen nicht, wie lange der Krieg dauern wird, wie lange wir zusammenbleiben können, wer weiß, ob meine Eltern oder ich später in der Lage sein werden, Sie wieder an unsere Seite zu rufen. Wir können auch sterben. Mir kann jeden Augenblick der Tod winken. Ich will nicht, daß dann alles drunter und drüber geht. Was Sie von meinen Sachen haben wollen, die Sie mit der Rote-Kreuz-Schwester hierher gebracht haben, weiß ich nicht, sagen Sie es mir, denn der Rest ist dem Polizeihauptmann von mir geschenkt. Bei dem Gelde finden Sie die Schenkungsurkunde. Das Geld gehört Ihnen, Sie können darüber verfügen, wie Sie wollen, gleich, ob ich lebe oder gestorben bin." Still weinte die Frau. Sie brauchte Tage, um das Gesagte zu überwinden.

Die Gebrüder Islamkuloff hatte ich in meine Fluchtpläne eingeweiht, denn ich sah immer wieder, mit welcher Zärtlichkeit sie mit ihrer Schwester verkehrten. Auch mußte ich mir Waffen, Munition, Werkzeuge und Vorräte besorgen und irgendwo verstecken können.

Wochenlang waren schon die Vorbereitungen im Gange. Die Beschaffung von Waffen war außerordentlich schwer. Jetzt war alles fertig, bis auf die geringste Kleinigkeit.

Bei Islamkuloffs stand schon seit einiger Zeit ein kleines, zottiges sibirisches Pferdchen im Stall. Faymé hatte es „Kolka“ * genannt. Das Tier war kräftig und widerstandsfähig; mit besonderer Sorgfalt wurde es gepflegt. Neben dem braunen, munteren Kolka standen ein Schlitten und in der tiefsten, verborgensten Ecke zwei eingefettete, funkelnagelneue Soldatengewehre mit zweihundertfünfzig Patronen und zur Sicherheit auch die Bajonette sowie eine Schrotbüchse. Ein Vorrat von Fleischkonserven, Dosen mit Zwieback, gedörrtes, getrocknetes Fleisch, zwei vollständige Samojeden-Ausrüstungen aus besten Fellen, ein Spirituskocher, Beil, Säge, Messer, Nägel, Zeltplane und sonst noch verschiedenes.

In der letzten Zeit blieben Faymé und ich bei Islamkuloffs oft bis zum späten Abend. Wir übernachteten sogar dort wiederholt, um am Tage der Flucht durch plötzliche Abwesenheit nicht aufzufallen.

Ich hoffte, dadurch mehrere Stunden Vorsprung zu erzielen. Auch plante ich, nicht den Weg nach dem nächsten Bahnhof einzuschlagen, sondern wollte im Gegenteil in entgegengesetzter Richtung entkommen. Auf dem Wege zum Bahnhof wie überhaupt zu den Eisenbahnlinien würde ich eher gesucht werden als irgendwo im Walde, auf all den Nebenwegen und verlorenen Waldschneisen. Sollten mich aber auch dort die wenigen Verfolger stellen, so hatte ich immer noch die Möglichkeit, mich mit den beiden Militärgewehren zu verteidigen. Faymé hatte das schnelle Laden der Magazine gelernt.

Der mitgenommene Proviant reichte uns beiden für einen ganzen Monat; der Wald konnte ihn immer wieder erneuern.

Sollte der Winter sehr streng werden und uns am Weiterfahren verhindern, so hatten wir immer die Möglichkeit, bei den nordischen Wanderstämmen unterzukommen. Der Polarwinter ist, wenn man eine Schneehütte zu bauen versteht, auch für uns Mitteleuropäer durchaus erträglich. In Polargegenden kennt man keine Polizei, besonders in Ruß-

* Kosename für Nikolaus.

land. Im Frühjahr – bis dahin hatte man uns längst vergessen – konnten wir uns dann der Grenze nähern.

Die Marschroute der Flucht war ziemlich genau festgelegt, wenn man überhaupt von der Festlegung eines Weges von über dreitausend Kilometer, vorwiegend über Wälder und Schneewüsten, sprechen kann.

Der Weg sollte uns erst nach dem nördlichen Sibirien führen, denn die Verfolgung lokalisierte sich fast immer auf die Bahnlinien und ihre Verbindungen. Dann nach dem Westen über den Ural, weiter in die Gegend von Archangelsk am Weißen Meer. Dort würde vielleicht eine Möglichkeit bestehen, mit einer Barkasse zu entkommen, denn das Weiße Meer fror dank des Einflusses des Golfstromes oft erst im Dezember zu. War der Wasserweg zu gefährlich, so sollte versucht werden, von Archangelsk über die nördlichste russisch-finnische Grenze nach Schweden zu gelangen. Diese nördlichsten Gebiete boten ziemlich viel Aussicht auf Erfolg, weil sie kaum bevölkert und sehr kalt waren und eine Verfolgung deshalb in dieser Zone immer sehr schwierig bleibt.

Nichts deutete auf unsere Fluchtpläne hin. So wie Nikitino sich zum Winter und zum Winterschlaf rüstete und die Ladenbesitzer und die meisten Bewohner ihre Speisekammer füllten, so ließ auch ich verschiedene Abänderungen in meiner Wohnung treffen.

In einem Zimmer war ein Kamin gebaut worden, die Fußböden wurden mit dicken, hausgesponnenen Teppichen ausgelegt, enorme Hundefelle wurden zusammengenäht und ebenfalls als Teppiche verwendet. Die Doppelfenster waren seit einiger Zeit zugekittet, nur kleine Klappen wurden zur Lüftung der Zimmer eingebaut. Die Eingangstür bekam eine dicke Filzverschalung, auf dem Hof war ein Berg von Holz aufgestapelt; seit mehreren Tagen wurde geheizt.

Scharfer Wind peitschte seit Tagen über die öde Gegend dahin.

Herbstregen tauchte alles in ein melancholisches, kaltes,

feuchtes Grau. Er machte die breiten Waldstraßen über das weite Land kaum noch passierbar und stimmte die Menschen traurig, mürrisch, schläfrig. Dann kam noch einmal strahlendes Sonnenwetter, von weitem hörte man Stimmen, das Bellen der Köter, das Rufen, Singen und Harmonika- und Balalaika-Spielen, lachende und kreischende Mädchenstimmen, den einsam verhallenden Schuß eines Jägers oder Trappers.

In der Luft liegt schon Frost.

Jeder Tag kann uns Schnee bringen. Das Barometer, das erst tief gefallen war, stieg rapide hoch, doch in den letzten Tagen fällt es wieder ständig.

Jeder Tag kann uns Schnee bringen – dann ist der Winter da!

Jeden Morgen wachen wir auf, und unser erster Blick ist jetzt immer ins Freie gerichtet: ist schon Schnee gefallen? . . .

Wir vertrösten uns dann stets auf den nächsten Tag. Es ist ja nur noch eine Spanne von einigen wenigen, ganz, ganz wenigen Tagen.

Auch tagsüber frage ich nicht selten:

„Faymé, schneit es denn immer noch nicht?"

„Nein, Peterlein, aber ganz, ganz bald!"

Ich hatte, wie so oft, meinen Kopf Faymé in den Schoß gelegt. Das Mädchen saß auf Kissen, die auf dem dicken Hundeteppich lagen. Sie hockte gern, wie es die Orientalen tun, auf dem Fußboden und wiegte leise meinen Oberkörper, so, wie man kleine Kinder in den Schlaf wiegt.

Die Holzscheite im Kamin brannten, knisterten und verbreiteten eine wohlige Wärme um uns. In der Ecke leuchtete eine Lampada. Draußen weinte und heulte ein eiskalter Wind. Dann und wann drückte er gegen die Fensterscheiben, und wir spürten das gewaltige Rütteln an dem Holzbau.

Warmer, gesteppter Schlafrock, zwei dicke Zöpfe des bläulich schimmernden Haares, zwei Augen, die in der weiten Welt nur mich sahen, Hände, die nur mich streichelten,

Lippen, die nur mich leidenschaftlich küßten, kleine, nackte Füßchen, die mir vom ersten Tage an unermüdlich den Weg zur Freiheit ebneten, der Duft eines geliebten Menschen, dem wir ein einziges Mal begegnen, dann kommt nur noch die Leere ... das alles umgab mich mit allen seinen unsichtbaren Schwingungen, die uns Menschen erst das Vorhandensein unserer Seele offenbaren.

Das ruhige Licht der Lampada und im matten Schein das kaum erhellte, bärtige Gesicht eines Heiligen ... er lächelt zu uns hernieder.

„Weißt du, was ich heute auf dem Markt für eine Nachricht von dem alten Wogulen bekommen habe? Eine schöne, wunderschöne Nachricht, Peterlein." Sie wiegt mich weiter, gleichmäßig und einschläfernd, nähert ihren Mund meinem Ohr, und ihr heißer Atem flüstert: „Im Norden ist seit fünf Tagen der erste Schnee gefallen ... drei Tage lang hat es unaufhörlich geschneit ... bald, ganz bald werden wir beide fliehen ... fliehen ... fliehen ..."

*

Ich erhalte plötzlich hohen Besuch. Es ist der General und Iwan Iwanowitsch.

„Lieber Herr Kröger", beginnt der General, „ich komme mit einer Bitte zu Ihnen. Seien Sie meine rechte Hand, im wahrsten Sinne des Wortes. Helfen Sie mir, mit Ihren Kameraden fertig zu werden, denn ich bin Ihrer Sprache nicht mächtig und finde mich nicht mehr durch ... Wollen Sie es tun?"

„Auf meine Veranlassung, lieber Freund; habe mir die größte Mühe gegeben bei Seiner Exzellenz", sagt strahlend der Polizeihauptmann.

„Ja, es ist wahr, Iwan Iwanowitsch hat mich sehr darum gebeten. Er sagte mir so oft: ‚Mein Freund Kröger will doch immer Arbeit haben, lassen Sie ihn mit seinen Kameraden verhandeln und ihnen helfen'."

Meine Kehle ist zugeschnürt, ich krampfe die Hände zusammen.

„Das kann ich nicht, Exzellenz! Um Gottes willen, ich kann es wirklich nicht“, kommt es plötzlich entsetzt über meine Lippen. Das Blut schießt mir in den Kopf, Schweiß steht mir auf der Stirn.

„Lieber Herr Kröger“, sagt ruhig und sanft der General, „Sie wollen mir die Bitte abschlagen? Ein Mann mit einem so guten Herzen, und dazu noch ein Deutscher? Einem alten Manne, der Ihr Vater sein könnte, wollen Sie nicht helfen, Ihren Landsleuten in der bedrängten Lage nicht hilfreich zur Seite stehen? Das kann doch unmöglich Ihr Ernst sein?“

„Exzellenz . . . verzeihen Sie mir . . . ich kann es nicht . . . bei Gott, ich kann es nicht!“

Ein drückendes Schweigen. Die Pulse hämmern mir.

„Warum denn nicht, mein lieber Herr Kröger?“ sagt wieder die sanftmütige Stimme des alten Offiziers.

„Ich kann nicht! . . . Ich kann nicht! . . . Ich . . . kann . . . nicht!“

Ich presse die Hände gegen die Schläfen und an die Ohren, um die Worte, die man immer wieder an mich richtet, nicht zu hören.

„Ich glaube, Sie zu verstehen. Es braucht nicht gleich zu sein, aber kommen Sie recht bald zu mir, und sagen Sie zu. Ich bitte Sie sehr darum, Herr Kröger.“

Verdutzt blickt mich Iwan Iwanowitsch an. Meine Weigerung bleibt für ihn ewig ein Rätsel. Wir reichen uns die Hände, die Männer gehen. Ich bin unfähig, sie zur Tür zu begleiten.

„. . . Faymé! . . .“

Es ist ein Schrei der haltlosen Verzweiflung. Ich falle vor vor ihr auf die Knie, vergrabe mein Gesicht in ihrem Schoß . . . ich schluchze. Meine Beherrschung ist zu Ende. Ich bin nur noch ein zu Tode betrübtes, verzweifeltes schwaches Kind.

Sie läßt mich ausweinen.

„Mein armes Kind, mein lieber, lieber Junge, mein Peterchen, nicht weinen, nicht weinen, mein Liebchen“, flüstert sie.

Ihre Hände beruhigen mich.

Ich lausche tief, tief in mich hinein ...

Als ich dann aufblicke, lächelt sie mir entgegen, wie ein gütiger, alles verstehender ... Gott.

Ich aber blicke an mir hinunter und gewahre plötzlich: ich war immer nur ein kümmerlicher, schandbarer Zwerg!

*

Langsam stehe ich auf, werfe den Mantel über die Schultern, stülpe die Mütze auf. Eine Tür fällt ins Schloß, dann ist alles wieder ruhig im Hause.

Der kümmerliche Zwerg schreitet müde, als hätte er Ketten und Kugeln an seinen Gelenken. An der Grenze der Freiheitszone bleibt er stehen, dann setzt er sich auf die Bank, die er schon vor Wochen selbst an diese Stelle getragen hat. Die Mütze fällt ihm herunter, er merkt es nicht. Sein Kopf ist in die Handflächen gestützt, sein Blick ist weit, weit in die Ferne gerichtet, dorthin, wo schon längst die Sonne untergegangen ist.

Dort liegt seine Heimat.

Doktor-Ingenieur Theodor Kröger, Sohn eines Großindustriellen, gewohnt zu befehlen und sein Leben nur nach seinem Ermessen zu gestalten – muß zur Pflichterfüllung ... gezwungen werden!

Graue, geduckte Kolonnen, fahle, gequälte Gesichter mit fiebernden Augen sehen ihn an, ernst und weltentrückt. Es sind Augen, die schon den Tod geschaut, die im Kampf gegen eine Welt von Feinden, im Rücken die bedrohte Heimat, an ihren Sieg felsenfest glaubten. Sie alle haben ihre Pflicht erfüllt, sie haben für ihr Land sogar das Leben eingesetzt. – Sie alle blicken ihn jetzt an:

„Hast du deine Pflicht getan?“

„Kameraden! Ich werde es mir zur allergrößten Pflicht machen, für euch nach besten Kräften zu sorgen.“

Das hatte er ihnen selbst versprochen!

„Jetzt, wo es heißt sein Wort halten, willst du fliehen? Frei willst du sein? Mögen die andern verrecken! Nur du hast Sehnsucht nach deiner Heimat, nur du hast das Recht zu fliehen? Die andern haben es wohl nicht? Du erhabener, du fabelhafter Mann, ein Mann mit durchgebildeter Kultur! Du Schwätzer, du Lügner!“

Es kam mir plötzlich vor, als wehten mir Faymés Haare um das Gesicht. Ich strich mir über die Stirn. Sie war naß . . . „Sind alle Europäer so nüchtern? Kennen sie nicht das Empfinden, etwas zu geben von ganzem Herzen, aus reinster Seele?“

Ich durfte nicht fliehen, mußte hierbleiben, auf meine Freiheit mußte ich verzichten, als Gefangener sollte ich weiterleben und warten, warten wie die andern auf die Stunde der Erlösung?

Auch Faymé hatte mich nur zu trösten versucht, sie, die so selig war bei dem Gedanken, mit mir zu fliehen?

Sogar für das Mädchen, für eine Tatarin in Tief-Sibirien, ein Kind, war es eine Selbstverständlichkeit – nur nicht für mich!

Ein dunkles, schweres Schamgefühl kroch mir tief in die Seele.

Lange, sehr lange saß ich in der Dunkelheit.

Der Kampf des Gewissens mit dem Eigensinn war brutal und verbissen.

„Ich . . . bleibe . . .!“

Es kommt über meine Lippen, ohne daß ich will, und ich fühle plötzlich, daß eine kleine Freude sich bei mir verborgen hält, sie wächst, wächst immer mehr, jetzt ist sie schon Glück . . . und dann . . . ein großes, strahlendes Glück!

Allmählich komme ich zu mir, wie aus einem Traum, aus einer Narkose. Ich erschauere vor Kälte, öffne die Augen, reiße sie weit auf . . .

Um mich herum ist alles verwandelt.

In dichten Flocken, in erhabener, lauschender Stille kommt der Schnee hernieder . . .

Er fällt und fällt, auf den unbedeckten Kopf, ins Gesicht, in die offenen Hände.

Und ich . . . ich bin doch glücklich . . .!

Als ich die Tür zu meiner Wohnung öffne, steht Faymé vor mir; ich wußte es, als ich nach Hause ging.

Ich bin verschneit, kalt und naß. Sie steht vor mir in einem warmen, langen Schlafrock. Ihr Blick sucht angestrengt in meinen Zügen; sie hat so schöne, herrliche schwarze Augen.

„Es schneit, Liebste! Ich . . . bleibe . . .“

Die ersten Sonnenstrahlen fallen auf eine blendend weiße, glitzernde Schneefläche. Das Thermometer zeigt zwei Grad unter Null.

„Sie kommen ja schon, mein lieber Herr Kröger", empfängt mich der General, „das ist aber nett von Ihnen!"

„Verzeihen Sie, Exzellenz, daß ich gestern . . ."

„Aber, was ist da noch viel zu reden! Wir sind doch alle Menschen und keine unfehlbaren Götter." Er legt mir seine Hand auf die Schulter. „Sie sind jung und haben sehr heißes Blut. So ein Junge war ich auch einmal, jetzt . . . jetzt ist vieles anders geworden. Als ich im Felde war, im Japanischen Krieg, da bin ich auch zweimal in Gefangenschaft geraten und . . . habe genau so gedacht wie Sie, obwohl ich schon damals graue Haare hatte. Für mich ist das vollkommen verständlich. Wissen Sie, daß ich etwas anderes von Ihnen auch nicht erwartet habe? Mit Ihren gesunden, kräftigen Knochen pfeift man auf die Gesetze und glaubt, den Teufel noch bändigen zu können! Das weiß ich . . . das weiß ich alles!" Der General schweigt eine Weile. „Lassen Sie mich zu Ihnen sprechen wie ein Vater. Meine grauen Haare geben mir etwas Recht dazu. Ich glaube, Ihr Vater würde jetzt zu Ihnen das Gleiche sagen. Wir Menschen haben Pflichten! Pflichten unsern Mitmenschen, unsern Nächsten gegenüber. Belasten Sie nie Ihr Gewissen mit Taten, deren Sie sich später schämen müßten, denn sie sind nie wiedergutzumachen, wenn Sie später auch die tiefste Reue empfinden. Ihr ‚Nein' hätte sicherlich vielen Ihrer Kameraden geschadet. Der Fluch des verdammten Krieges lastet ja auf uns allen. Gehen Sie jetzt zu Ihren Kameraden, helfen Sie ihnen. Wer weiß, vielleicht ist es später Ihre einzige frohe Erinnerung an unser Land, an Ihre Verbannung in Sibirien."

Der General klopft mir wohlwollend auf die Schulter und läßt mich gehen.

Auf dem Wege zur Schnapsbrennerei komme ich am Hause der Islamkuloffs vorbei. Kolka fällt mir ein. Rasch hole ich ihn aus seinem Versteck.

Das Pferdchen darf sich nun in Freiheit bewegen, während ich – freiwillig ein Gefangener bleibe.

Die Posten am Tor der Schnapsbrennerei nehmen Haltung an. Ich gehe hinein. In der Schreibstube sitzen die Unteroffiziere und der Feldwebel, der Lagerälteste. Ein kurzes Strammstehen. Ich gebe jedem die Hand. Eine Schachtel mit Zigaretten macht die Runde.

„Ich bin vom Lagerkommandanten beauftragt, der Mittelsmann zwischen Ihnen und der hiesigen Obrigkeit zu sein. Beide Teile finden sich nicht sonderlich gut zurecht, nicht wahr?"

„Leider nein, wir können uns nicht richtig verständigen", sagt der Feldwebel.

„Na, wir werden das Kind schon schaukeln."

Vor mir, auf dem sauber gescheuerten Tisch, liegen die Berichte des Lagerältesten. Sie sind alle erschreckend gleich.

Krankheiten. Es sind sechs Mann erkrankt. Sie sind nur erkältet, also nicht weiter schlimm.

Eine Tür geht auf. Ich blicke in das Gefangenenlager.

Schlecht gekleidete Männer hocken auf Pritschen. In der Mitte ein Gang, an der Decke eine Petroleumlampe. Der Fußboden ist sauber.

Hunderte von Augen sehen mich an, abgehärmte, graue Gesichter. Hunger, Entbehrungen, Nichtstun, Verzweiflung sprechen aus ihnen.

Der sibirische Winter steht vor der Tür, was wird er ihnen bringen? . . . Massengräber? . . . Langsamen Tod? . . . Was will dieser Mann von uns? Wird er uns etwas geben? Wird er uns noch das Letzte nehmen?

„Lassen Sie bitte sofort eine Liste herumgehen", wende ich mich an den Feldwebel. „In diese Liste soll jeder genau eintragen, was er gelernt hat, irgendein Handwerk oder sonst, was er kann. Ich will versuchen, so vielen wie möglich Arbeit zu verschaffen."

Wir sind wieder in der Schreibstube. Gemeinsam sprechen wir alle festgestellten Übel durch, die aufgeschrieben werden. Alle geben sich die größte Mühe, praktische, gangbare Vorschläge zu machen. Das Blatt füllt sich immer mehr und mehr.

Drei Worte stehen mit Feuerbuchstaben vor meinen Augen: Essen, Sauberkeit, Disziplin.

*

Am Abend waren Faymé und ich Gäste bei Ekaterina Petrowna. Der Tisch brach beinahe unter der Fülle der Speisen. Ich saß der Frau des Hauses gegenüber, der General umschwärmte Faymé in seiner reizenden Art, als wäre er jung wie einst. Iwan Iwanowitsch aß und trank, sein Gesicht war zufrieden, und er begann allmählich zu schwitzen, ein Zeichen dafür, daß er nun genügend gegessen und natürlich auch entsprechend getrunken hatte.

„Iwan, du sagtest mir vor einiger Zeit, du hättest über viertausend Paar von Motten etwas angefressene Filzstiefel. Was ist aus ihnen geworden?" fragte ich ihn, während die anderen jetzt am Teetisch saßen.

„Warum interessiert dich das?"

„Du sagtest doch, du hättest keine Verwendung dafür."

„Das ist schon richtig, was soll ich auch mit dem ganzen Posten anfangen? Es ist Heeresgut, aber keiner fragt danach, denn es ist schon längst vergessen. Könnte man den Kram nicht verkaufen?"

„Ich glaube kaum, wer soll ihn denn kaufen? Ich will mal sehen."

„Sag mal, Kröger, wollen wir Männer nicht ein bißchen Karten spielen, was?"

„Nein, nein, ganz ausgeschlossen, mein Lieber. Herr Kröger will jetzt etwas Tee trinken und Süßigkeiten dazu essen", fällt ihm seine Frau ins Wort, faßt mich am Arm und zieht mich an den Teetisch.

„Was bist du bloß für ein Mann, Fedja", ertönt hinter mir die Stimme des Polizeihauptmanns. „Du trinkst nicht wie ein Rechtgläubiger, wie man bei uns zu sagen pflegt, du spielst keine Karten, nur dann, wenn es unbedingt sein muß, ißt gern Süßigkeiten, das ist doch nicht männlich, mein Lieber!"

„Laß ihn zufrieden, Iwan!" sagt etwas böse seine Frau.

„Nun, daß Herr Kröger keinen schlechten Geschmack hat, sieht man ja an seiner kleinen Frau", lacht der General. „Sie sind die entzückendste Frau, die ich je gesehen habe", und mit diesen Worten küßt der alte Soldat dem Mädchen die Hände.

„Exzellenz sind sehr gütig", sagt lächelnd Faymé und errötet dabei.

In munterer Unterhaltung verstreicht die Zeit.

„Iwan, ich muß dich mal unter vier Augen sprechen."

„Aber Kröger, mein Lieber, du bist ja wie ein Mädchen", lacht Iwan Iwanowitsch, „Männer haben doch keine Geheimnisse. Das ist mir in meinem ganzen Leben noch nicht passiert."

„Doch, Iwan, es ist quasi dienstlich, komm, ich habe dir wirklich etwas Wichtiges zu sagen."

„Na, wenn es sein muß, dann komm schon." Mit lautem Ächzen und Stöhnen erhebt sich der Koloß. Er geht voran, ich folge.

„Ich bin wahnsinnig gespannt, was du mir zu sagen hast. Na, schieß mal los!"

„Ich bin der Käufer von deinen Filzstiefeln", sage ich ohne Zögern.

„Du?! . . . Um Gottes Willen, was willst du denn mit viertausend Paar Filzstiefeln?"

„Was kostet der ganze Posten? Wie verrechnest du es mit der Stadtverwaltung?"

„Na, wollen sagen . . . tausend Rubel. Sie sollen froh sein, etwas dafür zu bekommen."

„Gut, Iwan. Eintausend Rubel. Ich werde Islamkuloff mit deiner Stadtverwaltung sprechen lassen. Alles, was er runterhandelt, gehört dir. Er soll ihnen dreihundert Rubel bieten – auf fünfhundert werden sie sich einigen. Ein Tatar versteht es."

„Gewaltig! Ganz gewaltig! Ich werde schon für einen recht niedrigen Preis sorgen! Fünfhundert Rubel soll ich haben? Wie sieht denn so viel Geld aus? Wird es in einer Tasche auch Platz haben? Ich werde noch verrückt!" Dann sieht er mich plötzlich lachend an und sagt: „Was willst du eigentlich damit anfangen? Ein komischer Kauz bist du! Überlege bloß, viertausend Paar Filzstiefel, ein ganzer Berg, ein riesengroßer Berg von Filzstiefeln!"

„Meine Kameraden frieren, Iwan", antworte ich.

Das Lachen des Mannes verstummt plötzlich, er wird tiefernst und senkt den Blick. Dann faßt er meinen Kopf, denn in seinen Augen stehen dicke Tränen, und er küßt mich nach russischer Sitte auf beide Wangen.

„Fedja, Bruder! Vergib mir! Morgen gehe ich zum heiligen Abendmahl. Vergib mir, daß ich dir in meinem Innern nie recht getraut habe. Ich bitte dich innig um Verzeihung!"

„Ich habe dir nichts zu verzeihen, mein Lieber. Ich bin jetzt auch ein anderer Mensch geworden."

„Wieso denn, ich verstehe dich nicht. Denkst du jetzt anders als früher?"

„Ja, Iwan . . . seit heute nacht. Es hat heute nacht geschneit." Ich schiebe den völlig verdutzten Mann aus dem Zimmer.

An diesem Abend konnte ich Faymé wieder in die Augen sehen so wie früher, mit Freude und Hingabe.

Als ich am nächsten Morgen aus dem Hause gehe, sehe ich, daß der Posten und sein Schilderhäuschen plötzlich verschwunden sind. Mittags bekomme ich die amtliche Bestätigung und die Genehmigung, meine Haustür von nun an abschließen zu dürfen.

*

Zwei Tage lang fand im Polizeigebäude eine Dauersitzung statt. Der General Illarion Nikolajewitsch, Iwan

Iwanowitsch und ich beratschlagten über das Wohl und Wehe meiner Kameraden. Meine Vorschläge auf Verbesserung ihrer Lage wurden nach einigen Debatten angenommen.

Noch nie hatte das Polizeigebäude so viele Menschen ständig kommen und gehen sehen. Alle Berufe waren vertreten, Kaufleute, Handwerker, Bauern, dazwischen rannten die Beamten der Stadtverwaltung. Auch in Nikitino hatte die Militär- und Polizeibehörde während des Krieges unumschränkte, diktatorische Gewalt, der sich jeder unwiderruflich beugen mußte.

„Sie haben uns aber geschunden, Herr Kröger!“

„Exzellenz, ich möchte alles wieder gutmachen . . . “

„Einverstanden, morgen abend sind wir Ihre Gäste. Grüßen Sie inzwischen Ihre schöne Frau besonders herzlich von mir.“

Ich blicke mich im Zimmer um. Es war vollgequalmt. Auf dem Tisch stand ein Teller mit Zigarettenstummeln, daneben Überreste von Butterbroten und drei Gläser, zum Teil noch mit Tee gefüllt.

„Sag mal, Fedja, bist du eigentlich von Sinnen? Du hast mich ja zu Tode gehetzt! Arbeitest du immer so? Ist es in eurem Lande Sitte, die Menschen so mit Arbeit zu schinden?“

„Jetzt kannst du dich ja erholen, Iwan, nun ist alles vorbei. Morgen abend kannst du dich bei mir schadlos halten.“

Schwerfällig stand der Hauptmann auf, schüttelte den Kopf und schwieg. Er hatte wirklich keine Worte, vielleicht zum erstenmal in seinem Leben.

*

Hunderte von Augen sind auf mich gerichtet. Ich sitze in der Mitte der gefangenen Kameraden, dicht um mich herum die Chargen. Alle blicken gespannt auf mich.

„Wir wollen Kriegsrat halten, Kameraden. Es ist mir gelungen, die Militär- und Polizeibehörde davon zu überzeugen, daß ihr einen Raum braucht, wo ihr euch wohlfühlen könnt. Der Bau eines Heimes für euch ist bewilligt."

Ein gewaltiger Beifall bricht los.

„Wer will an diesem Bau mitarbeiten?" frage ich.

„Ich . . . ich . . . ich . . ." ertönt es von allen Seiten. Die Augen der Männer leuchten, sie wollen sich vordrängen.

„Wer von euch hat denn dieses Handwerk gelernt?"

Alle, aber auch ohne Ausnahme, melden sich sofort wieder.

„So, ihr seid also lauter Baumeister?" Ein lautes Lachen setzt ein, Witze und lustige Worte fallen. Dann wird der Schlachtplan entworfen.

Kriegsgefangene bauen ihr Heim. Männer, aus dem ständigen Einerlei plötzlich herausgerissen, arbeiten an der Erfüllung ihres Wunsches. Ameisen gleich hantieren sie an dem Bau. Der Schnee ist kaum einige Zentimeter hoch, die Kälte durchaus erträglich. Fröhliche Zurufe, Witzworte fliegen durch die Luft in allen Sprachen und Mundarten Deutschlands und Österreichs. Man sieht einen schwarzen Ungar mit einem waschechten Berliner scherzen, sieht viele Hände an der Arbeit, die einen andern Beruf kannten. Kommandos erschallen, kurz, klar, alles folgt ihnen mit Freude und Übermut.

Nach Wochen steht der „Heimatwinkel"!

Die ganze Stadt ist auf den Beinen. Es ist Einweihung.

Die schwere Eingangstür öffnet sich und ich blicke in einen Saal, der etwa tausend Menschen zu fassen vermag, geschmückt mit Girlanden und Tannenzweigen. Kräftige Tische und Stühle, Sessel, wenn auch mit etwas hartem Polster, aber schwungvoll und modern gearbeitet, mit altem feldgrauen Tuch überzogen. Kleine Nischen mit geschnitzten Wänden, an der Decke vier große Petroleumlampen. Zwei blanke Kanonenöfen strahlen eine unheimliche Glut aus. Aus dem kleinen Bündel ärmlichster Habseligkeiten hat jeder sein Bestes hergegeben.

An einer Wand ist ein kleines Podium errichtet. Unweit davon sitzt der General in voller Uniform, mit allen Ehrenzeichen. Neben ihm Iwan Iwanowitsch, ebenfalls in

Gala mit dem strahlenden Stern für den Bau des Lyzeums. An seiner Seite Ekaterina Petrowna. Die beiden noch leeren Sessel sind für Faymé und mich reserviert. Gleich dahinter sitzen die Chargen der Kriegsgefangenen. Alle, bis auf den Letzten, haben sich nach bestem Können zurechtgemacht, sogar bei den Schlampigsten sieht man frisch geflickte Uniformen.

Es liegt eine Erwartung, eine Feierlichkeit in dem Raum.

Ich spreche kurze Begrüßungs- und Dankesworte im Namen meiner Kameraden an die russische Behörde. Wir schütteln uns lange und herzlich die Hände.

„Gut, sehr gut . . . sehr gern . . .“ kommen stoßweise Worte aus dem Munde des Generals. „Deutsch . . . wenig“, und seine Hände machen eine Geste des Bedauerns. „Kameraden, ich auch danke.“ Er zeigt auf den Raum, winkt den Männern zu und sein Gesicht lächelt still und gütig.

Auch Iwan Iwanowitsch ist jetzt aufgestanden. Er winkt ebenfalls allen zu, lacht über das ganze Gesicht und sagt: „Nix Deutsch, aber danke sehr.“

Dann steht ein Kerl, schwarz wie der Teufel, mit krausem Haar und schwarzen Augen, auf dem Podium.

Übermütig und herausfordernd blickt er uns an. Mit einer weitausholenden Bewegung hebt er seine primitive Geige und beginnt zu spielen. Es wird totenstill im Saal.

Sehnsucht . . . Weite . . . brennende Glut strömt ihm aus der Geige. Er und das Instrument sind eins geworden, denn sie ist nur der Widerhall der Gefühle dieser aufgewühlten Seele. Seine Augen sind geschlossen, er wiegt sich selber ein, und sein Gesicht ist verklärt, als schreite er über seine geliebte, weite Pußta.

Jäh verstummt die Geige! Brennender, lodernder Blick des Zigeuners . . . um ihn ist wieder Schnee, Kälte Sibirien . . .

Rasender, tosender Beifall aus Tausenden von Händen. „Eljen, Dájos! Eljen!“ rufen ihm die Ungarn zu. Und wieder muß der schwarze Dájos spielen.

Dann wird auf dem Podium gesungen, Couplets werden

vorgetragen und recht gute Witze erzählt. Die Obrigkeit hört artig hin, ohne ein Wort zu verstehen, und lächelt dazu.

Kurze Worte des Dankes an die Behörden und die Kameraden, dann lassen wir sie allein.

An der Ausgangstür steht der Feldwebel. Er faßt mich beim Ärmel, er versucht zu sprechen, doch nur stotternd kommen die Worte:

„Herr Kröger, ich möchte . . . darf ich mir erlauben . . . unsern Kameraden zu sagen, daß . . .

„Nein, Feldwebel, Sie haben versprochen zu schweigen."

„Ich kann nicht . . . ich muß es allen ganz laut sagen . . ."

„Warum? . . . Ich bin der Glücklichste von euch allen, Feldwebel. Genügt es Ihnen nicht?"

„Zu Befehl, Herr Kröger!"

Der alte Soldat ergreift meine Hand. Seine Lippen sind fest aufeinandergepreßt.

Die schwere Tür fällt zu.

Über mir funkeln die Sterne . . .

*

Jeden Morgen, pünktlich um neun Uhr, war „Abmarsch".

Um die Männer aus der Eintönigkeit herauszureißen, wurde morgens exerziert. In Filzstiefeln, aber in einwandfreiem Marschschritt ging es zum Kaffeetrinken in den „Heimatwinkel".

Es ertönten scharfe preußische Kommandos, und die Kolonnen defilierten vor den Chargen und auch nicht selten vor dem General, der grüßend und lächelnd den Vorbeimarsch abnahm.

Nicht ein einziger widersetzte sich dieser Anordnung. Jeder begrüßte sie, sah darin einen gutgemeinten Spaß, der ihm die Knochen im Leibe durcheinanderrüttelte und das träge Blut wieder in den Adern pulsieren ließ.

*

„Fedja, du hast eine Gabe, die Menschen bei lebendigem Leibe zu quälen, daß . . . ich habe keine Worte! Jetzt verlangst du schon von mir, ich soll mit dir zum Bäckermeister Worobej gehen. Was soll ich denn dort? Du kannst auch allein hingehen, den Weg kennst du doch genau so gut wie ich. Du denkst wohl, ich hätte nichts weiter zu tun, als mit dir spazierenzugehen? Wofür bekomme ich denn mein sauer verdientes Gehalt? Für das Nichtstun, was? Du leichtsinniger Mensch! Du willst uns allen Arbeit aufbürden, als wären wir Galeerensträflinge. Zwei Tage lang bin ich seinerzeit aus dem Bau fast nicht herausgekrochen, und wenn der General nicht dagewesen wäre, ich wäre schon längst . . ."

„Iwan, nur den einen Weg mußt du machen, davon hängt so viel ab", bitte ich.

„Was, ich muß? Nein! Ein ganz großer Irrtum, mein Lieber! Ich muß gar nicht. Ich soll den Mantel anziehen, meine Füße naß machen? Draußen ist ein Hundewetter! Nein, ich bleibe hier. Ich habe so viel zu tun, daß ich keine Zeit habe, nicht eine Minute. Sieh die viele Arbeit, die auf mich wartet. Wenn ich nicht derart robust wäre . . . schon längst wäre ich tot."

„Nun, dann bin ich dir ernstlich böse", und ich verlasse ihn.

Ich gehe allein zum Bäckermeister Worobej (deutsch: Sperling).

Ausgetretene, morsche Stufen führen in seinen Verkaufsraum hinauf. Ein kleiner Ladentisch, darauf Häufchen von schlecht gebackenen Brötchen, etwas abseits Kuchen, unansehnlich und undefinierbar. Hinter dem Ladentisch ein Berg von schlecht gebackenen Broten.

Der Meister kommt, ein kleiner, dicker, nicht ungemütlicher Mann. Hände, Kleider, Haare und Bart sind mit Mehl bestäubt. Seine Miene ist abweisend, denn er weiß, was ich will, und er ist allen Neuerungen gegenüber feindlich, auch hält er nichts von den Gefangenen, von den „Feinden".

In dem Zimmer neben dem Laden nehmen wir Platz.

Ich hole eine Flasche Wodka hervor. Der Bäckermeister schielt erst danach, bringt dann aber zwei Gläser und entkorkt resolut mit der Handfläche die Flasche.

Nach einem Präludium über das Trinken und Nichttrinken, über die Moral der Enthaltsamkeit, ihre bedingten Vor- und Nachteile, wobei der Mann ungeniert mehrere Gläschen trinkt, komme ich endlich auf den Kern der Sache zu sprechen.

„Worobej, warum willst du denn nicht einsehen, daß das richtige Geldverdienen Freude macht?"

„Barin, ich glaube nicht daran! Natürlich will ich Geld verdienen, so viel wie möglich, auch würde ich mir gern eine neue Bäckerei bauen lassen, aber es ist doch nicht so einfach, wie Sie es mir erklären. Ich kann das alles noch nicht richtig verstehen, bin eben schwer von Begriff. Seit Jahren betreibe ich meine Bäckerei, sie ist auch die beste in der Stadt, aber. . . . nun soll ich alles anders machen?"

Schließlich gehen wir die schmalen Stufen hinunter. Unter dem Verkaufsraum befinden sich die Backstuben. Ein unglaubliches Durcheinander herrscht dort. Ich erkläre dem schon etwas versöhnten Worobej, wie ich mir alles gedacht habe, was umzubauen nötig ist, wie die Backräume zu vergrößern sind und wie der Raum für einige Gefangene geschaffen werden kann.

„Peter, bist du unten?" höre ich plötzlich Faymés Stimme. „Wir kommen gleich zu dir hinunter."

„Ach . . . ach, diese verdammte Treppe, warum ist sie nur so schmal und eng bei dir? Ein Mensch kann da gar nicht hinuntergehen! So . . . ach . . . wo man mich nicht überall hinschleppt . . . eine Hitze hier unten!

Ächzend und stöhnend ist Iwan Iwanowitsch heruntergestiegen und wischt sich den Schweiß von der Stirn. Hinter ihm erscheint lachend Faymé. – Der Koloß scheint gar keine Luft mehr zu haben, denn unbeholfen blickt er nach allen Seiten, wo er seine Mütze hinlegen kann. Ich nehme sie ihm ab.

„Diese Hitze bei dir, Worobej, wie in einer Hölle! Muß

denn das sein, sag mal? Mach doch das Fenster auf, schnell, ich erstické hier buchstäblich! Siehst du das denn gar nicht, weißt du denn nicht, Kerl, wer vor dir steht?“ Und schon versucht er, das Fenster aufzureißen. Doch der Bäckermeister kommt ihm zuvor.

„Um Gottes willen, Euer Hochwohlgeboren! . . . Der Teig steigt, um Gottes willen, das darf man nicht, er fällt mir sonst . . .“

„Dein Teig. Worobej, Unsinn, von dem bißchen Luft! Er wird schon wieder steigen, wenn ich fort bin. Kannst dann meinetwegen noch einmal heizen.“

„Ist es nicht lieb von Iwan Iwanowitsch, daß er mitgekommen ist?“ fragt Faymé und klopft leicht auf den Arm des Dicken.

„Na ja, man wird nur von allen hier gequält, sonst hat man nichts von seinem bißchen Leben. Also“, unterbricht er sich plötzlich, „seid ihr nun einig über den Umbau? . . . Paß mal auf, Worobej, die Sache ist ganz einfach, furchtbar einfach. Diesen Raum läßt du vergrößern, sagen wir mal: um fünf Schritte, das genügt; dann baust du noch einen Raum dazu für die Gefangenen, für fünf bis sechs Mann, wo sie wohnen und schlafen können. Der Verkaufsraum muß auch sauberer werden, ein imponierender Ladentisch ist unbedingt nötig, und der Fall ist erledigt, verstanden? Heute, jetzt gleich kommen Leute und nehmen alles in Angriff. Tag und Nacht muß gebaut werden. Wir leben jetzt in einer ganz anderen Zeit. Das Schlafen und Nichtstun muß endlich aufhören. Wir müssen alle mit, ob wir wollen oder nicht.“

„Euer Hochwohlgeboren . . .“

„Rede nicht dazwischen, Worobej, du verstehst es nicht, wirst mir später nur dankbar sein, jawohl, das wirst du. Also verstanden? Es geht mit der Arbeit gleich los, ohne Widerrede! Sonst brauchst du mir dein Brot nie mehr im Leben zu liefern; schmeckt übrigens ganz miserabel; unerhört, mir so etwas zu bieten! Und nun können wir wohl gehen, nicht wahr?“

Er setzt sich in Bewegung, klettert die Stufen mühselig hinauf, ihm folgt schweigend der Bäcker.

„Dein Verkaufsraum ist schrecklich, alles muß hier anders werden. Freuen müssen sich die Leute, wenn sie zu dir kommen. Alles muß voll Ware sein, bis an die Decke, das Geld muß nur so in die Kasse fließen. Sei doch froh, daß ich dir helfe, mach nicht so ein dummes Gesicht, als hätte dich ein Untier gelaust. Du wirst sehen, die Sache wird schon werden. Wenn nicht, dann wird der Doktor dir die Unkosten bezahlen! Nicht wahr, Fedja?"

„Ja, das mache ich, Worobej, ich verspreche es dir!"

„Dann ist es etwas anderes. Ich hatte schon Angst um meine schwer verdienten Kopeken, Euer Hochwohlgeboren . . ."

„Rede nicht!" herrscht der Hauptmann den Bäcker wieder an. „Du hast mehr als nur Kopeken verdient! Hast du bei jemandem Schulden? Nein, du hast keine, also bist du wohlhabend!"

Wir sind wieder auf der Straße.

„Faymé hat mich überredet. Ich war unterwegs nach Hause, als sie mich traf, und da bat sie mich mitzukommen. Sie suchte dich. Ich werde bei dir zu Mittag essen, Fedja."

„Kusmitscheff", sagt Iwan Iwanowitsch, als wir dem Soldaten zufällig begegnen, „geh sofort zu meiner Frau und sage ihr, ich käme nicht zum Essen. Dann bestellst du die Handwerker zum Bäckermeister Worobej und sagst, daß ich ihnen befehle, unverzüglich mit der Arbeit zu beginnen. Sie sollen sich beeilen. Wenn die Kerle zur vereinbarten Zeit nicht fertig werden . . . lasse ich alle hängen! Dann gehst du ins Gefangenenlager und sagst Meyerhofer, merke dir den Namen ganz genau, du sagst Meyerhofer, er soll sofort zu Worobej hin und bei dem Umbau zugegen sein. Er und seine Gesellen sollen auch mit der Arbeit beginnen. Hast du mich verstanden? Wiederhole!"

Straff steht der Soldat da und wiederholt.

„Na also! Wegtreten!" und gravitätisch schreitet Iwan

Iwanowitsch weiter und sogar die Treppe zu meiner Wohnung hinauf.

„Sag mal, Fedja, du hast mir doch geglaubt, daß ich so viel Arbeit hatte, was?“ fragt er mich verschmitzt, nachdem er seinen Mantel abgelegt hat.

„Ja, sicher, Iwan, ich glaube es dir!“

„Bist eben hereingefallen, angeführt habe ich dich! Wozu habe ich denn so viele Beamten um mich herum . . . ? Und er lacht aus vollem Halse über mein erstauntes Gesicht und über seinen Sieg.

„Was gibt es denn heute zum Mittagessen“, blinzelt er Faymé an, „darf man das wissen? Am besten, ich gehe gleich mit Ihnen in die Küche, will mal sehen, interessiert mich doch. Meine Frau braucht es aber nicht zu wissen. Ich will bloß mal gucken“, und Iwan Iwanowitsch verschwindet in der Küche. „Wie das duftet, fabelhaft, hier kriege ich immer Appetit, weiß der Teufel. Deine Köchin, wenn ich sie halbieren könnte, ich tät' es auf der Stelle. Die versteht es vorzüglich. Ja, ja, das ist Petersburg! Fabelhaft, ganz fabelhaft. Können wir gleich essen? Ich habe einen wahnsinnigen Hunger! Und wo ist der Schnaps denn eigentlich? Ich sehe nichts! A . . . a . . . ah, hier ist er ja! Sieh mal einer an, eine eigens dafür eingerichtete Kammer! Man könnte davon träumen . . .“

Plötzlich schweigt er, der Anblick der vielen Flaschen hat ihn völlig überwältigt.

Seit diesem Besuch hatte der arme Bäckermeister Worobej nicht eine einzige ruhige Stunde. In seinem Haus fühlte er sich nicht mehr wohl, denn er stand überall und allen im Wege. Nach den Kunden fragte keiner mehr, weil bei dem Umbau gar kein Brot gebacken wurde.

„Alle gehen schon zu meinem Konkurrenten“, klagte er mir weinerlich. „Ich werde mir die Haare ausraufen. Ich verliere noch alles zu guter Letzt!“

Schließlich, da er sich wirklich nicht mehr helfen konnte, schliefen er und seine Frau auf dem Heuboden. Beide waren sterbensunglücklich. Sie sahen ihren Untergang nahen.

Es kam der Tag der Eröffnung. Er wurde zum Ereignis.

Gleich am frühen Morgen, als die ersten alten Kunden wieder ihre Brötchen kauften, waren sie überrascht von ihrer plötzlichen Güte und ihrem Aussehen. Wie ein Lauffeuer ging es durch Nikitino und im Nu war der Laden voll, aber die Brötchen waren schon längst ausverkauft, so daß man sich mit Brot zufriedengeben mußte. Aber auch das Brot war anders geworden. Es schmeckte köstlich, weil es so locker gebacken war.

Das skeptische Gesicht des Bäckermeisters hellte sich etwas auf, aber in seinem Innern blieb er doch noch sehr mißtrauisch.

Nur wenige Stunden danach staute sich eine große Menschenmenge vor dem Bäckerladen, denn einer sagte es dem andern: es gibt heute ganz besondere Kuchen, die gefangenen Österreicher backen! War man auf so was nicht neugierig? Das mußte man sich ansehen. Jetzt kommen die Bleche mit den Kuchen herauf! Aller Augen sind darauf gerichtet. In wenigen Minuten ist alles ausverkauft. Enttäuscht gehen die meisten fort, verärgert und schimpfend.

Worobej und Meyerhofer kommen zu mir. Sie bringen mir Brötchen und Kuchen. Ich kann Worobej nicht schildern: er war ein einziges strahlendes Lachen und umarmte unaufhörlich Meyerhofer. Abends waren die beiden sternhagelbesoffen, sie sagten sich „Du"; der Russe schwor dem Österreicher ewige Freundschaft!

Im Nu hatte Worobej fünf Gesellen. In seinem Laden ging es zu wie in einem Taubenschlag. Die Nikitinoer stürzten sich auf die Herrlichkeiten mit einer wahrhaft kindlichen Begeisterung.

Die Konkurrenz wurde quittegelb vor Neid.

Der erste Versuch war also mehr als geglückt. Nun sollten die andern einsetzen.

Die Fleischer waren jetzt an der Reihe. Im Handumdrehen waren Fleischergesellen zur Stelle, die dicke und dünne, lange und kurze Würste aller Art für das kauflustige

Publikum verfertigten. Alles lobte die neue Ware, alles kaufte sie in Mengen, als ginge man einer Hungersnot entgegen. Als aber ein ganz raffinierter Künstler ein geschlachtetes Schwein ausschmückte, da konnte man sich nicht genug darüber unterhalten. Vor dem Schaufenster standen lange viele Neugierige, und dann wollte jeder von ihnen gerade von diesem so schön geschmückten Schwein ein Stück kaufen.

Nicht zu unterschätzen war aber auch die Kunst des Haarschneidens. Es war da ein früherer Schreiner, der ein Frisörgeschäft hatte. Vielleicht war er in seinem alten Fach geschickter, aber vom Haarschneiden verstand er nicht viel. Er war für meinen Vorschlag, einige Kriegsgefangene als Gesellen bei sich einzustellen, sofort zu haben. Das kleine Zimmerchen, das früher als Frisiersalon diente, wurde vergrößert. Eine neue, wenn auch primitive Einrichtung wurde gekauft, und ganz besonderer Wert wurde auf recht große Spiegel gelegt.

Zu den allerersten Kunden gehörte Ekaterina Petrowna und ihr Gatte. Auf die Wichtigkeit dieses Besuches aufmerksam gemacht, wurde „ganze Arbeit" geleistet. Die hohen Herrschaften waren nach jeder Richtung hin zufrieden und entlohnten meine Kameraden mit einem großzügigen Trinkgeld. Fast zur gleichen Zeit wurden auch die Köpfe der Lehrerinnen und einer ganzen Anzahl junger Mädchen der höheren Schulklassen gewaschen und frisiert. Inzwischen hatten die Brüder Islamkuloff ihre Vorräte an Parfüm und Puder und sonstigen wohlriechenden Wassern und Toilettegegenständen wesentlich vergrößert und an den Frisör geliefert. Es wurde alles unverzüglich sachgemäß angewandt, jeder guckte es vom andern ab, und auch hierin wurde der Umsatz recht beachtlich.

Die neuen Haarschneider waren alles Berliner Jungens. Mit unheimlicher Schnelligkeit wurde mit der gefährlich klappernden Schere hantiert und mit besonderem Elan auch das Rasiermesser geschwungen. Da sie mit dem Publikum in unmittelbare Berührung kamen und dessen Wünsche zu hören und zu berücksichtigen hatten, wurde ihr Wortschatz um zwei mit unendlichen Fragezeichen begleitete Worte bereichert: „Stritschsja (Haare schneiden)??? und „Britsja (Rasieren)???“ Beide Parteien waren offensichtlich erfreut, als sie sich humorvoll verständigt hatten. Doch richteten die Burschen nicht wenig Unheil an. Man sah plötzlich Bauern oder Beamte mit der typisch europäischen Frisur oder gänzlich ohne Bart. Man lachte sich schief über die dadurch komisch gewordenen Gesichter, während der Betreffende nur ein verlegenes Lächeln dafür hatte. Er behauptete dann steif, der „deutsche Frisör“ hätte ihn nicht verstanden, er aber hätte nicht gewagt, die gefährlich fuchtelnde Hand mit dem Rasiermesser aufzuhalten. Wichtiger aber als das Hohngelächter war für den Betreffenden die feststehende Tatsache, daß er die sogenannte „europäische“ Frisur trug. Das machte ihn glücklich!

Es gelang mir ohne große Mühe, Iwan Iwanowitsch von der Notwendigkeit der Erneuerung seiner Uniform zu überzeugen. Er sollte die Kunst meiner Landsleute dafür in Anspruch nehmen. Die Uniform versprach ich ihm zu schenken, denn er hatte sich mir gegenüber in jeder Beziehung entgegenkommend gezeigt, und deshalb wollte ich mich wieder einmal erkenntlich zeigen.

„Wenn du meinst . . . hast eigentlich recht, Doktor. Warum soll ich nicht etwas feudaler aussehen? Mein Beruf und meine Stellung können es von mir verlangen.“

Er ging hin und ließ sich eine Uniform anmessen.

„Auch ein Paar Stiefel, recht anständige, handgearbeitete, könntest du gut gebrauchen, Iwan. Feine Leute haben doch immer mehrere Paar Stiefel zu Hause stehen. Versuche doch mal bei den Gefangenen zu bestellen. Du brauchst nichts dafür zu bezahlen, denn ich habe ohnedies noch ein Guthaben bei dem Schuster. Gelegentlich können wir das mal untereinander verrechnen. Es hat Zeit, und die Schulden laufen bekanntlich nicht fort, denn es sind keine Hasen, was du aus eigener Erfahrung wohl wissen wirst, nicht wahr?“

Iwan Iwanowitsch ging hin und ließ sich zwei Paar Schuhe machen. In seiner neuen Uniform kam er zu mir.

„Ich bin einfach sprachlos, Fedja. Es sitzt, bitte, sieh hin! Sieh ganz genau hin, findest du irgendwo eine Falte, irgendeine Stelle, die nicht einwandfrei wäre? Nein, du findest keine, kannst suchen, so lange du willst!" Er drehte sich nach allen Seiten, beguckte sich im Spiegel. „Einfach fabelhaft, ich bin so zufrieden, daß ich es allen schon erzählt habe, jedem, der mir begegnet ist. Dasselbe ist mit den Schuhen. Meine Hühneraugen tun mir nicht einmal weh. Willst du noch mehr? Du hast eine glänzende Idee gehabt, mein Lieber, ich bin dir sehr dankbar, außerdem mit dem Bezahlen . . . nein, einfach phantastisch!"

„Sage mal, Iwan, du glaubst doch, daß ich mich freue, dich in der neuen Uniform und den neuen Stiefeln zu sehen?"

„Aber sicher, warum sollte ich es dir nicht glauben? Ich sehe ja, daß du dich darüber freust."

„Jetzt bist du hereingefallen. Ich habe dich angeführt, wie du mich damals mit deiner vielen Arbeit angeführt hast."

„Um Gottes willen, was soll denn das heißen? Wieso bin ich hereingefallen, wieso hast du mich angeführt? Ich verstehe dich nicht! Wieso? Warum?"

„Du solltest in deiner neuen Uniform und deinen neuen Stiefeln nur Reklame für meine Kameraden machen!"

„Wahnsinnig! Du bist ja wahnsinnig! Ich, in meiner Eigenschaft als höchste Polizeigewalt im Orte? Als Reklame soll ich herumgehen? Ich, in meiner ganzen Würde, als Offizier, als Reklamepuppe? Du hast damit meine Uniform geschändet! Nein, sag doch, daß das nicht wahr ist, das kann unmöglich dein Ernst sein! Es wäre nicht auszudenken! Und ich habe meinen Bekannten groß und breit alles erzählt, alles gelobt, in den Himmel gehoben, und das wird jetzt als Reklame ausgelegt? Darüber werde ich mich nie beruhigen können, solange ich lebe!"

„Aber es weiß doch keiner, außer mir, wie sollen sie es denn wissen?"

„Das wird mein einziger Trost sein. Solch einen gutmütigen Menschen so hereinzulegen, Fedja, einen Freund!“ Er konnte nur noch den Kopf schütteln.

„Iwan, du siehst aus wie ein Oberst. Ich habe nie geglaubt, daß du so vornehm, direkt grandios wirken könntest.“

„Ja, meinst du wirklich, oder ist das wieder ein Reinfall? Nein, Fedja, für heute habe ich mich genug geärgert, nun will ich gehen. Ich will bei dir auch nichts trinken, denn ich habe keine Lust dazu. Na . . . ein ganz kleines Gläschen, um nicht leer wegzugehen . . . so, auf dein Wohl, wenn du es auch nicht verdient hast. Eigentlich heißt es doch, es ist nicht gut, auf einem Bein zu stehen. Komm, ich trinke noch eins, so, nun will ich ein starker Mann sein. Jetzt gehe ich aber wirklich und unwiderruflich.“

So hatten auch die Frisöre, Schneider und Schuster ihr Können gezeigt. Es kam die Reihe an die Fotografen.

Die Brüder Islamkuloff hatten eine Baracke mit allem möglichen Plunder. Diese wurde ausgeräumt, das Dach zum Teil mit Fensterglas verkleidet, zwei große Öfen wurden hineingestellt und daneben eine Dunkelkammer eingerichtet. Zum Glück fand sich in Nikitino ein uralter Fotoapparat von enormen Ausmaßen. Er war fast so groß wie eine Kanone und mit allen erdenklichen Umständlichkeiten behaftet. Ein Dutzend Kassetten war auch vorhanden.

Mit unerhörter Schnelligkeit wurde eine bunte Wand, einen wunderschönen Garten darstellend, von beherzten Künstlern unbeschwert entworfen. Sie diente als Hintergrund. Ebenso schnell waren fotografische Artikel, Platten und sonstiges Zubehör aus Perm eingetroffen, so daß die Arbeit beginnen konnte. Das Unternehmen gehörte den Gebrüdern Islamkuloff.

„Mein Lieber, mein Lieber“, drohte mir Iwan Iwanowitsch, „du denkst, ich bin ein Damian. Nein, Herr Doktor Kröger, Sie belieben sich zu irren. Diesmal gehe ich nicht auf deinen Leim; aber weißt du, was ich mir ausgedacht habe? Ich erkläre den Belagerungszustand über diese ganze Bude und befehle dir, dich sofort fotografieren zu lassen, auf der Stelle und ohne Widerrede, Fedja, so wie du bist, in Hut und Mantel."

„Gern, Iwan, ich sitze schon, es kann losgehen!"

Der Kamerad visiert, stellt ein, der Verschluß schnappt.

„Beim Entwickeln will ich dabei sein, sonst beschummelst du mich noch."

Die Platte ist gänzlich unterbelichtet. Eine neue Aufnahme, auch sie mißlingt, eine dritte und vierte, endlich sehe ich mich in der feuchten Emulsion. Ein schneller Abzug, und mein Freund Iwan biegt sich vor Lachen, denn ich hatte die Zunge herausgestreckt und eine unmögliche Fratze geschnitten.

„Diese Platte darf nicht vernichtet werden, unter keinen Umständen, dienstlicher Befehl, ernstlich! Ich werde allen dein Bild zeigen! Sollen alle über dich lachen!"

Ich übersetze meinen Kameraden diese Worte, die die Platte jetzt mit besonderer Sorgfalt behandeln.

Dann gehen wir nach Hause.

Am Sonnabend, an den Markttagen, waren oft zwanzig Kameraden bemüht, dem ungeheuren Andrang des Publikums zu genügen. Die Kunden, meist Bauern, ließen sich fotografieren mit Kind und Kegel, Mann und Maus. Ihre Mienen waren auf den Bildern ernst und sehr gewichtig. Ein Dutzend Bilder in Postkartenformat kosteten drei Rubel – sechs Gänse. Soviel war der Spaß allen ganz entschieden wert.

Auch Privatpersonen erklärten sich nach kurzer Zeit bereit, Kriegsgefangene bei sich zu beschäftigen. Es gab allerlei für die Männer zu tun. Sie spalteten Holz, heizten Öfen, halfen die Wohnungen oder Hütten sauber und instand halten, gingen mit den Frauen zum Markt und machten Besorgungen in der Stadt. Da der Russe bekannt ist durch seine Großzügigkeit, steckten fast im Handumdrehen die Gefangenen in Zivilkleidern, hatten sich zusehends erholt, und in vielen Fällen konnte ich mit Freude feststellen, daß sogar zarte Gefühle hier und da wach wurden.

Ungeheuer wichtig war eine einzige Tatsache: die Obrigkeit mußte dauernd mit dem eingetretenen Zustand der Gefangenenbeschäftigung einverstanden sein. Es durften keinerlei Exzesse vorkommen, keine unerfreulichen Mißstimmigkeiten, Zank oder Streit.

Die Obrigkeit stets bei guter, sogar sehr guter Laune zu erhalten, hatte ich übernommen und sorgte dafür mit Worten, Taten und . . . Geld.

So wurde allmählich in allen Berufen der „europäische Einfluß" spürbar. Keineswegs zum Nachteil der Nikitinoer.

Für mich hatten meine Kameraden bald einen Spitznamen erfunden. Ich hieß „Vater Kröger". Wenn irgendeine Differenz unter ihnen entstanden war, so hieß es mit wichtiger Miene: „Du, ich erzähle es Vater Kröger!"

Jeden einzelnen kannte ich, wie ein Feldwebel seine Rekruten. Ich half ihnen, sich in irgendeiner Ecke der Hütte ihrer neuen Brotherren gemütlich einzurichten und steckte ihnen die Ansichtskarten, die Bilder ihrer Angehörigen an die Wände aus Balken sibirischer Bäume. Jeder Winkel war mir bekannt und man zeigte mir alles mit Ehrfurcht und Stolz, Sachen, die sie sich schon gekauft hatten, die man ihnen schenkte, die sie inzwischen selbst angefertigt hatten. In Augenblicken der Niedergeschlagenheit, der Trostlosigkeit sprachen wir von der fernen Heimat, und es endete immer wieder mit der allgemeinen Parole: der Krieg kann ja keine Ewigkeit dauern, dann aber . . . Dann leuchteten unsere Augen, dann konnte unser Glaube wieder Berge versetzen, dann ging man wieder mit frischem Mut an die Arbeit, bis . . . bis der Krieg zu Ende war.

DRITTER TEIL

Das vergessene Dorf

Ich werde Fellhändler

Allmählich trat in meiner Tätigkeit ein Stillstand ein. Alles war organisiert; ich wurde überflüssig. Für das Frühjahr hatte ich mit Nikitino große Pläne vor. Doch jetzt, während draußen Schnee lag, konnte man sich nur passiv und abwartend den kommenden Ereignissen gegenüber verhalten.

Ich wurde ruhig, für mich selbst auffallend ruhig. In Gedanken verloren saß ich da und grübelte ... worüber, wußte ich selbst nicht.

Ich hatte zuviel nutzlose Zeit.

„Du mußt dir immer wieder sagen: ich habe so viel Zeit, daß ich sie vernichten muß. Denke ganz, ganz intensiv an etwas Schönes. Alte Leute und wir Sträflinge leben nur von den Erinnerungen." Diese Worte hatte mir oft mein Freund, der Riese Stepan, gesagt, als wir beide aneinandergekettet waren. Er lehrte mich das Warten. Worauf? ... Auf das Warten eben ... auf nichst. Wo war er jetzt? Wo mochte Marusja sein? Ob sie ihn immer noch begleitet, oder ob sie ihn inzwischen aus den Augen verloren hat?

Ja, damals wartete man stunden-, tagelang, man durfte an alles denken, auch an die Möglichkeit, zu fliehen, jetzt aber ... nicht an alles! ...

Freiwillig habe ich darauf verzichtet, mit vollster Begeisterung, aus innerster Überzeugung!

Jetzt aber ...?

Ich muß wieder warten! Nur denken darf ich nicht an alles! Auch das muß ich noch lernen. Lernen, mich beherrschen und warten! ...

Ich konnte jetzt manchmal ernst und lange in Faymés Augen blicken.

„Nicht traurig sein, Peterlein, nicht traurig sein, bitte,

nur noch ein kleines bißchen warten.“ So tröstete sie mich jeden Tag aufs neue.

„Nicht traurig sein – . . . nein, nicht traurig sein . . . nur noch ein bißchen warten . . .“ wiederholte ich wie ein Echo ihre Worte, und das Mädchen hatte wieder ihr geheimnisvolles, unergründliches Lächeln. Ich wußte, sie lächelte, um nicht zu weinen.

„Wenn ich dein Lächeln lernen könnte, Liebste, wäre ich in meinen Augen nicht mehr ein Zwerg!“

*

Es kam für mich ein Tag der Erlösung.

Faymé, nur sie, immer wieder nur sie, nie ermüdend, immer über mich wachend, brachte sie mir in ihrer Kinderhand.

„Der Hauptmann erlaubt dir, in den Dörfern Felle einzukaufen. Ich habe mit ihm gesprochen. Ich darf dich überallhin begleiten, wohin du auch fahren willst.“

Wie aus den Wolken gefallen stehe ich da, und kann dem übermütig lachenden Mädchen nicht glauben.

„Ich – ich darf in den Dörfern Felle einkaufen?“

„Ja, Peter, nun kannst du Augen machen, so groß wie Walnüsse. Laß mich erst mal erzählen. Die Bedingungen sind sehr günstig. Dich sollen ständig zwei Soldaten, die erprobtesten und zuverlässigsten, begleiten. Du mußt für Essen und Trinken der Begleitposten aufkommen. Die gesamten Geschäfte tätigst du im Namen meiner Brüder, du bist also ihr Bevollmächtigter. Der Hauptmann erhält von dir ehrenwörtlich zugesagt, einen Gewinnanteil von zehn Prozent, sonst nichts. Bist du damit einverstanden, Peter, habe ich das nicht gut gemacht?“

„Verlangt der Hauptmann von mir keine ehrenwörtliche Erklärung, daß ich dabei keinen Fluchtversuch mache?“

„Nein, Peter, das ist auch gar nicht nötig! ‚Kröger wird eher mich im Stich lassen, als daß er das Leben seiner Kameraden wegen seines Fluchtversuches aufs Spiel setzt. Auf Kröger hoffen seine Kameraden, und dieses Vertrauen wird er nie im Leben mißbrauchen.‘ Das habe ich ihm gesagt, und er hat es, ja er mußte es doch einsehen, Peter, denn es ist doch heiligste Wahrheit!“

„Hoffnung . . . Vertrauen . . . nie mißbrauchen . . . heiligste Wahrheit! Ja, Faymé, es ist Wahrheit und doch . . . so schwer!“

Ich nehme Faymés Kopf in beide Hände und blicke ihr in die Augen. In ihrer Tiefe sehe ich ein herrliches Licht strahlen. Nur in diesen schwarzen, abgründigen, geheimnisvollen Augen habe ich dieses Licht gesehen . . .

Dieses Licht hat mich nicht zum Schurken werden lassen.

„Schau, Peterlein, nun lächelst du genau so wie ich. Unser Lächeln hast du also doch gelernt . . .“

Da erfaßt mich plötzlich wieder die Leidenschaft zu diesem Mädchen. Ich bedecke ihr Gesicht mit Küssen, ich muß jede Stelle ihres geliebten Körpers berühren und küssen, um zu wissen, daß sie mir gehört.

„Bist du jetzt wieder glücklich, Peter, Lieber?“

„Ja, Faymé, glücklich und stark!“

*

Gegen Abend läutete es. Olga ging die Tür aufmachen: es war Iwan Iwanowitsch.

Ein gutmütiges, sehr verlegenes Lächeln spielte um seine Züge. Langsam reichte er seinen Militärmantel und die Mütze dem Dienstmädchen, schnallte sich den Säbel ab, stellte ihn umständlich in den Schirmständer, streifte sich die Handschuhe ab, legte sie besonders akkurat auf den Garderobenständer, strich sich das Haar zurecht, und dann erst, ohne mir in die Augen zu blicken, reichte er mir die Hand.

„Iwan, ich danke dir. Ich danke dir von ganzem Herzen!“

„Schon gut, schon gut, Fedja, ich konnte nicht anders.“ Er sagte es, als müßte er sich bei mir entschuldigen. Erst als er es sich im Sessel bequem gemacht und einige Züge von der angebotenen Zigarette geraucht hatte: setzte er hinzu:

„Tagelang konnte ich Faymé nicht in die Augen sehen. Ich wußte, sie würde mich um etwas bitten. Und ich wußte dabei ganz genau, daß ich es eines Tages würde tun müssen, daß ich ihr die Bitte nicht würde abschlagen können. Ich versuchte, ihr aus dem Wege zu gehen, es half nichts, sie umschlich mich immer wieder. Sogar nachts, im Traum, bohrten sich ihre schwarzen Augen in meine Seele. Ich kannte das Mädchen schon als Kind. Wir alle nannten sie damals ‚das schwarze Teufelchen', denn sie war schwarz und flink wie der Teufel. Wir alle mieden sie, ihres sonderbaren Blickes wegen. Nur wenn das Kind lachte, dann strahlten ihre Augen, wie wirkliche Sonnen, wie eine funkelnde Kohle.

Heute kam sie zu mir. Ruhig, selbstbewußt, unnahbar. Sie ist wirklich eine andere geworden. Sie blickte mich so lieb an, und ich, ich alter Esel, konnte mich plötzlich an ihr nicht sattsehen. Ganz ruhig sprach sie zu mir, wie Kinder zu ihrem Vater sprechen, wenn er ihnen eine kleine Unart nicht erlauben will: ‚Iwan, sei gut und erlaube es, zur Belohnung werde ich dir meine Hände auf die Wangen legen', so ungefähr kam es mir wenigstens vor . . . und dann . . . dann habe ich eben zugesagt und war selbst froh darüber.

Sie trat auf mich zu, ich konnte nicht vom Stuhl aufstehen, und sie legte mir tatsächlich die Hände an die Wangen, lächelte und sagte mit ihrer etwas tiefen Stimme: ‚Das ist lieb von Ihnen, sehr, sehr lieb, ich danke Ihnen von ganzem Herzen . . .' Sie war schon gegangen, und ich saß immer noch da. Sonderbar, nicht wahr? Ich war froh, daß ihr Parfüm in meinem häßlichen Arbeitszimmer blieb, und es durfte auch nicht gelüftet werden, obwohl ich es vollgequalmt hatte. Bin ich nicht ein Rindvieh, was?" Und der Hauptmann machte eine abweisende, müde Handbewegung.

„Gib mir bitte ein gutes Gläschen zu trinken!"

In einem Zuge hatte er es geleert, entzündete sich eine neue Zigarette und war dann wieder der alte, lächelnde Iwan Iwanowitsch.

Als Faymé hereinkam, faßte er ganz behutsam ihre Rechte mit beiden Händen, neigte sich mit seltsamer Grandezza darüber und küßte die Hand des Mädchens.

„Jetzt kann ich Faymé in die Augen sehen. Ich habe ihr einen großen, lange nicht ausgesprochenen Wunsch erfüllt. Ist es nicht so, Faymé?“

„Es ist furchtbar lieb von Ihnen, Iwan Iwanowitsch“, und die Tatarin drückte mit aller ihr zu Gebote stehenden Kraft die Hände des Hauptmanns, der ein gütiges, artiges Schmunzeln dafür hat. Sie stellte sich auf die Zehenspitzen, und der Mann neigte seinen Kopf zu ihrem Munde. „Ich habe eine Überraschung heute abend für Sie. Hummer mit Mayonnaise“, flüsterte sie. Der Hauptmann wurde vor Freude krebsrot. „Ich habe es extra für Sie aus Petersburg kommen lassen, ich wußte, Sie würden mir die Bitte nicht abschlagen“, fügte das Mädchen hinzu.

Mit geradezu kindlicher Begeisterung aß Iwan Iwanowitsch den Hummer mit Mayonnaise, dann brachte ich ihn nach Hause.

Als ich später wieder vor meiner Wohnung stand, sah ich, daß die Fenster des Eßzimmers weit offenstanden. In Faymés Schlafzimmer aber waren sie dicht verhängt.

Ich gehe hinauf. Der Rauch und der Geruch fremder Menschen ist verschwunden. Alles ist durchlüftet. Im Salon brennt die Petroleumlampe. Ihr matter Schein fällt auf das weiche, breite Ruhelager. Es riecht stark nach Faymés Parfüm. Ich stecke mir die Pfeife an und gehe im Zimmer auf und ab.

Es ist lautlose Stille um mich.

„Ich darf in den Dörfern Felle einkaufen ...“

Es steht jetzt greifbar vor mir, ja es beunruhigt mich.

Die gefangenen Kameraden ... Tausende von Menschenleben werden wegen eines Fluchtversuchs nicht aufs Spiel gesetzt ... Hoffnung und Vertrauen ... wird er nie im Leben mißbrauchen ...

Ich setze mich hin, ich versuche es mir verständlich zu machen, mich zu gewöhnen, daran denken zu dürfen.

Faymé hat eingegriffen.

Faymé hat mir die Freiheit gebracht ...

Meine Faymé! ...

Nur ein einziges, kleines Wort von ihr, und ich wäre allem ungeachtet noch an diesem Abend ein Ehrloser geworden.

„Peter, Liebster, worüber grübelst du denn?"

Jäh hebe ich den Kopf. Vor mir steht Faymé in ihrer exotischen, tatarischen Abendtoilette. Sie ist eine Gestalt aus einem fremdländischen Märchen.

Sie ist plötzlich zwischen meine Knie gesunken, ihre Augen sind halb geschlossen, ihr Mund öffnet sich, und sie flüstert:

„Küsse mich, jetzt mußt du mich küssen ..."

Der Sektkork springt hoch, die Flüssigkeit, wie Gold, perlt in unseren Gläsern. Wie Verdurstete trinken wir, ein Glas, ein zweites, erst dann lachen wir wieder.

Die Nacht wird heller, die ersten kaum deutlichen Konturen der Gegenstände sind zu erkennen. Ich decke Faymé zu, ordne die Kissen und sie kuschelt sich glücklich lächelnd hinein. Ein Kuß auf die Wange, ein liebes, gutes Wort, dann schleiche ich aus dem Zimmer.

Ich befehle der Köchin und dem Stubenmädchen, recht leise zu sein, und gehe in den strahlenden Wintermorgen, in meine neue Freiheit hinaus ...

*

Wenn der erste Schnee gefallen ist, erwacht in Sibirien das Leben. Die Bauern, die den ganzen Sommer über auf dem Felde zu arbeiten hatten, benutzten nun den Winter, um ihre Einkäufe zu besorgen und alles das zu erledigen, wozu sie im Sommer keine Zeit hatten. Die Wege sind dann noch wenig verschneit, die erste Schneedecke ist nicht zu hoch und die Kälte erträglich. So kommen die Leute von überallher, kaufen, verkaufen, tauschen ihre Waren ein, und es entsteht ein lebhaftes Handeln und Treiben.

Ein geräumiger Schlitten, etwa zwei Meter breit und drei

Meter lang, speziell für weite Überlandfahrten geeignet, wurde von mir für einen Spottpreis gekauft und richtig instandgesetzt.

Er hat anstelle eines Sitzes eine Matratze von zwei Meter Länge und ein Meter Breite. Diese Einrichtung war sehr wichtig, denn auf langen Strecken konnte man im Schlitten schlafen, da unterwegs kaum Herbergen vorzufinden waren. Außer den gewöhnlichen, aber besonders breiten Kufen waren in etwa einem halben Meter Höhe noch ein paar Kippkufen angebracht, um an unebenen Stellen das Kentern des Schlittens zu verhindern. Ein ausladendes Verdeck, von seinem Rande wurde ein Vorhang heruntergelassen, schützte die Insassen vor Schneegestöber und Wind. Auf einem breiten Bock saß der Jamschtschik (Kutscher). Drei unermüdliche und völlig anspruchslose, kleine, sibirische Pferdchen wurden davorgespannt.

Die Reiseausrüstung bestand aus vielen Sachen.

Über den gewöhnlichen Anzug wurde eine Art Fliegeranzug gezogen, der mit Fellen gefüttert war. Darüber trug man einen warmen, ebenfalls mit Fellen gefütterten Mantel oder den üblichen Bauernmantel aus Hundefellen. An besonders kalten Tagen wurde noch eine gefütterte „Burka“, eine Pelerine, die bis an die Fußknöchel reichte, mit einer ebenfalls gefütterten Kapuze angezogen. An den Füßen hatte man drei Paar wollene Socken, kleine Fellüberschuhe und dicke Filzstiefel, die bis über die Knie reichten. Trotz dieser Kleidung fror man oft schon nach zwei bis drei Stunden. Da half nur Alkohol. Das Essen und warme Getränke nahm ich in großen, eigens aus Petersburg bestellten Thermosflaschen mit.

Die Vorbereitungen waren getroffen. Musterfelle waren schon lange vorher nach Petersburg und Moskau an verschiedene Firmen gesandt worden. Die Zahlungsbedingungen waren festgelegt.

Ich wollte eine Woche wegbleiben. Um den Einkauf in einzelnen Dörfern schneller und rationeller zu gestalten, schickte ich einige Bauern voraus. Sie sollten zur angegebenen Zeit die Bauern mit der Ware in den Ortschaften zusammentrommeln.

Der Reiseschlitten steht vor der Tür. Hinter ihm ein kleinerer mit den beiden Soldaten, Lopatin und Kusmitscheff, und noch ein dritter Schlitten für die gekauften Waren.

Weich und bequem habe ich Faymé im Schlitten gebettet und ihr einige Kissen hinter den Rücken gelegt. Die Jamschtschiki sitzen auf ihren Böcken, die kleinen zottigen Pferdchen warten geduldig. Auch ich lege mich jetzt auf das weiche Polster neben Faymé, der Kutscher dreht sich um, macht es sich auf dem Bock recht bequem, reißt ein wenig an den Zügeln, und die drei munteren Pferdchen ziehen an. Die kleinen Glöckchen des Dreigespanns klingen lustig und heiter durcheinander. Die Herumstehenden winken, aus dem Fenster blicken uns die Köchin Natascha und Olga nach.

Bald ist die Freiheitszone überschritten.

An beiden Seiten der Straße umschließt uns die finstere, undurchdringliche Taigá. Immer steht sie schweigend da, viele Jahrhunderte hindurch, so wird sie auch in alle Ewigkeit bleiben. Sie begleitet uns ständig auf beiden Seiten, so weit wir fahren müssen.

Das Verdeck ist jetzt zurückgeschlagen. Im Sonnenschein glänzt und funkelt der Schnee; es ist warm, nur wenige Grad unter Null.

Verträumt blicke ich in die Ferne. Es ist mir also doch vergönnt, einen kleinen Blick in die Wildnis Sibiriens zu werfen und über den Bannkreis hinauszutreten. Was werde ich dort sehen? . . .

„Peter . . . ich liege nicht bequem . . ."

„Nein . . . ?"

Ich bemühe mich, die Kissen zurechtzulegen.

Faymé blickt mich an. Ich rücke noch näher an sie heran, sie legt ihren Kopf an meine Schulter, dann lächelt sie. Sie wollte nicht allein sein, wollte wissen, ob ich glücklich sei und war dankbar, daß ich sie ohne Worte verstand.

Eine Pelzmütze mit heruntergelassenen Ohrenklappen

verdeckt fast das ganze Gesicht des Mädchens, nur ihre Augen und der Mund sind zu sehen. Aber jetzt spitzt er sich kaum merkbar, die Augen sind halb geöffnet, und ein glückliches Lächeln spielt in den Augenwinkeln.

Ich küsse sie, und die äußerliche Kälte ist plötzlich verschwunden.

Am Tage machten wir eine Rast von zwei Stunden in einem Dorf. Die Bewohner kamen zusammengelaufen und blickten voller Neugierde auf uns. Als die Sonne sank, hatten wir die zweite Etappe hinter uns. Wieder ein Dorf, kaum ein paar Häuser. Nach dem Abendbrot kroch ich mit Faymé in den großen Schlitten, denn im „Ausspann“ zu übernachten, war des Ungeziefers wegen unmöglich. Verdutzt blickten mich die beiden Soldaten an. Was sollten sie eigentlich tun? Auch in dem Schlitten übernachten? War es nicht ziemlich gefährlich, den Deutschen allein im Freien übernachten zu lassen? Was hatten sie ihrem Hauptmann versprochen, als er sie wie ein Unwetter andonnerte: den Deutschen nie aus den Augen zu lassen! Sie standen ratlos da.

„Ohne Pferde kann ich euch doch nicht fortlaufen!“ Das schien ihnen in der Tat einzuleuchten. Außerdem stand auf dem Tisch eine große Flasche Wodka, die ich den beiden Männern geschenkt hatte. Der Hauptmann war sehr weit, konnte nichts sehen, es war sehr kalt, also konnte man es riskieren.

Faymé und ich schliefen glänzend in dieser Nacht. Es war etwas ganz Neues. Ich sah die vielen Sterne über mir funkeln. Der erste Sonnenstrahl weckte mich. Verständnislos blickten die Bauern mir bei der Morgentoilette zu. Die beiden Soldaten schliefen noch fest. Ich ließ den Samowar aufstellen und ging mit Faymé spazieren.

Wie ein Schuljunge, der die Schule schwänzt, so kam ich mir jetzt vor, denn ich war fünf Minuten den beiden Posten ausgekniffen. Als wir zurückkamen, waren alle schon aufgestanden. Das Teetrinken konnte beginnen, und bald ging die Fahrt weiter.

Von der Hauptstraße geht plötzlich eine scharfe Biegung

nach links gegen Norden ab. Ein verschneiter Weg, ebenfalls ständig von Wald umgeben, führt uns nach endlosen Stunden zu einem ansehnlichen Dorf.

Aus der Ferne sehen wir die Kreuze der Kirche aufleuchten. Die Ziehbrunnen recken ihre langen Hälse, und dann lugen auch schon die Hütten ängstlich zusammengedrängt aus dem Schnee hervor. Endlich die breite Dorfstraße, an ihrem Rande stehen die niedrigen Hütten. Sie alle sind grau und machen einen traurigen, geduckten Eindruck. Die ersten Einwohner kommen uns schon entgegengelaufen. „E . e . e . e . j . j . j !" ertönt frohlockend der Ruf unseres Jamschtschiks. Freudig ziehen die Pferdchen an, ihre langen Schweife bewegen sich, zischen in der Luft, während die Waldai-Glöckchen des Gespanns hell und lustig an den Wänden der Häuser jetzt noch einmal so stark widerhallen. Männer, Frauen und Kinder laufen neben uns her, versuchen mit den Pferden Schritt zu halten.

Jetzt halten unsere Schlitten in der Nähe der Holzkirche auf dem geräumigen Dorfplatz, vor einem prächtigen Haus, aus dessen Schornstein der Rauch in dicken Schwaden herausquillt. Die Neugierigen umdrängen uns. Ein stattlicher, gepflegter Bauer erscheint unter dem Vorbau des Hauses. Sein Haar ist akkurat gescheitelt, es glänzt, da es geölt ist. Er hat saubere, hohe Stiefel, ein hausgesponnenes Hemd, dessen Ärmel und Borten mit bunten Stickereien versehen sind. Verlegen reibt er sich die Hände, streichelt seinen gekämmten Bart, seine Züge sind gutmütig, seine Augen klug und klar. Es ist der Dorfälteste von Sabitoje.

Er verbeugt sich tief und ruhig. Ebenso ruhig blickt er uns an, nur etwas unangenehm scheint ihm der Anblick der beiden bewaffneten Soldaten zu sein.

Gleich hinter dem Dorfältesten folgt der Bauer, den ich vorfahren ließ, um unsere Ankunft rechtzeitig zu melden. Er kennt mich, und er kommt auch ohne Scheu auf mich zu und begrüßt uns, strahlt über das ganze Gesicht, denn er ist stolz auf seinen Mut und läßt sich gern von den Gaffenden bewundern.

Aus dem ersten Schlitten steigt ein langer, breiter Mann. Er hat keinen Bart, er spricht die Sprache des Landes, nur klarer und lauter als die Einwohner. Er wirft den schweren Überwurf und die Pelzmütze ab, legt sie in den Schlitten und dehnt erst seine steif gewordenen Glieder. Der blonde Mann muß ein sehr gefährlicher Mensch sein, denn er wird von zwei bewaffneten Soldaten bewacht.

„Guten Tag, Väterchen!"

Der Angekommene reicht dem Dorfältesten lächelnd die Hand. Die Umherstehenden blicken ängstlich nach ihrem Oberhaupt, ob er dem Fremden auch die Hand gibt, ob ihm dabei nichts passiert?

„Guten Tag, Bruder ..."

Die Worte des Dorfältesten klingen bestimmt. Ohne Furcht reicht er dem Manne seine Rechte und schüttelt sie kräftig.

„Man hat uns gesagt, du seist gekommen, um uns Felle abzukaufen, ist es so?" fragt er.

„Ja, Väterchen, das stimmt, es ist wahr", erwidert der andere, geht zu dem Schlitten zurück, hebt ein großes Paket heraus und stellt es vor den Dorfältesten. Eine eingemummte, kleine Frau kommt zum Vorschein, sie lächelt wie der fremde Mann und reicht dem Bauern die Hand.

„Das ist meine Frau, ich habe sie mitgenommen, denn sie kennt sich in Fellen aus", sage ich, während jetzt Faymé ebenfalls ihre steif gewordenen Glieder dehnt.

Aus dem anderen Schlitten sind inzwischen die Soldaten ausgestiegen. Ihre zufriedenen Gesichter sagen deutlich, daß es nun etwas Warmes zu essen und zu trinken geben wird.

Von allen Seiten strömen jetzt immer mehr und mehr Bauern herbei. Sie stehen alle dicht gedrängt um uns, denn jeder will etwas sehen, jeder will ein Wort von uns erhaschen. Wir sind eine wahre Sensation für das Dorf.

„Brüder, geht etwas zur Seite, wir wollen in die Isba gehen." So bahnt sich der Dorfälteste den Weg zu seinem Haus.

Während wir durch die kleine Menge gehen, versucht

der eine oder andere mich mit der Hand zu streifen, so mächtig ist die Neugier, so unverständlich alles, was um uns ist. Ein Kerl von fast zwei Meter Größe, völlig ohne Bart, seine Begleitung zwei bewaffnete Soldaten, und alle dazu lachend und scherzend . . . Man konnte nur den Kopf bedächtig schütteln; was geht in der Welt jenseits des Waldes nur vor?

„Sabitoje“ – „Das Vergessene“, das Großdorf im Urwald.

Irgendwo im hohen Norden, umgeben von dem finsteren sibirischen Wald, an einem unbekannten, verwehten Pfad, von der weiten Welt durch unpassierbare Wege und Moore fast völlig abgeschnitten, auf keiner noch so genauen Landkarte eingezeichnet, liegt „Das Vergessene“. So ist dieses Fleckchen menschlicher Siedlung von der Welt und den Menschen vergessen worden, es ist zeitlos geworden, wie die Taigá, die Natur, die Tiere und der breite Fluß, zeitlos wie die verlorenen Pfade, die niemand kennt. Auch die kleinen grauen Hütten scheinen zeitlos zu sein, nur die strahlenden Kreuze leuchten übernatürlich hell in den Wald, und in den Kirchen brennen die vielen, selbstgemachten Kerzen und in der „roten Ecke“ der kleinsten Hütte die ewige Lampada.

Die Natur und die Menschen führten von Jahr zu Jahr, von Stunde zu Stunde den erbittertsten Kampf gegeneinander. Der Mensch kämpfte um sein Leben und um seine Selbsterhaltung, er drängte den Wald zurück, um sich mehr Ackerland und Weiden zu verschaffen, das Minimum, das er für sich und sein Vieh brauchte. Doch der Wald wollte nicht weichen, und den Boden, den er freigab, mußte man mühselig und sorgfältig bearbeiten. Immer wieder faßten unzählige Wurzeln nach dem Pflug, hielten ihn fest, ließen ihn nicht in ihr Erdreich eindringen.

Im Sommer ging nach unendlicher Mühe die kümmerliche Saat auf, kümmerlich wie die Menschen, verwachsen und häßlich. Kaum daß man sich versah, kam über Nacht der Winter, und der Kampf gegen Kälte und Schneegestöber begann. Stundenlang, in tobendem Unwetter, bei strenger, atemraubender Kälte, in der Bäume wie vom Blitz getroffen barsten, wurden die Schneewehen weggeschaufelt, denn sie hatten die Fenster der niedrigen Hütten schon völlig mit Schnee zugeschüttet. Der Winter dauerte sechs lange Monate.

Der Wald und der Fluß lieferten den Menschen die Nahrung in reichem Maße. Sie kannten für das Wild kaum eine Schonzeit. Sie gingen zur Jagd, wenn sie nichts zu essen hatten, sie brauchten nur einige Schritte in den Wald zu gehen, und schon hatten sie das, was sie zum Essen benötigten.

Generationen wurden geboren, Generationen starben. Der Sommer verjagte den Winter, der Winter wurde vom Sommer verjagt.

„Sabitoje“ kannte keine Zeitrechnung – es war zeitlos.

Die Welt jenseits des Waldes war für seine Bewohner ein abstrakter Begriff, von der sie keine Vorstellung hatten.

An der Türschwelle steht eine junge, adrette Bäuerin, Stepanida, die Schwester des Dorfältesten. Sie verbeugt sich tief vor ihrem Besuch, so ist es Sitte.

Wir treten in eine geräumige, freundliche Stube. In der einen Ecke steht ein mächtiger Ofen, auf dem die ganze Familie schlafen kann. Die niedrigen Fenster haben saubere, weiße Gardinen. An den Wänden stehen Holzbänke. In der roten Ecke brennen vor den Heiligenbildern die ewigen Lampaden. Die Stube ist voll Menschen. Alle sind festlich angezogen, als wäre heute ein Kirchenfeiertag.

Ich bekreuzige mich nach russischer Sitte. Aller Augen sind auf mich gerichtet. Erwartungsvoll blickt mich auch der Dorfälteste an.

„Hier, Bruder, nimmt Platz in der roten Ecke. Ich sehe, du bist ein Rechtgläubiger, wie wir alle es sind.“

Faymé und ich legen die Pelze ab. Unzählige Hände wollen uns helfen, jeder will von uns etwas halten, ja sie bitten uns sogar darum.

Zwischen mir und dem Dorfältesten sitzt Faymé, uns gegenüber die beiden Soldaten.

Im Nu ist der herangerückte Tisch mit einer bunten Stikkerei aus hausgesponnenem Leinen bedeckt. Glasgeschirr mit bunten Blumenmustern, verschiedenfarbige, bemalte Dosen, der ganze Stolz der grauen Hütte kommt auf den Tisch. Das Allerbeste, was die Wildnis herzugeben vermag, mit ungesehener, nur geahnter Sorgfalt zubereitet, liegt jetzt vor uns.

Die Anwesenden unterhalten sich im Flüsterton. Männer und Frauen blicken uns erwartungsvoll an. Die Bärte der Männer sind peinlich gekämmt, ihre Schaftstiefel blankgeputzt, die Hemden und der Leibriemen sauber, ebenfalls die schwarzen Hosen, die in den Schaftstiefeln stecken. Die Frauen haben neue Kleider an, ihre bunten Schürzen, oberhalb der Brust geschnürt, ihre Kopftücher und die Blusen sind in den verschiedensten Farben mit künstlerischem Instinkt geschmackvoll zusammengestellt. Ihr Haar ist wie bei den Männern akkurat gescheitelt und geölt und glänzt im Scheine der großen Petroleumlampe, die mitten im Zimmer hängt. Von draußen hört man ebenfalls gedämpfte Stimmen derer, die keinen Einlaß mehr finden konnten. Sie blikken neugierig durch die etwas vereisten Fensterscheiben.

Aus irgendeiner Ecke hört man die schönste russische Erfindung der Jahrhunderte – den ewigen „Samowar"* – bedächtig brummen.

„So, Bruder, Gott segne dich, nun iß und trink mit deinen Leuten nach Herzenslust und laß es dir recht gut schmecken." Die kleinen Schnapsgläser sind gefüllt, wir stoßen an, wünschen uns gegenseitig eine gute Gesundheit und leeren sie.

Auf unseren Tellern liegt ein prachtvolles Rebhuhn mit kräftiger Sahnensoße und in Feuerglut gebackenen Kartoffeln, etwas abseits, auf einem anderen Teller Preiselbeeren. Erleichtert atmet der Dorfälteste auf, als er sieht, daß ich die Knochen mit der Hand auseinanderbreche und herzhaft ins Fleisch beiße. Wir sind alle hungrig, deshalb schweigen wir auch meist.

---

* Teemaschine.

Kaum ist das Rebhuhn aufgegessen, als ein zweites schon auf dem Teller liegt. Außer Faymé und mir streikt keiner, auch wollen wir keinen Wodka oder sonst einen Schnaps mehr trinken.

„Es schmeckt dir wohl nicht bei mir?" erkundigt sich verwundert und nicht ohne Strenge der Dorfälteste.

„Die Deutschen trinken alle nicht, nur mit wenigen Ausnahmen, ich sehe es auch an unseren Gefangenen in Nikitino", belehrt Lopatin den verdutzten Gastgeber, „auch essen sie anders als wir, nur unser Barin macht sich aus diesen Bräuchen nichts, er ißt, wie wir Rechtgläubigen es tun, wenn es geht, mit den Händen."

Unentschlossen blicken mich die Männer an. Ob sie wohl weiteressen dürfen?

„Eßt ruhig weiter, ich will nur noch ein Glas Tee trinken."

Im Nu ist mein Glas mit Tee gefüllt, eine Unmenge von Kuchen und allen zu Hause hergestellten Süßigkeiten umgibt die Tatarin und mich. Beherzt esse ich sie, denn sie sind mir lieber als alle Schnäpse.

Faymé und ich sind so satt, daß wir kaum noch atmen können. Es wird uns sehr warm, unsere Wangen, Ohren und Gesichter sind ganz rot.

Ich muß dauernd den Schweiß von der Stirn wischen, auch Faymé fühlt sich ungemütlich.

„Verzeihe mir, mein Lieber", wende ich mich an unseren Gastgeber, „ich muß etwas in die frische Luft gehen, denn ich ertrage die Hitze nicht mehr."

„Lopatin, ich gebe Ihnen das Geld." Einen ledernen Beutel schiebt die Tatarin dem Soldaten zu, der ganz verdutzt bald den Beutel, bald das Mädchen anguckt. „Wir laufen ihnen nicht fort", fügt sie lächelnd hinzu.

Die flüsternden Stimmen sind plötzlich verstummt.

Der Fremde ist also ein Gefangener?

Viele Hände helfen mir und Faymé in die Pelze. Als wir auf die Straße treten, verstummen auch die Draußenstehenden.

Der Schnee knirscht unter unseren Tritten. Wir gehen die ganze Häuserreihe entlang, bis das Dorf hinter uns liegt.

*

„Nun, Uljanoff, zeige deine Felle her!“ Mit diesen Worten greift der Dorfälteste nach einem großen Bündel Fehfelle, die ein Bauer zusammengebunden auf den aufgeräumten Tisch gelegt hat. Ein Kürschnermesser schneidet die Stricke durch und die Felle überschwemmen auf einmal den ganzen Tisch.

Die kundige Hand der Tatarin gleitet über die einzelnen Stücke, die schnell sortiert werden. Erwartungsvoll blickt alles zu uns herüber. Alle schweigen gespannt, nur in der Ecke fängt ein neuangerichteter Samowar wieder an zu surren und in allen Tonarten zu singen und zu pfeifen. Das Teetrinken darf dabei nicht aufhören.

„Was willst du denn für die Felle haben, Bruder?“ kommt plötzlich meine nüchterne Frage.

„Ich weiß nicht. Was soll ich denn verlangen, es kauft sie mir hier sowieso keiner ab, mein Lieber. Was soll ich denn verlangen? Ich weiß nicht.“

„Was für einen Preis hast du dir denn gedacht, sag's.“

„Ich weiß nicht . . . Gib mir, was du denkst . . . 's ist gut.“

„In Nikitino kostet ein Fehfell dreißig Kopeken, ich gebe dir dafür zwanzig, in Bausch und Bogen. Du willst mir doch alle dreihundert Felle verkaufen, also hast du zu bekommen sechzig Rubel. Einverstanden?“

Es ist plötzlich so still, als habe es allen den Atem verschlagen. Stumm blicken alle auf mich.

„Marfuscha, der Samowar ist übergekocht“, ertönt aus einer Ecke eine helle Kinderstimme. Doch keiner scheint sie zu hören.

Eine feste Hand legt sich auf meine Schulter.

„Wenn du zahlst, was du versprichst, so wird dich unser russischer, rechtgläubiger Gott bis an dein Lebensende segnen. Diese Preise hat uns noch keiner geboten. Gott ist mein Zeuge!“ Die Stimme zittert vor Aufregung. Die Augen des

Dorfältesten werden glänzend, und mit einer abrupten Bewegung wischt er sich über das Gesicht.

Sechs rote Scheine zu je zehn Rubel legt Faymé vor den Bauern hin, doch er nimmt sie nicht. Er senkt leicht den Kopf, und ein unsagbar trauriger Blick, in dem die abgründige Verzweiflung steht, trifft mich mitten ins Herz.

„Es ist unrecht von dir, so böse mit uns zu scherzen und uns auszulachen; schau, wir alle haben dir doch nichts zuleid getan, Bruder . . ."

Dieser unverständliche Vorwurf trifft mich wie ein Peitschenschlag mitten ins Gesicht.

„Uljanoff!" donnert auf einmal die Stimme des Dorfältesten, „wie darfst du so etwas sagen? Die roten Scheine sind doch Geld, nur daß es eben keine Münzen sind. Du hast diese Scheine noch nie gesehen. Ich verbürge mich dafür, ich, dein Dorfältester!"

Wie vom Blitz getroffen sinkt der Mann am Tisch in die Knie.

„Väterchen . . . vergib mir sündigem Menschen!"

Voll unglaublicher Traurigkeit und Verzweiflung blickt der Kniende in die leuchtenden Gesichter der Heiligenbilder in der roten Ecke, während ihm Tränen über das verwitterte, pockennarbige Gesicht strömen.

„Schon gut, schon gut, Uljanoff, ich glaube dir, du hast eben diese Geldscheine noch nie gesehen." Wie man ein Kind beruhigt, so klopft und streichelt der Dorfälteste den Bauern über Kopf und Schultern, während Lopatin und die anderen Bauern die Felle wieder bündeln und mißmutig den Kopf schütteln.

„Sehen Sie, Barin", sagt der Unteroffizier, „wenn man uns Bauern etwas Gutes antut, so glauben wir nicht mehr daran. So haben uns alle betrogen und belogen. Eine Schande ist es, das zu sehen! Das Herz blutet einem."

Ein anderer Bauer und seine Frau kommen an den Tisch. Die Felle werden nachgesehen, sie sind fast alle von gleicher Beschaffenheit und Güte. Sie sind schnell nachgezählt, das Geld wird ausgezahlt.

„Marusja“, wendet sich der Dorfälteste an die Frau, „das Geld nimmst du aber an dich, Iwan bekommt nicht eine Kopeke, er versäuft sowieso alles, und dann schlägt er dich in besoffenem Zustande gar noch tot. Und du, Iwan, wirst mir jetzt recht fleißig auf die Jagd gehen, bis bei dir zu Hause alles wieder in bester Ordnung sein wird; erst dann bekommst du Geld in die Hände, verstanden?“

Die Frau lächelt, ihr Mann ist beschämt und schweigt.

Einer nach dem andern kamen sie an den Tisch, breiteten ihre Felle aus und ihre knochigen, schwieligen Hände griffen langsam und zögernd nach dem Geld. Ich hörte kein einziges Wort des Dankes, auch die Gesichter waren so ausdruckslos wie zuvor, nur ihre Hände und die langsamen, tastenden und unbeholfenen Bewegungen der wurzelähnlichen Finger sprachen eine beredte Sprache, die keiner in Worten auszudrücken vermag.

Schon längst war das Zimmer leer geworden, die Petroleumlampe an der Decke war erloschen, nur der milde Schein der Lampaden schwebte durch den halbdunklen Raum.

Ich saß in die Ecke gelehnt. In meinen Armen lag die müdegewordene, schlafende Faymé. Vor mir, am Tisch, saß der Dorfälteste und erzählte mir aus seinem Leben.

„. . . so habe ich also viel vom heiligen Rußland gesehen, und es war Gottes Wille, daß ich gesund und mit großen Ehren aus dem Japanischen Kriege in mein vergessenes Heimatdorf zurückkehrte . . . Ich entsagte aber der Welt. Hier bin ich für die Kleinen und Großen ein Lehrer des Lebens geworden, ein Priester des unerschütterlichen Glaubens an unsern gerechten Gott.“ Er schloß die Augen und seine Rechte machte ein breites, ruhiges Kreuzeszeichen, während seine Züge sich in einem tiefempfundenen, innerlichen Frieden erhellten.

Der Morgen graute. Ich bettete Faymé behutsam in der roten Ecke. Sie öffnete schlaftrunken die Augen, flüsterte leise „Peter“, lächelte müde und glücklich und schlief wieder ein.

Inzwischen rasierte und wusch ich mich. In der Ofenecke begann ein neuaufgestellter Samowar wieder sein kaum verstummtes, trautes Lied zu summen. Der Ofen wurde geheizt. Enorme Holzklötze brannten. Der Dorfälteste war jetzt bei seiner Morgentoilette. Er stand draußen vor seinem Haus, goß sich aus einem irdenen Krug ein paarmal Wasser in die Handflächen, rieb sich damit Gesicht und Haar, und schon war er fertig. Peinlich scheitelte er sein Haar, kämmte seinen Bart, strich sich mit den Handflächen über seine Garderobe und setzte sich wieder an den Tisch. Draußen vor der Tür stand Kusmitscheff. Er ließ keinen in die Hütte, denn . . . Faymé schlief noch.

„Im Frühjahr werde ich dir also viele Kriegsgefangene schicken", wandte ich mich an den Dorfältesten, „es sind ordentliche Menschen. Sie werden euch allen helfen den Boden urbar zu machen, sie verlangen nicht viel, Essen, Trinken und einige Kopeken Lohn. Sie sind alle froh, wenn sie aus dem Gefangenenlager herauskommen können."

„Es ist mir sehr recht, Bruder, der urbar gemachte Boden bringt uns Geld. Die Saatfelder müßten schon längst erweitert werden, Sabitoje leidet oft Not, und das Heranholen von Korn ist mit Schwierigkeiten verbunden, denn weit sind unsere Wege. Unsere Leute sind aber zum Teil selbst schuld, denn sie sind faul und viel zu genügsam. Sie wollen ja auch nur so dahinvegetieren. Mehr verlangen sie nicht."

„Durch den Fellhandel wird sich Sabitoje sicherlich beleben, und es wird Geld unter die Leute kommen."

„Und wie es sich beleben wird! Du wirst staunen, was für Felle du bei uns kaufen wirst. Ich hatte nicht genügend Zeit, die richtigen Pelzjäger zu benachrichtigen, aber das nächste Mal, wenn du kommst, mußt du mindestens doppelt so viel Geld mitbringen. Ich bin überzeugt, daß die meisten Bauern heute schon auf die Jagd gegangen sind."

„Du kannst mir Felle beschaffen, so viel du willst, ich kaufe dir alles ab, jede Menge", erwiderte ich.

Inzwischen steht der Samowar auf dem Tisch. Um ihn

wieder das bunte Geschirr und reichlich zu essen. Die Schwester des Gastgebers, immer noch festlich angetan, ordnet alles auf dem Tisch. Sie ist blond, gut gewachsen und hat ein sympathisches, offenes Gesicht. Von auffallender Schönheit aber sind ihre Hände.

Ich merke deutlich, daß zwischen ihr und meinem Gastgeber eine große Sympathie herrscht.

„Sündige Gedanken beschleichen mich wie der Satan, wenn ich meine Schwester sehe", sagt er vor sich hin, „doch komm, Bruder, iß und trink, du hast noch einen langen Weg vor dir", und er rückt mit einem tiefen Seufzer die Eßsachen hin, während seine Schwester den Tee in die Gläser gießt.

„Peterlein, du läßt mich ja so lange schlafen!" Von den weichen Pelzmänteln, dem improvisierten Bett, versucht sich Faymé aufzurichten. Ich schlage die Mäntel zurück, das Mädchen reibt sich die noch verschlafenen Augen, aber sie strahlen wie jeden Morgen vor Glück und Zufriedenheit.

Sofort steht unser Wirt auf. „Mach dich erst reisefertig, Barin, inzwischen hat sich deine Frau gewaschen, und wir trinken dann alle anschließend gemeinsam Tee."

Im Innern staune ich über so viel Zartgefühl. Wir gehen aus der Hütte und verladen inzwischen auf dem mitgebrachten Schlitten die gekauften Felle.

Ein reges Leben und Treiben herrscht vor dem Hause des Dorfältesten. Wieder stehen viele Neugierige um den angespannten Schlitten. Die beiden Soldaten helfen fleißig mit, und in kurzer Zeit ist der ganze Schlitten, einem kleinen Berge gleich, mit Fellen vollgepackt. Eine Zeltplane wird darübergedeckt und verschnürt.

Wir treten wieder in die Hütte. Die Tatarin ist inzwischen fertig, das Teetrinken beginnt.

Dann ist alles abfahrtbereit. Faymé ist in Pelze gehüllt, ich lege mich wieder an ihre Seite. Der Dorfälteste deckt uns sorgfältig zu.

„Ich vergesse nichts, was du mir gesagt hast, es wird alles

besorgt, wie du es haben willst, Bruder, und nun behüt dich Gott, deine Frau und deine Leute. Wenn du wiederkommst, wird es für uns alle ein Feiertag werden. Wir werden uns darauf freuen und die Tage zählen."

„Du hast mein Wort, ich komme bestimmt wieder."

Die zottigen Pferdchen ziehen an, und die kleine Karawane setzt sich in Bewegung.

„Gott mit dir, Bruder, und habe Dank!"

Der Dorfälteste und die Bauern winken, wir winken wieder. Kinder laufen neben unserem Schlitten, in der Ferne sehe ich noch den barhaupt stehenden Mann und seine Schwester. Sie blicken uns nach, bis die Schlitten hinter der ersten Biegung verschwunden sind.

Dann sind wir wieder mitten im eintönigen, düsteren Wald.

Gegen Abend kommen wir in einem andern Dorf an. Neue Menschen, neue Gesichter. Alle sind festlich angezogen, als wäre Feiertag. Der Dorfälteste empfängt uns. Das übliche Teetrinken, dann kommt der Felleinkauf. Hände, wie die der andern, einer verschrumpelten Baumwurzel gleich, knoten bedächtig das erhaltene Geld in die bunten Taschentücher.

Wieder bereite ich Faymé das Lager in der roten Ecke, und auf der hölzernen Bank an der Wand lege auch ich mich nieder. Milder, ruhiger Schein der Lampaden schwebt durch den Raum, die Augen fallen zu, ich schlafe ein.

Ein neuer Morgen graut durch die vereisten Fensterscheiben. Waschen, Teetrinken, und schon fahren unsere Schlitten weiter; in der Ferne bleiben die winkenden Bauern zurück, bis auch sie hinter dem ewigen Walde verschwinden.

Unsere Marschroute ist richtig eingeteilt, alles ist gut disponiert. Überall werden wir erwartet, reibungslos und schnell geht der Kauf vor sich. Der mitgenommene Schlitten ist schon durch die Einkäufe in Sabitoje über und über voll. Jetzt gesellen sich zu ihm noch drei weitere.

Lustig läuten die vielen hellen Schlittenglocken durch die

kalte Luft. Glückliche, strahlende Menschen lassen wir überall zurück.

Zur angegebenen Zeit, mit verhältnismäßig kleiner Verspätung, kommen wir in Nikitino an. Lopatin und Kusmitscheff eilen nach dem Polizeigebäude, um meine Ankunft zu melden und über die Fahrt zu berichten.

Traute, liebgewordene Räume umgeben uns wieder. Natascha hat für mustergültige Ordnung gesorgt. Man badet, wechselt die Kleider, die Wäsche, man ist ein neuer Mensch und schläft wieder mit besonderem Genuß in seinem Bett.

Am nächsten Morgen, es ist Sonntag, kommt Iwan Iwanowitsch. Faymé und ich sitzen noch am Frühstückstisch, denn wir sind erst spät aufgestanden. In Mütze und Mantel, ohne abzulegen, kommt er zu uns.

„Lach mich nicht aus, Fedja, es war aber recht einsam die ganzen Tage hier." Er wirft seine runde Pelzmütze auf einen Sessel. „Man gewöhnt sich so verdammt schnell an einen Menschen. Es klingt eigentlich sentimental, als Mann so etwas zu sagen, aber weiß Gott, es ist doch wahr!" Er gibt jetzt seinen schweren Wintermantel dem Stubenmädchen und setzt sich an unseren Tisch.

„Nun, Faymé, wie ist Ihnen die lange Reise bekommen? Sie sind sicherlich noch sehr müde von den Strapazen. Kröger ist ja so ein Sonderling, diese ewige Angst vor den Wanzen. Sie mußten sicher immer im Schlitten unter freiem Himmel übernachten? Das ist doch eine Zumutung, Fedja!"

„Peter ließ mich immer in der roten Ecke auf unseren Wintermänteln schlafen."

„Na, und er selbst, wo schlief denn der lange Kerl?"

„Neben mir, auf einer Holzbank, manchmal auch neben meiner Bank . . . auf dem Fußboden . . ."

„Du, so ein verwöhnter Mensch? Macht es dir denn wirklich Spaß? Das verstehe ich nicht, Kröger, nimm es mir nicht übel, aber das ist glatt verrückt! Wozu das alles?"

„Es hat alles seinen Zweck und Sinn", sagt Faymé, „und es ist herrlich, im Scheine der Lampaden einzuschlafen."

„Hm . . . hm . . . mag sein, Faymé . . . mag sein", sagt nachdenklich der Polizeihauptmann.

Der ganze Tag vergeht in Vorbereitungen zu einer neuen Fahrt, die am Montag früh angetreten werden soll.

Wieder steht unser Schlitten vor der Tür, ein Winken, und wir haben Nikitino hinter uns gelassen.

Die Glöckchen tragen uns fort.

Wir sehen neue Gegenden, doch meist sind sie sich gleich. Neue Gesichter gehen an uns vorüber. Glückliche Hände schütteln ohne Ende die unsrigen, überall, wo wir angefahren kommen, ist großer Feiertag und alle freuen sich auf das Wiedersehen. Am Sonnabend ist die kleine Karawane wieder in Nikitino. Meine treuen „Bärenführer" Lopatin und Kusmitscheff berichten voll Begeisterung von der Fahrt. Ein Tag der Ruhe, dann geht es wieder fort von Nikitino und immer in einer anderen Richtung hinaus.

Endlich kommt die Reihe wieder an Sabitoje.

Nicht schüchtern und ängstlich wie einst kommen die Menschen zu uns, nein, alle winken, rufen freundliche, begeisterte Worte, umringen uns, wollen uns helfen, wir sind Brüder unter Brüdern, ja sie tragen uns fast auf den Händen in das Haus des Dorfältesten. Und er empfängt mich wie seinen leibhaftigen Bruder.

Die kleine Hütte ist gedrängt voll Menschen. Sie haben auf uns schon seit Stunden gewartet. Der Eßtisch, der Platz, an dem ich beim ersten Einkauf saß, liegt voller Geschenke. Es sind Rebhühner, Auerhähne, Bären- und Elchkeulen von ungeheuerlichen Ausmaßen, Hasen, Hühner, Enten, hausgesponnenes Leinen, Stickereien, Handarbeiten verschiedenster Art. Jeder, wohl ohne Ausnahme, hat ein Geschenk für mich zurechtgelegt. Erwartungsvoll blicken sie alle auf mich, während ich diese Schätze stumm betrachte. Ihre Augen suchen in den meinen. Sie reden so unendlich viel, was nicht in Worte zu übertragen ist. Und wie sie, diese Armen, Vergessenen, mich stumm ansehen, wird auch mein Blick plötzlich trübe, die Kehle wird eng, und ich vermag lange kein Wort über die Lippen zu bringen.

„Ich danke euch von ganzem Herzen . . . aus reinster Seele . . ."

Es wird Nacht. Ich sitze mit dem Dorfältesten wieder in der roten Ecke im heiligen Schein der Lampaden. Faymé schläft in meinem Schoß wie ein glückliches, sorgloses Kind. Draußen hört man leise Schritte um die kleine Hütte. Vorsichtig knirschen die Tritte im Schnee, ab und zu kommt jemand an die vereisten Fensterscheiben und lauscht, und es wird geflüstert, kaum hörbar, mit angehaltenem Atem.

Diese Hütte ist heute nacht im „Vergessenen" für alle ein Heiligtum.

Vollgeladen mit Geschenken und Fellen stehen die Schlitten. Das ganze Dorf ist zum Abschied versammelt, und alles drängt sich um unseren Schlitten, damit wir jedem die Hände schütteln sollen.

„Hab Dank, Väterchen, hab Dank . . . !" kommt es von allen Seiten. Wir können uns nicht trennen. Abseits steht der Dorfälteste, er ist zurückgedrängt worden, denn alle wollten uns sehen und sprechen. Seine Autorität ist plötzlich vernichtet, er aber lächelt.

Der Verlauf dieser Rundfahrt gestaltete sich überall fast gleich. Die anfänglich sechs Schlitten zählende Karawane ist fast noch mal so groß geworden. Überall wird sie mit ungeahntem Jubel empfangen, selbst die Ärmsten der Armen lassen mich nicht unbeschenkt fort.

Mit großer Verspätung erreichen wir Nikitino.

Aus der Ferne sehe ich meine Wohnung hell erleuchtet. Iwan Iwanowitsch kommt herausgestürmt, ohne Mütze und Mantel, in der Hand noch die brennende Zigarette.

„Fedja, mein Lieber, was ist denn passiert? Wir schweben alle in tausend Ängsten um dich!"

„Du bist aber wenig galant, Iwan, das hättest du meine Frau fragen sollen, aber nicht mich", erwidere ich lachend.

„Kröger, weißt du, du bist mir lieb und teuer als Freund, aber man kann nie ein vernünftiges Wort mit dir reden! Nie, wirklich niemals, schrecklich ist so was! Natürlich bin ich auch um deine Frau besorgt gewesen, sogar sehr besorgt bin ich gewesen, aber . . . was ist denn passiert? Sag doch um Gottes willen! Hör doch auf mit dem Lachen, du entsetzlicher Mensch. Nackt stehe ich vor dir auf der Straße, und du sagst mir nicht einmal . . . Lopatin! Lopatin! Kerl, rede doch, gaff mich nicht an!"

„Nichts ist passiert, Euer Hochwohlgeboren, gar nichts", rapportiert Lopatin und versucht stramm zu stehen, soweit er es mit den steifen Knochen fertigbringt.

„Es ging nicht schneller, Iwan, die Bauern haben uns nicht fortlassen wollen", werfe ich schnell ein, denn ich sehe, wie der Hauptmann sich schon auf den armen Lopatin stürzen will. „Etwas besonders Schönes haben wir dir auch mitgebracht; komm, gehen wir hinein, du erkältest dich sonst." Schnell wickle ich Faymé aus den vielen Felldecken heraus, hebe sie auf den Arm und ziehe auch Iwan Iwanowitsch mit.

„Daß Sie an mich nicht gedacht haben, ist nicht lieb von Ihnen." Diese wenigen Worte Faymés, ein einziger Augenaufschlag, und der Allgewaltige steht wie erstarrt im Zimmer. Er ist so beschämt, daß er völlig außer Fassung gerät; sein Zorn ist verrauscht.

„Aber Faymé, ich habe auch an Sie gedacht . . . aber ich darf ja nicht an Sie denken . . ."

„Lieber Iwan Iwanowitsch, Sie sind doch Peters Freund, und seine Freunde sind auch meine Freunde. Warum dürfen Sie nicht an die Frau eines andern Mannes, besonders Ihres Freundes, denken, Ich habe nie an Ihrem guten Herzen und Ihrer Ehrenhaftigkeit gezweifelt. Deshalb dürfen Sie an mich genau so oft wie an Peter denken."

„Ja, Faymé . . . ja . . . so muß es werden . . ." stammelt der Mann. Sein Blick ist zu Boden gerichtet.

„Sie müssen denken und handeln können wie er. Einen ganzen Schlitten voll Geschenke bringt er heute nach Hause. Selbst die Ärmsten der Armen haben ihn beschenkt . . ."

„Ja, Faymé, ja . . . Ihr Peter hat doch aber auch eine Faymé . . . und ich . . . ich . . ."

„Deshalb sollen Sie eben auch an mich denken und sich darüber freuen. Wollen Sie das nicht tun?"

„Doch, Faymé, ich will es tun . . .", und plötzlich erfaßt der Mann die Hände der kleinen Tatarin und bedeckt sie mit Küssen. „Ich bin doch ein sehr schlechter Mensch . . . mein Kind."

Ohne ein Wort zu sagen, geht er ins Vorzimmer, nimmt Mütze und Mantel, und ohne ihn anzuziehen, ohne sich von uns zu verabschieden, geht er hinaus.

*

Eine Woche Ruhe gönnte sich Faymé. Ich verwöhnte sie und verhätschelte sie mit allen mir zu Gebote stehenden Mitteln.

Inzwischen waren die ersten Zahlungen der belieferten Firmen eingegangen. Die Gebrüder Islamkuloff verschickten die Ware und verwalteten mein Geld. Ihr Stolz war, daß ich ihnen das Geld überließ, ohne von ihnen eine Bescheinigung darüber zu verlangen. Ihre Beteiligung an meinem Fellhandel überstieg fast die Einnahmen ihres Geschäftes.

„Ich bringe dir Geld, Iwan, den versprochenen Gewinnanteil von zehn Prozent", mit diesen Worten lege ich fünfhundert Rubel auf den Tisch.

Die Faust des Dicken schlug auf den Tisch, und mit einer einzigen Handbewegung breitete der Hauptmann die Scheine aus. Dann blickte er bald die Scheine, bald mich an.

„Lachst du mich aus, Fedja, was soll denn dieser Unsinn bedeuten?!"

„Dein Gewinnanteil, lieber Iwan – fünfhundert Rubel!"

„Bist du denn wahnsinnig, bist du besoffen oder bin ich es schon wieder? Du hast doch nicht etwa fünftausend Rubel verdient? Das kann doch nicht wahr sein! Kröger, sei doch mal ernst! Lach doch nicht! Ich kann es nicht fassen! Das ist ja ein Vermögen! Das soll nur eine Beteiligung sein?! Ist das dein Ernst?!"

„Wenn ich alles richtig organisiert habe, dann wirst du noch Wunder erleben, Iwan, das ist erst der Anfang.

Warte nur ab, im nächsten Winter arbeiten wir noch ganz anders!"

„Fedja . . . Du bist ein Teufelskerl!"

Die Freude des Mannes kannte keine Grenzen. Er umarmte mich unzählige Male, er faßte immer wieder das Geld an, ließ es auf den Tisch fallen, um mich wieder zu umarmen.

„Dir, Iwan, habe ich zu danken . . ."

„Unsinn, so ein Unsinn! Ich habe zu danken, deiner Faymé habe ich zu danken!" Er versuchte mit aller Gewalt, mir etwas zu essen oder zu trinken anzubieten, ich lehnte ab.

„Sei mir nicht böse, bitte, ich will zu mir nach Hause, Faymé wartet auf mich. Auch das Essen ist schon angerichtet."

*

Mein Pelzhandel dehnte sich aus. Die Dörfer, die ich regelmäßig besuchte, wurden Sammellager der Waren. Die eingekauften Posten wuchsen immer mehr und mehr. Nicht selten tat es mir leid, die herrlichen Felle fortzuschicken. Einige der besten legte ich für Faymé zurück.

Ende November kam die erste große Kältewelle. Das Thermometer zeigte beständig Temperaturen zwischen fünfundzwanzig und dreißig Grad Celsius. Jetzt wurde das Überwinden weiter Strecken für Menschen und Pferde fast unmöglich.

„Nur ein einziges Mal, Liebste, laß mich noch nach Sabitoje fahren; es soll wirklich das letzte Mal sein, ich verspreche es dir."

„Peterlein, sieben ganze Tage soll ich dich nicht sehen? Es ist sehr lange! Aber wenn du so gern fahren willst . . . Ich will die ganze Zeit an dich denken und fühlen, wie es ist, wenn ich dich nicht mehr um mich habe und doch auf dich warten darf. Ich will dieses Glück wieder von neuem empfinden, von Anfang an wieder erleben."

So fuhr ich denn allein fort. Faymé blieb zu Hause.

*

Die Einkäufe in Sabitoje waren abgeschlossen.

Mit dem Dorfältesten trete ich in die Nacht hinaus. Es herrscht eine mörderische Kälte und es ist völlig dunkel, obwohl es kaum vier Uhr nachmittags ist. Der Himmel ist übersät von Sternen, die unbeschreiblich klar und leuchtend sind. Wir lenken unsere Schritte zu dem erstarrten Fluß.

Mit gewaltigen Donnerschlägen kracht und platzt bisweilen das Eis. Dann herrscht wieder verzauberte Stille um uns. Schneemassen von geradezu phantastischen Ausmaßen hat der Winter in dieser Einöde aufgetürmt. Der Urwald gleicht einem niedrigen Wäldchen, die Bäume brechen unter der Last. Mühselig werden ständig die Eingänge zu den Hütten und die Fenster von Schneewehen freigehalten. Sabitoje scheint ausgestorben zu sein. Bald wird es sich völlig in den Winterschlaf zurückziehen.

Unter den hohen, dicken Filzstiefeln knirscht der Schnee in ganz hellen Tönen. Er ist so hart, als wäre er nur Eis.

„Du mußt einige Tage hierbleiben, Bruder", sagt der Dorfälteste, „ein schweres Unwetter ist unterwegs. Du kommst mit deinen Leuten nicht durch."

„Ich muß aber, weil ich es versprochen habe. Ich bin doch kein freier Mensch, das weißt du!"

„Wenn schon, wenn schon, mein Lieber, aber du kannst auch das Leben deiner Leute nicht ohne weiteres aufs Spiel setzen, es ist glatter Wahnsinn!"

„Wir nehmen eben mehr zu essen und zu trinken mit, dann werden wir es bestimmt schaffen."

„Du hast gut reden! Sei doch vernünftig! Lächerlich ist das Versprechen an den Polizeihauptmann! Du mußt an deine Frau denken, Bruder, an deine schöne, schwarze Frau! Sie wird sich die Augen ausweinen, wenn ihr verlorengeht. Ich habe gesehen, wie sehr sie dich liebt. Sie wird so lange weinen, bis ihr die Augen austrocknen. Oder denkst du etwa, man wird euch retten können? Bevor die Schneemassen geschmolzen sind, wird keiner euch in euren Schneegräbern finden."

„Vielleicht irrst du dich, mein Lieber, das Unwetter kommt später, bestimmt einen Tag später!"

„Dort, sieh hin, bei dem großen Stern ist das Unwetter. Es ist übermorgen in Nikitino und spätestens in drei Tagen bei uns."

Unschlüssig bleibe ich stehen. Was soll ich tun? Wie kann ich Faymé und dem Polizeihauptmann Nachricht geben, daß ich mich um einige Tage verspäten muß? Der Gedanke an Faymé, an ihre Angst um mich, unterwühlt mein Selbstvertrauen und macht mich wankelmütig.

„Bruder", der Mann klopft mir auf die Schulter, „ich sehe, du bist doch vernünftig, du bleibst also bei mir?"

„Nein, das tue ich nicht! Ich habe meiner Frau versprochen zu kommen und dem Hauptmann auch. Das muß ich halten. Versuchen will ich es auf jeden Fall! Der Schneesturm kann übrigens nur wenige Stunden dauern."

„Du weißt ja nicht einmal, was einige Stunden im Schneesturm bei dieser Kälte bedeuten."

„Ich lasse die ganze Ware bei dir. Du schickst sie mir nach. Komm, ich will mich beeilen, nicht eine Minute darf ich jetzt verlieren, komm, schnell!"

„Du versuchst Gott! . . . Du versündigst dich an ihm! . . . Du frevelst!"

Ich eile mit dem Mann in seine Hütte, lasse die beiden Begleitsoldaten wecken, die laut schnarchend ihre Mittagsruhe halten, die Pferde einspannen, reichlich Mundvorräte zurechtmachen und alle mitgebrachten Thermosflaschen mit Tee, vermengt mit Alkohol, füllen. Aus dem Schlaf plötzlich herausgeschreckt, eilen die schlaftrunkenen Menschen durcheinander, hantieren hastig umher, ziehen sich an, schnallen ihre Stoffgurte um die dicken Pelze enger und ziehen ihre Fellmützen tief ins Gesicht.

Ich trete zum Abschied in die Hütte. In ihrer Mitte steht der Dorfälteste. Auch er ist im Pelz.

„Ich begleite dich, Bruder . . .!"

„Allmächtiger Gott! Segne und behüte sie alle auf dem gefahrvollen Wege! Wende dich nicht von ihnen, auch wenn sie, sündige Kinder, dich, o Gott, vergessen . . .!" Auf den Knien, vor der roten Ecke, im Scheine der Lampaden, betet die Schwester des Dorfältesten. Sie bekreuzigt sich und neigt sich tief vor den Gottesbildern.

Sechs Männer, in ihren Pelzen fast den wilden Tieren gleich, ziehen ihre Mützen ab und bekreuzigen sich. Einige murmeln Worte des Gebetes.

„Geht vor, ich komme nach!"

Wir treten schweigend aus der Hütte.

Wir alle wissen, was vor uns liegt.

Jetzt ist auch der Dorfälteste zu uns getreten. Die hübsche Frau blickt ihm weinend nach.

Die kleinen Pferdchen ziehen an. Aus den Hütten kommen Menschen wie aus Schneehöhlen herausgekrochen und blicken uns verständnislos nach.

Dann ist Sabitoje verschwunden.

*

Wir sind schon zwei Tage unterwegs und haben immer noch nicht das nächste Dorf erreicht. Aufgehäufte Schneemassen stellen sich uns entgegen, wir müssen sie überklettern, müssen die Pferde an der Leine führen, die Schlitten bald von der einen, bald von der andern Seite stützen. Bei jeder Berührung der tief verschneiten Bäume fallen uns kleine Schneelawinen auf Kopf und Schultern und in den Schlitten. Mühsam ist unser Weg. Wir legen höchstens drei bis vier Kilometer in der Stunde zurück. Das Wetter ist denkbar schön und klar, es weht kein Lüftchen, die Kälte ist milder geworden. Aber wir haben keinen Sinn für die winterliche Pracht um uns, unser Denken ist nur: Schneller, schneller, schneller, wir müssen das Dorf erreichen. Wir gönnen uns kaum Ruhe und Schlaf, unsere Pferdchen müssen ihr Letztes hergeben. Haben sie zwei bis drei Stunden die Schlitten gezogen, so werden sie ausgespannt und gegen diejenigen, die wir hinten am Schlitten angeleint haben, ausgewechselt.

Endlich weicht der Wald, und vor uns liegt eine weite,

völlig leere Fläche. Die Sonne, ein dunkelroter Ball, steigt über den Wald. Nach wenigen Stunden wird sie uns verlassen. Aber unsere Augen haben genug gesehen: das aufsteigende Unwetter.

Mit äußerster Hast stürmen wir weiter. Sämtliche Pferde werden vorgespannt, die Peitschen knallen, und unsere müden Glieder müssen sich bewegen, stützen, schieben, die Schlitten hochheben, die Pferde vorwärtszerren; nicht eine Minute der Entspannung darf jetzt eintreten.

Dann können wir nicht mehr weiter. Fast in der Mitte der weiten Schneelandschaft liegt eine weitauslaufende Schneewehe. Die Pferde werden ausgespannt, aus den Schlitten fliegen Schaufeln, und alle Mann graben sich in die Schneemassen hinein. Wir müssen uns eine Höhle bauen.

In der Ferne, dunkelschwarz und ungeheuerlich an Ausmaßen steht eine Wand; es ist das nahende Unwetter.

„Diese Schneewehe ist unsere Rettung, Bruder", belehrt mich der Dorfälteste, „wenn sie nicht unser Grab sein wird, was Gott verhüten möge!"

Schweigend, wie Sträflinge, schaufeln wir unentwegt, unermüdlich, stoisch. Von unserer Ausdauer hängt unsere Rettung ab. Die Gesichter der Männer sind verbissen, mit gesenktem Kopf, wie annehmende Elche, kämpfen sie gegen die Schneemauer an.

„Ej! . . . ej . . .!" Ich brülle aus Leibeskräften. Die Männer heben ihre Köpfe, ihr Blick wird milder. Ich lache so laut, wie ich nur kann, ich werfe den erstaunten Männern lustige Worte zu, bis endlich auch sie anfangen zu lachen. So, jetzt sind wir dem nahenden Sturm gewachsen, jetzt lachen wir ihn aus!

Die Zeit schleicht hin. Einer nach dem andern wird müde. Die Männer sinken in den Schnee und bleiben sitzen, kaum daß wir erst eine kleine Höhle ausgeschaufelt haben. Die Schneedecke ist hart, die Arbeit ist mühselig gewesen. Wir holen die Thermosflaschen hervor, setzen uns eng aneinander, und das Glas geht einige Male in die Runde. Das heiße Getränk brennt in den Eingeweiden und peitscht unsere Kräfte an. Schon fallen aber den Männern die Augen zu, sie können nicht mehr weiterschaufeln, ihre Kraft ist erlahmt, sie sind gleichgültig und apathisch geworden und wollen den Kampf schon aufgeben. Doch der Dorfälteste kennt kein Erbarmen. Er schreit die Männer an, zwingt sie, die Schaufeln wieder anzufassen und weiterzuarbeiten.

Ein helles, gedehntes Pfeifen, eine glitzernde Schneewelle fegt mit unheimlicher Schnelligkeit über die weite Fläche.

Sekundenlang halten die Männer inne, und im nächsten Augenblick, als hätten sie plötzlich überirdische Kräfte, stechen sie die Schaufeln mit Wut und Verzweiflung wieder in die gigantische Schneemauer.

Welle auf Welle, wie eine nahende, gewaltige Flut, jagt der pfeifende, singende, klagende Wind über die Fläche. Das Atmen fällt immer schwerer, das Gesicht brennt, wir reiben es wiederholt mit Schnee ab. Neben uns haben sich die Pferdchen, die mit unseren schweren Hundefellmänteln zugedeckt sind, zu einem ängstlichen Haufen zusammengerottet, als könnten sie sich gegenseitig beschützen. Ihre Nüstern sind voll Eiszapfen, ihr Fell ist voll Schnee, sie senken die Köpfe, auch sie können kaum noch atmen.

Der Dorfälteste und ich schaufeln nebeneinander, wir passen auf die andern auf, ermuntern sie, lachen sie aus, sie sollen meinetwegen wütend werden, nur sich hinsetzen, sich selbst aufgeben sollen sie nicht.

„Ich möchte wissen, wie lange du noch lachen wirst!" Es klingt wütend, fast verachtend. Ich kann es kaum verstehen.

„Bis wir die Köpfe auf der andern Seite der Schneewehe durchgesteckt haben, vielleicht noch länger!" schreie ich zurück.

„Verrecken werden wir alle!"

„Ist auch eine Beschäftigung!"

„Wahnsinnig bist du geworden, Bruder!"

„Wenn schon, schau, wie die Höhle größer wird. Wir haben es gleich geschafft!"

Schaufel um Schaufel, Schaufel um Schaufel, die Schneehöhle ist groß genug, aber auch der Widerstand der Männer ist endgültig zu Ende. Der Dorfälteste führt die Pferde hinein. Die Männer sind erschöpft zusammengesunken. Sie halten wohl noch die Schaufel in der Hand, aber sie rühren sich nicht mehr. Sogar das Drohen hilft nicht.

Plötzlich wird es draußen still, der pfeifende Wind hat seinen Atem angehalten, als wolle er jetzt zum vernichtenden Schlage ausholen. Fast bis an die Brust im Schnee, wate ich mit dem Dorfältesten hastig zu unseren zugeschütteten Schlitten. Wir wühlen mit den Schaufeln, als seien wir von Sinnen. Schon sind die erforderlichen Sachen herausgeholt, wir waten schnell zur Höhle, hetzen zurück, ergreifen alles, was wir nur fassen und finden können, dann aber ...

Der Himmel wird plötzlich schwarz, es ist Nacht um uns, und ungeheure Schneemassen fallen wie eine Lawine nieder. Unsere Gliedmaßen werden jetzt nur noch von der Verzweiflung bewegt; wir erreichen die Höhle. Schon rast der Sturm über uns hinweg. In seiner Wucht hat er uns hochgehoben, dann brutal niedergeworfen. Ich sehe, wie sich der Dorfälteste zweimal überschlägt, dann bleibt er unbeweglich liegen. Ich bin neben dem Eingang zusammengesunken. Endlich kriechen wir in die schützende Öffnung hinein.

Der Schneeorkan rast dahin! Es ist kein Pfeifen mehr, es ist ein Dröhnen! Himmel und Erde sind nicht mehr zu unterscheiden, sie sind eine einzige schwarze, stürzende Lawine. Es scheint mir, unsere Schneehöhle müsse jeden Augenblick zusammenbrechen. Nach langen Mühen wird ein kleines Feuer entzündet, und der Qualm flutet zu der schon fast verwehten Höhlenöffnung hinaus. Doch das Feuer prasselt. Pferde und Menschen sind endlich geborgen, gerettet.

Die Tiere bekommen zu fressen. Wir sitzen ihnen zu Füßen. Der heiße Tee erwärmt unsere Eingeweide, und mit erstarrtem, kaum beweglichem Munde kauen wir an dem Essen. An die Schneewand gelehnt, entzünde ich meine Pfeife und blicke ins Feuer.

„Wache über uns, Bruder . . .“

In diesen Worten des Dorfältesten liegt die ganze Müdigkeit der Männer. Sie haben sich jetzt selbst aufgegeben. Ihr Mut, ihre Ausdauer sind endgültig ausgelöscht.

Ein einmütiges Schnarchen donnert durch die kleine Höhle, und während ich das Feuer immer wieder schüre, gafft mich die schwarze Orkannacht durch die kleine Öffnung in der Schneewand an. Ich muß sie immer wieder freihalten. Meine Pfeife leistet mir stumme Gesellschaft. Sie geht aber immer wieder aus, ich entzünde sie wieder, einige Züge, und der Mund erstarrt, die Augen fallen zu. Dann raffe ich mich auf, greife nach der Schaufel, werfe den eingewehten Schnee wieder durch die Öffnung hinaus, vergrößere sie, blicke ins Tosen, horche gespannt, dann setze ich mich hin und lehne mich an die Wand.

„. . . Faymé . . .!“

Ich erschrecke über meine eigene Stimme. In diesem Wort aber liegt meine ganze Ausdauer, mein Mut und mein Wille, weiterzutrotzen. Die Pferdchen schlafen, die erschöpften Männer, das Feuer schläft ein . . . aber mein Pfeifchen brennt weiter! – – –

Der Tag bricht an, aber er ist in dem unaufhörlichen Schneefall kaum wahrzunehmen.

Ich bin der einzige, der sich aus dem Bau heraustraut. Die Männer schlafen drei Viertel des Tages. Nicht ganz so verschlafen und passiv ist der Dorfälteste. Er hilft mir das Essen zurechtmachen, schürt das Feuer, füttert die Pferde, die rührend still und ergeben, dicht aneinandergedrängt, in der Ecke liegen.

Kaum, daß es etwas heller wird, krieche ich auf allen vieren aus unserem Bau, arbeite mich mühselig zu den Schlitten durch oder wate nach dem nahen Wald. Und gerade diese wenigen Schritte bis zum Wald kosteten mir beinah das Leben. Im dichten Schneegestöber, das den Tag zur plötzlichen Nacht verwandelt, hatte ich die Richtung nach unserer Schneewehe verloren. Ich war der Verzweiflung nahe, als ein kaum wahrnehmbarer Rauchgeruch mir ungefähr die Richtung unserer Schneehöhle anzeigte. Von nun ab markierte ich durch Zweige die wenigen Schritte zum Walde und nahm sie auf dem Rückwege wieder auf. Wohl brachte ich weniger Holz mit und mußte noch ein zweites Mal gehen, aber die Gefahr des Verirrens war wenigstens behoben.

Wieder bricht ein neuer Tag an. Auch er ist kaum zu erkennen, und schon geht er zur Neige. Ein neuer Tag, und wieder ist es Nacht um uns. Das Wüten des Schneesturms hat etwas nachgelassen. Meine Arbeit besteht im Holzholen und in dem kräfteraubenden Vordringen zu unseren Schlitten, dann in der Belustigung der apathisch gewordenen Männer sowie im Zubereiten des Essens.

Wie lange wird der Sturm noch toben? Der Mut der Männer sinkt zusehends. Wir haben sehr wenig zu essen, unsere Vorräte an Tabak gehen auch zur Neige, denn seit drei Tagen sind wir in der Schneehöhle eingeschlossen und können nicht mehr zu den Schlitten gelangen. Manchmal sehe ich zu den stillen Pferdchen hinüber; welches von ihnen ist das schwächste . . . Wir werden es bald essen . . .

„Sind unsere Vorräte zu Ende, dann gehen wir auf die Jagd“, sage ich zu Lopatin. „Dein Revolver verrostet dir sonst ganz und gar.“ Doch mein Bärenführer schweigt sich aus, der andere ebenfalls.

„Mit einem Revolver, Barin, kann man nicht auf die Jagd gehen“, erwidert er nach einer Weile.

„Nein, meinst du nicht? Dann müssen wir morgen auslosen, wer von uns zuerst in die Suppe kommt.“

Alle blicken sich schweigend um. Ich kann mich vor Lachen nicht halten, ich platze heraus, und nun lachen alle aus Leibeskräften, was das Zeug hält. Es macht uns für lange Zeit warm und vergnügt.

In der Nacht wache ich auf. Im Scheine des Feuers sehe ich die vor Entsetzen starrenden Augen der Männer. Unaussprechlichen Schrecken in den Zügen, kauern sie beieinander.

Das Unwetter draußen ist wieder zum Orkan geworden.

Wir hören Bäume krachen, satanisches Pfeifen und Dröhnen.

„Gott segne uns, Gott sei uns gnädig!" . . . Und die Bauern nehmen ihre Pelzmützen herunter und bekreuzigen sich, ihre kleinen Pferdchen und den völlig verwehten Ausgang . . .

Das Feuer ist vergessen . . . Ich weiß nicht, sind es überspannte Nerven oder ist es Tatsache, mir scheint, als zittere unsere Höhle wie im Erdbeben und könne jeden Augenblick zusammenbrechen und uns alle unter den Schneemassen begraben.

Ein Orkan – die schrankenlose, göttliche Urnatur!

Als er sich allmählich beruhigt, trete ich hinaus. Auch ich mache unwillkürlich das Zeichen des Kreuzes.

Mit aller Kraft bahne ich mir den Weg durch den verwehten Ausgang. Der Schnee reicht mir bis an die Brust. Ich hebe meinen Kopf zum Himmel: es schneit nicht mehr.

Erst ein, dann noch ein Stern, mehrere, viele, viele Sterne stehen jetzt am Himmel. Wie ein Bühnenvorhang schiebt sich die Schneewolke zur Seite, und das Himmelszelt wölbt sich über mir, wie wir es immer kennen, fern, unerreichbar fern . . . nach dem mordenden Tosen – die Ewigkeit.

Auch die anderen kommen jetzt heraus. Wir sehen fast nur unsere Köpfe, so tief stecken wir im Schnee. Der Wald gleicht einer ununterbrochenen Schneemauer. Es kommt mir plötzlich vor, als seien wir paar Männer die einzigen Bewohner dieses unbekannten Erdteils, so verlassen und unberührt wirkt die zugeschüttete Gegend.

Endlich – der Sturm hat drei Tage und drei Nächte ununterbrochen getobt – kommt die Sonne hervor, und wir alle lachen ihr entgegen wie Schulkinder, die jetzt lustig im Winter herumtoben. Nur eine Mahnung schwebt über unseren Köpfen – keine Zeit, nicht eine Minute dürfen wir verlieren, denn wir haben nichts mehr zu essen, und es ist noch weit bis zu einer menschlichen Siedlung. Mit vereinten Kräften erklettern Mensch und Tier die Schneewehe, die Pferde werden vorgespannt, es geht weiter.

Hinter uns in der Ferne, in dem unermeßlichen Schneefeld, verlieren sich unsere Spuren.

Die Sonne verschwindet schon wieder, es wird dunkel, es wird Nacht. Wir sind wieder im Wald. Nur an den Bäumen zu beiden Seiten erkennen wir noch unsern Weg. Das in Thermosflaschen vorsorglich mitgenommene und in der Schneehöhle noch abgekochte Wasser wird getrunken und dazu trockenes Brot gegessen.

Es ist sechs Uhr abends. Welch ungeheuerlicher Kontrast zwischen meiner goldenen Armbanduhr mit Radium-Zifferblatt und unserer Wanderung auf dem nie endenden sibirischen Waldweg in der Taigá . . .

Fünf qualvolle Stunden, teils zu Fuß, teils im Schlitten, kleine und große Schneewehen herauf und herunter. Nicht einen einzigen Augenblick darf man sich ausruhen. Ausruhen, Stillstehen, Müdigkeit und Schlaf sind sicherer Tod.

Plötzlich sehen wir aus einigen Hügeln Rauch aufsteigen. Es sind Hütten! Sie sind völlig zugeschneit und nicht mehr zu erkennen. Fast steil geht es zu einer Tür hinunter. Wir klopfen, schreien, bis man uns hinein läßt. Völlig erschöpft werfen sich die Männer gleich auf den Fußboden und schlafen sofort ein. Sie gleichen Toten.

Allein stehe ich da im vereisten Pelz. Die Männer schnarchen durcheinander. Auch ich . . . schlafen . . . müde . . . Das Schnarchen rüttelt mich. Ich kann kaum mehr auf den Beinen stehen. Um mich ratlose Männer und Frauen, die mich mit Fragen bestürmen. Sie kennen mich alle von meinen früheren Fahrten.

„Schnell! Pferde in den Stall! Stellt den Samowar auf, macht zu essen! Weckt mich, wenn alles fertig ist, aber ihr müßt mich so lange wecken, bis ich am Tisch sitze, versteht ihr?"

Ich werfe den gefrorenen Pelz auf den Fußboden und taumle auf die Bank, zur roten Ecke hin. Im Gehen schlafe ich schon. – – –

„Barin! Barin! Alles ist schon fertig!" Arme und Hände versuchen immer wieder mich aufzurichten.

In halb abwesendem Zustand schlürfe ich Tee, kaue, und erst jetzt, als das heiße Getränk durch meine Glieder strömt, komme ich endlich zu mir. Ich esse immer mehr und bin nun völlig wach.

„Ist es denn schon wieder dunkel, oder sind wir wieder eingeschneit? Die Dunkelheit bringt einen ja zur Verzweiflung", sage ich ziemlich barsch zu dem Bauern, als könne er was dafür. Seine Frau und die beiden erwachsenen Töchter stehen in Pelzen am Ofen und lächeln herüber.

„Barin, es ist noch finstere Nacht, noch lange nicht Tag, wir haben uns die größte Mühe gegeben, den Stall aus dem Schnee zu graben. Nun sind Ihre Pferde untergebracht, Sie können mit neuen weiterfahren. Auch das Essen zum Mitnehmen ist fertig. Meine Frau und meine beiden Töchter haben es besorgt. Es wird Ihnen schon schmecken."

Ich sehe nach meiner Uhr, es ist sechs Uhr morgens.

„Gut, gut, mein Lieber." Ich bin wieder bei bester Laune, rauche, plaudere noch eine Weile mit meinen Gastgebern und fühle mich endgültig in großer Form.

Aber meine „Bärenführer" sind nicht wach zu bekommen. Umsonst versuche ich Lopatin zu wecken. Kusmitscheff ist in derselben Verfassung, beide halten einen unerschütterlichen Winterschlaf. Mit aller Kraft hebe ich mit dem Bauern erst den einen, dann den andern hoch und trage sie in den Schlitten. Der Dorfälteste und die zwei Jamschtschiki bleiben schlafend in der Hütte zurück.

Ich fahre mit den beiden Soldaten ab.

Sie schlafen weiter, als bekämen sie dafür bezahlt, und anscheinend nicht schlecht. So geht es einige Stunden, bis es hell wird und die Sonne mit mir um die Wette über die dauernd durcheinanderkullernden und schnarchenden Soldaten lacht. Vom Aufpassen, Schieben, Ziehen und Stützen des Schlittens werde ich langsam wieder müde.

Die Pferde kennen den Weg nach Nikitino; es ist auch nicht sonderlich schwer, ihn zu finden, denn es gibt nur den Waldweg, den tief verschneiten, den nie, nie endenden. Er wird plötzlich gut und eben, soweit ich sehen kann. Die

Zügel gleiten mir aus der Hand, meine Beherrschung, meine Willenskraft ist erlahmt . . . nur schlafen . . . nur schlafen . . . schlafen.

Aus weiter, weiter Ferne erwache ich. Etwas Kaltes fließt mir den Rücken entlang. Ich versuche meine Beine zu bewegen, doch es gelingt mir nicht. Mein rechter Arm muß anscheinend ungeheure Lasten tragen, denn auch ihn kann ich nicht heben.

Endlich bekomme ich einen klaren Kopf. Das aufgetaute Schneewasser im Genick ist doch sehr kalt.

Unser Schlitten ist umgekippt. Auf meinen Beinen liegt schnarchend Lopatin, auf meinem Arm Kusmitscheff. Der Mond steht am Himmel und es ist hell wie am Tage. Still und unbeweglich stehen die beiden Pferde da, denn so etwas ist für sie nichts Neues. Sie schlafen auch. Betrunkene Bauern findet man nicht selten in umgekippten Schlitten oder Tarantas an irgendeiner Straßenseite. Die Pferdchen sind gewohnt, so lange zu warten, bis ihre hohe Herrschaft sie wieder zum Laufen auffordert. Ich wecke die beiden Männer mit allen mir zu Gebote stehenden Mitteln. Endlich sind sie wach. Sie finden sich lange nicht zurecht.

Die Fahrt geht weiter, unterwegs erzähle ich den Soldaten, was sich ereignet hat.

„Wir sind Ihnen sehr dankbar, Barin, daß Sie uns beide aufgeladen haben. Stellen Sie sich bloß das Gesicht unseres Hauptmanns vor, wenn Sie allein nach Hause gekommen wären! Für uns hätte es sofortige Entlassung oder gar Gefängnis bedeutet."

„Es ist auch langweilig, allein zu fahren. So vertreibt man sich wenigstens die Zeit mit etwas Unterhaltung. Inzwischen könnt ihr ordentlich essen. Aber nun laßt mich endlich auch mal etwas schlafen." Ich strecke mich im Schlitten aus. Die Kiefer der beiden Soldaten mahlen bedächtig . . . Ich schlafe sofort ein.

Es ist sieben Uhr morgens, noch völlige Dunkelheit. Noch einmal gibt es eine kraftraubende Berg- und Talfahrt. Aber allem zum Trotz: Nikitino taucht auf, die ersten bekannten, stark verschneiten Häuser. Hinter ihnen lugt der untergehende Mond hervor, als hätte er nur so lange gewartet, bis unsere Fahrt zu Ende ist.

Der Schlitten hält vor meiner Wohnung. Schnell werfe ich den vereisten Mantel ab, ziehe auch den zweiten aus, denn ich weiß, was mich jetzt erwartet, und ich brauche weder zu klingeln noch zu rufen. Aber ich habe mich geirrt. Das Haus scheint zu schlafen wie alle anderen. Die Eingangstür ist noch verriegelt. In Faymés Zimmer aber brennt Licht.

Mein Hauswirt ist aufgestanden. Über den Hof gelange ich zur Hintertreppe und in die Küche. Leise mache ich die Tür auf.

„Guten Morgen, Natascha!"

„Großer Gott! Barin! Wir alle dachten schon . . . Ihre Frau hat seit zwei Tagen nichts mehr gegessen . . . Sie hat nur immer auf Sie gewartet. Das ist aber nicht recht von Ihnen, Barin!"

„Wir sind in einen Schneesturm geraten."

„Ich mache alles schnell zurecht, sicherlich haben Sie gehungert. Daß Sie noch leben, ist eine Gnade Gottes. Keiner hatte mehr Hoffnung, Sie wiederzusehen. Seit vier Tagen haben wir keine Verbindung mehr mit der Außenwelt, auch nicht durch den Telegrafen. Der Warentransport ist auf dem Wege von der Eisenbahn nach Nikitino eingeschneit, die Menschen sind alle erfroren. Gestern ist eine Rettungsmannschaft ausgefahren, aber wo soll man sie suchen? Gleich bin ich fertig, Barin!"

Behutsam mache ich die Tür zu Faymés Zimmer auf. Auf dem breiten Sofa schläft sie zusammengekauert, angezogen, als hätte sie sich nur für einen Augenblick hingelegt. Ich trete leise näher und will sie schon in die Arme nehmen. Da fällt mir ein: ich bin schmutzig, unrasiert, habe vielleicht Ungeziefer. Ich wasche und rasiere mich in der Küche. In meinem Zimmer ziehe ich mich um. Die Kleider wandern in den Schuppen.

Wieder schleiche ich zu Faymé. Sie schläft noch immer,

aber nicht, wie ich sie oft beobachtete, so wie Kinder schlafen, mit dieser besonderen Hingabe, diesen restlos entspannten Zügen, diesem Wonnegefühl, zu schlafen. Jetzt scheint ihr Antlitz angespannt zu sein, als lausche sie. Behutsam nehme ich sie in die Arme und lehne mein Gesicht an ihren Kopf. „ Peter . . .“, flüstert sie im Schlaf. Es klingt wie das verschlafene Piepen eines Vögelchens. So flüsterte sie auch nachts, wenn ich mich über sie beugte. Ich wiege sie auf den Armen, doch sie schläft unbekümmert weiter, nur ihr Köpfchen lehnt sich etwas zurück, als sollte ich sie küssen.

„Ich bin schon lange wieder da . . .“, flüstere ich. Jetzt öffnet sie die Augen, denn sie hat die leise Stimme doch gehört.

„Peter . . . ach Peter, Liebster . . .“ Und ein tiefer Seufzer kommt aus ihrer Brust. In ihm liegt alle lang zurückgehaltene Sehnsucht und Angst.

Kosend streichen ihre Hände mir über den Kopf. Ich darf lange nicht reden, nur immer wieder küssen soll ich sie, und sie küßt mich wieder, aber nicht stürmisch und voll Leidenschaft, sondern wie eine Frau, die den Sinn und Wert ihres Lebens mit klaren Augen und großer Liebe aus eigener seelischer Kraft geformt hat.

„Ich bin dir so dankbar für alles, was ich in diesen Tagen empfunden habe. Für die Freude eines neuen Wiedersehens, für die Angst um dich und die tausend Qualen, ich hätte dich verloren, du wärst tot, erfroren, verirrt im Schneegestöber – und du, hast du auch an mich gedacht, ein einziges Mal, viel, sehr viel? Ach Peterlein, du bist übermütig wie immer, und jetzt hast du wieder ganz lustige Augen.“

„Ich habe etwas sehr, sehr Schönes erlebt, Liebste, und jetzt bin ich wahnsinnig froh, dich wiederzusehen!“

„Du mußt mir alles erzählen, bitte, bitte, jetzt gleich, willst du?“

So erzählte ich Faymé, was ich erlebt hatte, ein Märchen – der Wind, die schwarzen Wolken, der Himmel, die Schneeflocken, die Sterne, die Sonne, sie alle konnten reden, laufen, sie konnten lieb und auch recht böse sein. Sie lauschte, wie Kinder Märchen anhören, und machte erstaunte Augen. Ihre Linke lag um meinen Hals, sie neigte den Kopf, als dürfe sie nicht ein einziges Wörtchen überhören. An meiner Brust fühlte ich den Pulsschlag ihres Herzens.

„Und nun wird Peter seine Faymé ganz, ganz schnell waschen und anziehen, und dann trinken wir zusammen Kaffee mit knusprigen Brötchen."

„Na, dann aber schnell, ganz, ganz schnell." Im Nu war das Kleid ausgezogen und sie planschte in der Waschschüssel. Ich trocknete sie ab und schnitt dabei allerlei komische Fratzen. Wir lachten beide wie ausgelassene Kinder.

Sonne lag über dem Geschirr und dem weißen Tischtuch. Der Ofen knisterte, es war wohlig warm. Der Kaffee duftete, und der Appetit war riesig groß.

Über kleine Hügel und Täler gingen wir später beide nach dem Polizeigebäude.

Das Arbeitszimmer des Polizeihauptmanns war vollgequalmt, als Faymé und ich eintraten. Auf einer Ecke des Tisches saß Iwan Iwanowitsch, in der Mitte standen Lopatin und Kusmitscheff. Sie schienen mit ihrem Bericht gerade fertig zu sein.

„Sage mal, lieber Kröger, wie haben sich meine Leute während der ganzen Tage verhalten? Haben sie auch richtig aufgepaßt, nicht geschlafen?"

„Weißt du, Iwan, diese Fahrerei ist mir durch Lopatin und Kusmitscheff verleidet worden, und zwar gründlich. Nicht einen Augenblick ließen sie mich aus den Augen. Wenn ich schlafe, steht einer neben mir, wache ich auf, ist es der andere. Brauchen sie denn gar keinen Schlaf, was? Der Revolver scheint bei ihnen auch ziemlich locker zu sitzen, besonders auf der Fahrt. Ist das wirklich nötig? Ich habe doch bewiesen . . ."

„Stillgestanden! Weggetreten!" unterbrach mich plötzlich der Hauptmann. Die beiden Soldaten stürmten erfreut aus dem Zimmer.

„Du Schwindler, du ganz großer Schwindler!“ Er faßte mich am Oberarm und blickte mich ernst an. „Schlafend hast du die beiden in deinen Schlitten genommen. Sie haben mir alles selbst erzählt. Das nächste Mal brauchst du sie nicht mehr mitzunehmen.“

*

Auf der Hauptstraße sehen wir Seine Exzellenz den General über die aufgetürmten Schneemassen auf uns zukommen.

„Kommen Sie mit, wir wollen die ‚Parade‘ abnehmen.“

Zusammen gehen wir zum Gefangenenlager, aus dem schon die ersten Gefangenen herauskommen und sich schnell in Reihen aufstellen. Die Chargen erscheinen vor der Front, der Feldwebel mit dem nie fehlenden dicken kleinen Buch zwischen den Knöpfen seines Waffenrockes. Kommandos erschallen.

„Achtung! Stillgestanden!“

Der Feldwebel rapportiert mit allen ihm zu Gebote stehenden Kenntnissen der russischen Sprache. Der General nickt wohlwollend.

Neue Kommandos erschallen, knapp, kurz. Die Reihen ordnen sich, und es geht die Hauptstraße entlang zum Kaffeetrinken. Die Nikitinoer staunen wie jeden Tag.

Ich winke dem Feldwebel zu.

„Bitte, Feldwebel, nehmen Sie die nötigen Akten mit, ich habe mit Ihnen verschiedenes zu besprechen. Wir gehen in den ‚Heimatwinkel‘ Kaffee trinken.“

„Zu Befehl, Herr Kröger, bin sofort zur Stelle!“

Wenige Minuten später gehen wir hinter der Kolonne her. Der General hat sich inzwischen verabschiedet.

Der Waffenrock des Feldwebels ist tadellos sauber, seine Mütze sitzt auf den Millimeter genau, die Knöpfe glänzen in der Sonne, das Koppel ist gewichst, nur seine Filzstiefel sind voller Flecke.

„Sagen Sie mal, lieber Feldwebel, was haben Sie bloß mit Ihren Stiefeln angestellt?“

„Eine Schande ist es für mich. Der Lausbub, der Gefreite Schmitt, der Berliner, der jetzt Barbier bei dem Panje Sowieso ist, hat ausgerechnet die Sonntagssuppe auf meine Filzstiefel verschüttet. Und am Sonntag ist die Suppe weit fetter als wochentags. Heute noch bin ich ärgerlich darüber."

„Nun gehen Sie schnell vor, wir sind da."

Der Mann eilt mit großen Schritten an die Spitze der Kolonne. Sein Kommando bringt sie zum Stehen, sie ordnen sich und verschwindet im „Heimatwinkel".

In einer Ecke des „Heimatwinkels" steht ein Tisch mit einem sauberen Tischtuch, der Oberkellner nähert sich uns. Unter der Schürze sehe ich eine österreichische Uniform.

„Küß die Hand, gnä' Frau . . . Hab' die Ehre, Herr Kröger, hab' die Ehre."

„Na, Gefreiter, auch in Wien Kellner gewesen?" frage ich ihn.

„Ja, in Wien, in Grinzing, Herr Kröger", ertönt die Stimme in den weichen, österreichischen Lauten.

„In Grinzing, so!? . . . Bringens uns an Kaiserschmarrn."

„Schauens, Herr Kröger, des hab'n wir grad net, leider."

„Schade, sehr schade! Dann müssen wir eben sibirischen Kaffee trinken", erwidere ich, und der strahlende Wiener eilt davon.

Wir haben unsere Mäntel abgelegt und setzen uns an den Tisch, an dem die Chargen sitzen. In unserer Nähe glüht der große Ofen. Die Fenster sind mit einer dicken Eisschicht bedeckt. Abseits, an langen, blankgeputzten Tischen sitzen die Kameraden beim Kaffeetrinken. Große steinerne Krüge werden von den diensthabenden Kellner-Kameraden hereingebracht, Schüsseln mit riesigen Broten wandern von der einen Seite des Tisches zur andern. Ich sehe ernste, aber zufriedene Gesichter, einige unter ihnen, die Unentwegten, lachen und scherzen.

Der Wiener bringt uns den Kaffee. Die erste Tasse stellt er vor Faymé hin, daneben ein Kännchen mit Sahne und eine hölzerne, handgeschnitzte Zuckerdose mit einem kleinen hölzernen Löffel. Faymé nimmt die Zuckerdose in die Hand und zeigt mir die eingeschnittenen Worte: „In der Heimat gibt's ein Wiedersehen!" Ich übersetze es ihr. Sie blickt mich lächelnd an.

„Schön . . . Peterlein . . . sehr, sehr schön", sagt sie leise.

Zu meiner Überraschung steht ein Teller mit herrlichem Gebäck auf dem Tisch, das auch den verwöhntesten Ansprüchen genügen würde.

„Wo haben Sie denn das her?" frage ich den Wiener.

„Hatt' die Ehr, für gnädige Frau es holen z'lassen. I bitt' Sie gar schön . . . eine kleine Aufmerksamkeit von mir – gehorsamst . . ." Das letzte Wort fügt der Wiener hinzu, als er die strengen Augen des Feldwebels sieht, dann lächelt er mit dem ganzen Charme seines Wesens und rückt verlegen die Kaffeetassen erst vor mir, dann vor seinem Vorgesetzten zurecht. Es fällt mir plötzlich auf, daß seine rechte Hand nur zwei Finger hat.

„I dank auch schön", sage ich und lege ihm meine Linke auf den Arm.

„I bitt schön, bitt' schön, Herr Kröger, eine besondere Ehre für mich." Dann entfernt er sich von unserem Tisch.

Als das Kaffeetrinken beendet ist, lasse ich Zigaretten in die Runde gehen, und dann machen wir uns alle an die Akten. Erste Mappe: „Krankheiten". Außer einigen Erkältungen gibt es keine Krankheiten im Lager. Eine andere Mappe kommt zum Vorschein: „Essen".

„Diese Mappe nehmen wir zuletzt durch, ich habe mit Ihnen allein verschiedenes zu besprechen", sage ich zum Feldwebel.

„Arbeit", lese ich auf einer anderen Mappe.

„Unteroffizier Wilhelm Salzer berichtet."

Ich blicke den Angeredeten an. Er ist ein kleiner, kräftiger Mann von Mitte Vierzig. Ergraute Schläfen, etwas verträumte Augen, nervige Finger. Er war von Beruf „Baumeister", hatte sich gleich nach Ausbruch des Krieges freiwillig gemeldet. Seine peinlich saubere Uniform ist sehr abgetragen, an vielen Stellen geflickt, sie ist mit dem schlichten E. K. I geschmückt. Die linke Gesichtshälfte ist durch einen Säbelhieb entstellt, der Mund deshalb verhältnismäßig breit, das linke Ohr fehlt gänzlich. Der Mann hat sich durch die Strapazen des Feldzuges einen schweren Herzfehler zugezogen und war in Nikitino lange Zeit ans Bett gefesselt. Unter seiner Leitung war der „Heimatwinkel“ entstanden.

Aus seiner Tasche holt er gemächlich ein schon ziemlich verschmutztes Büchlein hervor, blättert darin, wobei einige Skizzen von Bauten, Entwürfe von Tassen, Krügen, Möbeln zu sehen sind. Viele Seiten sind mit endlosen Reihen von Zahlen vollgeschrieben. Das Buch legt er auf den Tisch und berichtet lang und ausführlich darüber, daß die Stadtverwaltung im frühesten Frühjahr mit dem Bau von Häusern beginnen wolle, daß durch umfangreiches Ausholzen Anfang des Jahres die Saat- und Weideflächen um Nikitino herum mehr als verdoppelt würden und dadurch auch für manchen Kameraden eine neue Arbeitsmöglichkeit geschaffen werde.

„Ferner wäre mitzuteilen, daß zu unserer allgemeinen Freude die Musikinstrumente für unsere Kapelle angekommen sind. Ich kann indiskreterweise verraten, daß sie unter dem Geiger Dájos schon fleißig übt. Unsere Bibliothek ist durch das Eintreffen weiterer Bücherkisten jetzt auf sechshundertvierundachtzig Bände angewachsen. Unser jüngster Kamerad, der Kriegsfreiwillige Hans Wendt, ist Bücherwart geworden.“

Wir blicken durch die vereisten Fensterscheiben in das leuchtende Glitzern der Wintersonne.

Eine neue Mappe kommt auf den Tisch: „Beschwerden“ steht auf dem Deckel.

„Na, Feldwebel“, meine ich, „da sind wohl schlimme Sachen darin enthalten, Kraftausdrücke, was?“ Wir lachen alle, der Deckel wird aufgeschlagen.

„Arbeit, Arbeit, Arbeit . . .“ liest der Feldwebel, „doch hier, da steht recht viel, einen Augenblick. Man müßte“, beginnt er sehr langsam zu lesen, „der Stadt oder sonst irgendeiner zuständigen Verwaltung den Vorschlag machen, die Eisenbahnstrecke von der Endstation bis nach Nikitino zu verlängern. Dann hätten alle Kameraden Arbeit und einen Verdienst, wenn man sich nach ganz genauer Kalkulation zu einer Akkordarbeit entscheiden könnte. Diese Verhandlungen mit den Russen, die doch nicht so dumm sind, wie wir alle glaubten, müßte ein ganz raffinierter Mann führen. Ich schlage vor, nachdem ich mit einigen Kameraden beratschlagt habe, diese müßte für uns Herr Kröger führen. Ich und viele andere halten ihn für schlau genug. Kanonier Fritz Schulz, Zivilberuf Erdarbeiter."

Wir sehen uns an und lachen, was wir können.

„Der Kanonier Fritz Schulz ist sehr gut! Er weiß aber leider nicht, daß die Russen den ganzen Krieg auf Pump bei den Alliierten führen", sage ich.

Während ich noch lachend diesen Vorfall Faymé übersetze, faßt mich plötzlich jemand am Ärmel. Ich wende mich um.

„Ich bin Dájos, Herr Kröger, der ungarische Geiger Dájos Mihaly."

Zwei leuchtende Augen, so schwarz wie Kohlen, ein unruhiger Kopf, wehende, unordentliche Haare, eine Hand, die sie zurückwirft, zitternde Finger an meinem Arm, die Uniform ist halb geöffnet – so steht der Ungar vor mir.

„Maria und Josef! . . . das schöne Geschenk . . . so glücklich bin ich . . . Sie ist so wunderschön . . . die Geige . . . ich habe geweint . . . Ich werde Ihnen spielen wie noch nie" . . .

Voll Begeisterung irren die Augen des Mannes über mein Gesicht, und als ich aufstehe, packt er mich, umarmt mich, dann schlägt er die Hände vors Gesicht, wirft sie weit auseinander und ruft:

„. . . so glücklich . . . ich kann wieder spielen! . . ." Und schon ist er fort, ohne Mütze und Mantel, so wie er vor mir stand.

Die Kapelle wird im Sommer in einem hiesigen Kaffeehause spielen, Sie, Unteroffizier Salzer, machen bitte gelegentlich dazu einen Entwurf, ferner für ein Strandbad und ein Kino, das etwa drei- bis vierhundert Personen fassen soll.

Zum Schluß noch eine erfreuliche Mitteilung. Die Militärverwaltung hat die Genehmigung erteilt, im Sommer bei den Bauern auf den Dörfern zu arbeiten. Ich selbst habe Gelegenheit gehabt, mit den Bauern der ganzen Umgebung darüber zu sprechen. Die Kameraden sind allen sehr erwünscht, sie werden gut verpflegt und behandelt werden."

Fragen, die noch zur Diskussion stehen, werden erörtert, Entschlüsse gefaßt, dann sind wir zu Ende. „Feldwebel, ich erwarte Sie und den Buchhalter morgen vormittag gegen zehn Uhr bei mir in der Wohnung. Mappe ‚Essen' mitbringen.

Die Chargen stehen wie auf Kommando auf, ich reiche ihnen die Hand, dann bin ich mit Faymé in der strahlenden Wintersonne. Wir gehen zum Hause der Brüder Islamkuloff.

Die Tür öffnet sich, und Ali reicht mir die Hand. Er und seine Brüder sind immer sehr erfreut über mein Kommen.

„Guten Tag, mein lieber Fedja", begrüßt er mich und gibt seiner Schwester einen herzhaften Kuß.

Im Arbeitszimmer der Tataren werden die Rechnungen und Geldeingänge durchgesehen. Der Fellhandel hat uns alle sehr nahegebracht. Ungetrübt – bis zum letzten Augenblick – ist das Gefühl der restlosen Ehrlichkeit dieser Menschen in mir geblieben.

Nach dem Mittagessen wurden wieder verschiedene geschäftliche Angelegenheiten durchgesprochen. Wir planten, eine Schlittschuhbahn und eine Rodelbahn anzulegen. Die nötigen Schlittschuhe sollten die Gebrüder Islamkuloff beschaffen und die erforderlichen Rodelschlitten die Kriegsgefangenen herstellen. Es war für die Tataren ein neuer, ungeahnter Verdienst, für meine Kameraden eine lohnende Beschäftigung. Als ich aber den duftenden, türkischen Mokka Schluck für Schluck trank und meine Ideen entwickelte, ein Kaffeehaus mit der ungarischen Kapelle, ein Kino und ein Strandbad zu bauen, kannte ihre Freude keine Grenzen. Bedingung blieb wie immer, meine gefangenen Kameraden sollten dadurch Arbeit und Verdienst haben.

An diesem Abend gingen Faymé und ich erst spät nach Hause. Es war eine kalte Nacht, der matte Schein der Petroleumlampen aus den vereisten Fenstern zeigte uns den Weg. Über uns wölbte sich, übersät von vielen, unzähligen Sternen, der winterliche Himmel.

Zu Hause ist es wohlig warm. Duftender Tee, kleine Näschereien und Süßigkeiten stehen auf dem Tischchen. In der Ecke brennt vor dem Heiligenbild die nie erlöschende Lampada, im Kamin flackert und knistert das Birkenholz. Es ist eine wunderbare Stille.

„Bei uns ist es doch am schönsten“, sagt Faymé und fährt mir mit der Hand über Stirn und Haare.

„Ja. Faymé, und wenn wir erst richtig zu Hause sein werden, dann wird es noch viel, viel schöner.“

„Wirst du dann auch so oft bei mir sein wie hier? Ich habe heute, als du mit deinen Kameraden gesprochen und mit Ali geschäftlich verhandelt hast, deutlich gesehen, daß es kaum möglich sein wird. Du arbeitest gern.“

„Dann werde ich eben weniger ins Geschäft und in die Fabrik meines Vaters gehen. Ich werde schwänzen, wie ich es in der Schule getan habe, und komme zu dir gelaufen.“

„Peter, Peter! Für dich gibt es im Leben keine Hindernisse, und wenn du so sprichst, ist man überzeugt, daß es wirklich keine gibt. Aber ich habe mir schon ausgedacht, wie ich dir bei der Arbeit helfen kann. Erstens werde ich mit dir aufstehen und mit dir zusammen ins Geschäft gehen. So lange schlafen, wie du mich hier oft läßt, werde ich eben nicht. Dann arbeite ich mit dir gemeinsam. Ich werde alles das lernen, was ein Bürofräulein kann, auch die Kasse werde ich verwalten, damit keiner an dein Geld heran kann, und dann will ich noch . . .“

Ihre Hände streicheln mich, ihr Kopf legt sich bald auf die eine, bald auf die andere Seite. Allmählich, ganz allmählich klingt ihre Stimme wie aus weiter Ferne zu mir, und auf einmal, übermüdet von den überstandenen Kämpfen gegen das winterliche Unwetter, . . . bin ich eingeschlafen.

Ich träumte: Ein großes Zimmer mit vielen Fenstern und langen Heizkörpern. Ein enormer Schreibtisch, darüber eine Landkarte des europäischen und asiatischen Rußlands; sie spannt sich über die ganze Wand. Ein schwarzes Knäuel darauf ist Petersburg, schwarze Fäden laufen sogar bis in die äußersten Winkel des Riesenlandes, ja eilen über die Grenzen hinaus.

Am klobigen Schreibtisch sitzt ein Mann. Er hat breite Schultern, blondes, zurückgekämmtes, an den Schläfen stark ergrautes Haar, buschige Augenbrauen, stahlblaue Augen.

Dieser Mann ist der schwarze Knäuel der riesigen Landkarte.

Es ist mein Vater.

Jeder, der seinen Arbeitsraum betritt, wird klein, verlegen und unsicher; auch mir geht es so. Auch ich bin nur ein kleines Rad in dem Gefüge dieses nie rastenden Kopfes.

Ein langer, mit Linoleum ausgelegter Korridor, an beiden Seiten Türen mit kleinen Schildern: Kasse, Buchhaltung, Schreibmaschinenzimmer, Registratur, Rechtsabteilung, Kalkulation, Abteilung für Europa, Abteilung für Asien, Deutschland, England, Frankreich, Amerika. Eine Wendeltreppe, eine schwere Tür, Dröhnen und Stampfen überfällt einen. Hallen voll hastiger Menschen, sie schleppen Formen an, hantieren an den Maschinen. Riesige Schlünde reißen ihre Mäuler auf, glühender, weißer Guß kommt träge herausgekrochen. Taghell wird es in der Halle.

Draußen eine weite, vollkommen ebene Sandfläche, in ihrer Mitte liegt das Werk wie ein riesiges flammendes Ungeheuer. Der Himmel ist rot.

Ein gußeisernes Tor öffnet sich. Ich fahre mit meinem Wagen davon.

Kleine, niedrige Steinhäuser, dazwischen mehrstöckige;

Gaslaternen, erleuchtete Geschäfte, dunkle Menschengestalten, in der Ferne rauchende Fabrikschornsteine. Die Halle des „Nikolaus-Bahnhofs" taucht auf, vor ihm liegt der Stolz der Residenz – der „Newskij-Prospekt". Enorme, zweiarmige Bogenlampen, grelles Licht, wuchtige, verschwenderische Häuserreihen. Straßenbahnwagen, rasende Autotaxen, dazwischen Droschken, elegante Equipagen mit dick ausgepolsterten, bärtigen Kutschern. Die jagenden Pferde mit langen gekämmten Schweifen glänzen vor Sauberkeit. Alles weicht und flüchtet vor ihnen.

Zur Rechten die hellerleuchteten Schaufenster luxuriöser Geschäfte, zur Linken das dunkle Massiv der Kathedrale „Der Heiligen Gottesmutter von Kasan" mit der weitauslaufenden Kolonnade zu beiden Seiten, davor ein weiter Platz. Wieder gleitet die Reihe vieler Geschäfte vorüber, die „Große Stallhofstraße", die einzige, die mit Asphalt belegt ist und die der Kälte wegen ständig repariert wird, Bankpaläste mit breiten Eingängen, Granitgebäude, von galonierten Portiers bewacht, vier-, fünf-stöckige Häuser.

Plötzlich gleiten diese bunten Bilder zurück.

In einem weiten Bogen erhebt sich die kolossale Front des Generalstabsgebäudes mit seinen 800 Fenstern, daneben spannt sich in triumphalen Ausmaßen die Einfahrt, auf der ein ehernes Sechsgespann mit der Gestalt des Kriegsgottes dahersprengt. In der Mitte des Platzes erhebt sich die stolze Alexandersäule. Dreißig Meter hoch und fünf Meter im Durchmesser, ruht der größte Monolith der Neuzeit, aus einem einzigen Block polierten, roten, finnländischen Granits, auf einem hohen Sockel. Oben auf dem Bronzekapitäl, auf einer Kugel, erhebt sich der bronzene Engel, der in der linken Hand ein weit sichtbares vergoldetes Kreuz trägt, die Rechte zum Himmel erhoben.

Der Heilige Synod . . . Die einen halben Kilometer lange Front der Admiralität ist von Säulenreihen umgeben, das Gesims zieren Engel, die die Reichsfahne an die Newa tragen. Peter der Große empfängt aus den Händen des Neptuns den Dreizack. Über dem machtvollen Tor erhebt sich aber der Admiralitätsturm mit seinen dreißig Säulen und dreißig Statuen und darüber eine fast hundert Meter hohe dünne, vergoldete Spitze, die eine Krone und ein Schiff als Wetterfahne trägt.

Ein kleiner Berg, ein Granitblock, darauf ein Denkmal aus Bronze, sonst nichts auf dem weiten Platz. Nur tausendfache Sklavenarbeit, nur der Wille der Kaiserin Katharina konnte ihn herbeigeschafft haben. Peter der Große auf einem bäumenden Roß scheint über die Newa sprengen zu wollen. Er, der Titan, nahm sich gewaltsam dieses Fleckchen Erde, und an der Stelle, wo einst die schweigsamen Finnen ihre verwitterten Fischerkähne zum Fang ausschickten, dicht am Rande des Meeres, erstand allen Naturen und Feinden zum Trotz, auf Millionen von Pfählen, in grundlose Sümpfe eingerammt, die Stadt aus Granit – Sankt Petersburg!

Die Mauern des Newakais und der vielen Kanäle sind aus Granit. Aus Granit sind die Pfeiler der Brücken und die Kolonnen mit den bronzenen Zarenadlern, aus Granit die Isaaks-Kathedrale, die monumentalste, prachtvollste Kirche der Metropole aus Granit und Marmor, und – die Kasematten der Peter-Pauls-Festung.

„Peterlein . . . Liebster . . . Peterlein . . . komm, ich bringe dich ins Bett, du bist müde . . . komm . . .“

Das Rauschen des Meeres, die Gebilde der Paläste, das Häusermeer, die Kasematten verschwinden allmählich wie im Nebel. Aus weiter Ferne kommen die Worte. Ich öffne schlaftrunken die Augen.

Faymé ist über mich gebeugt, mein Kopf liegt in ihrem Schoß.

Das Birkenholz im Kamin ist ein kleines glühendes Häufchen. Die Fenster sind mit einer dicken Eisschicht überzogen, durch die der Mond fällt.

Ich bin wieder nur ein Gefangener in Tief-Sibirien.

Die Lampada webt den Heiligenschein über uns. Irgendwo kracht das Holz in der starrenden Kälte. Ein Blick auf meine Armbanduhr, es ist spät.

„Ich habe dich schlafen lassen, weil ich dich so gern ruhen sehe . . . So saß ich einst, als du krank warst, an deinem Bett, legte deinen Kopf in meinen Schoß und sprach mit dir, Stunde um Stunde.“

Mit Mühe lege ich die Kleider ab. Ich bin völlig schlaftrunken. Ich lege meinen Kopf dem Mädchen auf den entblößten Arm, küsse sie noch einmal auf den Mund, den tiefen, seitlichen Einschnitt ihres dünnen Hemdchens und bin schon wieder eingeschlafen.

Ich war nur in der Gefangenschaft glücklich . . .

Am nächsten Morgen um zehn Uhr klingelt es. Es sind der Feldwebel und der Buchhalter, der Kriegsfreiwillige Hans Wendt.

Die Mappe mit der Aufschrift „Essen" wird vorgenommen. Zuoberst liegt ein Monatsabschluß nach allen Regeln der korrektesten Buchhaltung. Nicht ein einziger Buchstabe ist radiert oder nachgezogen.

Ein lautes Klopfen an der Tür unterbricht uns. Ich öffne, vor mir, in völlig vereistem Pelz, steht der Dorfälteste von Sabitoje.

„Bruder, mein Lieber, ich komme gleich wieder. Nur zum Polizeihauptmann und dem hiesigen Popen will ich noch schnell hinlaufen, dann bin ich wieder da. Schreibe mir ein paar Zeilen, der Hauptmann möchte mich unbedingt empfangen . . . es geht nämlich um mein Leben", fügt er strahlend hinzu, „ich erzähle dir später alles haargenau, wirst dich wundern, mein Lieber!"

Mit einem Zettel von mir stürmt er davon.

„Gehen Sie bitte zum Bäckermeister Worobej", sage ich zu dem Kriegsfreiwilligen, „er soll sofort mit dem Österreicher Meyerhofer kommen. Ich habe einen ansehnlichen Auftrag an ihn zu vergeben. Meyerhofer soll mir genaue Preise über Mehl, Mandeln, Zucker und alles, was sonst in einen Weihnachtsstollen hineinkommt, mitbringen."

Schon ist der Junge draußen, und bald kommt er mit dem Bäckermeister und Meyerhofer zurück. Alle sind außer Atem.

„Worobej, ich will etwa dreieinhalbtausend besondere Kuchen backen lassen, dazu einige Pud kleines Gebäck. Meyerhofer wird zeigen, wie es gemacht werden soll. Berechne mir, was der ganze Spaß kosten wird. Bist du zu teuer, gehe ich zu deinem Konkurrenten."

„Aber Barin, wozu brauchen Sie denn um Gottes willen so viel Gebäck! Wollen Sie das alles aufessen?"

„Trinke erst mal ein Gläschen Wodka und laß es nicht vor dir stehen, die anderen wollen auch trinken, sie warten nur auf dich."

Im Augenblick ist das Glas leer.

„So, jetzt noch einmal dasselbe." Die Gläser sind gefüllt und werden wieder leer. Jetzt rauchen wir alle.

„Ja, Worobej, ich brauche diese Kuchen für meine gefangenen Kameraden, zum bevorstehenden Weihnachtsfest."

„Das hätten Sie mir gleich sagen sollen, Barin", fällt der Bäcker mir ins Wort, „jetzt ist die Sache ganz anders. Dann berechne ich Ihnen für die gesamte Feuerung des Backofens nichts. Ich mache es umsonst . . . Zwei Sack Weißmehl schenke ich außerdem noch. Der Meyerhofer und seine Kameraden haben mir sehr viel beigebracht, ich habe mein Geschäft vergrößert und sehr gut verdient, und wissen Sie, was ich jeden Morgen machen lasse? Meyerhofer hat mich auf den schlauen Gedanken gebracht . . . Brot, Brötchen, und das ganze Gebäck liefere ich gleich am Morgen durch die Gefangenen ins Haus direkt, man braucht gar nicht erst in den Laden zu kommen. Ist das nicht eine großartige Idee, Barin? Fabelhaft ist das!"

Er macht eine Pause und sieht mich an.

„Meister, Meister", sagt Meyerhofer, „nach Hause, Kuchen alle schwarz."

„Gut, gut, Meyerhofer", antwortet der Bäckermeister, steht auf, füllt sich und Meyerhofer noch ein Gläschen Wodka zum Abschied, leert es mit seinem Gesellen und stürmt davon. In der Tür dreht er sich um und sagt ernst und bestimmt:

„Also alles wird umsonst gebacken und zwei Sack Weißmehl, bei Gott . . .!"

Die Tür fällt ins Schloß.

Ich blicke ihm nach. Das ist die russische Seele!

Ich blicke zur Seite und sehe die Bilanz – das ist Europa!

Dann sprachen wir ausführlich über das Thema „Essen".

*

Es war Mittag, als der Dorfälteste von Sabitoje wiederkam.

„Ich darf meine Schwester heiraten!" platzte er statt jeder Begrüßung heraus. „Sie ist gar nicht meine Schwester, nur so, nach irgendeinem Gesetz, sonst nicht. Mein Vater mußte vor Jahren ein uneheliches Kind reicher Eltern adoptieren, das ist Stepanida, meine Schwester. Nun habe ich alles erklärt, wie du geraten hast", erzählte der Bauer, während er vor Freude ganz unruhig wurde. „Aber genug, genug, ich will jetzt wissen, wie du, Bruder, angekommen bist, was hat deine schöne Frau gesagt, geängstigt hat sie sich, geweint, gegrämt hat sie sich, die Arme? Das mußt du nicht wieder machen, wer weiß, ob du im Schneesturm wieder eine Schneewehe vorfinden wirst."

„Sag mal, Ilja, willst du nicht gleich Stepanida heiraten? Worauf wartest du eigentlich noch? Geh, kaufe Eheringe und die Ausstattung für deine Braut und fahre nach Hause."

Es waren drei Tage vergangen. Kurz vor der Rückfahrt der kleinen Karawane nach Sabitoje kam Ilja Alexejeff zu mir.

Er legte ein Riesenpaket auf den Tisch, das er kaum tragen konnte, wickelte es behutsam auseinander und holte die einzelnen Stücke hervor. Es waren prächtig bunte Stoffe für Kleider, Kopftücher und Hemden, Frauen- und Herrenschuhe, eine neue Mütze mit einem Schirm aus Lackleder, bunte, billige Halsketten, rote Taschentücher, seidene Hemdschnüre mit Tressen . . . und das Allerschönste und Allerwichtigste, in unzähligen dünnen Papieren – zwei Eheringe! Der Mann selbst war ein einziges Strahlen, der sichtbare Inbegriff höchster Freude.

„Du hast mir, einem armen Bauern, geholfen, glücklich zu werden, Bruder, das werde ich dir nie vergessen, nie ... bei Gott!" sagte er langsam.

Draußen, vor meinem Hause, stand die kleine Schlitten-Karawane. Sie hatte Felle nach Nikitino gebracht, die ich damals in Sabitoje des Unwetters wegen zurückließ, jetzt fuhr sie zurück, mit Waren voll beladen. Männer in dicken Pelzen und Mützen aus Hundefell hantierten noch an den Schlitten herum, als wir beide heraustraten.

Im ersten Schlitten nahm Ilja Platz. Er küßte mich nach russischer Sitte und machte das Zeichen des Kreuzes über mir.

„Bleibe gesund, Bruder ... Gott mit dir!"

Er legte sich in den Schlitten. Mit der Hand fuhr er über die vielen Geschenke, die er für seine Braut gekauft hatte, dann sah er in den strahlenden blauen Himmel und den fernen Horizont. „Das Wetter bleibt, aber die Kälte kommt. Wir werden uns lange nicht mehr sehen." Er setzte seine Fellmütze auf, schnürte den Stoffgurt um seinen Mantel noch fester zu und stülpte die dicken Fausthandschuhe, die ihm an einer Halsschnur hingen, über. Wie auf ein Kommando waren die andern Bauern in ihre Schlitten gestiegen, die zottigen Pferdchen wurden plötzlich munter, und langsam setzte sich der Schlitten in Bewegung.

„Habe tausend Dank, Bruder ... Gott mit dir und deiner Frau!"

Ein Schnalzen mit der Zunge, das eigenartige gedehnte und ermunternde „E-e-e-j-j-j-!", ein lautes Knirschen und Singen des harten Schnees unter den Schlittenkufen, und im Gänsemarsch fuhren sie ab.

Über ihnen die starrende, gleißende Kälte Sibiriens.

*

Ilja Alexejeff hatte recht behalten. Das Thermometer schwankte zwischen dreißig, fünfunddreißig und vierzig Grad, die Sonne schien jeden Tag. Das Reisen über kurze Strecken war fast eine Unmöglichkeit. Die Sonne, nur noch ein glühender Ball, ging in der elften Stunde auf, kaum daß man sie über dem Waldrande zu sehen bekam. Um drei Uhr war schon wieder völlige Nacht. Das Leben aller beschränkte sich jetzt ausschließlich auf Nikitino. Die einzige Verbindung mit der Außenwelt war die Post. Zweimal in der Woche fuhren die Postschlitten nach der fernen Bahnstation Iwdjel hinüber. Es geschah nicht selten, daß diese Fahrt zur Heldentat wurde. Mir kam Nikitino vor, als wäre es eine einzige, riesige Höhle, in der die Menschen, den Bären gleich, in den völlig zugeschneiten Hütten ihren Winterschlaf hielten.

Morgens, nach dem Frühstück, wenn ich mit Faymé den üblichen Spaziergang machte, entdeckten wir oft Spuren von Tieren des Waldes. Etwas abseits vom Städtchen sahen wir sogar Spuren von Großwild.

Die inzwischen eingerichtete Schlittschuhbahn auf dem Fluß und die Rodelbahn mit vielen kunstgerechten Kurven florierten ungeachtet der herrschenden Kälte. Der Andrang war bis in die Dunkelheit hinein sehr groß, Nikitino war für jede, auch die kleinste Abwechslung, sehr dankbar. Die Kopeken flossen in die Kassen der Gebrüder Islamkuloff und erfüllten die Herzen meiner Kameraden mit neuem, frischem Mut.

Faymé hatte einen Rodelschlitten bekommen, auf dem alle Tiere des Waldes geschnitzt waren – ein Geschenk meiner Kameraden. Wir beide zeigten besonders den Erwachsenen, welchen Spaß das Rodeln machen kann.

So war es mir vergönnt, in die ewige Eintönigkeit des sibirischen Winters kleine Abwechslungen zu bringen. Wäre nicht die echte, kindliche Herzlichkeit der Menschen gewesen, wären nicht immer wieder Stunden schlimmer, trostloser Depressionen gekommen, in denen Faymé in echter Mütterlichkeit mich wie ein Kind trösten und wieder aufrichten mußte – ich hätte wohl übermütig werden können. Was ich anpackte, schien mir zu gelingen.

Mehrere Tage nach der Abreise des Dorfältesten von Sabitoje kam Lopatin zu mir. Er drehte seine Fellmütze hin und her und wußte nicht recht, wie und wo er anfangen sollte. Ich kam ihm zu Hilfe.

„Ich weiß, du warst erneut zur Vernehmung in Omsk, beim Generalkommando, Iwan Iwanowitsch hat es mir erzählt. Was ist nun los?"

Ohne darauf zu antworten, knöpfte der Mann seinen Militärmantel auf, nahm aus der Brusttasche ein in Zeitungspapier eingewickeltes kleines Paketchen, streifte das Papier behutsam ab und gab mir die kleine braune Schachtel sowie ein Schriftstück.

In der Schachtel war der St.-Georg-Kriegsorden zweiter Klasse, und das Schriftstück war eine Urkunde, wonach Lopatin in den Stand eines Feldwebels, auf Grund außerordentlicher Leistungen, erhoben wurde.

„Das ist doch sehr erfreulich, Lopatin, ich gratuliere auch herzlichst, du bist ein tüchtiger Soldat."

Versonnen und traurig blickte der Mann mich an.

„Du freust dich gar nicht darüber? . . . Warum denn nicht?"

„Es ist eine Schande für mich, Barin, eine große Schande sogar. Eine so hohe Auszeichnung nur dafür, daß ich Sie begleitet habe, daß ich vor Ihrer Tür Posten stehen mußte."

„Wieso denn Schande, du hast doch deine Pflicht und Schuldigkeit als Soldat erfüllt, und dafür wirst du nun belohnt."

„Mußte ich ausgerechnet Sie bewachen? Habe ich Sie denn überhaupt bewacht, haben Sie mich nicht oft an meine Pflicht erinnern müssen? Was wäre aus mir geworden, wenn Sie mich damals nicht schlafend im Schlitten nach Nikitino mitgenommen hätten? Nein, es ist eine Schande für mich, Barin! Und wissen Sie auch, warum ich die hohe Auszeichnung bekommen habe? Ich mag daran nicht denken, ich könnte mich selbst anspucken, wenn das alles wahr wäre. Ich wurde unter anderem gefragt, ob ich eine Braut hätte, ich bejahte es und fügte sofort hinzu, sie sei bei Ihnen Stubenmädchen. Plötzlich schwiegen alle, sahen sich lange an und lächelten. ‚Das ist aber raffiniert, glänzend, ganz glänzend,

Lopatin. Für deinen klugen Kopf wirst du belohnt. Drum weiß er auch alles so genau, was der deutsche Spion treibt', sagte man mir, und das Verhör war dann plötzlich beendet. Am nächsten Morgen wurde mir der Orden und die Beförderungsurkunde überreicht, Offiziere klopften mir auf die Schulter, und Herr Popoff, Ihr Bekannter, schenkte mir sogar fünfundzwanzig Rubel zur Belohnung. Ich stand ganz verwirrt da und wollte immer sagen, ich hätte durch meine Braut keinerlei Absichten gehabt, bei Ihnen zu spionieren, aber ich kam nicht zu Worte, immer redeten die andern auf mich ein, ich hörte nur Lob, immer wieder wurde mir auf die Schulter geklopft, ich mußte essen und trinken, bis ich abfuhr."

Langsam legte der Soldat die erloschene Zigarette auf den Tisch, in seinen Zügen stand völlige Ratlosigkeit. Mühselig kramte er in den Taschen und holte ein rotes Taschentuch hervor. Darin war der Geldschein eingewickelt. Er glättete ihn und legte ihn neben die Zigarette auf den Tisch.

„Ich will auch das Geld nicht haben, lieber Barin, ich habe Sie doch nicht verraten. Ich bin doch kein Judas, großer Gott! Ich bin dumm, wie wir es alle sind, einfältig, vertrauensselig, das bin ich wohl . . . aber kein Verräter . . ." Und er schob den Schein, der für ihn ein kleines Vermögen bedeutete, weit von sich und vergrub sein Gesicht in den Händen.

Ich stand auf und ging zu ihm, tief erschüttert von dieser grenzenlosen Ehrlichkeit. Es dauerte lange, bis ich ihn dazu bewegen konnte, das Geld an sich zu nehmen, ihm verständlich machen konnte, er hätte mich nicht verraten.

Wie die Sonne nach dem Gewitter langsam durch die Wolken hervorkommt, so glitt erst verlegen und unsicher das Lächeln über die Züge des Mannes. Endlich leerte er ein Gläschen Wodka in einem Zuge und straffte sich militärisch.

Als ich ihm aber zum Abschied die Hand reichte, wanderte seine Bärenmütze wieder aus der einen Hand in die andere.

„Nun, was hast du denn noch auf dem Herzen, Lopatin, sag es ruhig, vielleicht kann ich dir helfen?"

„Meine Braut . . . ist in anderen Umständen", kam es kaum hörbar. „Der Teufel hat mich versucht, und ich . . ."

Beschämt stand er vor mir, wie ein großes Kind, das sich keinen Rat weiß.

„Dann mußt du eben deine Braut heiraten, Lopatin, willst du es denn nicht, oder will sie nicht?"

„Ich habe sie noch gar nicht gefragt, Barin, ich schäme mich auch so sehr, sie zu fragen . . . ich weiß keinen Rat", er sah mich an, und ich las in seinen Augen eine große, unausgesprochene Bitte.

„Geh nur, mein Lieber, ich werde mit deiner Olga sprechen, und heute abend kommst du wieder zu mir."

Schwerfällig ging er hinaus, ohne seinen Mantel zuzuknöpfen, ohne seine Bärenmütze aufzusetzen.

Ich klingelte, das Stubenmädchen kam.

„Olga, Lopatin war eben hier, er hat mich gebeten, mit dir zu sprechen. Er hat mir alles erzählt, denn er will dich heiraten."

Das Mädchen lag plötzlich vor mir auf den Knien, weinte und schluchzte laut. „Haben Sie Erbarmen mit mir, Barin, um Gottes willen haben Sie Erbarmen . . . ich habe gesündigt . . . ich habe gesündigt . . ."

„Komm, steh auf, weine nicht! Vor mir brauchst du nicht auf den Knien zu liegen. Sei froh, daß du lieben kannst, denn das ist eine Gnade. Du brauchst dich deiner Liebe nicht zu schämen, wir alle sind sündige Menschen, nur vor deinem Gott mußt du es verantworten können. Du mußt ihm geloben, daß du für dein Kind und deinen Mann leben wirst."

„Ich schwöre es Ihnen, Barin, bei Gott!" Und das Mädchen bekreuzigte sich unter Tränen und blickte zum Heiligenbilde hinüber.

Als am Abend Lopatin wiederkam, fand er seine Braut strahlend vor. Errötend küßten sich die beiden. Ihre Liebe hatte etwas Erdgebundenes, etwas tierhaft Natürliches.

„Für dich, Sascha, geh' ich betteln durch das ganze heilige Rußland, mit dir will ich Not und Elend ertragen", sagte Olga und strich dem Geliebten unbeholfen über das unordentlich gewordene Haar.

Der Mann konnte seine Gefühle nicht in Worte fassen, er atmete schwer, stand unbeweglich da, in den Händen noch seine Bärenmütze, nur das ehrliche, offene Gesicht und seine Augen leuchteten.

„Morgen gehen wir zum Popen", brachte er endlich hervor, und plötzlich umarmte und küßte er seine Braut wild und schrankenlos. Dann stand er da und strahlte vor Glück. Seine Mütze lag achtlos auf dem Fußboden. Nun ballte er die Fäuste, die Gesichtsmuskeln strafften sich, und er stürzte sich auf mich. Er umarmte und drückte mich mit aller Kraft an seine Brust, küßte mich auf die Wange. Sein Atem ging schwer.

„Barin, mein lieber Barin . . ." Und damit umarmte er mich von neuem.

„Wenn mir Gott einen Sohn schenken wird, so wird er heißen wie du, Barin ‚Fedja', und Pate mußt du bei ihm stehen."

An diesem Abend wurde Verlobung gefeiert. Keiner der Gäste kam in der Nacht nach Hause. Erst am nächsten Mittag sah man sie durch die Straßen torkeln.

Lopatin und Olga hatten einen vierzehntägigen Urlaub bekommen. Faymé schenkte ihnen Geld, einen großen Korb mit Eßwaren und ein entsprechendes Quantum zum „Begießen".

*

Auf Veranlassung der Militär- und Polizeibehörden gab es im Gymnasium ein Wohltätigkeitsfest zugunsten der Kriegsgefangenen.

Die Säle und vielen Klassenzimmer waren hell erleuchtet, geheizt und sauber gekehrt. Der „Zeremonienmeister" war Unteroffizier Wilhelm Salzer. Mit wenig Mitteln hatte er es verstanden, aus den Räumen einen kleinen Wald hervorzuzaubern. Überall sah man Bäume und Büsche, dazwischen Tische, Stühle und Bänke. In der Aula standen in der Mitte einige Tannen dicht aneinandergedrängt, um sie herum Tische mit Eßsachen und eine improvisierte Tombola. Auf einem Podium thronte Dájos mit seinen Ungarn.

Als Faymé und ich unsere Mäntel in der Garderobe abgaben, kamen der Lagerälteste und Unteroffizier Salzer auf uns zugestürzt und begrüßten uns. Die Treppe führte in den Saal.

Die Tür wird rasch geöffnet. Ich sehe, wie Faymé, von den beiden Unteroffizieren begleitet, über die breite Tanzfläche geht, wie der General ihr schnell entgegenkommt und ihr die Hand küßt. Er spricht mit ihr, beide sehen sich um, und da haben sie mich schon entdeckt. Sie lachen und treten auf mich zu.

„Bei Ihrer Länge kann man sich nicht gut verstecken!" und die Exzellenz zieht mich ebenfalls auf die Tanzfläche. Er nimmt Faymé und mich unter den Arm, Unteroffizier Salzer führt uns in eine Ecke, wo schon Iwan Iwanowitsch und seine Frau sitzen.

„Sie kommen so spät, Herr Kröger, wir wollen tanzen", begrüßt mich Ekaterina Petrowna, während ich ihre Hand mit den Lippen berühre.

„Wo steckst du denn eigentlich, du langer Kerl? Alles wartet auf euch Prominente! Es soll getanzt, getrunken und gegessen werden. Ihr sollt den Anfang machen! Schöne Frauen warten auf dich, Fedja, die kaum noch auf ihren Stühlen sitzen können. Die Eingangstür ist von ihren Blikken wie ein Sieb durchlöchert. Meine Frau ließ mir schon den ganzen Tag keine Ruhe, also los, Fedja!" Alles, was der Hauptmann auf dem Herzen hat, will er auf einmal heraussprudeln.

„Ich habe mit Sehnsucht auf Sie gewartet", wendet sich der General an die Tatarin. „Sie wissen doch, Faymé, Sie sind die einzige Freude eines alten Mannes."

„Entschuldigen Sie, Exzellenz, aber es ging nicht früher . . ."

Ein Funke springt aus ihren Augen zu mir herüber, und das Antlitz strahlt . . .

„Jetzt wollen wir aber tanzen, Faymé!“ bittet die Exzellenz.

„Sehr gern“, erwidert sie verlegen.

„Bitte Musik“, wendet sich der General an den Feldwebel, der davoneilt. Ich sehe den grauhaarigen Soldaten mit Faymé auf die blanke Tanzfläche gehen, wie er behutsam seine Hand um ihre Taille legt und wie er still und zufrieden ihr zulächelt.

Faymé hat ihr Köpfchen etwas zur Seite geneigt, sie errötet, weil alle auf sie sehen.

Auf dem Podium ergreift Dájos die Geige, wirft mit einem Ruck seinen Kopf zurück, das schwarze Haar fliegt durcheinander, und die Kapelle spielt.

Der unsterbliche Walzerkönig Strauß erklingt in einem Städtchen Tief-Sibiriens. Faymé schwebt in den Armen des Generals dahin. Er hält sie behutsam, wie ein Kleinod, dann kommen die beiden an unsern Tisch zurück.

Auch ich muß jetzt tanzen. Die Frau des Polizeihauptmanns sieht mich schon lange an. Nach dem Tanz sehe ich, wie Iwan vom Tisch aufsteht und sich langsam entfernt.

„Iwan, ich möchte mit dir etwas besprechen“, rufe ich ihm nach. Ich entschuldige mich kurz und folge ihm.

„Den Wein habe ich inzwischen ausgetrunken, Kröger, ist das schlimm, was? Nein, nicht? Er schmeckt wirklich gut.“

Wir entfernen uns immer mehr von den Tanzenden. Ich drehe mich noch einmal um, sehe den General wieder mit Faymé tanzen und nicke den beiden zu.

„Eigentlich habe ich Hunger, weißt du!“ sagt sehr resolut der Hauptmann. „Wollen wir mal in die Küche gehen, was?“ Er sieht mich wie ein Lausbub an. „Dort werden wir schon etwas erwischen, bevor die andern dazu kommen. Deshalb bin ich auch nur aufgestanden, wollte nur die Fleischtöpfe ein wenig rekognoszieren.“

Die Tür zur Küche wird geöffnet. Wie auf Kommando stehen meine Kameraden stramm, doch der Hauptmann winkt gutmütig ab. Wir erreichen einen Tisch, auf dem Vorspeisen angerichtet sind. Ein Teller, und schon ist er gehäuft voll; der Hauptmann hat in der Tat Hunger, denn der Teller leert sich schnell. Wohlwollend klopft der Hauptmann dem Kameraden, der ihm den Teller hielt, auf die Schulter. „Gut, sehr gut." Dann hebt er die Deckel von den Töpfen. „Sehr gut, sehr gut!" sagt er mit gewichtiger Miene. „Die Kerle können aber kochen, verdammt noch mal", und er schüttelt bedächtig den Kopf.

„Weißt du, Fedja", und der Hauptmann faßt mich am Arm, „ich könnte einen deutschen und einen österreichischen Koch bei mir zu Hause gut gebrauchen, was meinst du dazu?"

„Glänzende Idee, mein lieber Iwan."

„Schicke mir doch sofort zwei herüber. Ich möchte mal etwas anderes essen, nicht das ewige Einerlei. Meine Frau und die dumme Maschka haben nämlich keine Ahnung vom Kochen."

„Feldwebel!" rufe ich dem Vorbeieilenden zu.

„Zu Befehl, Herr Kröger!"

„Herr Hauptmann möchte einen deutschen und einen österreichischen Koch haben. Haben Sie jemanden zur Hand?"

„Zu Befehl, Herr Kröger!"

„Sehr schön, dann lassen Sie bitte morgen die beiden Kameraden auch gleich antreten."

„Zu Befehl!"

„Wenn ich euch Deutsche so beobachte, wie alles bei euch am Schnürchen läuft, wie alles klappt. Es ist großartig!"

Wir sind wieder an unserm Tisch im Saal angelangt.

Den Kopf zurückgeworfen, mit schelmischen, lachenden Augen, so tanzt Faymé mit mir, während der schwarze Dájos uns vom Podium zublinzelt.

Der Rhythmus der ungarischen Musik läßt unsere Herzen schneller schlagen.

„Meine Lippen brennen noch von deinen Küssen, Liebste."

„Und meine . . . sind kalt wie Eis . . .“, erwidert sie.

Ich sehe rote Lippen, die weißen Zähne, die funkelnden Augen.

Endlich wird serviert. Die Kapelle spielt weiter. Die Ungarn kennen keine Müdigkeit, als wollten sie sich endlich mal sattspielen.

Es wird später und immer später, doch keiner will nach Hause gehen, so gut gefällt allen der Abend in dem improvisierten Walde. Die Lehrer und Lehrerinnen, die vielen Neubürger, sind in bester Laune. Man sieht junge Mädchen in einem harmlosen Flirt, Männer machen ihnen Komplimente, bewirten sie mit Näschereien. Sie lachen, scherzen, tanzen.

Die Kapelle bekommt eine Lage nach der andern, sie essen, trinken, trinken, und ihr Rhythmus wird immer schneller, feuriger, ihre Augen glühen. Dájos entlockt wahre Zauberklänge seiner Geige. Er blinzelt mir aufs neue zu, besonders aber den Frauen, der schwarze Teufel. Faymé tanzt mit mir wie eine Bacchantin.

Die Tombola ist fast leer, denn freigebige Menschen haben die Kassen meiner Kameraden gefüllt.

„Nur noch die letzten zehn Lose!“ ruft laut und übermütig der sonst so stille und schwermütige Rechtsanwalt des Städtchens.

„Zehn Rubel dafür, Herr Kollege“, erwidert der vor einigen Tagen aus Ekaterinburg angekommene Notar.

„Ich zahle das Doppelte!“ erwiderte der Anwalt.

„Fünfzig Rubel!“ unterbricht der Notar, „sie gehören mir!“

Eine plötzliche Entspannung tritt ein, denn die Tombola ist ausverkauft. Man sieht jetzt nach den Nummern und holt sich die Sachen. Es sind Gegenstände, die sämtlich von meinen Kameraden angefertigt sind. Mein Los gewinnt eine deutsche Kokarde mit meinen Landesfarben.

„Herr Kröger“, wendet sich der General zu mir, „jetzt kommt ein Haupttreffer, passen Sie auf!“ Er steht auf, nimmt Faymé unter dem Arm, und sie gehen in die Mitte des Saales. Dort hebt er beide Hände hoch, und alles verstummt.

„Was wird gezahlt für einen einzigen Kuß dieser Frau . . .?!“

Einen Augenblick herrscht völlige Stille, dann aber bricht Beifall und ein Tosen aus, Zahlen schwirren durch den Saal, die Menschen lachen und sind begeistert. Wie einen Trichter lege ich die Hände an den Mund:

„Hundert Rubel!“ brülle ich.

„Gilt nicht“, ertönt die Stimme Illarion Nikolajewitschs, „der Ehemann ist außer Wettbewerb. Das gilt nicht!“ Lachend winkt er mir ab, neigt sich zu Faymé und sagt ihr etwas ins Ohr, während die Bravorufe wieder neue Freude auslösen. Ich sehe Faymé eifrig den Kopf schütteln, der General bittet. Man überbietet sich mit einer unheimlichen Schnelligkeit.

„Fünfzig Rubel!“ brüllt lachend der Rechtsanwalt.

„Fünfundfünfzig!“ ruft der Notar im tiefen Baß.

Der General hebt wieder seine Hand, und alles verstummt.

„Hundert Rubel!“ sagt er und mustert die Anwesenden mit seinem gutmütigen Blick und seinen lachenden Augen.

„Hundertundfünf!“ sagt bestimmt der Anwalt.

„Hundertfünfzig!“ überbietet der General.

Keiner meldet sich mehr. Alle stehen gespannt da. Es herrscht plötzliche Stille. Der General holt sein leuchtend weißes Taschentuch hervor, fährt damit über seinen kleinen, kurzen Schnurrbart, dann blickt er Faymé an. Das Mädchen ist ganz rot vor Verlegenheit. Sie zögert, dadurch wird die Spannung noch größer, die Stille noch betonter. Jetzt lächelt Illarion Nikolajewitsch wieder, als wolle er Faymé zum Kuß ermuntern.

Das Mädchen stellt sich auf die Fußspitzen und hebt ihren Kopf dem Manne entgegen.

Langsam beugt sich Illarion Nikolajewitsch hinab, nimmt behutsam ihren dunklen Kopf in seine beiden Hände und küßt sie zart und voller Hingabe . . . auf die Stirn.

Im nächsten Augenblick sehe ich Faymé ganz verwirrt auf mich zulaufen. Ich komme ihr entgegen, hebe sie auf die Arme, sie umfaßt meinen Kopf mit beiden Händen und küßt mich.

Ein nicht endenwollendes Tosen setzt ein, ein Händeklatschen, ein „Bravo"-Rufen. Mit dem Mädchen auf dem Arm gehe ich zum General, dann zum Tombolakassierer, dem Faymé das Geld überreicht. Er drückt ihr die Hand, denn auch er ist begeistert, wie alle Anwesenden.

Der „Abend im Walde" wurde von den Nikitinoern nicht so bald vergessen.

*

Von der winterlichen Eintönigkeit, über die sich die Nikitinoer immer wieder beklagten, merkte ich nichts. Jeder Tag war ausgenützt, und wenn ich mir auch manches Mal sagte, es könnte anders sein, so vergegenwärtigte ich mir doch, daß ich als Gefangener eine recht beachtliche Freiheit errungen hatte. Man lebte, man hatte zu essen – und einmal mußte auch der Krieg zu Ende gehen.

Morgens trainierte ich eifrig am Boxball und machte gymnastische Übungen, um den Körper frisch und elastisch zu erhalten. Nach dem Morgenfrühstück folgte ein kleiner Spaziergang, dann kam der Unterricht mit Faymé. Das Mädchen lernte sehr eifrig Deutsch. Bücher der internationalen Literatur, Klassiker und andere waren schon seit einiger Zeit eingetroffen, ich dagegen erhielt einen Stapel Zeitungen und Zeitschriften aller Art sowie technische Mitteilungen. Hatten diese Mitteilungen ihren Zweck erreicht, so wanderten sie nach wenigen Tagen in die Bibliothek der Kameraden.

Nach dem Mittagessen wurde über das Gefangenenlager kurz Bericht erstattet. Er war fast immer gleich, denn was sollte sich auch viel in Nikitino bei dreißig bis vierzig Grad Kälte ereignen. Dann wurde über die Vorbereitungen zum Weihnachtsfest beratschlagt, einige Instanzen, wie Bäcker, Fleischer, Frauen, die wollene Strümpfe strickten, wurden besucht, um das Bestellte auch zur rechten Zeit zu erhalten. Nicht immer lief dabei alles wie am Schnürchen, denn unsere einzige Verbindung mit der Welt war die Post, und die versagte manchmal bei der grimmigen Kälte. Fand nach dem Mittagessen keine Besprechung statt, so ging man zum Rodeln oder Schlittschuhlaufen, oder der muntere Kolka wurde für eine kurze Schlittenfahrt aus dem Stall geholt. Nachmittags saß man bei Kaffee und Kuchen im „Heimatwinkel" und lauschte dem Dájos Mihaly.

Abends veranstaltete Dájos nicht selten Konzerte, in denen nur klassische Stücke gespielt wurden.

So ging die Zeit bis zum Weihnachtsfest dahin.

*

Lopatin rüstete zur Hochzeit. Alle sprachen davon und es sollte ein großes Fest werden. Olga schwebte nur noch in höheren Regionen, sie war oft vergeßlich – aber wir alle gönnten ihr das Glück, denn sie war Waise und hatte ein schweres, kummervolles Leben hinter sich.

Etwa acht Tage vor der Hochzeit kommt Iwan Iwanowitsch abends mit Lopatin zusammen hereingestürzt.

„Willst du auf die Jagd gehen? Wölfe haben heute nacht zwei Pferde, eine Kuh und drei Hunde gerissen. Man kann sich der verdammten Bestien nicht mehr erwehren. Ich bringe dir Lopatin mit, er versteht sich darauf, ist ‚Lukasch', habe mit ihm schon öfters gejagt, außerdem will er gern vor der Hochzeit noch einige Rubel verdienen, und das ist ja schließlich das Wichtigste, denn man heiratet ja nicht jeden Tag, manchmal nur einmal im ganzen Leben. Also sprich, willst du zur Jagd?"

„Sicher, Iwan, sehr gern, ich freue mich sehr darauf!"

„Ich meine, Fedja, du kannst doch schießen, was? Du hast doch schon mal eine Büchse in der Hand gehalten. Ich nehme es an, oder?"

„Aber sicher!" erwidere ich.

„Na, es könnte doch möglich sein, warum auch nicht? Beim Militär lernt man ja bekanntlich nicht gerade auf Wild und Wölfe schießen. Also, die Sache ist ganz einfach, Fedja. Lopatin wird die verdammten Wölfe einkreisen, und du fährst ganz gemütlich hin, stellst dich so, sagen wir hierher, die Biester wechseln dann hier vorbei, und du hast nur zu schießen, ganz einfach, nicht wahr? Brauchst dich gar nicht anzustrengen. Ganz ungefährlich ist diese Jagd natürlich nicht, wenn der Wolf dich annimmt, aber . . . Du mußt eben genau zielen, ruhige Nerven behalten und im richtigen Moment abdrücken, dann hast du's. Übrigens, dein Wirt hat eine vorzügliche deutsche Büchse; wo der Schweinehund das Ding her hat, weiß kein Satan, aber sicherlich von einem ermordeten Gast seiner früheren Herberge, und vielleicht war es gar ein Deutscher, der in Sibirien jagen wollte. Sag ihm, er soll dir diese Büchse geben, sonst laß ich ihn hängen, auch Patronen, so zehn bis zwanzig Stück, denn ich weiß ja nicht, wie du schießt. Hoffentlich ist wenigstens ein Treffer dabei!"

Lopatin war ein ganz vorzüglicher „Lukasch". Diese Bezeichnung stammt von dem Vornamen „Luka" (Lukas), denn so hieß ein berühmt gewordener Bauer, der im Gouvernement Pskow* wegen seiner unnachahmlichen Fähigkeiten, Füchse und insbesondere Wölfe einzukreisen, in Jägerkreisen bekannt wurde. Seine Kunst des Einkreisens zeigte er seinen Söhnen, diese verkauften sie für teures Geld an andere. Aber nicht ein jeder konnte ein guter Lukasch sein, es gehörte eine außerordentliche Begabung und eine fast unfehlbare Beurteilung des Geländes dazu. Mit Petroleum getränkte bunte Stofflappen mußten in weitem Kreis rings um das Lager der Wölfe auf der Erde, auf Büschen, unter kleinen Bäumen und Ästen ausgelegt werden. Der Wolf kann den Geruch des Petroleums nicht ertragen, scheut davor zurück, besonders wenn die Lappen sich im Winde bewegen. Genau so schwierig wie die Kunst des „Einlappens" war aber auch das Aufstellen der Schützen, denn das eingekreiste Tier kam nicht an beliebigen, sondern meist an gut gedeckten Stellen oder Senkungen heraus.

* Pleskau.

Lopatin meldete mir das erfolgte Einkreisen mit aufrichtiger Freude. Kaum wurde es hell, als wir losfuhren. Er hatte seinen Vetter Kusmitscheff und noch einen Bauern mitgenommen. Etwa eine knappe Stunde Fahrt, und wir müssen aussteigen. Das Pferd wird angebunden, und wir waten auf Waldskiern durch recht hohen Schnee.

„Hier, Barin, stellen Sie sich hin“, sagt mir Lopatin, „sehen Sie zu, daß Sie die Wölfe nicht von vorn treffen, denn jetzt, bei dieser Kälte, sind sie hungrig und deshalb wild und gefährlich. Außerdem ist das Fell der Tiere sehr dicht, und Sie werden auf jedes Tier zwei- oder gar dreimal schießen müssen. Die Wölfe sind zäh. Schießen Sie aber möglichst ihnen nach, so geht der Schuß gegen den Haarstrich und Sie werden besseren Erfolg haben.“

Die Männer verschwinden im dichtverschneiten Wald. Ich bleibe allein, inmitten der tief herabhängenden Baumäste. Um mich herum sehe ich frische Wolfsspuren.

Die Büchse ist geladen, und ich warte auf das Treiben.

Aus weiter Ferne ertönt die Stimme Lopatins, ein Beweis, daß das Treiben begonnen hat. Ich höre das Klopfen der Stöcke gegen die Baumstämme, ich weiß, sie kommen nur langsam näher, denn jeden verschneiten Busch, jedes Eckchen, jede zweifelhafte, überschneite Stelle untersuchen sie. In der Mitte geht Lopatin, die beiden andern rechts und links von ihm mit einigen Schritten Abstand.

Da nahen die Wölfe!

Im Gänsemarsch schleichen und winden sie keine dreißig Schritt weit von mir entfernt.

Mein erster Schuß kracht durch den Wald. Die Schneemassen auf den Bäumen ersticken fast den Schall.

Ich habe die Ermahnung vergessen, habe zu schnell geschossen und das Leittier von vorn getroffen, denn es kläfft mich an, fast wie ein Hund, fletscht die Zähne, duckt sich, schüttelt den Kopf, und sprunghaft rennt es etwas abseits von mir weiter, während das Rudel wieder im Wald verschwindet.

Ein zweiter Schuß, und das Tier bricht zusammen, zuckt

mit der Rute, den Hinterläufen, wälzt sich im Schnee, und ich sehe dunkelroten Schweiß, dann erstarrt der Grauhund.

Schnell ist die Büchse geladen, die Handschuhe liegen achtlos im Schnee. Gespannt lauere ich umher, denn das Rudel kann jetzt von einer anderen Seite kommen. Ich muß genau aufpassen.

Richtig, da sind sie schon wieder. Kaum wahrnehmbar, den Bauch dicht auf der Schneedecke, gleiten die grauen Schatten, selbst mit einer dünnen Schneeschicht überstäubt. Ich lasse sie seitlich vorbeiwinden.

Wieder donnert ein Schuß; der letzte Wolf bricht zusammen, die andern huschen wie Schatten fort. Der Getroffene rührt sich nicht mehr, seine letzten Zuckungen erstarren und ich sehe wieder Schweiß auf dem weißen, unberührten Schnee.

Und wieder stehe ich mit geladener Büchse auf der Lauer.

Das Klopfen nähert sich nur sehr langsam, es verstreicht geraume Zeit, doch nichts rührt sich mehr unter den verschneiten Ästen. Ich spüre jetzt keine Kälte mehr, obwohl es eigentlich mörderisch kalt ist.

Zwischen den Bäumen steht der glühende, erstarrte Ball – die Sonne, ich kann mit ungeschützten Augen in sie hineinsehen. An Stellen, an denen sie den Schnee bescheint, glitzert es in allen kaleidoskopartigen Farben.

Aus der Ferne kommt wieder das deutliche Klopfen der Treiber.

Das Rudel hat kehrtgemacht und kommt diesmal direkt auf mich zu. Sprungbereit, doch immer noch sitzend, dukken sie sich zusammen, erstarren für kaum zwei bis drei Sekunden. Ohne genau hinzuzielen, reiße ich die Büchse an die Wange, feuere in den Haufen hinein, der auseinanderspritzt. Nur der eine, Gier und Haß in den Lichtern, fletscht die Zähne und duckt sich, um mich anzuspringen. Aber ich bin schneller. Der zweite Schuß wirft ihn nieder. Doch nur für ganz kurze Zeit, er erhebt sich wieder, ich muß schnell die Büchse laden . . . sonst . . . Ruhig, ruhig! suggeriere ich mir, während die Finger so schnell wie möglich zwei neue Patronen in den Lauf hineinstoßen wollen. Bis übers Knie stehe ich im Schnee, so daß ein Ausweichen schwierig wird.

Die verwundete Bestie schweißt, sie beißt in den Schnee, sie kann sich nur schwer aufrecht halten, und doch ist sie nur ein einziger Wille, ein einziger Haß. Ein Sprung, und sie ist näher!

Das Schloß schnappt endlich!

Das Tier holt zum zweiten Sprunge aus.

Bruchteile von Sekunden.

Schon springt die Bestie mich wieder an. Ich halte ihr instinktiv die Gewehrläufe hin, als wollte ich sie damit aufspießen, sie dringen ihr ins Maul, sie würgt, beide Schüsse entladen sich zugleich. Mit weit klaffender Wunde liegt der Wolf mir zu Füßen.

Ich nehme die Pelzmütze herunter, denn es ist mir plötzlich unerträglich heiß geworden. Aber ich darf die Büchse, das Laden, die Wölfe nicht vergessen. Ich werfe die Mütze in den Schnee, lade schnell das Gewehr und warte: Kommen die andern Wölfe oder sind sie durch das Treiben durch?

Immer wieder blicke ich nach allen Seiten, trete schnell einen Schritt von dem erlegten Tier zurück, um bessere Sicht zu haben, aber da kommt schon Lopatin mit den beiden andern Treibern aus dem Walde.

„Nun wie war es?" ist seine erste Frage.

„Gut, ausgezeichnet!" meine Antwort.

Die Männer kommen ganz nah an mich heran, und ich blicke zu Lopatin hinüber, wie ein Junge zu seinem Lehrer – habe ich meine Sache gut gemacht? Der Blick des Lukasch geht über die kleine Kampfstätte. Er sagt aber nichts, mustert nur die Strecke, und dann schmunzelt er.

„Dieser Wolf, der erste, Barin, hätte Sie ganz bestimmt angenommen, wenn der erste Schuß ihn nicht in die Lichter getroffen hätte, das können Sie selbst an diesem da beurteilen", und er hebt den letzten von mir geschossenen Wolf auf, schüttelt den Kopf, mustert die weit klaffende Wunde.

Sie haben Glück gehabt. Auf der Jagd nach Raubtieren darf man nie hitzig sein, denn es geht oft ums Leben. Lassen Sie lieber in Zukunft ein Tier laufen, aber setzen Sie sich nicht der Gefahr des Annehmens aus – wozu auch?"

Seine Stimme klingt so ruhig. Sie ist dem tiefverschneiten Walde ähnlich.

Die toten Wölfe sind aufgelesen, die Jagd ist zu Ende, ich nehme die Patronen aus der Büchse, hänge sie über die Schulter.

Aber das Auge des Lukasch späht weiter und es hat dabei einen sonderbar lauernden, streng und genau prüfenden Ausdruck; der Mann verfolgt einige Schritte eine Spur, hebt ein Stück Schnee hoch, auf dem ich, als ich hinzutrete, einige Haare und Schweiß sehe.

„Barin, wir wollen dieser Spur nachgehen, denn dieses Tier ist krank und kann nicht weit sein."

Wir machen uns auf den Weg. Die Büchse habe ich wieder geladen. Wir waten durch den tiefen Schnee, der Lukasch geht voran, ich folge ihm nach. Wir haben kurze Waldskier und sinken doch tief in den hohen Neuschnee ein, so daß wir nach mehreren Minuten beide in Schweiß gebadet sind. Wir ziehen die schweren Pelze aus und lassen sie liegen, danach folgen nach mehreren hundert Schritt unsere warmen Jacken, nach weiteren die mit Pelz gefütterten Westen.

„Wenn es so weitergeht, Lopatin, dann werden wir bei dreißig Grad Kälte in Hemdsärmeln durch den Schnee waten."

„Ja, Barin, das kann bei solch einer Jagd vorkommen. Aber jedes Tier, und wenn es auch ein Wolf ist, verdient einen Gnadenschuß, denn es ist doch schließlich ein Geschöpf Gottes und soll sich nicht unnütz quälen, dafür sind wir ja verständige Menschen."

Der Schweiß rinnt mir buchstäblich vom Gesicht herunter. Plötzlich bleibt der Lukasch vor mir wie angewurzelt stehen, dann deutet er in die Ferne, winkt. Ich sehe aber nichts, nur überall dicht bedeckte Äste und Zweige, die kaum eine Sicht auf einige Schritte gewähren.

Ich reiche dem Mann die Büchse. Erfreut greift er nach ihr, sie ist schon an der Backe, und kaum gezielt, fährt der Schuß aus dem Lauf.

Nichts regt sich, nur der erfahrene Jäger geht weiter, bückt sich unter eine kleine Tanne und schleift ein graues Tier hervor – den Wolf. Den aus der Wunde tropfenden Schweiß fängt er mit seinen Händen auf, reibt sie damit ein und fährt dann mit der Zunge über die eine und dann die andere Handfläche. So ist es Brauch – die Kunst eines Lukasch soll ihm dadurch weiter erhalten bleiben.

Die alten Fußstapfen führen uns zu unseren verstreut liegenden Kleidungsstücken und zu den geduldig wartenden Pferdchen zurück. Lopatin nimmt ein breites Messer heraus, und mit Hilfe der andern Männer sind in kurzer Zeit alle vier Wölfe musterhaft abgebalgt. Schon kommen die ersten Raben und Krähen geflogen, denn sie wittern eine leichte Beute und umkreisen uns in kaum einigen Metern Höhe. Ihr Geschrei klingt widerlich.

Zu Hause wartet Iwan Iwanowitsch. Er macht sich sogar die Mühe, auf die Straße herauszukommen.

„Hast nichts geschossen, Fedja, ärgerst dich darüber, was?"

„Doch geschossen habe ich wohl was, aber von den zwanzig Schuß waren nur zwei Volltreffer, alles andere ging daneben."

„Hast du denn wenigstens einen mitgebracht?" fragt er belustigt und etwas geringschätzig. Nun aber hat Lopatin die Beute schon aus dem Schlitten gehoben. Iwan Iwanowitsch will seinen Augen nicht trauen, dann fängt er an, sich fürchterlich zu ärgern.

„Lopatin, du bist ein ganz schlauer Bauer, ein ganz raffinierter. Wenn du mit mir auf die Jagd gehst, dann schieße ich höchstens zwei, nur das letztemal habe ich besonderes Glück gehabt, habe drei geschossen. Gehst du mit dem Deutschen jagen, dann bringt er gleich vier Wölfe nach Hause. Er kann ja über ganz Nikotino brüllen! Wir sind ja in seinen Augen Popanze geworden, keine Jäger, Dilettanten! Geht der Mensch zum erstenmal in den Wald und bringt tatsächlich vier Wölfe mit! Es ist ganz unerhört, Lopatin!"

„Iwan!" Ich versuche einzulenken.

„Euer Hochwohlgeboren . . .", sekundiert schüchtern Lopatin.

Schließlich beruhigt sich Iwan Iwanowitsch und kommt zu mir ein Gläschen trinken.

*

Wir sprachen über verschiedene Jagderlebnisse. Spät am Abend blickte Iwan plötzlich nach der Uhr.

„Verdammte Schweinerei! Nein, so eine Schweinerei! Stelle dir vor, Fedja, ich habe doch meiner Frau wieder versprochen, spätestens um zehn Uhr nach Hause zu kommen, es ist aber inzwischen fast halb zwölf geworden. Ehrenwörtlich habe ich's ihr heute versprochen! Meine Frau! Herrgott, das ist mein größter Schmerz, warum hab' ich bloß geheiratet, warum? Ich weiß es wirklich nicht. Um zehn Uhr muß ich nach Haus kommen! Was will sie denn von mir?"

Er „kippte" zum letzten Male und erhob sich stöhnend.

Kaum hatte ich die Tür hinter ihm geschlossen, als er wieder davorstand und recht unentschlossen sagte:

„Würdest du mir einen sehr großen Gefallen erweisen? Komm mal mit mir nach Hause; ich weiß, meine Frau wird wahnsinnig schimpfen, bist du aber dabei, so wird sie sich nicht trauen, und morgen ist alles wieder vergessen. Sei so freundlich und komm mit, ja?"

Die wenigen Schritte bis nach Hause schwieg Iwan Iwanowitsch. Er klingelte. Die Tür wurde von dem „Mädchen für alles", dem deutschen Koch Müller, aufgemacht, der uns beide, als sei er der beste Leutnantsbursche der Welt, mit allen Honneurs empfing und aus den Pelzen half.

„Setz dich hierhin, Fedja, ich versuche mein Glück erst mal allein, und wenn alle Vernunftargumente versagen, dann hole ich dich. Hier sind Zigaretten, rauche. Hier ist auch Gebäck, du liebst ja Süßigkeiten. Iß, soviel du willst." Er rückte mir einen Stuhl zurecht, ging zur Schlafzimmertür und öffnete sie ohne Zögern.

„Es wird besser sein, mein lieber Iwan, du sprichst morgen mit Doktor Kröger und sagst ihm, du würdest von jetzt ab nur bei ihm wohnen", hörte ich eine recht giftige Stimme aus der Dunkelheit.

„Katinka, sei mir bitte nicht böse, es ging nicht anders. Kröger wollte mich nicht fortlassen, ich schwöre es dir . . . und da habe ich von meinen schönsten Jagderlebnissen erzählt, und die Zeit war plötzlich um. Ich wollte meiner Uhr gar nicht trauen, so war ich selbst erstaunt darüber. Jetzt bin ich aber da, Katja, nun ist alles wieder gut, nicht wahr? Alles ist wieder gut!" betonte er mit Nachdruck.

„Ja es ist gut, du kannst hingehen, wo du hergekommen bist. Dein Bett habe ich auf den Hof hinausstellen lassen. Was soll es auch hier? Ich betrachte mich von nun ab als nicht mehr verheiratet mit dir. Morgen lasse ich die Scheidung einreichen. Soll ganz Nikitino es wissen! Was habe ich eigentlich von dir, Iwan? Ich fühle mich jung genug, um noch einmal heiraten zu können."

„Verdammtes Miststück . . .! Was ist denn mit dieser verfluchten Tranfunzel hier los! Wenn sie brennen soll, brennt sie nicht, sie raucht; wenn sie nicht brennen soll, dann ist sie auch mit der ganzen Lungenpuste nicht auszulöschen. So! Na endlich! Uuuu . . ., ich könnte sie an die Wand schmeißen!" Ich hörte den Zylinder der Lampe in der Fassung schnurren, durch die halbgeöffnete Tür sah ich Licht brennen. „Ja, wahrhaftig! Mein Bett ist nicht mehr im Zimmer! Wo ist es denn hingekommen?"

„Ich habe dir alles lang und breit erklärt, Iwan!" klang die ungeduldige, gereizte Stimme der kleinen Frau.

„Katinka, ich habe gar nicht zugehört . . . du hast doch gesehen, daß ich mit der Lampe beschäftigt war . . . Hast du denn etwa geschimpft? Du machst ja ein ganz böses Gesicht, Katja, warum denn eigentlich? Paß mal auf, ich habe eine Überraschung für dich mitgebracht . . . was mir nicht alles so einfällt, mitten in der Nacht . . . wirst dich nicht genug wundern können . . . gleich bin ich wieder da, Katja!"

„Komm, Fedja, komm, mein Lieber, schnell, geh zu ihr rein", flüsterte er geheimnisvoll und faßte mich am Arm, hob mich vom Stuhl und schob mich in die Richtung nach dem Schlafzimmer seiner Frau.

„Hole ganz schnell zwei Flaschen Sekt, Iwan, gib deiner Frau ordentlich zu trinken, sie hat dir entsetzliche Sachen an den Kopf geworfen", flüstere ich ihm nicht weniger geheimnisvoll zu.

„Alles gehört, alles?" Und er machte ein saures Gesicht, ging aber den Sekt holen.

„Da ist die Überraschung! Guten Abend, Ekaterina Petrowna!"

Ehe die Frau ein Wort sagen konnte, küßte ich ihren entblößten Arm. Eine jähe, beglückende Röte schoß ihr ins Gesicht, doch krampfhaft zog sie die rote, wattierte Decke bis ans Kinn, dabei wurden ihre Augen groß, ihr Mund öffnete sich, sie wollte sprechen, konnte aber nicht. In meiner recht sonderbaren Situation konnte ich nur lächeln.

„Fedja! . . . Sie sind hier? . . . Warum? . . . Und mein Mann?" stotterte sie.

„Iwan hat mich gebeten, mitzukommen, denn wir wollten alle noch etwas miteinander plaudern, wenn es Ihnen recht ist. Verzeihen Sie mir, daß ich Ihren Mann aufgehalten habe . . . Ich bin schuld, aber er erzählte mir so interessante Jagdgeschichten. Ich bin auf dem Gebiet ja noch ein Neuling. Darf ich Ihnen die Hand küssen?

Sie bot mir schüchtern die Hand, und ich merkte, wie sie zitterte.

„Sie haben eine so schöne, weiche Hand", und ich berührte mit den Lippen die Handfläche.

„Fedja", flüsterte die Frau mit bittenden Augen. „Sie verstehen mich wenigstens, sind ein Mann mit Empfinden . . . Mein Mann . . . ich kann es Ihnen nicht sagen, aber . . . Sie werden wissen, was ich meine, und ich schäme mich, Ihnen diese Worte zu sagen, aber es ist schrecklich, einen solchen Ehegatten zu haben. Was habe ich in dieser Wildnis noch? Ich bin doch in Moskau aufgewachsen und nicht hier in der Einöde! Die Tage vergehen und mit ihnen die Jugend, und ehe man sich versieht, ist man alt. Ist das nicht wahr, Fedja, habe ich nicht recht?“

„Ekaterina Petrowna, Sie müssen aber auch netter, liebenswürdiger zu Ihrem Mann sein, denn er ist ein seelensguter Mensch, und für Sie muß es doch ein leichtes sein, ihn zu nehmen, Sie sind doch eine junge, schöne Frau. Bedenken Sie, daß auch Ihr Mann in dieser schrecklichen Einöde zwangsläufig apathisch geworden ist. Man muß sich gegenseitig helfen und zueinander halten. Ergreifen Sie doch selbst die Initiative, fahren Sie mit Ihrem Manne vierzehn Tage nach Perm, Ekaterinburg, Omsk, wo Sie sich zerstreuen können.“

„Mein lieber Fedja, Sie sind entsetzlich vernünftig. Ich hätte so etwas von Ihnen nicht erwartet. Können Sie mir versprechen, durch Ihre Beziehungen in Petersburg meinem Manne eine andere Position zu verschaffen, damit er aus Nikitino herauskommt?“

„Ich will Ihnen diese Frage rücksichtslos ehrlich beantworten und ich hoffe, Sie werden mich – als Gefangenen – verstehen können. Warten Sie das Kriegsende ab, und alles will ich dann für Sie tun, meine Hand darauf.“

Ekaterina Petrowna trank ein Glas Sekt auf ihr Wohl, dann auf mein Wohl, ihres Mannes, auf die Zukunft . . . in Petersburg.

Am nächsten Morgen, als ich mit Faymé Iwan Iwanowitsch im Polizeigebäude aufsuchte, fand ich ihn vergnügt hin und her gehend.

„Du bist ein ganz schlauer Fuchs, Fedja . . . Bei mir zu Hause strahlt die Sonne, meine Frau ist neckisch geworden, ich hätte das nicht gedacht. Ich selbst bin glücklich und zufrieden, denn du hast mir wieder neuen Mut gegeben. Ich will warten, bis der Krieg zu Ende ist, dann fahren wir alle nach Petersburg, dann wird alles wieder gut. Lache mich als Mann nicht aus, wenn ich dir mit gleicher Ehrlichkeit sage, es würde mir unendlich schwerfallen, dich hier zurückzulassen ... keinen hab' ich so gern wie dich, Fedja ... nicht einmal meine Frau, ja ... es ist so. Ich bleibe immer dein alter, treuer Iwan, und vielleicht kann ich dir und deiner Frau, als kleiner, unbedeutender Polizeibeamter, doch noch irgendwie behilflich sein. Ja, Fedja ... so ist es."

Zwei Tage später war der Polizeihauptmann mit seiner Frau „in dienstlichen Angelegenheiten" nach Perm gefahren.

Weihnachten – Neujahr

Das Weihnachtsfest nahte.

Um mich herum wurde geheimnisvoll geflüstert. Faymé hatte plötzlich Geheimnisse, ihre Brüder, Iwan Iwanowitsch und seine Frau, meine Kameraden, alle schienen sich gegen mich verschworen zu haben. Geheimnisvolle Pakete in allen Größen tauchten auf, wurden in meine Wohnung gebracht, wieder herausgeschafft, irgendwo ausgepackt, wieder verpackt, und auf einmal waren sie weg. Ich durfte bald das eine, bald das andere Zimmer nicht betreten. Schelmische Gesichter, schalkhafte Augen überall, und dahinter die Fröhlichkeit der Herzen.

Aber auch ich hatte meine Geheimnisse, auch ich hatte verschiedene Pakete zu verstecken. Die Jamschtschiki, die die Postkarawanen von der Bahnstation nach Nikitino führten, verdienten sich manches Trinkgeld; es ermunterte sie, den Gefahren und Strapazen der schrecklichen Kälte zu trotzen. Neugierig und erwartungsvoll suchten unsere Augen im Postgebäude nach den für uns bestimmten Paketen, und wurden sie entdeckt, versuchte sie jeder schleunigst beiseitezuschaffen, um den anderen auch nicht ahnen zu lassen, was sie enthielten.

Endlich stand das Fest vor der Tür.

Das geheimnisvolle Flüstern, die schüchternen, vielsagenden und geheimnisvollen Blicke, alles war plötzlich verschwunden. Es lag etwas in der Luft, was das Herz schneller und freudiger schlagen ließ. Man war voller Erwartungen, Hoffnungen, wie einst, als man noch an das schöne Märchen vom Weihnachtsmann glaubte.

Ich trete auf die Straße hinaus. Es ist ein stiller, klarer Abend, wie man ihn nur im Norden bei einer grimmigen Kälte von vierzig Grad kennt. Der Himmel ist übersät mit

Sternen, am weiten Horizont steht die ganz schmale Mondsichel, über dem Waldrande strahlen die Venus und der rötlichgelbe Mars. Langsam ziehen sie am Himmel weiter.

Es ist „Heilige Nacht".

Ich umschleiche die alte Kirche wie ein Dieb. Hinter den dicken, bunten Fensterscheiben sehe ich das Flackern der Kerzen. Ich trete vor den verwehten Eingang, ziehe die dicke Fellmütze vom Kopf und bleibe andächtig stehen. Plötzlich knirscht der Schnee, eine dunkle, eilende Gestalt huscht an mir vorbei und öffnet langsam die hohe, schwere Tür.

Strahlender Glanz von den unzähligen Lichtern und Lampaden, die vor glitzernden Heiligenbildern brennen, umwebt vom Weihrauchduft und dem tragenden, melodischen Gesang der Priester und Chöre im breiten Altslawisch, fließt in die horchende Nacht zu mir heraus. Ich sehe kniende, betende Menschen, über ihnen schwebt das geheiligte Licht ihrer großen und kleinen Opferkerzen. Das Licht, der Gesang erstarren in der unbeweglichen Luft, die Tür ist zugefallen . . . die Nacht umgibt mich . . . Ich mache das Zeichen des Kreuzes auf der Brust.

Und wieder huscht jemand an mir vorbei, wieder wird die schwere Tür nach dem Licht, dem Strahlen und Leuchten langsam geöffnet, und ich komme mir vor wie ein bettelndes, frierendes Kind, das vor dem vielverheißenden Hause eines unnahbaren Reichen steht. Ich darf die Kirche nicht betreten.

Ich gehe zu meinen gefangenen Kameraden in den „Heimatwinkel" und klopfe an die Tür. Ich klopfe recht kräftig, endlich höre ich eine energische Stimme:

„Kein Einlaß, erst später, Weihnachtsvorbereitungen!"

„Hier ist Kröger!" antworte ich, und schon ist die Tür auf.

„Bitte um Entschuldigung, Herr Kröger, wir sind grad dabei, für die Kameraden Weihnachtsüberraschungen aufzubauen", sagt der Wiener und strahlt selbst wie das Weihnachtsfest.

Ein Tannenbaum von gewaltigen Ausmaßen, geschmückt

mit künstlichem Schnee und vielen Kerzen, steht mitten im Saal. Um ihn herum sind Tische geordnet, die mit weißem Papier bedeckt und mit Tannengrün geschmückt sind. Auch an den Wänden sind Tannenäste angebracht. Überall hantieren Männer. Ich sehe sie an, ohne daß sie es bemerken. Nicht schnell und nicht schön genug können sie sich gegenseitig die bescheidenen Geschenke ordnen. Immer neue und neue Ladungen bringen sie aus der Küche.

Der Lagerälteste kommt. Es fällt mir auf, daß sein Haar und sein Schnurrbart heute besonders sorgfältig pomadisiert und zurechtgestutzt sind, das sonst nie fehlende Notizbuch im Waffenrock ist heute nicht vorhanden.

„Nun, alles in Ordnung?“ frage ich ihn.

„Zu Befehl!“ antwortet er. Er ist heute genau so glücklich wie seine Kameraden.

„Ich habe gestaunt“, fährt er fort, „über die Freigebigkeit der Bevölkerung. Sie glauben gar nicht, wieviel die Menschen uns geschenkt haben. Es liegen Berge von Geschenken, die wir noch verteilen müssen. Am meisten aber haben die Ungarn geschenkt bekommen, diese schwarzen Teufel, und vor allem Dájos natürlich, alles von Frauen.“ Die letzten Worte kommen etwas unsicher, ja sogar verlegen. „Meinen Sie“, und er faßt mich plötzlich am Ärmel, „es ist unser letztes Weihnachtsfest in der Fremde? . . . Die Zeitungen schreiben doch . . . die Friedensverhandlungen . . . oder . . . ?“

„Vielleicht . . . vielleicht, lieber Feldwebel, es wäre sehr schön . . . ja, herrlich schön“, erwidere ich.

Inzwischen gehen die Vorbereitungen weiter. Man kommt sich vor wie in einem Ameisenhaufen. Auf den Tischen häufen sich die Geschenke, am Fuß des Tannenbaums liegt die Feldpost, Pakete, Briefe, Karten aus der Heimat.

Ein Blick in die Küche. Auf dem Herd stehen mächtige Töpfe, darin kochen die Kartoffeln, sonst ist nichts zu sehen. Auf den Tischen stehen Berge von Geschirr.

„. . . und der Braten . . . ?“ frage ich erstaunt.

„Ist alles schon in die Kochkiste gewandert“, sagt der schlaue Berliner Küchenchef und zeigt auf die aufgetürmten riesigen Kisten.

Plötzlich hören wir das bekannte Glockenzeichen.

„Achtung! Sammeln!“ ertönt die schnarrende Stimme des Feldwebels.

„Na, det wird ja ein Rummel, meine Herren!“ lacht der Küchenchef.

Kaum einige Minuten später hören wir Tritte und ein Kommando. Die Kerzen am Weihnachtsbaum werden angezündet, jetzt ist alles fertig. Die Tür öffnet sich, die Männer kommen herein. Nach einem gutdurchdachten Plan geht jeder sofort an seinen Platz, ohne daß auch nur das geringste Durcheinander entsteht.

Schweigend stehen sie alle an ihren Plätzen. In ihren Augen strahlt die verhaltene, kindliche Freude. Sie blicken zum brennenden Baum und scheinen alle zu träumen. Schüchtern strecken sie ihre Hände nach den Geschenken aus. Verstohlen fahren sie sich mit einem sauberen, aber schon sehr abgerissenen Ärmel ihres Waffenrockes über die Augen.

„O du fröhliche, o du selige, gnadenbringende Weihnachtszeit!“

Erst gedämpft und unsicher, dann immer inbrünstiger und lauter erklingt das Lied aus den rauhen Kehlen. Allmählich verklingt es. Ein anderes erfüllt jetzt den Raum, bis es dann wieder still im weihnachtlichen Leuchten um den Baum wird.

Und noch einmal kommt es wie ein Sturm aus den Männern.

Sie alle, zu einem kleinen Haufen in der Wildnis zusammengeschmolzen, bilden in diesem Augenblick ein einziges Ganzes. Sie verkörpern die ferne, bedrohte, ringende Heimat.

Männer, Krieger singen! Aus dem Chor hört man plötzlich deutlich die eine oder die andere Stimme versagen, dann blicken die Betreffenden gedankenverloren zu Boden und . . . weinen.

Auch ich kämpfe mit dem Versagen meiner Nerven. Mit jähem Ruck fasse ich nach der Klinke der Ausgangstür und bin draußen.

Atemraubende Kälte erfaßt mich.

Alle Kirchen läuten.

Die Töne fließen ineinander zu einer weihevollen Harmonie, und es kommt mir plötzlich vor, als strömten sie in ihrer ganzen Heiligkeit hinauf zu den fernen, kalten Sternen, zu unserm großen Herrgott, der uns qualvolle, einsame, verlorene Pfade gehen läßt.

*

Mit fröhlich klopfendem Herzen öffne ich die Tür zu meiner Wohnung, und das Kirchengeläute strömt verschwenderisch hinein. Es riecht nach frischem Tannengrün, nach Pfefferkuchen und Nüssen, nach Geschenken und Überraschungen.

„Es weihnachtet sehr", ja, es „riecht" nach Weihnachten. Ob man das je im Leben vergessen kann?

„Du bringst ja Weihnachten mit, Peterlein. Alle Glocken läuten!" empfängt mich Faymé.

„Ja, Liebste", antwortete ich, „es ist wirklich Weihnachten."

Ich ziehe Faymé schnell in ihr Schlafzimmer.

„Hier, meine erste Überraschung." Ich lege der Erstaunten eine weiße Pappschachtel in die Hände. Im Nu sind die dünnen Papiere entfernt, und ein Abendkleid kommt zum Vorschein.

Das erste wirkliche Abendkleid! . . . Faymé muß es sofort anziehen. Ich helfe ihr dabei, denn lang und breit habe ich mit dem Modesalon über alle Einzelheiten und alle kleinen Geheimnisse korrespondiert. Jetzt ist sie fertig. Errötend steht sie vor mir, in ihrer ganzen jungen Schönheit.

„Das Kleid ist so fein . . . ich wage mich kaum darin zu bewegen . . . Peter . . ."

„Aber schön bist du, Liebste, so schön, daß die Götter auf mich neidisch werden können . . . Komm!"

„Nein, nur noch einen Augenblick, bitte, ich will erst das Bäumchen anzünden", und sie eilt aus dem Zimmer.

Ich warte einige Augenblicke. Noch nie schlug mein Herz so wild vor lauter Glück.

Ich schleiche aus dem Zimmer, aber das Mädchen überrascht mich, als ich hinter der Tür hervorluge; ich konnte den Augenblick nicht mehr abwarten.

„Das habe ich mir gedacht. Das gibt es aber nicht. Mach schnell die Augen zu! So . . . Peterlein, das ist brav . . ."

Ich höre ein Knistern, es wird ganz hell vor den geschlossenen Augen, bis Faymé meine Hände wegnimmt.

Viele Kerzen streuen ihr ruhiges Licht durch den Raum. Sie sind in einem einzigen, mächtigen Strahlen vereint, und es dringt bis in die verborgensten Winkel meiner Seele hinein. Es ist das gleiche Strahlen wie in der Kirche, das ich durch die Tür, selbst in der Nacht stehend, gesehen hatte.

Dieses große Verlangen hatte Faymé, trotz ihres anderen Glaubens, in mir erraten.

In der Ecke des Zimmers steht ein ausgesucht schönes Bäumchen. Es ist mit künstlichem Schnee und vielen brennenden Kerzen geschmückt. Um das Bäumchen, auf Tischen und Stühlen, liegen die Geschenke ausgebreitet und es sind so viele, so viele.

Zärtlich küßt mich Faymé. Sie hat Weihnachtsaugen. Die Kirchenglocken läuten und läuten.

Ich sehe mir die Geschenke an. Sie stammen von Menschen, die ich kaum kenne; sicherlich hatte ich für sie eine Kleinigkeit tun können, ihnen etwas zu essen, zu arbeiten, zu verdienen geben können. Jetzt hatten sie an mich gedacht, wie ich früher an sie gedacht hatte. Es sind viele der einfachsten Sachen, doch so deutlich in ihrer stummen Sprache. Daneben liegen wertvolle Geschenke. Und eine Unmenge von Stollen, Kuchen, Nüssen, Äpfeln, Wein.

Nun schleppe ich auch meine Geschenke herbei. Jede Kleinigkeit ist eine Freude.

In ihrer blendendweißen Schürze kommt Natascha herein, hinter ihr Olga und die unentbehrliche „Kammerjägerin", eine Soldatenfrau, die mit unbeschränkter Vollmacht in meiner Wohnung seit dem Eintreffen meiner Petersburger Möbel Ungeziefer aller Art zu bekämpfen hatte. Sie waren alle in der Kirche und haben festliche Gesichter, die noch von der Kälte gerötet sind, und in den Händen halten sie Geschenke für Faymé und mich. Wir bescherten uns gegenseitig.

Wir waren mit dem Essen kaum fertig, als sich Lopatin und Kusmitscheff meldeten. Jeder überreichte mir eine Schachtel Zigaretten, außerdem hatten sie das hübsche Weihnachtsbäumchen aus dem Walde mitgebracht.

Gleich darauf klingelte es. Es waren die Unteroffiziere meiner Kameraden. Salzer sollte der Sprecher sein, aber ich kam ihnen schnell zuvor und begrüßte sie alle. Wir nahmen Platz.

Es war schon ziemlich spät, die Chargen waren gerade im Aufbrechen, da kamen der General und Iwan Iwanowitsch mit Frau. Bei mir konnten sie sich alle treffen, denn meine Wohnung war geräumig genug. Auch sie brachten für Faymé und mich Geschenke, wir schenkten wieder. Besonderes Interesse zeigte Ekaterina Petrowna für die Dinge, die ich Faymé geschenkt hatte. Das Kleid wurde allgemein bewundert.

Am nächsten Morgen, kaum daß Faymé und ich aufgestanden waren, kamen die Gratulanten. Es waren gefangene Kameraden, denen ich Anstellungen verschafft hatte, auch Russen, Bäcker, Fleischer, Schneider, Zimmerleute, allen mußte ich die Hände schütteln, alle tranken auf mein Wohl ein Gläschen, so daß meine Wohnung den ganzen Tag voller Menschen war.

Ermüdet sank Faymé abends ins Bett. Sie behauptete schon lange, ihr rechter Arm sei ganz lahm und die Finger täten ihr weh von dem vielen Händeschütteln.

„Es ist nicht so ganz leicht, eine berühmte Frau zu sein", lachte sie.

Die anschließenden Tage wurde in Nikitino nicht gearbeitet. Ein Essen beim Polizeihauptmann, dann bei Seiner

Exzellenz, den Brüdern Islamkuloff, ein Abend im Mädchengymnasium, wieder ein Essen bei mir, dann war der Rechtsanwalt an der Reihe, dann der Notar Bachteff. So ging es tagein, tagaus, und wir durften nirgends absagen.

Am Silvesterabend waren wir alle zu einem Fest im Mädchengymnasium versammelt. Alles, was erwachsen war, stellte sich ein. Es war anfangs sehr lustig, man aß und trank, tanzte, scherzte, aber je näher die Mitternacht kam, um so ausgelassener und lärmender wurden die Menschen. Ich zog Seine Exzellenz beiseite.

„Verzeihen Sie mir, ich möchte mich mit Faymé verabschieden!“

„Ich rechne es Ihnen im Gegenteil sogar hoch an!“ Der General küßte Faymé die Hand, und wir gingen unauffällig.

„Ich bin dir so dankbar, Peter! Die Menschen sind doch unangenehm, wenn sie viel getrunken haben, sagte das Mädchen unterwegs und schmiegte sich fester an mich.

„Wie schön still, wie gemütlich ist es doch bei uns . . . ich bin so glücklich, bei dir zu sein“, sagte sie zu Hause.

„Es ist bald Mitternacht, Liebste, wollen wir nicht unser Bäumchen anzünden?“

„Ja, Peter, das wollen wir.“

Die Lichter des Weihnachtsbaumes brannten, ich öffnete das Fenster. Von draußen klangen die Neujahrsglocken des Jahres 1916 durch die eisige Nacht. Ich füllte unsere Gläser mit Sekt, und wir stießen an.

„Nein, Peter, du sollst uns nichts wünschen für das neue Jahr“, und Faymé legte mir ihre Hand auf den Mund. „Können wir uns denn noch etwas wünschen?“

In dieser Nacht, als Faymé schon schlief, stand ich auf, schlich aus dem Zimmer und trat vor die brennende Lampada.

Lange blicke ich in das bärtige, ruhige Gesicht eines Heiligen. Still, mit einem unendlich gütigen Lächeln, waren die lebendigen Augen auf mich gerichtet, als wollten sie etwas sagen, auf meine stumme Frage Antwort geben . . .

Ich fürchtete mich auf einmal vor dem Schicksal, und empfand eine brennende Angst um mein großes, früher nicht gekanntes Glück, Angst wieder einsam zu werden, Angst vor dem Kommenden.

Leutselig, gütig und ruhig lächelte der bärtige Heilige zu mir hernieder.

„Fürchte dich nicht, ich bin bei dir!"

Ich lauschte dieser Stimme und empfand in der Stille, die horchend im Raum stand, wie alles um mich lautlos und unaufhaltsam dem Verfall, dem Tode entgegenging, und ich wußte, daß es dagegen keinen Halt gibt. Dem unhörbaren Ableben aber folgte genau so lautlos – unser Schicksal, das so verschwindend klein und unbedeutend ist angesichts der unendlichen Ewigkeit.

Ich kniete nieder . . .

Ich fürchtete mich dennoch . . .

Das Steinchen

Die Tage der frohen Feste waren vorbei. Die Nikitinoer verfielen wieder in die übliche Eintönigkeit und Gleichgültigkeit. Ihr Bärenschlaf ging weiter.

Nur das Gefangenenlager arbeitete mit mir an den verschiedenen Fragen und Vorbereitungen für das Frühjahr. Es mußte manches besprochen und genau festgelegt werden, um nicht etwa später mit irgendeiner Behörde in Konflikt zu geraten und die kaum erlangte Freiheit wieder einzubüßen.

Noch einer trug sich mit bemerkenswerten Plänen: mein Hauswirt. Er meldete sich eines Tages in meiner Wohnung. Nie kam er sonst zu mir, und begegneten wir uns auf der Straße oder auf dem Hof seines Hauses, so war er zu mir von einer maßlosen Ergebenheit, die schon in Unterwürfigkeit ausartete. Ich war der einzige in Nikitino, der mit dem Mann fertig wurde, denn seit unserer denkwürdigen ersten Begegnung hatte ich kein böses Wort mehr mit ihm gewechselt. Er war aber auch der einzige, der in der Zeit meiner Krankheit, als alles um mich schwankte und versank, mit unverbrüchlicher Treue Faymé und mir zur Seite stand. Ja, er erdreistete sich damals sogar, den Posten zu trotzen, ihnen den Weg zu mir zu versperren, und fürchtete sich nicht einmal vor dem Polizeihauptmann. Für ihn waren die Menschen nur „Dreck", „Gesindel", „Lumpen". Die Bewohner des Städtchens fürchteten sich vor dem Mann; man sagte diesem Sonderling bekanntlich nichts Gutes nach. Zwar stand er bei der Polizei auf der schwarzen Liste, aber man konnte ihm nichts mehr anhaben.

Wir nahmen im Wohnzimmer Platz. Das Stubenmädchen brachte meinem Gast einen kleinen Imbiß und eine Karaffe Wodka, doch er wehrte ab und schob die Flasche beiseite.

„Ich habe mir schon lange vorgenommen, nichts mehr zu trinken, aber man ist ja nur ein schwacher Mensch. Die Eintönigkeit in unserer Wildnis, das unerfreuliche Dasein macht uns alle zu Säufern."

„Was führt dich denn zu mir, Iwanowitsch?"

„Einen Rat wollte ich mir beim Barin holen. Ich habe eine grandiose Idee. Ich will mir sofort im Frühjahr ein Gasthaus für Reisende von den Gefangenen bauen lassen, und Unteroffizier Salzer soll einen genauen und ansehnlichen Plan dazu entwerfen. Ich verstehe mich ja auf dieses Fach."

Prüfend blickte ich den Mann an. Lockte ihn wieder seine Vergangenheit? Dachte er wieder an das Gasthaus im Ural, wo er mit seinem Vater die Reisenden ermordet und beraubt haben sollte? Seine grünlichen Augen funkelten, und er strich sich dabei mit abgemessenen Bewegungen den ergrauten Bart.

„Euer Hochwohlgeboren sollen wissen, daß ich nach dem Tode meines Vaters, der an einer schrecklichen, fressenden Krankheit starb, über Sibirien, Mongolei, Indien, Arabien nach dem Heiligen Grabe gewandert bin wie ein armer Pilger. Ich wanderte barfuß, Winter und Sommer, Monat für Monat, mit bloßem Kopf, nichts als kärgliche Almosen heischend, wie ich es am Sterbebett meinem Vater versprochen hatte. Ich sehe, Barin trauen mir nicht, wollen mir die Hand nicht mehr reichen – Sie tun unrecht." Er stand langsam auf, näherte sich dem Heiligenbild in der Ecke, kniete davor und berührte unter mehrmaligen Bekreuzigungen mit der Stirn den Fußboden. „Allmächtiger, gerechter Gott, vor dem ich armseliger Wurm im Staube krieche, sei mein Zeuge. Verdamme mich in alle Ewigkeit, laß das Fegefeuer der Hölle ewig mich verbrennen und martern, wenn ich nicht aus reinster Seele, mit ehrlichem Wollen ein neues Leben am Grabe deines geliebten Sohnes Jesus Christus geschworen habe zu beginnen." Schwerfällig stand er auf.

„Gut denn, Iwanowitsch, ich werde mit Salzer sprechen."

„Wenn Euer Hochwohlgeboren sich diese Mühe machen würden? Ich zahle den Gefangenen doppelt so viel Lohn, als sonst ein Russe bekommt. Salzer soll einen Entwurf machen für ein zweistöckiges Gebäude mit etwa vierzig Zimmern, einem geräumigen Speisesaal und einer ganzen Flucht von Stallungen. Ich will, wenn Barin wieder nach Petersburg zurückgekehrt sein werden, den Pelzhandel übernehmen. Ich werde dem Barin von meinem Reinverdienst durch den Fellhandel und das Gasthaus fünfundzwanzig Prozent abgeben, weil Barin schon alles eingeleitet haben und die Organisation bereits besteht. Ich werde genau über alles Buch führen, und der hiesige Notar Bachteff wird die Richtigkeit meiner Eintragungen bestätigen. Hier, meine Hand darauf, Euer Hochwohlgeboren, und außerdem schwöre ich es bei den heiligen Brüdern, den Übersetzern unserer Bibel, Cyrillus und Methodius."

Ich sagte ihm meine Hilfe zu. Erfreut verabschiedete er sich von mir unter allen Ehrenbezeigungen.

*

Die kurzen Wintertage wurden allmählich länger, die Kälte immer milder, eine schwere Zeit war überwunden.

Die „ersten Schwalben" kamen aus Sabitoje. Eine langgezogene Karawane, beladen mit Fellen und Erzeugnissen der Bauern, traf ein. Ilja Alexejeff stand strahlend vor mir, in der einen Hand hielt er ein Bündel Felle, an der andern seine Frau.

„Bruder, mein Lieber, solch eine Sehnsucht hatte ich nach dir! Wie geht es dir denn, was macht deine schöne, schwarze Frau? Hier, diese ist jetzt meine Frau", und er schob mir seine Stepanida entgegen, die entsetzlich verlegen wurde. „Wir lieben uns sehr, Bruder, wir sind auch sehr glücklich, und", fügte er unsicher hinzu, „sie ist schon in anderen Umständen, denn Gott hat sie gesegnet."

„Recht so, mein Lieber!" Und ich klopfe ihm auf die Schulter. „Was macht Sabitoje? Geht es allen gut? Habt ihr den Winter leidlich überstanden?"

„Du hast eigentlich bei uns in der ganzen Gegend Unheil angerichtet. Die Männer tun weiter nichts als auf die Jagd gehen. Und weißt du, ich war einer der ersten. Ich habe dir dieses Mal Felle mitgebracht, da wird deine Frau staunen, aber solche!" Er machte eine weitausholende Bewegung, als wollte er einen Berg umarmen. „Hier sind sie: Biber! Ein fürstliches Geschenk hast du mir im Herbst gemacht, bist ein wahrhafter Barin! Ein fürstliches Geschenk sollst du auch von einem Bauern haben. Hier, für einen Pelz für dich und deine Frau. Habe alles selbst geschossen!"

Im „Heimatwinkel" wurden die Felle der Bauern auf Tischen ausgebreitet. Weißfüchse, Silberfüchse, Biber, Marder, Zobel, Bären, Wölfe, Feh, Elche und Rentiere – was man sich nur wünschen konnte.

Die Brüder Islamkuloff kramten von überallher das Wechselgeld zusammen, zahlten und zahlten unermüdlich. Das Geld rollte, glitzerte auf dem Tisch und wetteiferte mit den Augen der Bauern. Ilja Alexejeff war unumstrittener Abgott seiner Leute.

Die Bauern und Pelzjäger, erfreut über die lang vermißten Einnahmen, aßen und tranken ausgiebig, und meine Kameraden verdienten dabei nicht schlecht. Eine neue Einnahmequelle hatte sich für sie aufgetan.

Auf dem Marktplatz und in den Kaufmannsläden wurde in diesen Tagen sehr viel umgesetzt. Die Sabitojer kauften alles in Unmengen ein, denn so viel Geld hatten sie noch nie gesehen. Sie fanden alles billig, wurden recht vergnügt und blieben einige Tage in Nikitino. Besonders hatten sie für die Erzeugnisse der Kriegsgefangenen Interesse. Ein aus Holz geschnitztes Schiff oder ein Kreuz, in eine Flasche eingelassen, waren große Weltwunder; jeder wollte eine solche Seltenheit mit nach Hause nehmen.

„Wann kommst du denn wieder zu uns?" fragte mich der Dorfälteste von Sabitoje.

„Erst im Sommer, nicht früher, meine Frau möchte nicht, daß ich allein fahre, und für sie ist es jetzt noch zu mühselig. Ich sehe außerdem, daß du jetzt die ganze Gegend mobil gemacht hast. Meine Anwesenheit ist nicht mehr nötig."

„Und wie ich alles mobil gemacht habe! Die Pelzjäger und Trapper liefern bei uns Ware ab, die sie im hohen Norden erbeuteten. Dorthin kommen wir nicht einmal. Das, was du heute gesehen hast, ist nur ein Teil, bald kommt noch mehr."

„Ich kann dir auch eine frohe Nachricht geben, Ilja. Unter den Gefangenen, die du gesehen hast, ist ein kluger, erfahrener Mann, er war in seiner Heimat, in Deutschland, Städtebauer. Der kommt bald zu euch und wird Sabitoje von der Welt abschließen, so wie du es haben wolltest, weißt du noch?"

Ich hatte nicht vergessen, was mir Ilja einst erzählte: wie er mit seinen Kameraden nach dem Russisch-Japanischen Krieg in einem zerschossenen Dorf eine alte Frau am Lagerfeuer getroffen hatte, die ihnen eine seltsame Weissagung verkündete. Ein Krieg würde kommen, der sich über die ganze Welt verbreite, unaussprechliches Elend würde die Menschheit heimsuchen, Jahre hindurch würden die Seelen der Gefallenen auf der weiten Welt umherirren und nirgends Ruhe finden. Das schwerste Leid aber würde Mütterchen Rußland erfahren, wo der „Unglaube" über das gläubige Rußland siegen würde. Und die Alte hatte sie beschworen: „Denjenigen, denen Macht über ihre Mitmenschen gegeben ist, wird befohlen, sie vor dem Verderben zu schützen, sie zu verstecken, bis der Unglaube aus dem Land gewichen ist!" Damals hatte Ilja, wie die Alte ihm befahl, den Entschluß gefaßt, Sabitoje von der Welt völlig abzuschließen, damit nicht der Geist des Bösen Einlaß finde in die ihm anvertraute Gemeinde.

Der Dorfälteste geriet in Erregung.

„Der Mann soll so bald wie möglich kommen, denn wir dürfen keine Zeit verlieren, Bruder!"

„Wann kommst du wieder nach Nikitino?"

„Am übernächsten Markttag bin ich bestimmt wieder hier!"

„Dann kannst du den Mann mitnehmen, Ilja."

Die Schlitten-Karawane war nach Sabitoje zurückgekehrt.

„Salzer", sagte ich zu dem Unteroffizier, „wollen Sie in einem Dorf arbeiten, als Baumeister? Sie werden gut bezahlt, bekommen reichlich und gut zu essen, für anständige Wohnung wird auch gesorgt."

„Auf das Geld verzichte ich, Herr Kröger, nur arbeiten will ich. Was soll ich denn bei den Bauern bauen? Ihre Hütten? Dazu brauchen sie mich nicht."

„Der Dorfälteste von Sabitoje will sein Dorf von der Welt abschließen, vollkommen isolieren. Er ist überzeugt, daß nach dem Kriege sehr, sehr schlechte Zeiten kommen, Hunger, Elend, Epidemien und gewaltige Unruhen. Er fühlt sich als Oberhaupt verpflichtet, seine Mitmenschen davor zu bewahren. Aus diesem Grunde will er die Zufahrtswege ins Dorf verwischen und sicherlich das Dorf durch Wälle in irgendeiner Weise befestigen."

„Das interessiert mich außerordentlich. Ich gehe gern hin. Werde ich dort als Deutscher allein sein?"

„Nein, später kommen viele Ihrer Kameraden hin."

Ilja Alexejeff kam am verabredeten Tage.

Unteroffizier Salzer steht ihm gegenüber. Sie reichen sich die Hände. Sie sind keine Feinde. Der Russe nimmt die wenigen Habseligkeiten Salzers und legt sie in den Schlitten. Beide kommen auf mich zu. Wir verabschieden uns. Ilja bettet Salzer mit Sorgfalt, als sei er ein Mädchen, in den Schlitten, bedeckt ihn mit vielen Hundefellmänteln, winkt mir zu und ruft noch ein paarmal „Dank, Dank!" zurück.

*

Nur wenige Tage kämpfte der Winter mit dem Frühling. Das wütende Schneegestöber versuchte, immer wieder neue Schneemassen über das Land zu streuen, doch als die Sonne sich dann durch die jagenden Wolkenmassen Bahn brach, setzte plötzlich Tauwetter ein. Aus den Schneemassen kamen unzählige kleine Bächlein geströmt, sie vereinigten sich zu einem kleinen Fluß, er wuchs zusehends, schwoll über Nacht zu einem Strom an, von allen Seiten strömten neue Wassermassen hinzu, donnernd und krachend barst das meterdicke Eis, und der Fluß trat in ungezähmter Gewalt aus den Ufern. So weit das Auge sehen konnte, war die ganze Gegend überschwemmt. Krachend, pfeifend und dröhnend polterten die Eisblöcke übereinander, das Eis staute sich, riß Bäume heraus und schleppte mit unglaublicher Wucht alles fort, was sich ihm hindernd in den Weg legte. Manche ungesehene Tragödie spielte sich ab. Menschen und Tiere ertranken in den plötzlich sich hinwälzenden Fluten.

Jeden Tag brannte die Sonne, immer höher und höher stieg sie am Horizont über den Wald. Es war Mitte April. Die Wassermassen verrauschten allmählich. Sie hatten den Segen der neuen Ernte gebracht.

Der junge Frühling kam ins Land gezogen. Er hatte eine bunte, flatternde Hose, blondes, wehendes Haar und lachende Augen. Er steckte seine Hände tief in die weiten Taschen und streute über die weite Fläche in seinem Übermut viele kleine, bunte Blumen.

Auf den aufgewühlten, endlosen Waldstraßen zogen wieder die kleinen Pferdchen mühsam die primitiven Gefährte. Der Schmutz reichte ihnen wie gewöhnlich bis an die Knie. Nur in Nikitino gab es diesen Dreck nicht mehr, denn die Straßen wurden jetzt immer sauber gehalten.

Der Marktplatz von Nikitino wurde wieder eine Sehenswürdigkeit. Russen, Tataren, Lappen, Wogulen, Sirjenen, Ostjaken, Samojeden, Tungusen und Burjäten liefen, redeten, gestikulierten hier durcheinander.

Einen ungeahnten Aufschwung erlebten der Fellhandel und der Verkauf sämtlicher Erzeugnisse der fleißigen Hände. Ich wurde buchstäblich mit Waren aller Art zugeschüttet. Der „Heimatwinkel“ wurde jetzt nicht nur an den Markttagen, sondern täglich für die vielen Angereisten freigehalten. Dort übernachteten viele, dort wurde gegessen, getrunken, dort war man recht fröhlich. Ganze Karawanen umstanden das Haus, um sie gruppierten sich Männer, Frauen, Kinder, Hunde und Rinder, und es herrschte ein Leben wie in einem Bienenhaus.

Auf dem Marktplatz steht Ilja Alexejeff. In der Hand hält er einen Zettel mit den steilen Schriftzügen des Unteroffiziers Salzer. Es ist ein Verzeichnis der einzukaufenden Gegenstände. Die Sabitojer dürfen jetzt nicht mehr beliebig über ihr Geld verfügen und es sinnlos ausgeben, jeder muß das kaufen, was ihm selbst und der Allgemeinheit von Nutzen ist. Ilja Alexejeff und Salzer sind richtige Diktatoren geworden. Mit Genauigkeit und Organisationsgabe hat Salzer einen bis ins kleinste ausgearbeiteten Plan entwickelt, der jetzt in die Praxis umgesetzt werden soll.

Erst wurden verschiedene landwirtschaftliche Geräte gekauft, jetzt geht man an den Kauf von Vieh. Mit kundiger Hand werden Kühe, Kälber, Schafe, Schweine, Pferde ausgesucht und nach hartnäckigem Handeln gekauft. Mit neidischen Augen sehen die andern, die früher für die ärmsten Bauern nur ein wegwerfendes Wort hatten, wie sie sich jetzt eine schöne Kuh, ein strammes, sattes Pferd oder irgendein anderes prächtiges Stück Vieh kaufen können.

Der dritte Sammelplatz der Bauern und Zugereisten ist das kleine Postamt; auch hier stehen viele Gefährte. Neben ihnen, auf ihnen, um sie herum liegende, stehende, schlafende, erzählende Bauern, ihre Frauen und Kinder. Ein lautes Durcheinander von menschlichen und tierischen Stimmen, ein Rufen, Schreien, Bellen, Muhen, Meckern.

„Wird hier in die Gefangenschaft geschrieben?“ fragt ein Bauer.

„Ja, Väterchen, dort im Postamt. Wir müssen warten, bis er kommt.“

„Wer ist denn ‚er‘?“

„Ein Deutscher ist es, ein Mann wie wir alle, genau so ein Mensch, auch weiß ist er, nicht schwarz, wie man uns immer erzählt hat, nur sehr groß ist er und spricht so klar, man versteht ihn gut.“

„Seht, seht! Da kommt er, das ist er!“

Ich bin über einen Kopf größer als die klein gewachsenen Menschen. Sie sehen mir alle entgegen, neugierig, erwartungsvoll, ja mit Angst. Neben mir geht der Polizeihauptmann.

„Geht auseinander, Brüder, wir müssen hier durch!“ sagt Iwan Iwanowitsch mit dröhnender, zufriedener Bruststimme.

„Postverwalter! Herkommen! Wollte mal sehen, ob bei dir hier auch alles richtig organisiert ist. Wollte mal hören, ob deine Beamten das Volk immer noch anbrüllen. Nun, Fedja, mit Gott an die Arbeit!“ Und der Allgewaltige bricht sich Bahn durch die Menschenmenge.

Im geräumigen Zimmer, das zur Abfertigung der Bauern dient, sitzen an vier Tischen acht junge Postbeamte, die eifrig Feldpostkarten schreiben. Das Geratter der Schreibmaschinen ist etwas Neues, Ungewohntes.

Rasch hatten sie die deutschen Buchstaben gelernt und waren jetzt in der Lage, fehlerfrei die Adressen zu schreiben. Die Arbeit ging flott vorwärts, so daß ich nur die Richtigkeit der geschriebenen Adressen nachzuprüfen und in einzelnen Fällen Verbesserungen vorzunehmen hatte.

Anfangs ging es nur sehr mühselig vonstatten, denn die Bauern kannten nicht einmal die gewöhnlichsten Redewendungen. Ihre Bitte gipfelte in der Übermittlung von „Grüßen“. Der Vater, die Mutter, die Schwester, der Bruder, soundsoviele Tanten, Nichten, Neffen „ließen grüßen“, das war alles, und es bedeutete für den Empfänger, daß die Genannten noch am Leben waren.

„Schreibt doch lieber, was sich bei euch im Dorf inzwischen ereignet hat, wie es euch geht, was inzwischen Neues im Haushalt passiert ist, denn das alles wird ihn mehr interessieren als Grüße“, riet ich den verdutzten Bauern.

„Die braune, kleine Kuh hat gekalbt . . . die Kartoffeln stehen dieses Jahr sehr gut . . . der Hafer ist zum Teil durch die Hitze verbrannt . . . der Hühnerstall ist vergrößert worden . . . Du hast noch einen Bruder bekommen, er heißt

Alexander, er ist schon getauft und wird ein strammer Junge . . .", kam es dann schüchtern, stoßweise.

Die Finger jagen über die Tasten der Schreibmaschine, aus dem knatternden Gefüge entschlüpft eine saubere Karte, deutliche deutsche Buchstaben werden gesetzt, Name, Regiment, Bataillon, Rotte, Ort, Lager, Baracke – fertig! Ich reiche dem Betreffenden die Karte hin.

Ängstlich und kleinlaut kamen sie zu mir . . . kleine Gestalten, dürftig angezogen, kaum der Jahreszeit entsprechend. Die Männer mit dickem, struppigem Haar, auf dem Kopf auch im brennendheißen Sommer die dicke Pelzmütze, das Russenhemd mit gestickten Borten und an der Seite des Halses liegendem Schlitz mit Knöpfen, ein Leibgurt oder eine einfache Schnur um die Hüften. Geflickte und übergeflickte Hosen, an den Knien weit ausgebeult und schon wieder zerrissen, an den Füßen lange Filzstiefel. Frauen in bunten, sogar fröhlichen Kleidern, die oberhalb des Busens zusammengeschnürt waren, auf dem Kopf ein ebenfalls buntes Tuch, unter dem kastanienbraunes oder blondes Haar hervorlugte. Auch sie hatten teils Schaftstiefel, teils gute Schuhe, meist aber „Lapti", Schuhe aus geflochtener Birkenrinde. Oft waren sie auch barfuß wie ihre Kinder und Männer. Fast alle hatten jene klaren, etwas traurigen Augen, die wir bei diesem Volke so oft finden.

In ihren Händen halten sie ihr Heiligtum – eine Feldpostkarte; ein Lebenszeichen eines Mannes, der einst unter ihnen weilte, der ihre verborgenen Winkelchen in den weiten Wäldern kannte, der einst mit ihnen traurige Lieder, ausgelassen-fröhliche Worte sang. Nun ist er fort von ihnen. Sie glaubten ihn schon tot, doch er lebte, und wenn auch seine unkundige Hand mit den unbeholfenen Fingern nicht schreiben konnte, so hat sich eine andere gütige Hand gefunden, die mit unendlicher Mühe kaum leserliche Buchstaben hingemalt hat. Er ist gefangen! Im Lande der Feinde! Entsetzen starrt aus jedem Buchstaben. Ist das Leben dort denn überhaupt noch möglich, ist es nicht eine Qual, unaussprechliches Leid? Sie haben vom Popen und aus den

Zeitungen von haarsträubenden Greueltaten der Feinde gehört, die Dörfer und Menschen verbrannten, Kinder fraßen, Hundsköpfe trugen, fremde Sprachen sprachen. Und in solch einem Lande ist er gefangen! Verzweifelt sinken sie in ihren kümmerlichen Hütten vor den Heiligenbildern auf die Knie, und ihre Angst kennt keine Grenzen, ihr Gebet um Errettung der Seelen der armen Gefangenen wird nie enden.

Sie kamen zu mir, ängstlich und kleinlaut . . .

Ich war ja ein Deutscher! Ein Schrecken war ich! Der Leibhaftige selber!

Zögernd und schüchtern reichten sie mir ihr Heiligtum, die schmutzige, oft tagelang auf der Brust aufbewahrte Feldpostkarte, sie war noch warm von ihrem Körper. Ängstliche, wachende Augen lagen beständig auf diesem Stückchen Papier, aber ihre Augen sagten mir zugleich: vergib uns, daß wir zweifeln, vergib, denn wir alle sind unwissend. Schüchtern, flüsternd erzählten sie: „Die kleine braune Kuh hat gekalbt . . . die Haferernte ist schlecht . . . Du hast noch einen Bruder bekommen, er heißt Alexander, er ist schon getauft . . .“

So stehen sie vor mir, ängstlich und bittend, und ich blicke ihnen in die schönen, traurigen Augen, ich, ein Mann mit glattrasiertem Gesicht, in Großstadtkleidung, die sie noch nie gesehen haben.

Ich reiche der vor mir stehenden Frau die geschriebene Antwortkarte hin. Zögernd fassen kleine, schwielige, verkrümmte Finger danach.

„Fertig. Du kannst die Karte in den Briefkasten werfen.“

„Was soll ich dir denn geben für deine unendliche Mühe und Liebe?“ Sie haben Angst, nicht bezahlen zu können mit dem Geld, von dem sie immer so wenig haben. Sie fürchten, sie müssen die Karte wieder abgeben, ohne demjenigen ein Lebenszeichen geben zu können, der mit brennender Sehnsucht darauf wartet. Es ist der Mann, der Vater des Kindes, das die Frau auf dem Arm trägt.

„Nichts sollst du mir geben, Mütterchen!“ Und wieder blicken mich diese traurigen, hellen Augen an, und ich sehe in ihnen eine unermeßliche Freude aufsteigen.

„Nein, ich will dich nicht unbeschenkt lassen, mein Lieber“, und knochige, runzlige Finger versuchen, in die Tasche des weiten Rockes zu greifen, um mir wenigstens ein Ei ihrer kleinen, verwahrlosten Henne zu schenken.

Kurz entschlossen nehme ich das Kind von den Armen der Mutter und sehe für Sekunden entsetzte, entgeisterte Augen auf mich und das Kind gerichtet. – Die Deutschen fressen Kinder – zuckt es im Gehirn, aber das Kind lacht so laut und übermütig, greift so energisch nach meinem Ohr, meiner Nase, daß ich lache und die vielen bangen Mütter einen Seufzer der Erleichterung ausstoßen.

Sie gehen von mir mit ihrem Kleinod in den Händen, der Postkarte, legen sie vorsichtig in den Briefkasten und schweigen.

Über das weite Land wird geflüstert von einem Riesen, einem Deutschen, der lachend ein Kind auf den Händen hält, damit spielt, der „in die Gefangenschaft so zu schreiben versteht, daß man Antwort bekommt“, und der nichts dafür verlangt.

Das Flüstern geht weit über die wilden Wälder und Flüsse, das Brachland und die Seen.

*

Ein Bauer kommt zu mir. Er ist einfach angezogen, aber sein Gesicht strahlt.

„Barin, du hast meiner Frau so viele Handarbeiten, Leinen und Klöppelspitzen abgekauft, daß ich mir ein neues Haus bauen kann. Ich bringe dir ein Geschenk. Es ist ein Hund oder gar ein Jungwolf. Ein Mann in unserm Dorf, der sich auf Zauberei versteht, hat das Tier besprochen; es wird dir immer treu bleiben und dich in Gefahr schützen wie ein Freund.“

Aus einem Sack holt der Bauer einen hellgrauen Hund hervor. Das Tier ist scheu und verkriecht sich sofort unter die Möbel. Es scheint ein junger Schäferhund zu sein. Er hat lange Beine und ist entsetzlich mager.

Nach geraumer Zeit treibt der Hunger das Tier aus dem Versteck heraus, und er beginnt lange und ausgiebig zu fressen. Ich gebe ihm den Namen „Strolch“, denn nach dem Fressen strolcht er erst durch die ganze Wohnung, beschnüffelt alles, und erst dann hält er seinen Mittagsschlaf.

Die anschließenden Tage strolcht er mit mir im ganzen Gelände umher, beschnüffelt jeden einzelnen, der an mich herantritt, für alles hat er Interesse, überall steckt er seine junge Nase hinein, verfolgt meine Hühner, Gänse und Enten und bellt erfreut, wenn die Vögel mit entsetzlichem Gackern davonjagen. Der Hund ist sehr gefräßig, auch schläft er sehr viel, und so verschwinden allmählich seine starren Rippen, denn er hat besonders zu meiner Köchin Natascha eine sehr große Sympathie gefaßt.

*

Mit ungeheurer Energie wurde jetzt im Frühjahr wieder das Bauen der Häuser aufgenommen. Kaum, daß die ersten Sonnenstrahlen hinter dem Walde hervorlugten, sägten sich schon die Maschinen mit dem blanken, gezähnten Stahl wieder in den Wald hinein. Haus reihte sich an Haus. Jeder, der wirklich fleißig sein wollte, fand genügend Arbeit und ein gutes Stück Geld.

Für die Kriegsgefangenen kam endlich der langersehnte Tag. Sie wurden aus dem Lager entlassen und konnten in Nikitino und in den umliegenden Dörfern arbeiten.

Sabitoje forderte fast vierhundert Gefangene an.

In der strahlenden, wärmenden Frühlingssonne standen sie in Gruppen vor dem Lager, vor jedem lag ein kleines Bündel – ihre Habseligkeiten, ihr ganzer Reichtum.

Es ertönt ein Kommando, die Reihen ordnen sich, ein neues Kommando, und im Gleichschritt, wie einst zur Front, geht es jetzt – zur Arbeit. Die Reihen gehen an mir vorbei, sie grüßen mich durch straffe Haltung, und schon sind sie hinter der ersten Waldbiegung verschwunden.

Ich halte in der Hand einen Zettel, ein Verzeichnis dieser Männer. Werde ich sie wiedersehen? Wir haben in treuer Kameradschaft schwere Monate hindurch zueinander gehalten, jeder hat für das Allgemeinwohl sein Bestes beigetragen. Wir haben uns aneinander gewöhnt, und nun müssen wir Abschied voneinander nehmen. Das Lager leert sich immer mehr; tagsüber ist es nun völlig leer, jeder hat jetzt seine Arbeit.

Der Hof des Lagers ist wie ausgestorben. In der Sonne sitzt, über eine Liste gebeugt, an einem selbstgezimmerten Tisch der Feldwebel. Er hat seine Mütze auf die Tischkante gelegt, die Uniform aufgeknöpft. Als er mich kommen sieht, beeilt er sich, die Uniform zuzuknöpfen und die Militärmütze aufzusetzen. Er salutiert; nicht ein Muskel seines Gesichtes zuckt, nichts verrät unsere gegenseitige Freundschaft. Schweren Herzens legt er auf mein Verlangen die Mütze wieder zur Seite, zieht den Waffenrock aus, krempelt sich die Hemdsärmel hoch und zündet sich eine Zigarre an. So etwas ist ganz gegen seine Militärwürde.

„Es ist recht leer und einsam geworden, mein Lieber."

„Ja, Herr Kröger, aber es ist eine Freude, die Kameraden bei der Arbeit zu sehen, denn sie sind ausgelassen wie Kinder. Sie haben sich in der letzten Zeit glänzend erholt. Ich habe mir so etwas gar nicht vorstellen können."

Mein Finger gleitet die Liste der Namen entlang.

„Sie suchen Dájos, nicht wahr, Herr Kröger?"

„Ja, richtig, wo ist er hingekommen?"

„Er und seine Leute? Alle sind hiergeblieben! Sie haben sich gar nicht zur Feldarbeit gemeldet. Ich habe aber dem Dájos mein Wort gegeben, nicht zu sagen, warum sie alle geblieben sind." Er zieht seine Uhr hervor, lächelt und sagt: „Wenn Sie vielleicht Zeit haben, eine kleine Viertelstunde zu warten, dann werden Sie ihn sehen; er gibt gerade den beiden Töchtern des Postverwalters Klavierunterricht."

„Sie haben Ihre Uhr gravieren lassen? Zeigen Sie doch bitte her."

Umständlich löst er die Uhr von der Kette und reicht sie mir hin. „Weltkrieg 1914–...“, hinter der Jahreszahl ist ein Strich und ein freier Raum, um das Ende des Krieges nachträglich eingravieren zu können.

„Sie haben in der letzten Zeit recht viel zu arbeiten gehabt“, sage ich, „wollen Sie nicht einige Zeit das Kommando abgeben? Jetzt ist das Lager ja leer, und diejenigen, die in Nikitino arbeiten, können gut durch Unteroffizier John kontrolliert werden.“

„Ich habe mit meinem Urlaub nie was Rechtes anfangen können. Auch in Berlin war es schon so. Ich ging Unter den Linden spazieren . . . besuchte die Museen . . . ging auch mal ins Theater oder in ein Kino, aber ich hatte keine richtige Freude daran. Ohne Dienst ist es doch sehr sonderbar für mich: ich habe dann immer das Empfinden, als hätte ich die Schule geschwänzt. Überhaupt . . .“

Er ordnet immer wieder das Verzeichnis der zur Feldarbeit beorderten Kameraden und ist plötzlich völlig in Gedanken versunken. Woran denkt der Mann? Denkt er an jemand, dessen Namen er nicht aussprechen will? Ich lege ihm meine Hand auf den Arm und will ihn danach fragen.

„Melde gehorsamst, Gefreiter Dájos Mihaly vom Unterricht zurück.“

Der Feldwebel holt die Uhr hervor. Sie zeigt etliche Minuten Verspätung. Vor uns steht der Ungar. Er scheint gelaufen zu sein, denn er ist ganz außer Atem. Im Arm hält er ein Paket, das er beim Rapportieren nirgends unterzubringen weiß. Sein Gesicht ist ernst, obwohl es um die Mundwinkel von zurückgehaltenen Worten zuckt. Das strenge Auge des Feldwebels wird milder.

„Er kommt immer zu spät“, meint er, „aber sehen Sie sich den Kerl bitte mal an. Ich kann ihm nicht böse sein. Noch nie habe ich ihn bei schlechter Laune getroffen, immer ist er lustig, immer bereit, mit seinen Kameraden das Letzte, was er hat, zu teilen. – Wegtreten!“ unterbricht er sich barsch.

„Ich habe Sie auf der Liste gesucht, aber Sie sind ja in Nikitino geblieben, Dájos!“ wende ich mich an den Ungarn.

„Herr Kröger, meine Kameraden und ich haben alle gesagt, wir bleiben in Nikitino, denn Herr Kröger hat uns doch Musikinstrumente geschenkt, und . . . Sie haben ja sonst auch keine Freude . . . wir wollen Ihnen etwas musizieren, Sie lieben doch sehr Musik. Und wenn wir hier alle verrecken sollten, wir bleiben bei Ihnen, Herr Kröger!“

Der Ungar ergreift meine Hand mit beiden Händen.

Das Paket hat sich dank der schlechten und anscheinend eiligen Verschnürung geöffnet. Dájos macht es vollends auf und zeigt uns die Herrlichkeiten. Es sind ein ansehnliches Stück Braten, ein paar Würste, Kuchen, Zigaretten und drei Paar Socken.

„Alles Frauen, die mich lieben, alles Frauen, Geschenke, schön!“ sagt Dájos und freut sich selbst darüber. „Hier, Herr Feldwebel, haben Sie Socken von schönen Frauen, Braten, von schöner Hand zubereitet, und Kuchen, so süß wie Küsse.“ In die offenen Hände des überraschten Feldwebels legt Dájos die Geschenke. „Nehmen Sie alles, denn ich bekomme immer etwas geschenkt. Die Frauen lieben mich sehr, weil ich so schwarzes Haar habe und geigen kann. Sie sind alle verliebt, alle, und sie lachen mich immer an, wenn ich sie ansehe.“

*

In diesem Frühjahr erlebte Nikitino eine Sensation – das Kino!

Nach unendlichen Mühen war es mir gelungen, die ganze Apparatur und die nötigen Maschinen zu beschaffen und nach Nikitino zu bringen. Es wurde alles in Teile zerlegt und mühselig mit Pferdefuhrwerken von der Bahn herübergeschafft.

Das Kino stand. Es war ein kleines Haus mit zweihundert Sitzplätzen. Vorn war ein kleiner Aufenthaltsraum und die Kasse, dahinter der Maschinen- und Vorführraum, aus Beton und Steinen erbaut.

In den ersten Tagen war der Andrang derart stark, daß die Vorstellungen unter ständiger polizeilicher Aufsicht stattfinden mußten. Bei der Eröffnung wehten Fahnen, die gesamte Bevölkerung, ob jung oder alt, war zugegen. Das ganze Haus wackelte, wie es viele voller Angst behaupteten. In die Kasse regnete es Münzen. Einer der Gebrüder Islamkuloff saß hinter dem Fensterchen, und durch seine kleinen Tatarenhände glitten die vielen Münzen, obwohl seine Augen und das Gesicht nur das ewig verbindliche Lächeln zeigten.

Die Neugier der Bevölkerung war so groß, daß man viele nur mit Polizeigewalt aus dem Kino entfernen konnte. Sie wollten immer wieder von neuem alles sehen, ohne überhaupt nur entfernt den richtigen Zusammenhang des vorgeführten Films zu verstehen. Sie starrten die sich bewegenden Bilder auf der Leinwand im wahren Sinne des Wortes „mit offenem Munde" an. Ihr Erstaunen nahm kein Ende, und keiner unterließ es, vor Verlassen des Kinos ungläubig und neugierig hinter die Leinwand zu gucken.

Nicht weniger interessant war aber auch die elektrische Beleuchtung. So etwas hatten die meisten noch nie gesehen, und wenn diejenigen, die schon im Kino gewesen waren, es den andern erzählten, so glaubten diese einfach nicht, daß so etwas überhaupt möglich wäre. Sie rannten nur deshalb ins Kino, bis alle dieses Weltwunder mit eigenen Augen bestaunt hatten. Die besonders Ungläubigen und Mißtrauischen versuchten unentwegt, das elektrische Licht in den Birnen auszublasen, was unendliche begeisterte Lachsalven der übrigen auslöste. Als aber einige eine mangelhaft isolierte Stelle berührten und durch den erhaltenen Schlag zurückprallten, schüttelten sie sehr verwundert und bedächtig die Köpfe – sie hatten ganz große Achtung vor dem „kalten" Licht. Schweigend, wie abwesend, anscheinend die ungeheuerlichsten Probleme über das Geschehene wälzend, gingen sie aus dem Kino. In der Ferne blieben sie stehen und guckten sich wiederholt danach um.

In dem Maschinen- und Vorführraum waren nur gefangene Kameraden beschäftigt, die sehr schnell die nicht allzu komplizierte Vorführungsmaschinerie erfaßt hatten.

Nach Plänen des Unteroffiziers Salzer wurde auch das von allen langersehnte „Café“ gebaut.

Salzer war aus Sabitoje zurückgekehrt. Unser Wiedersehen war sehr herzlich. Er hatte sich gut erholt, und auf meine Fragen, ob er sich in Sabitoje wohlfühle, konnte er nur freudestrahlend erwidern, daß er sich eine so glückliche Lösung nicht im entferntesten ausgemalt hätte.

„Ich habe ein kleines Häuschen, das ich allein bewohne, ich erhalte das Beste zu essen und werde wirklich auf Händen getragen. Auch die Kameraden, die jetzt nach Sabitoje gekommen sind, haben es außerordentlich gut. Der Dorfälteste und ich sind Freunde geworden. Von meinen Vorschlägen über das Abschließen des Dorfes von der Außenwelt ist er begeistert. Die Arbeit hat bereits begonnen, und ich freue mich mächtig darüber. Und auch für Sie, Herr Kröger, bereitet Sabitoje eine Überraschung vor. Sie ist wohl in unsern Augen etwas naiv, aber doch gut gemeint. Ich darf Ihnen aber nichts verraten, Sie sollen es selber sehen, wenn es fertig sein wird.“

Unter den geschickten Händen und unter der Anleitung dieses klugen Mannes wurde der Bau für das Kaffeehaus begonnen. Doch Salzer mußte zugleich auch an dem Gasthaus meines Hauswirtes arbeiten.

Das Café hatte ein kräftiges Fundament, dort waren Geschirrabwaschvorrichtungen, der Eiskeller und eine Anrichte mit einem kleinen Drahtseil-Aufzug untergebracht. Das Gebäude selbst war ein Mehreck im Blockhausstil, mit vielen kleinen Fenstern. In der Mitte lag eine Parkett-Tanzfläche, auf der gegenüberliegenden Seite des Eingangs befand sich das Podium für die Kapelle. Vor dem Eingang war eine überdachte große Terrasse, die auch bei Regenwetter das Sitzen im Freien ermöglichte.

Der Bau lag auf einer kleinen Anhöhe am Fluß, etwa eine Viertelstunde außerhalb des Städtchens. Man konnte aus den Fenstern weit in die Ferne, über den Fluß, seine Windungen, über die eintönigen Wiesen und den nahen Wald blicken.

Dájos Mihaly war eifrig bemüht, seine Kapelle zu vergrößern. Um dem Geschmack der Einwohner zu genügen, wurden jetzt Bläser herangebildet. Vielen kam es nämlich mehr auf das laute als auf das gute Musizieren an.

Schließlich war noch eine weitere Gruppe von Kriegsgefangenen bei der Arbeit, das Ufer des Flusses zu planieren, Steine fortzuräumen und einen Badestrand einzurichten.

Ganz Nikitino war auf den Beinen!

Abends, wenn überall die Arbeit ruhte, hörte man ein bisher unbekanntes Geräusch: das puffende Stampfen des Dieselmotors im Kino.

Die ewige Stille der Wildnis horchte auf.

*

Inmitten des neuen Lebens dachte ich wieder an meinen alten Freund, den Riesen Stepan, und versuchte, sein Schicksal auf irgendeine Art durch Iwan Iwanowitsch zu mildern. Doch für derartige Angelegenheiten hatte der Polizeihauptmann gar kein Verständnis.

„Wie kannst du nur für einen Verbrecher eintreten! Er ist doch nur ein Vieh in menschlicher Gestalt. Man kann ihm höchstens wünschen, daß das Schicksal ihn recht bald erlöst. Ausgeschlossen, mein Lieber, ganz ausgeschlossen, daß ich nur einen einzigen Strich für derartige Subjekte tue. Ich versündige mich ja an meinen Mitmenschen!“

„Aber Iwan, ich war doch auch zum Verbrecher gestempelt, und alle fürchteten sich vor mir, als ich um Arbeit im Städtchen bettelte, das weißt du doch!“

„Ja, bei dir ist es auch etwas anderes, das ist gar kein Vergleich!“

„Wieso denn? Ich habe nach deinen Akten und Zeugenaussagen angeblich auch getötet. Jetzt fürchtet sich keiner mehr vor diesem Subjekt.“

„Wenn man dich so reden hört, Fedja, dann fängt man wirklich an, an deinem normalen Menschenverstand zu zweifeln. Nimm mir diese Worte nicht übel, aber ich habe recht, das mußt du doch einsehen!“

Jede weitere Diskussion lehnte er entschieden ab und wollte nichts mehr davon wissen.

Ich wandte mich deshalb erneut an meine Freunde in Petersburg, bat, für Stepan Revision einzulegen, und bestätigte wiederholt die Harmlosigkeit seines Charakters. Auch informierte ich alle Bekannten, daß, falls Stepans Frau sich an einen von ihnen wenden sollte, sie unbedingt mit Geld und Rat zu unterstützen, gegebenenfalls zu mir nach Nikitino zu dirigieren sei. Ich hoffte immer noch, Stepan und Marusja auf irgendeine Weise helfen zu können, denn beide kannten meine alte Petersburger Adresse, an die sie sich jederzeit wenden konnten. Ich hatte sie ihnen damals mehrfach eingeschärft.

Kurze Zeit danach erhielt ich die kategorische Rückäußerung, daß eine Revision für Stepan völlig zwecklos sei, und mildernde Umstände irgendwelcher Art beim besten Willen nicht angewandt werden könnten.

„Siehst du, Fedja, wer hat recht gehabt? Ich kenne die Gesetze unseres Landes. Alles Auflehnen dagegen nützt nichts.“

„Und doch versuche ich es immer wieder, Iwan.“

„Ihr Deutschen seid hartnäckig. Vor Tatsachen habt ihr nicht den geringsten Respekt, und ihr klügelt immer wieder etwas Neues heraus. Du mußt die Verurteilung zum Zuchthaus als eine Tatsache ansehen, etwa so, als wenn du mit einem Stein nach einem Glase schmeißen würdest. Resultat: das Glas geht entzwei, der Stein bleibt ganz – und das ist eine feststehende Tatsache.“

„Nimmst du aber einen kleinen Stein und wirfst ihn nach einem dicken Glas, so geht das Glas doch nicht entzwei – was fängst du dann mit deiner feststehenden Tatsache an?“

„Nein, Fedja, du bist doch . . . lieber sage ich nichts, aber denken kannst du dir um so mehr", und mißmutig wandte sich der Hauptmann von mir ab. Wir kamen vorläufig nicht wieder auf das Thema zu sprechen.

Ich war eines Tages mit der modernen Sägemaschine beschäftigt, die nach guter Leistung im Walde plötzlich nicht recht funktionieren wollte. Es dauerte eine ganze Zeit, bis ich sie wieder in Ordnung hatte. Schweigsam und in Gedanken versunken, ganz in meiner Nähe, saß der Hauptmann auf einem Baumstamm. Zerstreut sah er mir bei der Arbeit zu. Er hatte lange im Walde nach mir gesucht, bis ihm die Arbeiter den Weg zu mir zeigten.

Ehrfurchtsvoll und schweigsam standen die Männer herum, denn sie konnten sich das lange Verharren des Allmächtigen nicht recht deuten. So kannten sie ihn alle noch nicht. Wenn der Hauptmann seine Mütze abnahm, sich den Schweiß abwischte und tief Atem holte, fühlten sich alle in seiner Nähe winzig klein und wünschten sich, hier nicht stehen zu müssen.

Als ich die reparierte Maschine den Männern übergab, stand der Hauptmann auf.

„Komm!" Und sein Arm legte sich mir schwer auf die Schulter. Wir gingen einige Schritte abseits. „Komm, laß uns hier niedersitzen, bitte", sagte er. Wir nahmen Platz auf einem Holzstoß.

„Kröger, du hast mir den Glauben genommen. Mein Stein hat das Glas nicht zertrümmert, sondern er selbst ist entzweigegangen. Dein kleines Steinchen aber hat das dicke Glas zerschlagen . . ."

Ich mußte an das kleine Steinchen denken, das ich als Schwerverbrecher mit mir führte, in den Mund nahm, wenn der Durst mich quälte, und das mir das Leben gerettet hatte. Es hatte das große Schicksal anscheinend auch bezwungen, das mir einst unabwendbar vorkam.

Iwan blickte auf seine Schuhe, schob mit dem Fuß kleine Zweige beiseite, musterte eingehend seine Hände, dann sah er streng zu mir herüber.

„Dein Steinchen, Fedja, hat meinen großen Stein zu

Staub gemacht. Meine so mühselig konstruierten Hypothesen, Grundsätze, Gesetze, die ich mir auf der Schule eingepaukt und als Mann im Leben aufgestellt habe, hast du, nüchterner Europäer, vernichtet! In meinen eigenen Augen bin ich jetzt nur noch ein Kümmerling, ein lächerlicher Phantast. Was willst du noch mehr? Kann ich noch ehrlicher, noch rückhaltloser zu dir sein? . . . Stepan wird begnadigt! Er wird an die Front geschickt . . . Er soll sich als vollwertiger Mensch bewähren."

„Das ist doch ein Ausnahmefall, eine rein individuelle, besonders befürwortete Behandlung eines solchen Verbrecherfalles, Iwan . . ."

„Fedja", unterbrach er mich, „Stepan ist dein Freund, du sagtest es selbst, und ich, ein Polizeihauptmann, wollte auch dein Freund sein. Ich wollte mich auf die gleiche Stufe mit dir stellen. Ich war wütend, als du mir sagtest, Stepan sei dein Freund. Ein Sträfling, ein vielfacher, ruchloser Verbrecher! Welche Gegenüberstellung zu einem Zarenoffizier! Jetzt sehe ich klar, du kannst auch Stepan deinen Freund nennen, genau so wie mich, denn weder ich noch er sind dir gleich. Du bist uns beiden überlegen. Keiner, der dich kennt, und in Nikitino kennt dich jeder, hat je ein böses Wort für dich gehabt. Und wie sieht es um mich aus? Nichts als Furcht beherrscht die Menschen, wenn ich irgendwo erscheine! Furcht vor mir und vor meiner Uniform! Keiner vermutet, daß mir selber diese Uniform verhaßter ist als die Sünde, als das Leben in dieser gottverdammten Wildnis. Keiner würde mir glauben, daß ich ein Mensch mit gleichen Gefühlen bin wie die andern. Ich bin und bleibe eben für alle ein verhaßter Polizist.

Du hast mir Geld geschenkt, kaum daß wir uns kennengelernt hatten. Du hast mir Uniformen, Schuhe machen lassen, denn ich war zerlumpt, zerrissen wie ein Strolch, ein Vagabund, und sollte doch ein Hauptmann der Zarenpolizei sein. Du schenkst mir immer wieder Geld, ich habe mich nun recht behaglich eingerichtet, schwelge im unverdienten Überfluß, meine Frau leistet sich alles, was sie will und wozu man in Nikitino nur Lust hat. Du hast meine Leidenschaft zu trinken, wenn auch ungewollt, bis zum Saufen gesteigert, hast mir Auszeichnungen bei der Behörde durch kleine, harmlose Schliche verschafft, auf die ich selbst nie im Leben gekommen wäre. Bin ich nach alledem noch dein Freund, Fedja? Kann ich es denn überhaupt noch sein? Ich war vom ersten Augenblick an nur dein Knecht, der durch seine Trunksucht und seine Sehnsucht nach Ordnung, Sauberkeit und Behaglichkeit dir völlig ausgeliefert, ja hörig ist. Deine anständige Gesinnung läßt es mich zwar nicht merken, aber ich fühle es, Fedja. Sag selbst, ist das nicht alles grenzenlos kläglich, ja erbärmlich?"

„Du bist heute recht pessimistisch gestimmt, mein Lieber. Warum willst du denn nicht an meine ehrlichen, aufrichtigen Gefühle glauben?"

„Du bist immer ein Freund von rückhaltloser Ehrlichkeit gewesen. Gut denn, ich glaube es dir mit schwerem Herzen. In einer Freundschaft gibt es aber immer einen, der befiehlt, und einen, der gehorcht. Verlasse mich deshalb nicht, Fedja, versprich es mir, denn ich bin haltlos."

Sträflinge, die im Walde arbeiteten, wurden durch eine neue Kolonne abgelöst. Alle blickten zu uns herüber und wir sahen, daß in ihren Augen Widerwille, Verachtung, stumpfer Haß stand. Nur die vielen Wächter strafften sich schon von weitem und gingen in dieser Haltung ein weites Stück an uns vorbei.

„Ich habe mich in der letzten Zeit oft genug um diese Menschen gekümmert, habe versucht, mich ihnen zu nähern . . . Doch nur Haß, unauslöschlicher Haß auf mich und die Zarenuniform hält sie noch am Leben. An ihre Rache glauben sie wie wir Christen ans Evangelium, wie ich an . . . an . . . nichts mehr, Fedja!"

„Fedja!" Er faßte mich fest an der Hand. „Sollen etwa diese Menschen auch ein Steinchen sein, das den gewaltigen Berg zertrümmert? . . . Weißt du, was dann über Rußland kommt? . . . Der Untergang! . . . Anathema! . . ."

*

Strahlende, wärmende Sonne! Wundersames Wiedererwachen der Natur! Zum erstenmal erlebte ich es mit weit geöffnetem Herzen.

Als hätte ich früher nie zu empfinden vermocht!

Bäume und Sträucher trugen üppige Knospen, sie barsten, wurden zu Blüten und Blättern, zu herrlichem Grün. Ich sah der Sonne entgegen und fühlte, wie ihre wärmenden Strahlen in meinen Körper drangen, es machte mich auf eine neue, unerklärliche Weise glücklich und übermütig.

Kleine, anspruchslose Blumen sah ich wachsen – aus weiter Ferne, aus fremden Landen kamen Zugvögel in endlosen, schreienden, flatternden Scharen. Es waren Kraniche, graue Gänse, Enten und viele andere Vögel.

Ich, ein Mann mit den ersten grauen Haaren, empfand zum erstenmal im Leben das Dasein. Ich blickte zurück – und erschrak! Ich hatte dieses Leben noch nie wissentlich gelebt, es nie derart tief empfunden! Das Wiedererwachen der Natur war für mich bis jetzt eine feststehende Tatsache gewesen, wie etwa eine mathematische Formel.

Ich erschrak!

Schon einmal, als ich Faymé zum ersten Male küßte, als sie mir sagte, daß sie mir das Almosen gegeben hätte, empfand ich meine zu geringe Empfindungsfähigkeit dem Leben, der Natur gegenüber. Und jetzt waren mein Wissen, mein Können von einst nur noch eine Lächerlichkeit!

Mit kritischen, erbarmungslosen Augen stand ich vor dem Spiegel: „Du hast die ersten grauen Haare! Du wirst allmählich alt, meine Junge!“ Und ich trat vom Spiegel fort, abrupt, wie man einen Bogen Papier ärgerlich zerreißt.

Mit einer dünnen Schere trete ich erneut vor den Spiegel und ich sehe mich verstohlen lächeln; auch das kenne ich nicht bei mir. Ist das, was ich jetzt tue, nicht auch eine Lächerlichkeit? Mit großer Sorgfalt versuche ich, die grauen Haare wegzuschneiden. Jahre will ich ungelebt erscheinen lassen . . . warum das?

Ich sehe mir lange in die Augen.

Meine gewaltigen Maschinen, die ich so liebte, ihr Pulsschlag, ihr Arbeitstempo, das mich glücklich machte . . . es waren Götzen, Idole . . . Sie haben mich nie glücklich gemacht – nur zufrieden, und damit begnügte ich mich damals.

Und plötzlich durchrast meine Adern eine neue, noch ungebändigte Kraft. Ungelebtes Leben will ich auf einmal nachholen! Nachholen! Einholen! Beeilen muß ich mich! Schnell! . . . Schnell! . . .

Keine Zeit mehr verlieren. Ich habe schon so unendlich viel Zeit verloren!

Ich gehe . . . und sie empfängt mich.

Sie empfängt mich immer wieder aufs neue, mit ausgebreiteten Armen, mit ihrer wunderschönen, aufreizenden Haut, mit ihren geschlossenen Augen, ihrem heißen, geöffneten Munde . . . meine schwarze Faymé.

Faymé trägt jetzt viele bunte, leichte europäische Kleider, und je wärmer es wird, um so tiefer werden die Ausschnitte.

„Hast du eigentlich nicht recht wenig an?“ frage ich sie.

„Nein, Peterchen! Es ist ja Frühling, und ich habe dich sehr, sehr lieb!“ erwidert sie mir.

Sie hat recht – es ist Frühling!

Unruhe überall

So wurde es wieder Sommer.

Erbarmungslos brannte die Sonne am wolkenlosen Himmel. Die Temperaturen standen täglich auf vierzig und mehr Grad Celsius. Dann kamen plötzlich stundenlange Wolkenbrüche, die alles überschwemmten.

Jetzt war das neueröffnete „Strandbad“ allen sehr willkommen. Gesiebter, feiner Sand war am Flußufer geschüttet worden, im Schatten der Bäume standen Liegestühle, man konnte eine Erfrischung zu sich nehmen, sich dort recht gemütlich fühlen, denn es war für alles gesorgt, ja sogar eine kleine Kapelle der Kriegsgefangenen spielte lustige Stücke zur Unterhaltung. Eine Badesaison von geradezu ungeahnten Ausmaßen setzte ein.

Erst waren die Nikitinoer sehr schüchtern, dann aber wurde es auch für sie eine Selbstverständlichkeit, sich in einem Badeanzug zu zeigen. Verstohlen blickte die Damenwelt mir nach, als ich mich erdreistete, im Badeanzug am Strand zu sitzen, zu Mittag zu essen und mich unbekümmert zu bewegen. Erst hieß es „Unerhört!“, dann „Wenn schon“, und endlich wurde es zur Gewohnheit, die man nachahmte.

Besonders ermunternd wirkte Faymé in ihren Badeanzügen, die ihre zierliche Gestalt reizvoll betonten. Sie hatte besonders bunte Stoffe dazu gewählt, die sie selbst zuschnitt und nähte. Nach kaum vierzehn Tagen konnte keiner mehr der Versuchung widerstehen, und der Strand füllte sich mehr und mehr.

„Sie sind das unerreichbare Wundertier“, sagte mir die kleine Frau des Polizeihauptmanns, als wir beide in der Sonne am Strande lagen, „Sie wissen gar nicht, von wie vielen Sie angeschwärmt werden.“

„Wie lieb von Ihnen, Ekaterina Petrowna, daß Sie mir das alles erzählen. Das wußte ich nicht."

„Sie wissen das nicht? Und das soll ich Ihnen glauben, mein Lieber?" Und sie drohte mir mit dem Finger. „Ich würde mich an Ihrer Stelle freuen, und Sie, Sie machen sich rein gar nichts daraus." Sie rückte etwas näher zu mir. „Sie sind ein Schwerenöter, Fedja, ein ganz großer. So groß, wie Sie sind, und vielleicht noch ein ganzes Stück darüber."

„Aber ganz im Gegenteil, liebe Ekaterina Petrowna, das bin ich gar nicht. Ich bin einem einzigen Mädchen treu. Von Schwerenöterei keine Spur!"

„Wissen Sie, daß Ihre Faymé von allen gehaßt wird?" Ihre Stimme wurde plötzlich kalt.

„Ja, das weiß ich. Sehr zu Unrecht."

„Sie wird nur deshalb gehaßt, weil Sie keine andere Frau ansehen. Warum tun Sie das nicht? Wissen Sie auch, daß unter den Frauen einige so erbost sind, daß man Faymé glatt umgebracht hätte, wenn mein Mann nicht ihr Freund wäre?"

„Das kann ich nicht glauben", erwiderte ich.

„Fedja, es ist die heilige Wahrheit! Ich kenne die Frauen, ich habe mit ihnen gesprochen, und sie haben es mir selbst gesagt. Wenn eine Frau haßt, so kennt ihr Haß oft keine Grenzen. Warum sehen Sie keine andere an, warum sind Sie mit allen gleich liebenswürdig?"

„Weil ich Faymé liebe."

„Ist sie denn etwas Besonderes?"

„Ja. Deshalb liebe ich sie auch."

„Fedja!" Und Ekaterina Petrowna legte ihren Kopf fest auf ihren Arm. Ich merkte an ihrem Rücken, daß es sie plötzlich fröstelte. „Sie ist doch nur eine Tatarin . . . die Faymé." Es lag eine Bitte, eine Hoffnung und eine Traurigkeit zugleich in diesem einzigen Wort.

„Und ich? Ich bin noch weniger, nur ein Schwerverbrecher, ein Kettensträfling. Wir sind beide keine vollwertigen Menschen, beide geächtet von denen, die in dem heiligen Rußland leben."

„Fedja, warum reden Sie so häßlich? Sie wissen selbst, daß Krieg ist. Sie wissen, daß ich eine große Zuneigung zu Ihnen habe, also warum sind Sie immer so ablehnend zu mir?“ Wieder rückte sie ein wenig näher zu mir. „Lassen Sie von Faymé ab. Das Mädchen ist lasterhaft wie die Sünde. Haben Sie jemals ihre Augen gesehen, wenn Sie sich mit einem andern Mädchen unterhalten?“

„Ekaterina Petrowna, vielleicht liebe ich die Sünde mehr, als Sie denken. Sie vergessen, daß ich nicht dieselben Rechte genieße wie Sie und die andern Bürger ihres Landes. Ich bin hier nur geduldet und stehe außerhalb aller Gesetze und Rechte. Ich darf mir nicht nehmen, was mir gerade so gefällt. Ich darf mich nicht überreden lassen.“

„Überlegen Sie immer, was erlaubt und was nicht erlaubt ist? Sie nehmen das, was Ihnen gefällt, Fedja. Etwas anderes würde Ihnen gar nicht stehen. Habe ich recht?“

Ich berührte ihre nackte Schulter, ohne auf Widerstand zu stoßen. Die Augen der Frau sagten mehr als ihr Mund.

„Vielleicht werde ich mich noch ändern, es ist möglich. Hoffentlich bin ich dann noch in Nikitino und nicht zu alt.“

„Man muß immer warten! Und man wartet so lange!“

„Wissen Sie, daß Sie selbst die Sünde sind? Wissen Sie nicht, daß Iwan mein Freund ist?“ sagte ich abrupt.

In einem Liegestuhl sah ich Faymé sitzen. Sie unterhielt sich nach bestem Können ihrer sämtlichen deutschen Vokabeln mit dem Wiener Kellner, der, wie alle anderen Kameraden, einen weißen Anzug aus hausgesponnenem Leinen trug. Das Mädchen winkte mir, stand auf und kam auf mich zu. Ich berührte leicht mit den Lippen die Hand Ekaterina Petrownas und ging Faymé entgegen.

Mit einem Ruck hob ich sie in meine Arme, trug sie ins Wasser und schwamm mit ihr davon.

„Was sagte dir Ekaterina Petrowna?“ fragte Faymé, als sie neben mir schwamm.

„Sie machte mir eine unzweideutige Liebeserklärung.“

„Und was hast du ihr darauf erwidert, Peter?“

„Ich sei ein früherer Kettensträfling, und eine Tatarin wäre für mich noch viel zu gut."

Ich war ganz nah an Faymé herangekommen, drehte sie auf den Rücken und küßte sie unbekümmert. Bald waren wir hinter einer Flußbiegung verschwunden.

Eine kleine, bewaldete Anhöhe; wir kletterten hinauf.

Faymé löste die Schleife ihres Badeanzuges und warf ihn von sich; befreit holte sie Atem.

Neben mir lag der nasse, glänzende Körper. Die Tatarin . . . Ihre Augen glitzerten und lebten, kaleidoskopartig brachen sich in ihnen die buntesten Sonnenstrahlen. Sie glich einem glänzenden, schillernden Reptil, das die ganze Sonnenglut in sich einatmen will. Zwischen uns lag eine starke Spannung, angefacht durch die sengenden Sonnenstrahlen.

„Ich gönne dich keiner Frau, und mag sie noch so schön sein. Ich könnte mich sogar vergessen, ohne meine Tat jemals zu bereuen."

Die Augen des Mädchens wurden stechend. Wilder Haß loderte auf.

„Du wirst keine Gelegenheit dazu haben, Liebste!"

Die lauernde Spannung wich zwischen uns beiden.

„Du, Peterchen", sie kroch ganz nah zu mir heran, legte ihre Wange an meine Brust, und eine jähe Röte färbte ihr braungebranntes Gesicht. „Ich möchte dich etwas fragen. Sei mir deshalb nicht böse; ich muß so oft daran denken."

„Ich weiß schon, was du fragen willst, Liebste, es ist ja unvermeidlich. Du willst gern Mutter werden, ja?"

„Ja, Peterlein, Mutter eines Kindes von dir. Ich bin neidisch auf all die Frauen, die ein Kind haben. Warum soll ich keins haben? Soll ich das nicht, Peter, nein, willst du es nicht?"

„Bis jetzt hat das Schicksal es mit uns gut gemeint, Faymé. Vor uns liegt noch ein weiter, weiter Weg – zu uns nach Hause. Wenn wir beide erst zu Hause sind, dann . . ."

„Gut, dann will ich so lange warten."

„Das hängt nicht von mir ab, Liebste."

„Von wem denn, Peterchen?“
„Vom Schicksal:“
„Also von Gott, von deinem Gott, Peter?“
„Ja.“
„Bist du aber in diesem Fall nicht Gott?“
„Nein! Ich kann dich nur lieben. Ob aber Gott dir Kinder schenkt, vermag ich nicht zu wissen.“
„Kann man etwas tun, um Kinder zu kriegen?“
„Nein, kaum.“
„Und wenn ich nun zu deinem Gott bete, er möchte mir Kinder schenken, wird es helfen? Meinst du, ich soll es tun?
„Du brauchst nicht zu meinem Gott zu beten. Deine Religion ist genau so schön, und dein Gott ist genau so weise und gut. Wenn er dir bis jetzt kein Kind geschenkt hat, mußte es wahrscheinlich so sein. Es ist dein Bestes.“
„Und doch möchte ich so gern ein Kind von dir haben, einen Jungen. Er muß dir sehr ähnlich sein, groß und stark sein wie du, deine Augen muß er haben, genau so blau wie das Meer, an dem du geboren bist, das ich nicht kenne.“ Sie legte wieder den Kopf auf meine Brust und schwieg eine ganze Weile. „Gib mir deine Hand. Ich werde warten“, sagte sie leise und versonnen, „warten und geduldig sein.“
. . . und plötzlich hatte sie meine Hand geküßt.
„Peter der Große“, flüstert sie andachtsvoll, als sei es der Name eines großen Heiligen.

*

Eines Abends war ich mit Faymé im neueröffneten Café. An einem versteckt liegenden Tisch, der fast immer für mich reserviert war, nahmen wir Platz. Von überallher nickten uns Bekannte zu. Dájos und seine Kapelle blinzelten mit den Augen herüber. In ihren weißen, gut sitzenden Uniformen sahen die Jungen zum Verlieben aus. Der Wiener brachte uns Kuchen und Eis.
Das Halbdunkel, die typische Erscheinung der Nächte des hohen Nordens, breitete sein sonderbares, milchig-mat-

tes Licht auf die ganze Landschaft. Ein glühendheißer Wind wehte vom Walde und schaukelte die bunten, papiernen Lampions auf der Veranda.

Das Rauschen des nahen Waldes vereinigte sich mit dem dumpfen Rollen des Flusses, dessen Lauf wie Mattsilber sich in der verschwommenen Ferne zu verlieren schien. Weiße sibirische Uhus glitten schattenhaft vorüber. Wenn für einige Sekunden alles verstummte, drangen die geheimnisvollen Laute des nächtlichen Urwaldes an unser Ohr. Ganz weit, irgendwo in der Ferne, hörte man plötzlich das schaurige Heulen der Wölfe, die vielleicht ein einsames Tier hetzten oder einen verspäteten Menschen verfolgten. Huuuuu . . . huuuuu . . . huuuuuu . . . uuuuuu . . . Und auf diesen Ruf dunkler, kaum noch bewußter Urtage, der wohl viele Zehntausende von Jahren zurücklag, den Ruf der Ahnen, die noch ungebundene Freiheit kannten, erwiderten die Hunde; sie setzten sich auf die Hinterkeulen und heulten mit erhobenem Kopf in die Ferne.

Dájos Mihaly kam an unsern Tisch. Faymé und ich reichten ihm die Hand. Wir luden ihn zum Sitzen ein und boten ihm Zigaretten an.

„Herr Kröger, was gibt es Neues? Ist denn nicht bald Frieden? An allen Fronten gehen unsere Armeen siegreich vor, und unsere Feinde wollen keinen Frieden schließen?"

„Nein, Dájos, es ist nicht die geringste Hoffnung auf Frieden vorhanden. Wir müssen alle weiter warten . . ."

„Kann man denn nicht entkommen, irgendwie fliehen, und wenn es auch das Leben kosten würde – gleich, nur nicht immer hierbleiben!"

„Wir sind hier alle aneinandergekettet. Wenn einige von uns entkommen, was in der Wildnis mit all ihren vielen Gefahren fast aussichtslos ist, so wird es mit der Freiheit der anderen zu Ende sein. Wir müssen auch an die anderen denken, Dájos!"

„Es ist aber so schwer, die jahrelange Gefangenschaft zu ertragen, ohne zu wissen, wann sie zu Ende sein wird, diese ewige Ungewißheit."

„Sie sind sehr undankbar; denken Sie an die Freiheit, die Sie und alle andern Kameraden genießen. Wissen Sie auch, daß es in andern Gegenden Kriegsgefangenenlager von zehn- bis dreißigtausend Menschen gibt, die langsam an Entbehrungen, Krankheiten und Seuchen zugrunde gehen? Haben Sie ihre toten Kameraden, die in den Erdhöhlen von Nikitino elend starben, vergessen? Wir können von außerordentlichem Glück reden, daß die Behörde derartiges Verständnis für unser Schicksal hat."

„Ja, ich bin undankbar, Sie haben recht, Herr Kröger ..." Der Ungar senkt den Kopf und sucht umständlich ein Streichholz, um seine erloschene Zigarette anzuzünden. „Sie haben recht. Wenn ich meine Geige nicht hätte ... das Leben könnte man sich nehmen ... und man ist doch noch so jung, und warum das alles, wozu?" Und plötzlich hebt er jäh den Kopf, der Blick seiner wilden Augen wird hart und stechend. „Glauben Sie, wir sehen unsere Heimat wieder? Mir ist so, als müßten wir hier alle sterben!" Seine Hand umspannt schmerzhaft mein Handgelenk, seine Augen suchen in den meinen.

„Sicher sehen wir unsere Heimat wieder, ganz sicher, Dájos, nur noch etwas warten müssen wir alle, etwas Geduld mit dem Schicksal haben. Wir sind doch Soldaten, Männer!"

„Vater Kröger ... Vater ... Kröger ..." Und wieder verstummt der Ungar. „Dann! Dann kommen Sie mit uns, bitte. Alle zusammen fahren wir nach Hause. Dann ... herrlich wird es sein!"

Er steht hastig auf, springt auf das Podium, wirft den Kopf mit dem schwarzen Haar zurück, ergreift seine Geige, und ehe seine Kameraden es sich versehen, setzt er mit schwungvoller Bewegung ein.

Ich sehe zu ihm hinüber, als wäre ich Judas Ischariot, der ihn verraten, ihn niederträchtig belogen hat.

Die Klänge seiner Sehnsucht erfaßten mich. Mein Blick glitt von den Sommerhalbschuhen, meiner weißen Hose, dem weißen Hemd mit kurzen Ärmeln, den dunkelbraunen

Armen zu der ewig gehenden, peinlich genauen goldenen Armbanduhr. Sie, sie maß die Zeit, wie alle Uhren es tun. Jedoch ich hatte seit mehreren Wochen eine sonderbare Ehrfurcht vor diesem menschlichen Gefüge, das mich ständig begleitete, Angst, nach der Uhr zu sehen, als müßte eines Tages eine böse Stunde kommen, die sie genau so gleichgültig anzeigen würde wie diese unzähligen Stunden des ununterbrochenen Wartens . . . und eines maßlosen Glücks.

Mein Blick glitt zu Faymé hinüber. Im einfachen weißen Sommerkleid sah sie ganz reizend aus. Sie aß ihr Eis, als wartete sie auf etwas. Auch in den Winkeln der etwas geschlitzten Augen glaubte ich ein Lauern zu sehen.

Mein Blick glitt zu den Kameraden hinüber. Sie spielten auf ihren Instrumenten, als lauschten sie alle nach etwas Fernem. Auch sie schienen auf etwas zu warten, das unbedingt bald, jetzt gleich schon kommen konnte.

Nur die Nikitinoer warteten auf nichts. Sie waren hier Vergangenheit, Gegenwart und Zukunft.

Ich dachte daran, mit welcher Sorgfalt die Zeitungen gelesen wurden, wie immer wieder unzählige Hände ungeduldig nach ihnen griffen. Man versuchte, zwischen den Zeilen zu lesen, ob nicht bald Friede käme. Aber immer wieder legte man die Blätter enttäuscht beiseite. Sie brachten uns nichts, nicht einen Hoffnungsschimmer.

„Lesen Sie, hier, es ist ganz deutlich zu verstehen, daß doch der Friede vor der Tür steht, anders kann man diese Zeilen gar nicht auslegen. Deutlicher dürfen die Zeitungen sicherlich nicht schreiben. Wir sind alle der gleichen Meinung!“ sagte bald der eine, bald der andere meiner Kameraden, wenn man mich bei irgendeiner Gelegenheit traf.

Ich dachte daran, wie auch Faymé in letzter Zeit fast unnatürlich interessiert die Zeitungen gelesen hatte. Gespannt huschten ihre schwarzen Augen über die Zeilen, lange war das Köpfchen über die Blätter gebeugt, eine Haarsträhne glitt unbemerkt herab, und die Finger griffen schon nach einer neuen Seite. Sie suchte nur das eine Wort

„Friede“, und gerade dieses eine Wörtchen fehlte von Tag zu Tag, von Woche zu Woche, von Monat zu Monat . . . seit zwei Jahren . . . Wenn sie dann aufblickte, waren ihre Augen wild und stechend. Ich streichelte das Mädchen, denn sie tat mir in der Seele leid, und meine Augen wurden dabei trübe.

„Warum liest du so eifrig die Zeitungen, Liebste?“ fragte ich sie einmal, als wüßte ich nicht die erschreckende Antwort.

„Ich möchte so gern zu dir ‚nach Hause‘ Peterlein . . . bei dir ‚zu Hause‘ dürfen wir auch Kinder haben, das sagtest du doch . . .“

Ihre Hingabe hatte in der letzten Zeit etwas Schüchternes, ja beinahe Ängstliches.

Sie bat öfters um ein Glas Sekt . . .

Sibirien, Verbannung, Fluch des Krieges, scheinen sie auch dieses Kind mit ihren Krallen ergreifen zu wollen? . . .

Wie oft hatte ich den Eisenbahnfahrplan zur Hand genommen; ich wußte alle Anschlüsse, alle Züge, alle Ankunftszeiten in Petersburg.

Nur einer war unter allen, nur dieser eine fragte mich nie, nie danach, ja er versuchte die stumme Frage, die ich in seinen Augen lese, vor mir zu verbergen – es ist der ergraute, im harten Soldatendienst aufgewachsene, stets verschlossene Feldwebel. Er war zu korrekt, zu genau, er kannte nur Befehle, und dieser eine Befehl war noch nicht gekommen: „Sammeln! Parole Heimat!“ Deshalb fragte er mich nie.

Er und ich, wir wollten uns nicht nachstehen, aber wie lange noch? Unsere Schwachheit ertrugen wir, allein –

Wie lange noch . . . ?

War ein Entkommen denn wirklich unmöglich? Warum fragte ich mich denn immer wieder? Meine größte Chance bestand in der vollkommenen Beherrschung der russischen Sprache und in der Hilfe meiner Freunde. Wenn ich irgendwo die Eisenbahnstrecke erreicht hätte, wäre ich vielleicht entkommen.

Die andern aber waren rettungslos verloren, denn die Gefahren eines Fußmarsches durch die Wildnis, von denen sich ein Mitteleuropäer gar keinen Begriff machen kann, hätten sofort die Flüchtlinge überfallen.

Im Sommer herrscht im Urwald eine unbeschreibliche Mückenplage. Myriaden von Mücken aller Art, angefangen von großen bis zu den allerwinzigsten, verfolgen Menschen und Tiere. Kein Moskitonetz, und wenn es noch so dicht wäre, kann einen vor kleinen Mücken und Fliegen schützen. Sie kriechen in Nase, Ohren, Augen, unter die Kleider, bedecken zu Millionen Gesicht und Hände, man wischt darüber, sie hinterlassen klebrigen Schleim, auf den sich wieder Myriaden neuer Mücken setzen, wieder wischt man sie weg, so lange, bis man ermattet, nichts hört, nichts mehr sieht, denn das Gesicht ist im Nu geschwollen. Die Augen schließen sich unter wahnsinnigem Brennen, das Atmen durch Mund und Nase ist unmöglich, und immer wieder verfolgen einen Wolken von Mücken. Werden Menschen oder Tiere Beute der Fliegen- und Mückenschwärme, so fallen sie völlig erschöpft, vom Fieber geplagt, zu Boden, unfähig zu sehen, zu hören und zu atmen. Dann vernehmen sie schon in ihrer nächsten Nähe das Geheul der Grauhunde, die wie Treiber ihre Opfer jagen. Zusammenbrechend hört man auch die Aasvögel schwirren, Zank und Streit, Kampf auf Leben und Tod der Gierigen untereinander. Nicht lange warten sie, denn sie wissen, daß nur ein gesunder Mensch, nur ein wehrhaftes Tier Gefahr für sie bedeuten. Sie nähern sich ohne Furcht. Knurren, Fauchen, das Klappern gebogener Schnäbel. Und mit den brechenden Augen gewahrt man nichts als gierige, haßerfüllte Lichter, schaurig weiße, zermalmende, reißende Zähne. Die letzten Überreste verschmausen Schmeißfliegen und Käfer, und blanke, starrende Knochen liegen dann irgendwo im Walde, neben ihnen der ewig grienende Schädel, der für jeden Flüchtling im Walde eine entsetzliche Warnung bedeutet.

Wollten wir, die wir heute in blendend weißen Uniformen die Kultur in diese Wildnis getragen hatten, als zerrissene, blutige Leichen, von Tieren zerfetzt, und als bleichende Knochen im Urwald liegen bleiben, aus mangelnder Beherrschung uns selbst aufgeben?

Warten . . . weiter warten . . . vielleicht nicht mehr lange –

Lauter Beifall reißt mich aus meinen Gedanken . . . fast abwesend verbeugt sich der Zigeuner. Er hat ja nicht für uns, nur für sich selbst gespielt.

Ich sehe die fragenden Augen Faymés vor mir. Ihre Hand legt sich auf die meine und drückt sie leise.

„Peter . . . der Große!" flüstert sie mir ermunternd zu.

Für dieses wartende Mädchen, für die wartenden Kameraden und für viele „andere" bin ich stets der „Deutsche Theodor Kröger, ein Mann mit geradezu brutalen Nerven, eiserner Disziplin, mörderischer Ausdauer".

Und ich? . . .

Ich bin immer allein mit meiner großen – kleinen Beherrschung . . .

Vielleicht war ich doch der Stärkere?

Vielleicht, denn sonst . . . würde ich auch nicht mehr leben . . .

*

Iwan Iwanowitsch war nach seiner offenherzigen Aussprache im Walde ein seltener Gast bei mir geworden. Ich konnte ihn einladen, soviel ich wollte, immer hatte er eine Ausrede.

Plötzlich erschien er bei mir. Er war der alte, gutmütige Iwan, wie ich ihn stets kannte. Auch seine Sprache hatte er sichtbar und hörbar wiedergefunden. Hinter ihm gewahrte ich zwei stramme Polizisten mit ansehnlichen Paketen.

„Fedja, eine Überraschung bringe ich dir mit. Habe mich lange darum bemüht, bin sogar selbst nach Perm gefahren, um es für dich zu holen. Ich bin sehr gespannt, was du dazu sagst."

Er nahm mich an der Hand und führte mich nach dem

Arbeitszimmer. Er öffnete die Tür, ging erst selbst hinein, dann zog er mich nach. Er strahlte über sein in Schweiß gebadetes Gesicht und zeigte nach den beiden Polizisten, denen er zuwinkte. Sie stellten die Pakete ab und verschwanden sofort.

Rasch hatte ich die Pakete ausgepackt. Ich traute meinen Augen nicht. Ich stand wie versteinert!

Ein Winchester-Repetier-Gewehr und eine tadellose Jagdbüchse, ein Drilling, Kaliber zwölf, kamen zum Vorschein.

Ich vergaß in diesem Augenblick alles, nur die beiden Gewehre nahm ich immer wieder abwechselnd in die Hand, legte sie fort, nahm sie wieder hoch, zielte, ließ die Magazine schnappen.

„Und hier sind Patronen für den Winchester und hier für die Jagdbüchse."

Als ich mich umdrehte, sah ich den Polizeihauptmann im Sessel eingezwängt sitzen und sich stöhnend den Schweiß vom Gesicht wischen. Er hatte bereits zwei Zigaretten geraucht und schmunzelte immer noch. Seine Augen waren kaum zu sehen.

Ohne ein Wort zu sagen, küßte ich den Hauptmann auf beide frischrasierte Wangen. Er konnte nur gurgelnde Töne des Behagens von sich geben.

„Von deinem Knecht, Fedja, du weißt doch . . ."

An diesem Tage war Iwan Iwanowitsch derart betrunken, daß ich zum ersten Male Angst um seine Gesundheit, ja um sein Leben hatte. Es stellte sich eine heftige Herzattacke ein und starker Luftmangel, und darüber war der Fleischkoloß ernstlich erbost. Der herzugeeilte Veterinär meinte lakonisch: es käme vom Trinken, man müsse sich des Alkohols enthalten.

„Du Esel! Das weiß ich selbst! Hältst mich wohl schon für ganz dämlich, was?"

Als ich den Polizeihauptmann aber am nächsten Morgen besuchte, fühlte er sich wieder ganz wohl. Er lag im Bett. Im Zimmer war es dunkel. Der Veterinär war anwesend.

„Fedja, ich werde sofort nach Omsk schreiben. Man soll

uns umgehend zwei gute Ärzte schicken, meinetwegen Kriegsgefangene, ist mir gleich, aber kommen müssen sie unbedingt, und zwar sofort. Außerdem sollen Medikamente mitgeschickt werden. Wir haben ja gar keine. Wenn man sich das überlegt! Eine verdammte Schweinewirtschaft! Laß mich nur aufstehen, ich werde schon Dampf dahinter machen, kannst dich darauf verlassen! Was machst du plötzlich für ein dämliches Gesicht, Veterinär? Du kannst ja kaum mit dem Viehzeug fertig werden! Verstehst ja nichts! Was glotzt du mich an? Wenn Bauern zu dir kommen und Magenschmerzen haben, Durchfall, Cholera, Ruhr, so verschreibst du ihnen einen Kram, ein Dreckzeug, daß sie allmählich taub werden. Haben die Bauern aber Ohrenschmerzen, so werden sie bei dir regelmäßig aussätzig, manchmal erblinden sie auch. Das kenne ich schon. Haben sich in ihrer Not lange und oft genug bei mir beschwert. Ein kluger Kopf bist du, sieht man dir auch an."

„Sie sollen sich doch nicht aufregen, Euer Hochwohlgeboren, es ist Ihnen, mit Erlaubnis zu sagen, quasi schädlich", versuchte der Veterinär einzulenken.

„Mach daß du rauskommst! Fort mit dir! Geh! Du machst mich zum Vieh vor lauter Ärger!"

„Euer Hochwohlgeboren, Sie können mir glauben . . ."

Im nächsten Augenblick riß der Allgewaltige seinen Prießnitz-Umschlag vom Kopf, schleuderte ihn dem Veterinär an den Kopf, sprang aus dem Bett, riß sein bekanntlich sehr kurzes Hemd in die Höhe, rupfte unter Aufbietung aller Kräfte einen zweiten Umschlag von seinem Magen herunter und eilte, ihn in der Luft schwingend, dem eiligst flüchtenden Veterinär nach.

Ich hörte ein lautes Türschlagen, einen wenig schönen Monolog mit vielen Schimpfworten, und der Fleischberg stand wieder in der Tür – ohne den zweiten Umschlag.

„Ich soll krank sein? Mein Herz soll nicht mehr funktionieren? Unerhörte Behauptung!"

Er machte einige Schritte durch das Zimmer, während sein Hemd lustig hinter ihm her flatterte.

„Alles schleicht hier auf Zehenspitzen umher, man flüstert, alles ist verhängt, nicht ein kleines Lüftchen darf ins Zimmer!"

Mit einem einzigen Ruck riß er eine dunkle Gardine von der Stange, mit einem zweiten ein Fenster auf. „So! Wenigstens Licht und Luft in dem Bau. Meinen Rausch habe ich ausgeschlafen. Katja! . . . Maschka! Wann gibt es denn zu essen? Eine Lotterwirtschaft bei mir im Hause! Glaubst du, Fedja, ich weiß nicht einmal wann ich esse. Jedesmal höre ich nur, ich soll etwas warten. Worauf soll ich warten? Auf das Essen etwa, warum? Wenn ich Hunger habe, soll gegessen werden! Maschka! Maschka! Das Luder antwortet nicht einmal!"

Schon war die Tür wieder aufgerissen, schon eilte der Hauptmann im kurzen Hemd und barfuß aus dem Zimmer. Ich hörte ihn überall laut rufen, aber es schien eine Stimme in der Wüste zu sein, denn es meldete sich niemand.

Als er wieder auf der Türschwelle erschien, lachte er.

„Herrlich ist das, wunderbar, ein Labsal, eine Weide für jedes Gemüt! Ungemachte Betten, alles steht offen, kein Mensch im Hause, die Zimmer sind noch nicht aufgeräumt! Ich kann nur noch lachen über diese Zustände bei mir." Und er setzte sich auf das knarrende Bett und schüttelte sich vor Lachen. Das Bett krachte und lachte mit, und ich lachte auch.

„Komm mit mir zum Essen, Iwan."

Er holte sich aus dem Schrank eine neu gewaschene Uniform, seine Lackstiefel, wusch sich, überschwemmte den Fußboden, pomadisierte das Haar und war fertig. Jetzt erst war er wieder der Allgewaltige von Nikitino.

„Die Wohnung will ich gar nicht abschließen, ein Posten steht ja davor. Und wenn bei mir jemand klaut? Soll er! Soll man bei mir alles stehlen, mir ist alles gleich! Wohnen kann ich dann bei dir, Fedja. Bei dir ist es am schönsten."

Kaum waren wir einige hundert Schritte gegangen, als das Mädchen in Begleitung des jetzigen Küchenchefs Müller uns entgegenkam. Maschka war seit dem Dienstantritt des deutschen Kochs immer fein angezogen und gekämmt.

„Kommen Sie vom Markt?“ fragte der Hauptmann.

„Zu Befehl!“ erwiderte Müller.

„Zeigen Sie mal her, was Sie da alles gekauft haben“, und Iwan Iwanowitsch fing an, im Einholnetz herumzuwühlen.

„So, diese Flasche, halten Sie mal, diese auch. Dann nehmen Sie auch die Eier heraus, die Dose mit Kaviar, und was ist das? Ach, Lachs, sehr schön. Halten Sie das auch fest. Du bringst den Rest nach Hause. Maschka, ich esse nicht zu Hause, sage es meiner Frau. Müller, Sie gehen mit uns und machen uns Ihren berühmten Eierkognak. Kennst du dieses wunderbare Gesöff schon?“ wandte er sich an mich. „Nein? Eine ganz vorzügliche Angelegenheit, Müller hat den Dreh raus; tüchtiger Bursche! Nur Maschka zu viel lieben, Müller, nix gut, Maschka kann Kinder kriegen, das für Müller auch nix gut. Hast du übrigens gesehen, Fedja, wie das Mädchen jetzt nett aussieht, wie sie verliebt tut? Sag mal, meinst du, Müller wird sie heiraten?“

„Bestimmt, Iwan“, sagte ich treuherzig.

„Ach, Fedja!“ Und da er mich lächeln und ihm zublinzeln sah, gab er mir einen freundschaftlichen Rippenstoß und lachte mit.

Vor den Gewehren

Noch einmal faßte der Kriegsspionage-Abwehrdienst nach mir.

Lopatin kam zu mir gelaufen, ich sollte sofort zu Iwan Iwanowitsch kommen, so wie ich sei, angezogen oder nicht. Ich ging hin.

In seinem breiten Stuhl, in der Hand die nie fehlende Zigarette, saß er wie abwesend da. Er bot mir keine an, ja er begrüßte mich nicht einmal. Mit einer weiten Handbewegung schob er mir ein mit unzähligen Stempeln versehenes Blatt hin. Ich las es aufmerksam durch. Ich war schon lange darauf vorbereitet, denn meine Freunde in Petersburg hatten mich längst verständigt.

Ich griff in die offenstehende Schachtel mit Zigaretten, zündete mir eine an – sie schmeckte bitter, denn meine Kehle war plötzlich trocken.

Ich weiß noch, wie ich mit der Hand über das Genick fuhr, wie meine Hand sich um meine Gurgel legte. Hier ist die Stelle, wo der Strang hinkommt, dachte ich plötzlich.

„Fedja, du mußt morgen abreisen", hörte ich die müde Stimme des Hauptmanns.

„Morgen nicht, Iwan, heute, jetzt gleich, nicht warten", erwiderte ich, „bitte, komm in einer Stunde zu mir, dann bin ich fertig."

„Du kannst aber auch übermorgen abreisen. Ich kann es so einrichten. Den Brief habe ich dann eben später erhalten."

„Ich danke dir, mein lieber, guter Iwan, es ist aber nicht nötig. Wenn ich in einer Stunde abfahre, in Sakoulok und anschließend zweimal die Pferde wechsle, komme ich noch zur Zeit nach Iwdjel, und in Perm werde ich gerade noch den transsibirischen Expreß erreichen. Ich bin dann um vierundzwanzig Stunden früher in Petersburg ... und dir ... dir werde ich vielleicht zum letztenmal für deine Güte und dein Vertrauen – Ehre machen."

„Lopatin und Kusmitscheff werden dich begleiten. Ich muß sie ausdrücklich darauf aufmerksam machen, daß sie beide streng bestraft werden, falls du unterwegs entkommen solltest. Du ... du ... bist plötzlich so ruhig geworden, Fedja!"

„Eine Freude ist es gerade nicht für mich."

Zuerst ging ich nach dem Gefangenenlager. Eine kurze Unterredung mit dem Feldwebel, und der Abschied von ihm brachten mir das erforderliche Gleichgewicht, um mich selbst nicht verachten zu müssen. Dann ging ich nach Hause. Der Feldwebel hatte mir den Weg gezeigt, er, den ich in der letzten Zeit immer ermuntern mußte, hatte gesagt: „Wir alle tragen eine Uniform ..." Diese Uniform trug ich jetzt, wenn auch unsichtbar. Unter ihrem Tuche strafften sich wieder Körper und Geist.

„Wir müssen sofort nach Petersburg abreisen, Liebste. Ich werde vielleicht meine Freiheit wiedererlangen. In einer Stunde muß alles fertig sein!"

Faymé strahlte über das ganze Gesicht ...

Es war keine Stunde vergangen, als Kolka und zwei andere Pferdchen schon vorgespannt dastanden. In meiner Wohnung war ein Leben und Treiben wie in einem Bienenstock. Wie ein Lauffeuer hatte sich die Nachricht von meiner Abreise verbreitet. Bekannte, Gefangene kamen und gingen. Jeder wollte mich noch einmal sprechen. Ein großer Zettel lag auf dem Tisch, auf dem die vielen Wünsche notiert waren, was ich alles ausrichten, besorgen und kaufen sollte.

„Komm, ich habe dir nur noch ein Wort zu sagen", und der Polizeihauptmann zog mich energisch in ein Zimmer und schloß hinter mir die Tür. Dort faßte er mich an den Armen und sah mir tiefbewegt in die Augen. „Was auch kommen mag, Fedja, auf mich kannst du rechnen. Gott mit dir, mein lieber, lieber Fedja!" Hastig bekreuzigte er mich, als sollte es keiner sehen, dann schob er mich aus dem Zimmer und eilte davon, ohne sich noch einmal umzusehen.

Lopatin entfernte energisch meine Besucher. Er und Kusmitscheff waren feldmarschmäßig ausgerüstet.

„Ich muß Sie nach Waffen untersuchen!"

Ich gehorchte.

„Wenn mir etwas zustoßen sollte, vergeßt nicht meine Frau", sagte ich. Der Feldwebel nickte kaum merklich.

Ich greife nach der Mütze und gehe hinaus, so wie ich bin, so wie ich nach Nikitino gekommen bin.

Faymé und ich haben im Tarantas Platz genommen. Zu beiden Seiten haben sich die Posten in den Sattel geschwungen, Kolka zieht mit den Pferden gemeinsam an, sie traben los.

„Ich komme bald wieder, ich werde alles besorgen . . .!" rufe ich den Winkenden zu. Mein Blick streift noch einmal über das Städtchen. Es war mir vertraut geworden, denn ich kannte jedes Winkelchen.

Unser Gefährt bewacht jetzt von beiden Seiten der schweigende Urwald – die Taigá.

In Sakoulok eine kurze Rast. Kolka ist nicht müde, er will weiterlaufen. Nach zwei Tagen sind wir an der Bahnstation angelangt, der Koffer wird ins Abteil getragen, Faymé ist schon eingestiegen.

Kolka – kleines, hurtiges Pferdchen – ein Stückchen Zucker zum Abschied. Ein ängstlicher Bauer kommt und führt dich ab. Er soll dich hegen und pflegen, wie ich es getan habe – er hat Geld von mir bekommen, damit es dir an nichts fehlen soll – bis ich wiederkomme – wenn nicht – dann diene deinem neuen Herrn, bis du nicht mehr kannst . . .

Eine Station nach der andern, endlich die Stadt Perm. Der transsibirische Expreß führt uns in drei Tagen und Nächten nach Petersburg.

Zwei mächtige Kriminalbeamte steigen ein. In ihren Manteltaschen sind deutlich die Pistolen zu sehen. Die Passagiere haben schon längst den Zug verlassen, jetzt, wo der Bahnhof sich leert, kommen neue Posten und ein Leutnant, begleitet von mehreren Zivilpersonen. Abseits des Bahnhofs wartet ein Auto auf mich, hinter ihm fährt ein zweites. Im Wagen sind die Gardinen heruntergelassen, aber durch einen Spalt kann ich die bekannten Straßen doch erkennen. Wir fahren jetzt den Kai entlang, dann über die Brücke, die Peter-Paul-Festung blickt mit ihren alten Kanonen in die Newa. Ein Tor wird geöffnet, der Wagen rollt über Kies. Kurz danach hält der Wagen, der Schlag wird aufgerissen . . . ich bleibe wie angewurzelt stehen . . . unsere Villa!

Die schwere Eichentür geht auf. Unser Portier kommt heraus. Ich kenne seine Uniform und das vertraute Gesicht des alten Mannes. Jetzt sind wir alle in der Vorhalle.

„Herr Kröger! Einer ganz besonderen Fürsprache haben Sie es zu verdanken, daß Sie bei sich zu Hause wohnen können. Das Haus ist bis auf den Boden durchsucht. Sie selbst werden Tag und Nacht überwacht. Bei dem geringsten, ich wiederhole ausdrücklich, bei dem allergeringsten Versuch, über den Gartenzaun zu klettern oder sich mit irgendeinem Posten zu unterhalten, werden Sie ohne die geringste Rücksicht nach der Festung gebracht."

Abweisende, strenge Gesichter, lauernde Augen. Die Männer gehen.

Der Springbrunnen mit den Goldfischen, die dunklen, getäfelten Wände, die schweren Eichenmöbel, die dicken Kissen und Teppiche. Auf dem niedrigen runden Tisch ein silbernes Tablett – es ist leer, keine Besuchskarten liegen dort. Daneben das Telefon. Ich hebe den Hörer von der Gabel . . . außer Betrieb.

„Barin!"

Ich blicke nach der breiten Aufgangstreppe. Es ist Pawel Warlamow, der Kammerdiener meines Vaters; er war mehr als fünfzehn Jahre in seinen Diensten. „Barin, ich warte immer auf meine Herrschaften. Es ist schon so lange her, daß . . . wie in einem Grabe kommt man sich hier vor. Jeden Ersten kommt unser Gehalt, wir wissen aber nicht, von wem es ist. Von unserm alten Barin jedenfalls nicht, denn er ist arm geworden, hat nur fünfundzwanzig Pfund Gepäck nach Deutschland nehmen dürfen, und ihre Mutter auch. ‚Pawel', sagte Ihr Vater zu mir zum Abschied, ‚warte, bis der Krieg zu Ende ist, dann komme ich wieder.' Nun warte ich schon so lange, Barin . . ." Dicke Tränen liefen ihm die schlaffen Wangen herunter.

Ich klopfe ihm liebevoll auf die Schulter. Mir ist, als träume ich.

„Es ist alles schon für Ihren Empfang vorbereitet, Barin", sagt er mit einem dankbaren, stillen Lächeln.

Ich sehe, wie der Diener Faymé aus dem Mantel hilft.

„Wo ist Achmed?" frage ich Pawel.

„Ach, Barin, er ist seit heute früh fort, obwohl er wußte, daß Sie kommen werden. Rechtzeitig genug hat man uns alle verständigt. Durch nichts ließ er sich abhalten. Ich wollte ihn schon in meiner maßlosen Wut ohrfeigen, aber diese Asiaten sind ja so verschlagen, immer haben sie dieses Lächeln, aus dem ein Rechtgläubiger nicht klug wird. Weiß Gott, wo er sich fast täglich herumtreibt. Seit Sie fort sind, ist auch Achmed wie umgewandelt, nie ist er zu Hause. Mager, müde, abgespannt ist er. ‚Weiber machen mir Kummer', sagte er neulich. Sie werden keine Freude mehr an ihm haben."

„Schicke ihn sofort zu mir herauf, wenn er kommt, Pawel, ich werde den Burschen schon vornehmen, rausschmeißen werde ich ihn, wenn er sich nicht bessert!"

Ich werfe den Mantel in die Arme des treuen Dieners und stürme die Treppe mit dem hellen, buntgemusterten Teppich hinauf; Faymé kann mir kaum folgen.

Mit dem Mädchen durchlaufe ich alle Zimmer. Meine Augen können sich nicht sattsehen. Die Salons, Empfangszimmer, Schlafräume, meine Zimmer, jede Ecke ist mir bekannt, jede Möbelgarnitur ist mir vertraut, jeder Sessel, jedes Buch, alles ist so geblieben, wie es verlassen wurde, sogar auf dem Nachttisch meines Vaters liegt noch das Buch: Beschreibungen des Emin Pascha aus Afrika; darin das alte

Lesezeichen. Die Schränke sind voller Kleider, Wäsche, Geschirr, Kristall, Silber, alles wartet auf das Wiederkommen. Im Waschraum hängen die Handtücher an den gewohnten Plätzen, die Seifen sind schon gebraucht, mit ihnen hat man sich einst noch schnell die Hände gewaschen. Im Eßzimmer ist gedeckt.

Es ist zehn Uhr abends.

Die Tür meines Arbeitszimmers wird von Pawel geöffnet, hinter ihm steht ein junger Mann, Achmed. Er ist peinlich rasiert und gekämmt und trägt seine gewöhnliche Dienertracht. Er verbeugt sich. Sein mageres Gesicht sieht aus, als sei er lange krank gewesen, nur seine Augen blitzen vor Freude. Kaum wahrnehmbar gleiten sie zu Faymé herüber, ein Funke der Begeisterung, dann blickt er wieder auf mich.

„Bringe frischen Tee und Whisky mit Soda, aber schnell!" herrsche ich ihn an. Ein neuer Funke . . . Ich kenne diese Augen – es sind Faymés Augen. Sie haben mich verstanden.

Geräuschlos öffnet sich nach wenigen Minuten wieder die Tür. Achmed und Pawel bringen ein Servierbrett und rollen ein niedriges Tischchen herbei. Neues Geschirr, Süßigkeiten und kleines Gebäck sind einladend über dem weißen Tischtuch vom Tataren verteilt worden. Auf dem Tablett bleibt ein langes, schmales Sodaglas mit der Whiskyflasche stehen, daneben liegt der Quirl und eine Serviette.

„Komm!" sage ich kurz zu Achmed, küsse Faymé die Hand, und während Pawel mit etwas zitternder Hand das benutzte Geschirr abserviert, frischen Tee in die Tassen einschenkt, nach dem Begehren des Mädchens fragt, gehe ich aus dem Zimmer.

Lautlos, wie ein Schatten, folgt mir der Tatar.

Die Tür hat sich hinter uns geschlossen. Wir sind allein.

„Ich bin mit dir sehr unzufrieden, Achmed . . ." fange ich an, während er durch das Zimmer geht, die Vorhänge enger übereinanderzieht und scheinbar das Zimmer in Ordnung bringt. Eine Tür zum enormen Bücherschrank wird geöffnet und geschlossen, die Portieren werden geordnet.

Außer uns ist keiner im Raum, keiner hört, was wir uns nach Monaten zu sagen haben.

Es sind kurze, gehetzte Worte, die Antworten sind ebenso kurz.

Ich weiß, daß ich heute abend vernommen werden soll.

Ich bringe Faymé zu Bett und verabschiede mich von ihr. Sie ist tapfer, die kleine Tatarin. Ihre Augen blicken mir tiefernst entgegen.

Ich weiß: wenn ich nicht wiederkommen sollte, so wird sie mir nachfolgen . . .

Dann bin ich wieder allein mit Achmed.

Plötzlich werden die Augen des Tataren stechend und voll Haß. Er ist ein einziges, gespanntes Lauschen, und wie eine Katze springt er an meine Seite, ergreift die Flasche mit Sodawasser, das Wasser schäumt wild im Glase auf . . . die Tür öffnet sich. Der Kriminalkommissar kommt herein. Ich trinke mit Mühe einige Schlucke.

„Herr Doktor Kröger, ich möchte Sie höflichst bitten, mir zu folgen." Um die Züge des Mannes liegt ein verbindliches Lächeln.

Auf der breiten Treppe steht Faymé im bunten bucharischen Schlafrock.

„Komm bald wieder, Peterlein, ich warte auf dich", flüstert sie mir zu.

Ich reiße mich zusammen und gehe Schritt für Schritt, jede einzelne Stufe der teppichbelegten Treppe, hinab ins Erdgeschoß, dem Ausgang zu. Der Portier hilft mir in den Mantel, ich nehme mir Zeit. Ein Blick nach den Treppenstufen, die ich eben heruntergekommen bin, und ich gehe.

Für immer . . .?

Durch die nächtlich erleuchtete Stadt, durch bekannte Straßen, die voller Menschen und Militär sind, bringt mich das Auto an das Bestimmungsziel.

Im Verhandlungssaal scheint man auf mich gewartet zu haben, denn aller Augen sind auf mich gerichtet. Ich erkenne einige Bekannte, darunter auch Freunde. Abseits sitzen die Richter und starren mich an.

Wir blicken uns an wie Gegner vor dem nahenden Kampf. Wir werden rücksichtslos zueinander sein. Es gibt keine Schonung, denn einer von uns wird unterliegen, wird unbedingt unterliegen müssen.

Es war mir bekannt, daß einer der fähigsten Köpfe, ein Untersuchungsrichter von außerordentlichem Format, ein Herr Orloff, die Untersuchung in die Hände genommen hatte. Es gab kaum eine Strafsache, die er nicht aufgeklärt hätte. Meine Augen suchten nach seinem glattrasierten Schädel und der glitzernden Brille, aber ich fand ihn nicht. Vielleicht war er doch zugegen, aber verkleidet.

Der Kampf begann.

Der erste Antrag lautete: ich sollte unverzüglich in die Festung übergeführt werden.

Der Antrag wurde abgelehnt . . .

Ich blickte zu Boden: die unsichtbare Front in Feindesland war noch nicht durchbrochen.

Schlagartig setzten die Fragen ein.

„Kriegsminister Suchomlinoff war bei Ihnen öfters eingeladen, sogar sehr oft, nicht wahr, Herr Kröger?“ fragte der Kommissar.

„Er kam selten.“

„Besonders oft hatten Sie aber persönlich mit ihm zu tun“, warf ein anderer Kommissar ein.

„Nur wenn es sich um große Spezialaufträge handelte, soweit er darüber zu verfügen hatte, sonst verhandelten unsere Angestellten mit dem betreffenden Ressort und Dezernenten.“

„Sie wurden aber sehr oft im Kriegsministerium gesehen.“

„Wenn es sich um Spezialaufträge handelte, wird es wohl erforderlich gewesen sein, denn es war immer vieles klarzustellen, Einzelheiten der Ausführung und anderes . . .“

Stundenlang dauerte das Verhör und es glich einem Trommelfeuer, einem Sperrfeuer, das keinen andern Gedanken aufkommen ließ als Geständnis, Verrat. Ausgehungert, erschöpft und halbirr von dem ständigen Durcheinander der hämmernden Fragen, kam ich nach Hause. Man wurde einzeln verhört, dann konfrontiert, wieder einzeln, dann mit vielen andern zusammen. Plumpe und raffinierte Versuche, einen zu täuschen, zu einem plötzlichen Geständnis zu bewegen, ein einziges Wörtchen entschlüpfen zu lassen – das alles war vorläufig gescheitert.

Am nächsten Tage wurde das Verhör mit erneuter Kraft aufgenommen. Sicherlich war Herr Orloff in eigener Person im Angriff. Ich habe ihn aber nicht gesehen. Es ist eine lächerliche Vermutung, aber ich bin der festen Überzeugung, daß er unter dem Tisch, welcher mit grünem Tuch bis an den Boden bespannt war, saß, so geschickt waren die Fragen, die an mich gestellt wurden, und ihr versteckter Sinn.

Es wurden Geschäftsbücher unserer Eisengießereien herbeigeholt und viele Posten nachkontrolliert, denn es waren Beträge verbucht, die verschiedene Vermessungs-Ingenieure, die in den Festungen oder unmittelbar in ihrer Nähe seinerzeit tätig waren, von unserm Werk erhielten. Diese Buchungen stimmten mit den von mir gemachten Angaben und Auslegungen vollkommen überein. Warenlieferungen waren jeweils durch Empfangs- und Stückbestätigungen einwandfrei nachzukontrollieren. Meine Beziehungen zu den mir genannten Persönlichkeiten waren immer auf Grund von Unterlagen nachzuprüfen, gleich, ob wir uns an der Grenze, im Auslande, oder sonstwo getroffen hatten. Ich wurde beschuldigt, dem deutschen Nachrichtendienst Unterlagen über die Tiefen-Vermessungen von verschiedenen Flüssen in Polen, jetzt im Kriegsgebiet, geliefert zu haben, verschiedenen Firmen Aufträge zum Bauen und Ausbessern der Befestigungen zu niedrigen Preisen verschafft zu haben. Das alles wurde dadurch begründet, daß die Armeen der Zentralmächte an günstigsten Stellen die Flüsse überschritten, als seien sie bei sich zu Hause, und ihre Artillerie mit einer unnatürlichen Sicherheit sofort die empfindlichsten Stellen der Festungen vernichtete.

Tag für Tag wurde ich vernommen, meist in einem kleinen

Zimmer, das durch seine Nüchternheit tief melancholisch wirkte. Nackte Wände, nackter Fußboden, schmale, mit grünem Tuch verkleidete Tische, an denen drei Büromädels saßen und abwechselnd mit unheimlicher Geschwindigkeit jede Frage, jede Antwort mitstenographierten. Eine davon mußte meinen Gesichtsausdruck und jede kleinste Bewegung beobachten und diese ebenfalls aufstenographieren und in Einklang mit den Fragen bringen. Fast in der Mitte, auf einem einfachen Stuhl, nahm ich Platz, um mich herum drei, vier Kommissare, die dann über mich das Fragendurcheinander niederprasseln ließen.

Stunde um Stunde im ununterbrochenen Kreuzverhör.

Keinen Augenblick der Entspannung.

Vier Männer gegen – einen. Vier Männer mit sämtlichen Befugnissen, geschützt durch das Gesetz, angespornt durch Versprechungen höchster Auszeichnungen und horrender Geldprämien, gegen – einen Entrechteten, Gehetzten.

Nichts wurde gefunden, nichts konnte mir nachgewiesen werden. Mein Gedächtnis arbeitete wie eine gute Maschine. Ich blieb auf keine Frage die Antwort schuldig.

Stunde um Stunde dauerte das Verhör – vergeblich.

Ich erhebe mich von dem Stuhl, auf dem ich seit Stunden fast unbeweglich gesessen habe, mit dem Empfinden, als sei ich narkotisiert. Ich fühle die Schwere des Körpers nicht mehr, und sehe nicht mehr die Menschen, die mich hinausbegleiten. Dann bin ich auf der Straße . . . Undeutlich, wie im Nebel stehen Gestalten um mich herum, die mich zum Auto bringen. Automatisch hört das Ohr, wie der Fahrer viel zu lange auf dem ersten Gang den Wagen anfährt, wie die Zahnräder beim Umschalten auf den zweiten hart aneinanderkommen, der technisch falsche Vorgang durchzuckt mich wie ein Blitz, es kommt der dritte, dann der vierte Gang. Alles schweigt um mich herum.

Dämmriges, fahles Licht des Morgens, in ihm blinkt am Palast-Kai die Spitze der Peter-Paul-Festung auf, ihr gegenüber liegt das rote Riesenmassiv des Winterpalais. Bald weht der frische Meereswind durch die heruntergelassenen

Scheiben des Autos, das gußeiserne Tor in den Garten öffnet sich, mehrere Soldaten, die davor Wache halten, straffen sich, ein Rollen der Reifen über groben, grauen Kies, und der Wagen hält. Der Schlag öffnet sich, von allen Seiten umstehen mich Männer, irgendwo glitzert ein Bajonett – ein fürstlicher Empfang.

Achmed empfängt mich mit gelassenen und geschulten Bewegungen, und nicht ein einziger Muskel in seinem Gesicht lebt, alles ist tot, indifferent, und doch scheint der Asiate wie eine Katze auf der Lauer zu liegen.

Wir sind allein ...

Er führt ein Getränk an meinen Mund, eine Zigarette, aber die Hand kann sie nicht halten, sie ist für die Finger zu schwer. Achmed zieht mich aus wie ein Kind, er badet mich, rasiert mich, zwingt mich zu essen, dann versinke ich ins Nichts. Schon weckt er mich wieder, hilft mir bei der Toilette, serviert in Eile ein ausgesucht kräftiges Essen, er ist wie ein Trainer, der seinen Schützling mit allen Mitteln „in Form" bringt.

Auf mich wird schon wieder gewartet, ich muß mich beeilen.

Ein nüchternes Zimmer, doch andere, robuste, frische Gesichter, denen man Ruhe, Ausdauer ansieht.

Wieder Fragen, Fragen, Fragen, über geschäftliche Details, über die Verwendung bestimmter Summen, die Beschäftigung der vielen deutschen Arbeiter in den Betrieben meines Vaters.

Sperrfeuer!

Sperrfeuer um einen einzigen Menschen, um seinen Geist, seine Nerven!

Sperrfeuer hinter der Front – unhörbar, aber vernichtend, nur mit Worten, Fragen, Blicken, Bildern aus vergangener Zeit, aus einem ungekannten Versteck heraus aufgenommen.

Viele gegen – einen einzigen.

Stundenlang – tagelang – nächtelang – – –

Plötzlich wurden die täglichen Verhöre nur noch mit

sichtlicher Gleichgültigkeit, ja Langeweile fortgesetzt. Es wurden Fragen gestellt, die an und für sich belanglos waren, und von deren Beantwortung kaum noch etwas abhängen konnte. Immer seltener und seltener wurde ich vernommen. Nachts konnte ich schon unbekümmert schlafen; man verlor anscheinend immer mehr und mehr das Interesse an meinen Aussagen. Dennoch blieb ich ständig auf der Lauer, da diese unerwartete Nachlässigkeit nur eine vorübergehende Entspannung bedeuten konnte, um neues, inzwischen verarbeitetes und ergänztes Material heranzuholen.

Plötzlich in der Nacht werde ich von Achmed geweckt, und schon steht irgendein Kommissar vor mir. Ich habe keine Zeit, Toilette zu machen, denn der Wartende ist sehr aufgeregt, und schon geht es in schnellem Tempo nach der Stadt, am Kai entlang, über eine kleine Brücke, durch einen steinernen Torbogen, in einen Hof . . .

Ich bin in der Peter-Paul-Festung.

Kosaken mit blankgezogenem Pallasch und finsteren Gesichtern umgeben mich. Jeder von ihnen hat mehrere Kriegsauszeichnungen. Ich werde in eine Schreibstube gebracht. Der Offizier erteilt seine Befehle: an der Tür und vor jedem Fenster nimmt ein Posten Aufstellung. Der Konvoi läßt mich nicht aus den Augen.

Ich gehe im Zimmer auf und ab und durchmesse es zum soundsovielten Male.

„Alles nur Schein, . . . alles nur Schein . . .“ hatte mir Achmed in aller Eile noch zuflüstern können.

Er war gestern wieder fortgegangen . . .

Also mußte er doch Bescheid wissen! . . .

Die Posten werden abgelöst, es kommen andere, und auch diese werden abgelöst. Ich erhebe mich vom Stuhl, gehe wieder im Zimmer auf und ab.

Es wird Nacht, es wird Morgen.

Roh wird die Tür aufgerissen. Ein Offizier erscheint.

„Kommen Sie!“ Seine Stimme ist barsch, aber es kommt mir vor, als lächle er kaum merkbar.

Auf dem Hof werde ich wieder von Kosaken mit blanken Pallaschen umringt und auf einen andern Hof gebracht. Dort stehen Soldaten mit Gewehr bei Fuß, abseits einige Offiziere.

Einer von ihnen kommt auf mich zu. Er hält in der Hand eine breite weiße Binde.

„Sie haben die letzte Chance, ein umfassendes Geständnis abzulegen . . . widrigenfalls . . . Erschießung!"

„Alles nur Schein . . ." schwirren Worte mir durch den Kopf.

Achmed . . . hat man ihn verraten . . .?

Ich schüttle den Kopf.

„An die Wand!" sagt bestimmt der Offizier und reicht mir die Binde. Aber ich nehme sie nicht.

Ich stehe an der Wand.

Die Kommandos erschallen, die Gewehrmagazine krachen. Ich blicke in die Gewehrläufe, in die dunklen Punkte. Etwas anderes sehe ich nicht. Ich bin vor innerlicher Kälte erstarrt.

Jetzt . . . der Tod.

Eine sich überschreiende Stimme. Die Gewehre sinken zurück. Abseits flüstern die Offiziere. Ich werde abgeführt. Wir sind wieder auf dem ersten Hof angelangt.

Eine dunkle Limousine kommt donnernd in den Hof gefahren. Die Tür wird aufgerissen, und ein blasser Mann mit einem kleinen grauen Spitzbart entsteigt dem Wagen.

Ich kenne doch diesen Mann! Ich kenne ihn, das ist doch . . .

Aber schon ist er abgeführt, verschwunden.

Ich muß in meinen Wagen steigen. Das Festungstor öffnet sich, und der Wagen surrt davon.

Der Kai . . . die breite Brücke . . . eine lange Lindenallee . . . ein bekanntes Tor mit Posten davor.

Ich bin wieder zu Hause.

Kaum sind die Männer fort, kaum habe ich ein Glas Alkohol getrunken und mir eine Zigarette angesteckt, blicke ich in das unbewegte Gesicht des tatarischen Dieners . . .

Achmed! . . . .?

Und dieses Gesicht, das ewig rasierte, gepflegte . . . lächelt schelmisch . . . nein . . . nicht schelmisch, sondern bösartig. Er schenkt mir in seiner ewigen Seelenruhe ein neues Glas ein, bringt das kleine Tablett in die Reichweite meiner Hand . . . ich kann den Blick nicht von seinen Augen wenden, denn ich weiß, er ist der einzige noch . . .

„Herr Kröger . . . Kriegsminister Suchomlinoff ist verhaftet worden . . . Sie sind entlastet . . . Er ist in der Peter-Paul-Festung eingeliefert." Er sagt es so leise, daß ich es fast an seinen Lippen erraten muß. Plötzlich denke ich an die Limousine in der Peter-Paul-Festung und an den blassen Mann, der aus dem Wagen stieg. Jetzt wußte ich, wer er war. Ich schiebe das Tablett von mir.

Achmed trinkt mit einem Zuge das Glas leer, schenkt sich ein neues ein und leert es wieder in einem Zuge, erst dann sieht er mich an, und über seinem exotischen Gesicht liegt zum ersten Male das offene Lachen.

Wir reichen uns die Hände.

*

Am nächsten Tage erhielt ich die Erlaubnis, im Garten spazierenzugehen. Der kurzgeschnittene Rasen, die Wege, das Treibhaus, die Bäume, alles war in bester Ordnung, als sei das Haus ständig bewohnt gewesen. Am Ufer der Newa verbrachte ich mehrere Stunden. Mein Kopf arbeitete wie jeden Abend die stattgefundenen Verhöre durch, während kleine Wellen immer wieder die Sandbank des Ufers anliefen. Ab und zu streifte der Blick instinktiv die Richtung, in der das offene Meer, die Festung Kronstadt . . . und der Strand meiner Heimatscholle liegen mußten.

„Ich habe Ihnen mitzuteilen, daß Sie nicht mehr vernommen werden", erklang die plötzliche Stimme des Kommissars, der vor mir stand. „Ihr Gesuch auf Verbleib in Petersburg, auch wenn Sie sich bereit erklärt haben, Ihr Haus und den Garten bis ans Kriegsende nicht zu verlassen, ist abschlägig beschieden worden. Auch das Verbleiben Ihrer Frau allein ist wegen Verdachts der Fluchtbegünstigung ausgeschlossen. Die Gründe werden Ihnen hinreichend bekannt sein. Ihre Abreise hat morgen nacht um zwei Uhr zu erfolgen. Sie werden wie gewöhnlich abgeholt. Irgendwelche Besuche zu empfangen, ist Ihnen ebenfalls untersagt."

Die kleinen, unbekümmerten Wellen liefen immer wieder hurtig die Sandbank an . . . Gedanken . . . Gefühle . . . Schwingungen.

Ich ging zu Faymé.

Sie hatte mich nie nach dem Ausgang der Untersuchungen gefragt, obwohl sie ahnte, daß der lauernde Tod im Spiele stand. Wenn ich mich beim Fortgehen von ihr verabschiedete und sie küßte, so lag immer nur etwas Großes, unausgesprochen Herrliches in den schwarzen Augen.

Aber seit einigen Tagen las ich darin etwas anderes. Ein großes Geheimnis, eine wundersame Freude. Sie wollte es mir aber nicht sagen.

Nachts wanderte ich durch die Zimmer. Die dicken Teppiche erstickten das geringste Geräusch. Aus dem einen oder andern Fenster sah ich die Posten im Garten auf und ab gehen. Die Fenster waren geschlossen – Befehl! Jede Verbindung mit der Außenwelt völlig unmöglich.

Diese Nächte glichen denen in Nikitino.

Plötzlich, in irgendeinem Zimmer, tauchte inmitten der abgeschiedenen Stille Faymé auf. Ohne Vorwurf, ohne Frage, schweigend stand sie da. Die Entscheidung überließ sie mir, ob ich mit ihr sprach oder ob ich sie fortschickte, oder weiter schwieg.

In ihren Augen stand immer das große Geheimnis.

„Wenn du es mir nicht sagst, so soll ich es eben nicht wissen."

Dieser Grundsatz galt für uns beide.

Jetzt, da alles vorüber ist, gehe ich zu ihr. Ich habe jetzt wieder nur sie, sie ganz allein.

Und ich schreite langsam von Stufe zu Stufe hinauf. Ich

trage in mir die Vorahnung des Glücks – ich werde gleich vor ihrem Geheimnis stehen.

Leise öffne ich die hohe, schwere Tür. Sie öffnet sich lautlos und langsam.

Faymé steht vor mir . . . Sie hat mein Kommen gefühlt . . .

„Vorüber! Peter! . . .“ Schon halte ich sie in den Armen. „Peterchen . . .“ Sie ist so zärtlich.

„Nun kannst du wieder lachen, Peter, wie früher, wie immer, ja? Nun ist alles vorüber. Hast viel Kummer gehabt. An deinem breiten Rücken habe ich alles gemerkt, er war gekrümmt, gebeugt, wie ich ihn noch nie kannte.“

„Ja, nun ist alles vorüber, nun bin ich wieder zu dir gekommen, mein Kind.“

Ich wiege sie auf den Armen.

Sie hat sich hineingekuschelt. „Du willst mir etwas sagen, ein Geheimnis hast du, ein wunderschönes Geheimnis?“

„Ja, Peter“, flüstert sie kaum hörbar, „ich habe zu deinem Gott gebetet . . . lange, inbrünstig . . . Ich werde ein Kind haben . . .“

Eine jähe Röte steigt ihr ins Gesicht, und sie verbirgt es auf meiner Schulter. Ich bette sie auf das Lager. Sie ist so klein, so schutzbedürftig, so ruhig geworden.

„Ein Kind von dir, Peter . . . es soll sein wie du, groß und stark . . .“, sagt sie begeistert, mit angehaltenem Atem.

Ich knie neben dem Lager, küsse dem Mädchen voll tiefster Ehrfurcht die Hände, und es ist mir, als sei sie durch ihr Gebet, ihr Geständnis eine Heilige geworden – Faymé, das kleine schwarze Tatarenmädchen.

Bewaffnete Kosaken begleiten uns auf der Rückreise. Auf jeder Station steigt ein Beamter in den Wagen und sieht nach, ob ich noch im Abteil bin, ob die Posten ihre Pflicht erfüllen. Man bringt uns zu essen und zu trinken.

Endlose Güterzüge rollen vorbei – an die Front! Durch die offenstehenden Türen lugen Soldaten und Pferde. Die Züge haben beschleunigte Fahrt, und alles muß ihnen die Strecke frei machen. Auf den Waggons prangen schreiende Plakate, wie auch auf Häusern, Bahnhöfen, Mauern, Zäunen, wohin man sieht, immer dieselben Plakate:

„Zeichnet Kriegsanleihe!

„Schont keine Geschosse!"

Ein Zug nach dem andern, endlose Reihen rollen an mir vorbei nach dem Westen.

„Schont keine Munition!"

„Schont keine Geschosse!"

Amerikanische Wagen, japanische Aufschriften! Amerikanisches Geld! Geld! Geld aus den USA!

„Schont keine Geschosse!"

Wie eine Lawine soll sich die Vernichtung über die Heimat wälzen.

Findet sich denn keine Hand, die diese Reihen sprengen kann, kein Gehirn, das einen verwegenen Plan ausdenkt, um dieses ständige Anrollen des Todes aufzuhalten?

Tag und Nacht rollen die Züge. Nichts hindert sie in ihrem dumpfen, eilenden Geratter.

Der Kosakenoffizier neben mir – grinst.

Und ich – fahre zurück – nach Osten – hinter den Ural . . .

Wologda, Wjatka, Glasow und endlich Perm. Ich verlasse mit Faymé und den Posten den Wagen. Die Gepäckträger bringen unsere Koffer ins Bahnhofsrestaurant.

„Wünsche Ihnen eine recht gute Weiterreise." Jovial salutierend entfernt sich der Offizier mit seinen Kosaken. Lopatin und Kusmitscheff sind die einzigen, die bei uns bleiben müssen.

Ein kleiner Spaziergang durch Perm. Am Kai des breiten Kama-Flusses sehen wir ruhende Lastzüge, Flöße, Barken, Menschen. Keiner hat es hier jemals eilig gehabt, auch jetzt nicht, etwa zweitausend Kilometer ostwärts von St. Petersburg. In den Straßen sehen wir viele Offiziere, die auf ihre neue Uniform besonders stolz sind, Soldaten, die dauernd aufs präziseste grüßen müssen; sie haben gelangweilte Gesichter, ihr Gang ist müde, apathisch. Dazwischen schlendern Kirgisen, Kalmücken, Mongolen, Tataren, Kosaken und was sonst an Volk und Stämmen hier nebeneinanderlebt.

Die Reise geht weiter. Nach drei Tagen sind wir am Ende der Kultur angelangt, der Endstation, da, wo der weite, weite Schienenstrang aufhört, weil die undurchdringliche Taigá ihn nicht mehr weiterlaufen läßt.

Mein Kolka ist wieder da! Mein liebes, kleines Pferdchen! Ich sehe ihn also doch wieder . . . Er wiehert, leckt mir die Hände und bekommt ein Stück Zucker, das ich bis jetzt in der Tasche für ihn aufgehoben hatte. Dann trottet er los, Stunde um Stunde; sogar während des Ziehens des Tarantas ist er noch übermütig.

Wir übernachten zweimal; dann kommt Sakoulok.

Panischer Schrecken steht in den Augen des Wirtes, als er schon aus der Ferne zu uns gelaufen kommt. Er unterhält sich im Flüsterton mit den Posten, aber ich höre dennoch die wenigen Worte:

„Schwarze Pest ist ausgebrochen. Der Feldscher soll um des Heilandes willen sofort zu uns kommen . . . denn sonst . . ."

Ohne Rast geht es weiter. Der Wind, der in Sakoulok uns umweht, bringt uns vielleicht schon den Tod – die schwarze Pest! Erst einige Stunden später machen wir halt. Den Soldaten ist deutlich die Angst anzumerken. Sie nehmen ein

Bündel Zweige und bürsten sich damit die Uniformen immer wieder ab, dann gehen sie zum nahen Bach und waschen sich die Hände. Sie haben sogar ihren Hunger vergessen, und nun hocken sie stumpfsinnig da, als laure der Tod schon auf sie.

Wir sitzen schweigend beieinander, und während das entzündete Feuer knistert, geht jeder seinen Gedanken nach. Es ist still in der Taigá. Sterne stehen am Himmel ... Es sind dieselben, die Faymé und mir in unserem Hause im fernen Petersburg durch die ständig geschlossenen Fenster geleuchtet haben.

Huuuuu ... huuuuu ... huuuuu ...

Dumpfes, schauriges Heulen in weiter, weiter Ferne. Unsere Pferde werden sofort unruhig.

Wölfe! Gott sei uns gnädig!“ flüstern die Soldaten und entsichern ihre Gewehre. Nach geraumer Zeit sehen wir kleine, grüne, leuchtende Punkte: die Lichter der Würger. Die Pferde werden angespannt, wir fahren weiter. Die Posten halten die geladenen Gewehre krampfhaft umfaßt. Schon längst ist das Heulen der Wölfe verstummt, aber meine Begleiter blicken dennoch spähend nach allen Seiten. Erst als es hell wird, werden sie ruhig.

Ein regnerischer, trüber Tag kommt uns entgegen, und erst am Abend begleiten uns fahle, herbstliche Sonnenstrahlen heimwärts.

In der Ferne sehen wir endlich Nikitino. Der Mond spiegelt sich in den leuchtenden Kirchenkreuzen, nicht ein einziges Licht ist in dem Städtchen zu sehen, als sei es selbst ein Stück schlafende Urnatur. Doch als die ersten Hufschläge von den Hütten widerhallen, da kläffen sofort die Hunde, eine Kuh muht im Stall, ein Pferd wiehert. Der weite, vom Mond beschienene Marktplatz breitet sich vor uns aus, wir biegen in die Straße ein, und nun sind wir vor unserem Hause. Sofort ertönt lautes, fröhliches Hundegebell; es ist mein Strolch. Wenige Minuten später kommt Olga ganz verschlafen heraus und lächelt erfreut über das ganze Gesicht, und während Strolch außer sich vor Freude bald Faymé und mich, bald seinen langvermißten Freund Kolka umringt, beeilt sie sich, ihrem Manne verstohlen die Hand zu drücken.

Es ist kaum eine Stunde vergangen, als ein lautes Klopfen an der Eingangstür und das böse Bellen meines Hundes mich stutzig machen. Vor dem Hause steht Lopatin und bittet um schnellsten Einlaß. Herr Hauptmann bittet Sie, sofort zu ihm zu kommen . . . wegen der schwarzen Pest, Barin. Keine Zeit ist zu verlieren. Kommen Sie um Gottes willen schnell!"

„Es ist nichts, mein Liebes, schlaf nur, es ist nichts", beruhige ich Faymé. Iwan möchte mich unbedingt sehen, denn er will alles wissen und bittet mich sehr, zu ihm zu kommen. Ich muß ihm diese Bitte erfüllen." Ich decke Faymé zu, ordne die Kissen und gehe leise hinaus.

Der Hauptmann öffnet mir selbst die Tür seiner Wohnung; er ist fix und fertig angezogen.

„Fedja!" Er umarmt mich mit leuchtenden Augen. „Alles hat sich in Petersburg geklärt, du bist wieder da, mein Lieber!" Er klopft mir auf die Schulter. „Willst du essen, trinken, rauchen? Kann ich dir etwas anbieten, zurechtmachen lassen?"

„Dank dir, Iwan, danke recht herzlich, mein Guter. Alles hat sich jetzt geklärt . . . endlich!"

„In Sakoulok ist die schwarze Pest ausgebrochen! Wir dürfen keine Zeit verlieren. Wir müssen so schnell wie möglich handeln. Du mußt uns mit deinen Kameraden helfen – sonst sind wir alle des Todes. Wir müssen sofort aufbrechen. Geh gleich ins Lager und suche dir hundert von den zuverlässigsten Leuten aus, bringe sie auf die Beine und setze sie in Marsch nach Sakoulok. Das Weitere später. Geh, mein Lieber, geh so schnell wie möglich!"

Ich eile zum Gefangenenlager, wecke den Feldwebel, weihe ihn ein. Im Nu ist er angezogen. Mit einigen bewaffneten Wachsoldaten an der Spitze marschieren die Kameraden dann aus dem Städtchen. Sie haben den strengen Befehl: keinen Wagen, keinen Menschen, der aus der Richtung von Sakoulok kommt, durchzulassen, sondern jeden anzuhalten und auszufragen, ob der Betreffende schon mit den erkrankten Einwohnern in Berührung gekommen sei.

Während ich meine Breeches-Hosen und Schaftstiefel anziehe und auf dem Hof mein Kolka angespannt wird, bringen die Frauen Lebensmittel in den Tarantas. Die drei Pferde meines Hauswirtes werden ebenfalls angeschirrt und wahllos Beile, Taue, Sägen, Äxte in den Wagen hineingeworfen.

Zusehends wird es auf dem Marktplatz belebter. Aus allen Straßen kommen Gefährte jeder Art, auf denen verschlafene, ängstliche Männer hocken. Von überall her eilen Menschen mit Lebensmitteln, alle flüstern geheimnisvoll durcheinander, aber sie bekommen nur die eine Antwort: „Der Wald brennt an einer Stelle. Der Brand muß gelöscht werden." Die gesamte berittene Garnison sprengt auf den Pferden heran, ein Teil der Polizisten, die sonst die Sträflinge zu überwachen haben, kommt angerannt; sie knöpfen unterwegs die Uniformen zu, setzen vorschriftsmäßig ihre Mützen auf und ordnen die Patronentaschen am Gürtel. „Wenn aber der Wald brennt, so braucht man doch für Löscharbeiten keine Polizei und kein Militär", flüstern die einen den anderen zu. „Sträflinge werden wohl entkommen sein . . . haben auch den Wald angesteckt", wird barsch erwidert.

Der Bäckermeister Worobej kommt gelaufen. Er und sein Geselle, der Österreicher Meyerhofer, halten in den Armen viele Brote, soviele sie nur tragen können. Dann kommen die anderen Bäcker und Fleischer. Geschwind wird alles verladen. Etwa dreißig Wagen ziehen mit laut krächzenden Rädern aus Nikitino in die Nacht hinaus, während die Zurückgebliebenen ihnen besorgt nachblicken.

Wir holen die vorgeschickte Marschkolonne ein. Die Männer schwingen sich auf die Wagen, so daß auf jedes Gefährt sechs Mann kommen, und weiter geht es. Ehe die ersten Sonnenstrahlen hinter dem Walde hervorlugen, sind wir schon im scharfen Trab weit von Nikitino entfernt. Eine kurze Rast für unsere schaumüberdeckten Pferde wird eingeschaltet. Wir selbst gönnen uns kaum einen Bissen, kaum einen Schluck Wasser.

Die Sonne ist im Sinken – vor uns liegt das friedliche Dörfchen Sakoulok.

Sofort steigen wir ab. Kommandos erschallen. Militärgewehre und Munition werden verteilt, die Magazine krachen, werden geladen. Die Männer haben sich schon aufgestellt. Schnell wird abgezählt, die beiden Kolonnen trennen sich. Es vergeht eine kurze Zeit, und aus dem Walde fällt ein Schuß, ein Zeichen, daß die Umkreisung vollzogen ist. Dann fällt ein zweiter Schuß, und die Männer gehen dem Dorfe zu, um den Kreis zu verengen. An ihren unsicheren Schritten merkt man deutlich, daß sie sich der schrecklichen Aufgabe bewußt sind, zu der sie hierher kommandiert wurden. Hinter der Schützenkette geht eine zweite Kette von Männern, die mit Beilen, Sägen, Tauen und Schaufeln ausgerüstet sind.

Es fällt noch ein Schuß, und wie angewurzelt bleiben alle stehen.

Aus der ersten Kette treten der Polizeihauptmann und der Feldscher hervor, und sicheren Schrittes gehen sie dem Dorf zu, den ängstlich wartenden Menschen entgegen. Um Mund und Nase haben sie in Karbolflüssigkeit getauchte Tücher gebunden. Auf der einzigen Dorfstraße wartet der Dorfälteste auf sie. Ich sehe die Männer noch einige Schritte weitergehen, dann sind sie unseren Blicken entschwunden.

Schweigend stehen die Bauern am Rande ihres kleinen Dörfchens.

Schweigend blicken auch wir sie an.

Es vergehen bange Minuten – für uns alle.

Die Sonne blinkt noch hinter dem Walde hervor; über uns spannt sich ein klarer wolkenloser, ferner Himmel.

Die Natur um uns scheint den Atem angehalten zu haben.

Jetzt sehen wir den Polizeihauptmann und den Feldscher wieder die Dorfstraße entlang gehen, während die Bauern sich scheu aneinanderdrücken. Sie gleichen ängstlichen, verwundeten, gehetzten Tieren. In einer Entfernung von drei

Meter voneinander beratschlagen fünf Männer. Ihre Züge sind fahl, gequält; das Brennen in ihren Augen ist verzweifelt.

„Die Benachrichtigung der Regierung und das Eintreffen der ersten Hilfe beansprucht gut zwei Wochen, denn die erforderlichen speziellen Sanitätswagen sind nicht zur Hand. Ich habe ja bereits angefragt. Wegen der Entfernung des Dorfes von der Bahn ist aber der Abtransport der Kranken das Allerschlimmste; er ist mit unüberbrückbaren Schwierigkeiten verbunden. Am Tage können wir das Dorf ständig überwachen, aber in der Nacht . . . Es sind zu viele, die unbedingt versuchen werden, zu entkommen, die also die schwarze Pest weitertragen können. Es sind auch schon zu viele erkrankt. Zu lange haben sie es verheimlichen wollen. Weiß Gott, wie viele von ihnen schon entkommen sind, wohin sie überall den Schrecken dieser Krankheit getragen haben. Wir in Nikitino sind völlig machtlos, weil wir nicht einmal genügend Karbol haben. Wir haben nichts, aber auch gar nichts, womit wir diesen Schrecken um uns bannen könnten! Sagt alle, besonders du, Feldscher, könnt ihr vor Gott und seinem Gericht verantworten, wenn wir . . . Sakoulok . . . niederbrennen?"

Sie blicken sich voll Verzweiflung an. Der Staat, der liederliche Vampir, bringt ungezählten Menschen ruchlos den Tod.

Sie bekreuzigen sich mit zitternder Hand . . .

Das ist die unaussprechbar grauenhafte Antwort. –

„Achtung! . . . Anfangen! . . ."

Die schnarrende Stimme des Hauptmanns fliegt weit über die Köpfe der lauschenden, bisher noch hoffenden, ängstlich blickenden Menschen, und es kommt ein schauriges Leben in die beiden umzingelnden Ketten der Männer. Die einen umspannen Beile, Äxte, Spaten, die anderen – das Gewehr. Der Wald erdröhnt plötzlich von Gekreisch, Gehämmer, Krachen. Die Hände an den Mund gelegt, schreit der Hauptmann aus Leibeskräften Worte, die uns erschauern lassen:

„Keiner darf das Dorf verlassen, sonst wird er . . . niedergeschossen!"

Wie geistesgestört blicken die Menschen uns an, sie wissen . . . daß sie verbrannt werden . . . Nicht einer von ihnen wird am Leben bleiben! Sie haben nur die Wahl, in den Flammen oder vor dem Gewehrlauf zu sterben. Wir können mit ihnen kein Erbarmen haben, denn sie bringen uns ungewollt den Tod.

Frauen, Männer stehen vor uns, fallen auf die Knie, flehen uns an, zwingen ihre Kinder, auch die allerkleinsten, mit in die Knie zu sinken, unsere Herzen zu erweichen.

Die Schützenkette steht da, breitbeinig, das Gewehr in der Hand.

Hinter uns hören wir fieberhaftes Arbeiten, Fällen, Graben, Hacken. Ein kleiner Graben wird gezogen und der gefällte Wald sofort in den Todeskreis geworfen.

Die Zeit verstreicht . . .

Bald wird das friedliche, gottesfürchtige Dorf, das von Menschen bewohnt wird, wie wir es sind, die fühlen, denken, lieben – sterben, dem Erdboden gleich gemacht sein.

Plötzlich . . . die eben noch ängstlich aneinandergedrängt stehenden Menschen reißen sich von ihren Plätzen los . . . laufen auf uns zu.

„Feuer!"

Ein Schuß fällt, ein zweiter, es kracht immer wieder . . . Die kleinen, mühsam dem Walde abgerungenen Flächen um das Dorf bedecken sich mit Leichen, Verwundeten, weinenden, schreienden Kindern. Die Schüsse verstummen, und es fallen nur noch einzelne, um den Qualen der Menschen ein Ende zu bereiten. Es sind „Gnadenschüsse". Jetzt stöhnen sie nicht mehr; sie liegen bewegungslos. Ihr Antlitz ist meist der Erde zugekehrt.

Die Zeit verstreicht . . .

Die Männer stehen breitbeinig da, das geladene Gewehr in der Hand.

Sie halten ein Kesseltreiben auf Mitmenschen ab.

Wir bringen den Tod, vor dem wir uns gegenseitig nicht erretten können, weil diejenigen, die es hätten tun können, es nicht getan haben.

Am Rande des Dorfes sammeln sich die Eingekreisten. Sie schreien, überschreien sich, die Frauen kreischen; sie sind vor dem Kommenden wie wahnsinnig geworden.

Jetzt laufen sie aus allen Richtungen auf uns zu.

„Mjetko streljaj!"* schreit der Hauptmann.

Die Schüsse peitschen durch die Luft. Sie fallen unregelmäßig, gleichsam ängstlich und doch erbarmungslos. Die laufenden Menschen flehen, weinen, schreien vor panischer Angst, vor Grauen, fallen, stöhnen, fluchen. Die Magazine der Gewehre krachen kurz und metallisch, unaufhörlich.

Die Sibirier schießen gut . . .

Etwa zehn Schritt von uns entfernt ist eine junge Mutter niedergestürzt. Der Gnadenschuß traf sie mitten in die Stirn. Beim Fallen hat sie ihr kaum einige Monate altes Kind erdrückt, und nun liegt es unbeweglich neben ihr, die Arme des kleinen Körpers sind verrenkt. Auf der anderen Seite der Frau liegt ein größeres Kind. Es weint, weil es sich die Händchen wundgeschlagen hat, da es von der Mutter heruntergerissen wurde. Nun setzt sich dieses Kind neben die Tote, greift nach einer Blume und spielt damit. Auf den pausbäckigen Wangen stehen noch große Tränen. Es rüttelt die tote Mutter, will ihr das Blümchen zeigen und wie sehr es sich darüber freut, denn es klatscht unbeholfen mit den Händen.

. . . und es findet sich kein Gewehrlauf, es findet sich keine Kugel für dieses Kind. . .

„Sawinkow! Herkommen!" kommandiert der Hauptmann. „Dein Gewehr geladen?" Und er zeigt auf das Kind, das uns anlächelt.

Der alte Soldat mit seinem dichten, kastanienbraunen Haar und dem üppigen Bart bekreuzigt sich dreimal, ergreift das Gewehr, aber er vermag es nicht gegen das lachende Kind zu erheben. Der Hauptmann, – wir alle haben ihm den Rücken zugewandt. Der Schuß fällt nicht, obwohl wir darauf warten, als müßte er uns eine Befreiung, eine Erlösung von den Schmerzen bringen, die wir mit allen Nerven empfinden.

---

* „Genau schießen!"

„Ich kann nicht, Euer Hochwohlgeboren . . . Ich habe Chinesen erschossen, Japaner, auch in diesem Kriege bin ich gewesen . . . Bei Gott . . . kann's nicht", murmelt der Soldat in seinen Bart, und als der Hauptmann ihm lange in die Augen blickt, fügt er mit fester, lauter Stimme hinzu: „Und wenn Sie mich wegen Gehorsamsverweigerung bestrafen, ins Gefängnis einsperren lassen, totprügeln ... ich kann nicht ... bei Gott . . . Euer Hochwohlgeboren."

Als wäre das Gewehr für den Hauptmann eine ungewohnte, viel zu schwere Waffe, nimmt er es langsam dem Soldaten aus der Hand, tritt einige Schritt vor, legt an und drückt ab – im selben Augenblick, da das Kind seinem Henker das Blümchen entgegenstreckt.

Die Zeit verstreicht . . .

Die Dämmerung umschleicht uns von allen Seiten . . .

„Zehn Schritte zurück!"

Eine Stimme schreit es dehnend heraus. Andere Stimmen geben es weiter. Der Tod kann sein Mähen beginnen!

Das angelegte Feuer schlägt hoch, und schon ist um das stillgewordene Dorf der laufende Feuerkreis deutlich in der Dunkelheit zu sehen. Noch einige Bauern kommen aus den Hütten, doch sie sind still, ohne Lebenswillen. Sie fallen auf die Knie, beten und singen Psalmen:

„Segne uns, Allmächtiger . . .!"

Rotes, zuckendes Feuer, schwarzer, grauer, gelber Rauch. Es prasselt, zischt, stöhnt, kracht, pfeift. Die Flammen nähern sich einander immer mehr und mehr, und schon fressen sie die kümmerliche, reife Saat.

Ein Flammenmeer wogt jetzt hoch gen Himmel . . .

Hühner, Gänse, Enten laufen ins Feuer hinein, und wie plötzlich aufflammende Fackeln brechen sie zusammen. Angsterfülltes Brüllen des Viehs, Pferdewiehern unterbricht die wütend prasselnde Wucht des Feuers.

Die Schützenkette steht da, breitbeinig, das Gewehr in der Hand . . .

Die Männer lassen das Gewehr sinken . . . und starren in das lodernde, gierig fressende Feuer.

Allmählich graut der Morgen. Ein heller Streifen am unendlichen Horizont, ein rötlicher Schimmer, und zaghaft legen sich die ersten Sonnenstrahlen über die Taigá.

Ein neuer Tag erwacht, mit ihm neues Leben . . . aber Sakoulok ist nicht mehr. –

Im blinkenden Tau sitzen die Mannschaften beim Essen. Gedrücktes Schweigen herrscht.

Um das Feuer, das sich langsam senkt und dichten gelben Rauch entwickelt, gehen die Wachtposten. Sie müssen es mit scharfen Augen überwachen, denn es darf nicht auf den naheliegenden Wald übergreifen. Hinter den Flammen, auf schwarzer, verbrannter, noch rauchender Erde liegen die verkohlten Menschenleiber, zwischen ihnen das Vieh. Ab und zu kann man durch den Rauch die lodernden, leckenden Flammen an den schon fast verbrannten Hütten sehen. Dann und wann hört man das Zusammenkrachen der Holzbauten, der Scheunen und Schuppen. Bald verstummt auch das.

Die Mannschaften rüsten sich zur Heimfahrt. Ein Fuhrwerk nach dem anderen wird mit Beilen, Äxten, Sägen vollgeladen, auf die anderen steigen die Männer, und langsam geht es heimwärts. Alle ohne Ausnahme blicken noch lange zurück. Nur wenige bleiben an der Feuerstelle, um zu wachen.

Es wird wieder dunkel im Walde. Die Nacht kommt hernieder.

Der dichte Qualm steigt jetzt kerzengerade und gleitet dann über die Wipfel der Bäume. Diese Nacht ist schwarz und still, und als die Glut erloschen ist, verlassen auch die letzten Männer die stumme Stätte.

Unbekümmert, ewig gleichgültig steht die Taigá. In ihrer Mitte haben sich schon unendlich viele ungesehene, schaurige Szenen von höchster Aufopferung und tiefstem Verrat abgespielt. Im nächsten Frühjahr wird sie auf kleine Kiefern, Birken, Zirben und verschiedenes schnell wucherndes Gestrüpp blicken, die auf der schwarzen Stelle neu erstehen werden. Bis dahin aber werden auch die Wölfe und Raubvögel sich ihren Fraß geholt haben.

An einem Sonnabend kam Ilja Alexejeff, der Dorfälteste von Sabitoje. Es war ein frohes Wiedersehen.

„Bruder, du warst fort, wir dachten, du kämst nicht mehr zu uns zurück. Eine Freude, daß du wieder da bist. Wir alle haben ein Geschenk für dich, selbst die Ärmsten haben mit Liebe daran gearbeitet. Du mußt nach Sabitoje kommen und es dir selbst ansehen."

„Was ist denn das für ein Geschenk, an dem ihr alle Hand angelegt habt?" frage ich.

„Man kann es weder tragen, noch ziehen, noch fahren, es ist groß und schön, und du wirst Freude daran haben, Fedja, riesengroße Freude. Jeder von uns, ohne Ausnahme, auch alle deine Kameraden haben dazu beigetragen. Nun ist es fertig, und du sollst es sehen. Verraten werde ich dir nichts. Willst du mit uns kommen?"

In aller Herrgottsfrühe ging die Karawane nach Sabitoje ab. Im ersten Tarantas saßen Faymé, Ilja und ich. Ich hatte meine beiden Gewehre mitgenommen und wollte in Sabitoje zur Jagd gehen. Hinter uns schaukelten gemächlich die vollgeladenen Gefährte der Bauern.

Stunde um Stunde fuhren wir. Bald aus dem einen, bald aus einem andern Wagen ertönte die Ziehharmonika oder die Balalaika, es wurden lustige Lieder gesungen, es wurde geplaudert, gescherzt, dazwischen mal gerastet, gegessen, Tee abgekocht, geraucht und wieder gefahren, gesungen, musiziert. Die Zeit verging.

Plötzlich fuhr Ilja dicht an den Rand der Landstraße, deutete auf den Wald und sagte:

„Sieh, hier war der alte Weg nach Sabitoje!"

„Wo?"

Ein breites Lächeln war die einzige Antwort auf meine

Frage. Als ich aber genauer hinsah, konnte ich noch deutliche Spuren der nach Sabitoje abzweigenden Straße erkennen. Diese Stelle war jetzt mit kleinen Bäumchen, Fichten, Erlen, Zirbeln, Tannen und dem verschiedensten Gesträuch bepflanzt und kunstgerecht miteinander verschlungen.

„Diese Stelle wird in kaum zwei Jahren überhaupt nicht mehr zu finden sein. Wenn wir jetzt ins Dorf zurückwollen, so müssen wir bis zum Fluß fahren, dort warten auf uns Flöße. Auf dem Wasser hinterläßt man ja keine Spuren", meinte er und lachte dabei verschmitzt.

Durch kleines, zum Teil schon abgeholztes Dickicht, das aber immerhin den Pferdchen bis zum Bauch reicht, bricht sich die Karawane Bahn, und nach einiger Zeit sind wir am Fluß angelangt.

Mächtige Flöße sind in einer Bucht am Ufer verankert und mit Gestrüpp verdeckt, so daß man sie kaum erkennt. Wir steigen aus und führen ein Gefährt nach dem andern auf das Floß. Seelenruhig warten auch hier die zottigen Pferdchen, die weder das Wasser noch sonst irgendein Umstand beunruhigen kann. Die Flöße sind etwa fünf Meter breit und fünfzehn Meter lang, so daß die zwölf Gespanne auf vier Flößen bequem Platz haben. Pferde und Wagen werden festgemacht, und die Fahrt geht unter den lustigen Klängen der Ziehharmonika weiter.

Mühelos, fast ohne die geringste Aufmerksamkeit, steuern und rudern die Bauern den mindestens einen Kilometer breiten Fluß hinunter. Sie singen heitere Lieder, obwohl ihnen der Schweiß schon lange an der Stirn perlt.

„Komm, Ilja, auch wir wollen zeigen, was wir können! Komm, laß uns auch mal rudern und steuern."

Die Augen des Dorfältesten leuchten, als er sich erhebt und mit Nachdruck in die Handflächen spuckt. Im Nu habe ich das Hemd über den Kopf gezogen, Ilja tut das gleiche, und wir fassen zu, fallen in das Lied ein, singen es mit voller Stimme und großer Begeisterung.

Dicht am Rande des Floßes sitzt die Tatarin auf einer Decke und sieht uns zu. Die kleinen Wellen brechen sich vor dem Floß, an den kaum gehobelten Balken und eilen an ihrer Seite vorbei, Faymé spielt mit dem Wasser und lächelt uns zu.

Das sandige, steil aufsteigende Ufer gleitet an uns vorüber, dann wird es flach, schilfig, es ist mit dichtem Gestrüpp und kleinen Büschen bewachsen, dann und wann leuchten schon von weitem helle, jungfräuliche Birken, und viele verkümmerte, verwachsene Weiden hängen ihre Äste und Zweige tief ins träge dahin fließende Wasser. Scharen von Wildenten, Gänsen und anderen Wasservögeln schrecken wir auf. Sie flattern vor uns auf und lassen sich nur wenige Meter weiter mit Plätschern und Gackern aufs Wasser nieder, um von uns wieder aufgescheucht zu werden. Von den Ufern ertönt das nie endende Gequake der Frösche. Die herbstliche Sonne steht am grauen nordischen Himmel. Das lustige, gedehnte Spiel der Ziehharmonika ist jetzt beendet, eine Balalaika setzt in tiefen Tönen ein, und es erklingt ein schwermütiges Lied von Liebe und verlorenem Glück. Doch es währt nicht lange, der Rhythmus wird schneller, und schon sind der alte Übermut und die Fröhlichkeit wieder da.

Die Sonne spiegelt sich noch eine Weile im Wasser, dann ist sie hinter den weiten Ufern verschwunden. Es werden Feuer auf den Flößen angezündet, das Essen zubereitet, Tee gekocht. Die Musik verstummt und mit ihr das Leben im Walde, die Natur und auch die Menschen.

Uns umgibt jetzt das märchenhafte Dämmerlicht des Nordens.

Zusammengekauert sitzen wir beieinander und rauchen. Wir sind still und einsilbig geworden, die Nacht, das rote, flackernde Licht unserer Feuer und ihr Widerschein im trägen Wasser und auf den bewaldeten Ufern halten uns in ihrem Bann. Man hört nur das regelmäßige Rudern und das leise Plätschern des Wassers an unseren Flößen.

Es wird kühl, und die ersten dünnen Herbstnebelschleier gleiten an uns vorüber. Wir ziehen die weite, warme Burka, die große Pelzpelerine, an. Aus Heu und Decken bereite ich für Faymé ein Lager, decke sie sorgsam zu, und sie schläft ein, unbekümmert, ruhig, als hätte sie sich zu Hause in ihrem Bett zur Nachtruhe hingelegt. In die Burka gehüllt, schläft Ilja. Die Pferde sind auch zugedeckt.

Langsam ziehen die Flöße den schlafenden Fluß entlang.

Kein Laut unterbricht die erhabene Stille.

Die Nebelschleier greifen nach uns, unser Feuer läßt sie in vielen Farben für Augenblicke schillern, sie versperren uns die Sicht, dann aber teilen sie sich, huschen auseinander und fließen an uns vorüber. Man wird ruhig, nachdenklich, und die verborgensten Gedanken umkreisen einen wie durchsichtige Nebelhände, die in ungesehene Höhen emporsteigen. Gedanken und Nebelschleier kommen und gehen, vergehen für immer – – –

Kaum wahrnehmbar, erwacht alles um uns.

Das Wasser, das uns umgibt, färbt sich heller, der Nebel bleibt hinter der letzten Biegung zurück, die ersten, noch kaum erwachten Wasservögel schnattern am Ufer, fliegen auseinander und machen laut ihre Morgentoilette. Kleinen, dunklen Flecken gleich schwimmen sie in der Ferne.

Aus dem Walde hört man das Zwitschern der Vögel. Der Urwald kennt keine fröhlichen Singstimmen.

Hoch, so hoch, daß man ihn kaum noch sehen kann, schwebt über dem Walde ein Adler. Sein Gefieder glitzert wie Silber in der aufgehenden Sonne. Was sucht er hier, warum ist er Hunderte von Kilometern hierhergeflogen, seine Heimat ist doch die weite Steppe, die blauen Berge des Urals? Er kommt immer näher, er folgt uns. Der mächtige Vogel jagt nicht. Ganz nah kommt er auf uns herabgeflogen, man sieht, wie er seinen Kopf nach uns dreht und den Blick nicht von uns wendet. Er umkreist uns, und seine Schwingen werfen Schatten auf das Wasser. Jetzt schnellt er plötzlich in die Höhe – und wird ein kaum noch wahrnehmbarer, verschwindender Punkt. Er hat wieder den Weg nach dem fernen Ural eingeschlagen.

Ungebunden und frei ist dieser Vogel . . .

Allmählich werden die Pferde unruhig, die Bauern wachen auf und erheben sich, die Tiere wiehern ihnen vertraut entgegen, ihre Augen werden leuchtend, die sonst schlaffen Ohren bewegen sich, ihr Schweif schlägt ungeduldig. Aus dem Wasser springen Fische in die Höhe. Sie sehen aus wie blanke Silbermünzen.

„Du hast gar nicht geschlafen, Bruder!“ sagt der Dorfälteste und legt mir die Hand auf die Schulter. „Geträumt hast du wohl . . . Ja, es ist schön, in unserer einsamen Wildnis zu träumen . . .“

Er holt mit einem Eimer aus Birkenrinde Wasser herauf, tränkt die Pferde und gibt ihnen zu fressen. Dabei streichelt er ihre Köpfe und unterhält sich mit ihnen. Die Nüstern blähen sich, die Ohren bewegen sich, und sogar die Beine tänzeln auf der Stelle, so zufrieden scheinen die Tiere zu sein.

Am Rande des Floßes kniet er dann, schöpft mit den Händen das Wasser, reibt sich damit gründlich Gesicht und Hände, fährt sich durch sein kastanienbraunes üppiges Haar und den Bart, holt aus der Tasche einen bunten Kamm und mustert ihn erst wohlwollend, denn er ist ein Geschenk seiner Frau, und solch einen Kamm gibt es im ganzen Dorf nicht mehr. Dann kämmt er sich gemächlich ohne Spiegel.

„Nun, Brüder, wie ist es denn mit dem Teetrinken? Kommt her, ich werde alles zurechtmachen.“

Ein kleines Bündel dünnes, dürres Holz wird auf dem Floß angezündet, darauf ein eingebeulter Teekessel gesetzt.

Ich habe mich inzwischen rasiert, ein Sprung ins Wasser, ein kurzes Tauchen, und als ich wieder auf dem Floß stehe, habe ich das Empfinden, Bäume ausreißen zu können.

Während unser Tee zieht, wird das Feuer gelöscht, und wir packen die Eßsachen aus. Wir sind alle reiche und verwöhnte Leute, haben recht gute Geschäfte gemacht und reichlich Geld verdient, sehr viel eingekauft und freuen uns nun auf die kräftige Mahlzeit und unseren gesunden Appetit.

Jetzt huscht der erste Sonnenstrahl über das Wasser! Er trifft Faymé und weckt sie. Sie dehnt sich wie eine Katze, ihre Augen sind voller Schlaf, tierhaft verträumt. Ich schöpfe Wasser aus dem Fluß und gieße es dem Mädchen über die Hände. Sie reibt sich damit das Gesicht, kämmt ihre bläulich schimmernden Haare, und schon ist sie fertig.

Beim Frühstück ist jede Kultur des Abendlandes vergessen. Es gibt kein weißes Tischtuch, das Geschirr ist primitiv, und jeder bedient sich, wie er es eben für richtig hält. Dann bekreuzigt man sich, und es wird abgeräumt; die Überreste wandern ins Wasser, wo sich die Fische darum streiten. Sie schwimmen unermüdlich hinter und neben unseren Flößen, schnappen nach allem, was über Bord geht, ja es kommt nicht selten vor, daß dabei ein großer einen kleineren Artgenossen auffrißt. Jeder frühstückt eben nach seiner Art und seinem Geschmack.

Die Ruderer lösen sich beständig ab. Mit Begeisterung stoße ich die Riemen ins Wasser, sehe an ihnen die Tropfen herunterfallen. Die Sonne wärmt schon, steigt immer höher, und wir legen unsere warme Kleidung wieder ab.

Stunde um Stunde verstreicht, eine Biegung mündet in die andere, bis es plötzlich in der Ferne donnert.

Eine schwarze Wolkenwand schiebt sich uns entgegen. Im Nu sind kleine Zelte aufgestellt, die Gefährte mit Planen bedeckt, und schon fallen die ersten großen Tropfen.

Ein Wirbelwind fegt Sand und Asche von unserer Feuerstelle über das Floß, dann verstummt alles und scheint zu lauschen.

Plötzlich prasselt der Regen hernieder. Das Wasser spritzt, die Büsche an den Ufern biegen sich unter der Wasserwucht.

Unbekümmert, unentwegt rudern die Bauern.

Was ist für sie glühende Sonne, prasselnder Regen, atemraubende Kälte? Sie sind nur winzige Teilchen der großen Natur.

Sie stört es nicht, und sie stellen auch nur lakonisch fest: „Es regnet!“ ...

Faymé und ich haben uns ins Zelt verkrochen. Neben uns liegt Ilja Alexejeff, auch seine Feststellung lautet:

„Es regnet!“

Draußen prasselt es mit aller Gewalt hernieder. Unbeweglich stehen die Pferdchen, ihre Ohren hängen traurig, ihr Schweif bewegt sich nicht mehr. Sie werden naß wie ihre Herren, aber auch ihnen ist es Gewohnheit – sie werden schon wieder trocken – nach Sonnenschein kommt Regen, nach Regen kommt Sonnenschein.

Es vergeht geraume Zeit. Durch den Spalt der Zeltplane sehe ich die Landschaft. Sie ist grau, trübe, naß, öde. Ich gähne, ich gähne nochmals ... Ilja folgt mir artig die beiden Male nach.

Mir fallen die Augen zu, im Einschlafen höre ich den Regen gegen das Dach der Plane trommeln ...

„Peterlein, willst du denn nichts essen? Es ist bald fertig, steh auf ...“

Ich blicke nach meiner Armbanduhr – vier Stunden habe ich geschlafen. Der Regen hat aufgehört, es ist aber immer noch trübe.

An der Feuerstelle macht sich Ilja zu schaffen. Es gibt heute etwas ganz besonders Gutes, wenn auch Billiges: Rebhühner in saurer Sahnensoße mit Pilzen. Sechzehn Stück liegen auf dem Floß in Reih und Glied und ein wirklich beachtliches Stück Butter. Man merkt, daß Ilja einst ein guter Feldwebel gewesen ist, denn die gerupften Vögel sind gut ausgerichtet. Acht Personen sind wir, überfliege ich im Geiste – es genügt.

Ich merke plötzlich, daß ich Hunger habe, und greife nach dem Ruder, um meine steifgewordenen Knochen etwas zu bewegen. Es vergeht ein Weilchen, die Rebhühner brutzeln schon im Topf, daneben die Kartoffeln. Bald, sehr bald gibt es zu essen.

Wir unterhalten uns beim Rudern, um die Zeit bis zum Mittagessen schneller zu vertreiben. Schließlich frage ich Ilja, der neben mir sitzt und gemächlich raucht:

„Was macht dein Essen, du Koch aller Köche?“

Er erhebt sich und geht nachsehen.

„Das Feuer ist erloschen“, stellt er lakonisch fest. Dann macht er ein neues.

Nach einem Weilchen dasselbe Spiel: ich frage, er erhebt sich aus seiner Buddhastellung, schaut nach, das Feuer ist wieder aus. Wieder wird es entzündet. Keiner verliert ein Wort dabei.

Ich werde allmählich müde, habe schon geraume Zeit gerudert und hätte schon längst abgelöst werden sollen.

„Ilja, sieh doch mal nach dem Essen, es muß bestimmt jetzt gar sein. Ich habe einen wahnsinnigen Hunger."

„Gleich, mein Lieber, werden wir es haben", und er gibt wieder seine Unbeweglichkeit neben mir auf.

Ich höre einen Fluch und weiß Bescheid: das Feuer ist wieder aus. Mit neuem Mut lege ich mich in die Riemen, denn einmal muß das Essen ja doch fertig werden, im übrigen ... nitschewo!

Behutsam wird das Feuer wieder angelegt.

„Soll ich den Wind inzwischen abstellen?" frage ich. Ilja brummt nur.

Mit Argusaugen wacht er jetzt über das Feuer. Er hat ganze Barrikaden darum errichtet, umschleicht es von allen Seiten, lüftet vorsichtig dann und wann den Deckel des Topfes, blickt skeptisch und erwartungsvoll hinein. Endlich frohlockt er:

„Das Essen ist fertig!"

Und sechzehn Rebhühner mit Pilzen waren gar, und alle sechzehn wurden gegessen, daß nichts übrigblieb.

Die Verspätung? – Nitschewo!

Nach dem Essen ist es üblich zu schlafen, auch das taten wir. Nach dem Aufstehen ist ein Gläschen Tee nicht unangenehm; wir tranken Tee, so viel und so lange wir eben wollten.

Die liebe Sonne hatte inzwischen alles, Mensch und Tier und die Sachen getrocknet. Man soll sich eben nie über den Regen und das Naßwerden aufregen, weil alles wieder trokken wie zuvor wird.

So fuhren wir in Tief-Sibirien auf Flößen den Fluß hinab ... Wir kannten keine Zeit, keine Aufregungen. Erst blickte ich öfters nach meiner Uhr, doch bald hatte ich sie vergessen. War es im Grunde nicht gleich, wann wir an unserm Ziel ankamen? Was ist der Begriff Zeit im ewigen Tief-Sibirien? Man hat sie nie wahrgenommen, und man wird sie nie wahrnehmen – die Ewigkeit wird dort immer bestehen bleiben, denn sie allein ist wahr.

Ich lag auf dem Rücken, die Hände unter dem Kopf, und blickte in den Himmel und auf die kleinen weißen Lämmerwolken; um mich plätscherte das Wasser.

„Fedja! . . . Hörst du . . .?“ raunte der Dorfälteste.

Ich richtete mich auf, horchte angestrengt, doch ich hörte nichts, ich konnte mich noch so sehr bemühen.

„Hörst du immer noch nichts?“ fragte er im Flüsterton.

Nach einer ganzen Weile, Faymé hatte es auch schon gehört, kamen die ersten, noch sehr weit entfernten Laute durch die stille, hellhörige Luft zu mir:

„. . . Ich traaank mit seiner Baaase
Auf duuu und duuu,
Der Mooond mit roter Naaase
Sah zuuu, sah zuuu . . .“

Ich fühlte, wie über mein angestrengt gespanntes Gesicht ein Lächeln glitt. Es waren meine Kameraden! Sonderbar kamen mir die Töne in einer solchen Gegend vor.

„Wenn du es jetzt nicht hörst, dann bist du taub wie ein balzender Auerhahn, mein Lieber“, sagte Ilja und blickte mich erwartungsvoll an.

„Doch, jetzt höre ich's!“

„Na, das möchte ich doch meinen!“ brummte er zufrieden.

Die helle, fröhliche Stimme kam immer näher und näher.

Jetzt hörte ich schon ein Stimmengewirr, einzelne, deutliche Worte.

Auf unsern Flößen wurde plötzlich aufgeräumt, die Zeltplanen wurden von den Wagen gehoben und alles wahllos daraufgeworfen. Unsere Pferdchen, die während der Fahrt wie erstarrt dagestanden hatten, bewegten sich und spitzten die Ohren.

Plötzlich ertönte aus dem Walde ein unverfälschter bayrischer Jodler, ihm antworteten sofort die Stimmen am Ufer, und wenige Augenblicke später sah ich viele Menschen winken, Tücher schwenken und uns zurufen.

Die Ruderer steuern dem Ufer zu. Wir kommen in eine kleine Bucht, an deren Ufer viele, viele Menschen stehen. Sie empfangen uns mit einem wahren Indianergeschrei. Die Taue werden am Ufer aufgefangen, die Flöße herangezogen. Ich springe als erster ans Ufer, helfe Faymé, und schon bin ich von meinen Kameraden umringt. In ihrer Mitte steht Salzer, und seine blauen Augen blicken mich an, als sei ich seine Braut.

„Wie geht es denn euch allen?"

„Gut, gut, gut!" ertönt es von allen Seiten. „Willkommen, herzlich willkommen!" Und ich muß etwa vierhundert Hände schütteln.

Salzer geht zum Dorfältesten, beide flüstern, dann kommen sie auf mich zu.

„Fedja, wir alle in Sabitoje haben dir ein Geschenk vorbereitet. Wir, die russischen Bauern, und deine Kameraden haben alle dazu beigetragen, jeder das seine, jeder nach seinem Können und Vermögen. Komm jetzt."

Der Zug setzt sich in Bewegung. Neben Faymé und mir gehen der Dorfälteste und Unteroffizier Salzer, hinter uns tragen die Kameraden mein Gepäck, Stöße von Zeitungen, Bücher, dann kommen die beladenen Fuhrwerke, umringt von den Bauern und Kriegsgefangenen. Ein schmaler Weg durch einen lichten Birkenhain . . . und plötzlich bleibe ich wie angewurzelt stehen.

„Komm nur, Fedja, komm nur, staunen kannst du später. Es ist nur der Anfang unserer Arbeit."

Vor mir liegt Sabitoje! Ich kann es kaum wiedererkennen, denn der Wald ist weit zurückgedrängt! Felder, auf denen die Saat steht, Felder, wie vom Herrgott gesegnet! Uns laufen Bauern entgegen, sie winken, sie sind fröhlich. Wo ist ihre Angst geblieben? Sie schließen sich unserm Zug an, und er gleicht einer Prozession.

Auf dem Platz vor der uralten Holzkirche steht ein kleines, funkelnagelneues Häuschen mit bunten Fensterläden. Einige alte Frauen und Bauern halten auf den Händen ein weißes Handtuch aus selbstgesponnenem Leinen mit bunten Borten. Darauf sehe ich ein herrliches, rundes Schwarzbrot, in seiner Mitte eingelassen ein kleines Holz-Salzgefäß mit grobkörnigem Salz, darauf eine kupferne Kopekenmünze. Der Dorfälteste wirft seine Mütze in die Arme der Umstehenden, bekreuzigt sich, bekreuzigt mich und Faymé, nimmt in die Hände Brot und Salz und reicht es uns entgegen.

Dann küßt er mich und Faymé auf die Wange. Wir beide bekreuzigen uns, und ich nehme den runden Laib Brot und das Salz auf dem Handtuch entgegen.

„Dies ist dein Haus – geh hinein!" Er führt uns.

Eine massive, innen mit dickem Filz bespannte Tür öffnet sich, die in einen kleinen Raum führt. An den Wänden hängt ein Spiegel, an seinen Seiten Kleiderhaken. Eine andere Tür führt in einen großen Raum. Die Baumstämme sind peinlich akkurat gehobelt, in der „roten Ecke" hängen Heiligenbilder, die Lampada brennt, davor ein massiver Eichentisch, seine runde Platte ist blank und sauber und in ihrer Mitte ist sorgfältig „T. K. 1916" eingeschnitzt. Um den Tisch stehen massive Stühle, an den Wänden gleiche Bänke, abseits steht ein breites Bett mit weißen Kissen und einer aus verschiedensten, bunten Stoffen zusammengesetzten Decke. Neben dem Bett ein Schrank und eine kleine Kommode. Der anliegende Raum ist eine Küche. Der Kochherd, der fast die Hälfte des Raumes einnimmt, ist geheizt, und es duftet nach geschmortem Wildbret und saurer Sahne. Auf dem Küchentisch liegt ein geräucherter Bärenschinken von geradezu ungeheuerlichen Ausmaßen. Neben dem Tisch steht ein blanker Samowar aus Kupfer. Der Küchenschrank ist voll buntem, hübschem Geschirr, in den Schubladen liegen Bestecke. An alles, an jede Kleinigkeit haben die vielen Menschen gedacht.

Ihr Denken, Fühlen, ihre Dankbarkeit, Freude, das alles hatten sie hier zusammengetragen.

Ich trete vor das Haus – mein Häuschen.

Aller Augen sind fragend, erwartungsvoll auf mich gerichtet. Ihr buntes Stimmengewirr verstummt plötzlich.

Sie alle haben es mir geschenkt, aus ihren kargen Mitteln. Arme verwahrloste Bauern, meine zerlumpten, vergessenen Kameraden – die in der Heimat Vermißten, Verschollenen.

Ich will sprechen, Worte schwirren mir durch den Kopf, Gedanken werden geformt.

„Meine Lieben! ... Ich danke ...“

Mein Mund kann keine Laute mehr formen, und er verkrampft sich. Ich kann nur noch mit der Faust langsam über die Augen fahren ...

Vor mir steht Salzer. An seiner durch einen Säbelhieb verstümmelten Wange merke ich, wie sehr der Mann erregt ist; der Pulsschlag ist an der schlecht vernarbten Wunde deutlich sichtbar. Ich reiße den Mann an mich, ich schließe ihn in meine Arme und küsse ihn auf die Narbe. Sein Mund ist gekrümmt, die Lippen bewegen sich wie im Krampf. Auch er kann nicht reden – dicke Tränen rinnen auch ihm über das Gesicht. Ilja umarmt mich, als sei ich sein leiblicher Bruder.

Uns umsteht eine vielhundertköpfige Menge ... doch nicht ein einziges Wörtlein fällt.

„Kommt, wir wollen unser Abendgebet halten und Gott für seinen Segen danken“, sagt der Dorfälteste halblaut, und über den Köpfen der Schweigenden wogt wie über einem reifen Kornfeld dieses erlösende Wort.

Langsam zerstreuen wir uns.

Die Glocken läuten.

*

Womit kann man den meisten Russen eine Freude bereiten? Indem man sie richtig trinken läßt. Also ließ ich die legal vorhandenen Bestände dieses köstlichen Wodka erfassen und schenkte es den Einwohnern und den Kameraden.

Kaum war das Abendbrot in meinem Hause beendet, so fing draußen das Lachen, Scherzen, Singen und Musizieren schon an.

Ziehharmonika, Balalaika, Mandoline, Gitarre spielten ununterbrochen alles durcheinander, in jeder Ecke etwas anderes. Die Melodien konnte man nur erraten, denn selbstverständlich waren auch die Musikanten in einer derartigen Stimmung, daß sie kaum wußten, ob sie spielten oder nicht. In jeder Ecke sang eine Schar, und sie wiegte sich nach allen Seiten, tanzte, lachte, scherzte, taumelte, schlief, wo jeder eben hingefallen war, stand wieder auf, um wieder zu trinken.

Es wurde so lange getrunken, bis alles bis zur Neige geleert war.

Am nächsten Tage führte mich Salzer mit dem Dorfältesten in Sabitoje herum. Es war kaum wiederzuerkennen. Das Ackerland war verdoppelt worden, die Ernte stand gut und reifte aus und sollte bald hereingebracht werden. Eine sehr weite Fläche wurde noch ausgerodet. Das Dorf selbst schien um den kleinen Platz an der Kirche wie „versammelt" zu sein. Durch neugebaute Hütten, anliegende Stallungen und Scheunen war ein Kreis geschlossen worden, in den man nur durch zwei schmale, gerade ein Gefährt durchlassende Tore gelangen konnte, an denen schon kräftige Flügeltüren befestigt waren.

„Das ist nur der Anfang, Fedja", belehrte mich der Dorfälteste, „alles auf einmal kann man nicht machen, denn es erfordert alles seine Zeit und Mühe. Erst müssen wir so weit sein, daß wir unabhängig von der Außenwelt existieren können. Dazu brauchen wir Land, und deshalb hat man zuerst den Ackerbau erweitert. Wir haben erstklassiges Vieh kaufen können und einen ganz prächtigen Zuchtbullen. Hier und da haben die Kühe bereits gekalbt, und wir sehen immer wieder, daß die Gefangenen recht behalten: wenn man das Vieh pflegt, so wird es größer und ertragreicher. Seit die Gefangenen bei uns sind, ist es ein wahrer Segen für uns. Unweit der alten Straße haben wir ein kleines Flüßchen, und ich habe mit Salzer schon gesprochen, ob man das Bett nicht nach dem Dorf herüberleiten und einen Graben um die Felder ziehen soll. Bei einem

Waldbrand kann das sehr wichtig sein. Es sind schon viele Dörfer in der Taigá verbrannt! Aber damit hat es ja noch etwas Zeit. Und hier, sieh her, haben die Gefangenen eine Schmiede eingerichtet, und daneben ist eine Schreinerei. Kaum daß die Sonne scheint, gehen alle an die Arbeit mit Liedern und fröhlichen Worten. Mittags, in der Tagesglut, ruhen wir, und dann geht es weiter, bis die Sonne sinkt. Aber . . ." Der Dorfälteste zögerte mit dem Reden, dann faßte er Mut. „Unsere Mädchen sind alle schwanger. Verstehst du? Deine Kameraden . . . na, du verstehst schon. Sogar die Soldatenfrauen sind in ‚interessanten' Umständen, wie man bei uns zu sagen pflegt. Was werden unsere Männer machen, wenn sie aus dem Kriege kommen? Was meinst du? Kannst mir offen deine Meinung sagen. Ich und Salzer, wir wissen keinen Rat, Fedja. Eine verdammt komplizierte Lage."

Da war guter Rat sehr, sehr teuer.

Aber auch dieses Problem fand ganz von selbst eine einfache, einfältige Lösung. Sie war für alle Beteiligten denkbar naiv und primitiv, wie so manches im Urwald. Doch davon später.

„Jedenfalls ist es bei uns jetzt so, daß alle fleißig arbeiten, und morgens gibt es kein langweiliges Geschwätze und Herumsitzen, bis der eine oder der andere sich endlich mal bequemt, an die Arbeit zu gehen. Ich und Salzer sind Freunde geworden, Fedja. Ich habe ihn sehr liebgewonnen."

Die beiden Männer sahen sich an, und die Aufrichtigkeit ihrer Gefühle konnte man ihnen deutlich anmerken.

„Was wird aber aus uns, wenn die Deutschen mal heimgehen? Das wird doch eines Tages kommen? Was machen wir nur allein? Werden wir bis dahin auch ausgelernt haben? Eigentlich ist Salzer der Dorfälteste und nicht ich. Er bestimmt, was und wie alles gemacht wird, und ich bin nicht einmal als Dolmetscher zu gebrauchen, denn die Gefangenen haben alle schon genug russische Brocken gelernt, so daß wir uns glänzend verständigen können."

Als unser Rundgang durch das Dorf beendet war und

wir an meinem Häuschen angelangt waren, saß Faymé davor auf der Bank und strickte an einer Handarbeit. Neben ihr saß Stepanida, die Frau des Dorfältesten, die unsern Haushalt führte; beide unterhielten sich von Sachen, die wir wohl nicht hören sollten, denn als wir näher kamen, verstummten beide und blickten zu Boden.

Später ging ich mit Faymé und Salzer ans Ufer des Flusses.

Kaum merkbar glitten die Wasser an uns vorbei, irgendwo in ungesehener Ferne vereinigten sie sich mit einem andern Fluß, dann weiter vielleicht mit mehreren anderen, und sie alle mündeten endlich nach Hunderten von Werst in das Nördliche Eismeer.

Ich blickte dem langsam verwehenden Rauch meiner Pfeife nach . . . Wir unterhielten uns lange . . . von unserer fernen Heimat.

Die Geschichte von dem Wolf Odinokij

Die Tage, die ich in Sabitoje verbringen durfte, waren verstrichen. Vor meinem Hause stand Kolka, die wenigen Sachen, die ich mitgenommen hatte, wurden langsam und bedächtig auf den Tarantas verladen. Sabitoje war um uns versammelt. Als würden wir eine Reise in ein Hungergebiet antreten, so war ich mit Lebensmitteln beschenkt worden.

„Ich soll dich also ganz bestimmt nicht begleiten, Fedja?" erkundigte sich zum soundsovielten Male der Dorfälteste. „Es macht mir nicht viel aus, mitzukommen, und außerdem ist dann auch die Fahrt nicht so langweilig. Wirst du dich auch zurechtfinden? Paß genau auf! Befolge nur ja die kleinen Markierungen des neuen Weges, sonst kannst du fahren, so lange du willst, und du wirst nie in Nikitino eintreffen. Keiner von uns weiß, wie weit sich der Wald erstreckt, und wenn du nicht auf die Straße hinauskommst, bist du verloren."

Ich wehrte ab, denn ich wollte es allein versuchen.

Ein letztes Händeschütteln, das kein Ende nehmen will, von überallher kommen Hände, ich soll sie drücken, soll wiederkommen, recht bald und auf lange Zeit, für den ganzen Winter, für immer soll ich dann bleiben. Ich soll alle grüßen, die Kameraden, den Feldwebel, mitgenommene Geschenke auch richtig abgeben, nichts vergessen, die erforderlichen, aufgeschriebenen Werkzeuge soll ich unbedingt bestellen und beschaffen.

Viele, viele Hände winken, Stimmen rufen uns immer wieder zu: „Auf Wiedersehen! Auf Wiedersehen!"

Wie eine Mauer umgibt uns plötzlich von allen Seiten die Taigá, während in der weiten Ferne langsam die Stimmen der Menschen verklingen.

In seiner erhabenen Stille steht der Wald wie verzaubert

um uns. Kein Lüftchen weht, nichts bewegt sich. Wir beide sind die einzigen Menschen in seiner erdrückenden Mitte.

„Hast du keine Angst, Faymé?"

„Aber Peterlein! Warum denn, wovor denn Angst?"

„Wir könnten uns verirren, den Weg nach Nikitino nicht finden, im Walde verhungern."

„Gar keine Angst habe ich, nicht ein kleines bißchen. Ich weiß, wir werden in Nikitino genau so gut ankommen, als wenn uns alle Bauern von Sabitoje begleitet hätten."

Ich befolgte genau die angegebenen Wegweiser und war froh, alles gleich zu sehen und mich in der Richtung nicht zu irren. Nur ein einziges Mal wollte ich doch klüger sein als die Bauern. Ich wollte nicht den noch teilweise erhaltenen Weg nach der Landstraße benutzen, sondern, um Zeit zu sparen, eine ganze Ecke abschneiden, eine schon fast zugewachsene Schneise entlangfahren. Aber ich irrte mich dabei schwer.

Stunde um Stunde verstrich, und ich hatte immer noch nicht die Landstraße erreicht, den Weg aber schon längst verloren. Oft blickte ich nach der Uhr, dann nach Faymé, aber sie hatte nur ein Lächeln für meinen kleinen Ärger.

„Nun hat sich der fabelhafte Mann doch noch verirrt, wollte klüger sein als die anderen. Da haben wir die Bescherung! Und der Wald ist hier so dicht geworden, daß der Tarantas nicht mehr durchfahren kann. Ein Beil habe ich wohl, aber bevor wir uns den Weg mit Gewalt bahnen, steige ich mal auf einen recht hohen Baum, denn vielleicht sehe ich in der Ferne noch einen so klugen Mann wie mich Ausschau halten."

Während ich auf einen Baum klettere, rufe ich dauernd Faymé zu, die mir immer antwortet. Ich habe Angst, es könnte ihr, allein in dem dichten Gestrüpp, etwas zustoßen oder sie erschrecken. Ich halte Ausschau.

Wenn ich damals einen Bart gehabt hätte, so hätte er wenig schmeichelhafte Worte aufgefangen, die ich an meine eigene Adresse richtete.

Keine hundert Meter weiter läuft zu meiner Linken die

kaum noch sichtbare, breite Waldschneise – die langersehnte Landstraße.

Mit der Axt bahne ich mir den Weg durch das Gestrüpp bis zur Schneise; dann fahren wir weiter.

Die Zeit verstreicht. Es dunkelt. Wir müssen das Nachtlager aufschlagen. Es ist im Handumdrehen fertig: die mitgenommene Zeltplane wird über den Wagen gedeckt, man verkriecht sich darunter und kann schon schlafen.

Kolka wird ausgespannt und an einen langen Strick gebunden. Er frißt das spärliche Gras der Straße, mit dem sie vollkommen überwuchert ist, und nur ganz vereinzelte Spuren deuten darauf, daß hier einmal ein Wagen gefahren ist.

Am Rande des Weges wird das Feuer angelegt.

In Greifweite liegen Revolver und die beiden Gewehre. So haben es mich die Bauern gelehrt, denn die Landstraße ist ein Sammelplatz der Menschen und Tiere des Waldes. Entlaufene Sträflinge und anderes Gesindel, die vor Raub und Mord nicht zurückschrecken, streichen an der Straße entlang durch das Dickicht. Der Ermordete ist aber ein willkommener Fraß für Grauhunde und anderes Getier, das nachts die Landstraße absucht. So versammelt sich besonders des Nachts das Leben der Taigá auf der verwachsenen Straße.

Wir essen langsam, ohne Hast, und trinken Tee. Abseits hat sich Kolka hingelegt, der nur dann und wann den Kopf hebt und wie ein guter Jagdhund wittert, ob nicht Gefahr für uns in der Ferne herumschleicht. Das Feuer fällt allmählich.

Nichts regt sich, kein Lüftchen. Wir unterhalten uns leise, denn es ist auch in uns Stille; der Vorrat an Holz für die Nacht ist schnell herangebracht. Das Feuer lodert auf und wirft erneut gespensterhafte Schatten um uns. Der Wald gleicht jetzt einer roten Mauer, die durch das Schimmern einzelner Birken unterbrochen wird.

Wohl schützt das Feuer den Menschen vor den wilden Tieren, aber es lockt gute und böse Menschen aus weitester

Ferne an. Deshalb muß man die ganze Nacht auf der Hut sein.

Ich habe Faymé in eine Burka eingewickelt. Ich selbst sitze am Feuer, ebenfalls eine solche Pelerine um die Schultern. Die Pfeife wandert von einem Mundwinkel in den anderen, dann in den Tabaksbeutel, mit einem kleinen, brennenden Zweig wird sie erneut in Brand gesetzt, um die übliche Wanderung wieder aufzunehmen.

„Willst du nicht schlafen, Faymé? Es ist schon spät, elf Uhr nachts."

„Nein, Peterlein, ich bleibe die ganze Nacht am Feuer liegen. Ausschlafen kann ich mich immer, heute möchte ich mit dir wachen. Erzähle mir doch irgendeine Geschichte, ja? Es ist so geheimnisvoll im Walde, und ich möchte so viele Erinnerungen aus Sibirien mitnehmen. Wenn wir mal in Petersburg oder irgendwo im Ausland sein werden, dann denken wir an diesen Abend im Walde zurück. Aber eine recht gruselige Geschichte muß es sein, und lachen darfst du nicht dabei, denn wenn ich dich lachen sehe, dann ist auch die Geschichte gar nicht richtig gruselig."

„Eine Geschichte von Wölfen will ich dir erzählen, die ich von den Pelzjägern in Sabitoje gehört habe."

*

Es war einmal ein Wolf. Er war eine Kreuzung zwischen einer Steppenwölfin und einem Nordwolf. Er war bösartig, schnell, blutrünstig und hatte an den Keulen etwas braunrötliches Fell. Das hatte er von seiner Mutter geerbt; vom Vater hatte er das graue Fell und die Größe. Er war unheimlich groß und stark. Ihm war der wütendste und stärkste Hund nicht gewachsen. Von seinem Rauben und Morden erzählten sich in der Steppe in ihren Ansiedlungen die Kirgisen, Kalmücken, Baschkiren, Tataren und Kosaken in den Stanitzen. Ihn kannten aber auch die Bauern in der Taigá, die Samojeden, die Ostjaken, Wogulen und andere Nomadenvölker, welche die unendliche Tundra Sibiriens bewohnen und dort ihre Rentierherden weiden.

Man versuchte immer wieder, diesen Riesenwolf in Fallen zu locken, in Eisen zu fangen, ihn zu vergiften – umsonst. Das Tier war klug und verstand stets, sich durch die Gefahr zu winden.

Man nannte den Wolf „Odinokij – der Einsame –, denn meist war er allein zu sehen. Er jagte und mordete allein, und nur selten war er Anführer und Leittier einer ausgehungerten Horde, die dann die Menschen in panischen Schrecken versetzte, denn gewaltig und furchtlos waren seine Raubzüge gegen die weidenden Herden. So kam es, daß man bald in ihm keinen Wolf mehr sah, sondern den Schaitan – den bösen Geist der Wälder – der widerrechtlich und gewaltsam seinen Tribut sich holte.

Odinokijs Mutter war klein und fast dunkelrot. Ihr Wurf bestand aus vier rötlichen, blutrünstigen und zwei grauen, stärkeren Tieren. Im tiefversteckten, von der Wölfin treu gehüteten Luch lagen viele Knochen verstreut. Mühselig und gefahrvoll zog sie ihren Wurf auf. Die jungen Wölfe wuchsen und gediehen prächtig.

Der Sommer war vergangen, es kam der Herbst, und die alte Wölfin brachte ihren Jungen allmählich die Wolfssitten bei.

Wenn es dämmerte, schlichen sie alle an die Herden heran. Von weitem hörten die Jungwölfe das Blöken der Schafe, Menschenstimmen und Hundegebell, bis die Nacht allmählich herniederkam und alles still wurde. Dann schlich die Wölfin heran, die Jungen aber blieben zitternd zurück. Sie glitt vorsichtig spähend und windend am Boden. Plötzlich ertönt lautes Geschrei, wütendes, heiseres Hundegekläff . . . geduckt und ängstlich sitzen die Jungwölfe beieinander. Endlich kommt die Mutter, im Fang eine ansehnliche Gans. Zähne reißen, zermalmen, Federn fliegen nach allen Seiten, und schon ist von dem Vogel nichts mehr zu sehen. Weiter trotten die Wölfe, denn sie wissen, daß die Menschen auf der Farm jetzt auf der Lauer liegen.

Einige schnelle Sprünge, ein Ducken, ein kurzes, schnelles

Rennen, und schon hat die Alte einen unvorsichtigen Fuchs erwischt und abgewürgt. Im Nu ist die ganze Wolfsfamilie über das Tier gefallen, und es bleibt nach der Wolfssitte nur noch die Lunte übrig.

Weiter traben die Wölfe, sie wittern aus der Ferne die Schafherden. Sie müssen sehr vorsichtig sein, denn die Herden werden von starken, zottigen Hunden der Kosaken oder ihren Jagdhunden, den langbeinigen Barsois, sorgsam bewacht, und für solch einen Hund ist es ein leichtes, einen Jungwolf abzuwürgen. Wieder schleicht die Alte vor. Sie sucht hinter jeder kleinsten Erhöhung Schutz, in der flachsten Vertiefung duckt sie sich nieder, um dann weiter zu spähen, weiter zu schleichen. Von der Nachtseite heran kommt sie an die Herde, denn auch sie hat Angst vor den wilden Hunden der Herdentreiber. Lange schleicht sie herum, immer witternd, suchend, spähend, immer vor dem Winde, denn die Hunde der Nomaden haben feine Nasen. Ihre grünlich leuchtenden Lichter erspähen endlich ein etwas abseits von der Herde geratenes Lämmchen. Ein Sprung, ein einziger Biß, und sie flieht zurück. Sie hört die auseinanderstiebende Herde, das Fluchen der Hirten, das keifende Gebell der Hunde, die ihr nachstellen. Und was eine alte Wölfin nur rennen kann, was ihre Lungen in dem mager gewordenen, ausgemergelten Körper herzugeben vermögen, wird eingesetzt. Wie ein Schatten flieht sie über den Erdboden. Das hohe schützende Schilf erreicht sie mit letzter Anstrengung, verschwindet darin, läuft weiter, im Fang krampfhaft das Lamm. Das dichte Schilf hält die Köter zurück, denn dort hin wagen sich nicht einmal die allerwildesten. Die Wölfin bringt ihren Jungen die Beute. Zähne reißen, Wölfe fressen, doch sie sind noch lange nicht satt. Sie traben weiter über die Steppe, halten weiter Jagd, um ihre gierigen Mägen zu füllen.

Wieder schleicht und windet sich die alte Wölfin an eine neue Herde heran. Sie ist in der Dunkelheit nicht vom Erdboden zu unterscheiden. Scharf späht sie, ein einziger Knäuel äußerster Spannung. Ein Fettschwanzschaf weidet unbekümmert nur wenig abseits von der Herde, aber das genügt der Wölfin. Sie stürzt hervor! Ein Hund kommt in ihre Nähe gelaufen! Er wollte das abseits weidende Schaf zur Herde treiben, wittert sie, vielleicht hat sich aber auch der Wind in dieser Sekunde gedreht, und schon sind auch die anderen Hunde auf den Läufen, und während die Schafe fliehen und Pferdegetrabe ertönt, jagen sie der Alten nach. Der graue Schatten huscht über den schwarzen Boden der Nacht . . . fort ist er . . . ihm folgen die wutgeifernden Hunde.

Schwarz ist die nächtliche Steppe, unheimlich dunkel ist es im hohen Schilf, und die Hunde bleiben zurück, denn sie sind wie der Mensch kein Freund der Finsternis. Sie wissen, daß dort der Tod auf sie lauert.

Und sie setzen sich auf die Hinterkeulen, heben die Köpfe zum dunklen Himmel und heulen. Hau . . . hau . . . hau . . . hauuuu . . . uuuuu . . .

Aus weiter Ferne, aus der Dunkelheit, von irgendwoher, tönt es zurück, der Ruf ihrer Ahnen, die noch ein ungebundenes Leben führten, ein dumpfes, schauriges, gedehntes Heulen Huuuu . . . uuuu . . . uuuu . . .: die Wölfin ruft ihre versprengten Jungen.

In einer andern Nacht wittern die Wölfe eine warme Spur. Im Halbkreis verfolgen sie die Beute. Vorn liegen die Jäger. Es sind die alte Wölfin und die beiden grauen Jungtiere. Allmählich wird der Kreis geschlossen, ein Pferd schnaubt ängstlich und will sich im Galopp vor den Verfolgern retten. Der Boden ist weich, die Hufe sinken ein, das Pferd setzt seine ganze Kraft ein, um zu entkommen. Doch umsonst, die grauen Schatten sind schneller als das Pferd, sie gleiten, überfliegen lautlos den weichen Boden, sie sinken nicht ein, hinterlassen keine Spuren. Immer näher und näher kommen die Grauhunde an ihr Opfer heran, immer wilder wird die Verfolgung. Es kann ihnen nicht mehr entkommen. Jetzt, ein Sprung, und Odinokij hat das Pferd an den Flanken gefaßt, warmes, junges Blut strömt über sein Maul, gierig und hastig versucht er zu schlucken.

Jetzt springt die Alte das Pferd von vorne an. Das Tier wehrt sich verzweifelt, es beißt um sich, doch es kann seine Mörder nicht fassen; an seinem Hals und an den Weichteilen haben sie sich festgebissen. Jetzt ist die ganze Zucht beisammen. Das Tier stürzt zu Boden, und die Wölfe fallen darüber her. Blut spritzt, Zähne reißen, Knochen krachen, alles ist vergessen, jede Vorsicht, jede Angst. Blanke Knochen bleiben liegen. Erst steht die Rotte unentschlossen da, dann trabt sie weiter.

Weiter geht die Treibjagd. Im Halbkreis auseinandergezogen, trotten sie durch das Steppengras. Weit voraus liegen die Jäger, die alles erspähen, hinter ihnen heulen die Treiber ab und zu ihren Schauerruf in die weite, nächtliche Steppe hinaus, und vor diesem Heulen flieht alles in hellster Angst.

Plötzlich flitzt ein Rammler vorüber, und die ganze Zucht späht hinüber . . . Umsonst. Kein Wolf kann ihn einholen, er ist schneller als sie. Ein Fuchs wird gerissen, so sehr er sich wehrt. Das fürchterliche Gebiß eines Wolfes zerfetzt, zermalmt ihn, läßt nur die Lunte und die Hinterläufe liegen. Ein Hase wird gestellt . . . äää . . . äüü . . . üüü . . . ä . . . schreit er in die Nacht hinaus. Es ist der Schrei des Todes, nun ist auch er verstummt. Die Beute wird geteilt, zerrissen, verschlungen, kaum daß einige Haare noch übrigbleiben, nur die Hinterläufe werden verschmäht, denn so ist es alte Wolfssitte.

Als der Morgen kaum zu dämmern anfängt, ist die Zucht zum Erbrechen satt. Sie verkriecht sich dort, wo das Schilf am dichtesten steht, um zu ruhen.

Der Herbst ging zu Ende. Es wurde kalt, und bald fielen die ersten Schneeflocken. Ihnen folgte ein Schneesturm, der die weite, öde Fläche der Steppe mit weicher, weißer Decke überschüttete.

Als eines Tages die Wölfe im Schlaflager gähnten und sich reckten und es im Gänsemarsch vorsichtig verlassen wollten, merkte die Alte, die als erste das Versteck verließ, nur einige Schritt weit von ihr entfernt etwas Buntes, das sich im

Winde leise regte. Sie kam herzu, es roch nach Petroleum, und dieser Geruch war ihr unerträglich, widerlich. Sie verhoffte, trabte nach einer andern Richtung hin, aber auch dort fand sie das gleiche. Überall ähnliche kleine, bunte Lappen, die nach Petroleum rochen, ja sogar der Schnee ringsherum. Wie ein Bannkreis, überall dasselbe Flattern und Rauschen der kleinen Lappen, derselbe unausstehliche Geruch. Ängstlich kauerten sie zusammen die ganze Nacht ... Sie fanden keinen Ausweg.

Am Morgen kam ein seltsames Geräusch immer näher. Es waren Menschen, die mit Stöcken gegen die Bäume klopften. Die Grauhunde sprangen hoch und suchten wieder nach einem Ausweg, doch überall dasselbe Flattern ... Nein, eine Stelle ist frei! Dorthin führt die Alte ihre Jungen.

Sie sehen einen Funken, noch einen, es kracht wie ein Donnerschlag, die alte Wölfin ist zusammengebrochen, rollt zu Boden, schlägt mit der Rute, fletscht mit den Zähnen, zuckt ... In rasender Angst brechen die andern durch ... Schüsse fallen ... drei Wölfe bleiben auf der Strecke liegen, die andern entkommen.

Meilenweit laufen sie, so lange die Beine sie tragen können. Dann verkriechen sie sich zitternd.

Odinokij war allein; er hatte einen Streifschuß im Balg. Tief ins Dickicht hatte er sich verkrochen. Lange Zeit saß er da, bis der Hunger ihn unerträglich zu quälen begann. Mehr und mehr vergaß er sein Zittern und die überstandene Angst, und mit tiefgesenkter Nase, Heißhunger im Magen, verließ er sein Versteck und ging jetzt allein auf Beute und Raub aus.

Odinokij befolgte genau die Ratschläge der Mutter. Er jagte stets nur vor dem Winde, schlich sich mit besonderer Vorsicht an Herden und Tiere heran, er war jetzt auf sich selbst angewiesen, aber er brauchte auch mit keinem seine Beute zu teilen. Über weite Strecken strich er dahin. Er konnte bis zu fünfundzwanzig Meilen an einem Tage zurücklegen. Bald hatte er die Erfahrung seiner Mutter, denn er war von Hunden verfolgt worden, von Schrot verwundet, durch Eisen gequetscht. Es gab nichts, dem er nicht bereits begegnet wäre.

Über die endlose, öde Steppe streifte Odinokij nach den blauen Bergen und den stillen, tiefen Seen des Uralgebirges. Dort schlich er um die primitiven Lager und Erdhöhlen der Goldgräber und Minenarbeiter, fraß alle Überreste, grub die kaum verscharrten Leichen der ermordeten, habgierigen Menschen heraus, umschlich verlassene, ausgestorbene Gehöfte, die hell erleuchteten Städte, lief die Trakte entlang, den einsamen Schienenstrang, versetzte die wenigen Bauernsiedlungen des Waldes, die nur selten Wölfe zu befürchten hatten, in panischen Schrecken und war in der Tundra bei den Samojeden und ihren Rentierherden angelangt.

Er wußte nun, daß Fuchs, Hund und gar Mensch am besten schmeckten. Es waren für ihn wie für jeden Wolf Leckerbissen. Er wußte: wo es Menschen gibt, da gibt es auch Fraß, denn der Mensch mordet. Mühelos verfolgte er die noch warmen Spuren des angeschossenen Wildes, denn es setzte sich kaum zur Wehr und war seinem fürchterlichen Gebiß, seinen schnellen, fliegenden Läufen nicht mehr gewachsen. Tag für Tag, überall hatte er reiche Gelegenheit zu morden, sich Fraß zu holen. So verging der Winter.

Als die allerersten warmen Sonnenstrahlen auf die Schneelandschaft fielen, erwachte in ihm unüberwindlich, stark und herrlich der Trieb, neues Leben zu zeugen. Er vergaß Ruhe, Fraß, Gefahr, alles. Die kleinen bösartigen, wilden Wölfinnen rochen jetzt süßlich, von denen er sich eine erkoren hatte. Er hatte sie vielen Rüden streitig gemacht. Furchtlos kam er an sie heran. Ein kurzer Kampf auf Leben und Tod, ein wütendes, heiseres Keuchen und Schnappen, Blut spritzte herum, die Grauhunde kämpften erbittert, denn sie kannten keine Schonung miteinander.

Mit gefletschtem Gebiß, aufgezogenen, aufgerissenen, blutenden Lefzen steht der Sieger stolz über dem Besiegten.

Keiner der Rüden macht ihm jetzt mehr die Wölfin

streitig. Mehrere Tage halten sie Hochzeit, dann, wenn die Zeit verstrichen ist, gehen sie auseinander, wie sie zusammengekommen sind, der eine nach Norden, der andere nach Süden oder nach Westen und Osten.

Odinokij war wieder allein . . . und er streifte weiter.

Er jagte auf Wasservögel, fraß ihre Eier und ließ sich von der Alten durch vorgetäuschte Flügellahmheit nicht mehr irreleiten. Er wußte genau, daß sie sehr gut fliegen konnte und ihn nur von ihrem Nest, von ihren Jungen weglocken wollte. Er fraß Überreste von Fischen, auch wenn sie schon gefroren waren. Er grub nach Mäusen, nach Hamstern, Dachsen. Nichts ließ er liegen, auch Menschenleichen nicht, die fraß er besonders gern.

Odinokij lief nie einer Wolfsherde nach, aber sie liefen zu ihm und nahmen ihn auf. So wurde er das Leittier einer Horde.

Er herrschte streng nach den Sitten seiner Gattung, und diese Sitten waren festes Recht. Ihm war die ganze Horde bedingungslos unterworfen, und er schlichtete jeden Zank, bestrafte die Schuldigen, indem er sie halbtot biß. Nie wagte einer gegen ihn aufzuknurren. Die Raubzüge, die sie unternahmen, wurden von ihm angeführt. Sie waren vorsichtig und doch kühn und gewaltig im Ansturm. Von der Beute fraß er immer zuerst, wie es die Sitte und Würde verlangte, und seinen Fraß machte ihm keiner streitig. Er führte seine Sippe vom hohen Norden nach den Wäldern, in die Steppe, in Gegenden, wo Epidemien herrschten, wo Menschen zu Hunderten starben und die Grauhunde unerträglich satt umherliefen, denn es war an Menschen und Vieh übergenug Fraß.

Lange war Odinokij das Leittier der Horde. Lange verbreitete er panischen Schrecken unter der Bevölkerung. Umsonst segneten die Popen nach langem Singen im Weihrauchdunst der Kirchen die vielen Eisen, die man überall legte. Es wurden nur wenige von den Grauhunden gefangen, die dann von den in ihrer Wut ohnmächtigen Bauern und keifenden Hunden in Stücke gerissen wurden.

Odinokij aber wurde immer klüger und vorsichtiger.

„Odinokij ist kein Wolf“, sagten die Bauern, „er ist der Schaitan, gegen ihn können wir nicht ankämpfen.“

Es waren einige Jahre vergangen. Die Bauern mußten immer wieder dem mächtigen grauen Teufel reichen Tribut zahlen und schüttelten traurig die Köpfe.

Odinokij wurde aber von Jahr zu Jahr einsamer.

Es war wieder einmal Hochsommer. Die Sonne brannte seit Tagen unerträglich. Die Felder, die Saat waren fast völlig ausgedorrt, das Gras verbrannt, das Vieh hungerte und magerte ab. Täglich versammelten sich die Bauern in der Kirche und zogen, Ikonen und heilige Kreuze vor sich tragend, um das Dorf herum und flehten zu Gott um Regen. Verzweifelt blickten sie nach dem Himmel, an dem sich seit Wochen nicht eine einzige Wolke gezeigt hatte, dann knieten sie auf der verdorrten, glühenden Erde, sangen Psalmen, bekreuzigten sich, besprengten die Fluren und Saaten mit geweihtem Wasser, und der Pope im kirchlichen Ornat, durch die Schwere der heiligen Gewänder und durch die sengende Hitze beinahe ohnmächtig, schwenkte unermüdlich das Gefäß mit Weihrauch.

Hunger, Entbehrungen, Not und vielleicht auch der Tod standen vor ihnen, wenn Gott ihre Gebete nicht erhörte.

Und der große, gütige Gott erhörte das Flehen seiner Kinder.

In der Nacht, als das kleine, geduckte Dorf schlief, kam eine schwarze, unheimliche Wolkenwand über den Wald gezogen. Blitze zuckten, ein Donnerschlag folgte dem andern. Die Erde bebte, und den Menschen wurde angst. „Elias, der Prophet, rollt über dem Himmel“, flüsterten die Bauern und bekreuzigten sich ein ums andere Mal. Mit unheimlicher Wucht prasselte der Regen hernieder, und die verdurstete Erde trank endlich in vollen Zügen. Barhäuptig und barfüßig standen die erlösten Menschen um ihre Hütten, auf den Feldern und Wiesen, sie ließen sich naßregnen, sanken in die Knie und lobten Gott.

Als der Regen aufgehört hatte, liefen die kleinsten der

Kinder mit fröhlichem Geschrei in den naheliegenden Wald. Aber dort verstummten sie plötzlich. Schweigsam und gesenkten Hauptes kamen sie zurück, hielten sich ängstlich an Mutters Röcken, und in den Augen hatten sie eine große Frage, ein unaussprechlich-unverstandenes Geheimnis.

„Odinokij . . . ist tot“, flüsterten sie kaum hörbar. „Dort . . .“ Und sie zeigten unsicher nach dem Walde.

Im Nu war das Dorf auf den Beinen. Mit Sensen, Dreschflegeln, Sicheln, alten Gewehren waren sie bewaffnet, und ängstlich gingen sie nach dem Walde, aus dem die Kinder eben gekommen waren.

Schritt für Schritt näherten sie sich der gefährlichen Stelle, die ihnen die Kinder zeigten. Sie sprachen kein Wort, so groß war ihre Angst. Im Halbkreis ausgeschwärmt, waren sie angelangt.

Am Fuße der bis zur Wurzel gespaltenen Eiche . . . lag Odinokij, der einsame Sonderling.

Der Blitz hatte ihn getroffen.

Nicht die Hand eines schwachen Menschen, sondern die Hand des Schöpfers hatte seinem Leben ein Ende gemacht.

Unentschlossen standen die Bauern im Kreis und schwiegen.

Nastja, ein Mädchen von kaum drei Jahren, ging zu dem toten Tier und kniete neben seinem Kopf.

„Mutter, Odinokij ist tot . . .“, und das Kind streichelte den rassigen schmalen Wolfskopf, sein dichtes graues Fell, die schlaffen Ohren, die einst so schnellen, starken Läufe.

Die Männer holten Schaufeln, gruben tief die Erde auf, legten das tote Tier hinein, was sie sonst nie getan hätten. Die kleine Nastja brachte ein Büschel Gras, darin waren einige Blümchen. Sie näherte sich vorsichtig der Grube, darin das Tier lag, blickte hinunter, warf die Grasbüschel mit den Blumen hinein und legte das flachsblonde Köpfchen zur Seite.

„Odinokij, ich werde dich immer besuchen kommen und mit andern Kindern bei dir spielen.“

Die Grube wurde schnell zugeworfen, und der Wald schloß sein Schweigen über das Grab des Einsamen.

Am Abend, als man bei einem Gläschen Wodka beisammensaß, lustig wurde und der einstigen Streifzüge des Odinokij gedachte, da weinte die kleine Nastja. Aber die Tränen des Kindes waren auf den dicken Bäckchen noch nicht trocken, als sie schon eingeschlafen war.

Sie träumte von dem Wolf Odinokij.

*

Der Morgen graute.

Zaghaft kalte Sonnengarben legten sich über die Landschaft, und plötzlich, wie durch ein Wunder, stand der Wald in herbstlicher Pracht um uns.

Den ganzen Tag schaukelte der Korbwagen über den Trakt. Abends übernachteten wir in einem Dorf, dann schaukelte der Wagen wieder weiter, bis nach Hause.

Das Kind

Das Jahr 1916 ging zu Ende.

An allen Ecken und Enden merkte man das Nahen des Winters. Die Verbindung mit der weitentfernten Bahn wurde rege, vollbeladene Gefährte zogen wieder durch Nikitino, luden die Frachten ab, so daß das Postamt kaum noch den Andrang bewältigen konnte. Die Beamten waren überlastet und deshalb immer schlecht gelaunt. Die Nikitinoer verproviantierten sich mit allem Nötigen, die Kaufleute stapelten Waren bis zur Decke auf. Insbesondere wurde für die erforderliche Zufuhr von Lebensmitteln aller Art gesorgt, denn das Städtchen hatte bei weitem nicht die Möglichkeit, sich auf seine Felder und Saaten zu beschränken. Kleine Herden von Schlachtvieh wurden in den Stallungen der Fleischer untergebracht, Berge von Säcken mit Mehl und Getreide bei den Bäckern aufgestapelt.

Die Kriegsgefangenen kamen zurück. Hinter jedem Trupp schaukelten und hopsten die Korbwagen, die mit Lebensmitteln und Geschenken beladen waren. Das Lager füllte sich.

Man sah rührende Szenen des Abschieds von den gutmütigen Brotherren. Frauen und Mädchen in „interessanten Umständen“ heulten sich die Augen aus. Der Winter trennte sie von den Männern für sechs Monate.

Die ersten Schneeflocken fielen. In lustigem Treiben kamen sie gegen die Fensterscheiben gewirbelt, flogen in die Augen der Passanten, blieben in wunderlichen Gebilden in den Bärten hängen, sammelten sich auf Mützen und Kopftüchern, den langen Filzstiefeln, gaben den zottigen Pferdchen eine weiße Decke und blieben auf Land und Wald liegen. Als man am Morgen erwachte, war alles wie verwandelt und die Temperaturen auf einige Grad unter Null gesunken.

Noch einmal erwachte das Leben. Die allerletzten Vorbereitungen wurden für den Winter getroffen. Jeder beeilte sich damit, jeder wußte, daß es bald nicht mehr möglich sein würde.

Kurz darauf zogen unaufhörlich gewaltige Wolken über Nikitino, und so weit das Auge sehen konnte, war der Himmel dunkelviolett und aschgrau; es wurde finster, ein scharfer Wind wehte plötzlich, und es begann, Tag und Nacht ununterbrochen zu schneien. Als nach Tagen die strahlende Sonne wieder hervorkam, ging man an die Arbeit, den hohen, glitzernden, unberührt weißen Schnee wegzuschaufeln – er lag über zwei Meter hoch. Das Thermometer zeigte zwölf Grad Kälte.

Die Menschen begaben sich allmählich in ihren Winterschlaf, die Straßen wurden leer. Man saß zu Hause, heizte tüchtig den Ofen und vergnügte sich bei gutem Essen. Die Kunst der Bäcker, Fleischer, Schneider, Schuster kam wieder zur Geltung. Überall wurde lange und ausführlich debattiert, gleich, ob man sich Kuchen holte oder sich ein paar Schuhe anmessen ließ.

Man kam auf die verschiedensten Schliche, seine Zeit totzuschlagen. Der österreichische Konditor Meyerhofer ersann immer wieder neue Kuchensorten, Glasuren in vielen Regenbogenfarben, und die unmöglichsten Verzierungen, mit Sprüchen in allen Sprachen. Es war eine günstige Gelegenheit, jemandem eine Liebeserklärung zu machen, aber nicht „durch die Blume", sondern „durch den Kuchen".

Die Fleischer stellten wieder lachende und schmunzelnde Schweins-, Kalbs-, Ochsen- und Kuhköpfe in die Schaufenster, denen man unverkennbar die Herrlichkeit des Geschlachtetseins in den Zügen und Maulwinkeln anmerkte. War es nicht eine Freude, sich von solch einem verzierten Stück einen Braten zu bereiten?

Die Frisöre schoren alle über einen Kamm. Jeder hatte kurzgeschnittenes, viel zu kurzes Haar. Aber die „europäische Frisur" wurde nun mal in Nikitino Mode. Die Damenwelt ließ sich öfter, als es vielleicht nötig war, ondulieren. Es roch bei den Fisören so herrlich nach den verschiedensten Parfüms und Pomaden! Hier traf man sich auch „zufällig“, man wartete „zufälligerweise recht lange“, was, umgeben von den vielen Gerüchen, eben sehr angenehm war.

Auch im Kino herrschte ständig Hochbetrieb. Dort war es warm und angenehm dunkel, und man konnte schön „munkeln“. Eine kleine Kapelle der Gefangenen sorgte für die nötige Stimmung, auch wenn die Musik nicht immer mit den Bildern auf der Leinwand übereinstimmte; das war ja Nebensache.

Das Café florierte. Die Konjunktur war dauernd eine „steigende“, die Tendenz eine „außerordentlich freundliche“. Auf dem Wege ins Café traf man sich wieder „zufällig“, man hatte den gleichen Weg . . . und auch den gleichen Tisch. Dájos Mihaly und seine Zigeuner waren die erklärten Störenfriede, aber von allen geliebt, ja sogar vergöttert.

So vergingen die winterlichen Tage.

Faymé war eine andere geworden. Groß und herrlich, in sich das Geheimnis eines neuen Lebens, blickten mich ihre schwarzen Augen ruhig und voll Freude an. Auf ihrem Grunde flackerte nur noch selten ein Funke der früheren Leidenschaft auf; er erlosch immer mehr und gab Raum einem tiefen Glück.

Faymé kannte keine körperliche Schonung. Nach der Rückkehr aus Sabitoje erledigte sie wie gewöhnlich alle Einkäufe für das Geschäft ihrer Brüder, und das allein war schon ein beachtliches Stück Arbeit. Daneben kümmerte sie sich um unsern Haushalt, wenn auch Natascha, Olga und der unermüdliche „Kammerjäger“ ihr das meiste abnahmen. Die täglichen Unterrichtsstunden wurden fleißig fortgesetzt, die Spaziergänge und die Ausfahrten mit Kolka stets eingehalten.

„Peterlein, du bist wie eine gute Bärenmutter, und am liebsten würdest du mich den ganzen Tag anziehen, ausziehen, waschen, baden, auf den Händen tragen, damit mir nur ja nichts passiert“, sagte sie mir öfters, wenn ich ihr zu erklären versuchte, daß das eine oder das andere für sie entschieden zu viel wäre. Ja, ich kam mir selbst manchmal wie eine unbeholfene Bärenmutter vor, meine Pranken waren wohl stark, aber es mangelte ihnen diesmal die allergeringste Erfahrung.

In dicken Büchern, die ich mir auf Anraten von bekannten Petersburger Spezialisten kommen ließ, las ich die verschiedensten Verhaltungsmaßregeln. Der Kopf schwirrte mir und füllte sich mit wenig verständlichen Dingen; es entstand ein fürchterliches Durcheinander. Ich achtete auf Symptome, die unbedingt in Erscheinung treten müssen, aber es kam immer anders, als ich es mir zurechtgelegt hatte.

Ich entdeckte bei Faymé plötzlich sonderbare Anwandlungen. Sie naschte jetzt sehr gern Süßigkeiten, dann aß sie trockene Kruste des Schwarzbrotes, wurde unmotiviert lustig, dann spielte sie mir auf ihrer Gitarre traurige Weisen vor, bald hatte sie großen, bald wieder gar keinen Appetit. Sie wurde auf einmal blaß, griff mit der Hand an die Herzgegend, als hätte sie keine Luft, aber über ihr Gesicht glitt dann stets ein wundersames Strahlen.

In irgendeiner verborgenen Ecke, meist in Nataschas Zimmer, wohin die Tatarin selten kam, blätterte ich lange in den dicken, gelehrten Büchern, um mir das alles zu erklären.

„Du alte Bärenmutter, was hast du denn schon wieder entdeckt? Bären lesen doch nichts über das Kinderkriegen ...“, sagte mir dann Faymé, wenn sie mich in ein Buch vertieft entdeckte.

„Wäre es nicht besser, Liebste, wir würden uns einen guten Arzt und eine Schwester aus Petersburg oder Moskau nach Nikitino kommen lassen? Ich habe so entsetzliche Sachen gelesen, was alles noch nachträglich passieren kann.“

„Ich bin gesund und glücklich. Ich habe keine Angst, warum auch? . . . Inschallah . . .“ Und mit den Händen berührte sie Herz, Mund und Stirn, als stünde sie vor ihrem Gott Allah.

Der Winter hatte sich bei uns inzwischen recht gemütlich niedergelassen. Sein großer weißer Sack, den er einst auf dem Rücken trug, war jetzt anscheinend ganz geleert, denn jeden Tag schien die Sonne, wenn sie auch nur für wenige Stunden über die weiße, dicht zugeschüttete Mauer der Taigá zu uns herüberschielte. Dann aber leuchtete auch alles um uns. Das dicke Eis an den Fenstern erstrahlte und glänzte. An einigen Stellen versuchte man durch ständiges Erwärmen mit der Hand, dem Mund oder einem Licht sich einen winzigen Durchguck nach außen zu verschaffen. Wenn aber der Abend kam und die Nacht, wurden die Gucklöcher an den Fenstern wieder mit Eis überzogen, der Winter entdeckte die neugierigen Thermometer, setzte sich davor und blies die Säule immer tiefer hinunter.

„Unerhört", brummte dann der deutsche Feldwebel, „Tag für Tag haben wir diese Bärenkälte, immer ist es um vierzig Grad. Im Sommer das gleiche an Wärme und noch dazu im Schatten. Achtzig Grad Unterschied! Was ein Mensch doch alles erträgt!"

Ein mächtiges Holzscheit wird in den glühenden Ofen gepfercht, Funken sprühen auseinander, es knistert. Gemütlich warm ist es.

„Aujust, Mensch, du bist mir die richtige Nulpe, hast für Feuerung nicht gesorgt, aber heizen tuste . . ."

„Ach wat! Die Taigá is jroß; recht haben die Russen: für unser Leben reicht det! Also ick bin dran, ick reize, wa? Also ick sage . . . achtzehn! Na, denn zwanzig, zweiundzwanzig, vierundzwanzig . . . steht, was?!"

„Antreten zum Essen!" ertönt die Stimme des Feldwebels.

„So eine Schweinerei! Einen Grand habe ick . . . wie jemalen und erdacht. Immer muß ick aufhören, wenn ick mal eene jute Karte habe! . . ."

Das Tor des Lagers öffnete sich, und eine Kolonne vermummter, verschiedenartig angezogener Männer geht durch das Städtchen.

Der Tritt ist abgemessen, unter Hunderten von Filzstiefeln knirscht der Schnee in vielen hellen Tonarten.

*

Der Kommandant des Gefangenenlagers ist nach einer vierwöchigen Abwesenheit zurückgekehrt. Er scheint gealtert zu sein. In der Schreibstube des Polizeihauptmanns treffen wir uns. In seiner ganzen Größe steht der Hauptmann respektvoll vor dem Tisch, neben ihm sitzt Seine Exzellenz. Auf dem Tisch liegt ein ansehnliches Bündel Geld.

„Doktor Kröger!“ Die Stimme ist müde, leer. Die Augen des alten Mannes sind von unaussprechlichem Gram erfüllt. Er stützt seinen Kopf auf die Hand und blickt zu Boden. „Tief beschämt, bis in den Grund meiner Seele erschüttert, komme ich aus Omsk zurück. Was ich mit meinen eigenen Augen gesehen, mit meinen Ohren gehört habe, grenzt an die gemeinste, niederträchtigste Schurkerei! Sie, Leutnant Kröger, und Sie, Herr Hauptmann, geben mir Ihr Ehrenwort, daß das, was ich Ihnen jetzt zu sagen habe, unter uns bleibt.“

Wir reichen uns die Hände.

„Im Oberkommando in Omsk habe ich endlich das Geld für die Gefangenen bekommen. Mein wiederholtes Mahnen war bekanntlich kaum beantwortet worden, die Mannschaften in Nikitino haben seit Monaten wieder keinen Lohn bekommen, das wissen Sie genau so gut wie ich. Wissen Sie, was man mir in Omsk gesagt hat? Ich sollte nur die Hälfte mitnehmen, aber über den vollen Betrag quittieren! Hunde!“ Und donnernd schlägt seine Faust auf den Tisch. „Ist es Ihnen bekannt, meine Herren, daß bis jetzt in Sibirien über eine Viertelmillion Kriegsgefangene gestorben sind? Es gibt Städte, in denen über siebzigtausend Gefangene in Erdhöhlen untergebracht sind, ohne daß man ihnen ärztliche Hilfe angedeihen läßt! Typhus, Cholera, Ruhr, Tuberkulose, Lungenentzündung, Lungenpest, Skorbut wüten dort völlig uneingeschränkt!“ Beide Hände preßt der General vor sein Gesicht, und er scheint die ganzen Schrecken vor sich zu sehen.

„Aber ich muß Ihnen, meine Herren, weiter erzählen, was ich gesehen habe. Ich verlangte das Geld für die Gefangenen und stellte fest, daß es wohl da war, aber nur

selten ausbezahlt wurde. Es waren Offiziere, ich wiederhole ausdrücklich, Offiziere, meine Herren, die es den Gefangenen vorenthielten, es versoffen, verhurten, die ihre Pakete öffneten, zynische Witze über die oft kärglichen Liebesgaben rissen, ungebührliche Zoten über die Bilder der Angehörigen machten, den Inhalt für sich behielten, Geldüberweisungen aus der Heimat veruntreuten und nur einen geringen Teil auszahlten. Sie streiten sich um einen Posten am Gefangenenlager, sie mästen sich an den Armen, und berauben sie auf die niederträchtigste Art! Offiziere! Sie haben ganz Rußland, die Ehre des Landes und des Volkes für alle Ewigkeit besudelt! Wenn nur einer der Kriegsgefangenen in seine Heimat zurückkehrt und dort erzählt . . ."
Der alte General nimmt hastig, mit zitternden Händen, sein Taschentuch und verbirgt darin sein Gesicht.

„Ich habe mein Entlassungsgesuch eingereicht. Ich werde bald nicht mehr Ihr Vorgesetzter sein, denn . . . in Petersburg . . . überall das gleiche . . . alles besudelt! Die eigenen Söhne haben das schöne Rußland . . . unser Mütterchen Rußland . . . zur Hure gemacht!"

Ein drückendes Schweigen liegt auf uns. Lange sitzt der General gebeugt im Sessel.

„Sie werden für Ihre Kameraden nicht mehr lange zu sorgen haben, Leutnant Kröger . . . bald naht für Sie und die Gefangenen die Erlösung, aber nicht für uns, die alten russischen Offiziere des Zarenadlers . . . nein, nicht für uns. Uns steht Furchtbares bevor. Die Tore stehen weit, weit offen, bald wird es kommen . . . das Anathema, über ganz Rußland . . . der Untergang!"

*

Wie ein langsam flutender, breiter Strom glitt die Zeit dahin. Immer neue und neue Schneemassen fielen aufs Land. Dreimal war die Verbindung mit der Außenwelt unterbrochen. Die Überlanddrähte waren von den Schneestürmen beschädigt worden. Mit vereinten Kräften wurden sie wieder aneinandergefügt, bis der Morseapparat wieder spielte. Dann herrschte allgemeine Freude: die weite Welt konnte wieder zu uns sprechen, und wir konnten wieder antworten.

Noch einmal ging die Postkarawane im Schneesturm unter. Gemeinsam, unterstützt von Einheimischen und Gefangenen, wurde eine Rettungsmannschaft ausgerüstet, um den Verunglückten zu Hilfe zu eilen.

Es war zu spät. Nur an einer einzigen, aus dem riesigen Schneegrabe hervorragenden Schlittendeichsel konnten wir erkennen, wo Menschen und Tiere begraben lagen, sonst hätten wir sie nicht gefunden. In der atemraubenden Kälte ging es an die schwere Arbeit. Schaufel um Schaufel, Schritt für Schritt wurden die Verunglückten freigelegt. So, wie das Unwetter sie überrascht hatte, neben ihren kleinen, treuen Pferdchen, an der Seite der vollgepackten Schlitten, lagen sie. Ihre Gesichter waren müde, zufrieden, voll innerer Gleichgültigkeit und Ruhe. Einige von ihnen hielten Schaufeln, die andern hatten sich niedergesetzt, um vielleicht hinter den vollen Schlitten Schutz zu suchen.

In der uralten, hölzernen Kirche, im Glanze der Heiligenbilder und der vielen Opferkerzen wurden sie aufgebahrt. Der tiefe Baß des Priesters betete im breiten kirchlichen Altslawisch für die Errettung ihrer Seelen. Ergeben ihrem Gotte, kniete die Menge nieder, unter ihnen das Oberhaupt – der Polizeihauptmann. Dann und wann hörte man lautes Schluchzen der Frauen und weinende Kinderstimmen.

„Dein Wille geschehe, wie im Himmel, also auch auf Erden . . .“ intonierte breit und gedehnt der Priester, und die Kirchenglocken stimmten ihr tragendes Geläute an, überdröhnt von dem Baß der großen Glocke, während über die Betenden, ihre Kirchen und Hütten sich ein neuer Schneesturm peitschend und alles zuschüttend hinwegwälzte.

*

Das Weihnachtsfest kam, mit ihm das herrliche Strahlen in unsern Herzen und Augen.

Dann läuteten die Neujahrsglocken. Sie klangen übermütig und lustig. Das Jahr begann, und mit ihm kamen wieder neue Hoffnungen. Wir alle warteten auf das Frühjahr.

Mitte Februar erlebte Nikitino eine kleine Überraschung. Drei österreichische Ärzte waren endlich von irgendeinem fernen Gefangenenlager abkommandiert worden. Eigentlich hatten diese drei Männer nichts zu tun, denn nennenswerte Kranke waren in Nikitino nicht vorhanden.

Aber das ganze Städtchen lief zu den Österreichern, alle hatten irgend etwas, worüber sie sich beklagen mußten. Für die meisten war die ärztliche Behandlung eine willkommene Abwechslung. Die eingebildeten Kranken bekamen harmlose Arzneien verschrieben, es kostete sie viel Mühe, sich diese zu beschaffen, sie nörgelten zufrieden darüber und über den Zwang, die Medizin regelmäßig einzunehmen. Je mehr aber einer einzunehmen hatte, um so interessanter wurde er in den Augen der andern. So war ein neues, unerschöpfliches Gesprächsthema gefunden: „Meine Krankheit."

Meine medizinischen Bücher lagen inzwischen in irgendeiner Ecke, sie waren verstaubt, denn schon seit einiger Zeit rührte ich sie nicht mehr an. Meine Beobachtungen über Faymés Zustand schrieb ich wohl ganz genau auf, als aber ein Konsilium der österreichischen Ärzte stattfand, lautete ihr einstimmiges Urteil: „Alles vollkommen normal." Da ließ ich auch meine Aufzeichnungen sein.

Faymé fühlte sich glänzend. Zwar naschte sie häufig an den verschiedensten Süßigkeiten, aß immer noch mit besonderem Vergnügen eine Kruste schwarzen Brotes, aber das alles sollte eben so sein, und darüber machte ich mir keine Gedanken mehr.

„Sagen Sie, Faymé", fragte Iwan Iwanowitsch mit besorgter Miene eines Tages das Mädchen, „wird es Ihnen dann und wann übel?"

„Iwan! Du bis ganz und gar von Gott verlassen! Wie kannst du als Mann nur solche Fragen stellen?“ schalt Ekaterina Petrowna.

„Aber Katjenka ich bin doch ein verheirateter Mann, habe auch Kinder, also was ist denn dabei? Faymé ist die Frau meines Freundes, keine fremde Frau, also kann ich sie auch danach fragen.“

„Das ist eine Angelegenheit für Frauen, Iwan, und es ist eine viel zu delikate Frage. Siehst du denn nicht, wie Faymé errötet?“

„Unter Freunden ist so manche Indiskretion erlaubt, Ekaterina Petrowna. Warum wollen Sie das wissen, lieber Iwan Iwanowitsch?“ fragte die Tatarin.

„Wissen Sie“, begann, nun doch verlegen, der Polizeihauptmann, „ich habe gehört . . . ich weiß nicht mehr, wer es mir erzählt hat, jedenfalls habe ich gehört, daß, wenn den Frauen während der Schwangerschaft manchmal übel wird, so soll es meist ein Zeichen dafür sein, daß ein kleines Mädchen unterwegs ist . . . und . . . mein Freund Fedja . . . will doch so gern einen Jungen haben . . .“

„Natürlich muß es ein Junge sein, das steht außer Zweifel! Mir ist auch gar nicht übel.“

„Das ist ja glänzend, Faymé! Sie sind auch eine Frau, die nur Buben zur Welt bringen wird. Wie soll er denn heißen?“

Das Rätselraten ging von Mund zu Mund, alle Bekannten machten Vorschläge, und man wartete auf die Geburt des Kindes wie auf ein ungeheures Ereignis.

Faymé saß jetzt oft über einer Strickerei. Es wurden kleine Schuhe, Strümpfe, Jäckchen, Deckchen gestrickt. Versonnen besah sie sich von Zeit zu Zeit ihre Arbeit, ihre Hände glitten kosend darüber, das Köpfchen neigte sich zur Seite, sie sah lächelnd zu mir herüber . . . und wieder senkte sich der Nacken über die Arbeit, und wieder glitten die Nadeln durch die zarte Wolle.

In ihrem Zimmer stand eine hölzerne, handgeschnitzte Wiege, daneben ein Kinderwagen. Es waren Geschenke meiner Tiroler Kameraden.

Wenn keiner in Faymés Zimmer war, schlich ich mich hinein und besah mir zum soundsovielten Male die Wiege, den Wagen, die Strümpfchen, Schuhchen, Jäckchen. Dann hielt ich die Gegenstände unbeholfen in der Hand, lauschte auf jedes Geräusch, um nicht dabei ertappt zu werden, und ich fühlte mein Herz voller Unruhe und Freude schlagen.

Der Tag kam. Es war der 3. März 1917.

Aus der leuchtenden Kälte, die von draußen durch die vereisten Fensterscheiben die kalten Sonnenstrahlen in das kleine Zimmer schickte, kamen sie alle zu Faymé und mir ins Haus.

Arme und Reiche, Ängstliche und Laute, Gefangene und Freie. Jeder mit einem Geschenk, jeder mit einem leisen Wort, um das Kind zu sehen, wie die Weisen aus dem Morgenlande.

Der Zarenadler prangte übermütig, Orden und Ehrenabzeichen klirrten aneinander, gepflegte Hände brachten ein kostbares Geschenk. Zerzaustes Haar, ein bärtiges Gesicht, lächelnde graue Augen, dicke, selbstgerollte, unförmige Filzstiefel, verkrustete Hände, bunte Kopftücher der Frauen, grellrote Taschentücher, in ihnen die kleine Gabe eines schüchternen Menschen. Schwarze Tataren, mit schwarzen Haaren, in den mandelförmigen Augen das geheimnisvolle Lächeln ihrer Ahnen, in den kleinen Händen eine Kostbarkeit. Schlitzäugige, gelbe Gesichter, platte, breite Nasen, kleine, flinke Finger, helle Falkenaugen – Trapper in Tief-Sibirien, in den Händen einen schneeweißen Hermelin. Feldgraue Uniformen, zerschlissen, aber sauber, in den Händen einen selbstverfertigten Gegenstand ihrer fernen Heimat und Kultur.

In der massiven, hölzernen Wiege liegt das Kind.

Es ist ein Junge!

Er ist groß und gesund, er hat hellblondes Haar und kohlschwarze Augen – das Kind eines Deutschen und einer Tatarin.

Und zum erstenmal im Leben bin ich sehr stolz!

Revolution

Schlagartig berichten die Zeitungen im März 1917 Ereignisse, die einem den Atem rauben:

„Am 11. März erstürmt die begeisterte Menge in Petersburg das Arsenal und den Justizpalast!"

„Am 12. März besetzt das Volk das Winterpalais und das Admiralitätsgebäude!"

„Die Polizeitruppen, die sich dem Volke entgegenstellen, werden von ihm und den Kosaken in die Flucht geschlagen!"

„Das Leib-Garde-Preobraschensky-Regiment, das älteste Regiment der russischen Garde, das Wolynsky- und Pawlowskij-Regiment gehen begeistert zum Volke über!"

„Der Zar ist zur Abdankung gezwungen worden. Er verzichtet für sich und seinen Sohn auf den Thron zugunsten des Großfürsten Michael, seines Bruders!"

„Großfürst Michael dankt ebenfalls ab!"

Was . . . soll . . . nun . . . werden . . .?

*

„Freiheit! Freiheit! Freiheit!"

„Es lebe die Freiheit! Es lebe das Volk! Rußland hat sich aus dem Staube erhoben! Alle politischen und kriminellen Verbrecher des verfluchten Zarismus sind unverzüglich in Freiheit zu setzen! Die Macht gehört dem Volke! Das Volk soll jetzt selbst seine Bevollmächtigten und seine Führer wählen! Die Polizeibehörde ist sofort außer Dienst zu stellen! Bürger, Soldaten, Arbeiter und Bauern sollen selbständige Organisationen bilden, ihnen ist die ganze Gewalt in die Hände gelegt! Miliz soll gebildet werden!"

Tag und Nacht arbeiten die Telegraphenbeamten im kleinen Postamt. Sie waren erschöpft, und nur noch mit

Mühe konnten sie all die Befehle aus den unaufhörlich tikkenden Morsezeichen entziffern.

Es meldete sich die Gouvernementsstadt Omsk.

Sie erwarte in kürzester Zeit die Umgestaltung der Polizeiorganisation und ordne genaueste Befolgung sämtlicher Weisungen aus Petersburg an. Die Sträflinge seien sofort zu entlassen.

„Telegrafiere!“ schrie Iwan Iwanowitsch den halbtoten Beamten an. „Telegrafiere! Nikitino ist eine Stadt von sechstausend Einwohnern. Das Gefängnis hat über dreihundert Sträflinge und darunter ist nicht ein einziger politischer Verbrecher. Es ist aus Sicherheitsrücksichten nicht möglich, dreihundert Verbrecher auf eine kleine Bevölkerung loszulassen! Ich widersetze mich diesem Befehl! Ich verlasse nur dann meinen Posten, wenn Omsk für die Sicherheit der gesamten Bevölkerung garantiert! Ich verlange umgehend weitere Dispositionen!“

Tage vergingen, obwohl Nikitino mit Nachdruck immer wieder das gleiche funkte.

Im Gefangenenlager wird inzwischen schon eifrig gerüstet. Sorgfältig werden alle Habseligkeiten immer wieder verpackt, die Mäntel feldmarschmäßig zusammengerollt, als müsse jeden Augenblick der langersehnte Abtransport erfolgen. Die Ungeduld ist unermeßlich. Die wenigen Pessimisten werden verhöhnt, ausgelacht, nicht mehr ernst genommen. Es entsteht ein ungewohntes Leben und Treiben, Hasten und Hantieren.

Nur einer geht sinn- und ziellos zum soundsovielten Male durch das Lager. Er weiß nicht, soll er die Männer schelten, oder soll er zum letzten Male nach dem Rechten sehen, damit seine Truppe in bester Ordnung abmarschieren kann. Es ist der Feldwebel.

„Was sollen denn die Panjes schließlich noch machen? Wollen sie jetzt noch weiter Krieg führen? Alles geht doch drunter und drüber! Nicht wahr, Herr Kröger?“

In den Augenwinkeln des Feldwebels zuckt die verhaltene Freude, doch er, als Vorgesetzter, kann sich der allgemeinen Begeisterung nicht so haltlos hingeben. Auf ihn blickt das gesamte Lager, nach ihm hat sich bis jetzt alles gerichtet. Allen war er ein Beispiel der Ordnung, Ausdauer und Disziplin.

Stündlich warte ich auf Nachricht aus Omsk. Ich möchte meinen Kameraden selbst den Befehl zum Abmarsch bringen. Dann werden wir uns umarmen, lachen wie die ausgelassensten Kinder, und alles vergessen, alles.

Alles werden wir im Stich lassen, barfuß würden wir den Weg nach der Heimat antreten!

Stunde um Stunde vergeht. Wir sitzen auf unseren Bündeln und warten; die Ellenbogen auf den Knien, den Kopf in die Hände gestützt. So sitzen wir da und warten, warten . . . warten.

Der Morseapparat tickt. Ich sitze daneben und kann die Antwort selbst kaum erwarten.

Auf dem schmalen Papierstreifen werden unter dem ständigen, vermaledeiten Ticken des Apparates Striche sichtbar. Gefühllos malen die Finger des Beamten Buchstaben aufs Papier, einen nach dem andern, als lerne er erst heute das Schreiben. Die Buchstaben formen sich zu Worten. Ich lese sie, ich lese sie immer wieder von neuem, versuche sie mir verständlich zu machen. Ich reiße den ganzen Block an mich.

„Die Freilassung der Gefangenen, insbesondere der Kriegsgefangenen, hat bis auf weiteres zu unterbleiben . . ."

Ich bin plötzlich erstarrt, wie einst, als ich in der Peter-Paul-Festung vor den Gewehrläufen stand.

Eine rohe, mir selbst unbekannte Gewalt reißt mich zusammen, und ich laufe aus dem Postamt heraus.

Roh öffne ich die Eingangstür zu meiner Wohnung, krachend fällt sie hinter mir zu, daß Fensterscheiben klirren, daß das ganze Haus erdröhnt.

Faymé steht vor mir. Sie flüchtet zu mir und sucht bei mir Trost . . . Leise fängt sie an zu schluchzen, obwohl zwischen uns nicht ein Wort gefallen ist.

„. . . und ich wollte so gern nach Hause . . . zu dir nach

Hause . . . Peterchen . . . Ich hatte mich schon darauf gefreut . . . und nun . . .“

Kraft und Machtlosigkeit, siedender Zorn und völlige Apathie, Hoffnung und Hoffnungslosigkeit kämpfen in mir mit aller Roheit und Rücksichtslosigkeit.

Alles ist zusammengebrochen.

Über uns allen steht nun wieder nur noch das Warten.

*

Langsam, Schritt für Schritt, in abgezähltem, mich selbst vernichtendem Rhythmus nähere ich mich dem Gefangenenlager, den Tausenden von hoffenden, sehnsüchtig wartenden Menschen.

Die Tore öffnen sich, und dann schließen sie sich hinter mir für mich und die anderen zu einem feststehenden, unverrückbaren Symbol.

„Vater Kröger kommt! . . . Kröger ist da! . . . Schnell, vorwärts!“ ertönt es von allen Seiten; von überallher kommen Männer auf mich zugerannt mit leuchtenden Augen, lachenden Gesichtern.

„Antreten!“ brülle ich vor innerer Wut und balle die Fäuste. „Alles antreten! . . . Antreten! . . .“

Ungeordnet, in einem dichten Knäuel umstehen sie mich. Es wird unheimlich still um uns. Sie ahnen jetzt, was ich ihnen zu sagen habe. Nur noch eine leise Hoffnung bebt in uns, aber sie ist so klein, so zaghaft, daß uns davor bangt.

Diese Hoffnung muß ich ihnen erhalten, weil sie von ihr leben sollen.

„Kameraden! Der Befehl aus Omsk ist gekommen! Er lautet: Alle Kriegsgefangenen sind bis zum nächsten Frühjahr im Lager zurückzuhalten . . . Erst sollen die Lager im europäischen Rußland geräumt werden . . . erst dann werden die Kriegsgefangenen aus Sibirien abtransportiert . . . Es ist durchaus möglich, daß der Zeitraum verkürzt wird . . . Vorläufig müssen wir alle noch . . . warten! Wir können uns also freuen . . .“ Dann versagt auch meine Stimme.

Ich habe sie belogen.

Die Gestalten sinken zusammen, verkriechen sich. Ich sehe Männer auf ihren Bündeln sitzen und weinen.

Das Gefangenenlager gleicht einem Friedhof. Es kommen Streitigkeiten vor, die zu Gewalttätigkeiten ausarten. Man kümmert sich wenig darum. Man geht sich aus dem Wege.

Der Feldwebel hat vergessen, seine Uhr aufzuziehen.

Die täglichen Lagerberichte fehlen, ungeordnet geht man zum Essen.

Nur die Zeit bleibt nicht stehen.

Wir warten auf Zeitungen. Ich warte auf Briefe aus Petersburg und Moskau.

Die ersten Zeitungen kommen. Spaltenlang, mit großen Lettern berichten sie von der Revolution: alles taumelt sich gegenseitig in die Arme vor Begeisterung, die langersehnte Freiheit hat sich über Rußland ergossen; sie gleicht dem gewaltigen, herrlichen Wolgastrom im Frühjahr, der überschwenglich aus den Ufern tritt und das ganze Riesenland überschwemmt, Klassen- und Rassenunterschiede sind gefallen, es gibt keine Obrigkeit mehr, vor der man Angst haben muß, man kann tun und lassen, was man will.

Alles und alle arbeiten an der „Errettung und Vertiefung der Revolution!" – – –

Sie soll über das ganze Land getragen werden, von Stadt zu Stadt, von Dorf zu Dorf.

Von Mund zu Mund ging das Wort: „Freiheit!"

Für die Kriegsgefangenen gab es aber keine Freiheit! –

Meine einstigen Freunde haben mich vergessen. Sie schweigen. Meine Briefe bleiben unbeantwortet.

Das ganze Land ist plötzlich chaotisch wach.

*

Iwan Iwanowitsch wurde sehr wortkarg. Über sein Wesen legte sich eine plötzliche Müdigkeit. Er bekam kein Gehalt aus Omsk, und er forderte auch nichts mehr. Er verharrte auf seinem Posten, saß tatenlos im Polizeigebäude und wartete auf irgend etwas. Es gab aber keine

Arbeit mehr für ihn. Auch fand er den Weg zu sich selbst nicht mehr zurück. Alles, was einst für ihn Offiziersehre war, existierte nicht mehr. Empört und erschüttert über die Vorgänge in dem früheren Petersburg, das von der Revolutionsregierung eiligst in Petrograd umbenannt wurde, hatte er für sich als Polizeioffizier keine Hoffnung mehr auf eine nur erträgliche Zukunft. Vor ihm stand Schmach, vor ihm lag der Weg, den seine Brüder gegangen waren – das Martyrium.

Mit ungewohnter Pünktlichkeit erschien er im Amt. Er sah jeden Tag gepflegt aus, trug seine besten Uniformen und Schuhe. Er trank keinen Alkohol mehr.

„Fedja, du versuchst mich zu beruhigen, du willst mich glauben machen, daß es wieder wie einst wird, daß das alles nur vorübergehend ist. Wer aber, frage ich dich, ist der Mann, der, vom Volke geliebt und geachtet, jetzt die Zügel in seine Hand nehmen wird? Alle haben Verrat an Rußland geübt, und es gibt nicht einen, der dem Volk in die Augen sehen kann. Sind denn die Russen alle so schlecht? Sieh dir meine Untergebenen an, sie haben mir zu essen und zu trinken gebracht, haben mit mir ihr kärgliches Brot geteilt, sind imstande, ihr Letztes herzugeben. Das ist der wahre Charakter unseres Volkes, und wenn wir unser Leben für sie lassen, so werden wir als Märtyrer im Volke weiterleben, denn einmal wird auch dieses Volk sehend werden. Es lohnt sich, dafür zu sterben."

Seine Exzellenz der General zeigte sich kaum noch im Lager. Er hatte seine Achselstücke abtrennen lassen.

„Ich habe einst dem Zarenadler unverbrüchliche Treue geschworen, doch nun ist er besudelt – ist freiwillig von uns gegangen, hat im letzten Augenblick an die Worte seiner bis in den Tod Getreuen nicht glauben wollen. Es ist für die Treuen ein stummer Befehl, den Zarenadler abzulegen. Er hat uns nicht mehr nötig. Wir haben ausgedient. Gut denn, wir gehen. Aus der Ferne will ich das neue Regime beobachten, aber ich glaube nicht daran, daß es Rußland erretten wird. Möge Gott uns einen Mann geben, der die

Trunkenheit des unverstandenen und verhetzten Volkes nach Freiheit in die richtigen Bahnen leitet. Ich sehe ihn nicht, und das ist der unaussprechliche Schrecken für das ganze Land. Aber schließlich sollte man immer etwas Optimismus haben. So wie Sie Ihre Kameraden wissentlich belogen haben, so belügen sich heute viele."

Meinen ganzen Mut, alle Fähigkeiten der Überredungskunst, alle kleinen Schliche, einen künstlich entfachten Humor, alles das wandte ich an, um meine Kameraden weiter zu belügen.

„Wir wissen Positives: Rußland ist durch die Revolution kampfunfähig geworden", begann ich wieder einmal. „Eine kampfunfähige Nation ist auf Gnade und Ungnade dem Feinde ausgeliefert. Zugegeben, Rußland versucht durch Aufpeitschung der Begeisterung, mit Unterstützung seiner Verbündeten noch etwas aus dem gänzlichen Chaos zu retten. Aber was ist schließlich eine Armee ohne Disziplin, die erst große Beratungen unter den Soldaten an der Front abhalten muß, um über strategische Maßnahmen zu entscheiden? Ist eine derartige Armee überhaupt noch als solche anzusprechen? Während an der Front Debatten abgehalten werden, wird der Feind dreinschlagen, eine Niederlage nach der andern, und der Sieg unserer Mächte wird ein baldiges Ende herbeiführen. Auch das Verlangen nach Frieden um jeden Preis wird im ganzen Lande immer stärker! Es kann nicht mehr lange dauern. Es ist nicht möglich. Es ist gänzlich ausgeschlossen! Das Friedensdiktat wird aber in erster Linie unbedingt die Freilassung der Kriegsgefangenen verlangen. Ist das nicht eine Selbstverständlichkeit? Ist es für uns alle nicht besser, wir hoffen auf eine spätere Freilassung, als wenn wir uns einbilden, in wenigen Tagen nach der Heimat abtransportiert zu werden, und uns von Woche zu Woche, von Monat zu Monat über diesen Zeitpunkt täuschen?

In diesem Falle würden wir gänzlich zermürbt werden. Das weitere Warten würde uns bis zur Raserei treiben. Kameraden! Wir haben die ganzen Jahre treu zusammengehalten, wir wollen auch dieses letzte Jahr noch eng und fest zueinanderstehen. Denkt jeden Tag daran, daß unsere Heimat uns immer erhalten bleibt, daß sie auf uns wartet!

Dann werden wir die Jahre der Gefangenschaft aus unserm Leben streichen und ein neues Leben beginnen, ein Leben, das wir jetzt besser verstehen und auch schätzen gelernt haben."

Langsam, sehr langsam wich die Verzweiflung aus unsern Herzen. Wir kämpften jeden Tag mit uns selbst.

Menschen und Zeitungen kommen vereinzelt aus dem Revolutionsgebiet zu uns herüber. In der Wildnis ebbt alles ab. Die Wildnis erstickt alles, wie sie es bis jetzt mit allem getan hat.

Faymé ist über die Zeitungen gebeugt.

„Die Regierung ruft zum Krieg auf. Der Krieg geht weiter. Aber es kann nicht mehr lange dauern, nicht wahr? Es ist doch unmöglich, es muß bald Frieden geben. Er kommt sicherlich früher, als wir es uns denken. Wir werden mit deinen Kameraden weggehen, und alles um uns wird lachen. Wir werden oft an diese Zeit zurückdenken. Unser Kind wird groß werden, zur Schule gehen, es wird Geschwister bekommen, ein ganzes Haus voller übermütiger, fröhlicher Kinder, Peterlein. An das bevorstehende Glück zu denken ist vielleicht schöner als es zu genießen, denn es wird einem oft zur Gewohnheit, ohne daß man es selbst gewahr wird."

Die Nacht überfällt uns.

In ihr steigert sich unsere Verzweiflung und der dumpfe Groll gegen das brutale Schicksal.

Die Tiroler Holzwiege schaukelt ein einschlafendes Kind. Faymés Hand liegt auf dem Rand der Wiege und gleitet über die weichen Deckchen. Ihre schwarzen Augen spiegeln das Glück ihrer Seele wieder, und ein monotones tatarisches Wiegenlied erklingt leise durch den niedrigen Raum.

Das Kind ist eingeschlafen . . .

Noch heute hören meine Ohren in der Nacht bisweilen dieses uralte Tatarenlied.

Den Anblick der exotischen Frau und unseres Kindes werden meine Augen nie vergessen, auch wenn sie erblinden sollten.

*

Wie ein fernes Donnerrollen drangen die Nachrichten von der Kerenskij-Revolution zu uns in die Einöde. Alte, gediente Soldaten kamen von der Front zurück und erzählten uns, was sich ereignete. Sie waren bis an die Zähne bewaffnet, müde, hungrig, zerrissen. Die Möglichkeit, nach Hause zu kommen, mußten sie sich mit Gewalt erkämpfen, denn die von der zaristischen Regierung noch laufenden Gestellungsbefehle wurden von den Unwissenden auch weiterhin ausgeführt, neue Rekruten fluteten nach der Front, von der Front aber die Kampfmüden willkürlich ins Land zurück. Die Eisenbahnverbindungen waren unregelmäßig geworden, die einst gültigen Fahrpläne schon längst außer Kraft, die Züge hatten alle nicht nur stunden-, sondern tagelange Verspätungen. Jede Fahrmöglichkeit, und wenn sich eine solche auf dem Dach eines Wagens bot, wurde benutzt, um nach Hause zu gelangen.

Für uns Gefangene stand nur die eine Tatsache fest: der Krieg wurde weitergeführt. Wir wurden deshalb weiter gefangengehalten.

Gleichgültig den Ereignissen gegenüber, in fast völliger Verständnislosigkeit für alle Geschehnisse, kamen von allen Seiten jetzt wieder Bauern in Schlittenkarawanen nach Nikitino, mit ihnen kam auch das gewohnte Leben und Treiben.

Diese Menschen überwältigen uns mit ihrem kindlich-unbekümmerten Sinn.

Wenige Tage zuvor waren bei den Gebrüdern Islamkuloff Telegramme eingegangen, die fast alle den gleichen Wortlaut hatten: „Geld überweisen, tragen jedes Risiko, haben größtes Vertrauen zur neuen Regierung.“ In der Tat, das Geld war, ungeachtet des Durcheinanders im staatlichen Gefüge, telegraphisch in Nikitino eingegangen.

Die Bauern verkauften ihre Berge von Fellen und bekamen, wie sonst, ihr Geld in klingender Münze aufgezählt.

Es meldeten sich bei mir immer wieder Bauern, die voll Dank lange und andachtsvoll meine Hand hielten.

„Wie sollen wir dir danken, Barin? Unsere Frauen haben Kinder geboren, die kräftig sind, und wir werden sie liebbehalten, als wären es unsere eigenen. Ihr habt uns allen so viel Gutes durch fleißige Arbeit angetan, die Saaten mächtig vergrößert, uns prächtige Häuser gebaut und uns das Handwerk richtig gelehrt."

Ein Alpdruck wich von mir, denn oft genug hatte ich an die besorgten Gesichter der Kameraden denken müssen, sobald ich der vielen verliebten Mädchen und Frauen in den verschiedenen Dörfern gedachte. Das Gewitter, das über ihren Häuptern geschwebt hatte, war vorübergegangen.

Der kindlich unbekümmerte Sinn der Bauern war uns Europäern unverständlich – er überwältigte uns. Sie standen außerhalb der Geschichte ihres Landes – sie waren eins mit der zeitlosen Urnatur.

Das wiedererwachte Leben ergriff alles, und in seinem breiten, ewig gleichbleibenden, keine Vergangenheit noch Zukunft kennenden Strom glitten auch unsere Tage dahin, mit allen alten Gewohnheiten, die uns die Zeit aufgezwungen hatte.

Gleichgültig ging auch die Natur über uns hinweg.

Über Nacht wehte ein warmer, föhnartiger Wind, die Schneemassen schrumpften und schmolzen zusammen, der Fluß trat aus den Ufern und überschwemmte weite Strecken des Wald- und Wiesenlandes.

Der Brand bricht los

Zugvögel, mit weit ausgestrecktem, langem Hals, in flatternden, schreienden Scharen, überflogen zu Tausenden und aber Tausenden auch in diesem Frühjahr das Städtchen, ließen sich für kurze Zeit nieder, um dann ihren Weg nach Norden fortzusetzen. Ihnen folgten vereinzelte Nachzügler, doch bald waren auch diese unseren Blicken entschwunden.

Die Bauern hatten sich ihre Arbeitskräfte wiedergeholt. Die Erde sollte bestellt werden, sollte neue Saat tragen, neue Ernte bringen.

War denn die Welt und das weite Rußland durch nichts erschüttert worden?

Es gab kein Halten, es gab kein Stillstehen . . .

*

Unvergeßlich bleibt für mich das Wiedersehen mit Marusja.

Nach einem Besuch bei Iwan Iwanotwitsch, komme ich mit Faymé nach Hause und will gerade nach dem Kino gehen, um dort einige schadhafte Stellen des gerissenen Films zu flicken, da stürmt ganz verstört Olga, das Stubenmädchen zu mir herein.

„Barin, eine Bettlerin ist gekommen . . . möchte Sie sprechen . . . Sie läßt sich nicht abweisen."

„Gib ihr doch zu essen und zu trinken", erwidere ich und lange schon nach dem Geldbeutel.

„Nein, Barin, die Frau will weder essen und trinken noch Geld haben, sie will Sie unbedingt sprechen, nur Sie allein."

In der Küche steht Marusja.

Auf dem Arm trägt sie ein in Lumpen gehülltes Kind,

neben ihr steht ein Junge, ein kleines, aber schon stämmiges Kerlchen von vier Jahren, hellblond, mit großen, blauen, klaren Augen. Sie dringen einem tief in die Seele, denn sie sind unbewußt traurig.

Ich blicke die Frau an. Ihr schönes Gesicht ist von einer schmerzlichen Durchsichtigkeit, ihre Augen strahlen den Glanz der unendlichen Gottergebenheit und den Glauben an ihre Tat, ihren unbeugsamen Willen wider. Ein buntes Tuch umrahmt das blasse, müde Gesicht. Sie trägt eine dicke, arg geflickte Jacke, deren graue Nähte an einigen Stellen auseinandergehen, einen kurzen Rock von undefinierbarer Farbe, dicke, schwarze Wollstrümpfe, kräftige, aber schon sehr geflickte Männerschuhe, denen man die abgeschnittenen Schäfte noch anmerkt.

Welch gütige Hände haben der Frau diese Kostbarkeiten geschenkt, sie ausgebessert und aufs neue zusammengefügt, unbeholfen, aber gründlich und mit größter Sorgfalt?

„Fedja . . .“, raunt sie, und die herrlichen Augen füllen sich mit Tränen, „Fedja . . . Barin . . . sind Sie es . . . der . . . der Sträfling, der mit Stepan . . . zusammengekettet war . . .?“ Mit Mühe bringt sie die Worte hervor, die ihr jetzt vielleicht ungeheuerlich erscheinen.

Ich höre plötzlich wie mein Herz rast.

„Ja, Marusja, das bin ich! Du kannst bei mir bleiben, so lange du willst.“

„Ich habe Stepan verloren! . . . Ich weiß nicht mehr, wo er ist . . . Verloren habe ich ihn, obwohl ich ihn immer wieder gesucht habe, aber meine Kinder, das ist mein Kleinstes“, sie entfernt die Lumpen von dem Säugling, der glücklich unbekümmert weiter schläft, während über die Züge der Mutter ein seliges Lächeln huscht. „Im Gefängnis ist er geboren, als ich bei Stepan war“, fügt sie schüchtern hinzu. „Ich will nicht lange bleiben, nur etwas ausruhen will ich . . . bin so müde von dem ewigen Wandern. Meine Füße tragen mich nicht mehr, und die Kinder . . . wollen auch ausruhen, wollen nicht mehr mitgehen. Das Kleine muß ich noch nähren, und es nimmt mir die letzte Kraft. In

‚Taigá'*) hat mich ein Dorflehrer aufgenommen, er hat auch nach Petersburg geschrieben. Die Adresse von dir habe ich immer aufbewahrt mit dem heiligen Kreuz auf der Brust, und da ist auch gleich Geld gekommen, und es wurde geschrieben, in Nikitino seist du gefangen, Fedja, ich solle unbedingt zu dir fahren, und grüßen soll ich dich auch. Aber ich weiß nicht mehr, wie sie hießen, die das Geld geschickt haben. Ein Tatar war es. Ich habe seinen Brief gezeigt, und die Tataren haben mich alle stets aufgenommen und mir zu essen und zu trinken gegeben. Auch den Weg nach Nikitino haben sie mir gewiesen, mich zur Eisenbahn gebracht, eine Fahrkarte gekauft und mir für viele Tage Essen mitgegeben. Auch hier haben sie mir den Weg zu dir gezeigt. Nun bin ich da, aber nicht lange, Fedja . . . Ich will Stepan weiter suchen gehen, vielleicht . . . vielleicht werde ich ihn finden. Wir lieben uns so sehr. Was ist auch das Leben für mich ohne ihn . . . Ich werde ihn schon finden. Es gibt noch einen gerechten, gütigen Gott, der uns das Leid ertragen läßt und der uns liebt."

Ich habe die Frau inzwischen auf eine Bank gesetzt. Das schlafende Kind hält sie im Arm, das andere steht neben ihr und blickt mich und die Mutter mit fragenden Augen an, denn auf dem Tisch wartet schon das Essen.

Stumm, ohne eine Silbe nähert sich unendlich schüchtern der kleine Junge dem Tisch und sieht mit versonnenen Augen, voll Sehnsucht auf die Speisen. Traurig senkt sich sein wuscheliger, flachsblonder Kopf, dann beschaut er wieder, etwas nach der Seite gebeugt, die Herrlichkeiten.

Eine hohe Bank, ein Ruck, und ich habe den Bengel hochgehoben, ihm die Finger um den Löffel gelegt, er soll essen.

Wie ein junges, unbeholfenes Tier stürzt er sich auf das Essen. Er vergißt alles, was auf dem Tisch steht, er beißt nur immer wieder in eine dicke Scheibe Brot. Den Löffel hat er weggelegt, aber das Brot hält er in seinen kleinen, freudigen Händchen. Brot kennt er, denn einem Bettler gibt man zuerst Brot – dann etwas dazu, manchmal.

---

* Station an der transsibirischen Bahn bei Tomsk.

War ich nicht selbst einst Bettler?

Schüchtern setzt sich Marusja an den Tisch. Begeistert gleiten ihre Augen über das Essen, doch auch sie greift zuerst nach dem Brot, und erst nach dem ersten Bissen bekreuzigt sie sich; der Hunger hat sie es vergessen lassen.

Natascha und Olga wischen sich mit ihren Schürzen über die Augen. Doch nun wenden wir uns alle von ihnen ab. Wir wollen sie nicht stören und tun so, als hätten wir Wichtigeres zu erledigen als ihnen zuzusehen.

Als ich dann wieder in die Küche komme, sehe ich Marusja in einer Ecke, wo das Heiligenbild hängt, zusammengekauert sitzen. Sie schläft, im Arme das Kind. Den Kopf auf ihren Schoß gebettet, auf der Bank den kleinen Körper ausgestreckt, schläft der Junge. Leise, jedes Geräusch vermeidend, hantieren Natascha und Olga in der Küche.

„Mama . . . Brot . . .", flüstert plötzlich schüchtern das Kind im Schlafe. Sein kindliches Gemüt weiß schon, daß die arme Mutter ihm kaum ein Stückchen Brot geben kann, deshalb bittet er so schüchtern. Vielleicht empfand er schon selbst die Qual der gepeinigten und verzweifelten Mutter, die nicht geben kann.

Marusja! Du bleibst für mich ewig der Inbegriff einer geheiligten Mutter . . .

*

Iwan Iwanowitsch kommt zu mir. Er ist ernst.

„Fedja, es sind acht Mann aus Omsk angekommen, Bevollmächtigte der Kerenskij-Regierung, die in Nikitino alles reorganisieren wollen; komm zu mir herüber. Ich habe mit dir und meinen früheren Untergebenen zu sprechen."

Im Wohnzimmer des Polizeihauptmanns treffe ich Illarion Nikolajewitsch, ferner einen vor wenigen Tagen angekommenen Essaul – Rittmeister – einer transsibirischen Kosakendivision, Unteroffizier der Polizei, Vertreter der Gefängniswache, Männer der Stadtverwaltung, Kusmitscheff, Lopatin und einige alte Soldaten der berittenen Polizei.

Als die Tür aufgeht und der Polizeihauptmann erscheint, nimmt alles straffe Haltung an, dann setzen wir uns.

„Eure Exzellenz, meine Herren!“ beginnt der Hauptmann. „Männer der Kerenskij-Regierung sind zu uns nach Nikitino gekommen, um alles in unserer Stadt zu reorganisieren. Das Alte soll verschwinden und dafür ein neues Verwaltungssystem der Zivil- und Militärbehörden eingeführt werden. Die meisten von uns gehören dem alten Regime an, wir haben ihm gedient, ihm Treue geschworen. Das Alte ist gestürzt, wir müssen uns, ob wir wollen oder nicht, den Verordnungen der neuen Regierung fügen. Ich spreche zu Ihnen allen heute nicht mehr in meiner früheren Eigenschaft als Polizeihauptmann, sondern als Mitbewohner Nikitinos, der einst für die Sicherheit der Bevölkerung zu sorgen hatte. Es steht nur e i n e Frage zur Diskussion: Freilassung der Verbrecher unseres Zuchthauses auf Grund der allgemeinen Amnestie. Es sind insgesamt dreihundertachtzehn Verbrecher, darunter ist nicht ein einziger politischer Verbrecher. Ich möchte darüber Ihre Meinung hören, und deshalb habe ich Sie auch gebeten, hierherzukommen. Ich verlasse meinen Posten nur, wenn man Gewalt gegen mich anwendet. Nicht aus Gründen prinzipieller Auflehnung gegen die neue Regierung, sondern lediglich, weil ich es für einen Wahnsinn halte, Zuchthäusler auf die schutzlose Bevölkerung loszulassen. Wir wissen, was in Petersburg und den andern Großstädten für erschreckende Exzesse vorgekommen sind, und ich will einen derartigen Zustand, der unbedingt auch in meiner Stadt eintreten würde, vermeiden.“

Es meldet sich der stramme, schlanke Essaul.

„Wir Offiziere haben unsere Pflicht erfüllt, wir sind bereit, auch weiterhin unsere Pflicht zu erfüllen. Unsere Untergebenen sollen über uns richten, und ich bin bereit, mich ihrer Meinung zu fügen. Ich stehe jedoch auf dem Standpunkt, daß das Freilassen der Zuchthäusler ein ruchloses Verbrechen an der Bevölkerung wäre, und gegen ein solches müssen wir uns wehren.“

„Wäre der Abtransport der Zuchthäusler in die Großstadt nicht möglich?“ wirft der General ein.

„Nein!“ erwidert barsch der Essaul. „Das lehnen die Vertreter des neuen Regimes ab. Sie beharren auf Freilassung.“

„Freilassung ist unmöglich! Unsere Frauen, Kinder, unser Hab und Gut, unsere Hütten, alles wird vernichtet!“ kommt es von allen Seiten.

„Wir wollen uns dem neuen Regime fügen, es wird uns weiter nichts übrigbleiben“, sagt betont ein Vertreter der Stadtverwaltung, „aber auf die Freilassung der Verbrecher dürfen wir keinesfalls eingehen. Das wäre Wahnsinn!“

„Iwan“, sagte ich unsicher, „das ganze Land wird sich der neuen Regierung fügen müssen, Nikitino kann keine Ausnahme machen. Aber wir alle wollen versuchen, dem Unabwendbaren entgegenzutreten.“

„Und das wäre, Herr Kröger, nach Ihrer Meinung . . .?“ unterbricht mich laut und schneidend der Essaul.

„Indem man denjenigen, die befugt und berufen sind, die Bevölkerung zu verteidigen, und es bis jetzt getan haben, Waffen und Munition zur Verfügung stellt, um gegebenenfalls die Gefahr abzuwenden.

Aller Augen sind auf mich gerichtet. Ich lese in ihnen nach Monaten und Jahren gemeinsamen Zusammenlebens – Mißtrauen.

„Die Gefangenen müssen sich natürlich passiv verhalten“, füge ich hinzu, „da aber die Gefahr sehr groß ist . . .“

„Wir haben insgesamt an verfügbarer Polizei zu Fuß und zu Pferde sowie an ausgebildeten Soldaten, es sind meist sibirische Scharfschützen, sechsundvierzig Mann. Auf jeden kämen somit etwa zehn Sträflinge. Es kann aber der Fall eintreten, daß die Verbrecher sich bewaffnen, dann sind unsere Kräfte sehr ungleich. Alles, was Widerstand leistet, wird nach einem eventuellen Sieg hingemetzelt. Darüber sind wir uns doch alle im klaren“, sagt Iwan Iwanowitsch mit ruhiger Stimme.

„Ich habe keine Bedenken, auch einige Kriegsgefangene,

die Chargen und die schon lange in der Stadt arbeitenden Männer, ebenfalls zu bewaffnen", sagt der General.

„Ich bin dagegen", ruft der Essaul, „was haben die Gefangenen mit unsern Wirren und Angelegenheiten zu tun?"

„Nichts, gar nichts, Essaul", erwidert Seine Exzellenz, „aber die absolute Sicherheit unseres Sieges muß uns unbedingt gegeben werden. Wir kämpfen in diesem Falle nicht als Soldaten um einen Prestigesieg, sondern als Männer um die Sicherheit unserer Familie. Ich erkläre mich mit dem Vorschlag von Herrn Kröger vollkommen einverstanden und verlange die Bewaffnung einiger Kriegsgefangenen, die durch mich, den Herrn Polizeihauptmann, Herrn Kröger und den Lagerältesten zu bestimmen sind. Wir wollen gleich darüber abstimmen."

„Wer ist dagegen?" fragt der Polizeihauptmann.

„Ich glaube, wohl keiner", sagt nach einer kurzen Pause der Essaul, „ich sehe, daß Seine Exzellenz unbedingt recht haben."

In der Nacht wurde die Waffenkammer geöffnet, Gewehre und Munition wurden nachgesehen, ein schweres Maschinengewehr bellte einige Schüsse außerhalb der Stadt, Männer kamen und gingen, sie wurden alle bewaffnet und reichlich mit Munition versehen.

Am Morgen fand eine lange Verhandlung zwischen den Vertretern Nikitinos und den Bevollmächtigten der Kerenskij-Regierung statt.

Mittags kam Iwan Iwanowitsch zu mir. Er war ruhig und sogar gelassen; seine Frau aber fieberte vor Aufregung. Nach dem Mittagessen gingen wir nach dem Gefangenenlager. Faymé und das Kind blieben dort, auch Ekaterina Petrowna und viele Frauen mit ihren Kindern blieben unter der bewaffneten Obhut meiner Kameraden. Die Stimmung war überall sehr gespannt; die Freilassung der Verbrecher stand kurz bevor.

Gegen Abend wurden die Zuchthäusler freigelassen.

Paarweise oder einzeln kommen sie zum Amboß, der Vorschlaghammer hebt und senkt sich, die Ketten fallen.

Schweigend und unentschlossen stehen die Freigelassenen auf dem Gefängnishof, einige von ihnen gehen abseits, sie sind teilnahmslos und apathisch, wissen mit sich selbst nichts anzufangen. Finster und drohend stehen die andern da. Sie trauen ihrer Freiheit nicht.

„Genossen! Freies russisches Volk! Die Ketten des uns allen verhaßten und verfluchten Zarismus sind endlich gefallen! Urgewaltig hat sich das Volk im ganzen Lande zu einer einzigartigen Revolution erhoben. Jetzt habt ihr alle die langersehnte Freiheit. Es gibt keine Knute mehr, keinen mordenden, freiheitsraubenden, blutrünstigen Absolutismus! Die Todesstrafe ist abgeschafft!"

Ein herzzerreißender Schrei unterbricht die Worte des Bevollmächtigten und alles verstummt.

Ein Gefängniswächter und ein Verbrecher sind zu Boden gerollt. Der Sträfling hat schon dem Mann beide Augen mit den Fingern aus den Augenhöhlen gerissen, das blutüberströmte Gesicht wird gewürgt, der kaum erstickte Schrei ist dem Opfer noch an den verkrampften Lippen zu sehen. Die wenigen umherstehenden Wächter werden plötzlich niedergeschlagen, der Bevollmächtigte versucht zu flüchten, aber auch er wird festgenommen, und sein Gesicht ist im Nu eine einzige Blutlache. Es krachen vereinzelte Schüsse. Einige von den Sträflingen fallen zu Boden.

„Rache! . . . Flucht! . . . Mordet . . .!" ertönt es jetzt von allen Seiten.

Es vergeht geraume Zeit. Es dunkelt.

Durch die menschenleeren Straßen gehen langsamen Schrittes die entlassenen Verbrecher. Die Häuser und Hütten sind versperrt, das Städtchen ist wie ausgestorben.

Die Handelsstraße entlang sehe ich zwei Vertreter der Kerenskij-Regierung ruhig gehen. Sie haben den Mut, den Sträflingen zu begegnen, sie zusammenzurotten.

„Genossen! Ihr habt nichts zu befürchten, die Todesstrafe ist abgeschafft, euer Verhalten ist uns verständlich, eure Unterdrücker müssen fort. Für Essen, Trinken und Kleidung wird gesorgt! Geht in das Gasthaus."

„Nein, Brüderchen, das kennen wir schon ...", erwidern höhnisch die Verbrecher, und schon sind die beiden Männer gefaßt. Sie wehren sich auch nicht mehr.

Die Tür zum Gasthaus meines Hauswirtes wird mit Gewalt aufgerissen, die Gefesselten und die Sträflinge gehen hinein. Sie finden dort nichts, denn weder für Essen noch für Trinken ist rechtzeitig gesorgt worden. Kurze Zeit danach werden zwei entsetzlich verstümmelte Leichen aus dem Hause geworfen. Es sind die beiden Regierungsvertreter.

Unter Drohung müssen die Lebensmittelgeschäfte ihre Türen öffnen. Wahllos zerren die Verbrecher die Eßwaren heraus, beschimpfen die Inhaber, vernichten alles, was sie nicht wegtragen können. Endlich wird es im Städtchen ruhiger. Die Nacht bricht an.

Sie ist heiß, glühend ist der Wind, der den Sand gegen die Fensterscheiben fegt.

Keiner vermag in dieser Nacht zu schlafen. Jeder, der nur eine Sense, eine Sichel, ein Beil, eine Axt zu Hause hat, hält es krampfhaft in den Händen.

„Gebt uns Wodka! Gebt uns Weiber!" brüllen verworrene Stimmen bald hier, bald dort.

Die kleinen Haustüren geben nach, die Sträflinge wälzen sich hinein. Frauen und Kinder schreien. Es fließt Blut über manche Türschwelle.

Da kracht ein Schuß.

Brüllende Männerstimmen, die man nicht verstehen kann. Unregelmäßig fallen wieder vereinzelte Schüsse, eine Salve, noch eine folgt, wieder einige Schüsse.

Vor meinem Hause sehe ich Sträflinge laufen. Sie sind alle bewaffnet! Frühere Zuchthäusler haben ihnen den Weg gewiesen, die kleine Wache der Waffenkammer ist durch Verrat überwältigt worden.

Gegen Mittag sprengt der Essaul durch die Handelsstraße, um den Kopf hat er ein Handtuch gebunden; es ist voll Blut.

„Sie sind im Vormarsch! Besetzt den Ausgang zum Markt.

Alle dorthin locken, um jeden Preis!“ Die Sporen sind blutig, das Pferd bäumt sich auf, sprengt weiter.

Im Nu bin ich mit zwanzig Kameraden, Kusmitscheff und Lopatin vor dem Postamt, im Nu werden Erdhügel aufgeworfen, und wir werfen uns hin. Vor uns dehnt sich der Marktplatz.

Kurze Zeit danach sehe ich von rechts eine kleine Gruppe schießender Sträflinge auf den Platz kommen. Es fallen Schüsse von Schützen, die wir zuerst nicht sehen, denn sie verstecken sich immer wieder hinter den Verwaltungsgebäuden. Von Ecke zu Ecke nähern sie sich den Sträflingen. Ich sehe an den Uniformen, daß es die Polizeitruppe ist.

Man kann jeden Schuß wahrnehmen, denn sie fallen in langen Abständen, doch nach jedem Schuß sinkt ein Sträfling zusammen.

Links von uns laufen gebückt Soldaten eine Straße entlang. Sie verstecken sich ebenfalls hinter den Hütten. Jetzt kommt ein größerer Trupp schießender Verbrecher hinter ihnen her. Sie erklettern die Dächer, verstecken sich hinter den Schornsteinen und jede Ecke dient ihnen als Unterschlupf. Ohne Hast, als gelte es, ein Tier des Waldes zu treffen, heben die sibirischen Schützen ihre Gewehre. Sie machen sich wohl einen Spaß daraus, die Sträflinge in den Kopf zu schießen, die wie getroffene Auerhähne niederpurzeln.

Tobend und schreiend sehen wir endlich das Gros der Angreifer sich dem Marktplatz nähern. Unter ihnen sind sehr viele in Zivilkleidung. Es sind jene Einwohner Nikitinos, die mit den Zuchthäuslern sympathisieren, frühere, entlassene Verbrecher, die auf Erfolg hoffen, der ihnen reiche Beute verschaffen kann.

Unsere Kette feuert.

Doch auch die ersten Kugeln der Gegner summen schon an uns vorbei, wirbeln den aufgeworfenen Sand auf.

Jetzt kracht es aus allen Ecken des Marktplatzes.

Groß ist der Mut, gewaltig die Todesverachtung der Verbrecher. Sie laufen auf uns zu, unkundig der primitivsten Kriegslist.

Unsere Magazine krachen, Schuß auf Schuß fällt. Der Augenblick ist gekommen, da wir der Übermacht bald werden weichen müssen. Das Brüllen der Angreifer schwillt tierhaft an, sie sehen ihren Erfolg, obwohl auch an beiden Flanken die Schützen lebhaftes Feuer entwickelt haben. Der Marktplatz bedeckt sich mit vielen zuckenden, schreienden Körpern.

Plötzlich aber plumpst etwas Schweres auf mich nieder, zur andern Seite ein anderer Körper: Iwan und der Essaul sind mit dem Maschinengewehr herangekommen und bringen es in Stellung.

Sekunden vergehen . . . Stille . . .

Das Maschinengewehr bellt über meinem Kopf.

Mit aller Gewalt werfe ich den Körper von mir. Ich höre einen Fluch . . . es ist mein Freund Iwan. Er hat sich über mich geworfen, um mich zu decken.

Keine hundert Schritt sind die Angreifer vor uns. Ein Gurt ist verschossen, das Maschinengewehr schweigt, denn der Essaul ist verwundet. Ich sehe, wie sich über seine Augen spritzendes, rinnendes Blut ergießt, wie der Mann, ohne sehen zu können, nach dem Gurt greift, sich das Blut fortzuwischen versucht, wie Lopatin zufaßt, der Polizeihauptmann noch einmal flucht, der Essaul zusammenbricht . . . dann aber rattert und bellt das Maschinengewehr erneut los.

Seelenruhig, mit fester Hand, ein Auge zugekniffen, führt der Hauptmann die Feuergarbe, obwohl die Sträflinge wieder um etliche Meter an uns herangekommen sind. Das Maschinengewehr bellt so lange, bis die letzten Schüsse den Fliehenden hinterhergejagt sind.

Im Ausschank meines Wirtes hat sich der Rest der Sträflinge festgesetzt. Vereinzelt krachen von dort die Schüsse. Hinter den Hütten halten wir Ausschau.

„Du holst bei Islamkuloff vier Kannen Petroleum", wendet sich Iwan Iwanowitsch zu Lopatin, „du, Kusmitscheff, und du, Fadejeff, ebenfalls. Dann wird das Haus in Brand gesteckt, und wir haben unsere Ruhe wieder. Los! Marsch, marsch!"

Etwa zehn Scharfschützen stellen sich auf, hinter ihnen ergreift der Polizeihauptmann die Petroleumkannen, und im Laufschritt geht es dem Ausschank zu, während die Schützen ihr vernichtendes Feuer auf jeden hervorlugenden Kopf richten.

Zwölf Kannen Petroleum werden über die Außenwände des Hauses geschüttet. Eine himmelhohe Flamme schlägt empor.

In nervenaufpeitschender Ruhe kommt der Hauptmann zu uns zurück.

Eine Stunde später ist das Haus zusammengefallen und gleicht einer riesigen Fackel, in die Myriaden von Motten, Fliegen und Käfer hineinfliegen. Das Feuer sieht in der Nacht unheimlich aus. Um uns ist drückende Stille, obwohl wir alle um das Feuer versammelt sind.

Da und dort fällt endlich ein Wort. Die Männer sind zerrissen, schmutzig, einige haben das Hemd ausgezogen, und ich sehe, daß ihre Körper in der glühendheißen Nacht in Schweiß gebadet sind. Darin spiegelt sich die lodernde Flamme.

„Geht durch die Stadt und sagt allen . . ."

„Feuer! . . . Feuer! . . . Der Wald brennt! . . . Es brennt!" unterbrechen kreischende Stimmen den Polizeihauptmann.

Weit in der Ferne sehen wir eine hohe, fressende Flamme im Walde wüten, und gleich darauf steigen auch an drei anderen Stellen Flammen hoch.

Die Taigá brennt an vier Stellen.

„Großer Gott! Die Taigá brennt!" Panischer Schrecken liegt in dem Flüstern der Männer.

„Die Sträflinge haben den Wald angezündet!"

„Laßt sofort alle Kirchen Feuer läuten! Zwanzig Schützen haben die Stadt zu überwachen! Die ganze Bevölkerung soll antreten! Die Gefangenen sind alle heranzuziehen!" erteilt der Hauptmann seine Befehle.

Wie vom Wind gejagt stürzen die Männer auseinander.

„Der Wald hinter dem Fluß brennt. Wir haben eine einzige Fähre. Wenn kein Wunder geschieht, Fedja, brennt das ganze Nikitino, das auf dem andern Flußufer liegt, ab. Errungenschaften der Revolution, Vertiefung der Revolution, Freiheit . . ." Er blickt mich an und lächelt bitter. „Komm, mein Lieber", und seine Hand legt sich mir schwer auf die Schulter.

Eine kleine, mit Beilen, Sägen und Tauen, Schaufeln, Hacken und Eimern bewaffnete Menge steht schon kampfbereit am Wasser. Die Fähre stößt ab. Verzweifelt langsam nähert sie sich dem andern Ufer, obwohl der Fluß nur zweihundertsiebzig Meter breit ist. Im Eilmarsch geht es zur Feuersbrunst.

Zwei Soldaten eilen fort, um den verruchten Brandstifter zu stellen.

Am Ufer stehen die ängstlichen Bauern. Lopatin bleibt zurück und kommandiert das Übersetzen der Menschen. Eine Schneise von etwa zehn Meter muß um das Städtchen angelegt werden. Schon fallen die ersten Axthiebe, schon fallen die ersten verkrüppelten Bäumchen und Sträucher.

Ein Trupp nach dem andern kommt an, sie werden verteilt, die Arbeit beginnt fieberhaft. Unerbittlich ist der Polizeihauptmann. Die Hände trichterförmig an den Mund gelegt, brüllt er seine Befehle entgegen. Kriegsgefangene arbeiten an der Seite der Bevölkerung. Ein Baum nach dem andern fällt, ein Strauch, ein verwachsener Busch, es kracht und birst. Viele Hände greifen nach dem gefällten Holz, tragen es abseits der Schneise, kehren zurück und schleppen von neuem fort.

Hast, Fieber, Unruhe liegen über den Menschen.

In naher Ferne hört man ein Fauchen, Knistern, Pfeifen. Es wird lauter, deutlicher. Der Wind treibt das Feuer näher zur Schneise, die erst an einigen Stellen breit genug ist.

Stunden waren vergangen. Es war inzwischen hell geworden und die Sonne brannte sengend und unerbittlich vom wolkenlosen Himmel.

Schon kam das wütende Feuer in unsere Nähe. Es lief erst an der Erde entlang, erfaßte das Buschwerk, das Dikkicht, kletterte die Bäume entlang, hüllte die Kronen in dichten, beißenden Rauch, bis die Flammen das ganze Geäst erfaßten und die Bäume willkürlich nach allen Seiten umwarfen. Die Glut wurde unerträglich, der Rauch ließ die Augen tränen, man konnte kaum noch etwas sehen.

Die Menschen wichen vor der Gewalt des Feuers.

„Wer zurückweicht, wird erschossen!" brüllt der Polizeihauptmann, der Nagan fährt in Hüfthöhe, schon kracht ein Schuß, ein Mann fällt zu Boden; noch zweimal bellt der Revolver auf, noch zwei Männer stürzen in unmittelbarer Nähe des Feuers. Frauen schreien, Männer fassen sie roh und gewaltsam an, zwingen sie, Eimer voll Sand über die kleine, schmale Schneise zu schütten. Sie schlagen ihren Frauen ins Gesicht, stoßen sie zur Seite, ergreifen selbst Eimer und Schaufeln und häufen, wie vom Irrsinn angetrieben, den Sand auf. – Garben von Funken steigen hoch, versuchen immer wieder, die Schneise zu überspringen, senken sich auf den nahen Wald. Eine Schaufel Sand erstickt ihn. Beißender Rauch schleicht wieder herüber, sengende Glut steht vor unseren Augen, eine ganze Feuerwand. Sie fällt zurück, fällt in die Schneise hinein, Sand fliegt auf das aufflackernde Feuer, Frauenhände überall, Männerfäuste mit Schaufeln schmeißen die lodernde Glut so lange zurück, bis der Schaufelstiel fast zu brennen anfängt.

Der Wald ist durch tagelange Sonnenhitze ausgetrocknet. Das Feuer ist gewaltig und zäh, aber der Wille des Menschen hält es in Schranken. Jedes Fünkchen, jedes winzige rote Zünglein wird mit Sand zugeschüttet, denn überall lauern nur Feuer sehende Augen, nur Hände und Fäuste, die keine Müdigkeit kennen dürfen.

Plötzlich, einer Woge gleich, erhebt alles seine Köpfe.

Die Menschen erstarren.

Hinter ihnen, wo sie hergekommen sind . . . brennt es!

Von beiden Seiten frißt jetzt das Feuer den Wald.

Wie ein Satan, umgeben vom flackernden Feuer, steht

dort ein Sträfling. Man hört nicht sein Lachen, man sieht nur das von Wollust verzerrte Gesicht, den weitaufgerissenen Mund, den wildgewachsenen Bart, die krallenförmig gespreizten Hände.

Der Satan hat das Feuer hinter unserm Rücken angelegt. Er hatte sich unter einem Busch versteckt, denn keiner hatte ihn gesehen. Als wir in die Arbeit vertieft waren und nur das Feuer und die Gefahr vor uns sahen, hatte er den Wald hinter uns angesteckt.

Ein Gewehr fliegt an die Backe, ein im Feuerbrand unhörbarer Schuß, das blutüberströmte Gesicht des Sträflings, ein blöder Blick, ein Wanken, Stolpern, Fallen.

Einer Herde gleicht die Menge, die jetzt durch die enge Schneise getrieben wird. Frauen und Männer fallen hin, schreien markerschütternd, sehen von allen Seiten nur noch den Tod und werden von den Eilenden, Stolpernden, Schreienden zertreten. Sie kennen keine Vernunft, sie kennen nur noch panischen Schrecken, der sie bis zur Besinnungslosigkeit aufpeitscht.

Schon züngeln auch die Flämmchen über die Schneise herüber. Sie werden nicht mehr eingedämmt, von keinem mehr zurückgehalten.

Eine Bärenmutter mit zwei einjährigen Jungen, ein Elch, einige Elchkühe brechen sich unweit von uns mit irren Lichtern Bahn durch die dichte Taigá. Hasen schnellen vorbei, im Rauch sehe ich Vögel in reißendem Flug dahinjagen.

Ich sehe einen Trupp von etwa hundertfünfzig deutschen und österreichischen Kriegsgefangenen, auch von der andern Seite sehe ich Kameraden, darunter Iwan Iwanowitsch, der schwarz von Ruß und Rauch ist, durch das Dickicht auf uns zukommen. Ruhige Nerven und etwas Geistesgegenwart lassen uns den Umweg erkennen.

Den unebenen Waldweg entlang flutet die Menschenmenge. Es geht zum Fluß. Dort, angesichts des Wassers, legt sich ihre irre Erregung, aber schon schreit der Polizeihauptmann seine Kommandos in ihre Mitte. Eine Fähre nach der andern setzt die Menschen hinüber, die andern, darunter sehe ich viele Kriegsgefangene, stürzen sich in die Hütten, und als sie wieder herauskommen, tragen sie auf den Armen die wenigen Habseligkeiten der Bevölkerung.

Das Feuer kennt keine Grenzen, und seine Wucht ist so stark, daß bald nicht nur die Saaten, sondern schon die ersten Hütten und ihre Dächer zu qualmen anfangen. Durch die Straßen rennen Hühner, Pferde, Schafe, Ochsen, sie überrennen die Menschen und stauen sich alle am Fluß, an dem großen, freien Platz zusammen.

Dort hat das Feuer keinen Fraß.

Die Fähre kann die flüchtenden Menschen kaum noch fassen. Sie ist zum Teil schon unter der Oberfläche. Mit vereinten Kräften ziehen Männer an dem Stahlseil der Fähre. Kaum daß der größte Teil am andern Ufer ausgestiegen ist, stößt die Fähre wieder ab. Die Menschen fallen ins flache Wasser, bleiben stehen und blicken entgeistert zurück auf das Flammenmeer.

Immer noch rennen Menschen durch die Straßen, immer wieder verschwinden sie in den kleinen, fast zerfallenen Hütten, retten ihr Letztes, ihre Gottesbilder und Lampaden, während lautlose Tränen ihnen über das Gesicht strömen.

Das Menschengeschrei wird vom Toben und Brüllen des Viehs übertönt. Umsonst versucht man das Vieh zu retten, es ist störrisch, schlägt aus, beißt, rennt fort, brüllt markerschütternd weiter. Es ist irre geworden vor dem ständig nahenden Feuer.

Zweihundert Hütten hat das Feuer ergriffen.

Selbst der Fluß scheint ein Flammenmeer zu sein.

Am Ufer, auf dem weiten freien Platz, stehen die Pferde, Kühe, Kälber, Schafe. Sie haben sich zu einem engen, zitternden, wiehernden, muhenden, brüllenden Knäuel zusammengedrängt und stieren nach dem andern Ufer hinüber.

Dort drüben stehen und sitzen die Bauern mit ihren Frauen und Kindern. Um sie herum liegen wahllos hingeworfen ihre wenigen Habseligkeiten. Tiefe Traurigkeit und Hoffnungslosigkeit steht in ihren Gesichtern. Mütter halten schlafende Säuglinge im Arm, man hört nörgelnde Kinderstimmen, die keiner zu beruhigen versucht. Jahrelange Arbeit, ein kummervolles Leben voller Entbehrungen, die kaum aufgegangene, verkümmerte Saat, die wenigen, liebevoll behüteten Habseligkeiten, die sie sich Stück für Stück zugelegt haben – das meiste ist vernichtet.

Was steht ihnen allen bevor? Hungertod? . . .

Ihre Finger haben sich zur drohenden Faust verkrampft, doch nun lösen sie sich langsam, und gläubig schlagen sie das Zeichen des Kreuzes.

Die ganze Nacht wütet das Feuer; schauderhaft-gewaltig, unüberwindlich! Als es sich gelegt hat, fahren die ersten wieder hinüber.

Ihr Vieh drängt sich ihnen entgegen. Zitternde Hände umarmen den Hals eines kleinen, zottigen Pferdes, das die größte Kostbarkeit der Armen ist. Tränen fallen auf den Kopf eines ängstlichen, verwahrlosten Tieres.

*

Die Stadtverwaltung stand nach den prahlerischen Gesetzen einer jeden Revolution unter der Devise: „Alles fürs Volk.“ Aber es war kein Geld für das Volk vorhanden, weil die frühere Regierung korrupterweise völlig leere Kassen hinterließ.

Iwan Iwanowitsch, obwohl er jetzt nichts mehr zu sagen hatte, erschien bei der neuen Verwaltung. Hinter ihm drängten sich die Bauern des abgebrannten Stadtteiles.

Die kurze Unterredung endete mit Handgreiflichkeiten, denn der frühere Polizeihauptmann verprügelte zwei Revolutionskommissare, und da sich viele Bauern und Soldaten fanden, die ihre frühere Obrigkeit in Schutz nahmen, erhielt Iwan Iwanowitsch die Erlaubnis, die in Arbeit befindlichen Sägemaschinen und das ganze verfügbare Personal zum Aufbau des abgebrannten Stadtteiles zu verwenden.

Gespenstische Entdeckung

Die Zeit rollte weiter ab.

Überall wurde gearbeitet, ja es fehlte sogar an Arbeitskräften. Das Gefangenenlager war leer. Die Bauern erweiterten immer mehr und mehr ihre Felder. Sie setzten ihre Hütten instand, bauten neue und vergrößerten alles.

Auch auf der Brandfläche entstanden schon viele neue Hütten.

Mein Sohn gedieh prächtig. Er war groß und kräftig, und wenn er brüllte, wenn er Hunger hatte und nach der Mutter verlangte, so war es weit und breit zu hören. War er gesättigt, so strahlten seine schwarzen Augen wie glitzernde Kohlen, dann wurde er übermütig, lachte und griff nach meiner Nase, meinen Ohren, Haaren und Fingern. Das alles machte mich unendlich glücklich.

„Ich glaube, Fedja, du wirst deinem Kind nicht einen einzigen Wunsch unerfüllt lassen", neckte mich mein Freund Iwan, wenn er mich mit dem Kinde spielen sah.

„Ich sehe Peter oft an der Wiege hantieren. Er ist eine richtige Bärenmutter", sagte Faymé.

„Sagen Sie, Faymé, wollen Sie denn das Kind nicht taufen? Es ist doch schon groß genug! Es ist jetzt ein Heidenkind!"

„Das ist nicht so einfach, Iwan Iwanowitsch, denn Vater und Mutter haben verschiedene Konfessionen. Wir wollen noch etwas warten!"

„Warten . . . ja . . . warten, Faymé, richtig . . . bis Sie beide zu Hause sind . . . Natürlich, ich habe nicht daran gedacht . . ."

„Sie haben uns doch versprochen, mitzukommen? Wollen Sie jetzt nicht mehr?"

„Doch, Faymé . . . ich will schon . . . Ich habe ja Kröger sogar versprochen, nach Deutschland mitzukommen. Es ist auch meine letzte Hoffnung, wenn ich Rußland, meinem Vaterlande, nicht mehr dienen kann."

„Es kann doch nicht mehr lange dauern, Iwan Iwanowitsch!"

„Nein, Faymé ... es wird nicht mehr lange dauern ... Es kann auch nicht mehr lange dauern! Sie haben recht ..."

„Ich werde dich zum Fabrikdirektor machen, Iwan, bei deiner imposanten Erscheinung ist es der einzig passende Posten für dich."

„Ich werde aber dann doch noch mal nach Nikitino zurückkommen, Fedja, in diese Wildnis und Eintönigkeit, die ich so oft verwünscht habe. Was werde ich hier sehen, wie wird es hier sein, wer bleibt am Leben?" klang die versonnene Stimme meines Freundes.

„Wir alle werden Nikitino besuchen. Wie könnten wir überhaupt alles das vergessen, was wir hier erlebt haben? Unsere Freunde in Sabitoje, meine Brüder, die Pelzjäger in den verstreuten Dörfern und Ansiedlungen werden wir besuchen und uns alle über das Wiedersehen freuen", sagte Faymé, und in ihren Worten lag die gleiche Träumerei wie in denen des Hauptmanns.

„Wir werden dann andere sein, als wir es heute sind", sagte immer noch versonnen Iwan Iwanowitsch. „Ich werde keine Uniform mehr tragen, dem Zarenadler nicht mehr dienen, und keiner wird sich vor mir fürchten wie einst und jetzt immer noch, und das Erlebte wird uns nur noch wie ein Traum anmuten. Wir sind als Fremde hierhergekommen, und wir gehen auch von hier wieder weg, aber die Menschen, die immer hier wohnten, sie bleiben ewig, wie die Natur um sie herum. Und wenn wir nicht mehr sein werden, wird hier alles genau noch so sein wie jetzt, wie es immer gewesen ist – –

Fedja, wir wollen noch einmal nach Sabitoje fahren! Nikitino ist wohl schon Wildnis, aber Sabitoje steht am Rande der Ewigkeit. Wer weiß, vielleicht werden wir keine Möglichkeit mehr haben, das alles noch einmal zu sehen."

*

Die wenigen Vorbereitungen zur Fahrt nach Sabitoje sind getroffen. Ilja Alexejeff, der Dorfälteste, kommt selbst zu uns nach Nikitino, um uns in sein Dorf zu begleiten.

Die kleine Tarantas-Karawane schaukelt und hopst über die Unebenheiten der sibirischen Straße mitten durch den wilden Wald. Im ersten Gefährt sitzen Iwan Iwanowitsch, der Dorfälteste von Sabitoje und ich. Im folgenden Gefährt Faymé mit dem Kind und Ekaterina Petrowna. Dahinter holpert das Vehikel mit unsern Sachen, dann noch einige Wagen mit Bauern und ihren Markteinkäufen.

Stunde um Stunde fahren wir. Wenn die Fahrenden müde vom Sitzen werden, steigen sie aus und gehen neben dem Tarantas einher, bis an einer ebeneren Stelle die Pferdchen wieder in einen hurtigen Trab fallen.

Iwan Iwanowitsch, einst der Allmächtige der ganzen Umgebung, hat von seinem ehemaligen Ruf nichts eingebüßt, obwohl er jetzt in Zivilkleidung an der Seite der Karawane gravitätisch ausschreitet. Seine Haltung und sein Schritt lassen den militärischen Rang des Kolosses sofort erkennen. In der Hand hält er einen geladenen Drilling und sein geübtes Auge späht ständig nach dem Wald hinüber, ob nicht irgendein Wildbret zu erlegen ist.

Schüchtern und wortkarg sind die Bauern um ihn herum. Winzig kommen sie sich in seiner Nähe vor und wagen nicht einmal, ihn anzusehen

Auf der andern Seite gehe ich, neben mir Ilja, auch wir haben geladene Gewehre in den Händen. Der mühselige Weg kommt uns kurz vor, denn unterwegs plaudern wir miteinander, rauchen unsere Pfeifchen, singen Lieder, die Ilja auf einer vielstimmigen Harmonika wuchtvoll, aus voller Brust, und mit leuchtenden Augen begleitet.

Wir sind an der Stelle, an der früher der Weg nach Sabitoje abzweigte. Mit einigen Sprüngen ist Ilja bei Iwan Iwanowitsch.

„Wenn böse Zeiten kommen sollten, Euer Hochwohlgeboren, so kommen Sie zu uns, zu den Bauern, wir nehmen Sie auf, und es wird keiner wissen, wo Sie geblieben sind. Hier, an dieser Stelle, ist nur ein ganz schmaler Weg. Er führt kreuz und quer durch den Wald, ist zwar sehr schwer zu finden, aber Sie sollen sich deshalb nicht beirren lassen. Nach einem halben Tag kommen Sie auf eine Waldschneise hinaus, die Sie zu dichten, verwachsenen Büschen führt. Es sieht aus, als wäre der Weg dort zu Ende. Durch das Gebüsch, es ist wohl dornig, denn wir haben Heckenrosen gepflanzt, müssen Sie sich durchwinden. Wieder ein kleiner, kaum erkennbarer, ganz schmaler Weg, und der führt Sie nach gut zwei Tagesmärschen nach Sabitoje. Man kann nicht wissen, es können böse Zeiten kommen. Denken Sie an mich, Euer Hochwohlgeboren . . . dann kommen Sie nur zu uns. Wir haben uns im Walde versteckt, und so leicht findet man uns nicht mehr . . .“

Lange Zeit später hält die Karawane an dem mir bekannten Strauch. Ein Bauer nimmt das Pferd des ersten Tarantas an den Zügeln und führt es mitten ins Gestrüpp hinein. Die andern Pferde gehen unaufgefordert hinterher. Wenige Minuten später ist die Landstraße wieder völlig leer und verlassen, der Busch hat sich mit seinen Ästchen und Zweigen hinter der Karawane geschlossen, als sei sie spurlos verschwunden.

Kurze Zeit danach sind wir am Ufer des Flusses.

Wie einst, so schaukeln auch jetzt mehrere Flöße, die mit Gestrüpp überdeckt sind, am Ufer. Die Maskierung wird weggeräumt, die Bauern führen die Pferde auf die Flöße und befestigen die Gefährte. Ein kurzes Hantieren, einige Zurufe, wir stoßen vom Ufer ab, und mit wenigen Schlägen sind wir schon in der Mitte des träge dahinziehenden Flusses.

Mein Freund Iwan spuckt sich kräftig in die Handflächen, als er sieht, wie ich die Ruder ergreife. Er verdrängt Ilja und rudert mit.

„Eej uchnem . . . eej . . . uchnem . . .“, ertönt das alte Lied der Wolgaschiffer; es flutet, klingt und gleitet langsam, schwermütig klagend über das Wasser.

Der helle, dämmrige Abend Sibiriens umgibt uns.

Mir zu Füßen sitzt Faymé, im Arm das schlafende Kind. Sie gleicht einer fremdartigen Madonna. In ihrer Nähe stehen die struppigen Pferde. Sie schlafen. Vom regelmäßigen Riemenschlag schaukeln sie hin und her. Abseits, in Gedanken vertieft, liegt Ekaterina Petrowna. Neben ihr, am Feuer, hockt Ilja; schweigend bereitet er das Abendbrot.

Iwan Iwanowitsch rudert, seine gepflegten Hände sind fest um das Holz gespannt und er schont sie nicht mehr wie einst. Von Zeit zu Zeit fliegt sein Blick zu mir herüber, und ich sehe die Züge des Freundes weich, fast traurig werden; dann blickt er wieder über das Wasser, über den dahingleitenden Wald, als wolle er sich von allem verabschieden.

Wie sonderbar . . . Zwischen Pferden und Wagen hocken unbeweglich erstarrt die schweigsamen Bauern. Nur an dem Rauch ihrer kurzen Pfeifen merkt man ihnen das Leben an.

Wir gleiten dahin. Kleine Wellen laufen an den Seiten des Floßes zu den Ufern. Auch hinter uns gleiten unhörbar die anderen Flöße, auf denen ebenfalls Feuer angezündet sind.

Wir hinterlassen keine Spur in der Wildnis . . .

Die Sonne geht auf. Ein Tag vergeht. Wieder umgibt uns das Dämmerlicht, dann geht der Mond auf, bis er sich zum Horizont neigt, wenn die Sonne aufgeht. Regen fällt, wir werden naß. Sonne und Hitze trocknen uns. Und immer weiter geht es.

Nun erklingen aus der Ferne endlich Menschenstimmen. Ein kunstvoll versteckter Weg nimmt uns am Flußufer auf, und ein dicht mit Laubbäumen überdachter Gang mündet landeinwärts in eine Bucht. Viele fröhliche Menschen stehen dort am Ufer, die alle auf uns gewartet haben.

Wir sind in Sabitoje angelangt.

Viele Hände und Augen sind um uns herum, sie sind freudig und ehrlich. Ein kurzer Weg durch das dichte Gebüsch, weite Felder, auf denen reiche Saat aufgeht, die ersten niedrigen Hütten, zwischen ihnen die alte hölzerne

Kirche mit leuchtenden Kerzen, in ihrer Nähe steht mein Häuschen.

Die Tür geht auf und schließt sich hinter uns.

Hier bin ich mit Faymé und meinem Kinde zu Hause. Es ist das kleine, herrliche Zuhause irgendwo im schweigenden Tief-Sibirien.

*

Es ist Abend geworden. In einem engen Kreise sitzen wir, unsere Frauen, Iwan Iwanowitsch, Salzer, Ilja und einige Trapper, vor der Isba des Dorfältesten am Rande des Kirchplatzes und beratschlagen über die Jagd.

„Ich möchte einen Vorschlag machen", sagt Salzer. „Wir haben einen Mann bei uns. Er ist ein Ukrainer, Wassil heißt er, der schon etwa zwanzig Jahre hier lebt. Er soll eine Forschungsexpedition nach den Urwäldern Sibiriens begleitet haben. Sie ist damals umgekommen. Es ist schon lange her. Dieser Mann ist ein ganz ausgezeichneter Trapper geworden. Er behauptet, neulich über das Moor, das sich nordöstlich befindet, gekommen und dort von ungesehenen Leuten mit Pfeilen beschossen worden zu sein. Einen davon hat er mitgebracht. Wäre es nicht interessant, diese Gegend zu erforschen?"

Wir lassen den Mann kommen. Er ist mittelgroß, an seinen Bewegungen, Händen und Augen sieht man, daß er ein Trapper ist. Die Bewegungen sind ruhig und geschickt, seine Hände und Finger sind kaum von der Baumrinde zu unterscheiden, die Augen klar und etwas verträumt, und doch haben sie etwas falkenhaft Stechendes.

„In Poltawa bin ich mit mehreren jungen Männern für die Expedition angeworben worden", beginnt Wassil zu sprechen. „Es waren fünf Männer, Ausländer, denn nur einer von ihnen konnte russisch. Wir sind erst mit der Bahn bis Omsk gekommen und dann im Schlitten den Ob-Fluß hinabgefahren. In irgendeinem Dorf holten die Männer Landkarten hervor, und wir mußten das viele Gepäck auf frische Pferde und Schlitten verladen. Es war Frühling geworden, die Flüsse hatten eine klare, glatte Eisschicht, und diese benutzten wir, um weiterzufahren. Das Wasser auf dem Eise war sehr niedrig, und wir konnten tagsüber weite Strecken zurücklegen. Ich stand damals auf einer Anhöhe, fällte Holz und sammelte Reisig, um ein Lagerfeuer anzulegen, als ich flußaufwärts plötzlich ein ohrenbetäubendes Donnern und Rauschen hörte, und als ich hochblickte, sah ich eine Flutwelle, die Bäume, Sträucher und Schutt mit sich führte und im Nu unsere Karawane auf dem Eise damit überschüttete. Das Eis war irgendwo weiter oberhalb geborsten. Die Kraft des befreiten Wassers und des meterdicken Eises war derart, daß Menschen und Tiere willenlos wegschwammen.

Für Augenblicke sah ich sie noch in den reißenden Fluten, sah, wie mehrere Wellen und riesige Eisblöcke hinterherjagten, dann war alles verschwunden. Als das Wasser sich gesenkt hatte, gewahrte ich, daß auch hier das Eis zum Teil weggeschwemmt war, denn der Fluß war an einigen Stellen offen, und viele Fische schwammen umher oder lagen herausgeworfen am Ufer. Flußauf befand sich das Dorf, von dem wir ausgegangen waren, das wußte ich genau. – Zu ihm mußte ich gelangen, überlegte ich mir, denn eine andere Orientierung gab es für mich nicht. Am Morgen des andern Tages fand ich in der Nähe des Flußufers, an dem ich ständig entlangging, ein vom Bären gerissenes Wild. Beide Vorderläufe waren gebrochen. Es lag in einer Grube. Als ich mich gerade mit der Axt darüber hermachte, hörte ich dicht hinter mir das Fauchen und Schnauben des Bären, doch kaum, daß er mich bemerkte, floh er, und ich konnte unbekümmert das Fleisch braten. Unzählige Tage war ich unterwegs. Ich schleppte die gebratenen Fleischstücke immer mit mir, und so gelangte ich nach Sabitoje. Da ich kein Geld hatte, nach Poltawa zurückzufahren, und es mir mit der Zeit in Sabitoje gut gefiel, bin ich hiergeblieben."

„Wie kommst du aber zu dem Pfeil?" fragte ich Wassil.

„Auf der nördlichen Seite des Dorfes befindet sich ein

weites Moor. Es hat außerordentlich viele ‚Fenster', offene Stellen, deshalb ist es sehr gefährlich. Was liegt hinter dem Moor? Das fragte ich mich immer wieder. Ich machte mich einmal auf und suchte tagelang nach einem Pfad, der mich über das Moor führen sollte. Es gab aber keinen Pfad, überall waren Fenster, und die lange Stange, die ich mitnahm, um sie hier und dort in die Fenster zu versenken, um den Grund zu erreichen, versank überall. So kam ich auf den Gedanken, mit kurzen, breiten Waldschneeschuhen über das Moor zu gehen. Ich suchte mir die gangbaren Stellen aus und war nach fast drei Tagen am Rande des Sumpfes angelangt. Einen Tag verbrachte ich, um Ausschau zu halten. Ich fand frische Losung von Elch und Bär, Stellen, an denen die Auer- und Birkhähne ästen, und das genügte mir, um nicht vor Hunger zu sterben. Auf meinem weiteren Marsch kam ich an einen alten Steinbruch. In seiner Nähe lagen verfallene und verlassene kleine Steinhütten. Ein kleiner Quell lief durch den Wald, den ich dann entlang wanderte und der mich offenbar in die Nähe von Menschen brachte, denn als ich am frühen Morgen einen Hahn erlegt und gebraten hatte, hörte ich rings um mich ein sonderbares Rauschen und Knistern. Ich horchte immer wieder auf, sah aber keinen, bis plötzlich ein Pfeil an mir vorbeiflog und in Kopfhöhe im Baum steckenblieb. Ich riß den Pfeil heraus, griff nach der Büchse und rannte fort. Ich rannte so lange, bis ich übers Moor zurück nach Sabitoje kam, und wollte nun mit Männern hinübergehen, um diese Pfeilschützen festzunehmen. Sie wollen aber nicht mitkommen, denn es interessiert sie nicht im geringsten. Ich bin neugierig, zu wissen, was das für Menschen sind, die heute noch mit Pfeil und Bogen schießen. Barin, wir wollen hinübergehen! Ich zeige Ihnen den Weg, ich kenne ihn noch ganz genau, denn lange genug habe ich nach ihm gesucht. Diese Menschen, die jenseits des Moores wohnen, werden sicherlich Angst vor dem gefährlichen Moor haben. Oder sie haben Angst vor den vielen Glühwürmchen, die so geheimnisvoll leuchten. Was meinen Sie? Es gibt ja noch viele

Menschen, die sich hier in Urwäldern verborgen halten. Man wird wohl nie die Taigá und all ihre Geheimnisse erforschen, denn zu groß muß sie sein!"

Zweimal war die Sonne untergegangen. Wir waren für die bevorstehende Expedition gerüstet.

Vier Trapper, darunter Wassil, Iwan Iwanowitsch und ich, treten den Marsch an. Wir sehen recht sonderlich aus. Über das Gesicht ist eine Brille, darüber und über den ganzen Kopf eine Maske aus dünnem Ziegenleder gezogen, über den Körper ein Hemd aus gleichem Leder, über die Hände dünne Handschuhe, die oberhalb der Handgelenke zugeschnürt werden. Unser Proviant besteht hauptsächlich aus schwarzem Roggenbrot, Tee, Speck, Salz, Pfeffer; sehr viel Munition, Gewehre und Jagdmesser. Jeder trägt auf dem Rücken ein Paar kurze Waldschneeschuhe.

Kaum sind wir in den Wald getreten, als wir von allen Seiten von Mücken überfallen werden. Unsere Ledermasken schützen uns vor ihren Bissen. Durch die Brillengläser kann ich sehen, wie Tausende, aber Tausende, Myriaden von kleinen und großen Mücken sich über uns stürzen, in jede kleinste Öffnung hineinzukriechen versuchen, höre, wie sie summen und in allen Tonarten surren. Wenn man mit der behandschuhten Hand über das lederne Hemd streicht, so sieht es aus, als hätte man über eine blutende Wunde gestrichen, derart viele Mückenleiber kann man mit einem Strich zerdrücken.

Stunde um Stunde gehen wir. Die unerträgliche Hitze, die Masken um das Gesicht, der regelmäßige, hurtig-behäbige Schritt, mit dem die Waldbewohner unermüdlich über alle Hindernisse des Waldes hinweggehen, treibt mir den Schweiß in Strömen aus den Poren. Nicht nur das Gesicht, der ganze Körper ist schon lange vollkommen naß, als hätte man mich aus dem Wasser gezogen.

Eine kleine Waldschneise ist unsere Rettung. Der Trapper, unser Führer Wassil, bindet sich mit hastigen Fingern das Leder vom Gesicht und ich sehe sein nasses Antlitz, seinen fast irren Blick. Er fällt hin, wo er stand, und atmet gierig die Luft ein. Im Nu habe ich das gleiche getan; die Luft kommt mir ungeachtet der Hitze kalt vor. Das Feuer ist entfacht, darüber wird Moos gelegt, denn es soll Rauch entwickeln und uns vor der entsetzlichen Mückenplage schützen.

„Noch nie im Leben habe ich so geschwitzt, Fedja!" flüstert Iwan Iwanowitsch. „Als ich mit Sasulitsch im Japanischen Krieg über den Fluß Jalu, der sich damals im Eisgang befand, auf dem Pferde schwimmen mußte und die Japaner einen Kugelhagel auf uns niederprasseln ließen, da hat so mancher von uns, der mit dem Leben davonkam, das Schwitzen im Eiswasser gelernt, aber so etwas! Beim nächsten Dampfbad werde ich frieren, glaubst du?!"

Wir alle liegen an der Erde, und obwohl der Rauch in Schwaden über uns streicht, atmen wir die Luft gierig ein; sogar das Essen haben wir beinahe vergessen. Während vier Auer- und drei Birkhähne, die wir rasch geschossen haben, achtlos über dem Feuer allmählich gar werden, baden wir und liegen lange bis an die Ohren im Wasser. Es wird recht kühl, denn die mächtigen Ströme in Sibirien führen im Hochsommer ein ziemlich kaltes Wasser, und so beeilen wir uns mit dem Anziehen, Essen, Ausruhen und dem Weitermarsch.

Nach langen Stunden sind wir an dem Moor angelangt. Weit bis an den endlosen Horizont reicht das flache, fast baumlose Moor. Nur ganz vereinzelt sieht man knorrige, verkrüppelte, bläuliche Silhouetten der Moorkiefern. Über den kleinen Tümpeln und den kaum wahrnehmbaren, gelblich bemoosten Fenstern, an denen auf den Unkundigen der ziehende, saugende, qualvolle, langsame Tod lauert, schweben und tanzen in großen und kleinen Scharen Eintagsfliegen, dazwischen schwirren, da es jetzt dunkler wird, Motten und Nachtschmetterlinge. In dem Gesumme und Gebrumme fliegen behäbig enorme Käfer herum, wie zweistöckige, dröhnende Großstadt-Omnibusse mit lauten Hupen. Sie sind unumstritten die Herren der Situation, ihr Baß übertönt alle anderen Insektentöne.

Mitternacht naht, die Plage wird allmählich geringer, wir sechs Männer können wieder essen, trinken, rauchen und etwas Luft holen.

Am vierten Tage unserer Wanderung, wir sind gerade am Ende des gefürchteten Moores angelangt, setzt der Wind ein. Wir ziehen sogar unser ledernes Hemd aus und werden dabei vor Freude, wieder nach Herzenslust atmen zu können, übermütig. Es gibt ein köstliches Essen, zumal wir alle gewaltigen Hunger haben. Vorsichtig gehen wir um unser Lager, denn jeder Schritt außerhalb der mit einer Stange „abgestochenen" Stelle kann uns gefährlich werden.

„Sehen Sie, Barin", wendet sich unser Wassil an mich, „wenn man sich nicht in acht nimmt . . ." Und der Mann stellt sich in ein mit gelblichem Moos überdecktes Fenster.

Nach kaum einer halben Stunde ist der Mann bis über die Knie im Sumpf versunken; wir schnallen unsere Schneeschuhe an, und mit vereinten Kräften holen wir ihn nach diesem „Experiment" heraus.

„. . . Wenn man nun aber allein ist . . . langsamer Tod . . . Ich glaube, ich könnte wahnsinnig werden, Barin, so langsam . . . immer tiefer und tiefer, ohne einen Halt um sich zu haben . . . Warum hat Gott bloß diese Gefahren für uns Menschen geschaffen?"

„Damit der Mensch sich nicht einbildet, er könne alles beherrschen und allen Gefahren trotzen", sagt Iwan Iwanowitsch.

Das sommerliche Dämmerlicht sinkt über das Moosmoor, und es liegt eine eigenartige Stille über diesem Fleckchen Ewigkeit.

Die Skier werden angeschnallt, der Proviant verpackt, dann geht es am Morgen weiter. Das Ausschreiten im weichen, ständig nachgebenden Moor, in das man ungeachtet der breiten Bretter bis über das Fußgelenk einsinkt, ist plötzlich zu Ende; man spürt wieder feste Erde unter den Füßen.

Wir sind an der anderen Seite des Moores angelangt.

Auch hier ist Wald, schweigend und finster, verwachsen,

mit niedrigen Büschen, Sträuchern aller Art. Viele Meisen huschen von Ast zu Ast, zu ihnen gesellt sich der Dompfaff, die Wacholderdrossel, irgendwo klopft ununterbrochen der Schwarzspecht. Wilde Tauben gurren, der Nordlandhäher tutet eintönig, der Nußknacker plärrt und meckert höhnisch, als lache er.

Einige Stunden lang brechen wir uns Bahn mit den Jagdmessern, dann hört plötzlich der Wald abrupt auf, und vor uns liegt ein mit dichtem Gras und kleinen verkrüppelten Sträuchern überwucherter Streifen, der sich fast schnurgerade durch den Wald zieht. Wir machen einige deutlich sichtbare Erkennungszeichen für die uns geschlagene Schneise und gehen dann diesen sonderbaren Weg entlang.

Bei den ersten Schritten bemerkte ich die ungewohnte Härte der Erde, und als ich das wuchernde Gras entfernte, gewahre ich darunter . . . regelmäßiges, gutbearbeitetes quadratisches Steinpflaster, wie man es bei uns in Mitteleuropa kennt.

Eine kurze Rast, und weiter geht es die gepflasterte Straße im Urwald entlang. Ich fühle, wie mir das Herz vor lauter Ungeduld schneller klopft. Eine Biegung nach der anderen, und nach Stunden lugt ein Turm von zwanzig Meter Höhe über den Wald hervor.

Ich sehe, wie plötzlich der geladene Nagan in der Hand des Iwan Iwanowitsch sichtbar wird, wie die Trapper ihre längst geladenen Vorderlader schußbereit halten. Auch meine Hand hält das mehrschüssige Winchester-Gewehr.

Wir verlangsamen unsere Schritte, reißen die Lederumhüllungen vom Kopfe herunter, beschmieren schnell Gesicht und Hände mit schwarzbraunem Birkenteer, um uns so gegen die Mückenplage zu schützen. Wir müssen jetzt nicht nur gut sehen, sondern auch gut hören.

Was steht uns bevor? Was werden wir sehen?

Erwartungsvoll nähern wir uns dem hohen Turm.

Er ist aus massiven Steinblöcken zusammengefügt und völlig mit Moos bewachsen. An einigen Stellen seiner Mauern wachsen sogar kleine, junge Birken. Vom Turm aus läuft nach beiden Seiten eine dicke, hohe Mauer. Sie ist zum Teil verfallen, fast überall mit Moos, Laub und grünenden Büschen und Bäumchen überwuchert. In der Mitte der Mauer, unmittelbar am Turm, befindet sich ein Holztor. Das Holz ist verfault, zusammengefallen, die schweren Eisenstäbe und Scharniere ragen wie lange Zeigefinger hervor und beweisen deutlich, daß das Tor einst verschlossen war und im verschlossenen Zustand verfallen ist.

Stille ... bange Stille ...

Vor dem Tor liegen große und kleine Steinblöcke; vielleicht hat man einst damit das Tor gesprengt? Wir blicken nach dem Turm, dann durch das Tor . . . Eine tote Stadt liegt vor uns ...

Massive Häuser aus quadratischen Steinblöcken, meist einstöckig, mit engen, langen Fenstern, die mehr an Schießscharten erinnern, stehen gut geordnet an beiden Seiten der mit Gras überwucherten Straße. Die Dächer sind eingefallen oder nur zum Teil noch erhalten.

Unsicher stehen wir eine Zeitlang da, unsicher gehen wir durch das Tor, die breite Hauptstraße entlang. Genau rechtwinklig münden von rechts und links noch andere Straßen in sie ein. An ihrem Rande stehen auch nur zerfallene Häuser und Hütten. Es werden drei- bis vierhundert Häuser sein, die alle mit der weit auslaufenden, dicken und hohen Mauer umgeben sind, die dann und wann von einigen Türmen, die sich alle gleichen, unterbrochen wird. Die Mauer ist gut erhalten und man sieht längliche Öffnungen darin, anscheinend Schießscharten.

Wir gehen die Straße entlang, bis wir uns in der Mitte der Stadt befinden. Hier ist ein freier Platz gewesen, denn er ist ebenfalls mit quadratischen Steinen ausgepflastert, doch jetzt bildet dieses Fleckchen wie die Stadt und ihre Straßen ein Teilchen des Urwaldes. In der Mitte des einstigen Platzes liegt, von Bäumen beschattet, ein alter Brunnen.

Die Stille in der ausgestorbenen Stadt ist wahrhaft unheimlich; wir glauben aus allen Ecken, Straßen, Häusern,

Türmen und Ruinen die einstigen Bewohner kommen zu sehen. Aber nichts rührt sich, nur der Wald, der sich in der Stadt willkürlich niedergelassen hat, die leuchtenden Birken mit ihren wuscheligen, wehenden Kronen, die uns zuzuwinken scheinen, rauschen über unseren Köpfen, als wollten sie uns zuflüstern, was hier einst gewesen, wer hier gelebt hat und gestorben ist.

Paarweise gehen wir in die Häuser hinein.

Zaghaft überschreiten wir die Schwelle, an der die Tür fehlt oder achtlos offensteht.

Dämmriges Licht, Halbdunkel. In dem Raum wächst Gras, ein Bäumchen steht in der Ecke, ein anderes blickt im grellen Sonnenschein von draußen herein, wilder Wein rankt an den Wänden, am Boden, an der Decke, denn alles ist von ihm eingehüllt.

Plötzlich wird es lebendig im Raum. Fledermäuse huschen mit leisem Winseln und Piepsen aus ihren Verstecken, suchen den Weg ins Freie. Glühende Augen der Nachtvögel werden unter den wilden Ranken sichtbar, sie kommen hervor, flattern hoch, stoßen gegen die Mauern, gegen uns, verkrallen sich in ihrer Angst in unsere Kleider, bis wir sie wie einen Ball zu der verfallenen Tür hinauswerfen.

Dann regt sich nichts mehr im Raum.

Ich ziehe meine ledernen Handschuhe an, denn es ist mir nicht möglich, mit bloßen Händen nach dem Irgend-Etwas zu suchen, das unsere Hände noch nicht ertastet, die Augen noch nicht gesehen haben.

Schwere hölzerne Tische, Stühle und Bänke stehen an den Wänden, der wilde Wein hat mit seinem grünen, dichten Mantel alles verdeckt und hält das morsche Holz behutsam zusammen. An den Wänden stehen Ackerbaugeräte, eine Hacke, Sense, Schaufel, Rechen, Sichel, doch alles von ungekannten sonderlichen Formen, klobig und schwer.

Entsetzt bleibe ich stehen, als meine Hände unter den Ranken, die ich fortgerissen habe, Menschenschädel und einige Knochen sichtbar machen.

Ich bücke mich nieder, versuche aus den vertrockneten,

völlig blanken Knochen etwas zu ersehen. Die Schädel sind alle mittelgroß, fast klein, und haben breite Backenknochen. Die Menschen, die einst hier gewohnt haben, scheinen an irgendeiner Seuche gestorben zu sein, denn es liegen keine Skelette und Knochen auf den Straßen; auch haben die Toten eine normale Lage, meist auf Bänken und Pritschen.

Wir gehen weiter, betreten andere Häuser. Überall das gleiche Bild: blanke Knochen, grienende Schädel. In den geräumigeren Häusern sind mehrere Zimmer, doch auch hier nur wuchernde Ranken, Totenschädel von Erwachsenen und Kindern.

In die Wände sind massive, eiserne, jetzt verrostete Fächer eingelassen. Wir brechen sie mühelos auf; Schmucksachen sind darin enthalten, ganz primitiv geschliffene Steine, für einen Laien von unglaublicher Größe, Topase, Rubine, Amethyste, Smaragde und was der Ural und Sibirien an Steinen in sich bergen, liegen dort aufgehäuft. Sie sind zum Teil in breiten, ziselierten Fassungen aus schlecht geschmolzenem, vollwertigem Gold, denn es ist sehr weich. Silber und sogar Platinklumpen finden wir vor.

Wir entdecken eine Goldschmiede, in ihr liegen große und kleine Gold- und Silberklumpen in den Wandvertiefungen, kleine, recht unbeholfene Werkzeuge, die anscheinend zur Bearbeitung der Schmucksachen gedient haben. Ein Ofen von gewaltigen Ausmaßen steht in der Ecke.

Wir finden eine Bäckerei, Ställe mit kaum noch erkennbaren Knochen von irgendwelchen Haustieren, aber nicht eine einzige Spur oder ein noch so schlecht erhaltenes Skelett eines Pferdes.

Es wird Abend. Wir verlassen die Stadt des Todes und schlagen unser Lager im Walde auf.

Wie durch einen Zufall finden wir, als wir unser Lagerfeuer schon entzündet haben, einen Pflug; er hat zwei Handstützen, ähnlich wie die modernen Pflüge, nur an der Stelle, an der das Pferd vorgespannt wird, befinden sich zwölf große Haken. Ich nehme an, da ich keine Pferdeskelette vorfand, daß Menschen an diesen Haken vor den Pflug gespannt wurden. Neben dem Pflug lagen massive und klobige Ackergeräte, um sie herum viele Totenschädel.

Das Lagerfeuer brennt und knistert. Unsere durch den Birkenteer geschwärzten Gesichter sehen teuflisch-unheimlich aus. Die Pfeife wandert aus dem einen Mundwinkel in den andern, und jeder geht seinen eigenen Gedanken nach. An Schlaf denkt keiner.

Was für ein Volk mag sich diese Stadt aus Steinen zusammengetragen und erbaut haben? Wann haben sie gelebt und warum sind sie alle gestorben? Eine unbekannte, verfallene Kultur im Urwalde. Wir haben sie gesehen. Wer wird nach uns zu dieser Stätte kommen?

Ist sie schon von anderen entdeckt worden . . .?

Es ist uns recht unheimlich zumute, denn über der toten Stadt schwirren Mengen von lautlosen Nachtvögeln umher, und sie scheinen zu den Ruinen aus weiter Ferne zu kommen, sich hier ständig zu versammeln, zu brüten und zu leben. Heute sind sie besonders unruhig, denn in ihrer Mitte brennt ein Lagerfeuer, und deshalb flattern sie oft zu uns herüber.

*

Wir brechen auf, löschen sorgfältig das Feuer und gehen die gepflasterte Straße weiter. Nach einer knappen Stunde gelangen wir zu einem ersoffenen, verwehten Steinbruch. Wir erkennen, daß das Straßenpflaster von hier stammt. Eine kleine Höhle, kaum noch durch die wuchernden Büsche zu erkennen, tut sich vor uns auf. Auch hier liegen mehrere Skelette durcheinander, die denen in der ausgestorbenen Stadt gleichen, denn auch bei diesen sind die Backenknochen breit und sehr ausgeprägt. Ein einziger Totenschädel zeigt Überreste von pechschwarzen Haaren; sie sind lang und hart, als wären es Haare einer Pferdemähne. In der Ecke stehen aufgetürmt mehrere kleine und große irdene Geschirre, die unverkennbar auf Drehscheiben hergestellt worden sind. Einige davon weisen primitive, eingekerbte Zeichnungen auf: Käfer, Schmetterlinge, Bäume, Menschen mit langen Haaren und anscheinend dicken Pelzen. In den Schalen finden wir kleine, ungeschliffene Topase, Rubine, Smaragde. Abseits, in einer andern Ecke, steht ein runder Schleifstein. Er war früher in ein Holzgestell eingelassen, aber es liegt morsch und schon fast zu Staub zerfallen daneben.

Eine niedrige, nur für kleine Menschen gangbare Tür führt aus diesem Raum in einen andern. Dieser ist etwa acht zu zehn Meter. In einer Ecke steht ein wuchtiger Ofen, an der Feuerstelle kann man noch deutlich Überreste von Kohle wahrnehmen. In der Ecke lange Speere, kräftige Lanzen, Messer mit breiten, gekrümmten Klingen und eine Unmenge Stangen, die wahrscheinlich noch verarbeitet werden sollten. Auf der entgegengesetzten Seite steht ein Amboß. Er gleicht einer Lehmmasse, an die man von allen Seiten kleine Lehmklumpen geworfen hat, so unregelmäßig sind seine Ausmaße; nur die obere Fläche ist flach und ausgearbeitet. Neben diesem ungefügen Ding stehen und liegen hammerähnliche Geräte. Man muß unbedingt den Eindruck haben, daß die Stadt von kleinen Menschen erbaut worden ist, denn die Haustüren und Fenster sind für einen Durchschnittsmenschen zu klein, die Geräte viel zu leicht.

Draußen im Steinbruch entdecken wir einen Brunnen oder einen früheren Schacht. Als wir einige Steine hinunterwerfen und ihren Fall an der Uhr abmessen, stellen wir fest, daß er über hundert Meter tief ist. Wir werfen eine geteerte Fackel hinunter und spähen gespannt über den Rand des Brunnens. Ungehindert fällt sie bis auf den Boden und brennt unten kurze Zeit weiter. Die Ränder des Schachtes sind unregelmäßig, auch hat er auf dem Grund kein Wasser. Durch den Rauch glauben wir unten Schlangen kriechen zu sehen, jedenfalls muß sich dort irgend etwas bewegen, denn die Flamme der Fackel gleitet umher, als würde sie von gleitenden Körpern bewegt. Vielleicht ist auch der von uns als Brunnen bezeichnete Schacht die Grube gewesen, aus der die einstigen Bewohner die Edelsteine oder das Eisen geholt haben.

Ich habe später wiederholt bestätigt bekommen, daß zum Beispiel in unmittelbarer Nähe von Nikitino große Platinfunde gemacht worden sind. Das Metall lag kaum zwei Meter tief unter der Erde.

Eine ganze Zeit streichen wir im Walde umher, und es vergeht Stunde um Stunde, doch unser Wassil kann nicht mehr die Stelle finden, an der er seinerzeit am Lagerfeuer gesessen hat und wo ein Pfeil nach ihm abgeschossen wurde.

„Werden wir überhaupt nach Hause finden?“ frage ich ihn.

„Aber, Barin!“ erwiderte er gekränkt. „Sie können mich hinstellen, wo Sie wollen, ich finde wie ein guter Hund immer nach Hause. Seit zwanzig Jahren treibe ich mich im Walde umher, da wird man es doch gelernt haben. Hier ist aber die Taigá derart dicht, daß man seine Erkennungszeichen schwer wiederfindet; wir müssen warten, bis es Nacht wird, dann können wir uns nicht mehr verlaufen.“

Wir machen Feuer und warten auf die Nacht, bis Wassil sich nach den Sternen orientieren kann.

*

... Sisisisisisi ... sisisisisisi ... sisisisisisi ...

Wir blicken hoch, hinter dem Walde verschwinden Enten und Wildgänse.

Die weiße Nacht, die keinen Übergang zum Tag kennt, ist vorüber. An den Vögeln, die über uns geflogen sind, stellen wir es fest.

„In der Nähe muß Wasser sein. Hier, mitten im Walde, muß ein See liegen. Entweder fliegen die Enten nach dem Wasser oder kommen von dort her. Sonderbar ...“, sagt Wassil und schüttelt bedächtig den Kopf.

In der Ferne verklingen die Laute, denen wir nachlauschen.

Graugänse flattern mit lautem Geschrei an uns vorbei, ihnen folgen einige Polartaucher, dahinter fliegen Wolken von verschiedenen Enten. Die Luft ist erfüllt von ihrem Geschrei, Flattern und Schnattern.

Und wieder sind die Vögel hinter dem Walde verschwunden.

„Unbedingt ist großes Wasser in der Nähe, anders kann es gar nicht sein. Die Welt soll untergehen, wenn Wasservögel im Walde herumlaufen sollten", setzt Wassil seine Betrachtungen fort.

Wir brechen auf. Stunde um Stunde geht unser Trupp durch den Wald. Wassil späht ständig nach allen Seiten, bis uns endlich ein freudiger Ausruf aufblicken läßt.

„Hier! Das Zeichen! Ich habe es gemacht!"

An einer verkrüppelten Zirbelkiefer sehe ich den Einschlag der Axt; er ist frisch und deutlich sichtbar.

Es vergeht noch eine Stunde. Wir gehen vorsichtig und jedes Geräusch vermeidend weiter. Aufmerksam versuchen wir jeden Strauch, jeden Busch, jede dicht verschlungene Stelle zu durchspähen. Auch über die niedrigen Baumwipfel gleiten unsere Blicke.

Wie angewurzelt bleibt der Vordermann stehen, wie auf Kommando wir anderen. Angestrengt lauschen wir, doch ich höre nichts.

„Es klopft. Es hört sich an wie eine Treibjagd."

„Das ist keine Treibjagd", meint ein anderer Trapper, „es nähert sich nicht, und es entfernt sich auch nicht. Sie klopfen an einer Stelle."

Im Flüsterton werden Meinungen geäußert. Iwan Iwanowitsch und ich schweigen, denn unsere ungeübten Ohren hören das Klopfen nicht. Spähend gehen wir weiter. Unsere Schuhe sind weich, und nur wenn wir ab und zu mal auf einen dürren Zweig treten, knackt es deutlich. Immer weiter und weiter schleichen wir, bis wir wieder stehen bleiben und erneut lauschen.

Jetzt höre auch ich ein sonderbares Klopfen. Es klopfen viele Menschen in einem bestimmten Takt gegen Holz.

Weiter geht es. Das Gestrüpp ist kaum passierbar, trotzdem dürfen wir unser Messer nicht verwenden, denn das

Abhauen der Äste und Zweige kann die Menschen aus der Ferne auf uns locken, und da wir nicht wissen, wie viele es sind und was sie vielleicht gegen uns im Schilde führen, müssen wir uns mit viel Mühe durch das Geäst durchschlängeln.

Wir hören jetzt ein monotones Singen, das durch das Trommeln auf dem Holz mehrmals unterbrochen wird. Plötzlich hört es auf.

Ein Wall von mehr als vier Meter Höhe liegt vor uns. Wie Indianer kriechen wir auf dem Bauch hinauf, bis wir von seiner Höhe herunterblicken können.

Ein Graben von mehreren Metern Breite zieht sich hinter dem Wall entlang. Der Wall verläuft unregelmäßig, jedoch in gleicher Höhe, um weite Felder, auf denen die Saaten reifen. In der Ferne liegt ein großes Dorf.

Schon will unser Wassil hinabgleiten, aber ich halte ihn fest. Wir rutschen den Wall wieder zurück, verkriechen uns im Busch, setzen uns eng zusammen und beratschlagen.

„Wir wissen nicht, was das für Menschen sind und wie viele es sind. Erscheinen wir plötzlich in ihrer Mitte, so werden sie uns vielleicht angreifen. Wir müssen den Eingang dieser Siedlung finden, und nur von dort aus wollen wir zu ihnen gelangen."

Parallel dem Wall gehen wir vorsichtig spähend weiter. Der Tag geht zur Neige, ohne daß wir unser Ziel erreicht haben. Wir übernachten, ohne Feuer zu machen, und gehen am frühesten Morgen weiter unserem Ziele nach.

Es wird Mittag. Die Sonne neigt sich dem Walde zu, wir haben immer noch nicht den Eingang erreicht. Wieder bleiben wir über Nacht im Wald und gehen beim Morgengrauen weiter.

Ein Hase läuft vorüber, und Wassil schleudert sein Dolchmesser nach ihm. Es sitzt dem Tier im Nacken, aber es läuft weiter. Der Trapper eilt ihm nach, verschwindet in einer sich unregelmäßig windenden kaum sichtbaren Schneise und kommt mit der Beute zu uns zurückgelaufen. Ängstlich flüstert er:

„Dort ... ist der Eingang, das Tor und die Brücke ... Wilde sind es ... lange Haare, gelbe Gesichter ... Asiaten ...“

„Ich kann am schlechtesten von euch allen schießen“, sage ich. „Ich werde vorausgehen, und ihr werdet auf die Menschen aufpassen, damit sie mich nicht überrumpeln. Eure Kugeln treffen immer, und wenn die Übermacht zu groß wird, müssen wir fliehen.“

Alle sind einverstanden. Unsere Waffen werden noch einmal überprüft. Mit der Winchester-Büchse in der Hand, an beiden Seiten einen vollgeladenen Nagan, gehe ich voraus, die andern folgen mir in wenigen Schritten Entfernung.

Einige Krümmungen, und vor mir liegt eine enge Schneise, an deren Ende ich ein wuchtiges, niederes Tor sehe. Es ist geschlossen.

Immer näher und näher komme ich auf das Tor zu. Nichts regt sich weit und breit. Die enge Schneise ist leer, das Buschwerk ist stumm, nur kleine, lustige Meisen hüpfen auch hier von Ast zu Ast. Der Boden ist weich, ich trete auf tiefes Moos.

„... E . e . e ... j . j ... !“ schreie ich.

Wie Bälle fliegen vier Gestalten über die Erdmauer und stehen plötzlich vor mir.

„... Hunnen ...“, höre ich mich selbst sagen.

Mittelgroß, schwarzes, halblanges, in Zöpfe geflochtenes Haar, gelbe Gesichter, mongolische Augen, Leinenjoppen und Hosen, Fußwickel und leichte Ledersandalen. In der Hand halten sie einen Speer, einen Bogen und einen Köcher mit Pfeilen.

Ich hebe die Arme hoch, winke mit dem Gewehr und den Händen und gehe ihnen langsam entgegen. Die Menschen sind erstarrt, gebückt, wie sie herabgesprungen sind.

Sind es tatsächlich Jahrhunderte, die sich hier im Urwald jetzt begegnen?

Auf wenige Schritte bin ich an die Menschen herangekommen, dann bleibe auch ich stehen. Wir sehen uns an, neugierig, abwartend, beiden auf der Lauer vor dem jetzt unvermeidlich Kommenden.

Plötzlich, kurz nacheinander, bellt hinter mir zweimal der Nagan auf. In der Stille rollen die Schüsse wie zwei gewaltige Donnerschläge durch den Wald. Ich sehe, wie zwei Gestalten in hohem Bogen über den Erdwall hernieder purzeln und liegenbleiben. Ich hatte nicht gesehen, daß die zwei den Bogen bereits auf mich angelegt hatten. Die zwei vor mir stehenden Männer fallen zu Boden und bleiben liegen, als seien auch sie tot.

Ich blicke zurück. Es ist Iwan Iwanowitsch: Unbekümmert, wie damals, als die Sträflinge in Nikitino gegen das Maschinengewehr vorgingen, hat er die herausgejagten Schüsse bereits durch neue Patronen ersetzt. Er lächelt mir zu, als sei ich ein Kind, das sich in eine waghalsige, doch erlaubte Spielerei hineingewagt hat, an deren Fortführung er aber persönlich Spaß fand.

Ich berühre die Wilden. Ich höre nur ein Winseln, als wären es kleine Hunde. Entsetzt heben sie dann ihre Köpfe, bleiben auf den Knien liegen, murmeln Worte, die ich nicht verstehen kann.

„Ich will zu euch in eure Stadt“, sage ich und deute auf das Tor, hebe wieder meine Hände hoch und versuche ungeachtet des eben Vorgefallenen zu lachen. Ich deute immer wieder auf mich, dann auf das Tor, mache jene typischen Bewegungen, die man benutzt, um einem klarzumachen, daß man essen will.

Jetzt erheben sich die Männer, legen ihre Waffen mir zu Füßen, und machen ähnliche Zeichen wie ich zuvor. Ich nicke wiederholt, bis sich über die Gesichter der Wilden ein Grinsen breitet. Sie wechseln einige Worte miteinander. Einer von ihnen erklettert mit erstaunlicher Geschicklichkeit den Hang, schwingt sich federleicht über das gezackte Tor und verschwindet. Der Zurückgebliebene verharrt unbeweglich, doch als ich versuche ihn zu berühren und ihm die Hand zu geben, weicht er entsetzt zurück. Inzwischen sind meine Kameraden hinzugekommen, unser Wassil faßt den erlegten Hasen an den Ohren und streckt ihn dem Wilden entgegen. Das versteht er anscheinend, denn seine Angst weicht. Er nimmt den Hasen und verbeugt sich vor uns. Iwan Iwanowitsch gibt ihm eine Patrone, die der Wilde sofort auseinanderzubeißen versucht, und als es ihm nicht gelingt, kaut und lutscht er daran.

Es vergeht eine ganze Zeit, bis er uns betastet, beriecht und nach allen Seiten wendet. Besonders interessiert den Mann unsere Ausrüstung und der braune Birkenteer an unsern Gesichtern und Händen.

Ketten klirren, schwere Eisenstangen dröhnen, massives Holz ächzt — das Tor öffnet sich. Eine hölzerne Brücke wird heruntergelassen, die über den Wallgraben führt. Dahinter stehen Scharen von Menschen. Sie tragen alle die gleiche Kleidung und sind alle bewaffnet. Hunderte von Augen blicken uns finster entgegen.

Alle schweigen. Es wird mir gruselig zumute.

Ich hebe die Arme hoch und gehe als erster zur Brücke, mir folgen meine Kameraden. Die Wilden, die uns bereits kennen, ergreifen plötzlich meine Hände und führen mich in die Mitte ihrer Mitbewohner, dabei schwatzen sie ununterbrochen. In ihren Worten klingt sogar Freude. Ich glaube mich nicht zu irren.

Im Nu sind wir sechs Mann von den Wilden umgeben. Der Mut ihrer Mitbürger ist für sie der beste Beweis für unsere Harmlosigkeit.

Alle sehen zum Erschrecken wild aus. Die schwarzen Schlitzaugen, das borstige, schwarze Haar, das nachlässig in Zöpfe geflochten ist und ihnen bis zu den Schultern reicht. Ihre schmutzstarrenden, halblangen und kurzen Jacken und Hosen aus hausgesponnenem Leinen sind zerfetzt. In den Hüften sind die Jacken mit einer Schnur zusammengebunden, und an den Füßen tragen sie Wickel aus gleichem Leinen und kleine lederne Waldschuhe. Doch die meisten von ihnen sind barfuß und haben nur einen kleinen Schurz um die Lenden. An der Körperform, der elastischen Beweglichkeit der Gliedmaßen, insbesondere der Fußzehen, erkennt man sofort die Waldbewohner. Es fällt mir auf, daß alle einen sonderbaren, penetranten Geruch ausströmen, und daß sie von den Fliegen und Mücken kaum belästigt werden.

Nachdem sie uns alle zur Genüge abgetastet haben, geben sie uns den Weg frei. Ihr Stimmengewirr ist ohrenbetäubend.

Vor unseren Augen liegt eine weite, völlig baumlose Fläche. Es ist Ackerland. Daneben eine üppige Weidefläche, auf der eine Pferdeherde weidet. In der Ferne sehen wir einen breiten, blauen Streifen Wasser, darauf einige kleine Segelboote.

Über eine Straße gehen wir landeinwärts; einer von den Einwohnern ist in schnellem Trab davongeeilt. Geraume Zeit vergeht, bis wir in der Ferne des flachen Landes das große Dorf erblicken. Wir kommen näher. Die Häuser sind niedrig und aus massiven Balken im Blockhausstil gebaut. Sie unterscheiden sich von den russischen Hütten lediglich durch besonders prunkvolle Holzverzierungen an den Fassaden. Undefinierbare Gestalten von Vögeln und anderen Tieren sind darauf geschnitzt, auch Waffen und Ackerbaugeräte. Vor den Hütten haben sich Menschen versammelt, Männer, Frauen und Kinder. Auf einem kleinen, freien Platz angelangt, sehen wir zwei Männer in weißschmutzigen Kitteln. Ihr Haar ist grau, die Gestalt gebückt, die Gesichtsfarbe fahl, nur die Augen leben zwischen den schief geschlitzten Augenlidern. Sie mustern uns ohne Angst. Asiatische Schläue und Verschlagenheit, gepaart mit größter Neugierde, ist ihnen deutlich anzumerken. Um sie herum stehen mehrere Bogenschützen.

Um mich mit diesen Männern, die aller Wahrscheinlichkeit nach die Ältesten des Dorfes sind, zu verständigen, nehme ich mein Messer heraus und mache eine Geste, als wolle ich mich damit umbringen. Energisch schüttle ich dann den Kopf, schmeiße das Messer auf die Erde und zeige, daß ich Hunger habe und meine Kameraden ebenfalls. Ein breites Lächeln flutet über die Gesichter der Männer und aller Anwesenden, sie nicken mit den Köpfen, zum

Zeichen, daß sie mich verstanden haben. Im Nu ist das Messer ergriffen und wandert durch viele staunende Hände und prüfende Finger.

Wir werden in eine der Hütten geführt. Der Raum ist groß, an den Wänden stehen niedrige Ruhelager, darauf weiche, mit Federn gefüllte Säcke, die durch starrenden Schmutz verkrustet sind. Bänke, Tische und der ganze Hausrat sind massiv, sehr klobig, doch mit gut gearbeiteten Verzierungen und Schnitzereien versehen. In der Ecke steht ein großer Ofen, an dem Frauen mit flachen, gehämmerten Metallstücken in den Haaren, nackten, kleinen Füßen, dünnen Armen, an denen Reifen hängen, hantieren. Ihre Häßlichkeit ist unbeschreiblich, ihr Schmutz ist erschütternd.

Wir sind zur rechten Zeit angelangt, denn im Handumdrehen wird aus dem Ofen ein großer Topf herausgeholt, in dem Fische schmoren. Zweispitzige, gabelförmige Eßgeräte kommen zum Vorschein, der Topf wird auf einen schweren, hölzernen Untersatz, auf das Ruhelager gestellt, und wir werden durch Winke zum Essen eingeladen.

Aufs Geratewohl bohren wir unsere Eßgeräte in den Topf. Ich scheine besonderes Glück zu haben, denn ich erwische einen handbreiten Aal, den ich mit virtuoser Geschicklichkeit um meine Gabel zu wickeln versuche, wie ein Italiener seine Spaghetti. Zwar fallen von der Decke dauernd Wanzen und Kakerlaken auf uns und das Essen nieder, zwar tropft der Saft unentwegt bald auf meine Kleider, bald auf das Lager, aber die Kultur ist fern, und ich habe großen Hunger. Außerdem tropft es bei den andern in der gleichen Weise. Humorvoll sehen wir uns beim Essen an. Das Tropfen hört sich an wie ein lustiger Sommerregen.

„Fedja, einen Teller müßte man doch wenigstens haben", erklingt plötzlich die gemütliche Stimme des Iwan Iwanowitsch, der an meiner Seite Platz genommen hat. In seiner unmittelbaren Nähe liegt sein schußbereiter Parabellum-Revolver.

Da wir am Fenster sitzen und auf dem Fensterbrett eine

Schale mit Zirbelnüssen steht, die zum Teil angeknabbert sind, schüttet Iwan die Nüsse aus und nimmt sich die Schale, in die er seinen Fisch legt. Für Augenblicke sperren unsere Gastgeber den Mund auf, aber dann geht es ungetrübt weiter. Fast wie aus Spaß stochern die Männer mit Nachdruck im Topf, freuen sich, wenn sie ein großes Stück erwischen, machen enttäuschte Gesichter, wenn es zurückplumpst, pusten laut und kräftig darauf, die Gräten aber schmeißen und spucken sie kindlich-übermütig, doch mit tiefernsten Gesichtern auf den Fußboden. Die Frauen stehen um uns herum, sie lachen uns immerfort geräuschvoll an, was uns anscheinend zum Essen ermuntern soll.

„Brot haben die Menschen wohl nicht; man wird gar nicht richtig satt. Wohin hast du mich bloß gelockt, Fedja?" nörgelt mein Freund Iwan wieder und schiebt dabei ein Stück nach dem andern in den Mund.

Es fällt mir beim Essen auf, daß es verhältnismäßig gut — und reichlich gesalzen und gewürzt ist. In der Brühe schwimmen verschiedene Kräuter, die ich nicht kenne.

Nach dem Fischessen wird Fleisch gereicht. Es ist Pferdefleisch, aber Iwan schweigt, und ich glaube, er merkt es nicht einmal, denn seine Zähne mahlen mit sichtlichem Behagen. Sein Hunger ist noch sehr groß.

Anschließend bekommt jeder einen irdenen Krug mit frischgemolkener Pferdemilch, dazu eine dicke Scheibe frisches, grob gemahlenes Roggenbrot.

Ich bin der erste, der sich vor den Gastgebern verbeugt, denn ich bin zum Platzen voll. Erstaunt blicken mich meine Wirte an, denn sie sind noch lange nicht fertig und setzen ihren lustigen „Regen" fort.

Doch auch dieses Essen nimmt ein Ende. Wir lehnen uns, überwältigt von der Fülle der Gaben, in die weichen Säcke zurück. Stoisch übersehe ich dabei die Ungeziefer-Bataillone; sie sind im Anmarsch auf uns Gäste. Sie wittern frisches Blut.

Ich entnehme der Holzschachtel eine Zigarette und entzünde sie. Das Feuerzeug und diese Prozedur rufen höchste

Verwunderung hervor. Mit allen möglichen Gesten bringe ich es fertig, dem Häuptling, der sich erst lange dagegen sträubt, eine Zigarette in den Mund zu stecken, an der er sofort eifrig zu ziehen beginnt, bevor ich ihm noch Feuer gegeben habe. Doch beim ersten Zug, er hat den Rauch tief eingeatmet, springt er hoch, hustet, schüttelt sich, greift verzweifelt nach dem in der Nähe stehenden Behälter mit Pferdemilch und trinkt hastig. Prüfend liegt dann sein Blick auf dem andern Häuptling, dem Iwan Iwanowitsch auch eine Zigarette gegeben hat. Dieser pafft den Rauch in die Luft, und er ist sehr stolz auf sein Können. Als mein Feuerzeug in der Tasche verschwindet, sind unsere Gastgeber sichtlich beruhigt.

Umsonst verkrümme ich auf die verschiedenste Weise meine zehn Finger, umsonst halte ich meine Hand hoch über den Kopf des Häuptlings, werfe mich in die Brust, zeige wie winzig klein alle Anwesenden sind, zeige fragend nach dem Mann hin, er versteht mich nicht. Ich sehe, wie er sich über die Ungezieferscharen auf den Kissen legt, die Augen schließt und einschlafen will. Ich möchte aber so gerne wissen, ob er der Häuptling ist, und noch vieles, vieles andere. Ich versuche ihn mit allen Mitteln vom Schlafen abzubringen, obwohl ich selbst zum Umfallen müde bin, überlege, was für überzeugende Gesten an meiner Stelle jetzt ein handelnder Jude machen würde, jene Meister der „Händesprache".

Endlich bin ich auf die Idee gekommen, mich meinem Gastgeber durch Bilder und Zeichnungen verständlich zu machen. Ich hole den Bleistift hervor, schraube ihn heraus, hole meinen Block, aber weiter komme ich nicht, denn der Mann hat mit einer kindlichen Begeisterung Bleistift und Block ergriffen, obwohl er den Zweck noch gar nicht kennt. Schließlich zeichne ich einen sehr großen, dicken, stehenden Strich, der sich in einen Mann verwandelt. Neben diesem mächtigen Manne stehen lauter kleine Männchen, sie sind unbedeutend, es ist die Masse. Über dem Manne erstehen Sonne, Mond und Sterne, fliegende Vögel. Dann zeige ich auf den gezeichneten Mann und die ihn umgebende Glorie, deute auf meinen Gastgeber, weise auf die kleinen Männchen hin und deute mit dem Finger nach den andern Wilden. Erfreut stelle ich sofort fest, daß ich verstanden worden bin. Auch der Gastgeber deutet auf den großen Mann, dann auf mich. Ich schüttle den Kopf und zeige auf Iwan Iwanowitsch, der inzwischen unbekümmert sein Mittagsschläfchen an meiner Seite hält. Es ist die erste Verständigung.

Er spricht unterbrochen, ab und zu, um seine Erläuterungen wohl zu bekräftigen, blickt er zu den um uns stehenden Weibern, die eiligst bejahend nicken und möglichst breit grinsen.

Mein Bleistift gleitet wieder über das Papier. Es entstehen Hütten der Wilden, ein breiter Weg, Felder, dahinter der See. Mit dem Finger, ich bin mit der Zeichnung kaum fertig, zeigt mein Wirt auf die umliegende Gegend, erhebt sich hastig vom Lager, tapst im Raume umher, zeigt auf Fußgelenke, Knie, Bauch, Brust, Kopf, und endlich hält er die Hand über den Kopf, schließt die Augen und simuliert, als hätte er keine Luft. Ich verstehe ihn. Um das Dorf ist Sumpfmoor, in dem man versinkt.

Ich reime mir zusammen, warum die Einwohner des Dorfes nicht weiter ins Land gegangen sind und warum man sie nicht inmitten des weiten Moores schon früher gefunden und zivilisiert hat.

Abwartend und überlegend steht mein Wirt vor mir. Seine Augen werden auf einmal finster, er überblickt meine schlafenden Kameraden, und sein stechender Blick fällt auf mich, gleitet an meinen Waffen entlang.

Etwa eintausend Patronen haben wir . . . in der Hütte können wir uns verschanzen . . . etwa sechshundert Einwohner . . . mein Freund Iwan und die Trapper sind hervorragende Schützen . . . zuckt es mir plötzlich durch den Kopf.

Eine Weile überlegt der Mann, dann geht er in die Ecke neben dem Ofen.

Zwei schwere Bretter, dazwischen liegt dickes, hausgesponnenes Leinen in regelmäßige Quadrate geschnitten. Sie sehen aus wie Blätter eines noch nicht gebundenen Buches. Das oberste Brett wird hochgehoben, und ich sehe, wie alle Anwesenden mit Andacht diese Prozedur beobachten. Auf dem ersten Leinwandstück, es ist alt und schon morsch, gewahre ich einen großen Kreis, um ihn herum zwölf kleine Kreise. Auf jedem Leinwandstück sind zwölf solcher Zeichnungen. Mein Gastgeber deutet schwatzend auf ein Kind, auf die durch Fenster und Tür flutenden Sonnenstrahlen, und dann auf den großen Kreis, die Sonne, dann zeigt er mit dem Finger nach den zwölf kleinen Kreisen – den Monden um die Sonne, dann wieder auf sich, blättert die Seiten um, zeigt auf die Reihen der Sonnen, bleibt bei einer stehen, schließt die Augen. Ich verstehe ihn nicht. Er ruft den Frauen etwas zu. Ein junger Mensch wird geholt, dem der Alte den Bleistift in die Hand drückt und ihm einige Worte sehr eindeutig sagt. Der Jüngling nimmt den Bleistift, den er lange bewundert hat, wie einen Dolch, führt ihn über das Papier, und es entsteht eine Zeichnung, die aus der Steinzeit zu stammen scheint. Sie stellt einen Menschen dar, abseits einen Hügel, ein Strich führt von dem Menschen zum Hügel. Den Menschen vervollständige ich zu einem Kinde, den Strich zu einem Weg, den Hügel zu einem Hünen- oder Skythengrab, darauf setze ich unwillkürlich ein Kreuz, um damit das Grab zu symbolisieren. Der Finger der beiden Männer zeigt verwundert sofort auf das Kreuz. Ich streiche es aus, denn es ist das Zeichen des Christentums und muß den Wilden unverständlich sein. Erneut zeigt der Häuptling auf das Kind und die Monde, dann auf das Grab und die durchgeblätterten Monde, auf sein Haar, schließt die Augen und legt sich hin mit dem Gesicht gen Osten. Als ich die Monde und Sonnen nachzähle, sind etwa sechzig Sonnen und demzufolge siebenhundertzwanzig Monde. Eine Sonne bedeutet also ein Jahr, jeder Monat einen Mond (Vollmond). Ich nicke.

Ich zeige auf den Häuptling und deute nach den Sonnen.

Er zählt vierundsechzig Sonnen, bei der fünfundsechzigsten Sonne zeigt er auf sieben Monde. Wenn ich ihn richtig verstanden habe, ist er vierundsechzig Jahre und sieben Monate alt. Wir schrieben damals den Monat Juli.

Das Buch interessiert mich brennend. Ich blättere es durch, und der Häuptling zeigt auf andere Holzrahmen mit morschen Leinwandstücken, die neben dem Ofen aufgestapelt sind. Ich zähle im ganzen hunderteinundfünfzig volle Seiten zu je zwölf Sonnen und auf der letzten drei Sonnen und sechs Monde. Insgesamt sind es also eintausendachthundertfünfzehn Sonnen und sechs Monate. Demzufolge müssen die ersten Sonnen in diesem riesenhaften Buch vor eintausendachthundertfünfzehn Jahren eingezeichnet worden sein? Also etwa um das Jahr 103 nach Christi Geburt?! Um diese Zeit fluteten doch die Hunnenscharen über ganz Europa!

Unser Gastgeber nickt und schwatzt erfreut, gestikuliert vor dem Zeichner, dieser ergreift wieder den Bleistift — und auf das Papier zeichnet er viele, viele Gräber.

Auf dem Papier entstehen dann meine recht primitiven Tiere. Bei den Zeichnungen von Hund, Pferd und Gans nickt der Häuptling, als ich aber eine Kuh zeichne, streicht der junge Maler die Hörner und das Euter aus und zeichnet der Kuh einen Pferdeschwanz.

Ich versuche nun auch, verschiedene Worte in allen Sprachen zu sprechen, Brocken, die mir einfallen, die ich einst bei irgendeiner Gelegenheit in Sibirien bei den Einheimischen aufgeschnappt habe. Umsonst, eine Verständigung ist nicht möglich, nur ein einziges Wort, es wurde nur ganz entfernt ähnlich ausgesprochen, wird sofort verstanden, das ungarische „lo“ = das Pferd, denn der Wirt zeigt auf eine Zeichnung, die ein solches darstellt.

Eine ganze Zeit habe ich mich mit unseren Gastgebern auf diese Art unterhalten. Die Frauen reichen uns wieder Pferdemilch mit Brot. Ich wecke meine Kameraden, die erschreckt zusammenfahren, sich aber schnell beruhigen, als sie merken, daß ihnen keine Gefahr droht.

Der Häuptling erhebt sich, ruft den Frauen zu, die ihm eine Schale voll grünlich-brauner Flüssigkeit bringen, in die der Mann die Hände eintaucht. Dann fährt er damit über Gesicht, Ohren und Nacken. Er zeigt auf Mücken und Fliegen. Es ist das Mittel, welches unserm Birkenteer entspricht; es riecht säuerlich-dumpf, wie ein stark verschweißter, schmutziger Körper.

Umringt von der Bevölkerung, die während der ganzen Zeit ungeduldig draußen auf uns gewartet hat, gehen wir endlich hinaus.

So weit wir sehen können, liegen vor uns gut beackerte Felder, Weiden mit kleinen, langhaarigen, struppigen Pferden. Männer und Frauen, die ohne Sattel die Tiere mit erstaunlicher Geschicklichkeit reiten, nähern sich uns. Struppige, wütend kläffende, verwilderte, hochbeinige Hunde von undefinierbarer Rasse, Graugänse mit gestutzten Flügeln, die sich von ihren wilden Stammesgenossen nur durch ihre außerordentliche Größe unterscheiden, zahme Enten, das sind wohl die Haustiere dieser Menschen.

Am Ufer des Sees, der sich bis zum Horizont und vielleicht noch viel weiter ausdehnt, sehe ich Netze in der Sonne hängen. Am seichten Strand liegen Einbaumboote, neben ihnen breite, klobige Segelboote.

Es wird Abend. Der Häuptling führt uns außerhalb des Dorfes zu einer Herde von Pferden. Einige Männer mit besonderen langen Messern stehen in ihrer Nähe. Es sind sicherlich Schlächter. Ein Pferd wird an allen vier Beinen gefesselt, und der Häuptling macht uns Zeichen, wir sollten nach dem Tier schießen. Iwan Iwanowitsch nimmt seine Büchse, steckt zwei zurechtgemachte Dum-Dum-Geschosse hinein, legt an, und während die Anwesenden ängstlich nach allen Seiten auseinanderlaufen, kracht der Schuß. Die Pferde bäumen sich auf, zerren an ihren Koppeln, die Menschen schreien wild und markerschütternd auf, das gefesselte Tier bricht zusammen, die Todeszuckungen erstarren.

Entgeistert blicken alle, als sie näher kommen, auf den

klaffenden Ausschuß. Keiner traut sich mehr in unsere Nähe, und schon sehen wir hier und dort Männer mit wildfunkelnden Augen ihren Bogen und ihren Köcher umspannen.

„Barin“, flüstert unser Wassil, „es ist besser, wir gehen jetzt. Den Wilden sind wir nicht gewachsen. Es sind zu viele.“

Im dämmerigen Licht des Abends kommen auch mir diese Gestalten mit den schwarzen Haaren, lauernden Augen, wie sie uns jetzt plötzlich von allen Seiten umgeben, mit ihrem gleitenden, unhörbaren Gang umschleichen und zueinander flüstern, nicht vertrauenerweckend vor. Ich sehe Iwan Iwanowitsch, wie er seinen Nagan aus der Tasche nimmt. In der andern Hand hält er seinen Parabellum. Ich sehe die Trapper sich bekreuzigen, ihre Gewehre fest zum Anschlag bereit halten, den Häuptling sich schnell entfernen, dem die meisten seiner Leute folgen.

Zwei von uns decken jetzt den unfreiwilligen Rückzug. Sie gehen rückwärts, und wir wechseln uns ab. Über die Felder, die jetzt im milchigen Abendlicht um uns liegen, sehen wir geduckte Gestalten, wie sie schnell und geschickt von jeder kleinen Erhebung zur anderen schleichen und hinter uns herkriechen. Sie haben Bogen und Pfeile.

Wir erreichen das Tor, öffnen es selbst, gehen hinaus, sehen die beiden Toten noch daliegen, denen wir Bogen und Köcher mit Pfeilen abnehmen, eilen die kleine Schneise entlang, bahnen uns mühsam den Weg durch das ineinander verschlungene Gebüsch, gehen ohne Rast immer weiter, bis der Mond aufgegangen ist, bis die Sonne wieder über dem Wald hervorkommt und das ständige Rascheln der schleichenden Wilden im Dickicht um uns herum verstummt.

Wir erreichen das Moosmoor, erlegen zwei Auerhähne, schnallen die Skier an, und auch hier, ohne Rast zu halten, eilen wir weiter.

Drei Tage nähren wir uns fast ausschließlich von unreifen Moosbeeren. Die Mückenplage ist entsetzlich. Am Rande des Moores angelangt, erlegen wir einen jungen

Elch, und erst als wieder das vertraute Lagerfeuer brennt, das unersetzliche Teekesselchen und daneben der Schmortopf brodeln und unser Wolfshunger völlig gestillt ist, sinken wir zusammen und verfallen in einen totenähnlichen Schlaf.

*

Als wir erwachen, steht die Sonne schon im Mittag. Gegen Abend kommen wir schließlich in die uns allen bekannten Waldreviere in der Nähe von Sabitoje.

Trompetenstöße, die den Zapfenstreich freudig schmettern, dringen zu uns durch das Walddickicht. Einige Zeit danach erklingen helle, kleine Glocken, ihnen folgt der Baß der großen. Das abendliche Glockengeläute schwebt über dem Wald, unsere Hände machen das Zeichen des Kreuzes, und alles, was wir gesehen haben, die tote Stadt, die Wilden, unsere nächtlichen Lagerfeuer, der letzte Eilmarsch aus dem Bannkreis des lauernden Todes, das alles ist jetzt plötzlich verwischt, zunichte gemacht. Eine Freude bemächtigt sich unser, der Schritt zu unsern Hütten, zu den auf uns Wartenden wird schneller, das Auge leuchtet heller und versucht schon, durch das Dickicht die bekannten Umrisse der vertrauten Gegend zu erspähen. Der Wald bleibt plötzlich zurück, an seinem Rande bleiben wir alle wie verzaubert stehen.

Im Scheine der abendlichen Sonne liegen vor uns weite Felder, dazwischen Weiden mit kleinen, sauberen Kühen, neben ihnen springen Kälber, Fohlen um die Mutterpferde, Schafe, Ziegen; Hunde umkreisen unermüdlich die Herden und treiben das Vieh zusammen. Dickstämmige Birken leuchten, in ihren lockigen grünen Kronen spielt kaum noch der Abendwind. Aus unzähligen Fenstern blicken die Hütten zu uns herüber, in ihrer Mitte, sie alle überragend, erhebt sich die Kirche, auf deren zwiebelähnlichen Kuppeln die Kreuze der Gläubigen strahlen und funkeln. Das Läuten der Kirchenglocken vermischt sich mit dem Geläute der kleinen Herdenglocken, einzelne Menschenstimmen werden laut, und eine kleine Wolke von hellen Tauben flattert davon.

Wir stehen vor unseren Hütten, unserer Heimat in der weiten Wildnis.

Vor dem Eingang, auf einer Bank, sitzt Faymé, neben ihr das Kind; es spielt mit einer kleinen Holzpuppe. Wenn das jauchzende, frohlockende Stimmchen des Kindes erklingt, dann zeigt es der Mutter das herrliche, über alles geliebte Spielzeug, und über die Züge der Mutter gleitet die Seligkeit ihrer Liebe zu dem kleinen Geschöpf.

Unverständliches Plappern kommt aus dem kindlichen Munde, und Faymé flüstert dann Worte, die sie eigens für ihr Kind erfunden hat, Worte, die ihr unendlich viel mehr sagen als ihr gewöhnlicher Sinn.

„Peter!“ Wieviel unbändige Freude liegt in diesem Anruf! „Wie siehst du nur aus, mein Lieber? Bist du gesund? Ist dir nichts zugestoßen! Iwan Iwanowitsch! Auch Sie sehen so verwildert aus!“

„Wir sind richtige Waldmenschen geworden, Liebste“, erwidere ich Faymé. „Wir haben auch allerlei Ungeziefer mitgebracht.“ Ich wage nicht einmal, ihr die Hand zu reichen.

Während Iwan Iwanowitsch sich mit Faymé unterhält und die Trapper stotternd anfangen zu erzählen und nicht wissen, wo sie beginnen, wo sie aufhören sollen, nähere ich mich dem Kinde.

Erstaunt blickt es mich an, die schwarzen Augen werden ganz groß, und plötzlich... weint es. Schon ist Faymé beim Kind.

„Papa sieht so schwarz und verwildert aus, du kennst ihn nicht mehr, nein. Es ist nicht dein Papa.“

Das Kind horcht auf, es weint nicht mehr, blickt mich erneut an, dann die Mutter, schluchzt noch einige Male auf, dann aber lächelt es, streckt die Ärmchen mir entgegen, ich soll es zu mir nehmen.

„Na, weißt du, Fedja, wenn dein Kind dich in diesem Zustand noch erkennen soll . . .“, meint Iwan. „Diese

Fähigkeit hat nicht einmal Nat Pinkerton oder Sherlock Holmes in diesem Alter besessen! Laß uns auf die Erde niedersitzen, ich habe die Badestube heizen lassen. Wir können nicht einmal ins Haus hineingehen. Wir strotzen vor Ungeziefer, Faymé", sagt er lächelnd, „wir sind von sämtlichen Wald- und Hausgattungen aller erdenkbaren Mükken und anderen Biestern völlig zerfressen. Fast wären wir von den Wilden aufgespießt, mit Pfeilen durchbohrt, auf dem Spieß gebraten worden, aber wir haben Glück gehabt. Es war wirklich sehr, sehr schön. Was macht übrigens meine Frau? Ist sicher in der Kirche?"

Wir haben gebadet und uns wieder menschlich hergerichtet. Nun gehen wir zum Fluß schwimmen.

„Wissen Sie, Fayme, der einzig positive, deutlich sichtbare Vorteil meines vielen Fettes ist der, daß ich nie untergehen kann, nicht einmal bei Windstärke zwölf auf dem Ozean", sagt Iwan Iwanowitsch, als er neben Faymé und mir im Fluß schwimmt. Er vollführt die verschiedensten Tauchkunststücke, schnaubt, gibt Laute von sich, als sei er ein wahrhaftiges Walroß, so zufrieden und vergnügt ist er.

Gebadet, rasiert und gepflegt, in unsern weißen Anzügen, an einem gutgedeckten Tisch, der sich unter der Fülle seiner Reichtümer biegt, umringt von lieben, bekannten Menschen in der glänzenden Stimmung, die über uns allen liegt, fühlt man sich auf diesem Fleckchen Urwald wohler, als oft inmitten der Zivilisation.

Das Erzählen nimmt kein Ende. Die mitgebrachten Schmucksachen, Steine, Pfeile, der Köcher und der Bogen wandern ständig von Hand zu Hand, und erst als schon die Sonne im hellen Osten über den Wald lugt, gehen wir schlafen.

*

Der glühend heiße Sommer war vorüber. Der Herbst kam und färbte die Birken und Büsche in goldene Farben. Die Luft war klar und hellhörig. Fuhren mit krächzenden, kreischenden Rädern wurden von unermüdlich arbeitenden

Kameraden, Bauern und Tieren über die Felder gezogen, beladen mit den Früchten der Erde.

Die Tiere im Walde suchten sich ein verborgenes, stilles Plätzchen, an dem sie überwintern konnten, sammelten Vorräte für den bald nahenden, viele Monate dauernden Winter.

Der Tag der Abreise kam.

Die Bevölkerung von Sabitoje stand am Ufer des Flusses, als unsere Flöße langsam wegglitten. Die beständige Spannung, die seit der Revolution in der Luft lag, das dauernde Warten und das nervöse Gefühl einer unmittelbar bevorstehenden Entladung machten uns den Abschied von der Wildnis schwer.

Das Chaos

In Nikitino haben sich die politischen Nachrichten in erschreckendem Umfange angesammelt, und lawinenartig ergießen sie sich jeden Tag über uns. Jeden Tag berichten die Zeitungen von Ausschreitungen, Morden, den wahnsinnigsten Exzessen, und aus jeder Zeile lacht und schreit die völlige Machtlosigkeit der Regierung.

Eine bisher unbekannte Partei! – die Bolschewiki – entfaltet eine uneingeschränkte Propaganda.

Auf dem Balkon des Palais der früheren Primaballerina Krzessinskaja, von grellroten Lampen blutig beleuchtet, steht ein kleiner Mann und donnert auf die Menschen Petersburgs hernieder.

Es ist Lenin.

Die ganze Macht gehört den Sowjets! Nicht Besitz soll herrschen, sondern Freiheit! Wir wollen Frieden um jeden Preis! Genug hat das Volk gelitten! Tod allen Volksunterdrückern!"

Ununterbrochen, Tag und Nacht, surren bolschewistische Radiotelegramme in alle Himmelsrichtungen:

„An Alle! . . . An Alle! . . . An Alle!"

Keinen andern Gedanken aufkommen lassend, ratternd, aufreizend, zermürbend, einhämmernd:

„An Alle! . . . An Alle!"

„Keine Disziplin, keine Ehrenbezeigung! – Alle Macht den Arbeitern, Soldaten, Bauern – Widersetzt euch allen Befehlen! – Ergreift überall die Macht. Raubt das Geraubte!"

Die riesige Front vom Baltischen bis zum Schwarzen Meer ist zusammengebrochen . . .

. . . und über Rußland kam Anathema – kam das Chaos.

*

Natascha, meine unersetzliche Köchin, reiste ab. Das Chaos im europäischen Rußland ängstigte sie. Auch sie hatte gleich allen andern nur noch ein Verlangen: zurück in ihr Dorf.

Marusja trat an ihre Stelle. Sie hatte sich während unserer Abwesenheit gut erholt, und ich hatte es verstanden ihr einzureden, daß sie in Nikitino bleiben müßte, um überhaupt ihren Mann jemals wiederzusehen, da er in Petersburg unbedingt ihren Aufenthaltsort erfahren würde.

Der kleine Aljescha, ihr Sohn, wurde der Spielgefährte meines Kindes.

Am 12. November ist die unumschränkte Macht in den Händen der Bolschewiki, das Winterpalais ist gestürmt, Kerenskij geflüchtet.

Lenin wird Rußlands Diktator.

Am 7. Dezember 1917 schließt Rußland mit den Mittelmächten Waffenstillstand.

Der von uns allen so langersehnte Friede von Brest-Litowsk wird zur feststehenden Tatsache!

Während Nikitino unter seiner hohen Schneedecke lag, surrte der Morseapparat, er sollte uns wieder die brennendste Frage beantworten, die unsere Nerven kaum noch ertragen konnten.

„Erbitten Dispositionen über das Verbleiben der Kriegsgefangenen."

Wenige Stunden danach kam die Antwort: „Freilassung erst im Frühjahr möglich."

War es verwunderlich, wenn meine Kameraden vor Freude weinten?

Wir mußten nur noch drei, höchstens vier Monate warten! Was waren diese wenigen Monate im Verhältnis zu den drei langen Jahren?

Bevollmächtigte der bolschewistischen Regierung kamen nach Nikitino. Es waren zwei Männer mit herrischem Blick, in Lederjoppen gekleidet, an der Ledermütze den funkelnagelneuen Sowjetstern. Um die Brust waren kreuzweise Maschinengewehrgurten gebunden. An den Hüften trugen sie zwei Revolver. Sie sprachen laut und bestimmt, und jede Widerrede schien sinnlos.

„Wir sind die Bevollmächtigten der bolschewistischen Regierung. Wir kämpfen für Frieden, Freiheit und Brot. Wir sind die Befreier der Unterdrückten, Entrechteten. Jeder, der es wagt, einen Proletarier zu unterdrücken, ist unser Feind. Unsere Feinde stellen wir an die Wand, und unser Urteilspruch kann nur lauten: Tod den Volksunterdrückern! Jeder hat sich also danach zu verhalten!"

Die Verwaltung von Nikitino sollte gewählt werden.

Lopatin, Kusmitscheff, der Postverwalter, sein Gehilfe, Soldaten, Bauern, Beamte, alle stimmten sofort für Iwan Iwanowitsch.

„Ein früherer Zarenknecht und Speichellecker!" schrie ein Kommissar. „Das steht außer Diskussion! Wahnsinnig seid ihr alle!"

„Gestatte mal, Genosse", erwiderte ruhig Lopatin, „wenn wir unsere Obrigkeit zu wählen haben, so mußt du es uns schon überlassen. Wir sind jetzt ein freies Volk und können wählen, wen wir wollen. Außerdem weißt du ja gar nicht, ob unser Hauptmann ein Speichellecker gewesen ist oder nicht. Er ist immer für das Recht des Volkes eingetreten, das wissen wir besser als du. Bei uns zu Hause haben wir, Bauern und Soldaten, zu bestimmen und nicht du."

Seine Hand schnellt plötzlich zur Hüfte, sein Nagan gellt donnernd auf, der Kommissar am andern Ende des Tisches hebt langsam die Rechte über den Tisch.

Seine verkrampften Finger lösen sich, sein Revolver fällt krachend auf den Boden.

„. . . Mit einem sibirischen Schützen darfst du nicht so sprechen und spaßen. Wir schießen eher, als euer Revolver zum Vorschein kommt . . . Daß wir mit jedem Schuß treffen, mußt du doch wissen . . . Warst du nicht an der Front? Hast du noch kein Pulver gerochen, was?"

Die Auseinandersetzung war hiermit beendet.

Einer der beiden Kommissare fuhr mit einer zerschmetterten Hand, der andere mit kreidebleichem Gesicht wieder weg.

Iwan Iwanowitsch sollte wieder der unumschränkte Herrscher über die ganze weite Gegend werden.

*

Es waren v i e r Monate vergangen.

Vier Monate haben s i e b z e h n Wochen.

Siebzehn Wochen haben h u n d e r t z w a n z i g Tage.

Alle hundertzwanzig Tage haben wir g e w a r t e t.

Tag für Tag, Stunde für Stunde, jeder Augenblick war damit ausgefüllt. Ungeduldig und hastig stand man auf, man wartete auf das Mittagessen, es wurde hastig eingenommen, die Ungeduld wuchs bis zum Abend an, dann setzte der stumme, verbissene Groll ein, der ständige Kampf gegen die Vernunft und alle logischen Argumente.

So kam das Frühjahr 1918. Mit ihm stiegen unsere Hoffnungen ins Unermeßliche. Jeden Tag erwarteten wir den Befehl zum Abtransport.

In Scharen standen die Bauern vor uns. Sie baten uns, zu bleiben, sie flehten händeringend, boten uns ihr Letztes an.

„Wir haben euch aufgenommen wie unsere eigenen Brüder, haben mit euch unser tägliches Brot geteilt, haben mit euch immer im besten, ehrlichsten Einvernehmen und ungetrübten Frieden gelebt, euch unser Bestes, und wenn es noch so armselig und karg war, gegeben. Ihr habt uns vieles gelehrt, aber ohne euch werden wir wieder in das immer Gewesene zurücksinken, denn wir haben noch nicht ausgelernt. Bleibt, Brüder, bleibt um Gottes willen! Laßt uns nicht in unserer Unwissenheit zurück, habt Erbarmen mit uns! Wir haben lange Jahre Hunger und Entbehrungen gelitten, und jetzt, wo es endlich besser mit uns wird, wir satt werden, wollt ihr alle gehen?! Bleibt, Brüder, bleibt!“ . . .

Wie große, unbeholfene, verwahrloste Kinder, vom rohen Schicksal vergessen, umstanden sie uns. In ihren traurigen Augen lasen wir den Schmerz ihrer primitiven, unverlogenen Seele, die bis jetzt noch keiner von ihren Machthabern so besessen hatte wie wir, die wir als Gefangene und Entrechtete zu ihnen gekommen waren.

Da kam aus Omsk die Nachricht: „Abtransport der Kriegsgefangenen ganz unbestimmt!"

*

Zum soundsovielten Male wurde unsere Situation genauestens besprochen; das Resultat blieb immer das gleiche.

Ein Fußmarsch von mindestens sechs Tagen trennte uns von der Eisenbahnstation Iwdjel. Nach zwei vollen Tagen, vorausgesetzt daß die Eisenbahn sofort aus Iwdjel abfahren konnte, wäre man in der Gouvernementsstadt Perm und von dort mit dem nächsten Bahnanschluß normalerweise nach weiteren drei Tagen ununterbrochener Fahrt in Petersburg angelangt.

In Wirklichkeit sah es anders aus, wie uns die wenigen Soldaten, die von der Front zurückkehrten, belehrten.

Der jahrelange Krieg, die Kerenskij-Revolution, die anschließende bolschewistische Revolution hatten das gesamte Staatsgefüge erschüttert, den Rest gaben die demoralisierten und desorganisierten Armeen, die nur darauf bedacht waren, um jeden Preis in die heimatlichen Dörfer zurückzukehren. Eine regelmäßige Bahnverbindung bestand nirgends, die Hauptader des Riesenlandes war zerschnitten, vernichtet, alles irrte planlos umher, so daß jeder sich sein Recht mit Waffengewalt erkämpfen mußte. An den Knotenpunkten des Verkehrs lagen Tausende von Menschen, ohne die Möglichkeit, selbst zu enormen Preisen, sich die notdürftigsten Lebensmittel zu beschaffen. Ein Chaos von phantastischen Ausmaßen, dauernd geschürt von den neuen Machthabern, breitete sich über Rußland aus. Durch die völlige Disziplinlosigkeit wurde jede Organisation vernichtet. Soldaten requirierten Lokomotiven und Eisenbahnwagen, bedrohten die Lokomotivführer, stellten die Züge zusammen und fuhren los. Man hielt nur dann, wenn das Brennmaterial der Lokomotive zu Ende war und man im Walde Holz holen mußte, oder man wich einer andern Gewalt: der zahlenmäßigen Übermacht derjenigen, die gerade in entgegengesetzter Richtung fahren wollten und den Zug mit Waffengewalt zum Stehen brachten. Männer, die jahrelang ständig den Tod vor Augen hatten, sollten plötzlich rücksichtsvoll werden?

Eine Völkerwanderung wälzte sich die Hauptverbindungsstraßen und Eisenbahnlinien entlang. Alle Städte und Dörfer, die diese Menschenlawine berührte, wurden restlos ausgeplündert. Der Weg, der vor ihnen lag, war lang, und man nahm mit Gewalt, wo man nur etwas Eßbares fand. Denn hatte man zu essen, so würde man auch nach Hause kommen, wenn nicht, mußte man elend auf der Straße verhungern.

Für uns Gefangene gab es nur zwei Möglichkeiten: entweder in diesem Chaos unterzutauchen und uns auf gut Glück nach dem früheren Petersburg, dem jetzigen – Leningrad – oder nach Moskau durchzuschlagen – oder abzuwarten.

Die meisten von uns griffen wieder nach dem Pfluge, und die verkrampften, ungeduldigen Hände streuten wieder die Saat aus zum Wohle ihrer Mitmenschen. Die Saat ging auf, und die Augen und Herzen der Menschen, die die schweigenden Fremdlinge arbeiten sahen, sehen sie noch heute über die mageren Äcker schreiten, wenn die Schneestürme heulen und die sengende Sonne am Himmel erbarmungslos brennt. Aber sie sind es nicht mehr. Ihre Schatten sind es, die sich auf der fremden Erde begegnen, Schatten, die die Lebenden schauen und segnen . . .

*

Salzer, unser Kamerad, war von uns gegangen . . .

Ein unbekannter Soldat, ein unbekannter Mensch unter uns Millionen und aber Millionen. Er hat die Vollendung seiner Tat erlebt. Die Vollendung, das Glück, die Freude hatte sein Herz erfaßt.

„Er hat sich überfreut . . .“, flüsterten diejenigen, für die er gearbeitet hatte.

Sein Grab liegt irgendwo in Tief-Sibirien, inmitten des Urwaldes.

*

Der Sommer 1918 stand über uns. Noch nie war er so sengend, noch nie so stürmisch. Traurig blickten die Bauern auf die vertrocknete Saat, schüttelten die Köpfe und sagten zueinander: „Der Winter wird sehr grausam. Gott sei uns gnädig!"

*

Der Herbst nahte. Noch einmal fuhr ich nach Sabitoje.

Die Trapper wollen auf Jagd ausziehen, müssen für den Winter Proviant und Vorräte einholen, denn er dauert sechs lange Monate. Die mageren Felder liefern nur in geringen Mengen Brot und Hafer, so müssen denn die wildreichen Wälder, Flüsse und Seen das Nötigste hergeben.

Unsere Vorbereitungen sind getroffen.

Am Ufer der kleinen Bucht, an den roh zusammengezimmerten Flößen, auf denen wir nach Sabitoje gelangt sind, schaukeln Boote; sie gleichen einer kleinen Flottille. Es sind kräftige Einbaumboote, Ossinowki genannt, ohne Kiel, drei bis fünf Meter lang und anderthalb bis zwei Meter breit. Über die Mitte der Boote sind starke Eisenruten im Bogen gespannt, darüber wird eine Zeltplane befestigt, um bei Regen Unterschlupf zu gewähren und die mitgenommenen Sachen nicht naß werden zu lassen.

Herbstlicher Nebel liegt über der Landschaft. In jedem Boot nehmen bedächtig vier Männer Platz. Zwei von ihnen greifen nach den kurzen, kräftigen Stechriemen, und die Ossinowki stoßen eine nach der andern vom Ufer ab, während die Zurückgebliebenen winken.

Schnell und lautlos gleiten die Boote den Strom abwärts. Der Nebel, der über dem Fluß liegt, teilt sich, fließt auseinander, umhüllt uns und zieht sich dann immer mehr und mehr zu den bewaldeten Ufern hin, um dort gänzlich zu verschwinden. Es ist kalt und feucht, das Pfeifchen glimmt und wärmt die kalt gewordenen Hände. Am Bug rauscht das Wasser. Die noch lange kläffenden Hunde, die „Laiki", haben sich beruhigt. Sie liegen neben uns, spähen lauernd mit spitzen Ohren über das Boot nach dem Walde hinüber.

Wir fahren mit einer durchschnittlichen Geschwindigkeit von etwa fünfzehn Kilometern in der Stunde. Nach sechs Stunden Fahrt wird die erste Rast gehalten. Schnell ist Dürrholz zusammengelesen, das Feuer brennt, das einfache, aber kräftige Mahl wird eingenommen. Unser Pfeifchen qualmt, wir ruhen uns aus, gehen auf und ab, um die steifen Füße zu beleben, und bald geht es weiter.

Wir haben einen weiten Weg und viel Wild zu erlegen, denn auf uns warten Frauen und Kinder, für die wir sorgen müssen.

Noch eine Rast, und wieder geht es weiter.

Der Fluß macht eine scharfe Biegung, teilt sich in zwei mächtige Arme, von denen wir den rechten wählen, weil es dort mehr Wild geben soll.

Es wird dunkel, und wir haben endlich unser Nachtlager aufgeschlagen. Unser Feuer brennt grell in der schwarzen Dunkelheit. Wir sitzen um das Feuer herum, und als wären wir Menschen nicht aus dieser Welt, so gigantische Schatten werfen wir auf die uns umstehende, verwachsene, verwilderte Taigá. Um uns lagern unsere Hunde, die „Laiki". Bald liegen die Männer eingehüllt in die unersetzliche Burka, so wie sie eben noch saßen oder lagen, und schlafen. Ein einsamer Posten geht auf und ab, der über uns wachen muß, denn die Taigá ist nachts oft gefährlich. Knurrend und kläffend springt manchmal der eine oder andere Hund hoch, blickt mit wütenden, funkelnden Augen in die Finsternis des Waldes, wo ein Krachen, Fauchen, Murren zu hören war. Vielleicht war es ein Bär, ein Elch, ein Rentier, vielleicht auch ein Mensch.

„Schon gut! ... Schon gut!" murmelt dann der pendelnde Posten im gedehnten Baß in seinen Bart, um die Tiere wieder zu beruhigen. In der Ferne verstummen die Geräusche des nächtlichen, undurchdringlich-schwarzen Waldes, die Hunde setzen sich auf die Hinterkeulen, heulen einige Male gedehnt auf, schlummern ein; nur ihre stets wachbleibenden Ohren bewegen sich und nehmen jeden geringsten Laut wahr.

Eulen huschen dicht am Feuer vorbei, flattern davon, und im Walde hört man dann ihr langgezogenes Huuu ... huuu ... uuu.

Nebelschleier winden sich vom Fluß zum Ufer herauf, wogen hin und her, umgeben uns von allen Seiten. Der Wald verschwindet, und es wird so still, daß man glaubt, den Nebel rauschen zu hören. So vergeht die Nacht, bis es langsam heller wird, der Nebel sich verzieht und der Wald erwacht.

Das Lagerfeuer wird wieder entfacht, es wird gegessen, die Hunde werden gefüttert, dann geht es weiter. Gegen Mittag wird die Schleppangel mit einem Köder hinter dem Boot hergezogen. Erstaunlich schnell zappelt ein mächtiger Hecht daran. Der Bursche wiegt ganze fünfzehn russische Pfund. Die Angel wird erneut abgehaspelt, und schon wieder hängt an ihr ein ansehnlicher Fisch. In wenigen Minuten haben wir an die dreißig Pfund im Boot.

Der Flußlauf wird breiter, die Ufer tragen jetzt struppigen Wald, man sieht mehr Birken, mehr Weidengebüsch, und es wird immer eintöniger. Stunde um Stunde vergeht.

„Stoi! Stooooi ...!"*) ertönt gedehnt die Stimme des Dorfältesten. Die Ruderer verlangsamen die Fahrt, auch unsere Ossinowka kommt ganz nahe ans Ufer, um mit einem langen Bootshaken das Weidengestrüpp am Ufer zu untersuchen. Es dauert auch nicht lange, da hat Ilja den Weg gefunden, die Zweige und Äste werden auseinandergebogen, und mühselig geht die Fahrt weiter. Wir ziehen uns am Gestrüpp vorwärts. Eine geraume Zeit vergeht, bis eine völlig überdachte Wasserstraße sich vor uns öffnet und dann ... ein See vor uns liegt. Unübersehrbar groß ist er. Ich blicke ins Wasser: es ist hell und klar, aber man kann nicht bis auf den Grund sehen, denn im Wasser steht ein undurchdringlicher, eng ineinander verschlungener Wald von Wasserpflanzen. Über die Wipfel dieses Waldes gleitet

* Halt.

unser Boot. Neben uns, vor uns schwimmen Fische von geradezu unwahrscheinlicher Größe.

„Hier hat noch kein Mensch mit dem Netz gefischt. Keiner außer uns kennt diese Jagd-Reviere."

Und wie zur Bekräftigung unserer Worte erheben sich kaum zwanzig Schritte vor uns Hunderte – Tausende von Wasservögeln aus dem Schilf.

Das Licht des Tages erlischt. Es wird unheimlich still. Es ist Nacht.

Die schweigsamen Ruderer treiben indessen die Ossinowka immer weiter. Wenn sie ihre Stechpaddel aus dem Wasser heben, höre ich deutlich die Wassertropfen in die unbeweglichen Fluten fallen, aber das Stechen höre ich nicht, nur leises, leises Plätschern der kleinen Bugwelle und wie sie ins Unsichtbare enteilt.

Der See ist überquert. Die Nacht wird heller. Eine schmale, kaum passierbare Wasserstraße, die nur ein kundiges Trapperauge finden kann, mündet hinaus. Ein anderer großer See in der weiten Ferne, umgeben noch von Nebelschwaden, am Ufer eine Erhöhung, eine Insel, dicht mit Birken bewaldet.

Glitzernd und gleißend liegt um uns der See, im Mittag steht die Sonne. Wir sind jetzt unweit dieser Insel, steuern gerade auf das Schilf zu.

Der Dorfälteste holt den langen Bootshaken hervor und hält sich an einem primitiven, aber kräftig gebauten Bootssteg fest, springt federnd aus der Ossinowka und führt sie den ganzen Steg hinauf. Vor uns liegt eine kleine Bucht, die von Menschenhand ausgebaut ist.

Auch die andern Boote sind inzwischen gelandet. Unsere Reden werden durch lautes Geschnatter der verschiedensten Wasservögel derart unterbrochen, daß man kaum sein eigenes Wort versteht. Unser Gepäck wird ausgeladen. Wir gehen einen kaum sichtbaren, verwilderten Pfad hinauf, ins Innere der Insel. Die Hunde folgen uns, unwillkürlich reißen sie, dauernd Wild witternd, an der Leine und wollen nach allen Seiten weglaufen.

Ein etwa fünfzig Quadratmeter freier Platz, umgeben von Dickicht – in der Mitte eine große Erdhütte, mit einer breiten, schweren Tür, die in den Angeln entsetzlich krächzt. Die ganze Hütte ist außen überwuchert mit Moos und kleinem Gestrüpp. Wunderlich sieht daneben ein starker, ungefüger Tisch aus, der, von gefallenem Laub zugeschüttet, vor der Hütte steht, als wolle er uns allen sagen, daß wirklich lebende Menschen ihn gearbeitet und für einen bestimmten Zweck hier einst hingestellt haben. Wir gehen in die Hütte. Der Raum ist gut sechs mal acht Meter groß und zwei Meter hoch, daneben ein Vorratsraum, sauber gearbeitete, kräftige Pritschen, besonders gut gezimmerte Stühle, Bänke und Tische sind in einer Ecke zusammengestellt.

Das erste, was die Trapper tun, ist das Auffüllen der kleinen Lampada vor dem Heiligenbild; dieses liegt dem Dorfältesten in seiner Eigenschaft als Priester ob. Mit Liebe und sorgfältiger Hingabe wird behutsam vom Docht ein Stückchen abgeschnitten, durch den kreuzartig geformten, aus dünnem Blech gearbeiteten Schwimmer gesteckt, die Flasche mit Öl geöffnet und das rote Glas der Lampada vollgegossen. Vorsichtig wird es jetzt in den Halter, der unterhalb der Ikona angebracht ist, gesteckt und der Docht angezündet. Männer, die ruhig und furchtlos jeder Gefahr der Taigá ins Auge schauen, stehen um das matte heilige Licht, entblößen ihre Köpfe und bekreuzigen sich mit wahrhaft andachtsvollen, verklärten Zügen.

Dann wird ein eiserner Ofen angeheizt, und im Nu ist wohlige Wärme um uns. Dann werden Vorbereitungen für den kommenden Morgen getroffen, Patronen gemacht, das Abendbrot wird gegessen, ein Pfeifchen nach dem andern geraucht, dann schlafen wir alle, Menschen und Hunde . . . während über uns der zarte Schein der Lampada liegt, und das Gesicht der Mutter Gottes mit dem Jesuskinde auf dem Arm zu uns niederlächelt.

Kaum daß es am nächsten Morgen hell wird, fahren wir aus, nur einer bleibt in der Hütte zurück, der für Essen, Holz und die Hunde zu sorgen hat. Schnell gleiten die Ossinowki über den See, dann teilen sie sich. Die einen werden tagelang mit Netzen fischen, die anderen die Vögel schießen.

Die Trapper haben sich rings um den ganzen Teich verteilt. Sie halten sich im Schilf, in den Binsen, auf dem Wasser und an den Ufern verborgen.

Es fällt ein Schuß, ein zweiter, dritter, vierter.

Ein Rauschen, Flügelschlagen, Kreischen, Schreien. Wolken von Enten gehen hoch, ziehen dicht über dem Wasserspiegel dahin. Es fallen Schüsse in den Binsen, im Schilf, mitten auf dem See. Ein ohrenbetäubendes Schreien und Gackern der Vögel, pfeifender Flügelschlag, ein ungeheures Flattern in der Luft, der ganze Himmel ist dicht bedeckt von den Vogelheeren, die sich im Wege sind, die kaum aneinander vorbeifliegen können. Und immer wieder fällt Schuß auf Schuß, bald auf der einen, dann auf der entgegengesetzten Seite des Sees.

Um die Mittagszeit ziehen die Ossinowki über den See, der wieder still geworden ist. Die Boote schwärmen aus und holen die erlegten Vögel aus dem Wasser. Sie werden zum Überlaufen voll und ziehen zur verborgenen Hütte.

Das Mittagessen wartet auf uns, aber wir gönnen uns nicht viel Muße. Das kurze Pfeifchen wird angesteckt, und die Männer gehen an die Arbeit. Die erbeuteten Wasservögel werden gerupft, die Federn sortiert und in Säcken untergebracht. Dann werden die Vögel ausgenommen und nach Qualität sortiert, Leber, Herz und Magen in Tonnen mit Pfeffer und Salz gelegt. Gierig warten die umstehenden Hunde auf den Abfall, der Rest wird in den See geworfen, zur Freude der unzähligen Fische. Man sieht, wie sie sich untereinander zanken und mit den Abfällen wegschwimmen. Dann geht es an die Gewehre. Sie werden gereinigt, und schließlich werden wieder Patronen gemacht.

Als die Sonne im Westen steht, stoßen die Ossinowki wieder vom Ufer ab, denn es geht von neuem zur Jagd.

Wieder krachen von allen Seiten die Schüsse, wieder steigen Heere, Wolken von Wasservögeln auf und erfüllen die Luft mit lautem Geschrei. Federn fliegen, Vögel fallen, und wieder ziehen die Boote vollbeladen zur einsamen Hütte über die vom Mond beschienene weite Fläche des Sees.

So geht es Tag für Tag, frühmorgens, spätabends. Tausende von Enten haben wir geschossen, doch ihre Scharen sind nicht weniger geworden.

Die ausgenommenen Vögel und Fische werden in Boote verladen und heimwärts geschafft. Die Hälfte der Männer fährt mit der Beute nach Sabitoje zurück, die dort weiter verarbeitet und für den langen Winter in Tonnen und Fässern konserviert wird.

Nach mehreren Tagen trennen wir uns vom Haupttrupp der Trapper. Der Dorfälteste, zwei Bauern und ich fahren nach einer anderen Richtung, zur Auer-, Birkhahn- und Haselwild-Jagd. Uns begleiten vier Hunde. Nachts brechen wir auf, wenn alle noch schlafen, denn am frühen Morgen, wenn die Nebel noch durch die Wälder schleichen, fallen die Hähne in Mengen ein.

Nachmittags kommen wir zur Hütte zurück, liefern unsere Strecke ab und fahren in der Nacht wieder weg.

So vergehen wieder mehrere Tage.

Abends, wenn das Essen über dem offenen Feuer schmort, unterhalten wir uns von der Jagd, und die Trapper erzählen von ihren Erlebnissen in der Taigá.

„Fedja . . .!“ Iljas Hand legt sich mir auf die Schulter während ich versonnen ins knisternde Feuer blicke. „Fedja, ich habe weit im Walde, schon am Rande der Tundra, mir vor Jahren eine Hütte gebaut, denn ich wollte von den Menschen weggehen. Es ist aber anders gekommen. Ich muß unter ihnen bleiben. Willst du mit mir hinfahren? Seit vier Jahren habe ich diese Hütte nicht mehr gesehen. Mit eigenen Händen habe ich sie dort erbaut, unsagbare Mühe hat es mich gekostet. Dort ist alles, was man zum Leben braucht. Schön ist es dort, Fedja! Man will nicht mehr zurück, wenn man einmal dort gewesen ist. Fahren wir hin, ich habe solche Sehnsucht nach der Hütte!“

„Ja! Morgen, in aller Frühe, fahren wir zu ihr . . .“

*

Dichter Nebel lag am nächsten Morgen über der ganzen Landschaft. Die Sonne war noch nicht aufgegangen.

Vorräte für einige Tage waren in dem Boot verstaut, einige knappe Abschiedsworte, und schon gleiten wir aus dem kleinen, verborgenen Hafen. Ein paar kräftige Schläge der kurzen Stechriemen, und wir beide sind allein in der Wildnis.

Flink gleitet das schlanke Boot dahin.

Allmählich färbt sich der Nebel hellrosa, dann immer dunkler, bis zum tiefsten Rot. Nebelschwaden scheinen uns von allen Seiten zu umschließen, als wollten sie immer wieder nach uns greifen und uns die Fahrt versperren. Jetzt weichen sie auseinander, lassen uns einige Büsche an den nahen Ufern erkennen, die Silhouette einer niedrigen, bläulich schimmernden Moorkiefer, dann aber ist der kurze Durchblick wieder verdeckt. Jetzt huschen die Nebel an einer andern Seite auseinander und gewähren uns plötzlich eine weite Sicht über das dampfende Wasser ... in die ferne, kalte, kaum aufgegangene Sonne. Immer lichter und kleiner werden die Nebelwolken, bis sie sich zerteilen, zusammenschrumpfen und an den Ufern sich verkriechen.

Kalt scheint uns die Sonne entgegen, der gleißende Ball steht unmittelbar über der engen Fahrstraße und glitzert in den winzigen Wellen, die hinter unserm Kanu auseinandereilen.

Aus der Ferne hören wir das Gegacker und Schnattern der vielen Tausende von Wasservögeln. Dann und wann fliegt über uns eine Schar vorbei. Wir hören, wie sie plätschernd ins Wasser einfallen.

Nach einiger Zeit legen wir an, holen das Boot aus dem Wasser und schleppen es übers Land.

„Dort, wo die zwei einsamen Moorkiefern stehen, dort ist Wasser."

Die Kiefern sind erreicht, das Boot gleitet ins Wasser, und weiter geht es. Der Wasserweg wird allmählich breiter, die Ufer sind zurückgewichen, das Kanu schaukelt jetzt über einen stillen, öden See.

Scharf links ist ein neuer Wasserweg. Es ist kaum zu erkennen, denn auf seiner Oberfläche liegen nebeneinander und übereinander morsche Äste und Zweige. Hier sind die Büsche an den Ufern so hoch, daß sie ein Laubdach bilden. Es wimmelt von Wasservögeln, die wir vor uns hintreiben. Sie flattern nicht einmal hoch, und wir könnten mit der Hand nach ihnen greifen. Einigen kostet es das Leben.

Wir können das Boot nicht mehr verlassen, denn das Ufer ist seicht und schlammig. Erst gegen Abend weitet sich der Wasserarm. Die Ufer sind wieder mit häßlichem, niedrigem Wald bewachsen.

Zweimal hatten wir unser Lagerfeuer an den Ufern aufflackern lassen. Wir gingen an Land, nur um zu schlafen und zu essen. Wir hatten unterwegs Riesenfische gefangen, Auerhähne, Birkhähne und Haselhühner geschossen.

Die Landschaft hat sich jetzt verändert.

Die Ufer sind flach und dehnen sich weit in die Ferne hinein. Im Wasser sind jetzt mehrere Schichten morscher Bäume und Sträucher übereinandergelagert, und sie muten einen an, als könnte man aussteigen und darüber hinweggehen.

Mit jedem Ruderschlag wird die Stille der Weite größer, die Öde betonter.

Auch wir beide schweigen immer mehr und mehr.

Nachts, wenn wir am Lagerfeuer einschlafen, brauchen wir uns nicht gegenseitig zu bewachen. Wir haben unsere Hunde gar nicht mitgenommen, weil es hier keine Menschen mehr gibt.

Unbeweglich liegen wir beieinander und lauschen.

Aber die Stille bleibt.

Sie ist groß, so groß, daß ein einsamer Mensch sie nicht ertragen kann – er fürchtet sich vor ihr, denn hier beginnt die Ewigkeit.

Weiter geht die Fahrt.

Gegen Mittag sehen wir in der blauen Ferne einen großen Hügel und eine schwarze Wand. Es ist Wald. Wir steuern hin. Ein Stein von gewaltigen Ausmaßen, ein blanker, wassergeschliffener Granitblock liegt am steil aufsteigenden, mit Moos bewachsenen Ufer.

„Das ist mein Stein ... mein alter Freund ...“ sagt Ilja freudig.

Das Boot wird ans Ufer gezogen. Wir gehen durch ein lichtes Birkenwäldchen, dazwischen stehen Zirbelkiefern und Tannen.

Plötzlich bleibt Ilja stehen. Wir sind am Rande einer Waldwiese angelangt, und er ergreift fest meinen Arm und deutet hin.

„Sieh! Siehst du? ... Das ist meine kleine Hütte! ...“

Auf der gegenüberliegenden Seite der Wiese, über und über mit herbstlichem Laub vieler Jahre zugedeckt, wie ein knorriger Steinpilz, im Versteck, steht eine Hütte. Sie ist in Blockhausform aus kräftigen Baumstämmen gebaut, und hat breite Fensterläden. An ihnen und an der niedrigen, engen Tür sind klotzige Eisenstangen befestigt.

Tagelang sind wir hierhergefahren, wir haben uns nicht beeilt, jetzt aber läuft Ilja über die Wiese, holt im Laufen den Schlüssel aus der Tasche, schließt die Riegel und Schlösser auf, wirft die Stangen fort, dringt in die Hütte, verweilt dort einige Augenblicke und kommt dann strahlend, mit wirrem Haar, aufgeknöpftem Rock und Hemd, mit geweiteter Brust wieder heraus.

Er scheint mir plötzlich um ein Vielfaches gewachsen zu sein.

Der herbstliche, sonnendurchflutete Wald, die fallenden Blätter, die unendliche Einsamkeit, die niedrige Hütte ...

Zwei klobige Stühle werden hinausgetragen, ein runder, schwerer Tisch, ein buntes, fröhliches Tischtuch flattert darüber, und plötzlich ... lacht alles um uns herum. Die kleine Hütte aber, die eben noch so unscheinbar war und sich vom Walde kaum unterscheiden wollte, erstrahlt, und aus den Fenstern, die jetzt weit offenstehen, sieht sie uns wie eine treusorgende Mutter an, als hätte sie lange, schon sehr lange auf uns gewartet und Ausschau gehalten.

Die Hütte hat zwei Räume. In der einen Ecke steht ein

kaminähnlicher Ofen aus gebranntem Lehm, in der Mitte hängt eine Petroleumlampe, auf den Tischen stehen massive Holzleuchter, in denen noch halbabgebrannte, dicke Kerzen stecken. Die nie fehlende Lampada vor dem Heiligenbild wird von Ilja angezündet, und wir verweilen eine geraume Zeit davor.

Der zweite Raum hat breite Holzpritschen. Sie sind mit Kissen und Federbetten überladen.

Alles zeugt von großer Sorgfältigkeit, alles ist mit geschickten Händen, die einst Zeit und Muße hatten, angefertigt. Für alles ist gesorgt, an alles ist gedacht. Sogar ganze Fensterrahmen, Reserveglas, eine zweite Tür, angefangene Stühle und ein Wandbrett stehen in der Ecke. Einige schwere Eisenstangen in eingefettetem Zeitungspapier stehen auch dabei. In den Schränken ist nicht nur Geschirr, sondern auch Wäsche, einige derbe Hemden, Leinenhosen, Fußwickel. Der Fußboden ist so sauber, als hätte man ihn gerade erst gekehrt.

„Das alles habe ich ganz allein gearbeitet, alles was du hier siehst. Unzählige Male bin ich hierhergekommen, habe hinter meinem Boot immer noch ein anderes im Schlepptau gehabt, mit großer Mühe habe ich sie beide allein über Land gezogen, bis ich alles so beisammen hatte, wie du es heute siehst. Einen ganzen Sommer habe ich gebraucht, um die Hütte aufzustellen, und im Winter habe ich dann den Fußboden gelegt und die Möbel gezimmert. Es ist ein schönes Stück Arbeit gewesen, Fedja! Nun steht meine Hütte!"

Wie die Hand einer liebenden Frau über den Kopf des Mannes gleitet, so berührte und zeigte mir der Bauer das Werk seiner Hände, das er aus dem Nichts geschaffen hatte.

Das höchste Gut eines Menschen ist nicht Arbeit, sondern das Erstehenlassen einer Vollendung, und wenn sie noch so primitiv ist.

„Wie bist du in diese Gegend gekommen?" frage ich.

„Ich hatte von unserer Jagdhütte auf der Insel eine Streife ins Elchrevier unternommen. Im Morgennebel sah ich ein kapitales Geweih. Es bewegte sich kaum, denn es war durch mehrere Mooskiefern verdeckt. Ich schoß zu schnell. Ich bin schon im Japanischen Krieg mit einer Schützenschnur ausgezeichnet worden, aber, ich weiß es bis heute nicht, vielleicht sollte es eben so sein, ich schoß und mußte dem kranken Tier hinterherfahren; die Wundfährte war zu deutlich. Ich hatte keine Zeit, zu essen und zu trinken. Der Elch ging über das Moor, als sei es fester Boden, und ich konnte doch das Tier nicht im Walde verenden lassen. Unweit dieser Wiese habe ich ihn noch einmal gestellt.

Ich verbrachte hier mehrere Tage und schoß mir nur den nötigsten Mundvorrat. Die übrige Zeit beobachtete ich das viele Wild, wie es unbekümmert durch den Wald strich und in meine unmittelbare Nähe kam, ohne die Flucht zu ergreifen, ohne Scheu zu zeigen.

Auch Menschen gibt es hier weit und breit nicht. Tagelang über das Moormeer zu gehen, wird keiner so leicht wagen. Für unsere Trapper ist es sinnlos, denn sie vermuten nicht diese Waldinsel so hoch im Norden, auch ist ihnen der Rückweg mit erlegtem Wild viel zu weit und zu beschwerlich. Die schweren Eisenstangen und Riegel habe ich zur Vorsicht angebracht. Vielleicht, so habe ich mir gedacht, wird doch jemand, wie ich, hierher verschlagen, dann soll er nicht an mein Gut herangehen; ich habe es ja auch nicht gestohlen."

Morgens gingen wir hinaus in den Wald.

Sattes Grün der Tannen und Zirbelkiefern, von hellsten bis zu tiefsten Farben, neben ihnen leuchtende, hellstämmige Birken mit Blättern in allen Farben des puren Goldes umstanden uns überall, wohin wir gingen.

Das Fauchen und Glucksen der Auer- und Birkhähne wird immer lauter. Ich sehe über einen Busch. Es sind Hunderte dieser großen Vögel, die beisammen äsen. Sie suchen nach Beeren, Insekten, picken Nadeln der Lärchen und Kiefern auf.

Leise schleichen wir weiter. Ein Kolkrabe ruft. Er hat sich auf eine hohe Baumkrone gesetzt und überblickt die Weite, um wohl nach einem Kameraden Ausschau zu halten.

„Wenn der Kolkrabe ruft, so kommt bald der Frost“, sagt der Trapper.

Wir sind am See angelangt. Von der Anhöhe, auf der der Wald liegt, blicken wir zu ihm hinab.

Jetzt fällt der erste Sonnenstrahl durch den Nebel, und plötzlich ist der Wald in seinen ganzen schillernden Farben lebendig geworden. Ein leiser Hauch weht über die Baumkronen, sie rauschen, langsam fallen Birkenblätter uns vor die Füße hernieder, streifen uns, gesellen sich zu den andern. Sie gleichen herrlichen Golddukaten. Die Stimmen der Vögel ertönen lauter, übermütiger. Jetzt schnattert, pfeift, zwitschert, schreit, ruft, singt und gackert alles durcheinander. Über das Wasser kommt das Geschnatter der Wasservögel. Es ist jetzt so laut, daß man sich kaum noch unterhalten kann.

Am Ufer kommt ein gewaltiger Elch heraus. Der Schaufler bleibt stehen und verhofft. Ihm folgt das ganze Rudel. Ihre eisgrauen Lauscher bewegen sich. Alte Elche sind schlau, scheu und vorsichtig, Tiere und Kälber dagegen vertraut.

Öa-öa-öa . . . ertönt der Kampfruf des Elches. Immer wieder schreit er und blickt über das Wasser und den Wald.

Gemächlich, ohne Hast, ohne Kampfansage, ohne sich um seine Umgebung zu kümmern, kommt auch ein Bär hervor. Schalk und Durchtriebenheit glänzen aus den kleinen Lichtern. Er schnüffelt an den Büschen herum und sieht sich vorsorglich schon jetzt nach einem Winterlager um. Er knabbert an einem Pilz, schmatzt und schlürft die Beeren, schüttelt den runden Kopf, springt und hüpft übermütig herum, blickt mit seinen blinzelnden Lichtern erneut in die Sonne, fährt sich mit der Tatze über die kleinen, runden Gehöre, brummt sich etwas vor und tappt weiter. Eine Weile noch hört man das übliche Schreien der Vögel, die das Nahen des Bären dem Jäger verraten, wie die Äste hinter dem wuchtigen Tier krachen, dann ist wieder Ruhe.

Windend und spähend kommt der Silberfuchs, voll Verlangen späht er zu den Graugänsen und Enten hinüber, die aber schon längst das schützende Schilf verlassen und sich zu einer dichten Schar über dem freien Wasser vereint haben.

Der lustige Burunduck – das Erdeichhörnchen – kommt gelaufen. Es schleppt für den Winter die saftigen Zirbelnüsse in seine Vorratskammer.

Auf einmal ziehen Schneegänse vorüber, sie umkreisen mehrere Male den See, aus der entgegengesetzten Richtung kommen Eisenten, Spieß-, Löffel-, Tauch- und Knäckenten, sie gehen aufs Wasser nieder, um sich bald danach erneut zu erheben. Und plötzlich erheben sich immer mehr und mehr Wasservögel, die jetzt alle durcheinanderfliegen, schreien, gackern. Über dem Wasser, in der Luft, der ganze Himmel ist voller Vögel im ohrenbetäubenden Lärm, Wolken flattern umher, Tausende und aber Tausende schwirren durch die Luft, senken sich über dem Wasser, steigen immer wieder hoch, kreisen umher.

Es ist die nur von wenigen Menschen belauschte Symphonie des unberührten Urwaldes Tiefsibiriens.

*

Unvergeßliche Tage inmitten der Einsamkeit. Jeder Tag gleicht dem andern, und doch ist das innere Erlebnis der Stille und der völligen Abgeschiedenheit immer wieder neu und groß.

Man lauscht in den Wald, und zugleich horcht man in sich selbst hinein.

Es ist früher Morgen. Schritt für Schritt gehe ich über das weiche Moor. Dort, wo die gelben, hell bemoosten Stellen leuchten, dort lauert der Tod – „Fenster“ von unergründlicher Tiefe, in denen Mensch und Tier rettungslos versinken.

Meine Rechte umspannt die Büchse. Überall sehe ich die frische Losung von Elchen.

Plötzlich zerteilt sich der Nebel, und ich sehe in unmittelbarer Nähe, neben den bläulichen Schatten von drei verkrüppelten Moorkiefern und einigen kleinen Birken – den Elch. Er sieht mich nicht, der Wind steht günstig, und ich höre sein Rascheln und Schnauben.

Gewaltig sind seine Geweihschaufeln, unbeweglich steht er da, nur die Lauscher bewegen sich langsam . . .

Der Nebel hat ihn wieder völlig verdeckt.

Mein Herz klopft . . . Ich wage noch einige Schritte.

Der Nebel zerreißt, und ich sehe das Tier jetzt ganz nah vor mir, sehe deutlich seine hellen, fast weißen Läufe, seine Lichter, die jetzt auf mich gerichtet sind.

Tier und Mensch sehen sich in die Augen.

Seine Lichter sind klar und schön, und sie kennen auch keine Furcht, denn seine Urgewalt und Kraft sind unerschütterlich, seine Wehrhaftigkeit kennt keinesgleichen.

Langsam bewegen sich die Lauscher, die Nüstern blähen sich, saugen die Luft tief ein und schnaufen.

Der riesige Elch kommt auf mich zu. Aber er senkt nicht seine Geweihschaufeln, er nimmt mich nicht an, nur die Lauscher bewegen sich immer wieder, die Nüstern ziehen mit Fauchen und Schnauben die Luft ein, während seine Lichter so sonderbar verträumt, ruhig, tief in mich hineinblicken.

Ganz langsam kommt er auf mich zu. Es sind keine drei Schritt, die uns voneinander trennen. Und unter dem Banne des Augenblicks strecke ich dem Riesen, diesem edlen, reinen Tier, meine Linke entgegen.

Die Nüstern nähern sich vertrauensvoll meiner flachen Hand, ich spüre die weichen Härchen, die Lefzen, seinen warmen Atem, und . . . meine Hand fährt langsam über die Lefzen des Tieres. Es blickt auf meine Hand, und eine breite Zunge fährt über die ganze Handfläche.

Um uns lauscht die große Stille.

Langsam wendet der Rieseneich den Kopf von mir, geht einige Schritte an mir vorbei, und plötzlich entringt sich seiner Brust ein urgewaltiges Brüllen. Noch einmal wendet er seine verträumten Augen nach mir, für Bruchteile blicken sie mir noch ein einziges Mal in die Seele . . . und er geht mit ruhigen Schritten den Moorkiefern entgegen.

Ich bleibe zurück, unbeweglich und . . . traurig.

Ein Krachen, Brechen und dumpfes Traben aus dem

Dickicht, ein neues, gewaltiges Brüllen des Elches, und ich sehe ein Rudel Tiere und Kälber sorglos über das Moor wechseln. Nur für einen Augenblick schauen sie zu mir herüber, ein zärtlich klingendes Rufen des Leittieres, ein Blick, der mich kaum streift, und das Rudel entfernt sich über das Moor, die weißen Läufe sinken nicht ein, tragen die schweren, herrlichen Körper.

Die Linke ist noch feucht von der Zunge des Waldriesen, die Rechte umspannt die Büchse – den Tod des feigen Menschen.

Auf der Anhöhe, unweit der Hütte, sehe ich den Trapper stehen. „Der Elch hat noch nie einen Menschen gewittert, sonst hätte er dich bestimmt angenommen, Bruder. Aber in dieser Gegend ist noch nie ein Mensch gewesen."

Sicher hat der Trapper recht gehabt ...

Schon oft hat Kolk, der alte, weise Rabe, gerufen. Die Vögel rüsten sich zu ihrer weiten Reise, denn schon glitzern die Sonnenstrahlen im Rauhreif des Waldes.

Der Himmel färbt sich grünlich-grau und wirft in der klaren Ferne violette, tiefe Schatten. Die flatternden Vögel haben wieder ihr ohrenbetäubendes Gegarr entfaltet, sie diskutieren, streiten, dann aber erheben sie sich, beschreiben einige Runden um die heimatliche Gegend, recken weit die Hälse, und ein Heer nach dem andern, eine Wolke hinter der andern, in ununterbrochenen, geordneten Reihen ziehen sie von uns weg nach dem Süden.

Lange blicken wir den entschwindenden Schwärmen nach ...

Am nächsten Tag ist das Moor still, die letzten Zugvögel haben es verlassen. Auch in den Wald hinein erklingt nicht mehr das Geschnatter. Auch er ist noch stiller, noch einsamer geworden. Alles ist plötzlich wie verwandelt, noch erhabener geworden.

Wir beide müssen uns für den Heimweg rüsten. In der Hütte wird alles geordnet, und unsere Schritte werden zaghaft, als wären wir müde. Das Gepäck ist wieder ins Boot zurückgebracht, die schweren Eisenstangen erdröhnen an den Fenstern und der Tür, die Schlösser schnappen ein. Es ist verschlossen . . .

Die Hand des Trappers legt sich über die Balken. Er nimmt stummen Abschied von seiner Hütte.

Mit gewohnter Bewegung wirft er dann das Gewehr über den Rücken, die Hand tastet nach dem Messer an der Seite, und wir gehen über die mit Laub überschüttete Wiese. Der Wind rauscht in den Blättern, sie umtänzeln den Mann, huschen weg, kommen wieder, begleiten uns bis zum Waldrand, bis der Trapper am Wiesenrand sich umdreht und zum letztenmal nach dem Häuschen hinüberblickt.

Es ist vielleicht wieder für lange Jahre eingeschlummert.

„In die Einsamkeit zu gehen ist leichter als zu den Menschen zurückzukehren . . . " sagt er verträumt mit leiser Stimme.

Dann dreht er sich schroff um, und mit dem festen und doch leichten Schritt, den nur ein Trapper haben kann, geht er zum See hinab, berührt seinen stummen Freund, den Stein, bekreuzigt sich, steigt in das Boot und ergreift das Stechpaddel.

Die Sonne spiegelt sich in seinen Augen, die verträumt in die Ferne gerichtet sind. Sie haben die Ewigkeit der Natur erschaut. Und in den kalten Strahlen wird sein Blick doch wieder weich und vergebend.

*

Auch Sabitoje rüstete für den Winterschlaf.

Tausende von erlegten Enten, Gänsen und anderen Vögeln waren inzwischen sortiert, ausgenommen, geräuchert, enorme Fleischmassen von Elchen und Rentieren gepökelt, aus dem Fluß holten die Netze immer mehr und mehr Fische hervor, unzählige Reihen von Tonnen rollten zum Fluß, wurden gefüllt, verschlossen und ins Dorf, in die einzelnen Hütten, in die niedrigen, geräumigen Vorratskammern gestellt. Groß und klein, alt und jung, alles half sich gegenseitig mit geübten, ruhigen Händen, ohne Zank und Streit.

Nur einer hatte seine innere Ruhe verloren. Jeder in Sabitoje verbrachte Tag wurde ihm allmählich zur Qual. Eine immer steigende Unruhe nagte in ihm – das war ich selbst.

Was ging in Nikitino vor? Haben auch sie dort für Vorräte gesorgt, gearbeitet und alles herangeschafft, was man in den kommenden vier Monaten dringend benötigt? Haben sie an das Versagen der Zufuhr gedacht?

Wenn aber in dem allgemeinen Chaos die Zufuhr versagen sollte? . . .

Wenn wir von der Welt abgeschnitten werden? . . .

Sechstausend Einwohner und dreitausend Kriegsgefangene . . .

In der roten Ecke, unter den Heiligenbildern, saß Faymé. Neben ihr spielte unser Kind; es türmte kleine, hölzerne Bauklötze auf, die meine Kameraden geschnitzt hatten.

*

Ich bin wieder in Nikitino.

Ein endloser Zug von vollgeladenen Gespannen, um sie fröhliche Männer, bellende Hunde, straffer Marschtritt, Lieder, aus voller Kehle gesungen. Die Kriegsgefangenen kehren aus den Dörfern nach Nikitino zurück. Das Lager öffnet weit seine Tore. Hände begegnen sich. Freude steht in allen Gesichtern.

Zaghaft gehe ich ins frühere Polizeigebäude, Stufe um Stufe steige ich hoch, drücke auf die Türklinke.

Iwan Iwanowitsch sitzt gelassen an seinem Schreibtisch.

„Fedja! Na endlich bist du wieder da! . . . Was ist denn los . . .?"

„Welche Nachrichten hast du aus Omsk und Perm, Iwan? Wie steht es mit der Freilassung der Gefangenen? . . . Kommt der Transportzug? . . . Meldet sich Omsk wieder regelmäßig . . .?"

„Omsk hat vor vier Tagen gedrahtet, daß der Lebensmitteltransport abgehen wird. Mit den Kriegsgefangenen, Fedja . . . es ist noch sehr unbestimmt . . . wir erwarten in den nächsten Tagen wieder eine ‚weiße' Regierung in Sibirien. Viele Offiziere und Soldaten der alten Armee sind in Sibirien eingetroffen, es werden ‚weiße' Regimenter gebildet, die gegen die ‚roten' kämpfen sollen. Überall sind schon Gefechte im Gange ..."

„Wir müssen also hier bleiben? ... Weiter warten ...?"

„Es kann nicht mehr lange dauern, mein Lieber. Die ‚Roten' werden restlos besiegt, dann haben wir in Rußland wieder Ordnung ..."

„Dann wird auch der Friede von Brest-Litowsk wieder annulliert, weißt du das? ... Aber im Augenblick müssen wir für etwas anderes sorgen, und das sind Lebensmittel. Hast du dir überlegt, daß, wenn der Transportzug nicht eintreffen sollte, wir alle hier verhungern werden? Kein Teufel wird sich um uns kümmern!"

„Um Gottes willen, was hast du bloß für Ideen, Fedja! Das darf nicht passieren, um Gottes willen!"

„Und wenn das, was ich sage, zur Wahrheit wird? Was machen in Nikitino etwa neuntausend Menschen ohne Lebensmittel? Sollen wir alle verrecken?"

„Das ist unmöglich! Sie müssen uns Lebensmittel schicken!"

„Iwan! Ich appelliere an deine Vernunft! Laß sofort alle antreten! Wir müssen uns jetzt selbst helfen, denn die anderen werden uns verlassen!" schreie ich ihn an.

Wir trennen uns ...

Nikitino hatte geschlafen. Es war gewohnt an den Schlaf, und es war nichts Außergewöhnliches. An das, was kommen konnte, hatte keiner gedacht. Man lebte weiter auf gut Glück; irgendwie wird es schon weitergehen, denn irgendwie ist es ja immer noch gegangen.

Im Saal des Gymnasiums war alles versammelt. Dicht aneinandergedrängt standen die Menschen. Die Luft war erfüllt von ihren Stimmen und ihrer verhaltenen Angst. Draußen, vor dem Eingang, stand eine riesengroße Menschenmenge, die keinen Einlaß mehr finden konnte.

Auf dem Podium erscheint Iwan Iwanowitsch, und plötzlich verstummt die Menge. Diese Stille ist unheimlich.

Kurze, schneidende Worte fallen über die Menschen, und die ungekämmten, verwahrlosten Köpfe senken sich und weinen . . . Die Schrecken des Hungertodes sind ihnen bekannt, doch jetzt steht er schrecklicher denn je vor ihnen.

Lähmendes Grauen hat sich in dem Städtchen niedergelassen und alle erfaßt.

Am gleichen Tage reitet eine Kosakenpatrouille, angeführt von Feldwebel Lopatin, aus Nikitino; sie soll uns allen unbedingt Klarheit bringen, sie soll sich beeilen, die Pferde totpeitschen, sich selbst zugrunde richten – in vier Wochen ist Winter.

*

Warum war der Weg in das Lager der Gefangenen so kurz?

Warum war es mir nicht vergönnt, ihnen die Freiheit zu verkünden?

Warum mußte ich ihnen die letzte, die allerletzte Hoffnung nehmen?

Waren wir denn in der Tat die Schlechtesten der Schlechten?

Oder mußten wir die Pflicht eines Saatkornes erfüllen . . .?

„Kameraden . . . der letzte Winter in Sibirien liegt vor uns, der allerletzte, aber auch der schrecklichste. Wir stehen vor dem Hungertode! . . . Die Zufuhr versagt, denn im Lande, wie ihr alle wißt, sind große Unruhen, jeder denkt an sich, und es ist fraglich, ob wir Lebensmittel von außerhalb bekommen . . .“

Ganz Nikitino war plötzlich auf den Beinen. Die Angst peitschte alle auf.

In den Fluß wurden große, starke Netze versenkt.

Die Vorräte wuchsen zu Bergen.

Karawanen durchzogen die Straßen nach allen umliegenden Dörfern, und man holte sich in den wenigen Tagen, die uns bis zum nahenden Winter blieben, alles, was man nur an Lebensmitteln kaufen konnte. Die Bauern gaben uns ihr Letztes her, wenn es auch oft wenig war. Das gesamte Vieh, auch die Pferde wurden erfaßt, und sie bildeten jetzt unsere kostbarsten Reserven, die nur dann angegriffen werden sollten, wenn die Fischvorräte zu Ende gegangen wären. Frauen, Männer und sogar Kinder wurden ständig rücksichtslos angetrieben, sie verfertigten unaufhörlich Schlingen in den verschiedensten Größen, die einst die Jäger und Trapper verabscheuten. Sie wurden jetzt im Walde ausgelegt. Alle uns zur Verfügung stehenden Fangeisen, es wurden immer mehr neue hergestellt, dienten dem gleichen Zweck.

Während eine Menge einst Zugereister aus Nikitino flüchtete, waren die anderen Tag und Nacht bemüht, beim Fang der Fische und des Wildes mitzuhelfen.

Wenige Tage danach kamen die ersten alarmierenden Nachrichten. Einige Flüchtlinge kehrten zurück. Die Bahn von der Endstation Iwdjel war seit Tagen nicht mehr gesehen worden, der Verkehr stockte. Es gab kein Entrinnen mehr.

Der Telegraf schwieg, obwohl die Beamten dauernd funkten, besonders in der Nacht.

Über vierzehn Tage waren vergangen.

Die ausgesandte Kosakenpatrouille kam zurück. Von acht Mann kehrten drei wieder, und auch diese verwundet, erschöpft, verhungert. Ihr Bericht war kurz. Hungersnot herrschte bereits in der Umgebung. Die Hungernden trachteten nach den Pferden, um sie essen zu können, und man mußte gegen jedermann Waffengewalt anwenden. Völliges Chaos breitete sich im Lande aus. Auf Zufuhr war nicht mehr zu rechnen.

Auf den Armen trug ich den treuen Lopatin zu mir nach Hause. Sein Bein war durch das Messer eines Hungrigen, der ihm das Pferd nehmen wollte, schwer verwundet, die linke Hand hatte nur noch drei Finger. Zwei waren ihm von einem Bauern mit der Axt abgehauen worden. Die Schenkel waren dick geschwollen und hatten mehrere Messer- und Sichelstiche.

Einige Tage pflegte ich ihn, wenn ich zu Hause war,

kaum, daß ich mir wenige Stunden Schlaf gönnte. In mir tobte die bevorstehende Entscheidung.

Es kam die Nacht ...

Ich holte die Diamanten hervor, ein Säckchen mit Goldkörnern und spannte Kolka ein ... Faymé und unser Kind, Olga und ihr Kind, Marusja mit den beiden Kindern, und Lopatin setzte ich in das Gefährt, führte es mit meinem treuen Hunde Strolch an die Grenze der einstigen Freiheitszone und warf die Zügel dem halbtoten Manne zu ...

Ich blieb zurück ...

Ich hatte meinen Kameraden meinen Kolka gestohlen ...

*

Schweigende Wände starrten mich an ... das Zimmer meiner Faymé ... die Wiege meines Kindes ... Noch atmen sie ihr Dasein ...

Es verfliegt langsam.

Das ruhige Lächeln der Heiligen der Ikona, die brennende Lampada, ihr milder Schein, das unhörbare Ableben ...

Es gibt keinen Halt ...

Aus den Fenstern starrt mich die Nacht an.

In dieser Nacht ging ein Flüstern von Mund zu Mund, von Hütte zu Hütte, bald hier, bald dort schlich einer aus dem Hause und flüsterte es ängstlich weiter. Es wurde heller, Menschen kamen zusammen, man sprach davon, immer wieder erwähnte man es, das Gerede machte sich breit, es wurde lauter, immer lauter ... man schrie!

„Man hat uns vergessen! ... Man hat uns vergessen ...!"

Das sorglich gehütete Geheimnis war doch verraten worden; jemand hatte die Kosaken heimwärts kommen sehen. Einer von ihnen hatte es wahrscheinlich erzählt.

Der Morseapparat schwieg.

In irgend einer unbekannten Gegend war der Draht unterbrochen, irgendeine frevelhafte Hand hatte uns die Möglichkeit, der Welt ein Lebenszeichen zu geben und von ihr eine Antwort zu empfangen, zerstört!

Man hatte neuntausend Menschen v e r g e s s e n ...

Brutal stürzte sich der Winter auf uns.

Ebenso brutal kämpften wir gegen ihn mit ungleichen Kräften.

Der erste Schneesturm Anfang November dauerte fast vierzehn Tage.

Der Fluß, der uns Berge von Fischen geliefert hatte, wurde immer schmaler und schmaler. Zwar wurde Tag und Nacht das Eis zerhackt, aber die Kälte umklammerte ihn aufs neue, auch unsere Netze und Hände. Sie wurden starr, und unser Mut begann zu sinken.

Die Tiere des Waldes hatten wir einst in ganzen Rudeln gefangen, jetzt, da überall im Walde Fallen und Schlingen lagen und das Wild auf Schritt und Tritt qualvoll schreiende Tiere sah, die langsam dahinsiechten und erfroren, Tiere, die von habgierigen, hungrigen Menschen geholt wurden, flüchteten sie immer weiter und weiter in den verwachsenen, undurchdringlichen Wald.

Die Taigá beschützte ihre Bewohner. Unter großen Schwierigkeiten wurden im fernen Wald Stützpunkte und Schneehütten errichtet, und von dort aus ging man weiter hinein in den Wald und stellte wieder Fallen und Eisen.

Die mit Vorräten angefüllten Scheunen leerten sich erschreckend rasch, obwohl die Rationen sehr klein bemessen wurden. Was bedeuteten diese Vorräte für neuntausend Menschen, die schon zu hungern begannen!

Zank und Streit entstand zwischen den Menschen, denn sie stahlen sich gegenseitig alles Eßbare, gierten überall nach irgend etwas, das ihnen den Magen füllen konnte. Sie aßen jetzt wahllos alles, sie scheuten nichts mehr.

Das einstige Gymnasium war ein riesiges Lebensmittellager geworden. Um das Haus gingen Tag und Nacht deutsche Posten. In ihren eisstarrenden Hundefellmänteln glichen sie Schneeungeheuern. Sie waren bis an die Zähne bewaffnet. Hinter der Eingangstür stand schußbereit das Maschinengewehr. Jeder wußte, es würde doch der Tag kommen, an dem man dieses Lager stürmen würde . . . was dann . . . ? Noch wartete man. Vielleicht kam doch noch der verspätete, von der Regierung vor Monaten angekündigte Transportzug mit Bergen von Lebensmitteln, vielleicht dauerte es nicht mehr lange, dann würde man sich wieder nach Herzenslust sattessen können . . .

Vorläufig konnte man noch warten.

In dichten Flocken senkte sich der Schnee hernieder.

Die Kälte nahm immer mehr und mehr zu.

Wir wurden immer kleinlauter.

Draußen vor dem Gymnasium standen die Wartenden. In den dichten Schneeflocken glichen sie einem weißen, sich dauernd bewegenden Haufen. Die Hände und Arme, die ihnen von Tag zu Tag immer weniger Lebensmittel geben konnten, wurden müde und zaghaft, denn sie allein spürten das Zusammenschmelzen der Vorräte, die kaum mehr aufgefüllt werden konnten. Sie wußten, daß der Tag kommen würde, wo auch diese Reste versiegten.

Der Tag kam.

Erst zwei Wintermonate waren vorüber.

Aus der Nähe der Stadt war das Wild völlig verschwunden, und es folgten ununterbrochen Tage, an denen die ersten Menschen vor Erschöpfung und Verzweiflung starben. Sie hatten die Hoffnung aufgegeben. Nur wenige waren zu bewegen gewesen, die Stadt zu verlassen und in einer Schneehütte im Wald von der Jagd zu leben. Sie starben lieber unter den ihrigen, in den Hütten, im Lager.

*

Schirr . . . schirr . . . schirr . . . gleiten die kurzen Skier durch die tiefverschneite, erstarrt lauschende Taigá. Vor mir gleitet behäbig, im immer gleichbleibenden Schritt der

Trapper. Auf seinem Rücken hängen ein alter Vorderlader und die kampferprobte „Rogatina“, eine Art Jagdlanze, die heute noch die sibirischen Trapper benutzen. An dem bunten Gurt trägt er im Rücken eine Axt; um uns laufen zwei langhaarige, zottige Hunde.

Endlich machen sich die Hunde an einem Gebüsch zu schaffen, bellen laut und gereizt . . . Wir sind an einer Bärenhöhle angelangt. Schnell haben wir die Äste und Zweige des Gebüsches abgehauen und zur Seite geworfen. Ich stelle mich schußbereit auf, während der Trapper mit seiner Rogatina heftig im Busch herumstochert.

Plötzlich ertönt ein lautes Schnauben und Fauchen, und aus der Höhle erhebt sich der Bär. Die Hunde versuchen, ihn in die Keulen zu beißen, während der Trapper ihn dauernd mit der Rogatina aufstachelt. Schon erhebt sich der Bär auf die Hinterläufe, doch auch der Trapper ist an ihn herangekommen. Ein kurzer, kräftiger Stoß trifft den Bären ins Blatt. Ruhige Nerven, Geistesgegenwart für die nächsten Sekunden, und der Bär bricht zusammen. Gierig trinken wir das dicke Bärenblut, ebenso gierig essen wir kleingeschnittene, noch warme Fleischstücke.

Unsere Beute des heutigen Tages beträgt: ein Bär und vierzehn Hasen.

In der geräumigen Schneehütte, in der mehrere Männer hausen, werfen wir uns erschöpft hin. In unserer Nähe brennt ein kleiner Ofen, ein Topf ist aufgestellt, dort brät mit ganz wenigen Salzkörnern ein Hase. Das ist alles, was sechs gesunde Männer in vierundzwanzig Stunden essen dürfen. Alles andere, was sie erlegen, muß nach Nikitino gebracht werden.

Die Schneehütte ist fünf mal fünf Meter groß, auf dem Boden liegen Pferdedecken, auf die wir uns hingestreckt haben. Wir tragen dicke Hundefellmäntel, klobige Filzstiefel, unförmige Hosen und Fausthandschuhe, dicke Mützen mit Ohrenklappen. Wir sehen aus wie lebende Eisklumpen.

„Daß in Nikitino immer mehr und mehr Einwohner

sterben . . ." sagt ein Kamerad. Es ist der einst so lustige Trompeter von Sabitoje, Werner Schmidt.

Wir schweigen alle, denn wir sind uns der Wahrheit seiner Worte bewußt.

„Wie viele sind denn von den Unsrigen gestorben?"

„Achtunddreißig Mann. Sie sind zum Teil in die Fangeisen gekommen, konnten nicht mehr zur Schneehütte zurückfinden und sind im Walde zugeschneit und erfroren aufgefunden worden. Einige haben sich das Leben genommen . . ." sage ich.

„Wer gehört zu den Toten, Herr Kröger?"

Es fallen Namen, die wir alle kennen. Wir haben einst mit ihnen zusammen gearbeitet, gelacht, gehofft . . .

„Seit fünf Tagen sind etwa dreißig Bauern in der Gegend der nördlichsten Schneehütte verschollen. Sie sind nicht mehr zurückgekehrt. Das ist jetzt an der Tagesordnung. Das Thermometer ist stark gefallen, und ich glaube, wir bekommen wieder Schneestürme."

„So ein gottverdammtes Wetter! Einen Hunger habe ich . . . ! Ich bin seit langer Zeit immer hungrig, und wenn ich aus der Höhle herauskrieche und nur die wenigen Tagesstunden im Walde das Wild einhole, wird es mir schwarz vor den Augen. Wissen Sie, Kamerad Kröger, ich habe in einem Baume einen halben Hasen versteckt. Ich esse ihn im rohen, gefrorenen Zustand. Ich kann nicht mehr! Mögen die andern von mir denken, was sie wollen. Die andern machen ja das gleiche. Sie stehlen heimlich auch ein Stück Fleisch. Was meinen Sie, bis der Bär in Nikitino ankommt, ist nicht einmal mehr die Hälfte vorhanden. Ach was, nur die blanken Rippen werden zu sehen sein. Herrgott, habe ich einen Hunger!"

„Hör auf, Mensch, mit deinem Genörgel, meinst du, wir haben keinen Hunger? Rede nicht davon, es wird nur schlimmer!"

„Heute nacht träumte ich von herrlichen Brötchen und einem riesigen Saftbraten . . ." sagt eine andere Stimme vor sich hin.

„Hör auf! Du machst uns wahnsinnig! Idiot!"

Die kleine Tür des Kanonenofens ist offen, und unsere Augen stieren hinein.

„Fast drei Monate liegen noch vor uns", sagt eine leise Stimme.

„Was ist eigentlich leichter zu ertragen, tagelanges Trommelfeuer oder monatelanges Hungern im Winter, im Schneesturm, und zu sehen, wie überall Menschen schlappmachen und sterben und man selbst langsam kraftlos wird . . .?"

Wir schlafen ein. Wir sind glücklich, wenn wir noch schlafen können, denn viele von uns können es vor Hunger nicht mehr.

*

Schneestürme toben seit Tagen über Nikitino. Die Schneemassen schütten alles zu, und unsere Kräfte reichen kaum noch aus, die Eingänge in die Hütten und die Fenster vom Schnee freizuschaufeln. Wir, die es noch können, machen es nur deshalb, um nicht ständig die unerträglich gewordene Nacht zu sehen. Viele Hütten sind schon völlig zugeschneit. Draußen herrscht eine Kälte von vierzig Grad. Die Stützpunkte im Walde können uns kaum noch beliefern, denn man kann nicht mehr durch den hohen Schnee waten.

Die Bauern gehen mit Frauen und Kindern in die Kirchen, sie schleppen sogar einige ihrer hinsiechenden Nachbarn mit. Dort brennt nur noch eine einzige Lampada vor dem Christusbild. Um sie herum, in der ganzen Kirche, liegen Tote. Die Tür ins Freie steht weit offen. Sie ist schon fast verweht, und nur mit Mühe kann man noch hineingelangen. Über diesen erfrorenen Menschenleichen schwebt gespensterhaft das flackernde Licht der letzten Lampada. Vater, Mutter, die Kinder, alle liegen hier zusammen, vor Erschöpfung gestorben, erstarrt.

Der General hat sich das Leben genommen. Er hat sein ganzes Bargeld, es sind zwanzigtausend Zarenrubel, Faymé vermacht. Sein kleines Haus, das einst so schmuck aussah. ist jetzt vom Schnee vollkommen zugedeckt. In dem Schneegrabe liegt die erstarrte Leiche.

Faymés Brüder sind noch am Leben.

Ich denke nicht mehr an Faymé und mein Kind; es ist zwecklos.

Wenn ich allein zu Hause bin, dann sitze ich zusammengebrochen im Sessel, starre lange auf die brennende Lampada, falte die Hände und presse sie ineinander und suggeriere mir dauernd, mit aller Gewalt:

„Standhalten! . . . Standhalten! . . . Standhalten . . .!"

In hellste Wut gerate ich durch das tägliche Grauen, dann gehe ich auf und ab, immer wieder aufs neue, auch wenn ich zum Umfallen müde und erschöpft bin, balle die Fäuste und möchte alles um mich niederreißen, vernichten, mich an etwas vandalisch auslassen . . . das Schicksal erwürgen, vernichten, martern, noch viel bestialischer, als es uns martert . . .

Welch ein haarsträubender Unsinn liegt in dieser völligen Machtlosigkeit!

Zwei Tage völlig unbeweglicher Apathie, als sei ich lebend erstarrt. Um mich ist lauernde, wartende Stille. Ich weiß ganz genau, es kann nicht mehr lange dauern . . .

Verdammte, heulende Schneestürme! Ewig verruchte, elende Menschen! Verdammte Gleichgültigkeit der Infamen! Gottverdammter . . . in aller Ewigkeit verdammter . . .

Plötzlich ein eisiger Hauch . . . Der ruhige Schein flattert aufgeregt im Raume.

Die Lampada ist erloschen.

*

Kerzenlicht fällt mir ins Gesicht, und ich erschauere vor Angst. Wer ist das?

„Komm . . . steh auf, Fedja . . . ich bin es, Iwan!" sagt eine feste Stimme. Sie gibt mir plötzlich innerliche Wärme und Kraft.

Er stützt mich wie ein Kind, der enorme Eisklumpen.

Im Schein der Laterne gehen wir durch die Zimmer. Behutsam wird die Kerze gelöscht, denn sie ist sehr kostbar. Er öffnet die Tür, und wir gehen hinaus in den schneefegenden, reißenden Sturm.

„Hier, Fedja, zieh an, meine Pelzmütze. Du wirst dich erkälten . . . Hier hast du auch meine Handschuhe . . . Ich brauche das alles nicht mehr . . . Bei mir kannst du essen, Fedja . . .“

„Essen?“

„Brot, Butter, Käse, auch Weißbrot, Wurst . . .“

„Iwan!“

„Nein, mein Lieber, ich bin nicht wahnsinnig. Es ist Wahrheit, und du wirst alles selber sehen. Komm nur, komm, Fedja, mach auch deinen Pelz zu. Es ist kalt, komm, mein Lieber. Es ist alles Wahrheit!“

Wir waten, gleiten, klettern. Wir rutschen einen Schneehügel hinab, kriechen ins Haus des Mannes, und dort stellt er seine Laterne auf den Tisch, zündet die Kerze an. Im Zimmer ist es genau so kalt wie draußen. Durch zwei Fenster sind die Schneemassen eingedrungen. Auf dem Sofa liegt Ekaterina Petrowna: Sie ist tot und mit einer dünnen Schneeschicht bedeckt.

„Komm, Fedja, mein lieber, guter Fedja, mein Freund, mein Bruder. Komm nur, sei nicht so zaghaft . . .“

Wir gehen weiter.

„Hier, das ist mein Arbeitszimmer, hier habe ich zum ersten Male mit dir gegessen, und du hast mir Geld geschenkt. Auch heute werden wir essen wie zwei gute, alte Freunde. Nimm Platz in diesem Sessel, ich habe ihn gekauft für dein Geld, für das viele, viele, schöne Geld. Wir haben es jetzt alle nicht mehr nötig . . .“

Brot! Brot! Brot! . . . Brot liegt auf dem Tisch! Butter, Käse, Wurst, Eier! Es ist wahr! Schon greife ich danach und vergesse alles um mich.

„Ich habe den Ofen geheizt und das Essen zurechtgestellt. Nicht einen Bissen habe ich vorher gegessen, Fedja, auf dich habe ich gewartet. Mascha, mein Stubenmädchen, als ich sie in die Kirche trug, hat es mir mit brechender Stimme gesagt: In deiner Grube, die du mir im ersten Sommer gegraben hast, in dem Keller, weißt du noch? Dort fand ich das Essen. Sie war immer so vergeßlich, meine Mascha. Du kannst alles essen, Fedja. Ich habe keinen Hunger mehr."

Ich fraß, wie Tiere fressen. Ich weinte dabei, wie ich einst als Mensch weinte. Dann wurde ich ohnmächtig . . .

*

Ich taste nach dem Tisch, finde die Streichhölzer und entzünde eines. Es müssen viele Stunden vergangen sein.

Im wolligen Pelz sitzt Iwan Iwanowitsch, genau wie am Vorabend, im breiten Sessel, die Beine weit auseinandergestreckt, sein Gesicht ist gutmütig-friedlich, als schlafe er, in der rechten Hand hält er noch ein kleines Stückchen Brot – er ist tot. Vielleicht hat sein krankes, schwächliches Herz versagt, ich weiß es nicht.

Er war mir ein Freund . . . bis zum letzten Atemzug.

Ich schließe ihm die Lider . . . Ich bekreuzige ihn nach russischer Sitte, den durchlebten Schrecken zum Trotz . . . dann reiße ich weit, weit die Türen auf . . . er soll das Weinen des Schneesturmes hören, aus dem er von mir gegangen ist . . .

. . . Dann . . . stehle ich dem toten Freund das Essen.

Draußen ist Nacht. Ich weiß nicht, ob es inzwischen wieder Tag gewesen ist, denn meine Uhr habe ich schon lange nicht mehr. Ich erklettere die aufgetürmten Schneemassen, gleite hinunter, erklimme sie wieder, falle, stürze, klettere, der Wind peitscht mich von allen Seiten. Ich weiß nicht mehr, wo ich bin.

Ab und zu, am Fuß einer Schneewehe, stoßen meine Hände an erfrorene Menschen . . . Leichen . . .

Jemand fällt mir vor die Füße. Er ist von der Schneewehe heruntergestürzt, liegt mir zu Füßen und weint.

„Maria und Joseph . . ." Es ist der Wiener, der Kellner. Ich versuche auf den Mann einzureden, doch er hört mich nicht mehr. Vielleicht kann mein vor Kälte erstarrter Mund auch nicht mehr reden. Ich reiche ihm eine Kruste Brot.

„Jedem Wiener glänzt das Auge, pocht das Herz, die Wange glüht, wenn nach ... jahrelanger Trennung ... der Stephansdom ... Augustiner-Kirche ... Edelknaben-Chor ...“, dann verstummt sein Flüstern.

Ich knie neben ihm nieder – tot.

Der wehende Schnee fächelt ihn schon leise zu.

Ich gleite weiter, stürze, klettere, komme an der Kirche vorbei.

Leichen ... auch hier sind einige, dort liegen welche. Sie sind noch kaum vom Schnee bedeckt. Es sind Bauern, vielleicht auch meine Kameraden, sie sind zueinandergeeilt, um sich gegenseitig Trost zuzusprechen oder sich vielleicht voneinander zu verabschieden.

Überall Tote, Erfrorene ...

Sie sind gefallen im tagelangen Trommelfeuer der sibirischen Schneestürme ... Sie lebten einst irgendwo. Es waren einst Menschen ... Man hat sie irgendwo im Schnee, im Sturm, in der ewigen Nacht Sibiriens ... vergessen...

Sorgsam verschließe ich die Tür zu meiner Wohnung, taste mich in völliger Dunkelheit weiter ... finde endlich die Streichhölzer.

Helle Freude steigt in mir auf, und es wird mir plötzlich warm. In der Dunkelheit taste ich weiter, hole Holz, entzünde den Ofen, stoße mächtige Holzklötze hinein, dann werfe ich mich auf das Sofa, und während ich noch für Augenblicke in die Nacht hinauslausche, die der singende, pfeifende Sturm wieder zur Hölle macht, fühle ich ein immer lähmenderes Gefühl in den Gliedern. Den geladenen Revolver halte ich in der Hand. „Du bist vor keinem mehr sicher, vor keinem, auch nicht mehr vor deinen hungrigen Kameraden“, zuckt es träge, nicht mehr aufpeitschend, durch meinen Kopf. Dann schlafe ich ein ...

*

Sonne! Ein Funkeln, Strahlen, Glitzern.

Ich erhebe mich und versuche die Fensterscheibe an einem winzigen Fleckchen aufzutauen. Ich blicke über die Schneelandschaft. In fliegender Hast heize ich wieder den Ofen, gehe in den Hof hinaus, in den Schuppen, hole immer wieder Holz, bis es mir einfällt, daß ich wieder Hunger habe.

Sorgsam überprüfe ich die Eingangstüren. Sie sind fest verschlossen, und es kann keiner zu mir hereinkommen. Ich nehme den Nagan in die Hand, durchsuche meine Zimmer – sie sind leer, keiner ist bei mir, keiner wird mich sehen.

Aus den Taschen hole ich, unsicher wie ein Dieb, Brot, Wurst, Käse. Ich habe nicht einmal den Revolver beiseite gelegt – aus Angst, es könnte mich jemand sehen. Ich kaue sehr lange, jeder kleinste Bissen bedeutet für mich eine Herrlichkeit.

Ich habe diese Kostbarkeiten meinem Freunde Iwan gestohlen, als wir zum letzten Male noch zusammen aßen. Er war nicht am Essen gestorben . . . er konnte schon nicht mehr essen. Ich hätte ihm sicherlich nichts abgegeben. Ich hätte an ihn auch nicht gedacht, er aber, er hat es getan, mit mir sein Allerletztes und Allerkostbarstes geteilt . . .

Die Sonne strahlte durch die vereisten Fenster, sie war unwahrscheinlich schön . . . Bald wird sie untergehen. Ich saß in den Sonnenstrahlen, bis sie erloschen. Auch am nächsten Tage saß ich in ihren Strahlen und aß und hatte wieder neuen Mut.

Am dritten Tage, die Sonne war kaum aufgegangen, ging ich zu meinen Kameraden ins Lager.

Den Revolver hatte ich mitgenommen.

Einer Bärenhöhle glich der Eingang in die frühere Schnapsbrennerei, und plötzlich stand ich inmitten der starrenden, lebenden Totenschädel. Wie Leprakranke sich einem Gesunden nähern, so krochen sie an mich heran. In ihren Augen war weder Haß noch Zuneigung, kein winziges Zeichen deutete darauf hin, daß wir noch vor kurzem die besten Kameraden gewesen waren. Sie umstanden mich und schwiegen und blieben auf dem Fußboden liegen.

Verdammte Haltlosigkeit! Schwachheit! Feigheit, dem Schicksal zu trotzen!

Unbändige Wut flackert in mir auf, und meine eigenen Gefühle lästernd, sage ich ihnen das alles, was ich sonst nie im Leben ausgesprochen hätte:

„Kameraden! Ich habe euren ersten Lagerkommandanten erschossen! Ich habe euretwegen meine Flucht aufgegeben! Ich bin auch späterhin, als ich mit meiner Frau über die Dörfer reiste, nur euretwegen nicht geflohen! Ich habe eurer Küche meinen ganzen Verdienst und mein ganzes Geld zur Verfügung gestellt! Ich habe euch ein Heim erbaut! Ich habe euch, während alle Einwohner schon vor Hunger starben, Mittel in die Hände gegeben, Wild zu jagen. Es bleibt uns nichts übrig, als weiterzukämpfen!"

Die lebenden Totenschädel schweigen.

Ich muß sie zwingen. Sie dürfen mich nicht im Stich lassen. Sie müssen leben, damit ich leben kann. Denn ich – ich glaube ja noch an unsere Rettung – an das wartende Glück – die Erlösung. Aber allein bin ich verloren und schwach.

„Kameraden!" beginne ich von neuem. „Es bleiben uns keine acht Wochen mehr, dann ist Frühjahr! Ihr wißt, daß im Frühjahr zu ungezählten Scharen Zugvögel kommen. Wir werden sie in riesigen Mengen fangen, werden davon mehr als satt werden und dann den Weg in die Heimat antreten. Wir haben Jahre zusammengehalten, alles miteinander geteilt, und wir dürfen uns jetzt nicht selbst aufgeben, denn es bleiben uns nur noch wenige Schritte zu gehen. Wir wollen in die Heimat zurückkehren! In der Heimat wartet man auf uns!"

„Viele Kameraden sind irrsinnig geworden . . ."

„Jedes Auflehnen ist zwecklos . . ."

„Alles, alles ist zwecklos . . ."

Die Stimmen sind so müde, so leise.

„So laßt mich doch nicht allein! Steht vor uns nicht unverrückbar der Wille und die Freude der Rückkehr in die Heimat? Sind wir denn nicht mehr in der Lage, die Schrekken um uns zu bannen? Ist euer Wille zum Leben angesichts des Todes schon erloschen? Ihr seid doch im Felde gewesen, habt ihr nicht mehr in euch den Glauben an euren unbedingten Sieg?!"

Es kommen vereinzelte Männer zu mir.

„Wir wollen es versuchen ... vielleicht geht es weiter ... Es muß doch gehen! Herrgott! Wir wollen doch hier nicht sterben!"

Der „Heimatwinkel!" war plötzlich wieder erwacht. Wir lebten weiter.

Doch die Zeit, verbunden mit dem Hinsterben um uns und dem verbissenen Wollen, nagte an uns beständig weiter. War die Witterung klar, so krochen alle, die noch lebten und kriechen konnten, heraus und versuchten etwas Eßbares zu erjagen. Tobten und heulten aber draußen Tag um Tag Stürme, so blieben sie aus ... Sie kamen dann aus dem Walde und den Schneehütten nicht wieder. Wir Übriggebliebenen hockten dann beieinander, und die zusammengepreßten Lippen bewegten sich und murmelten häßliche Worte, denen wir lauschten.

„Kamerad Schulz hat sich erhängt ... ein anderer hat sich erschossen ... Kamerad Anzengruber ist ohne Mantel in den Schneesturm hinausgelaufen ... Kamerad Stollberg ist heute nacht irrsinnig geworden ..."

Unsere Reihen lichteten sich immer mehr und mehr.

„Feldwebel, Sie wollen uns verlassen? Sie, ein Mann der eisernen Disziplin?!" Ich sitze auf der Pritsche des alten Soldaten und halte seine eiskalte Hand. Die Augen des Mannes sind schon erloschen, sie sind teilnahmslos geworden. In der Hand hält er seine Uhr. Sie ist stehengeblieben. Auf dem Deckel sehe ich das Jahr 1914, dahinter einen Strich, eingraviert. Das Jahr, das hinter den Strich kommen sollte – wird nie eingraviert werden.

„Ich kann nicht mehr ..."

„Es dauert nicht mehr lange, Feldwebel, ganz wenige Wochen nur, dann ist Frühling!"

„Viele werden ihn nicht erleben ... wozu auch ... für wen?"

„Ich bringe Ihnen morgen und die ganze Woche etwas zu essen. Sie werden wieder gesund, dann gehen wir alle nach Hause, zu uns in die Heimat!"

„Sie haben ja gar kein Wild mehr, Herr Doktor . . . die andern haben es mir gesagt . . ."

„Ich werde Ihnen bestimmt Fleisch mitbringen, die andern irren sich!"

„Ich bin so müde . . . müde . . . marschieren . . . Front . . . Vaterland, alles ist . . . müde . . ."

Am nächsten Tage kam ich wieder zu ihm. Ich hatte von den andern einen halben Hasen gestohlen, für ihn, den Einsamen, Verschlossenen . . .

Er war nicht mehr – er war tot.

Als ich von seinem Lager aufstand . . . waren die Fleischstücke von jemandem – gestohlen.

*

Der kleine Wendt, der Kriegsfreiwillige kommt zu mir.

„Alles um mich herum stirbt. Ich merke, wie auch meine Kräfte schwinden, und ich bin doch noch . . . so jung, Herr Doktor . . . möchte gern am Leben bleiben . . . ist es Ihnen nicht möglich . . . vielleicht . . . Sie sind doch der Größte und Stärkste unter uns . . ."

„Sie müssen sich zusammenreißen wie ich und mancher andere, dann ist alles gut . . . dann bleiben Sie auch am Leben, ganz bestimmt." Ich sage es überzeugend, und die zitternde Gestalt des Jünglings beruhigt sich. Er legt sich nieder, und ich rede leise auf ihn ein. Er schläft.

Wendt und ich wurden gute Freunde. Während ich im „Heimatwinkel" bei den andern war, blieb Wendt zu Hause. Er heizte den Ofen, er mußte bei jedem Wetter in den Holzschuppen, um von dort Holz zu holen, er räumte die Wohnung auf, wenn es hell war, sorgte für die allersparsamste Beleuchtung, indem er kleine trockene Zweige in den Ritzen der Balken anbrachte, die dann der Reihe nach, wenn auch sehr qualmend, abgebrannt wurden. Wenn ich nach Hause kam, freute er sich unbändig.

Das Barometer stieg unaufhörlich. Endlich war wieder die Sonne hinter den grauen Wolken hervorgekommen. An diesem Tage habe ich mit der Jagd Glück gehabt. Die Temperatur war etwas milder geworden, und ich wage mich ziemlich weit vom Städtchen und erlege drei Hasen; einer von ihnen war ein riesiger Rammler. Als ich mit der Beute nach Hause kam, war Wendt so erfreut, daß er weinte und die Hasen küßte.

Vier ganze Tage hatten wir ordentlich zu essen.

Jeder, der ein Gewehr hat, geht an den schönen, klaren Tagen zur Jagd. Sie haben sich doch noch überwunden. Der strenge Winter treibt die Tiere des Waldes ungeachtet unseres ständigen Mordens, doch in die Nähe des Städtchens.

Ich habe großen Mut, denn Wendt hat dauernd Hunger, und deshalb gehe ich wieder zur Jagd. Meine Skier schurren durch den glitzernden Schnee. Ich habe zwei Schneehütten besucht. In jeder haben sich etwa zehn Kameraden wohnlich eingerichtet. Sie gleichen Mitgliedern einer vergessenen Nordpolexpedition. In ihren vereisten Pelzen gehen sie zur Jagd. Sie haben alle Militärgewehre und reichlich Munition, die Treffsicherheit ihrer Schüsse ist hervorragend, der einst mitgenommene Kanonenofen heizt kräftig, die Stimmung ist gut. Sie empfingen mich mit wahrem Indianergeheul, und dieses Geschrei hat mir erst recht neuen Lebensmut gegeben.

In einer andern Hütte fand ich acht Trapper und Bauern. Sie waren alle tot, obwohl sie noch genügend Vorräte hatten. Was mag die Ursache ihres Todes gewesen sein?

Diese Hütten und die Vorräte der Verstorbenen waren meine Rettung. Ich war schon auf dem Rückweg, als ich den nahenden Schneesturm am Horizont gewahrte. Ich lief, so schnell ich laufen konnte, zur Hütte zurück, hackte in aller Eile mehrere Äste und Zweige ab, und kaum daß ich das erloschene Feuer entzündet hatte, tobte das Unwetter los.

Ich weiß nicht, wie lange der Schneesturm draußen tobte, denn jedesmal wenn ich einige Schritte nach dem dicht um die Hütte liegenden Wald ging, um neues Holz zu holen, war ständig Nacht um mich. Der Schneefall war erdrückend wuchtig.

Die Angst um den kleinen Wendt wurde allmählich zur brennenden Unruhe.

Auf dem Heimweg gewahrte ich auf einer Schneewehe, die sich gigantisch über der weißen, weiten Leere erhob, eine einzelne Gestalt im vereisten Pelz. Sie winkte mir zu, lief zu mir herüber. Es war einer der Kameraden der nächstliegenden Schneehütte.

„Kamerad Kröger! Um Gottes willen, haben Sie noch Streichhölzer? . . . Unser Feuer ist erloschen . . .“

Nach langem Herumkramen holte ich eine Schachtel hervor, es waren zweiundzwanzig Hölzer in ihr. Sechs davon gab ich ab.

Zwei Männer sahen sich an, und in ihren Augen war deutlich verbissener Mut zu lesen, gepaart mit der Freude, diesen Mut zu besitzen. Um sie herum war nur Schnee, Schnee, weite, weiße Fläche, niedriger, unter der Schneedecke kaum noch hervorlugender Wald.

„Haben Sie Vorräte? . . .“

„ . . . und Sie? . . .“

„Wir haben Mut, und das ist mehr als Vorräte!“

Aus weiter, weiter Ferne winken wir uns noch lange zu.

Die Eingangstür meines Hauses war angelehnt, und so gelangte ich in meine Wohnung. Alles in ihr war in Unordnung. Auf dem Fußboden lag der kleine Wendt. Er war tot . . . Jemand hatte ihn seiner kargen Vorräte gewaltsam beraubt.

Sein großer Freund hatte ihn auch im Stich gelassen; der Schneesturm hatte zu lange gedauert.

Auch das Feuer bei mir war erloschen . . .

Der Schneesturm und die Schneemassen hatten ein Fenster eingedrückt, und die Kälte drang immer mehr in die Räume. Jetzt erfaßte sie auch mich. Sollte auch ich jetzt an der Reihe sein, wie so viele, viele Kameraden? Wer lebte denn noch von ihnen, wie viele, und wo lebten sie?

Mit Decken und Fellen habe ich das Fenster abgedeckt. Ich hole die Schachtel mit den Streichhölzern hervor. Es sind nur noch sechzehn Hölzer darin.

Wenn ich aber keine mehr haben werde, was dann ...?

*

Ich kann mich kaum noch wehren. Eigentlich will auch ich weiterleben, auch ich will den Kampf nicht aufgeben, aber ... ich kann doch nicht mehr ... ich bin müde.

Die Nacht weicht. Die Sonne geht auf ...

Jemand klopft an meine Tür. Mit Mühe mache ich auf.

„Ich bringe Ihnen etwas zu essen, Kamerad Kröger ..." Wie sonderbar klingen diese Worte. Sie rufen in mir die Erinnerung wach, daß ich so heiße.

Dájos Mihaly steht vor mir. In den unförmigen Handschuhen hält er einen kleinen Topf, der beinahe darin verschwindet. Aber es muß so sein, der kleine Topf, die riesigen, vereisten Handschuhe – jemand könnte es sehen, könnte ihm diese Kostbarkeit abnehmen. Er bringt mir zu essen, sonderbar. Hat er denn selbst mehr als genug?

Gibt man nur vom Überfluß einem andern etwas ab?

Der Ungar setzt das Töpfchen ans Feuer, dann und wann wendet er's. Er spricht zu mir, aber ich kann ihn kaum verstehen. Ich sehe nur, wie von seinem schwarzen Bart die Eiszapfen allmählich verschwinden, das Wasser heruntertropft, seine schönen Geigerhände behutsam das Töpfchen vor dem Feuer hin und her wenden.

„Es ist Frauenmilch ... eine Frau ernährt mich ... Ihr Kind, unser Kind, ist schon lange gestorben ... jetzt bin ich ihr Kind ... Ich werde nie im Leben wieder lachen können ... Ich werde nie mehr spielen können ... nie, nie mehr ..."

Er kommt jetzt täglich zu mir, und ich warte auf ihn mit überängstlicher Ungeduld. Ich stürze diese Milch herunter. Meine Nahrung für den ganzen Tag.

Dann kommt er mit leeren Händen.

Auch die Frau ist tot.

Was nun? . . .

Wir bleiben zusammen . . .

*

„Kamerad Kröger!"

Jemand schüttelt mich. In heller Angst fahre ich hoch. Will man mich noch lebend holen?

„Haben Sie Streichhölzer . . . Feuer . . . irgendwo . . .?!"

Vor mir stehen vier enorme Gestalten. Ihre Hundefellmäntel sind vereist, die Augenbrauen, Wimpern, Bärte, Handschuhe. Sie haben Militärgewehre und Schaufeln. Die Augen sind finster, und sie kennen keine Rücksicht. Ihnen ist das Grauen um uns wohlbekannt.

„Wir haben Sie aus dem Schnee herausgeschaufelt, wollten sehen, ob Sie noch leben, Feuer haben . . . Wir haben kein Feuer mehr, überall ist es erloschen. Auch im ‚Heimatwinkel'. Alles ist zugeschüttet."

Seit diesem Tage gehen wir gemeinsam zur Jagd und teilen unsere Beute. Unser Feuer ist auch seit diesem Tage nicht mehr erloschen, obwohl die Schachtel mit den Streichhölzern schon längst leer ist. Manchmal hing die kostbare Glut nur noch an einem Fünkchen. Einer von uns bleibt deshalb immer zu Hause.

Es sind jetzt nur noch fünf Gruppen geblieben und jede zählt etwa zwanzig Mann. Jede führt ihren eigenen Haushalt, jede geht auf ihre Art zur Jagd. Gemeinsam haben wir uns überwunden und die ganzen Läden herausgeschaufelt. Die Besitzer sind schon längst in ihren Hütten zugeschüttet. Wir haben viele Herrlichkeiten gefunden, unter anderen zwei Tonnen mit Pech. Mit Fackeln suchen wir jetzt in den Hütten und nicht mehr wie früher in völliger Dunkelheit.

*

„Herr Kröger, ich habe das Thermometer vom Schnee befreit, nun können wir alle das Steigen der Temperatur täglich ablesen. Es wird uns erfreuen und neuen Mut geben."

In der Tat, die Spiritussäule stieg langsam.

Wenige Tage später tobte aber wieder ein neuer Schneesturm los. Seine Wucht war gigantisch.

„Vorspiegelung falscher Tatsachen, meine Herren! Schwindel, dieses Wetter! Es wird Frühling! Wir kennen uns jetzt in Sibirien allmählich aus!" sagten wir zu uns.

Der Sturm war vorüber, das warme Wetter folgte.

Grigorij, ein Trapper, kam erschöpft zu uns gerannt. Er meldete uns eine große Herde von Rentieren. Vorsichtig gingen wir ans Werk.

Mit unseren letzten Kräften wurde auf eine Fläche Heu gestreut, denn wir wußten, daß die Tiere ausgehungert waren. Bald danach schlichen wir an die Herde heran, verteilten uns in einem weiten Kreis, und das Treiben ging los. Ein Gewehrfeuer, das schon mehr einem Maschinengewehrfeuer glich, setzte ein, unsere Hast war groß und die Angst, die Tiere könnten uns entkommen, noch größer. Unsere Strecke war enorm. Es waren fast dreißig Tiere, die wir hingeschlachtet hatten.

Unser Mut und unsere Zuversicht stiegen haushoch!

Wir wunderten uns von Tag zu Tag mehr, daß kein einziger Bauer aus der Umgebung zu uns nach Nikitino kam, obwohl es immer wärmer wurde. Wir selbst konnten einen Marsch von einigen Tagen nicht wagen, denn wir hatten keine Kraft, keine Pferde, und die Witterung war uns noch nicht sicher genug, um derart weite Strecken zu Fuß zurückzulegen. Auch wußten wir, daß alle unmittelbar an Nikitino grenzenden Dörfer schon längst leer waren. Das gleiche Schicksal hatte sie erreicht wie Nikitino. Wir mußten also warten.

*

Ein Maschinengewehr bellt! . . .

Wir springen auf, fassen nach den Gewehren und Patronengurten, stecken uns Munition in die Taschen . . .

Ein kleinkalibriges Geschütz donnert los . . . das Maschinengewehr bellt erneut auf.

Wir lugen vorsichtig hinter den Fenstern hervor.

Ein Panzerauto! Das Maschinengewehr in seinem Turm streicht die Gegend ab. Hinter ihm stehen etwa dreißig vollbeladene Fuhrwerke, und noch ein zweites Panzerauto.

Die Luke des ersten Panzerautos wird geöffnet, ein riesenhafter Mann lugt hervor und schreit aus Leibeskräften:

„Wir wollen nicht töten! ... Wir bringen euch zu essen!"

Ich reiße die Türe auf, stürme hinaus und glaube, ich bin vor Freude besessen.

„Stepan! ... Stepan! ... Stepan! ..."

„Deutscher! Du Teufelskerl! Endlich finde ich dich wieder!" Und über das breite Gesicht meines schon längst vergessenen Freundes aus den Zuchthaustagen gleitet ein ruhiges Lächeln. Wie ein Kind umarmt er mich, streichelt unbeholfen meinen Kopf und drückt mich immer wieder an sich.

„Bist du wahnsinnig, Kerl? Bist du denn in Heilands Namen wahnsinnig? Was heulst du dir denn die Augen aus wie ein Weib? Freuen mußt du dich, mein Lieber ..." Und er wischt mit dem Ärmel über den vollen Patronengurt, an dem meine Tränen hängen.

Doch seine tiefe, breite Stimme stockt plötzlich. Um uns herum scharen sich meine Kameraden, die wenigen, die allerletzten.

„Man hat euch ... vergessen ...?" fragt er plötzlich leise. Die enorme Pelzmütze fällt ihm vom Kopf, und er bekreuzigt sich.

„Alle ...?" Und er blickt sich um und schweigt.

Aus dem Panzerauto steigen Männer, und ich erkenne an ihren Militärmänteln, daß es frühere Offiziere sind. Sie haben kreuzweise um Brust und Rücken Maschinengewehrgurte hängen, um die Hüften läuft noch ein Gurt, an den Seiten sind zwei Revolver.

Ebenso ist auch Stepan ausgerüstet. Auch aus den Gefährten steigen Männer. Sie tragen teils Militärmäntel, teils undefinierbare Zivilkleidung.

„Man hat mich doch noch freigelassen aus dem verdammten Zuchthaus", sagt Stepan düster.

„Das bin ich gewesen!“ sagte ich mit kindlicher Freude.

„Habe es mir auch gedacht: ‚Dein Deutscher hat es doch fertiggebracht.‘ Bin auch an der Front gewesen, als sie zusammenbrach. Dann bin ich bei dir in Petersburg gewesen, man sagte mir, du seiest hier, auch meine Frau sei bei dir... Lebt sie noch . . .?“ kommt es plötzlich und ängstlich.

„Ja, Stepan! Sie und ihre beiden Kinder leben! Du kannst sie abholen, sie sind in einem Dorf, drei Tage weit von hier.“

„In Omsk war ich also angelangt, wollte weiter zu dir. Die Bahnverbindung war unterbrochen, man sagte mir, man hätte von euch seit über vier Monaten keine Nachrichten, ihr wäret sicher alle verhungert. Auf dem Bahnhof in Omsk stand ein ganzer Munitionszug, er war den Bolschewiki in die Hände gefallen. Um ihn herum trieben sich immer Gestalten, und als ich einen erwischte, sagte er mir, daß es frühere „weiße“ Offiziere seien, die auskneifen wollten. Wir verabredeten uns, wir waren dreihundert Mann und noch mehr, holten uns mit Gewalt zwei Lokomotivführer, und los ging es in der Nacht. Unterwegs haben wir die Wagen aufgerissen. Sie sind voll von geschlachtetem Vieh, Konserven, Pferden, lebendem Vieh, Munition, leichten und schweren Maschinengewehren, und Bergen von Munition. In einem Personenwagen fanden wir sogar vier volle Säcke mit Zaren- und Kerenski-Geld. Unterwegs haben wir die Maschinengewehre aufmontiert, und überall, wo wir nicht vorbeifahren konnten, mähten wir alles nieder, was sich uns in den Weg stellte. Auch auf dem Bahnhof Perm ist keiner von den Roten mehr am Leben. Die Hungrigen sind auf uns losgegangen wie wilde Tiere. Auch an der Endstation Iwdjel hatten wir viel Scherereien mit den Einwohnern. Sie trauten uns nicht, die wenigen Menschen. Es waren wohl höchstens vierzig Kerle. Sie beschossen sogar unseren Zug. Zuletzt haben wir die beiden Panzerautos von den Plattenwagen heruntergeholt, Vieh und Pferde waren unterwegs angefüttert worden, wir spannten sie an, luden die Gefährte mit Lebensmitteln auf, und nun – sind wir da!“

„Stepan . . . wir alle haben Hunger . . . gib uns zu essen . . . Wir haben Hunger."

*

Die Schneeberge schmolzen. Der Fluß trat aus den Ufern. Weite Flächen des Brach- und Waldlandes standen tief unter Wasser. Zugvögel kamen.

Die Wassermassen senkten sich. Menschen kamen nach Nikitino.

Endlose Reihen von Särgen, tiefe Gruben, Menschen, die weiter nichts taten als die andern begraben. Kirchenglocken, die seit Monaten geschwiegen hatten, läuteten.

Mit Kolka war Faymé aus Sabitoje zurückgekehrt, mit ihr auch unser Kind, Marusja und Strolch. Lange fürchtete ich mich vor Faymé, denn sie war für mich eine Erinnerung an ein Leben, an das ich kaum noch zurückdenken und glauben konnte. Ich ängstigte mich, wenn sie mich rief, meinen Namen aussprach, mich berührte. Unser Sohn hatte Angst vor mir.

Auch die „anderen" die „wenigen", so nannte man uns, gingen ziellos durch die Straßen.

Tag für Tag wurde das Grauen aus den Hütten und Kirchen herausgeholt und begraben. Aus dem Wald hatten es die unersättlichen Grauhunde geholt. Viele Hütten standen leer. Die Türen waren nur angelehnt, jeder konnte hineingehen, aber keiner tat es, denn in den leeren Räumen wohnte und atmete noch das kaum verstummte Grauen.

*

Es kam der Tag, der mir das letzte raubte.

Meine Frau und mein Kind wurden ermordet.

Die gleiche bestialische Hand hat auch meinem Strolch den Tod gegeben. Winselnd kroch er zu mir heran. In seinen Augen stand noch die unverbrüchliche Treue, mit der er seine Herrin und ihr Kind verteidigt hatte. Er hatte nur noch auf mein Kommen gewartet.

Und als ich den Kopf hebe, ist es wieder hell . . . und die

vertrauten Gegenstände, Bett, Tisch, Stühle, Schrank, drängen sich um mich herum, wie furchtsame Kinder um eine stille, schweigende, sterbende Mutter.

Und als ich ängstlich in mich hineinlausche, dringt in die eben noch weit, weit offenstehende Seele ein roher, unbesiegbarer Schmerz, der sich wie ein von wehrhaften Männern gefürchtetes Ungeheuer auf mich stürzt. Das Ungeheuer frißt sich tief, bis in die verborgensten Winkel hinein, es frißt die eben noch jauchzende, helle Seele für immer aus dem Körper heraus und entfernt sich wie ein Dieb in die dunkle Nacht hinaus, und in der Nacht, die über der Eintönigkeit des ewigen Sibiriens liegt, zerrinnt es lautlos für ewig. Es hinterläßt nicht einmal eine schmerzende Leere, nur ein gefühlloses, ausgebranntes Nichts.

Der Spiegel an der Wand blickt ängstlich zu mir herüber. Er darf dort nicht mehr hängen. In ihm spiegelte sich einst das Bild meiner Frau, meines Kindes.

Ich nehme ihn in beide Hände und . . . große, brennende Augen blicken mich an . . . fragen mich . . .

„. . . Was nun . . .?“

Ich lege ihn auf das weiche Bett, und die Hand streift das Kissen . . . dort liegt ihr Kopf. Dort hocke ich nieder, bis ich aufschrecke und die Nacht durch die Fenster starrt.

„. . . Was nun . . .?“

Der Nagan, er blinkt so verführerisch, so handlich liegt er in der Hand. Das Magazin ist voll . . . das Schloß schnappt.

Die Nacht starrt mich an . . . warum?

Die einst erloschene Lampada vor dem Heiligenbild hatte die gläubige Hand meiner Frau aufs neue entzündet. Der heilige Schein . . . als ob das bärtige Antlitz des Heiligen mir zulächelte.

„Du alter, grienender Idiot!“

„Der schwere Nagan donnert wie eine Kanone die Schüsse heraus, die Kugeln durchbohren das Gesicht der Ikona . . . aber das Lächeln bleibt. Ein Faustschlag, ein zweiter, dritter; zertrümmert liegt der Götze zu meinen

Füßen, und sie zertrampeln ihn vollends, das Lächeln, das blöde Grienen.

Der Nagan fliegt an die Schläfe, die Feder knackt ... Ich reiße das Magazin heraus ... leer! ... Verzählt! ...

„Großer Gott!"

Wie der Satan vor dem heiligen Kreuz erzittert, so ducke ich mich plötzlich unter diesen Worten zusammen.

„Großer Gott! Vergib ihm und segne ihn!"

In der Tür steht Marusja, in den gefalteten Händen das kleine silberne Kreuz von ihrer Brust, das im Licht des Morgens aufglänzt.

Allein hielt ich die Totenwache bei meiner Frau, bei meinem Kinde.

Allein ... allein für den Rest dieses Lebens.

Als der Morgen zum dritten Male graute, legte ich meiner Frau unser Kind in die Arme, bettete beide in einen weichen Pelz und trug sie hinaus aus dem Hause. Auf der Birkenwiese, über die der Frühling schon die allerersten Blumen ausgestreut hatte, legte ich sie unter Bäumen nieder.

Stepan stand da mit einer Schaufel und einem selbstgezimmerten Kreuz.

Er war ein Riese, von Gestalt, im Schaufeln und ... im Schweigen.

Und der Spaten stach in die kaum erwachte Erde und grub sich tief ein.

Ein kleiner Hügel, ein einfaches, namenloses Kreuz ... Birken umstehen es. Sie werden es immer umstehen, auch wenn ich selbst nicht mehr sein werde.

Bis in die tiefe Nacht hinein, bis zum Morgengrauen kämpfte ich mit mir selbst.

Ich wollte die Erde aufwühlen.

„Ich habe Durst ..."

„Er spricht!" Und bei diesen geflüsterten Worten erwachte ich in meinem Zimmer. Ein gefülltes Glas stand auf dem Tisch, und ich trank es in einem Zuge bis zur Neige – es war Wodka.

Und ich fing an zu saufen.

„Ignatjeff hat deine Frau und dein Kind ermordet. Jetzt ist er im Stall angeseilt. Soll ich ihn totschlagen?"

„Nein, Stepan! Überlaß ihn mir. Erst will ich aber trinken . . . Ich habe jetzt so viel Zeit. Was soll ich mit der Zeit? Komm, trinke mit mir, trinke doch, Stepan, willst du nicht?"

Ich trank, und ich wurde ein besoffenes Vieh.

Ignatjeff war zurückgekommen. Durch das Kerenskij-Dekret aus dem Zuchthaus mit allen anderen Verbrechern freigelassen, war er gekommen, um sich zu rächen. Schon einmal hatte er es versucht. Jetzt war es ihm gelungen. Auch Stepan war zu spät gekommen . . .

*

Ich ging wieder in den Stall.

Ignatjeff schreit auf, als er mich wieder sieht. Sein Schreien ist eine Erlösung für meine Seele, denn ich, ich kann ja nicht mehr schreien.

Stepan versucht, mit seinen gutmütigen Pranken mich zurückzuhalten.

„Du bist doch ein gottesfürchtiger Mensch, eine Sünde ist es, ein Geschöpf Gottes so zu quälen. Sei barmherzig . . ."

„Warum versuchst du immer wieder, mich zu hindern? Du weißt, was er mir angetan hat. Er lebte nur in dem Gedanken an Rache. Hunderte von Kilometern ist er gegangen, um diesen Mord zu vollbringen."

„Sei doch barmherzig, Fedja! Um deines Gottes willen!"

„Warum? Ich habe keinen mehr!"

Wölfe waren aufgetaucht.

Ich holte Ignatjeff . . . erst nach mehreren Tagen . . . aus dem Stall heraus und trieb . . . den Verruchten . . . in den Wald. – – –

*

Der Transportzug war restlos ausgeladen. Die Tage der Schrecken waren schon fast vergessen. Über die Äcker gingen wieder die Bauern und bestellten das Land. Diejenigen, die sich in den vielen leeren Hütten Nikitinos ein besseres Fortkommen versprachen als in ihren alten, hatten von ihnen Besitz ergriffen und lebten hier weiter.

Planmäßig, wie einst mein Kamerad Salzer angeordnet hatte, schleppten die Einwohner von Sabitoje alles Erdenkbare aus Nikitino zusammen. Sie nahmen alles, was sie benötigten, denn es kostete sie kein Geld; das meiste Gut war herrenlos geworden. Vollbeladen schleppten sie sich durch die weite Gegend.

Eine lange Reihe von Holzkreuzen, ausgerichtet wie Soldaten, so lagen meine Kameraden in der sibirischen Erde bestattet. Von dem Hügel blickten sie weit hinaus über die Waldmauer – nach ihrer fernen Heimat.

Eine Kolonne der letzten Kriegsgefangenen stand marschbereit. Sie hatte auf mich gewartet, aber ich bin zurückgeblieben. In der Ferne sah ich sie verschwinden, wohin wir so oft blickten, wohin wir schon so lange gehen wollten, dort, wo die Sonne sich immer senkte.

Nur einen von ihnen sah ich später wieder, die andern blieben für immer verschollen.

Es war ihnen vorbestimmt: sie sollten ihre Heimat doch nicht wiedersehen.

Die Heimkehr

Der Sommer 1919 kam.

Ich trank immer weiter.

Den Pflug in die Hand zu nehmen, die Saat auszustreuen, sie zu ernten – dazu waren meine Hände durch mich selbst zu sehr besudelt worden, sie waren unrein, die Saat würde nicht gedeihen.

Den Menschen zu helfen – meine Hände waren zu müde.

Die Heimat, für die wir in der Ferne standen mit geballten, machtlosen Fäusten, für die wir einst arbeiteten, uns erniedrigten, schlagen und quälen ließen, die wir einmal geliebt hatten – sie wurde zu einem abstrakten Begriffe. Ihre Laute hatte ich schon vergessen. Die Schneestürme hatten sie verweht.

Und doch holte ich planlos eines Tages meinen „Kolka“ aus dem Stall, spannte ihn an und drückte stumm die Hände, die mich beschützt, ermuntert und am Leben erhalten hatten. Diese Hände bekreuzigten mich lange.

So, wie ich gekommen war, so bin ich gegangen. Alles ließ ich zurück, alles, nur meinen Kummer und seine Leere habe ich mitgenommen, sonst nichts.

Tag für Tag fuhr ich über das weite, unermeßliche Land. Kolka, mein treues, zottiges Pferdchen, trottete unermüdlich immer weiter und weiter. Wie lächerlich war das. Wozu fuhr ich denn überhaupt und wohin? Weiter . . . weiter . . . weiter . . . Irgendwo muß es ein Ende geben. Irgendwo hört der Weg auf, den ich doch vom Tage meiner Geburt beschritten habe.

Perm. Am Bahnhof, wo viele Gefährte standen, band ich Kolka an.

Ich frage nach dem nächsten Zuge.

„In drei bis vier Tagen, genau weiß es keiner“, war die gleichgültige Antwort.

Im Wartesaal, wie überall im ganzen Lande, zweifelhafte Gestalten. Sie waren bewaffnet, standen herum, warteten auf irgend etwas, diskutierten.

Ich suchte mir eine entlegene Ecke in der Nähe eines Fensters, von wo aus ich das unruhige Leben und Treiben auf dem Bahnsteig betrachten konnte. Ich aß, ich trank, und ich trank wieder. Ich blickte zu den Menschen hinüber, aber ich sah sie nicht. Ich war mir selbst zur Last. Ich trank immer mehr und wurde besoffen und ekelte mich vor mir selber.

„Genosse! Ausweis vorzeigen!“ Fünf Rotgardisten stehen an meinem Tisch. Sie sind bis an die Zähne bewaffnet. Über Brust und Rücken haben sie Maschinengewehrgurte geschlungen, an der Seite tragen sie einen Revolver und einige Handgranaten. In der Hand ein Gewehr mit aufgepflanztem Bajonett.

Langsam und apathisch hole ich meinen Ausweis hervor.

„Schneller, Muschik! Was trödelst du!“

„Hast wohl keine Zeit, was?!“ brülle ich ihn an und lege meinen Ausweis auf den Tisch. Die Männer mustern ihn.

„Gut!“ sagt einer. „Kannst weitersaufen!“ sagt ein anderer, und sie wollen sich schon entfernen.

„Genosse Kommissar! Dieser Bauer ist kein Bauer! Sieh dir mal seine Hände an, es sind Offiziershände. Die Bauern sind bei uns auch nicht so groß. Da stimmt etwas nicht. Diese Größe haben nur die früheren Aristokraten.“

„Mitkommen! Vorwärts!“ schreit mich der Kommissar an.

Nichts als grenzenlose Wut steigt in mir hoch.

„Vorwärts, Kerl! Los! Mitkommen!“ Und der Kommissar faßt mich roh an.

Schon wieder will das verruchte Schicksal mir den Weg versperren? Mir?

Jetzt kann ich es schlagen ...!

Ein Griff nach dem Soldatengewehr, ein Schlag mitten ins Gesicht, ein zweiter, jemand pariert meinen Hieb, doch schon liegen sie am Boden. Um sie herum sind viele Sonnenblumenkerne verstreut, Haufen von Zigarettenstummeln und aller mögliche Unrat. Ich höre Geschrei, um mich tobt die Menge.

Ein schreiendes Kommando. In der entgegengesetzten Ecke, gleich am Eingang des Wartesaales, sehe ich mehrere Soldaten. Die Gewehrschlösser krachen, die Menge ist verstummt, die Soldaten zielen auf mich.

Ein Sprung einer Katze . . . auf den Tisch . . . mit Wucht gegen die Fensterscheiben . . . es krachten Schüsse . . . die Kugeln spritzen von der Wand zurück, die Menge schreit.

Stechender Schmerz im rechten Oberschenkel, blitzende Bajonette um mich, erhobene Gewehrkolben, Schüsse krachen. Eine überirdische Macht drückt mich an die Erde, das rechte Schulterblattgelenk brennt, und es wird mir vor Schmerz schwarz vor den Augen.

„Festhalten! Festhalten!"

Man will mich festhalten? Mich . . . festhalten?

Ich scheine keine Kraft mehr zu haben? Doch! Jetzt bin ich auf den Beinen, laufe mit dem Kopf nach vorn, mit aller Gewalt in die Menge, es fallen irgendwo mehrere Schüsse. Die Menge gibt nach, denn sie ist groß und beweglich. Wir stoßen uns gegenseitig, es entsteht Panik, und keiner weiß, wohin er laufen soll.

Viele angebundene Pferde stehen da. Mein Kolka wiehert. Er erkennt seinen Freund. Ich reiße an der Leine, die Räder rollen los, und in der Nacht ist bald der Bahnhof außer Sicht.

Unermüdlich, immer von neuem beginnend, rattern die Räder. Sie tun mir weh; sie und die Landstraße. Über mir steht die Sonne. Sie ist unerträglich heiß. Meine Kleider sind voll Blut, das rechte Bein hat eine große, klaffende Wunde, der rechte Arm brennt wie im Höllenfeuer, die Schulterblattknochen sind zertrümmert, und das linke Bein hat in den Weichteilen eine Kugel.

Die Räder . . . die Straße . . . sie rattern, machen mich müde . . . sie tun mir weh.

Kolka trabt weiter, immer weiter. Er ist sehr guter Laune, denn seine Ohren sind gespitzt und bewegen sich dauernd. Er ist mein einziger Freund... ich bin ja allein...

Es ist kalt, ich zittere . . . Die Räder rattern nicht mehr, stehen still. Kolka frißt Gras an der Straßenkante. Er hat seine alten Gewohnheiten beibehalten und kümmert sich wenig um die Zügel.

Eine Stadt. Eine Klinik. Sie ist schmutzig und widerlich.

„Banditen haben mich überfallen und beraubt", höre ich mich sprechen. Die ersten Worte seit ich Nikitino verließ. Wie schwer ist es, deutlich zu sprechen, wie wenig kann man Schmerzen ertragen. Ich werde verbunden, dann fahre ich weiter.

Mein Kopf ist völlig klar. Wo befinde ich mich, wohin war Kolka getrabt? Ein Dorf, ein gutmütiger, ängstlicher Bauer, er gibt mir zu essen und pflegt tagelang meinen Freund. Ich besuche ihn jeden Tag, und immer freue ich mich, ihn zu sehen, und immer wiehert er mir zu. Ich liebe ihn . . . er ist der letzte von den Meinen . . .

Aus einer Verästelung hat mir der Bauer eine Krücke gemacht. Er hat viel Geld von mir erhalten, und deshalb nennt er mich „Barin".

Wieder trabt Kolka weiter. Er hat es nicht mehr weit, bald wird er seine Ruhe haben, aber ich werde mich von ihm nicht mehr trennen. Ich werde ihn mitnehmen, dorthin . . . wo auch ich sein werde. Irgendwo . . .

Doch er weigert sich, weiterzutraben . . . Auf der Krücke humpelnd, versuche ich ihn zu ermuntern, ich streichle ihn, ziehe leicht an der Leine. Seine Augen sind traurig, die Ohren hängen. Er strauchelt, fällt auf die Erde. Ich knie neben ihm.

Dann ist er gestorben.

Mein Kolka ist tot . . . Mein kleines, zottiges, sibirisches Pferdchen . . .

Raben umkreisen mich, setzen sich auf den Kadaver. Sie schreien heiser. Widerliches Viehzeug! Ich fuchtele mit dem einen, noch gesunden Arm, aber sie wollen nicht weichen.

Bin ich denn auch schon eine Leiche, wollen sich die Biester auch auf mich stürzen? Ich ziehe den Revolver und schieße nach dem verdammten schwarzen Pack. Träge flattern sie fort.

Es ist dunkel und leer auf der endlosen Landstraße . . . Ein holpriges Gefährt, eine mitleidige Seele nimmt mich mit.

In der Ferne der neuen Dämmerung bleibt der verlassene, tote Freund zurück . . .

Ich sitze in einer Ecke eines Eisenbahnwaggons. Vor mir steht eine Menschenmauer; unaufhörliches Stimmengewirr umgibt mich Tag und Nacht. Die Fenster haben keine Scheiben mehr, der Wind pfeift durch, irgendwo rattert und bellt ein Maschinengewehr. Tagelang steht der Zug. Jemand gibt mir zu essen und zu trinken, dann rattern die Räder eintönig weiter.

Petersburg. Bekannte Straßen. Ich werde von Soldaten mit roten Kokarden und roten Armbinden geführt, einer von ihnen trägt sogar meine Krücke. Bin ich gefangen? Werde ich hingerichtet? . . .

„Setze dich hin, Landsmann. Sieh zu, wie du weiter fortkommst, aus dir ist kein Wort herauszubekommen." Sie entfernen sich. Ich sitze auf dem Straßenpflaster, an ein Haus gelehnt. Menschen gehen an mir vorbei und blicken Werde ich hingerichtet? . . .

Endlos und qualvoll ist mein Weg nach dem Hause meiner Eltern.

Das breite Tor steht offen. Die Eingangstür fehlt, die Scharniere sind herausgerissen. Rote Soldaten, rote Matrosen gehen ein und aus. Ich breche zusammen.

Eine kleine, stinkende Kammer, ein Lager voll Lumpen, auf einem rußenden Petroleumkocher steht eine kleine Schüssel mit kärglichem Essen. Achmeds ungepflegtes Gesicht ist über mich gebeugt.

„Ich habe hier im Hause alles zerstört, die Leitungen, die Heizungskörper. Das Eis lag dick auf dem Parkett den ganzen Winter über, jetzt ist alles verfault und morsch geworden. Es fault weiter. Ich komme nach, aber erst muß ich noch meine Pflicht erfüllen. Sie haben unsere Brüder erschossen . . . diese Kommissare müssen . . .“

Tage vergehen. Schwestern pflegen mich. Ich habe jetzt saubere Verbände.

Dann liegt eines Tages ein Formular vor mir, das ich unterschreiben soll.

„Schwedische Mission des Roten Kreuzes.“ Ich lese meinen Namen, eine Stimme redet auf mich ein, bittet recht lange. Ich unterschreibe . . .

Ich bin verheiratet. Eine unbekannte Frau steht neben mir. Sie wird mit mir über die Grenze fahren. Sie ist nicht die einzige, die diesen Weg ergreift. Groß, schlank und blond ist sie, zarte weiche Hände legen sich in meine Linke, traurig-ängstliche Augen blicken mich an. Sie ist so ärmlich angezogen.

Später sitze ich in einem halbdunklen Zimmer, viele, viele Augen sind auf mich gerichtet. Ich kenne sie alle, es sind Freunde, Bekannte – von früher . . . Vor mir, auf dem Tisch, liegt eine Handvoll herrlicher Schmucksachen, die ich mitnehmen soll.

„Wir kommen alle bald nach, wenn es nicht besser wird“, sagen die Stimmen.

Ich habe sie nie wieder gehört.

Ein Viehwagen. Ich liege auf dem Fußboden, und um mich herum wird laut gesprochen in der Sprache meiner Heimat. Es sind Offiziere, sie fahren mit mir. Neben mir sitzt zusammengekauert die blonde Frau. Sie hat mir ihre weiche Hand auf die Stirn gelegt und schiebt mir ein Kissen unter den Kopf; ich hatte nicht bemerkt, daß ich ohne Kissen dalag. Sie deckt mich zu.

Die Wagentür fällt donnernd ins Schloß, die Räder rattern Stunde um Stunde.

Pleskau, Dünaburg, Wirballen, Eydtkuhnen. Deutsche Grenze . . . Überall um mich ist Freude, lachende Gesichter.

Wir sind in der Heimat.

„In der Heimat, in der Heimat, da gibt's ein Wiedersehn", ertönt immer wieder das Lied.

Warum lügen sie alle . . . es gibt kein Wiedersehn!

Berlin.

Bahnhof Friedrichsplatz.

Männer, sie sehen vornehm aus, empfangen respektvoll die schlanke blonde Frau. Sie reicht mir zum Abschied ihre Hand . . . Um uns steht gaffend die Menge. Stimmen bedanken sich, schütteln meine Linke, sprechen viele leere Worte.

*

Lachende, blaue See . . . strahlende Sonne . . . wogende Kornfelder . . . meine Heimatscholle. Sie erfaßt mich aber nicht, denn ich habe kein Empfinden mehr.

Warum bin ich nicht geblieben, dort, irgendwo, wo ich einmal war?

Das kleine Bimmelbähnchen in Mecklenburg nähert sich einem Städtchen. Aus der Ferne lugen zwischen schattigen Bäumen rote Dächer. Der Zug hält. Viele Menschen stehen da. Sie sind neugierig.

Der Vater! . . . Ergraut, gebeugt, tatenlos.

Die Mutter! . . . Bekümmert, still, gepflegt.

Heisere Worte der Begrüßung. In aller Augen ist Entsetzen, das sie nicht mehr verbergen können. Kälte und Entsetzen strahlt auch von mir aus. Kleines, ländlich durchlüftetes Zimmer. Alles, alles ist mir hier fremd.

„Erzähle doch, bitte."

„Ich kann nicht!" Es klingt roh und abweisend, aber es ist mir völlig gleichgültig. „Vielleicht . . . ein andermal . . . vielleicht", setze ich mühsam hinzu.

Schweiz.

In strahlender Sonne erheben sich vor mir die ewig verschneiten Gipfel der Alpen. Ich liege auf der Veranda. Die Luft in zweitausend Meter Höhe ist heute besonders klar.

Mein nackter Körper ist voll der heilenden Sonne ausgesetzt.

Ich blicke nach der rechten Schulter. Eine lange, kaum verheilte Narbe, ein eckiges, kaum bewegliches, künstliches Schulterblattgelenk. Das rechte Bein trägt eine lange Schnittwunde; Muskeln und Sehnen fehlen fast gänzlich. Der linke Oberschenkel hat eine vernarbte Kugelwunde.

Einst war ich ein junger, starker Mann.

Keiner kann mir jetzt etwas vortäuschen!

Ich bin für den Rest meines Daseins ein Krüppel geworden!

Und über mir . . . ein strahlend blauer Himmel . . .

. . . ein Wiedersehen!

Jahre waren vergangen.

Krisenreich und freudlos rollte die Zeit ab. Die Arbeit war Zwang, ohne Freude, etwas Ganzes und Großes zu erschaffen.

Ein neues Leben, neue Begriffe und Einstellungen entstanden um mich, versuchten beständig hämmernd ins Innere einzudringen und das Alte, die Träume meiner grauen Haare, zu vernichten.

Doch das Alte, einst Gewesene, hielt stand, und so wurde die völlige Einsamkeit unter Millionen von Menschen von Jahr zu Jahr größer und größer.

Ich wurde ein Sonderling.

Oft versuchte ich, den einen oder anderen meiner Kameraden wiederzufinden – es gelang mir nicht.

Immer wieder kam der Bescheid von Amts wegen zurück: „Seit Herbst 1914 in Sibirien verschollen."

Nur einen sah ich wieder.

Umgeben von Luxus und aller erdenkbaren Verschwendung, fern seiner Heimat, sah ich ihn wieder. Schwarz, rassig, teuflisch, fast wie einst, nur an den Schläfen viele ergraute Haare, stechende, fast unheimlich wirkende Augen, in denen sich nicht eine einzige Regung zeigte, herrliche, zarte Hände, die kosend und tastend über die Saiten der Geige glitten. Er war reich geworden und hatte einen großen Namen; ihm stand alles im Leben offen.

Dájos Mihaly.

Abrupt brach er sein Spiel ab, als er mich sah, legte behutsam seine Geige fort, und inmitten der blasierten und verwöhnten Menschen kam er, unbekümmert über ihre empörten Gesichter, hastig auf mich zu.

Tage verbrachten wir zusammen. Wir sprachen von damals.

Unsere Wege gingen wieder auseinander. Sie werden sich einst wieder kreuzen. Das wissen wir beide.

*

In einer Sondermission kam ich vor Jahren wieder nach Rußland; mein Weg führte mich weiter – nach Sibirien.

Einer der vielen, die nichts ihr eigen nennen, keine Heimat und kein Obdach haben, einer der Schweigsamen, Anspruchslosen, Verwahrlosten, stach mich in einem Einbaumboot den unendlich breiten Ob-Fluß hinunter. Nach Tagen kamen wir zu einem Dorf. Dort ließ ich den Schweigsamen zurück und fuhr allein weiter.

Tage um Tage glitt mein Boot auf den Fluten dahin. Alles um mich herum war ein einziges, erhabenes Schweigen: Wald, Brachland, Gestrüpp, Moor, melancholische, träumende Weite, ungebundene Vögel, ziehende Wolken, strahlende, sengende Sonne, prasselnder Regen, weite Flächen eines niedergebrannten Urwaldes.

Plötzlich stockt das Herz, die künstlich zusammengefügten Gliedmaßen bewegen sich in einer konvulsivischen, ungekannten Hast, fassen voller Schmerz fest das Stechpaddel an ...

Bekannte Gegend liegt vor mir, nach zehn Jahren!

Inmitten des niedergebrannten Urwaldes liegt die kleine grüne Wiese, auf ihr stehen helle, lockige Birken, anspruchslose Blümchen um sie herum.

Hier habe ich oft mit Faymé gesessen.

Der kleine Hügel ist mit Gras bewachsen, das Kreuz ist nur noch eine Handvoll morschen Holzes ... das Grab meiner Frau und meines Kindes ... und meine unbeholfenen, träumenden Hände versuchen aus Feldblumen und Gras einen Kranz zusammenzufügen.

Ein Gruß des Heimgekehrten.

Auf dieser kleinen Insel bin ich nicht mehr einsam.

Schon oft ist die Sonne untergegangen, so manches Mal hat mich der Regen durchnäßt, und doch bleibe ich sitzen bei meiner Frau und meinem Kinde. Ich bin allein in der uferlosen, melancholischen Weite, und es scheint mir, als sei ich jetzt endlich nach Hause gekommen.

Tage um Tage vergehen in dem endlosen Schweigen um mich – –

Eine völlig zugewachsene, einstige Landstraße führte mich durch struppiges, ineinandergewachsenes Gebüsch, junge Kiefern, Zirbeln und weißstämmige, kleine Birken – nach Nikitino.

Vor Jahren hatte hier ein Waldbrand gewütet und alles in Trümmer und Asche gelegt; von dem kleinen Städtchen war nichts übrig geblieben. An den gleichmäßigen Aschenhaufen konnte man die einstigen Häuserreihen erkennen, der einst enorme Marktplatz, die Trümmer der Verwaltungsgebäude, des Gefängnisses, das alles war jetzt mit dem wilden Gestrüpp und den jungen, einige Jahre alten Bäumchen überwuchert. Ich erkletterte bald den einen, bald den anderen Aschenhügel, zog mich an den dünnen Ästen hinauf, blickte von der Anhöhe über das weite Land, als wollte ich, wie ein aus dem Jenseits Kommender, noch einen lieben Menschen erspähen, einen, der mich kannte, mit dem ich die langen Jahre meiner Verbannung hier zugebracht hatte.

Alles war tot. Kleine Vögel nur hüpften von Ast zu Ast und zwitscherten munter von allen Seiten, und der träge Fluß zog wie einst, wie immer, seine Bahn, irgendwohin in die nie gesehene Weite.

Hier stand einst mein Haus. Hier wohnte der eine, der andere. Hier mußten die Gräber meiner Kameraden liegen.

Hier . . . dort . . . einst . . .

Jetzt nicht mehr.

Es wird nie mehr erstehen. Der ewig finstere Wald wird auch dieses Fleckchen Erde verschwinden lassen, denn er hatte sein Werk bereits begonnen. Die Spuren des einst Gewesenen werden immer mehr und mehr verwischt.

Die kleine Insel, die Wiese, winkende, schattige Birken, zu ihr war ich wieder zurückgekehrt, in ihrer Mitte blieb ich lange sitzen und lauschte ins Schweigen und das Rauschen der Bäume.

Und doch griff eines Tages die Hand nach dem Stechpaddel, der Sand knirschte hell auf, und schon war das Boot inmitten der Strömung. Es glitt immer weiter und weiter, Tage und Nächte. Bekannte Krümmungen, Landschaften rollten vor meinen Augen ab, und ich suchte immer wieder nach den Verschollenen, die ich noch am Leben wußte.

Aber alles um mich blieb stumm, obwohl ich angestrengt in den mir bekannten Winkeln und Verstecken nach dem Weg suchte.

Ich fand ihn nicht mehr.

Endlich griff ich nach der Waffe, der Schuß rollte weit über die schweigende Taigá, bis er sich irgendwo im Walde verkroch und verstummte. Wieder lauschte mein ungeübtes Ohr, aber es vernahm nichts.

Die Natur schwieg wie zuvor.

Wie ein Pfeil schießt plötzlich ein schmales, niedriges Boot unter dem Ufergebüsch hervor, am Heck sticht geschickt ein hellblonder Kerl, am Bug liegen zwei Schützen im Anschlag. Schon sind die Boote nebeneinander, die hellen Falkenaugen der jungen Männer mustern mich neugierig, meine für sie ungewohnte Kleidung.

„Fedja! Bist du das? Ich bin Aljescha, der Sohn deines Freundes Stepan, des Riesen! Wir alle sprachen so oft von dir! Du hattest versprochen zu kommen!"

„Ja, das bin ich ..."

Und schon hat der Jüngling meinen verstümmelten Arm ergriffen und meine Hand mit angehaltenem Atem geküßt, dann springt er leicht in mein Boot, ergreift das Stechpaddel und jagt den Einbaum zum Ufer.

Eine winzige, kleine Stelle im dichten Ufergebüsch, einige kurze Schläge, und vor mir liegt die bekannte, versteckte Zufahrtsstraße nach Sabitoje. Das dichte Laubdach spannt sich eine Zeitlang über uns, dann bleibt es plötzlich zurück. Wir sind im Hafen. Ein bekannter Weg durch wogende Kornfelder, den ich einst beschritten habe, aus der Ferne klingen Menschenstimmen herüber, zwischen ihnen läuten träge die Kuhglocken. Das zusammengedrängte Dorf, in dem hohen, massiven Zaun Schießscharten, das wuchtige Tor steht offen, kleine, niedrige Hütten, schmale Straße, ein Platz, in seiner Mitte die alte, umrankte Kirche. Ihr zu Füßen liegt das Grab unseres Kameraden Salzer und daneben der Hügel des kleinen Mitja. Menschen, die keine Hast kennen, kommen jetzt auf uns zugelaufen. Schon sind wir von ihnen umringt, und eine Stimme ruft es gedehnt einer andern zu:

„Fedja, der Deutsche, ist gekommen . . .!"

Ich bin inmitten der freudigen Menschen, und die Einsamkeit weicht von mir wie die Finsternis vor der Helligkeit.

Mein Freund Ilja, der Dorfälteste von Sabitoje, drängt sich mühsam durch die Menge, ihm folgt mein Freund Stepan, der frühere Sträfling. Die Männer halten den Atem an, falten die Hände, befühlen mich erst und trauen ihren Augen nicht. Ihr Haar ist zerzaust, das Hemd um den Hals ist offen, die Brust atmet jetzt schwer und hastig, die Augen werden weich und glücklich.

Sie küssen mich beide auf Wangen und Stirn, sie schauen mich immer wieder an, flüstern unverständliche Worte, fassen mich an, küssen mich aufs neue. Sie sind so groß, so stark, und sie riechen nach gesundem Körper, seinem Schweiß und der Erde, die sie bearbeitet haben.

Es drängen sich meine einstigen Kameraden zu mir, die wenigen, die freiwillig in Sibirien zurückgeblieben sind. In ihren Augen steht die stumme Frage nach der Heimat.

Ein Weg durch die Menschenmenge öffnet sich. Vor mir liegt meine kleine Hütte . . . sie ist leer geblieben . . . in ihr ist alles noch genau so, wie ich es einst verlassen hatte.

„Vielleicht würdest du doch noch einmal kommen . . . so dachten wir alle . . . du hattest es uns versprochen . . .", sagt eine Stimme neben mir.

Ja, ich war gekommen. Die brennende Sehnsucht der vielen Jahre stand jetzt erfüllt vor mir.

Ich war gekommen . . . allein.

*

Eine neue Generation war in Sabitoje herangewachsen. Die Alten hatten den Jungen das Arbeiten und Beten gelehrt. Unter den Jünglingen waren mehrere, die besonders geschickt die auszutauschenden Waren nach der entlegenen Großstadt brachten. Es waren meist Söhne der früheren Kriegsgefangenen. Einmal im Jahre fuhren sie in den Ossinowki hinaus „in die Welt", und ihre Boote bargen auch die kostbarsten Felle des Waldes. In der Stadt tauschten sie diese gegen Tee, Kaffee, Pulver, Blei und alles das, was man in dem heimatlichen Dorfe nicht herzustellen vermochte, und kehrten nach Wochen wieder zurück. Nicht selten ereilte den einen oder den anderen eine aus dem Versteck abgefeuerte Kugel eines Verräters oder einer Bande, die mit allen Mitteln und Schlichen den jungen Burschen nachstellten, um ihr Heimatdorf zu erfahren. So mancher Trapper wurde gefaßt und bestialisch gemartert, er sollte an seinen Brüdern Verrat üben. Die brechenden Augen sahen aber nur seinen großen Gott, und der Tod wurde ihm leicht.

Viermal versuchten Banden das Dorf anzufallen, denn die einstigen, weit auseinanderliegenden Dörfer wußten das Versteck der Sabitojer, doch das einmütige Wollen, die dauernden Beobachtungen des umliegenden Waldes, der einstigen Landstraße, der gewaltige Abwehrwille aller brachte diese Überfälle zum Scheitern. Nicht einer von ihnen war entkommen, nicht einer konnte es den Mördern weitererzählen, daß friedliche Bauern und Trapper ein von Gott gesegnetes Leben inmitten des finsteren Urwaldes lebten.

Ständig lagen Horchposten auf der Lauer, sie hatten sich auf den Bäumen Hochstände errichtet. Durch Klopfen an Baumstämmen gaben sie Signale, die die andern weitergaben, und die Waldläufer brachten so Kunde ins versteckte Dorf.

Die Vorsehung wollte es so haben, daß eine gewaltige Feuersbrunst eine weite Umgebung in Asche legte, so daß die umliegenden Dörfer in dem Flammenmeer umgekommen waren, und seit Jahren hatte man nichts mehr von den Feinden gesehen.

*

Der Sommer war zu Ende. Eine überreiche Ernte füllte die Scheunen. Der Winter kam mit seinen weinenden, klagenden Stürmen und erdrückenden Schneemassen, und die starrende Kälte barst Bäume auseinander. Das alles kannte ich, denn es war meine zweite Heimat geworden.

Dann kam wieder ein Frühling. Die warme Luft, die wärmende Sonne, das wiedererwachende Leben. Das neue Keimen, Sprießen war plötzlich über das verlorene Fleckchen Land, die verschollenen Menschen und das vergessene Dorf gekommen.

Ein neuer Sommer – und eine neue Trennung.

Noch einmal sah ich die grünende Wiese mit ihren wuscheligen Birken, den kleinen Blumen, den zwitschernden Vögeln, umgeben vom Fluß, der um mein Heiligtum inmitten der niedergebrannten Gegend Wache hielt, das Grab meiner Frau und meines Kindes, den verwelkten, zerfallenen Kranz – den Gruß eines Menschen, der sein Leid in die Einsamkeit getragen hatte, dessen Augen nur dieses Fleckchen Erde sahen.

Der Schweigsame, Verwahrloste hatte auf mich gewartet. Er hätte auch länger gewartet, denn er kannte keine Zeit. Seine Heimat war das ganze riesige Land.

Schweigend ruderte er mich flußaufwärts, schweigend und gleichgültig sah er auf seine Entlohnung und ging seinen ungekannten Weg weiter . . . irgendwohin . . .

So wie ich.

THEODOR KRÖGER

der weithin bekannte Autor des Buches vom »Vergessenen Dorf« wurde 1897 als Sohn eines Mecklenburger Fabrikbesitzers in Petersburg geboren. Mit zehn Jahren kam er in ein Schweizer Schülerheim, unternahm nach dem Abitur abenteuerliche Reisen durch Europa, wurde Leutnant der Reserve in der deutschen Armee und arbeitete dann als Ingenieur bei seinem Vater. Als die väterlichen Betriebe bei Ausbruch des ersten Weltkrieges enteignet wurden, versuchte Kröger, nach Deutschland zu entkommen. Die Flucht mißlang jedoch; an der Grenze zwischen Finnland und Schweden wurde er verhaftet, in das zaristische Gefängnis Schlüsselburg gebracht und wegen Verdachts der Spionage »vorläufig« lebenslänglich nach Sibirien verbannt. Die Erlebnisse während dieser Verbannung schildert er später in seinem berühmten Roman *»Das vergessene Dorf«*, der seit Erscheinen im Jahre 1934 zu den erfolgreichsten Büchern unserer Zeit gehört. Spannungsvoll berichtet Kröger, wie er nach endlosen Irrfahrten im Gefangenentransport schließlich ins nordsibirische Urwalddorf Sabitoje kommt, hier auf unerklärliche Weise auf freien Fuß gesetzt wird, und wie er nun fünf Jahre hindurch mithilft, aus einer verwahrlosten Strafkolonie von Kriegsgefangenen und politischen Häftlingen eine menschenwürdige Siedlung zu machen. Das Buch – Kröger nennt es ein »Buch der Kameradschaft« – ist ein Loblied auf Treue und unbeugsamen Lebenswillen und gibt eine eindrucksvolle Schilderung vom harten Lebenskampf in der sibirischen Landschaft, von der Kröger sagt: »Es gibt kein Land, das noch weitere Höhen und abgründigere Tiefen der

Menschenseele kennt.« Die Revolution der Bolschewisten im Winter 1917/18 machte allerdings nicht halt vor dem blühenden Gemeinwesen in Sabitoje, das Kröger mit seinen Freunden aus dem Nichts aufgebaut hatte, und so mußte er sich 1919 nach dem Westen durchschlagen. Seine Aufzeichnungen aus den ersten Jahren nach der Flucht, die ihn zunächst nach Berlin führte, finden sich in dem folgenden Roman *»Natascha«*. Jahrelang arbeitete Kröger an dem Manuskript dieses Buches, das als Fortsetzung seines Rußlandsberichts gedacht war. Erst kurz vor seinem Tode – er starb 1958 in Klosters bei Davos –, konnte er es beenden.

Sibirien und das »vergessene Dorf« sah er nur noch einmal wieder, freilich erst viele Jahre später, da der bolschewistische Einfluß sich bereits über fast ganz Rußland ausgedehnt hatte und für die zurückgelassenen Freunde der ehemaligen Strafkolonie nur mehr die Flucht als Rettungsmöglichkeit blieb. Die Erlebnisse seiner Sibirienzeit wirkten aber auch in weiteren Romanen und Erzählungen, so in *»Heimat am Don«*, einer Liebesgeschichte aus der russischen Revolution, und in der Erzählung »Der Schutzengel«.